SCIENCE FICTION

Herausgegeben
von Wolfgang Jeschke

Vom BATTLETECH®-Zyklus erschienen in der Reihe
HEYNE SCIENCE FICTION & FANTASY:

Die Gray Death-Trilogie:

William H. Keith jr.: Entscheidung am Thunder Rift · 06/4628
William H. Keith jr.: Der Söldnerstern · 06/4629
William H. Keith jr.: Der Preis des Ruhms · 06/4630

Ardath Mayhar: Das Schwert und der Dolch · 06/4686

Die Warrior-Trilogie:

Michael A. Stackpole: En Garde · 06/4687
Michael A. Stackpole: Riposte · 06/4688
Michael A. Stackpole: Coupé · 06/4689

Robert N. Charrette: Wölfe an der Grenze · 06/4794
Robert N. Charrette: Ein Erbe für den Drachen · 06/4829

Das Blut der Kerensky-Trilogie:

Michael A. Stackpole: Tödliches Erbe · 06/4870
Michael A. Stackpole: Blutiges Vermächtnis · 06/4871
Michael A. Stackpole: Dunkles Schicksal · 06/4872

Die Legende vom Jadephönix-Trilogie:

Robert Thurston: Clankrieger · 06/4931
Robert Thurston: Blutname · 06/4932
Robert Thurston: Falkenwacht · 06/4933 (in Vorb.)

Robert N. Charrette: Wolfsrudel · 06/5058

ROBERT N. CHARRETTE

Wolfsrudel

Ein BATTLETECH®-Roman
um
Wolfs Dragoner

Sechzehnter Band
im BATTLETECH®-Zyklus

Deutsche Erstausgabe

WILHELM HEYNE VERLAG
MÜNCHEN

HEYNE SCIENCE FICTION & FANTASY
Band 06/5058

Titel der amerikanischen Originalausgabe
WOLF PACK
Deutsche Übersetzung von Christian Jentzsch
Das Umschlagbild malte Les Dorscheid
Die Karten auf Seite 492/493
und auf Seite 494/495 zeichnete
Mirjam Wehner

Redaktion: Rainer Michael Rahn

Printed in Germany 1993
Umschlaggestaltung: Atelier Ingrid Schütz, München
Technische Betreuung: Manfred Spinola
Satz: Schaber Satz- und Datentechnik, Wels
Druck und Bindung: Elsnerdruck, Berlin

ISBN 3-453-06631-6

Für die Dienstagabend-Bande bei Eagle & Empire.
Es war echt schauerlich.

Erster Teil

3053
VERMISCHUNG

1

Mein Name ist Brian Cameron. Ich bin MechKrieger bei Wolfs Dragonern.

Ich würde gern von mir behaupten, daß ich nur ein einfacher Soldat bin, aber meine Freunde sagen mir, daß mein Versuch, diese Geschichte zu erzählen, mich über diesen Status hinaushebt. Vielleicht haben sie recht. Vielleicht nicht. Ich weiß nur, daß ich es für nötig halte, gewisse Ereignisse festzuhalten, eine Schilderung von Dingen zu geben, die mein Leben und das aller anderen, welche die Uniform von Wolfs Dragonern tragen, beeinflußt haben. Ich habe die Hoffnung, daß jene, die nach uns kommen, von unseren Fehlern und Erfahrungen profitieren.

Ich gebe nicht vor, allwissend zu sein, aber meine Bemühungen sind aufrichtig. Bei all jenen Ereignissen, die ich nicht mit eigenen Augen gesehen, und all jenen Worten, die ich nicht mit eigenen Ohren gehört habe, verlasse ich mich auf die Integrität meiner Zeugen und auf meine Einschätzung der Situation. Ich habe versucht, Geist und Seele des Sprechers gerecht zu werden, zumindest so gerecht, wie ein Außenstehender einer anderen Person überhaupt gerecht werden kann. Ich habe mit allen Personen — nun, mit allen außer einer —, aus deren Blickwinkel ich diese Geschichte erzähle, persönlich gesprochen. Sie haben mir ihren Teil der Geschichte erzählt und meine Fragen nach ihren Empfindungen und Motiven beantwortet. Ich bin überzeugt, daß sie die Wahrheit gesagt haben, zumindest aus ihrer Sicht. Doch wer außer dem Schöpfer kennt die ultimative, die endgültige Wahrheit?

Wie ich schon sagte, mein Name ist Brian Cameron. In den ersten siebzehn Jahren meines Lebens war Brian mein einziger Name. Natürlich trug ich noch die Bezeichnung meiner Einheit, doch das ist lediglich eine nützliche Zuordnung, kein echter Name. Ich will nicht abschweifen und über die Heimsuchungen meiner Jugend erzählen, denn das würde nur die eigentliche Geschichte verzögern. Wir von den Dragonern glauben, daß auf dem Schlachtfeld Zaudern gleichbedeutend mit Tod ist. Nun, da mir die Gefahr als Ansporn fehlt, habe ich schon zu lange gezögert.

Ich bitte um Entschuldigung.

Ende Februar 3053 zählte unsere Geschko nur noch zehn Personen. Der Rest hatte bei dem einen oder anderen Test versagt und war anderswohin abkommandiert worden. Wir waren alle nervös, als wir uns auf dem Paradeplatz des Tetsuhara-Manövergeländes zur Bekanntgabe der entscheidenden Testresultate versammelten. Die Anspannung wäre schon schlimm genug gewesen, hätten wir lediglich auf das für unsere endgültige Einstufung als MechKrieger ausschlaggebende Ergebnis gewartet, doch nahezu unerträglich wurde sie durch die Tatsache, daß wir außerdem die Resultate der Ehrennamenstests erwarteten.

Ich wußte, daß ich den letzten Test bestanden hatte, doch ich rechnete mit einem eher mäßigen Ergebnis, das mich einen guten Rang kosten würde. Für einen Platz in einer der Fronteinheiten würden meine Fähigkeiten ausreichen, dessen war ich mir sicher. Dennoch war ich nervös. Wie meine Geschwister war ich in die Ehrennamenstests gegangen. Wir waren alle Teil des genetischen Erbes der Cameron-Ehrenlinie und daher moralisch verpflichtet, auch daran teilzunehmen. Obwohl wir für unsere Altersklasse alle noch sehr jung waren, hegten ein paar von uns die Hoffnung, daß die Ausgleichsregelungen einem von uns eine Chance geben würden. Ich hielt meine Testleistungen für nicht sonderlich weltbewegend.

Daher stand ich wie vom Donner gerührt da, als die Ergebnisse über den Schirm liefen, der oberhalb und hinter der Paradetribüne angebracht war, wo unsere Ausbildungsoffiziere in feierlicher Aufmachung saßen.

Mein Name stand an erster Stelle. Ich hatte vollbracht, was kein anderer meiner Geschko, kein anderer meiner Altersklasse geschafft hatte. Ich war als Sieger aus den Tests hervorgegangen und hatte mir das Privileg verdient, den Ehrennamen Cameron in meiner Generation zu tragen. Es würde noch Minuten dauern, bis die Einheitszuordnungen über den Bildschirm liefen, aber das war mir egal. Ich war glücklicher als je zuvor in meinem Leben.

Mehrere Kameraden aus meiner Altersklasse versammelten sich um mich, während ich auf die Anzeigetafel starrte. In ihren Augen stand die Enttäuschung über die eigene schlechte Leistung geschrieben. Jovell, ein älterer Mitbewerber, der mich in sämtlichen Schlachtfeldkategorien übertroffen hatte, schluckte seinen Stolz herunter und war der erste, der dem neuen Träger des Ehrennamens den rituellen Gruß erbot. Ich konnte mir ein vergnügtes Grinsen nicht verkneifen, als ich den Gruß erwiderte. An der Art und Weise, wie er sich versteifte, erkannte ich, daß ich ihn beleidigt hatte, doch ich verlor mich in einem wirbelnden Strudel aus Freude und Erleichterung. Während er sich umdrehte und sich einen Weg durch die Menge bahnte, dachte ich keinen Augenblick daran, wie wohl seine wahren Gefühle aussehen mochten. Zu viele andere kamen, die dem neuen Cameron gratulieren wollten.

Ein Großteil der anderen brachte mit seinem Gruß aufrichtige Freude zum Ausdruck. Wir müssen uns alle denselben Tests unterziehen, und wenn wir das Äußerste gegeben haben, liegt keine Unehre darin, nicht der Beste zu sein. Wir gehören alle zu den Dragonern, und ein Erfolg für einen Dragoner ist auch ein Erfolg für die anderen. Doch so erfreulich es war, die Glückwünsche gleichaltriger Fremder zu empfangen, so überwältigt war ich von den ekstatischen Reaktionen meiner Geschwister. Jeder hatte den Namen Cameron für sich selbst gewollt, aber sie ließen sich nichts von ihrer Enttäuschung anmerken. Sie lachten, schlugen mir auf die Schulter und weigerten sich, mich anders als mit meinem vollen Namen anzureden. *Brian Cameron.* Ein Geschwister hatte sich den Namen verdient, und alle anderen teilten die Ehre. Der Moment hatte etwas Elektrisierendes, und ich war unsagbar stolz. Doch insgeheim schämte ich mich auch. Ich bezweifelte, daß ich mich so offen und aufrichtig hätte freuen können, wenn Carson oder James oder Lydia den Namen errungen hätten.

Die Menge der Gratulanten teilte sich und machte Platz für einen hochgewachsenen Mann, der auf mich zukam. Es war niemand geringerer als Colonel Jason Carmody. Die zahlreichen Auszeichnungen an seiner Galauniform, das schneeweiße Haar und die tiefen Furchen, die das Alter in sein Gesicht gegraben hatte, kennzeichneten ihn als erfolgreichen Krieger, gut genug, um überlebt zu haben. Carmody war einer aus dem alten Führungsstab, einer der ursprünglichen Bundesgenossen Jaime Wolfs persönlich. Er hatte sein Gewerbe länger ausgeübt, als meine Geschwister und ich am Leben waren. Einst hatte Carmody die gesamten Luft/Raum-Streitkräfte der Dragoner befehligt. Nachdem er bei einem Gefecht über Capella verwundet worden war, hatte er seinen Abschied genommen, nur um nach dem Tod Colonel Ellmans eine Berufung als Kommandant unserer Heimatwelt Outreach zu bekommen. Carmodys Stellung machte ihn zum Kommandant der Heimatarmee und übertrug ihm außerdem die Verantwortung über das Ausbildungsprogramm der Dragoner. Und in dieser letzten Eigenschaft hatten wir ihn und seine eiserne Hand kennengelernt.

Er war immer eine strenge und distanzierte Gestalt gewesen, ein Born der Autorität, der Disziplin und des seltenen Lobes. Jetzt hatte er die Tribüne verlassen und stand vor mir. Ich nahm augenblicklich Haltung an, als mich seine Augen von Kopf bis Fuß musterten, bevor er das Wort an mich richtete.

»Ich grüße Sie, Brian Cameron. Sie haben sich einen Ehrennamen verdient. Jetzt verdienen Sie sich Ehre für Ihren Namen.«

Sein ritueller Gruß machte es auf eine Weise real, wie es Jovells Worte nicht vermocht hatten. Dies war mein Kommandant, der da sprach. Seine Stimme besaß Autorität. Ich konnte nur flüstern: »Seyla.«

Die grimmigen Züge wurden weicher. »Sie ähneln ihm so sehr; es ist fast so, als würde man einen Geist sehen.«

Ich wußte, daß ich dem Gründer meiner Ehrenlinie ähnelte, doch das taten schließlich alle meine Geschwister bis zu einem gewissen Grad. Ich hatte die Ähnlichkeit nie für besonders bemerkenswert gehalten. Das Alter und die Erinnerungen können dem Augenlicht manchen Streich spielen, also reagierte ich auf die Bemerkung des Colonels lediglich mit einem Lächeln und einer Verbeugung. Als ich den Kopf wieder hob, wurde mir klar, daß der Schock, von Carmody persönlich beglückwünscht zu werden, mich für die zwei anderen Dragoneroffiziere, die ihn begleiteten, blind gemacht hatte. Ich könnte geltend machen, daß ich zu aufgeregt war, aber das ist keine Entschuldigung. Ich hätte sie augenblicklich bemerken müssen, da ich sie beide vom Sehen kannte, obwohl ich bislang noch mit keinem von beiden gesprochen hatte. Sie waren die Camerons.

Der ältere Offizier war Major Alicia Cameron. Wenngleich nicht die erste, die sich den durch unseren Urvater William Cameron geheiligten Namen verdient hatte — diese Ehre gebührte Malcolm, der auf Luthien gestorben war —, war sie die älteste der Linie, hatte sie sich ihren Namen doch bei dem Nachfolgewettstreit direkt im Anschluß an Malcolms Tod verdient. Der jüngere, Captain Harry Cameron, war der Cameron der zweiten Generation. Er trug diesen Namen seit dem ersten Wettbewerb für seine Altersklasse, bei dem er sogar William Camerons leiblichen Sohn geschlagen hatte.

Obwohl er schon länger ein Cameron war, beugte er sich Alicia.

»Ich grüße dich, Brian Cameron. Mein Bruder Harry und ich heißen dich in der Familie willkommen.«

Ich mußte mir die trockenen Lippen lecken, bevor ich antworten konnte: »Es ist mir eine Ehre.«

Sie lächelte, doch es war nicht das warme Lächeln meiner Geschwister. »Du hast dich als für die Ehre befähigt erwiesen. Du hast sie dir aber noch nicht verdient.«

Harry kicherte über ihre Bemerkung und sagte dann: »Ich grüße dich, Brian Cameron. Ich heiße dich in der Familie willkommen.«

Aus Furcht, mein neuer Stolz könnte angekratzt werden, versuchte ich mit der Antwort auf Nummer Sicher zu gehen: »Ich danke dir.«

Er kicherte wieder. Irgend etwas hatte sich in seiner Haltung verändert, aber ich wurde nicht richtig schlau aus ihm. Das würde ich jedoch noch lernen müssen, schließlich waren sie jetzt meine Familie. Ich hatte den Verdacht, daß sie sich mir gegenüber eine Zeitlang sehr reserviert verhalten würden, denn sie kannten zwar meine Ergebnisse, doch sie kannten nicht mich. Ich hatte das Gefühl, daß die Notwendigkeit, mich zu beweisen, noch längst nicht vorbei war.

Colonel Carmody brach das peinliche Schweigen, indem er meinen Kodax verlangte. Ich streifte mir die Kette mit den Marken über den Kopf und reichte sie ihm. Er legte sie in ein Lesegerät ein, das er am Gürtel trug, und tippte ein paar Anweisungen ein. Er nickte, als er den Schirm las.

»Also gut, MechKrieger Brian Cameron.« Er klappte den Deckel des Lesegeräts zu und gab mir den Kodax zurück. »Ein Dragoner muß immer zum Ausrücken bereit sein. Schaffen Sie Ihren Kram bis 1730 zu Plattform Zweiundzwanzig.«

Ich war überrascht. Neue MechKrieger bekommen

zunächst Urlaub, doch gewöhnlich wird er auf Outreach verbracht. Zog das Verdienst des Ehrennamens einen Urlaub auf einer anderen Welt nach sich? »Warum, Sir? Ich ...«

»Sie haben Ihre Befehle, MechKrieger. Sie haben sich bei Colonel Wolf an Bord der *Chieftain* zu melden. Sie sind als Adjutant zu seinem Stab abkommandiert.«

Ich muß noch irgendeine andere Frage gestammelt haben, aber ich kann mich nicht mehr erinnern. Ich weiß nur noch, daß Colonel Carmody noch etwas anderes gesagt hat, aber an die Worte kann ich mich ebenfalls nicht mehr erinnern. Ich glaube, sie waren als Ermutigung gedacht. Meine Erinnerungen an die nächsten paar Stunden waren gleichermaßen verwirrt, ein Strudel aus Glückwünschen und Feiern. Carson und Lydia sorgten dafür, daß ich um 1720 an der Plattform Zweiundzwanzig stand.

Nachdem sie gegangen waren, starrte ich zu dem gigantischen Landungsschiff *Chieftain* hinauf. Seine gewaltige ovale Gestalt verdeckte die Hälfte der Sterne, die am Himmel von Outreachs kühlem Winterabend funkelten. Ich kann mich immer noch an die Ehrfurcht erinnern, die ich empfand. Und spüre immer noch die Angst, die damit einherging. Nicht das Landungsschiff der *Overlord*-Klasse war es jedoch, welches diese Empfindungen auslöste, sondern das, was mich darin erwartete.

Ich sollte an der Seite von Jaime Wolf, dem legendären Anführer von Wolfs Dragonern, dienen. Er war in der gesamten Inneren Sphäre bekannt — als vollendeter MechKrieger, Stratege und Taktiker, der seit Jahrzehnten seine Feinde verwirrte und für seine Freunde ein Segen war. Er hatte uns schon mehr als einmal durchs Feuer geführt und dabei die Dragoner nicht nur am Leben sondern auch kampfbereit erhalten. Er hatte aus uns die besten Söldner der Inneren Sphäre gemacht. Wir Geschko-Kinder nannten ihn den Wolf, weil er für uns der Archetypus des grimmen Rudelführers war — Vater, Beschützer und Anführer zugleich.

Wenn ich meine Arbeit tat, würde man Notiz von mir nehmen. Sehr schnell. Und noch viel schneller, wenn ich versagte. Gedanken an Gründer William gingen mir durch den Kopf. Er würde stolz sein — solange ich es nicht verpfuschte. Wenn ich es aus der Sicht des Wolfs verpfuschte, würde es keine Ehre für mich geben. Ich würde meinem Namen Schande machen, und die Familie würde für meine Versetzung plädieren. Ich würde das Recht verlieren, den Ehrennamen Cameron zu tragen. Und wo würde ich dann stehen? Niemand bei den Dragonern würde einen entehrten Namenlosen in seiner Einheit aufnehmen.

Ein Krieger zu sein, heißt, die Angst zu kennen und trotzdem weiterzumachen. Obwohl ich nicht besonders erpicht darauf war, der Angst zu begegnen und ihr ins Gesicht zu lachen, schulterte ich meinen Seesack und ging festen Schrittes die Rampe empor.

2

Einst, so wurde mir gesagt, hielt die gesamte Innere Sphäre Wolfs Dragoner für einfache Söldner. Die Sphäroiden wußten, daß die Dragoner Nachschub- und Materialquellen besaßen, die über diejenigen gewöhnlicher Söldner hinausgingen, doch die meisten Gelehrten schrieben den Reichtum der Dragoner ihrer Kontrolle eines ehemaligen Geheimarsenals zu, das nach dem Fall des Sternenbunds vor mehr als zweieinhalb Jahrhunderten zurückgelassen worden war. Viele Söldnerkompanien hatten vergleichbare Schätze entdeckt. Die meisten nahmen an, die Dragoner hätten lediglich mehr Glück gehabt und einen wirklich bedeutenden Fund gemacht. Mittlerweile weiß natürlich jeder, daß es kein Geheimarsenal gegeben hat.

Die Dragoner waren nie einfache Söldner. Als sie vor fast fünf Jahrzehnten ihren ersten Eintrag in die Annalen der Geschichte der Inneren Sphäre fanden, waren sie auf einem Erkundungsunternehmen für ihre Herren unter den weit entfernten Clans. Ihre Clansgenossen hätten die hervorragende Ausrüstung der Dragoner wahrscheinlich als zweite Wahl bezeichnet, als unterlegenen Ausschuß, der gerade gut genug war für kaum akzeptable Krieger, für solche, deren genetische Abstammung nicht rein genug oder zu wild für ihre Genossen der herrschenden Kaste war. Für die Militärs der Inneren Sphäre waren Geräte und Ausrüstung der Dragoner jedoch Perlen eines technologischen Schatzes, wie man ihn seit dem Goldenen Zeitalter des Sternenbunds nicht mehr gesehen hatte.

Jaime Wolf und sein Clansbruder Joshua waren die Anführer dieses Unternehmens, und als Belohnung für einen Erfolg hatte man ihnen die Legitimität versprochen. Ihre Aufgabe bestand darin, Stärken und Schwächen jedes der Großen Häuser in der Inneren Sphäre ausfindig zu machen, indem sie jedem von ihnen als

Söldner dienten. Die Großen Häuser oder Nachfolgestaaten, wie sie nach dem Zusammenbruch des Sternenbunds auch genannt wurden, waren die mächtigen Sternenreiche, die über den von Menschen bewohnten Weltraum herrschten.

Zuerst hatten die Dragoner Erfolg, sowohl als Krieger in den Schlachten der Inneren Sphäre wie als Spione für die Clans, die sie geschickt hatten. Irgendwann auf dem langen Weg trat ein Gesinnungswandel ein. Die Aufzeichnungen der Dragoner gehen in dieser Hinsicht nicht ins Detail, aber ich glaube, der Wandel war eine direkte Folge von Joshua Wolfs Tod durch eine rivalisierende Fraktion innerhalb des Hauses Marik, den Herrschern über die Liga Freier Welten. Seit dieser Zeit war Jaime Wolf im krassen Gegensatz zur dualen Befehlsstruktur, die die Dragoner vom Clan Wolf geerbt hatten, ihr einziger Anführer. Wenngleich sie immer noch ihre Abstammung verheimlichten, operierten die Dragoner auch weiterhin in der Inneren Sphäre und verdienten sich eine furchterregende Reputation als beste und ehrlichste Krieger seit der Zeit des Sternenbunds.

Diese Reputation nahm Schaden, als Jaime Wolf selbst enthüllte, daß die Dragoner ursprünglich als Spione für den Clan Wolf und letzten Endes für alle Clans gekommen waren, für jene Clans, die gerade die Innere Sphäre angriffen. Der Name ›Dragoner‹ wurde zu einem Fluch in den Mündern verzweifelter und verängstigter Menschen überall. Und wer wollte ihnen das verdenken? Jaime Wolf gab zu, ein Mitglied des Clan Wolf gewesen zu sein, desselben Clans also, der seinen Genossen vorausgeeilt war und die Welten der Inneren Sphäre verschlang wie die legendäre nordische Wolfbestie Fenris. Als die Horden der Clans Terra unaufhaltsam entgegenstrebten, konnten selbst die Freundschaftsbeteuerungen der Regenten der Inneren Sphäre die Feindschaft der gewöhnlichen Leute den Dragonern gegenüber nicht beschwichtigen.

Erst nach der Belagerung von Luthien, der Hauptwelt des Draconis-Kombinats, gab es wieder einen Umschwung der öffentlichen Meinung zugunsten der Dragoner. Hanse Davion, der Herrscher des Hauses Davion und de facto Regent über das immer noch junge Vereinigte Commonwealth, eine durch Heirat geschmiedete Verbindung seiner eigenen Vereinigten Sonnen mit dem Lyranischen Commonwealth, befahl den Dragonern und anderen Söldnern, dem belagerten Kombinat beizustehen. Dieser Zug schockierte viele Menschen, diejenigen eingeschlossen, welche glaubten, daß die Jahrhunderte gegenseitigen Hasses eine Zusammenarbeit zwischen dem Vereinigten Commonwealth und dem Draconis-Kombinat selbst im Angesicht einer derart schweren gemeinschaftlichen Bedrohung wie der Invasion der Clans vereiteln würden. Nachdem die Dragoner eine Schlüsselrolle bei der Eindämmung der Clan-Flut vor Luthien gespielt hatten, begann der gewöhnliche Sphäroid zu glauben, wir hätten wahrhaftig mit unserer Vergangenheit gebrochen und unser Schicksal mit demjenigen der Innern Sphäre verknüpft. Wiederum waren Jaime Wolf und die Dragoner zu Helden geworden.

In den alten Zeiten pflegte Jaime Wolf ein Spiel mit jenen zu spielen, die ihm noch nie zuvor begegnet waren. Als das Gesicht des Wolfes noch nicht so bekannt war, wurde ein Besucher immer zu einer ganzen Gruppe von Dragoner-Colonels geführt. Jaime Wolf befand sich unter ihnen, doch kein Zeichen hob ihn hervor, keine Namen wurden genannt, bis der Besucher reagierte. Mir wurde gesagt, daß die Leute normalerweise einen der anderen Colonels für den Anführer der Dragoner hielten. Meiner Ansicht nach ein Beweis für die Unterlegenheit des durchschnittlichen Sphäroiden. Doch die Gesichter galaktischer Helden werden letztendlich irgendwann publik und prägen sich selbst Hinterwäldlern ein, so daß das Spiel des Wolfs nicht mehr gespielt wird.

Ich mußte an diesen Test denken, als ich sein Landungsschiff betrat. Ich wußte, ich wäre nicht wie so viele andere durchgefallen. Doch ich bin ja auch ein Dragoner. Wir sind dazu ausgebildet, unter die Oberfläche zu schauen und die Kraft einer Person zu spüren. Ich hätte die gemeißelten Züge und das stahlgraue Haupt- und Barthaar nicht vorher auf Holos sehen müssen. Ich hätte seinen kleinen Wuchs und schlanken Körperbau nicht zu kennen brauchen. Jaime Wolf war unverwechselbar, seine innere Kraft wurde von jedem wahren Krieger leicht erkannt, selbst wenn dieser mit seiner äußeren Erscheinung nicht vertraut war.

Doch die Zeiten der Spiele waren lange vorbei. Die Dragoner hatten in harten, zermürbenden Schlachten gekämpft, von denen die Belagerung Luthiens nicht die unbedeutendste war. Wenngleich die Herrscher der Großen Häuser ihrem Glauben Ausdruck verliehen, daß wir nun endgültig ein Bestandteil der Inneren Sphäre waren, wußten wir doch genau, wo wir standen. Wir hatten den verdrehten Traditionen der Clans den Rükken gekehrt, doch die Innere Sphäre hatte uns längst noch nicht assimiliert. In einem feindlichen Sternenmeer waren wir auf uns allein gestellt. Nur der Planet Outreach gehörte uns, und wir würden mit aller uns zu Gebote stehender Kraft an ihm festhalten. Geschkos wie meine eigene waren ein Beweis unserer Entschlossenheit. Wie wir bei unseren Zeremonien sagen: Die Dragoner stehen, bis wir *alle* fallen.

Der Posten, der mich am Ende der Rampe in Empfang nahm, prüfte meine Befehle, bevor er einen Fähnrich der Schiffsbesatzung rief. Dieser führte mich durch das Labyrinth der Gänge zu einer kleinen Kabine, wo ich meinen Seesack ablud. Die Kabine hatte drei weitere Kojen. Ich nahm noch einen zu niedrigen Rang ein, um eine Kabine für mich allein zu bekommen. Eine kurze Fahrt mit einem Personenaufzug brachte uns zum Hauptdeck. In ihren Schutzhüllen stand dort das

Schiffskontingent der BattleMechs, deren riesige Gestalten phantastische Schatten warfen. Inmitten dieser Schatten flackerten die Lichter der Techs, die Reparaturen oder Umrüstungen der gewaltigen Kampfmaschinen durchführten.

Ich hatte gehofft, auf eins der Oberdecks geführt zu werden, in den Bau des Wolfs. Gerüchte in den Geschkos schilderten den Bereich der *Chieftain*, zu dem der Zutritt verboten war, als einen Ort, wo Instrumente zahlloser dekadenter Vergnügungen Seite an Seite mit der hochentwickeltsten Kommandotechnologie existierten. Meine Enttäuschung darüber, nicht in die Lage zu kommen, jene Legenden zu bestätigen, wurde von einer Woge der Erregung ausgelöscht. Schon bald würde ich dem Wolf persönlich von Angesicht zu Angesicht gegenüberstehen.

Um einen taktischen Besprechungstisch im offenen Mittelgang drängten sich Dragoneroffiziere. Im Licht des Holotanks verlieh ihnen der blasse Farbton ihrer Haut unheimliche Ähnlichkeit mit Geistern. Jaime Wolf saß an einem Ende des Tisches und hörte seinen Kommandeuren zu, die sich über irgendein Problem unterhielten.

Der Fähnrich stieß mich an, und plötzlich wurde mir bewußt, daß er mir das Päckchen mit meinen Befehlen hinhielt. Ich nahm es ihm ab, und er ging wortlos. Da es keinen Grund für eine Verzögerung gab, näherte ich mich rasch dem Tisch und überreichte Wolf das Päckchen.

Er sah mich an, nahm es und warf es auf den Tisch, ohne auch nur einen einzigen Blick darauf zu werfen. Sein Gesicht war vertraut, doch dadurch war es nicht weniger erschreckend. Das war der Mann, der die Dragoner über einen Zeitraum von annähernd fünfzig Jahren zusammengehalten hatte. Sein Sinn für Strategie und sein taktisches Genie waren Legende. Wer konnte vor ihm stehen und keine Ehrfurcht empfinden?

»Willkommen an Bord, Brian«, sagte Jaime Wolf. Seine grauen Augen waren durchdringend, klar und tiefgründig wie Gletschereis. Ich bildete mir ein, daß er in meine Seele schauen und sie so leicht lesen konnte wie einen Datenschirm. Da ich nicht zu sprechen wagte — um mich nicht durch Stottern zu blamieren —, nickte ich nur und schüttelte die dargebotene Hand. Dabei rührte sich etwas in den Tiefen jener klaren grauen Augen, und für den Bruchteil einer Sekunde veränderte sich etwas in der Miene des Wolfs. Enttäuschung? Hatte ich bereits versagt? »Sie müssen alle hier kennenlernen, wenn Sie zu meinem Stab gehören.«

Er stellte die anderen Offiziere vor. Sie alle waren Helden, jeder ein Veteran mit mindestens zwanzig Dienstjahren bei den Dragonern. In jenen Augenblicken nahm ich sie kaum zur Kenntnis. Doch um die Geschichte korrekt zu erzählen, müssen Sie wissen, wer da war.

Colonel Neil Parella war der einzige anwesende Kampfkommandeur. Mein erster Eindruck von ihm wurde durch seine etwas schlampige Haltung, Sprechweise und Kleidung getrübt, aber mir war zu Ohren gekommen, daß das Leben im Felde irgendwie lockerer als das in den Ausbildungsgruppen ist. Und wer war ich, um Kritik zu üben? Die Kampfauszeichnungen und die Abzeichen der von seinem Regiment besiegten Einheiten, welche seine Kampfjacke zierten, erzählten die Geschichte eines erfolgreichen Kriegers. Ich hatte Gerüchte gehört, daß er als Unteroffizier Alkoholprobleme gehabt haben sollte, eine Schwäche, die bei einem höheren Offizier unverzeihlich gewesen wäre. Doch er hatte sie offensichtlich überwunden. Schließlich war er der Kommandeur des Gamma-Regiments.

Colonel Stanford Blake, ein eleganter Mann fortgeschrittenen Alters, war der Kopf des sogenannten Wolfsnetzes, des Geheimdiensts der Dragoner. Er hatte in Wolfs Befehlslanze als Nachrichtendienstoffizier gedient, bis er seinen gegenwärtigen Posten erreicht hatte. Von ihnen allen schien Blake der einzige zu sein, der sich tatsächlich freute, mich zu sehen.

Der älteste der vier Offiziere war Lieutenant Colonel Patrick Chan. Aus den Archiven wußte ich, daß er sich noch mehr Auszeichnungen als Parella verdient hatte, doch Chan trug sie nicht an seiner Uniform. Wie Blake trug er die schlichte blaue Alltagsuniform eines MechKriegers mit nichts als seinen Rangabzeichen und dem Wolfskopf der Dragoner auf der Schulter. Er hatte kein aktives Feldkommando mehr, sondern diente als Colonel Carmodys Stellvertreter und Befehlshaber des BattleMech-Operationskommandos.

Bei den Dragonern kommt es nicht selten vor, daß Abzeichen früherer Zugehörigkeit getragen werden, doch ich war überrascht, das Abzeichen eines Infanteristen auf der Uniform von Major Hanson Brubaker zu sehen. Er war noch kleiner als der Wolf, ein schlanker, frettchenhafter Mann, kaum die Sorte, die man bei den Schlammhüpfern erwartete. Dann sah ich das Abzeichen der Sonderaufklärungsgruppe und verstand. Auf seinem gegenwärtigen Posten war Brubaker mit Aufklärungsoperationen anderer Art beschäftigt. Er stand an der Spitze der Kontraktabteilung, jenem Zweig der Dragoner, der sich mit Verhandlungen, Rekrutierungen und Öffentlichkeitsarbeit beschäftigt.

Als die Vorstellung beendet war, nahmen die Offiziere ihr Gespräch wieder auf. Es ging nicht um eine taktische Operation, wie ich gedacht hatte, sondern um Einzelheiten eines bestimmten Kontrakts. Ich hatte den zivilen Fächern nie große Aufmerksamkeit geschenkt, eine Unterlassung, die unter MechKriegern nicht ungewöhnlich ist. Erst jetzt wurde mir diese Lücke wirklich bewußt. Colonel Blake mußte meine Verwirrung bemerkt haben. Er beugte sich vor und lächelte. Eine Spur herablassend, fand ich, aber durchaus freundlich.

»Kantovs Bataillon des Gamma-Regiments wird sich

wegen Vertragsbruchs vor der Aufsichts- und Prüfungskommission für Söldnerfragen voll verantworten müssen.«

»Stimmt nicht«, widersprach Parella aus den Tiefen seiner mürrischen Versunkenheit.

»Haus Marik behauptet etwas anderes«, fuhr Blake fort. »Sie haben eine beträchtliche Beweisfülle. Das Urteil der Kommission wird sehr wahrscheinlich zugunsten Haus Mariks ausfallen.«

»Das kann nicht sein! Es sind doch Dragoner«, platzte es aus mir heraus, was die Aufmerksamkeit der anderen auf mich lenkte.

»Das kann nicht nur sein, es *ist* so, Blechgeburt«, sagte Chan harsch. »Kantov und seine Spießgesellen sind schuldig, und das könnte auch ein blinder ComStar-Akoluth sehen. Sie sind jetzt aus der Geschko raus, mein Junge. Sie werden noch einen Haufen Dinge sehen, die nicht sein können und trotzdem sind. Ich habe schon immer gesagt, die Brutkästen frieren die Hirnzellen ein. Ihr Blechgeburten seid alle gleich. Mann, ich erinnere mich da an ...«

»Lassen Sie's gut sein, Pat.« Blakes Stimme enthielt einen Unterton von Müdigkeit, als seien Chans Klagen eine alte Leier. »Der Junge gehört zu uns. Er hat noch keine Clan-Ausbildung erhalten.«

Chan schüttelte den Kopf. »Die einzig wahre Ausbildung gibt das Leben selbst.«

»Gönnen Sie dem Jungen 'ne Pause, Pat. Sie waren auch mal jung.« Blakes Lächeln war unbeschwert. »Er wird es auch lernen.«

»Besser, er lernt schnell.«

Ich versuchte meiner Stimme einen festen Klang zu verleihen. »Das werde ich.«

Chan starrte mich mit ausdrucksloser Miene an. Vor langer Zeit war er von seinen Truppen Steingesicht genannt worden. Ich fragte mich, ob es das Alter war, das seine Züge so knorrig und unheilverkündend gemacht hatte, oder ob sie schon immer eine so strenge Ausprägung gehabt hatten.

Brubaker schlug mir auf die Schulter, womit er mich aus dem Gleichgewicht brachte. »Lassen Sie sich von dem alten Bock nicht unterkriegen, Cameron. Er ist selbst ein Musterbeispiel für die Clan-Ausbildung. Ein Musterbeispiel für ihr Versagen, *frapos?*«

Zu meiner Überraschung ignorierte Chan Brubakers Bemerkungen und wandte sich an Colonel Wolf. »Ich bin immer noch der Ansicht, ein Auftauchen bei der Verhandlung ist schlecht für unser Ansehen in der Öffentlichkeit. Soll Kantov verfaulen. Es gibt keinen Grund, Jaime da mit reinzuziehen.«

Brubaker schnaubte. »Das sagen Sie. Seitdem Sie das Mech-Op übernommen haben, sind Sie doch mit der Öffentlichkeit gar nicht mehr in Berührung gekommen. Ich überlasse Ihnen die Probleme Ihrer Abteilung, warum überlassen Sie mir dann nicht meine? Es ist von überragender Bedeutung, daß Jaime vor die Kommission tritt. Als Anführer der Dragoner ist der Colonel der letztendliche Kommandeur der fraglichen Einheit, eine Persönlichkeit, deren Erscheinen von der Kommission verlangt wird. Dies ist das erste Mal, daß die Dragoner wegen Vertragsbruchs vor die Kommission gerufen werden, und wenn der Colonel nicht erscheint, wird er all jenen Gerüchten neue Nahrung geben, die besagen, die Dragoner hätten die Einrichtung dieser neuen Kommission nur zu unserem eigenen Nutzen unterstützt. Unsere Kritiker würden ihre Behauptung bestätigt sehen, die Dragoner hätten bei der Einrichtung der Kommission nur mitgeholfen, um sich selbst zu schützen. Oder unsere Kommandeure.«

Chan winkte ab. »Ich habe Ihre Argumente bereits gehört.«

»Aber ganz offensichtlich haben Sie nicht richtig zugehört.«

»Das reicht, meine Herren. Die Dragoner haben genug Feinde. Wir brauchen nicht auch noch untereinander zu kämpfen.« Die Stimme des Wolfs übertönte seine Untergebenen auf eine Weise, wie ein jäher Donnerschlag das Trommeln eines Gewitterregens übertönt. »Ich wüßte ein paar konkrete Vorschläge zu schätzen, wie wir dieses Marik-Problem angehen sollen. Wenn Sie nichts Sinnvolles beizutragen haben, sind Sie entlassen.«

Danach gab es keine Ausbrüche mehr. Die Diskussion der Probleme, die sich aus der Anhörung vor der Kommission ergaben, wurde auf geordnete Weise fortgesetzt. Doch je mehr ich hörte, desto größer wurde meine Bestürzung. Ich hatte davon geträumt, in Gründer Williams Fußtapfen zu treten und dem Wolf persönlich zu dienen. Jetzt hatte es den Anschein, als würde ich meinen Dienst in dem Augenblick antreten, in dem er und die Dragoner vor Gericht standen.

3

Die Kolosse der zerschmetterten BattleMechs lagen überall auf dem Gelände verstreut wie riesige Leichen. Durch dunkle, klaffende Wunden in ihren gepanzerten Hüllen schimmerten Knochen aus einer Titanlegierung, und Fetzen der Myomer-Pseudomuskeln hingen grau und schlaff herunter wie Streifen verfaulenden Fleisches. Freigelegte Metallflächen befleckten die Mechs mit Roststellen, die altem, verkrustetem Blut ähnelten. Eine rabenhafte Gestalt kreuzte über dem Schauplatz des Gemetzels.

Von seiner Stellung im Bauche eines lahmgelegten *Donnerkeil* beobachtete Elson Novakatze den Besucher und grinste. Mit einem Schuß aus seinem Laser hätte er die Maschine leicht herunterholen können, aber es hatte keinen Sinn. Die Sensoren des Flugzeugs konnten ihn inmitten der zerstörten Mechs nicht orten, und ein Schuß auf das Aufklärungsflugzeug hätte nur seine Stellung verraten.

Die zerstörten Mechs hatten zu einem Angriffsteam von Haus Liao gehört, das Outreach in einer Art Vergeltungsschlag überfallen hatte, als die Kampfregimenter von Wolfs Dragonern fort gewesen waren, um Luthien während der Belagerung der Clans zu verteidigen. Die Capellaner mußten geglaubt haben, mit den zurückgebliebenen Alten und Kindern leichtes Spiel zu haben, aber sie waren eines Besseren belehrt worden — mit katastrophalen Folgen für sie. Die siegreichen Verteidigungstruppen hatten die Mechs der Angreifer jeglicher nützlicher Ausrüstung beraubt und lediglich die zerschmetterten Hüllen auf dem Schlachtfeld zurückgelassen, wo sie langsam verrosteten. Wäre das Schlachtfeld an einer der Öffentlichkeit zugänglichen Stelle gewesen, hätte es als Warnung gedient. Doch dies war ›die andere Seite des Berges‹, ein Ort, zu dem nur Dragoner und besonders privilegierte Personen Zutritt hatten.

Elson mußte zugeben, daß die Dragoner den Tendenzen der Verweichlichung in der Inneren Sphäre nicht zum Opfer gefallen waren. Selbst in diesem Zustand dienten ihnen die Battle Mechs noch. Manchmal wurden hier Übungsmanöver abgehalten, wobei die gefallenen Mechs neu bewaffnet wurden und als Unterstände dienten. Da er das wußte, hatte er nach aktiven Waffensystemen gesucht, doch keine gefunden. Diese Maschinen waren alle nur leere Hüllen. Doch selbst als Hülle sorgten sie für eine ausgezeichnete Deckung, und Dekkung bedeutete Leben für einen Infanteristen, auch wenn er den gepanzerten Kampfanzug eines Elementars trug.

Für einen Zivilisten mochte die Schlachtrüstung eines Elementars wie ein Mech aussehen, aber nur, wenn der Zivilist keinen Vergleichsmaßstab besaß. Die Rüstung war von klobiger, humanoider Gestalt, die durch den Raketenwerfer im Rückentornister noch klobiger wirkte. Die kantigen Abschußöffnungen, die den kuppelförmigen Helmaufbau noch überragten, sahen aus wie hochgezogene Schultern. Der linke, in seinen Proportionen nichtmenschliche Arm endete in einer dreifingerigen Kraftklaue, während die rechte Hand, wenn sie nicht in eine dem jeweiligen Auftrag angepaßte Waffenvorrichtung eingepaßt war, einen verstärkten Handschuh mit einem menschlicheren Erscheinungsbild trug. Obwohl vom Aussehen her einem BattleMech ähnlich, reichten die drei Meter großen Rüstungen selbst den kleinsten Mechs kaum bis ans Knie. Die Kampfanzüge der Elementare waren nur mit nur einer einzigen Ladung Ersatzmunition für den Kurzstrecken-Werfer ausgerüstet, und wenn die KSRs verschossen waren, blieb ihnen nur noch eine äußerst begrenzte Bewaffnung zur Mechabwehr. Zwar bot dieser Kampfanzug einem Soldaten den besten Schutz und die besten Bewegungsmöglichkeiten, wenn ihm kein Fahrzeug oder Mech zur Verfügung stand, doch in einem Kampf eins gegen eins war er selbst dem leichtesten Mech hoffnungslos unterlegen. Aber schließlich kämpften Elementare gegen Mechs nicht eins gegen eins.

Als das Aufklärungsflugzeug außer Reichweite war, verließ Elson seine Deckung und rief seinen Strahl zusammen. Die anderen vier Soldaten seines Strahls nannten die Einheit ›Zug‹, doch das war nur der Fall, weil sie Sphäroiden und Dragonerabkömmlinge waren. Ihre archaische Nomenklatur war nur ein unbedeutendes Ärgernis.

»Sind wir geortet worden?« fragte Jelson. Er war Elsons Stellvertreter, eine Position, die er nur aufgrund des Mangels an Herausforderern hielt.

»Neg«, war alles, was Elson dazu zu sagen hatte.

»Ich glaube immer noch, wir sollten ihnen mit dem Rest der Einheit am Paß auflauern.« Das kam von Killie. Sie war eine Sphäroide durch und durch, wenngleich sie die Statur eines Elementars besaß — eines kleinen. Sie beklagte sich zwar selten darüber, in voller Rüstung zu bleiben, doch sie stellte immer alles in Frage und verlieh ihrer eigenen, wenig fundierten Meinung grundsätzlich viel zu leichtfertig Ausdruck.

»Aber genau da werden sie uns erwarten.« Das war Vorner, der übereifrige Dragonerjunge.

»Na und?« lachte Killie. Das Geräusch klang harsch über die Kommleitung der Anzüge. »Es ist das beste Defensivgelände in der Gegend. Keine klaren Sichtlinien über fünfzig Meter. Perfektes Kröten-Gelände.«

Kröte! Wenn Elson nicht in seiner Rüstung gesteckt hätte, würde er ausgespien haben. Irgendein MechKrieger der Sphäroiden hatte die Elementar-Infanterietruppen der Clans ›Kröten‹ getauft, als er sie zum ersten Mal über eine Ebene auf sich zu hatte hüpfen sehen. Die Clan-Truppen hatten ein schnelles Annäherungsmanöver vollführt und ausgiebigen Gebrauch von ihren Sprungdüsen gemacht. Die Elementare hatten ihre Anzüge mit Präzision und Grazie fortbewegt, und jener freigeborene MechPilot hatte nur an hüpfende Kröten denken können. Der Name hatte sich bei den Sphäroiden eingebürgert, selbst bei ihrer eigenen Infanterie. Die von der Einheit verlassenen Narren benutzten die Namen für sich selbst. Sie hatten keinen Stolz.

Sein Ärger kam ihm plötzlich sinnlos vor. Er befand sich jetzt unter Wolfs Dragonern. Wie konnte er da Besseres erwarten?

Die Anwesenheit des Aufklärungsflugzeugs bedeutete, der Feind würde bald eintreffen, zu bald für Elson, um seinem Strahl zu gestatten, sich in müßigen Spekulationen und sinnloser Infragestellung seiner Befehlsgewalt zu ergehen. Er beendete die Diskussion und verteilte seinen Strahl auf die ausgeschlachteten BattleMechs, wobei er darauf achtete, die seiner Meinung nach wahrscheinlichste Route der Opposition ausreichend abzudecken. Er kehrte zum *Donnerkeil* zurück und kletterte auf dessen Rumpf. Als er den Horizont absuchte, fiel ihm ein Lichtblitz ins Auge. Er stellte auf zehnfache Vergrößerung. Eine leichte Staubwolke, wie er sich gedacht hatte. Er hatte seinen Strahl gerade noch rechtzeitig in Stellung gebracht. Der Feind kam.

Er brachte einen optischen Verbindungssensor auf der Hülle des *Donnerkeil* an und ließ sich in dessen Rumpf hinab, so daß ihn der Mech vor den Scannern der sich nähernden BattleMechs abschirmte, wie es beim Aufklärungsflugzeug der Fall gewesen war. Er beobachtete das Gelände weiterhin durch die optische Verbindung.

Der Feind bestand aus einer einzigen Lanze, alles leichte Mechs. Der schwerste war ein Modell, das er kürzlich zum erstenmal gesehen hatte, ein humanoider Rumpf mit einer fast hundeartigen Silhouette des Kopfaufbaus. Elson benötigte einen Augenblick, bis ihm die Bezeichnung wieder einfiel ... *Wolfshund*. Die anderen waren klassische Sternenbund-Konstruktionen, zwei stelzenbeinige *Heuschreck* und ein humanoiderer Mech, eine *Wespe.* Sie bewegten sich in Karo-Formation, der *Wolfshund* vorneweg und jeweils ein Heuschreck auf den beiden Außenpositionen. Die Position des *Wolfshund* in der Formation und seine bedeutend größere Masse deuteten darauf hin, daß er die Maschine des Lanzenkommandeurs war.

Als sie sich dem alten Schlachtfeld näherten, wurden die Mechs in dem Bewußtsein der Gefahr, die das zerklüftete Gelände darstellte, langsamer. Das war klug. Ein falscher Schritt auf dem unsicheren Trümmerfeld konnte die Maschine aus dem Gleichgewicht bringen und vielleicht ihre Gyros überlasten. Ein Pilot in solch mißlicher Lage würde alle Mühe haben, die mächtige Kampfmaschine vor einem schimpflichen Sturz zu bewahren. Solch ein Sturz setzte einen Mech nur selten außer Gefecht, konnte seinen Piloten jedoch ernsthaft verletzen, auch wenn lediglich sein Stolz Schaden erlitt.

Geduldig wie ein nevtonischer Spinnenlöwe wartete Elson. Einer nach dem anderen betraten die BattleMechs das alte Schlachtfeld. Sie bewegten sich jetzt langsam und vorsichtig. Doch ihr Augenmerk galt lediglich der Bodenbeschaffenheit — ein Fehler, der sie teuer zu stehen kommen würde. Elson ließ sie das Zentrum des Mechfriedhofs erreichen, bevor er sich aus der Deckung erhob.

Er markierte die zurückhängende *Wespe* mit seinem Laser als Primärziel seines Strahls. Während er die Kurzstreckenraketen im Rückentornister seiner Rüstung abschoß, gab er Befehl, das Feuer zu eröffnen.

Die Raketen donnerten aus seinem Werfer und erschütterten ihn die paar Mikrosekunden, die sie brauchten, um sich vom Werfer zu lösen. Er spürte die Hitze über seinen Helm branden, während die Raketen ihr Ziel ansteuerten, und sah zu seiner Zufriedenheit fast gleichzeitig von vier anderen Stellen Zwillingskondensstreifen aufsteigen. Sein gesamter Strahl hatte das Ziel unter Beschuß genommen.

Donner folgte Blitzen, und Rauch stieg um die *Wespe* auf, doch bevor sie von der rasch größer werdenden Wolke verhüllt wurde, sah Elson noch, wie einer seiner Schüsse den Kopf traf. Wenngleich er wußte, der Schuß würde nicht durchdringen, badete er in dem Wissen, daß er dem MechPilot weh tun würde. Doch es war keine Zeit zum Frohlocken. Er mußte verschwinden, bevor die Gefährten der *Wespe* reagieren konnten.

Er konzentrierte sich darauf, seine zweite Position sicher zu erreichen. Da er im Zickzack lief, um seine Dekkung vor den jetzt gewarnten BattleMechs zu maximieren, konnte er die anderen Mitglieder seines Strahls nicht sehen. Das Ausbleiben des Gegenfeuers der feindlichen Mechs ermutigte ihn. Der Strahl mußte die MechPiloten überrascht haben.

Im Schutz seiner neuen Deckung riskierte er einen raschen Rundumblick. Seine Stellung gestattete ihm lediglich freie Sicht auf einen der anderen Elementare. Killie. Sie bewegte den Arm viermal auf und ab und zeigte ihm damit an, daß alle Mitglieder seines Strahls in Position waren.

Er sah sich nach den Mechs um. Die *Wespe* war am Boden. Das war gut. Sehr gut. Tatsächlich besser, als er zu hoffen gewagt hatte. Es bedeutete nämlich, daß sein Strahl die Chance hatte, einen weiteren Mech aufs Korn zu nehmen. Die anderen Mechs waren stehengeblieben. Zweifellos ließen sie ihre Scanner Überstunden machen und versuchten herauszufinden, wer ihren Gefährten niedergestreckt hatte. Elson grinste wild. Sie würden es sehr bald erfahren.

Der *Wolfshund* blieb stationär, offensichtlich mit Überwachung befaßt, als die beiden *Heuschreck* zur Suche ausschwärmten. Sie schlugen einen großen Bogen um die toten Mechs, als würden sie damit rechnen, daß einer aufsprang, um sie zu würgen, wie ein Rächer aus dem Grab.

Unter diesen Umständen war Vorsicht gewiß klug,

aber der Lanzenkommandeur war nicht so klug, wie er dachte. Elson war auf diese Reaktion vorbereitet. Er rief sich die Stellungen ins Gedächtnis, die er den Mitgliedern seines Strahls zugewiesen hatte, und schätzte rasch ab, wie weit sie wohl entfernt waren. Er zeichnete seine neuen Anweisungen auf, bevor er sie für die Sendung komprimierte und seinem Strahl den Funkimpuls sandte. Er mußte den Impuls so kurz wie möglich halten, um die feindlichen MechPiloten daran zu hindern, seine Position auszumachen.

»An alle Rüstungen, Ziel *Wolfshund*. Drei Minuten bis Feuerbeginn. Konzentration auf rechten Arm. Erwarte Signal in zwei Minuten, wenn Befehl nicht ausgeführt werden kann.«

Er wartete zehn Sekunden und setzte sich dann in Bewegung.

Abgelaufene Zeit: Eine Minute zwölf Sekunden.

Er duckte sich und wartete hinter einem abgetrennten BattleMech-Arm. Links von sich hörte er das Fauchen eines Mech-Lasers. Es gab weder eine Explosion noch weitere Schüsse — der Krieger mußte Gespenster gesehen und auf Schatten geschossen haben. Auf Elson war nicht geschossen worden, also wußte er, daß seine Pirsch durch den Schrott nicht bemerkt worden war. Der *Wolfshund* stand immer noch reglos da und beobachtete seine Lanzenkameraden.

Abgelaufene Zeit: Zwei Minuten.

Auf der Frequenz des Strahls blieb alles ruhig. Der *Wolfshund* hatte sich immer noch nicht gerührt. Die Dinge entwickelten sich besser als erwartet.

Abgelaufene Zeit: Drei Minuten.

Mit einem kurzen Schub seiner Sprungdüsen sprang Elson aus seiner Deckung, gerade weit genug, um den Schrott unter sich zu lassen. Während er bei der Landung seine letzte Salve KSRs abgab, sprang er auch schon wieder hinter eine neue Deckung. Die anderen Mitglieder des Strahls griffen ebenfalls an, indem sie aus ihrer Deckung hervorbrachen, schossen und dann wieder zurücksprangen. Dieser Raketenhagel war nicht so einheitlich wie der letzte.

Schließlich reagierte auch der *Wolfshund.* Er drehte sich auf dem linken Bein, hob das rechte und tat einen Schritt nach vorn, während er seinen Laser-Arm hob. Die Raketen der Elementare schlugen in donnernder Kakophonie in diesen Arm, in die Schulter und in die Brust des Mechs ein. Der *Wolfshund* schwang den rechten Arm mit der Mündung seines Setanta-Lasers herum wie ein hungriges Maul. Flammende Energie zischte vor, um Vorners Rüstung in Licht zu tauchen, während er in eine bessere Deckung sprang, dann fuhren die Strahlen zweier in der Brust des Mechs angebrachter Laser zu beiden Seiten von ihm in den Boden. Der Mech-Pilot hatte alle seine Waffen abgefeuert, offensichtlich wollte er die Elementare, die er gesichtet hatte, eliminieren. Zu schade, daß er kein besserer Schütze war.

Elson schoß mit seinem eigenen Laser, einem armseligen Ding, verglichen mit den Gigawatt an Energie, die der schwere Setanta-Laser abstrahlen konnte. Doch er war ein besserer Schütze als der MechPilot. Er richtete den Strahl direkt auf das Schultergehäuse, das bereits von drei KSRs verwüstet worden war. Zwei andere dünne Strahlen griffen aus. Einer erwischte die Brust, doch der andere traf ebenfalls die Schulter.

Der *Wolfshund* gab ein Jaulen von sich. Der Laser sank herab, das Leuchten der Energiespiralen erlosch. Der durch den Angriff der Elementare verursachte Schaden hatte die Primärbewaffnung des Mechs ausgeschaltet.

Elson grinste.

»Absetzen«, befahl er seinem Strahl. Seine Leute hatten ihre Arbeit getan. Jetzt brauchten sie sich nur noch bedeckt zu halten und zu überleben.

Elson empfand eine grimmige Freude, als er sah, wie exakt er die Reaktion der MechPiloten auf den Angriff vorausgesehen hatte. Obwohl sie wußten, daß dieser spezielle Elementar-Strahl alle Raketen verschossen hatte, konnten die Piloten nicht wissen, ob sich inmitten der zerstörten Mechs nicht noch mehr Strahlen verborgen hielten. Und selbst wenn sie kampfeswillig waren, hatten die MechPiloten immer noch einen Auftrag zu erfüllen, und der bestand nicht darin, lästige Infanterie zu vernichten.

Die Lanze war jetzt fast auf ihre halbe Stärke reduziert, und ihr Kommandeur wollte offensichtlich nicht noch mehr Verluste einstecken. Der *Wolfshund* zog sich zurück, indem er rücksichtslos beschleunigte. Die beiden *Heuschreck* folgten ihm. Dank ihrer Geschwindigkeit würden sie den Elementaren entkommen. Die Mechs stürmten in die Richtung davon, die die Lanze ursprünglich eingeschlagen hatte.

Elson hielt den raschen Rückzug für die beste Entscheidung, die der Kommandeur im gesamten Verlauf dieser Auseinandersetzung getroffen hatte. Als die Mechs die ersten Bergausläufer erreichten, fragte er sich, ob sie gegen den Rest von Harolds Stern mehr Glück haben würden.

Elson zog sich auf den halb begrabenen *Kreuzritter*, hinter dem er Deckung genommen hatte. Er setzte sich auf dessen Brust und ließ die Beine in die leere Höhlung baumeln, die einst einen Raketenwerfer beherbergt hatte. Der Kampf war vorbei. Fürs erste.

Zwanzig Meter entfernt trat Vorner voller Enttäuschung gegen eines der Mech-Wracks. Er öffnete den Verschluß, schälte sich aus der Rüstung und fuhr prompt fort, seine Aggressionen an dem Kampfanzug auszulassen. Seine Tritte zeigten an der Elementar-Rüstung jedoch keinerlei Wirkung.

Elson lachte. Dieser Test war vorbei, ganz besonders für Vorner. Er hatte verloren, der Laser des *Wolfshunds* hatte ihn als tot markiert. Infanteristen bekamen keine zweite Chance wie MechPiloten. Es wäre vielleicht besser für Vorner gewesen, wenn der Lasers des Mechs mit voller Kraft hätte schießen können.

Ein Stück weit entfernt kam jetzt die *Wespe* auf die Beine, da die Schiedsrichter die elektronischen Sperren ihrer Kontrollen gelöst hatten. Zweifellos waren die MechPiloten noch wütender als Vorner. Mechs verloren normalerweise nicht gegen Elementare.

Das Knirschen von Kies hinter ihm verriet Elson, daß sich ihm jemand näherte. Er machte sich nicht die Mühe, sich umzudrehen.

»Ein Elementar für einen Mech. Ein guter Tausch, *frapos?* Gut gemacht, Kandidat Elson.«

Elson erkannte die Stimme, schwang die Beine über die Flanke des Mechs und ließ sich zu Boden fallen, wo er Colonel Nikkitch gegenüberstand. Elson nahm Haltung an. Dem höheren Rang gebührte dieser Respekt, auch wenn der Colonel dadurch Punkte verlor, daß er nicht Elsons Nachnamen benutzte.

Nikkitch war ein gewöhnlicher Infanteriemann und schon weit jenseits der Fünfzig, doch keiner dieser beiden Umstände war notwendigerweise eine Schande. Er trug Kampfauszeichnungen und hielt sich immer noch gerade. Wenngleich er auf gewöhnliche Menschen groß wirkte, floß kein Elementar-Blut in seinen Adern. Selbst ohne Kampfanzug überragte Elson den vor ihm stehenden Offizier um Schulter- und Haupteslänge. Er wartete, bis der Colonel den Kopf in den Nacken legte, um auf das Visier der Rüstung zu starren. Dann sagte Elson steif: »Ich tat nur meine Pflicht, Colonel.«

Nikkitch schien Elsons Verhalten kalt zu lassen, obwohl es an Respektlosigkeit grenzte. Es machte dem alten Mann Ehre, daß er sich nicht an der gesichtslosen Maske störte, die ihm Elson in seiner Rüstung präsentierte. »Ich schätze, Sie fragen sich, womit sie sich den Befehlshaber des Infanterie-Operationskommandos als Schiedsrichter verdient haben.«

»Das geht mich nichts an, Colonel.«

Nikkitch verzog das Gesicht. »Das sollte es aber. Warum haben Sie Ihren Strahl vom Stern abgezogen?«

»Captain Harold hatte es unterlassen, das Schlachtfeld richtig einzuschätzen, Sir.«

»Unverblümt.« Nikkitch drehte sich um und musterte die übrigen Mitglieder des Strahls, die sich jetzt um ihn versammelten. Dann wandte er sich wieder an Elson. »Und Sie haben etwas gesehen, das ihm entgangen ist?«

»Ich habe die Elementar-Rüstung schon getragen, als er noch damit beschäftigt war, das Wort in seiner Geschko buchstabieren zu lernen, Sir.«

»Eine Clan-Weisheit besagt, daß die neue Generation der alten überlegen ist.«

»Eine andere Clan-Weisheit besagt, die Jungen sollen von den Älteren geführt werden, Sir.«

Nikkitch nickte mit gespitzten Lippen. »Und Harold wollte nicht auf Sie hören. Sagte, er kenne dieses Gelände und auch die besten Stellen für einen Hinterhalt.«

Die genaue Wiedergabe des Wortlauts weckte in Elson die Frage, ob der Colonel die Strategiesitzungen des Sterns belauscht hatte. »Ich hatte mir vor der Übung die Feldkarten angesehen, Sir.«

»Ich weiß«, sagte Nikkitch, der damit enthüllte, daß er sich für die Planungen des Sterns interessiert hatte. »Was versuchen Sie zu beweisen, Elson?«

»Ich bin ein Krieger, Colonel.«

»Ein Leibeigener.«

Elson neigte den Kopf. Die Bewegung war außerhalb der Rüstung nicht zu sehen, doch sie half ihm, seine Wut zu zügeln. Er machte sich klar, daß sein Status als Leibeigener nur vorübergehender Natur war. Als er das Gefühl hatte, sich wieder so weit in der Gewalt zu haben, um ruhig sprechen zu können, sagte er: »Wie Sie meinen.«

»Ich habe Ihren Kodax gesehen, Elson. Sie sind kein

Wahrgeborener. Warum sind Sie so hitzig? Sie können offen sprechen.«

»Ich mag ein Freigeborener sein, aber mein Blut ist Kriegerblut. Ich habe mir meinen Rang im Clan der Novakatzen verdient. Ich habe bewiesen, daß ich ein Krieger bin.«

»Also lehnen Sie ab, es noch einmal zu tun, *frapos?*«

»Pos. Doch ich bin Leibeigener von Wolfs Dragonern, im fairen Kampf gefangengenommen. Ich werde meiner Verpflichtung nachkommen.«

»Aber nichts wird Sie davon abhalten, wieder ein Krieger zu sein?«

»Ich muß meinem Erbe treu bleiben.«

Nikkitch schnaubte mißbilligend. Mit einer Handbewegung schloß er den Rest des Strahls in die Unterhaltung ein. »Nun, Sie alle sollten hoffen, daß sich der Rest des Sterns auch ohne Sie gut schlägt. Schließlich ist es das Ergebnis der gesamten Einheit, das am meisten zählt. Das Ergebnis Ihres Strahls mag hoch sein, aber es wird nicht reichen, wenn es der Rest des Sterns verpfuscht. Oder verliert, weil er nicht in voller Stärke antreten kann. Infanterie muß zusammenarbeiten.«

Elson war der Rüffel egal. Er hatte die richtige Entscheidung getroffen. »Alle Waffengattungen müssen zusammenarbeiten, Sir. Und alle Waffengattungen müssen ihre Stärken ausnutzen und sie auf bestmögliche Weise zur Anwendung bringen.«

»Sehr wahr. Ihr Kodax zeigt eine große Befähigung für Strategie. Ich vermute, Sie wollen Offizier werden?«

»Ich werde so dienen, wie es mir meine Fähigkeiten gestatten, Sir.«

»Wir werden sehen.«

Damit war die improvisierte Einsatzbesprechung beendet.

Es dauerte fast eine Woche, bis die Ergebnisse veröffentlicht wurden. Elsons Punktzahl war hoch genug für eine Beförderung zum Krieger, und zu seiner Überraschung traf das auch auf Harold zu. Als Elson mit seinem Strahl abgerückt war, hatte Harold Elsons Ratschlag noch einmal überdacht und seine Einheit ausschwärmen lassen, wodurch der Spießrutenlauf für die BattleMechs verlängert worden war. Die Anhäufung des durch die Störaktionen der Elementare hervorgerufenen Schadens hatte zur faktischen Eliminierung der Lanze geführt.

Elson wurde vor Colonel Nikkitch zitiert.

»Harold hat anerkannt, daß es Ihre Strategie war, die der Einheit den Erfolg beschert hat. Überrascht sie das?«

Das tat es, doch Elson weigerte sich, das zuzugeben. »Harold ist aufrichtig, wenn er keinen Vorteil darin sieht, es nicht zu sein.«

Nikkitch schüttelte ein wenig verblüfft den Kopf. »Sind Sie immer so unverblümt?«

»Ich bitte um Entschuldigung.«

»Vergessen Sie's.« Der Colonel bedeutete Elson, Platz zu nehmen. Als er sah, daß der Stuhl vor dem Schreibtisch sowohl groß als auch stabil genug für ihn war, folgte Elson der Aufforderung. Der Colonel wartete einen Augenblick, in dem er zweifellos Elsons geistige Verfassung einzuschätzen versuchte, bevor er fortfuhr. »Ich bin sehr beeindruckt von Ihrer Vorstellung, Elson. Viel beeindruckter, als ich erwartet habe, wenn man die Leistung der Novakatzen auf Luthien berücksichtigt.«

Elson zügelte seinen Zorn. Der Colonel wollte offenbar auf irgend etwas hinaus. Warum konnte er das nicht ohne grundlose Beleidigungen tun?

»Elson, die Dragoner stellen eine eigene Elementar-Truppe auf. Sie sind sich sehr wohl der Tatsache bewußt, daß wir knapp an erfahrenen Kommandeuren sind, die wissen, wie man mit solch einer Truppe umgeht. Wir brauchen Experten. Sie haben raschere Fortschritte gemacht als alle anderen Leibeigenen, die wir auf Luthien gewonnen haben, und damit bewiesen, daß

Sie ein Experte sind.« Der Colonel, der offenbar mit einer Reaktion rechnete, hielt inne. Elson würdigte das Lob mit derselben steinernen Miene wie die Beleidigung. Über Nikkitchs Gesicht flackerte ein Ausdruck der Verärgerung. »Wären Sie bereit, mit mir bei der Organisation von Dragoner-Elementareinheiten zusammenzuarbeiten?«

»Heißt das, ich werde kein Kommando erhalten?«

Nikkitch lächelte verschmitzt. »Befürchten Sie, an keiner Schlacht teilzunehmen?«

Elson gab ihm die Standardantwort. »In der Schlacht liegt Ehre.«

»Die Dragoner-Kommandeure stehen nicht gerade in dem Ruf, im Lager herumzusitzen, während die Mannschaften das Kämpfen erledigen.«

»Dann würde ich ein Kommando erhalten?«

»Ja. Und noch mehr, wenn Sie wollen. Sie haben Potential, Elson.«

»Dann nehme ich an. Gut gehandelt und akzeptiert.« Er stand auf und streckte die Hand aus.

Nikkitch lachte, als er die Hand nahm. »Gut gehandelt und akzeptiert. Die offiziellen Zeremonien finden erst Ende des Monats statt, aber lassen Sie mich der Erste sein, der Sie im Heer willkommen heißt, Elson Wolfsohn.«

Elson ließ die Hand los. In der Tat, *Wolfsohn!*

Nikkitchs Augen verengten sich. »Was ist jetzt?«

»Ich habe mir den Namen Novakatze verdient, als ich ins Heer der Krieger vom Clan der Novakatzen einberufen wurde. Ich mag zwar von Ihrem Heer aufgenommen worden sein, aber ich werde nicht auf diese Ehre verzichten.«

Nikkitch seufzte. »Ich hatte gehofft, Sie würden versuchen, sich anzupassen. Mit dem Namen werden Sie sich unter den Alten keine Freunde machen.«

Elson antwortete mit einem geringschätzigen Blick. Was die ›Alten‹, die ursprünglichen Dragoner, von diesem Namen hielten, hatte für ihn wenig Bedeutung. Sie ritten auf der Fehde des Wolf-Clans mit den Novakatzen herum, aber das war vergeudete Energie. Was hatten sie überhaupt noch damit zu tun? Sie waren alle Freigeborene, welche die Meinung der Wahrgeborenen von ihrem Schlag bestätigt hatten. Hatten sie dem Vermächtnis der Clans nicht den Rücken gekehrt? Waren sie nicht zu Verrätern an Nicholas Kerenskys Traum geworden?

Sollte Elsons Name sie daran erinnern, was sie mit Füßen getreten hatten. Dabei war es nicht wichtig, daß er selbst ebenfalls ein Freigeborener war. Er hatte sich seine Ehre verdient, sich seinen Namen als Krieger verdient. Das war sein erster Schritt gewesen, den Wert seiner Gene zu beweisen. Er hatte diesen Dragonern gezeigt, daß er eines Kriegernamens würdig war. Jetzt würde er ihnen zeigen, daß er noch ganz anderer Dinge würdig war.

4

Das pünktlich einberufene Gremium der Aufsichts- und Prüfungskommission für Söldnerfragen marschierte in die Kammer. Die ersten drei Mitglieder schnitten eine ernste, angemessen düstere Miene. Das vierte und letzte Mitglied, Colonel Wayne Waco, machte einen selbstgefälligen Eindruck, als sei er insgeheim über irgend etwas hoch erfreut. Ja, es war *der* Wayne Waco, derjenige, dessen Waco Rangers Anspruch auf eine Blutfehde mit den Dragonern erhoben. Seine Anwesenheit in dem Gremium war unvermeidlich. Die neuen Richtlinien der Kommission schrieben grundsätzlich die Anwesenheit eines Söldnerkommandanten im Anhörungsgremium vor, und derzeit war Colonel Waco turnusmäßig an der Reihe. Die Dragoner hatten das eine Veto, das ihnen zustand, bereits damit verbraucht, den Abgeordneten des Draconis-Kombinats für das Gremium abzulehnen. Trotz der Beteiligung der Dragoner bei der Belagerung von Luthien beharrte Colonel Jaime Wolf noch immer auf der Blutfehde der Dragoner mit Haus Kurita, den Regenten des Kombinats. Anders als die Ranger begriffen die Clan-geborenen Dragoner echte Blutfehden ebensogut wie die Neo-Samurai des Hauses Kurita. Ein Kurita im Gremium hätte viel mehr Schaden anrichten können als der griesgrämige alte Anführer der Ranger.

Selbst mit dem Waco Ranger hatte es den Anschein, als würde das Gremium den Dragonern wohlwollend begegnen. Die beiden Abgeordneten der Großen Häuser gehörten Fraktionen an, denen gute Beziehungen mit den Dragonern sehr am Herzen lagen. Baron Humfrey Donahugue von Haus Davion war einer derjenigen gewesen, die den Vertrag ausgehandelt hatten, welcher die Dragoner 3028 zu Beginn des Vierten Nachfolgekrieges vom Kombinat zu den Vereinigten Sonnen wechseln ließ. Er war so sehr ein Freund der Dragoner, wie dies ein Arbeitgeber nur sein konnte. Der andere Haus-Abgeordnete war Freiherr Rolf Bjarnesson von der Freien Republik Rasalhague. Da Rasalhague fast vollständig unter Clan-Herrschaft stand, suchte die Regierung der FRR überall da Hilfe und Freunde, wo jemand lange genug zuhörte.

Vorsitzender des Gremiums war der obligatorische ComStar-Funktionär, eine gewisse Merideth Ambridge. Ich kannte ihren offiziellen Titel nicht. Vor einem Jahr wäre es noch in Ordnung gewesen, sie eine Adeptin zu nennen, doch ComStar unterlag einem Wandel. Die meisten seiner Mitglieder, die wir heutzutage trafen, waren empfindlich, was die Benutzung jener mystischen Titel betraf, auf deren Verwendung sie früher bestanden hatten. Welchen Titel sie auch trug, Ambridge machte im Verlauf der Anhörung einen fairen und vorurteilsfreien Eindruck. Mit einem Klopfen auf das Druckpolster an ihrem Platz, wodurch ein auf Band aufgenommener Gong aus verborgenen Lautsprechern erklang, rief sie die Versammelten zur Ordnung.

»Der Vertreter von Wolfs Dragonern möge sich erheben und vor das Gremium treten«, sagte sie.

Colonel Jaime Wolf erhob sich von seinem Stuhl. Wenn er durch die erhabene Versammlung und ihre feierliche Haltung eingeschüchtert wurde, gab er es jedenfalls nicht zu erkennen. Er ging raschen Schrittes zum freien Platz vor dem Tisch der Kommission und nahm geschmeidig Haltung an. Das Alter hatte seinen militärischen Habitus nicht beeinträchtigen können. Als er den Blick über das Gremium schweifen ließ, war es tatsächlich eher so, als seien sie diejenigen, die vor Gericht standen. Selbst die Abgesandte ComStars zuckte zusammen, als Wolfs Augen auf ihr ruhten.

»Colonel Wolf«, sagte sie zögernd, »wir haben nicht erwartet, Sie hier zu sehen. Diese Klage bezieht sich nur auf ein Bataillon des Gamma-Regiments.«

»Wenn sie sich auch nur auf einen einzigen Dragoner bezieht, Madame, dann bezieht sie sich auch auf mich.«

»Das sagen Sie nun schon seit Jahren«, spottete Waco.

Der Wolf ignorierte ihn. Auch das tat er schon seit Jahren.

Ambridge räusperte sich. Sie sprach stockend, nervös. »Dann müssen wir davon ausgehen, daß Sie dafür einstehen, das Urteil dieser Kommission zu akzeptieren. Der beschuldigte Einheitskommandant hat das Dokument unterzeichnet, in dem er sich bereit erklärte, der Empfehlung dieses Gremiums zu folgen. Durch Ihr Erscheinen vor diesem Gremium übernehmen sie diese Verpflichtung persönlich.«

»Das ist korrekt.«

»Wenn Sie gewillt sind, die Schuld auf sich zu nehmen, trifft sie Ihre gesamte Mörderbande.« Waco sah aus wie eine Raubkatze, die zu springen im Begriff steht. Hätte er einen Schwanz gehabt, würde er jetzt gezuckt haben.

»Colonel Waco, Sie wissen nicht, was Sie sagen«, mischte sich Baron Donahugue ein. Der fette alte Diplomat schien außer sich. »Das Urteil betrifft nur die fragliche Einheit und ihren unmittelbaren Kommandeur.«

Sowohl Freiherr Bjarnesson als auch Waco erhoben die Stimme, doch Ambridge hieb auf ihr Druckpolster. Die Worte der beiden gingen im darauffolgenden Gong unter. Als wieder Ruhe herrschte, ergriff sie das Wort.

»Trotz seiner schlechten Manieren hat der ehrenwerte Colonel Waco zum Teil recht. Colonel Wolf, ist Ihnen klar, daß die empfohlenen Sanktionen eigentlich nur für die betroffene Einheit und ihren Kommandeur gedacht sind? Und daß Sie, wenn Sie an Major Kantovs Stelle treten, alle Strafmaßnahmen für die Dragoner als Ganzes übernehmen?«

»Ja.«

»Sie müssen das nicht tun, Colonel. Major Kantov war der verantwortliche Offizier. Laut Beschwerde ist er der Beschuldigte.«

Neben mir bewegte sich Kantov unruhig auf seinem Stuhl. Ich konnte den Gestank des nervösen Schweißes riechen, der von ihm ausging. Vor dem Richtertisch, vor aller Augen, zögerte der Wolf keinen Augenblick. »Er ist ein Dragoner und untersteht daher meinem Kommando«, lautete seine Antwort.

Ambridge sah aus, als fühle sie sich unbehaglich. Man brauchte keine Wissenschaftlergene, um zu dem Schluß zu gelangen, daß ein Urteil gegen die Dragoner gefällt worden war. Das war sogar Kantov klar.

»Also gut«, sagte Ambridge.

»Einen Augenblick, verehrte Vorsitzende«, sagte Baron Donahugue ruhig. Ambridge wandte sich ihm mit hochgezogenen Augenbrauen zu. »Ich würde Colonel Wolf gern eine Frage stellen. Natürlich außerhalb des Protokolls.« Sie nickte zustimmend, und er wandte sich an Wolf. »Colonel, ich applaudiere Ihrer Loyalität der Truppe gegenüber, aber ich glaube, Sie sollten es sich noch einmal überlegen.«

»Das ist keine Frage«, fauchte Waco. »Versuchen Sie nicht, ihn davon abzubringen.«

Der Baron rutschte auf seinem Stuhl hin und her, als wolle er sich von Waco distanzieren. »Ich entschuldige mich bei der Kommission. Der ehrenwerte Colonel hat recht: Ich habe keine Frage gestellt. Das werde ich jetzt nachholen. Colonel Wolf, wollen Sie Major Kantov nicht für seine Handlungen einstehen und dieses Urteil empfangen lassen?«

Neben mir begann Kantov sich zu winden.

»Die Einheit trägt Name und Farben der Dragoner«, antwortete Jaime Wolf. Der Baron verstand ganz eindeutig nicht, warum der Wolf dies tat, doch seine herabsackenden Mundwinkel zeigten, daß er die Antwort des Wolfs als Ablehnung erkannte. Die Verwirrung des Barons überraschte mich nicht. Er war ein Politiker, kein Krieger. Politiker verstehen nicht, was es heißt, Verantwortung auf sich zu nehmen.

Ambridge wartete, bis der Baron nickte, bevor sie erneut auf ihr Druckpolster klopfte.

»Es ist die Feststellung dieser Kommission, daß die als Kantovs Bataillon des Gamma-Regiments von Wolfs Dragoner bekannte Söldnereinheit des Vertragsbruchs schuldig ist. Die zusätzlichen Anklagepunkte der Insubordination, des Mißbrauchs ziviler Einrichtungen, des Diebstahls und der Feigheit vor dem Feind sind ebenfalls erhärtet worden. Die Arbeitgeber, die Herzogin Kaila Zamboulos und das Haus Marik, haben sich innerhalb der Grenzen normaler Erwartungen und Praktiken bewegt. Zu Beginn dieses Schiedsgerichtsverfahrens haben sich beide Parteien bereit erklärt, sich dem Spruch der Kommission zu unterwerfen. Die Kommission hat eine vernünftige Entschädigung festgesetzt. Wir nehmen zu Protokoll, daß Colonel Jaime Wolf als Kommandeur der verurteilten Söldnereinheit eintritt. Sind Sie immer noch bereit, sich dem Spruch dieses Gerichts zu unterwerfen, Colonel Wolf?«

»Im Namen der Dragoner bin ich es.«

Kantov seufzte schwer. Er sah erleichtert aus, als sei er aus dem Schneider. Seine Reaktion wurde von den meisten Gremiumsmitgliedern zur Kenntnis genommen, doch Colonel Waco war der einzige, der sich nicht darüber zu ärgern schien. Ambridge mußte sich sichtbar zusammenreißen, bevor sie fortfuhr.

»Die hier Versammelten sind die ersten, welche die Entscheidung der Kommission hören, doch sie werden nicht die letzten sein. ComStar wird das Urteil an alle Stationen unseres Gesegneten Ordens ausstrahlen. Möge das Licht der Wahrheit unser aller Leben erleuchten.«

Sie machte eine Pause, um Atem zu holen.

»Und jetzt hören Sie alle den einstimmigen Beschluß dieser Kommission. Die von der Herzogin Zamboulos bei ComStar hinterlegte Schuldverschreibung verfällt in voller Höhe. Alle Gelder und Güter, welche die Dragoner für ihre Dienste erhalten haben, müssen den ordnungsgemäß autorisierten Mittelsmännern der Herzogin oder der Regierung der Liga Freier Welten zurückerstattet werden. Außerdem muß der Klägerin eine zusätzliche Entschädigung in Höhe von einhundert Millionen C-Noten gezahlt werden. Diese Summe soll durch einen zehnprozentigen Abzug von allen Söldnereinkommen der fraglichen Einheit aufgebracht werden. Da Colonel Wolf die Verantwortung auf sich genommen hat, geht diese Schuld auf Wolfs Dragoner in ihrer Gesamtheit über. Der für die Einheit verantwortliche Offizier wird für ein Jahr mit einem Einstellungsbann belegt. Sollte er aktiv an einem Vertrag teilhaben, entweder als Kommandeur im Feld oder in einer Stabsfunktion, wird der Bann dauerhaft und der Offizier den Ares-Konventionen entsprechend zum Kriegsverbrecher erklärt, wonach die Klägerin nach Belieben zivile oder strafrechtliche Verfolgung einleiten kann. Für den Fall, daß der fragliche Offizier und seine Einheit sich weigern sollten, diesem Urteil Folge zu leisten, empfiehlt die Kommission den Signataren des Vertrages über die Aufsichts- und Prüfungskommission für Söldnerfragen, die Söldner mit einem Bann zu belegen. Diese strengen Empfehlungen sind eine angemessene Reaktion auf eine ernste Situation. Colonel Wolf, akzeptieren Sie den Urteilsspruch dieser Kommission?«

»Madame, die Handlungen *eines* Söldners haben Einfluß auf den Ruf *aller* Söldner. Wenngleich Wolfs Dragoner sich schon seit langem einen Ruf für ehrliche und hervorragende Dienste an unseren Arbeitgebern erworben haben, war unsere Leistung bei diesem jüngsten Vertrag nichtsdestoweniger furchtbar. Dies ist nicht die Art, auf welche die Dragoner in Zukunft ihren Geschäften nachgehen werden. Was mit Kantovs Bataillon geschehen ist, ist geschehen. Nichts kann daran noch etwas ändern. Die Kommission hat nach der Affäre eine faire und unparteiische Untersuchung durchgeführt und ist zu einem vernünftigen Urteil gelangt. Ich kann nichts anderes tun, als dieses Urteil anzuerkennen.«

Seine Stimme war fest und ruhig, doch ich glaubte einen Unterton herauszuhören, der versprach, daß dieser Fall noch nicht abgeschlossen war.

»Vielen Dank, Colonel Wolf«, sagte Ambridge. »Ich erkläre das Verfahren für geschlossen.«

Die Mitglieder der Kommission verließen den Raum durch dieselbe Tür, durch die sie gekommen waren. Während die Marik-Abordnung dem Haupteingang zustrebte, näherte sich ihr Erster Anwalt Jaime Wolf.

»Es war nicht unsere Absicht, Sie persönlich in die Sache zu verwickeln. Ich hoffe, Sie verübeln das weder der Liga Freier Welten noch dem edlen Haus Marik. Wir wollten nur Gerechtigkeit.«

Der Wolf erwiderte sanft: »Die Gerechtigkeit haben Sie jetzt. Und Sie werden noch mehr bekommen.«

Der Anwalt versteifte sich. »Ist das eine Drohung, Colonel Wolf?«

»Ein Versprechen.«

Der Anwalt mochte Wolfs Worte als gegen ihn und seinen Staat gerichtet verstehen, doch ich konnte erkennen, wen der Wolf dabei ansah. Seine Augen ruhten auf Kantov. Jaime Wolf ignorierte die gemurmelten Abschiedsworte des Anwalts. Als sich der Raum bis auf die Dragoner geleert hatte, winkte Wolf Kantov zu sich.

»Kantov, Sie stammen aus der Inneren Sphäre, aber Sie sind jetzt lange genug bei den Dragonern, um über einige unserer weniger bekannten Bräuche Bescheid zu wissen.«

»Sicher, Colonel. Und glauben Sie mir, ich bin Ihnen sehr dankbar. Diese zimperlichen Diplos haben sich von den Marik-Waschlappen bequatschen lassen. Vielleicht wäre es anders gekommen, wenn ihnen dieser Waco nicht auch noch ständig sein Gift ins Ohr geflüstert hätte. Ich weiß es wirklich zu würdigen, daß Sie für uns eingetreten sind.«

Der Wolf unterbrach den Wasserfall seiner Worte.

»Sind Sie mit dem Schlichtungstest vertraut?«

»Mit dem was?« Kantov erbleichte unter seiner dunklen Haut und den schwarzen Bartstoppeln. Ich roch wieder seinen Schweiß. »Das meinen Sie doch nicht ...«

Der Wolf lächelte humorlos.

»Als Herausgeforderter können Sie wählen, ob Sie mit Hilfe kämpfen wollen oder nicht. Bei unserem Alters- und Größenunterschied erlauben es mir die Dragonerbräuche, einen Champion für mich kämpfen zu lassen, wenn sie die Kampfhilfe ablehnen. Doch ich versichere Ihnen, daß ich nicht BattleMechs gleicher Tonnage verlangen werde, sollten Sie mit Hilfe kämpfen wollen. Sie können Ihren *Todesbote* benutzen.«

Kantovs *Todesbote* war ein Überschwerer Mech, zwanzig Tonnen schwerer als Wolfs *Schütze.* Zwanzig sehr bedeutsame Tonnen, die Kantov einen Vorteil geben würden.

»Wenn Sie Ihre Entscheidung getroffen haben, teilen Sie es Lieutenant Cameron mit. Er wird Sie über meine Wahl des Schlachtfelds informieren. Bis dahin kommen Sie mir nicht unter die Augen.«

»Warten Sie, Colonel«, sagte Colonel Parella, der Kommandant des Gamma-Regiments. Er klang verärgert. »Reagieren Sie denn nicht ein klein wenig zu heftig?«

Der Wolf drehte sich zu ihm um. Ich würde mir nicht gewünscht haben, Gegenstand seines starren Blicks zu sein. »Ihre Stellung ist auch nicht so sicher, Colonel. Hätten Sie Ihren Job getan, wäre dieses Problem nie aufgetreten.«

»Sie gaben uns die Genehmigung, unsere Regimenter so zu führen, wie wir es für richtig halten.«

»Ich bin dafür bekannt, daß ich Fehler mache«, sagte Jaime Wolf kalt.

Parellas Augen verengten sich. »Nun, ich glaube, jetzt machen Sie einen.«

»Tatsächlich, Colonel Parella?« Der Wolf zögerte einen winzigen Augenblick. »Vielleicht haben Sie recht.«

Jaime Wolf drehte sich auf dem Absatz um und strebte dem Ausgang entgegen. Ich folgte ihm.

»Colonel Wolf.« Meine Stimme klang zögerlich und leise. Ich war verwirrt, hoffte aber, er würde glauben, ich wolle dafür sorgen, daß die Worte unter uns blieben. »Ich verstehe nicht, warum Sie erst Kantovs Bestrafung auf sich nehmen und ihn dann herausfordern. Wenn ...«

»Sie dürfen das größere Bild nicht aus den Augen verlieren, Brian. Ich muß an viel mehr als die Probleme eines einzigen Regiments denken. Ich könnte für Gammas Probleme keine Lösung finden, selbst wenn ich jeden einzelnen Mann persönlich zur Schnecke machte.«

»Warum dann der Test? Kantov ist viel jünger als Sie, und sein *Todesbote* ist ihrem *Schütze* mehr als nur ein gleichwertiger Gegner.«

Der Wolf lachte. »Keine Sorge, Brian. Es wird keinen Kampf geben.«

»Sie meinen, das war alles nur Schau?« Ich war verwirrter denn je. Wenn die Herausforderung des Wolfs den Leuten zeigen sollte, daß er mit Kantov und seinen Handlungen nicht einverstanden war, stimmte sein Timing nicht. Abgesehen von anderen Dragonern war kein Publikum zugegen gewesen.

Jaime Wolf schüttelte den Kopf. »Die Herausforderung war ernst gemeint. Wenn ich sage, es wird keinen Kampf geben, meine ich damit, daß Kantov zum Zeitpunkt des Tests nicht mehr da sein wird.«

Schockiert blieb ich stehen. Das konnte nicht sein. Würde der Wolf Kantov durch einen Mittelsmann beseitigen lassen? Als er bemerkte, daß ich nicht mehr neben ihm ging, blieb er ebenfalls stehen und drehte sich zu mir um.

»Daran ist nichts Geheimnisvolles oder Unredliches«, sagte Colonel Wolf, der offensichtlich die Richtung meines Gedankengangs erahnte. »Kantov ist ein Feigling. Er wird eher fliehen als kämpfen.«

Ich war erleichtert, daß meine Befürchtungen, der Wolf könne nicht das sein, wofür ich ihn hielt, zerstreut wurden. Mir fielen die Lehrsätze in seinen Büchern über Strategie und Taktik ein, besonders jene, die besagten, man müsse seine Feinde gut kennen. Der Wolf war ein Meister darin, seine Feinde zu kennen, unfehlbar in der Beurteilung von Menschen. Wenn er glaubte, Kantov würde fliehen, dann *würde* Kantov fliehen. Nun, da mein Vertrauen in die Ehre des Wolfs wiederhergestellt war, gingen wir weiter.

Der Wolf hielt eine weitere Überraschung für mich bereit. »Sobald Colonel Blake mit der Durchsicht des Kommissionsberichts fertig ist, lassen Sie sich von ihm die Liste der Entlassungen zusammen mit seinen Empfehlungen bezüglich der Ersatzleute zwecks Auffüllung der offenen Stellen bei Gamma geben.«

»Entlassungen? Ersatzleute?«

»Die Schläger und Maulhelden in Kantovs Bataillon hatten ihre Chance. Diejenigen, die nicht direkt an den Taten des Bataillons Anteil hatten, haben sie zumindest in Schutz genommen. Diese faule Stelle muß ein für allemal ausgemerzt werden. Wenn die Dragoner nicht über die Vorwürfe eines Arbeitgebers erhaben sind, dann sind sie nicht besser als ein Haufen Piraten, und ich führe keinen Banditenhaufen an. Die Dragoner sind etwas Besseres. Wir müssen es sein.«

Die Inbrunst in seiner Stimme verblüffte mich. »Sie sagen das, als müßten Sie etwas beweisen, Colonel.«

»Es gibt immer etwas zu beweisen.«

Wir verließen die Halle, um uns der Reporterversammlung zu stellen.

5

Die Voraussage des Wolfs erwies sich als korrekt: Es gab keinen Schlichtungstest. Kantov verschwand aus seiner Kaserne, und eine Woche später war er Colonel Blakes Quellen zufolge auf einem Sprungschiff in Richtung der Konföderation Capella. Kantov hatte bei Olsons Rangers eine neue Heimat gefunden, einem Söldnerregiment, das mehr als glücklich war, einen Ex-Dragoner zu bekommen, auch wenn es ein entehrter war. Nach allem, was mir zu Ohren gekommen war, mochte Kantov das sittliche Niveau der Ranger sogar anheben. Ein paar von Kantovs Busenfreunden verließen Outreach ebenfalls. Die meisten strebten wie Kantov dem capellanischen Raumsektor entgegen, doch ein paar heuerten auch bei der ersten Einheit an, die sie aufnahm. Zwei Wochen später hatten alle Personen auf meiner Entlassungsliste Outreach verlassen.

Ich war froh, und das nicht nur, weil das für mich bedeutete, weniger Entlassungsakten bearbeiten zu müssen. Die Dragoner waren sie glücklich los geworden. Aber wir mußten uns immer noch mit Kantovs Vermächtnis auseinandersetzen.

Zuerst ertrug Wolf die erzwungene Kampfpause recht gut. Er stürzte sich in Arbeit, die, wie er sagte, getan werden mußte. Das Urteil der Kommission verbot ihm nicht, sich mit den geschäftlichen Unternehmungen der Dragoner zu beschäftigen. Wenn der Wolf sich nicht ums Geschäft kümmerte, inspizierte er die Ausbildungs- und Übungseinrichtungen, änderte Kursstrategien und begutachtete die Fortschritte von beinahe jedem, der auf Outreach Unterricht erhielt, von den nur vorübergehend hier weilenden Sphäroiden bis zu den Trainings-Geschkos. Er verbrachte außerdem eine Menge Zeit mit den Wissenschaftlern und Lehrern.

Ich verbrachte den größten Teil meiner Zeit damit, Anforderungen und Eingaben zu bearbeiten. Obwohl ich mir immer wieder sagte, daß alles wichtig war, muß ich doch gestehen, daß ich den Blackwell-Kommuniques mehr Aufmerksamkeit schenkte. Ich war ein junger MechKrieger und der Blackwell-Konzern jetzt unser Hauptwaffenlieferant — und neue Technologien sind schließlich viel interessanter als Mannschaftsverlegungen, Dienstgradklassifizierungen und Ersatzteilanforderungen. Ich verstand nicht viel von den technischen Spezifikationen der neuen Fabriken, doch ich wußte die Fähigkeiten von einigen der neuen Maschinen, die aus diesen Fabriken hervorgehen würden, durchaus zu würdigen. Wenn ich schon nicht kämpfen konnte, würde ich mich zumindest über den neusten Stand der Technik informieren.

Der Wolf selbst kämpfte also nicht, die Dragoner dagegen schon. Das mußten sie auch. Die Strafe der Kommission bedeutete, daß wir einen Haufen Kontrakte abschließen mußten, um den stetigen Bargeldstrom im Fluß zu halten, den Jaime Wolf aufbringen mußte. Er verbrachte eine Menge Zeit innerhalb der marmorverkleideten Wände der Anwerbehalle. Die beachtliche Aufmerksamkeit, die er der Organisation der Dragoner-Kontrakte widmete, kam mir nicht übertrieben vor. Die Tatsache, daß unsere Kampfeinheiten über die halbe Innere Sphäre verstreut waren, machte ihre Koordination zu einem Problem von vorrangiger Bedeutung. Ich begriff nur nicht, warum er soviel Zeit damit verbrachte, die nicht angeschlossenen Söldner, die nach Outreach kamen, so überschwenglich zu begrüßen.

Ihre Motivation lag natürlich auf der Hand. Sie wollten von den Dragonern das Siegel der Anerkennung für ihre Einheiten empfangen. Der Schuldspruch der Kommission hatte den Ruf der Dragoner bei den käuflichen Soldaten der Inneren Sphäre keineswegs beeinträchtigt. Wenn überhaupt, dann war unser Ruf eher noch besser geworden. Vielleicht hielten sie uns jetzt für menschlicher. Auf jeden Fall sahen sie wohl, daß wir bereit waren, unsere Fehler zuzugeben und zu korrigieren. Aus welchen Gründen auch immer, die anderen Söldner kamen, und Jaime Wolf traf sich mit ihnen.

Diejenigen, die er anerkannte, wanderten auf die Empfehlungsliste der Dragoner, darunter auch solche Langzeit-Subkontraktoren wie die Schwarze Brigade und Carters Kavaliere. Manchmal war ich der Ansicht, der Wolf sei in bezug auf die Ehre jener Söldner nicht so anspruchsvoll, wie er es hätte sein sollen. Ich versuchte fair zu sein. Schließlich waren sie keine Dragoner. Aber meine Sorgen bezüglich dieser Einheiten waren nichts im Vergleich zu dem Ekel, den ich angesichts der zusammengewürfelten Haufen von MechKriegern empfand, die draußen vor der Halle ihre Geschäftsstände eröffneten. Sie waren von Kantovs Schlag und benutzten die Anziehungskraft organisierter Vertragsabschlüsse, um sich potentiellen Arbeitgebern zu Billigtarifen anzubieten. Ich begriff nicht, warum der Wolf sie auf Outreach duldete. Sie warben uns und jenen Einheiten, welche von den Dragonern unterstützt wurden, die Kunden ab.

»Das ist unvermeidlich«, sagte der Wolf, als ich ihn deswegen fragte. »Wir brauchen eine freie Stadt für freien Handel. Ihnen den Zutritt zu verweigern, wäre eine Diskriminierung und würde uns unseren Ruf äußerster Fairneß kosten. Solange sie ihre Miete zahlen, können sie bleiben. Doch sie werden niemals die andere Seite des Berges zu Gesicht bekommen.«

›Die andere Seite des Berges‹ war der Ort, wo die Dragoner trainierten, der größere Kontinent auf Outreach, wo der alte Sternenbund einst seine Kriegsolympiade abgehalten hatte. Er war außerdem unter dem Namen ›Hinterland‹ bekannt, um ihn von ›Welt‹, dem kleineren Kontinent, auf dem wir unsere Geschäfte mit der Öffentlichkeit abwickelten, zu unterscheiden. Hinterland hatte auch noch andere Verwendungszwecke, von denen ich nicht alle nennen kann. Fremde durften ihn nur unter Bewachung besuchen. Selbst das Überfliegen im Orbit war unter Strafe eines Angriffs verboten. Wenn Outreach unser Heim war, dann war die andere Seite des Berges unser Privatgemach.

Wir Angehörigen von Wolfs Befehlslanze kamen natürlich zur anderen Seite des Berges, doch nicht oft genug. Die Befehlslanze des Wolfs war eine überstarke Lanze aus sechs BattleMechs, die sowohl für den Kampf als auch für Stabsarbeit konzipiert war. Doch dank Wolfs unerwünschtem Urlaub waren wir alle arbeitslos. Und dennoch, niemand bei den Dragonern muß lange auf eine Chance warten, sein Kampfgeschick zu verbessern. In periodischen Abständen wurde die Langeweile des Stadtdienstes von Trainingsübungen durchbrochen.

Diese Übungen gaben mir Gelegenheit, mich an meinen neuen *Loki* zu gewöhnen. Mit fünfundsechzig Tonnen war er viel schwerer als alle anderen Mechs, die ich bislang gesteuert hatte. Hätte es sich um einen Mech mit normaler Kampfkonfiguration gehandelt, würde ich wahrscheinlich keine Probleme gehabt haben. Doch die zur Ausübung meiner Pflichten als Komm-Offizier eingebaute Ausrüstung komplizierte die Situation. Mein *Loki* war in reichlichem Maß mit Kommunikationsgeräten und Elektronik bestückt, wodurch er sich besser als Regimentskommandostand in einer mobilen Schlacht eignete als die meisten normalen Kommandozentralen der Inneren Sphäre. Sollte ein Komm-Offizier der Sphäroiden jemals seine Kompaktheit und Leistung erleben, wird er wahrscheinlich vor Neid sterben.

Ich fragte mich oft, wie wohl Gründer William mit der Maschine fertig geworden wäre. Da er einer von den ursprünglichen Dragonern gewesen war, hätte er die OmniMechs viel besser verstanden als die Angehörigen meiner Generation oder die Adoptierten. OmniMechs waren ClanTech und daher neu für uns, aber die Dragoner besaßen bislang noch nicht viele davon. Einen dieser wenigen steuern zu dürfen, war ein Privileg und eine Ehre. Ich hatte die Absicht, mich ihrer würdig zu erweisen.

Ohne unbescheiden zu sein, kann ich behaupten, daß meine Fähigkeiten im Mech mit jeder Übung zunahmen. Hätte ich doch nur außerhalb der Maschine ebensoviel Zutrauen in meine Fähigkeiten gehabt. Als Komm-Offizier mußte ich mit einer immensen Signalmenge umgehen. Wochenlang brachte ich Rufzeichen und die Einheiten durcheinander, zu denen sie gehörten. Da bei den Dragonern die Zusammensetzung der Einheiten und ihre organisatorischen Strukturen scheinbar täglich zu wechseln schienen, war eine gewisse Verwirrung unvermeidlich. Ich begriff einige der Umstrukturierungen, doch andere Arrangements waren eindeutig experimenteller Natur. Manchmal hatte ich den Verdacht, der Wolf nehme einige der Veränderungen nur vor, um seine Langeweile zu zerstreuen. Vielleicht gefiel es ihm, mich Fehler machen zu sehen.

Zumindest hatte der Wolf Geduld mit mir. Ich mußte nie öfter als zweimal im Monat Sonderschichten einlegen. Andere Mitglieder seines Stabes hatten nicht soviel Glück. Er trieb sie zunehmend härter an und schien immer irgendeinen Fehler in ihrer Arbeit zu finden. Vielleicht trug seine Untätigkeit ebensosehr zu seiner Frustration bei wie die Fehler und Versäumnisse seiner Untergebenen. Oft war ich der Ansicht, die Stabsmitglieder seien unverdient zur Schnecke gemacht worden.

Es heißt, ein guter Komm-Offizier ist unsichtbar, ein transparenter Filter für seinen Kommandant. Vielleicht stimmt das. Es gab Zeiten, in denen ich mich wie ein fest zur Kommandozentrale gehörendes Inventarstück fühlte. Und in zunehmendem Maße wurde ich von Jaime Wolf auch so behandelt. Mit den Monaten schien ich für ihn wenig mehr als eine Verlängerung der Funk-, Laser, Optik- und Hyperwellen-Verbindungen geworden zu sein, welche die Entfernungen zwischen ihm und seinen Truppen überbrückten. Da ich ein guter

Komm-Offizier sein wollte, ermahnte ich mich, mir keine Sorgen zu machen, diese Art Behandlung als Kompliment zu betrachten. Ich redete mir ein, daß es mir nichts ausmachte, und das glaubte ich auch bis zu dem Tag, an dem er mich William nannte.

Ich war schockiert. Und entsetzt. War die Belastung für den Wolf zu groß geworden? Ich hatte gehört, daß alte Leute manchmal in der Vergangenheit leben, ihre Umgebung als irgendeinen anderen Ort in einer anderen Zeit wahrnehmen und mit Personen sprechen, die längst tot sind. War der Wolf so alt, daß er dieser Schwäche des Fleisches zum Opfer fiel? Er war bissig geworden, ein weiterer Wesenszug, von dem es heißt, er sei typisch für die Alten. Ich wußte nicht, was ich glauben sollte. Krieger werden normalerweise nicht so alt, und ich hatte wenig Erfahrung mit alten Leuten.

Ich suchte Rat bei Stanford Blake, mit dem ich im Zuge unserer gemeinschaftlichen Arbeit für Jaime Wolf in intensiven Kontakt gekommen war. Der hochrangige Nachrichtendienstoffizier war mir öfter, als ich zählen konnte, behilflich gewesen, und mittlerweile stützte ich mich auf ihn, wenn ich verwirrt war. Obwohl er wesentlich älter als ich war, fand ich in ihm einen guten Kameraden. Er hatte eine unbeschwerte Art und mich sogar aufgefordert, ihn Stan zu nennen, solange keine Kunden in der Nähe waren.

An diesem Tag fand ich ihn in die Einsatzberichte des Alpha-Regiments vertieft, das an einem Überfall auf Brighton im Rahmen des St. Ives-Kontrakts beteiligt war. Die Capellaner hatten eine Prämie in Aussicht gestellt, nach der sie für die Dienste des gesamten Regiments bezahlen wollten, obwohl laut Auftragsprofil nicht mehr als ein verstärktes Bataillon erforderlich war. Stan hatte mir gesagt, er habe den Verdacht, die Capellaner hätten die Situation falsch dargestellt. Das Epsilon-Regiment verrichtete Garnisonsdienst auf Relevow, einem System, das nur einen Katzensprung entfernt war. Die Capellaner waren für ihre Verschlagenheit berüchtigt, und den Kommuniques nach zu urteilen, die ich auf seine Konsole hatte legen müssen, versuchte Stan irgendeinen Hinweis darauf zu finden, daß die Capellaner eine Hinterlist planten.

»Irgendein Zeichen von Ärger?« fragte ich, als ich an den Raumteiler klopfte, der seinen Schreibtisch vom Rest der Hauptgeschäftsebene trennte. Selbst in meinem erregten Zustand brachte ich noch den nötigen Respekt für die Sorgen meiner Vorgesetzten auf.

»Noch nichts«, murmelte er abwesend. Er winkte mich herein, ohne von seinem Datenschirm aufzusehen. Ich wartete, nicht gewillt, seinen Gedankengang zu unterbrechen. Nachdem er noch ein paar weitere Dokumente durchgesehen hatte, schaltete er den Schirm auf Stand-by, lehnte sich in seinem Stuhl zurück und bedachte mich mit einem Grinsen. »Was kann ich für Sie tun, Brian?«

»Sie waren von Anfang an mit dem Wolf zusammen, nicht wahr?«

»Ja.« Stan musterte mich nachdenklich. »Was ist denn passiert?«

Die Tatsache, daß er mir meinen Zustand so leicht vom Gesicht ablas, störte mich, vielleicht grundlos. Ich hörte das abwehrende Jammern in meiner Stimme, als ich sagte: »Wer hat behauptet, es sei etwas passiert?«

»Sie«, sagte Stan viel zu fröhlich. »Immer, wenn irgend was passiert, das Sie nicht verstehen, kommen Sie mir mit einer Variation dieser ›Von Anfang an‹-Geschichte. Warum setzen Sie sich nicht einfach hin und erzählen mir, was passiert ist?«

Ich setzte mich.

»Geht es um Jaime?« fragte er.

»Nicht genau. Der Wolf ...«

»Hören Sie auf, ihn ›der Wolf‹ zu nennen.«

Ich lehnte mich überrascht zurück. »So nennen ihn alle in den Geschkos.«

»Nun, die sollten ihn auch nicht so nennen. Aber wir können schlecht einen Befehl ausgeben, daß sie damit aufhören sollen. Hier, wo er es hören kann, nennen Sie ihn Colonel Wolf oder einfach Colonel. Für William war das gut genug.«

»Aber ich *bin* nicht William!«

Meine unerwartete Heftigkeit verblüffte ihn. »Das ist es also.«

»Was?«

»Ich habe darauf gewartet, daß das passiert.« Stan schüttelte langsam den Kopf, ein trauriges Lächeln auf den Lippen. »In mancherlei Hinsicht bin ich überrascht, daß es nicht schon früher passiert ist.«

Also, schloß ich, teilte er meine Sorgen bezüglich des Wolfs. Meine Ängste waren berechtigt. Der Wolf war alt, über siebzig Jahre, vielleicht fast achtzig. Er war älter als alle anderen Kommandeure der Dragoner. Und jetzt schien es, als würde er schließlich den feige schmarotzenden Auswirkungen des Alters erliegen. Ich wußte nicht, worauf das hindeutete. Wenn der Wolf versagte, was würde dann aus den Dragonern werden? Die meisten Leute schienen zu erwarten, daß sein leiblicher Sohn MacKenzie die Dragoner übernehmen würde. Doch MacKenzie Wolf war nicht sein Vater. Ihm fehlte ... etwas.

»Was sollen wir tun?« fragte ich flüsternd.

Stan zuckte die Achseln. »Ignorieren Sie es.«

Ich war schockiert. Stans Abgebrühtheit war in mancherlei Hinsicht viel bestürzender als das Versagen des Wolfs. »Wie könnten wir?«

»Es wird vorbeigehen. Sie verrichten Williams Arbeit fast so gut wie er in seinen besten Zeiten. Das allein würde schon reichen. Aber Ihre Ähnlichkeit mit ihm macht einen Ausrutscher praktisch unvermeidlich. Ich bin überrascht, daß es mir nicht auch schon passiert ist. Keine Sorge, Sie werden sich noch früh genug einen Namen machen.«

Ich spürte, wie ich errötete. Ich hatte Stans Bemerkungen mißverstanden. Während ich bei dem Mann, der die Dragoner immer noch in den Händen hielt und sie nach seinem Willen formte wie ein Töpfer den Ton, Senilität befürchtete, hatte Stan die Wahrheit erkannt. Ich hatte die Fußstapfen des Gründers zu gut ausgefüllt. Mein einziger Fehler war der gewesen, daß ich in einem Versprecher den Beweis für einen nachlassenden Verstand gesehen hatte.

»Sie werden darüber hinwegkommen, Brian. Wenn wir erwachsen werden, müssen wir uns alle mit der Vergangenheit anderer Leute auseinandersetzen und wollen doch nur wir selbst und nicht irgendein aufgepfropftes Bild der Perfektion sein — nicht einmal ein Abbild unseres Blutvaters. Wußten Sie nicht, was auf Sie zukam, als Sie beim Wettkampf um den Ehrennamen mitmachten?«

»Ich glaube nicht.«

»Aber langsam kommen Sie dahinter, nicht wahr?«

Ich nickte.

»Haben Sie keine Angst vor dem Erwachsenwerden. Das ist die einzige Möglichkeit, Sie selbst zu sein — anstatt jemand anderes Vorstellung davon, was Sie sein sollten.« Seine ernste Miene verzog sich zu einem Lächeln. Dann lachte er. »Wenn wir jetzt nicht zu philosophieren aufhören, werden wir noch aus der Klasse der Krieger zurückgestuft. Und dazu bin ich nicht bereit. Haben Sie schon ein Signal vom Beta-Kommando empfangen?«

Stans unerwartete Frage erinnerte mich daran, daß ich ebenfalls ein Krieger war. Ich unterdrückte meine Gefühle und Bedenken und setzte mich gerade.

»Um 1130 an Ihr Kommdeck weitergeleitet. Colonel Fancher meldet: Keine Kampfhandlungen auf dem Planet seit dem anfänglichen Scharmützel mit der planetaren Bürgerwehr. Sie rechnet damit, die Abwehrmaßnahmen zum Schutze des Brückenkopfes bis zum regionalen Morgengrauen abgeschlossen zu haben. Dann will sie auch die Patrouillen verstärken.«

»Keine Meldungen von Kurita-Aktivitäten auf dem Kontinent?«

»Negativ.«

Er runzelte die Stirn. »Schwer zu glauben, daß es bei Beta noch nicht von Schlangen wimmelt.«

»Abgefangene Kombinats-Funksprüche deuten auf Luft/Raum-Aktivitäten hinter dem näheren Mond hin. Ich habe den nachrichtendienstlichen Bericht an Colonel Fanchers Meldung angehängt.«

An die Stelle des Stirnrunzelns trat ein schiefes Lächeln. »Die Auswertung soll doch angeblich mein Job sein.«

»Keine Auswertungen, Stan. Ich habe nur die Funksprüche und Sourcecodes weitergegeben.«

»Wenn sie sich jenseits des Mondes formieren, planen sie vielleicht eine Landung. Schicken Sie Fancher eine Warnung.«

»Zusätzlich zur Übermittlung der abgefangenen Signale?«

»Nein, ich glaube nicht. Alicia wird zum gleichen Schluß kommen wie ich.« Stan lachte. »William hätte zuerst die Übermittlung geklärt«

Obwohl er es auf humorvolle Weise tat, verglich er mich immer noch mit dem Gründer. Ich versteckte mich hinter Förmlichkeit. »Mein Job ist, dem Kommandostab die Arbeit zu erleichtern, Sir.«

Er lachte wieder. »Und das machen Sie sehr gut. Vielen Dank, Brian.«

Ich fand seine gute Laune ansteckend. Meine Reaktion darauf, mit Gründer Williams Namen angeredet worden zu sein, kam mir plötzlich kindisch vor. Ich tat meine Arbeit. *Meine* Arbeit. Und ich tat sie gut. Stans Lob war nicht das des Wolfs, aber ich fühlte mich dennoch besser.

6

Die Tatsache, daß die Wildheit der Gärten so kunstvoll hergestellt worden war, machte sie für Dechan Fraser nur noch wunderbarer. Jeder Busch war im Hinblick auf seine Wirkung ausgesucht, gepflanzt und getrimmt worden. Hier war ein Gewirr von Sträuchern und Wildblumen, das auf jedem anderen Planeten ein Dschungel hätte gewesen sein können, wenn man die einsamen Blüten der kiambischen Feuerlilien nicht erkannte. Dort war ein Stück von Alshain, wo ein schlanker Steinbrokken an die Zinnen und Minarette der Hauptstadt jenes Planeten erinnerte. Im Laufe seiner Jahre im Draconis-Kombinat hatte Dechan diese künstlerische Tradition schätzen gelernt, in der ein Ort, oder vielmehr die Stimmung eines Ortes, durch Form, Silhouette und Schatten nachgebildet wurde. Er begriff mittlerweile sogar ein wenig, wie es kam, daß einige der bedeutendsten Architekten dieser Oasen des Friedens Krieger waren.

Das Kombinat wurde von Haus Kurita dominiert, und die Kuritas hielten eine Kriegertradition nach Art der alten Samurai aufrecht. Wie jene alten Samurai waren die Besten und Klügsten des Kombinats sowohl gewaltige Krieger als auch feinsinnige Künstler. Dieser von Takashi Kurita entworfene Garten war ein Teil dieser Tradition. Takashi war der Koordinator des Kombinats, sein absoluter Herrscher und die Verkörperung des mythischen Drachen. Zwar überließ er die militärischen Aspekte des Regierens seinem Sohn Theodore, dem Gunji-no-Kanrei, doch in seiner Jugend war Takashi ein formidabler MechKrieger gewesen. Er war immer noch ein MechKrieger und hatte erst kürzlich bei der Belagerung von Luthien seine Elitegarde in die entscheidende Schlacht gegen die Clan-Invasoren geführt. Doch Takashi war auch ein Künstler. Der Garten war ein subtiler Ausdruck der menschlichen Herrschaft über das Chaos der Natur, aber auch eine beharrliche, doch gleichermaßen subtile Darstellung der Vorherrschaft des Koordinators über die zahlreichen Welten des Kombinats.

Der Weg führte Dechan in eine Senke und über eine gewölbte Holzbrücke. Das Gurgeln des Bachs unter ihm klang gedämpft und beruhigend in seinen Ohren, als er den Hang hinauf und um die moosige Kuppe eines Hügels marschierte, die mit Brocken aus rosafarbenem Quarz übersät war. Der Pfad wand sich um die Erhebung und führte weiter. Dechan ging langsam, ärgerlich darüber, die Ruhe des kleinen Tals verlassen zu müssen. Der Biegung des Weges folgend, sah er etwas, das ihn auf der Stelle erstarren ließ.

Wenngleich erschreckend, schien die massige Gestalt des BattleMechs zunächst nicht fehl am Platz. Seine ungeschlachte, größtenteils humanoide Gestalt war von Zweigen eingerahmt, deren blättrige Schatten seine leuchtend blaue Oberfläche mit dunklen Sprenkeln überzogen. Goldene Verzierungen hoben Teile der Panzerung und ausgewählte Bauteile hervor. Ein goldener Streifen zog sich um die großen Werfergehäuse, die der Maschine ihr charakteristisches Profil hochgezogener Schultern verliehen, und lief auf der steil abfallenden Brustmitte in einem V aus. Es war ein *Schütze,* ein siebzig Tonnen schwerer BattleMech, der in erster Linie zur Feuerunterstützung konzipiert, doch auch in anderen Rollen ein gewaltiger Kämpfer war.

Dechan brauchte nicht erst den roten Kreis mit dem schwarzen Wolfskopf auf dem linken Oberschenkel zu sehen, um den Mech zu erkennen. Zwar entsprach die Zeichnung nicht ganz seiner Erinnerung, aber die Unterschiede waren unwichtig. Er hatte keinen Zweifel, wessen *Schütze* dies sein sollte: Jaime Wolfs.

Also muß etwas an den Gerüchten dran sein, daß Takashi wieder von den Dragonern besessen ist, dachte er.

Takashis Bote hatte Dechan befohlen, diesen Weg zu nehmen, was bedeutete, der Koordinator hatte ihn den

Schütze sehen lassen wollen. Wenn Takashi Dechan wegen seiner früheren Verbindung mit den Dragonern zu sich bestellt hatte, warum hatte er dann nicht auch Jenette eingeladen? Dechan hatte angenommen, die Internen Sicherheitstruppen des Kombinats seien überzeugt, daß er und Jenette schon vor langer Zeit alle Bande zu den Dragonern durchtrennt hatten. Doch wenn Takashi erneut Jagd auf die Dragoner machen wollte, waren vielleicht nicht einmal die Versicherungen der ISA Schutz genug.

Würde Theodore helfen? Dechan und Jenette waren Mitglieder seines *Shitenno,* seines innersten Ratgeberkreises. Doch konnte Theodore sie vor seinem Vater beschützen, wenn der Koordinator sie als Dragonerspione abstempelte und auf ihrem Tod bestand?

In dieser Gefahr lag eine gewisse Ironie.

Vor Jahren — mehr Jahren, als Dechan sich erinnern wollte — waren Jenette und er mit Michi Noketsuna der Spur des Kurita-Kriegsherrn Grieg Samsonov gefolgt. Samsonov war der Hauptschuldige an den Ereignissen gewesen, die im Jahre 3028 beinahe zur Vernichtung von Wolfs Dragonern geführt hatten. Michi, der Rache für den Tod seines Mentors Minobu Tetsuhara suchte, hatte Dechan und Jenette zunächst gegen den Kriegsherrn und dann auf einen Pfad geführt, der sie schließlich zu Takashi Kurita gebracht hatte. Jaime Wolf hatte seine Zustimmung gegeben und die beiden MechKrieger vom regulären Dienst entbunden. Der Weg war lang und gewunden, doch nach einer zufälligen Begegnung mit Theodore Kurita unvermutet und vorzeitig zu Ende gewesen. Der damals noch junge Kanrei hatte Michi davon überzeugt, daß ihn seine Ehre als Samurai dazu verpflichtete, seine Vendetta zu vergessen und statt dessen mit Theodore zusammenzuarbeiten, um das Kombinat vor der drohenden Gefahr einer Invasion durch seine Nachbarn zu retten. Für die Öffentlichkeit hatten Dechan und Jenette aus Freundschaft mitgemacht und waren zu Ratgebern für Theodores neu organisierte Armee geworden. Stanford Blake hatte dies damals einen Coup für die Dragoner genannt, eine goldene Gelegenheit, um ihren alten Feind Takashi Kurita auszuspionieren. Dechan und Jenette hatten gehorsam ihre Geheimberichte über die wechselnden militärischen Fähigkeiten des Kombinats abgefaßt und dabei jedesmal um Wolfs Dragoner willen ihr Leben riskiert. Sie waren gute Spione gewesen und hatten beständig auf Jaime Wolfs Zug gewartet, der die Fehde mit Takashi beenden würde, so daß sie schließlich heimkehren konnten. Doch der Ruf war nie gekommen.

Dann waren die Clans aufgetaucht.

Ignoriert, möglicherweise vergessen, erhielten Dechan und Jenette mehr als vier Jahre lang keine Nachricht via Wolfsnetz. Und als Wolf es schließlich für notwendig befunden hatte, Kontakt mit Theodore aufzunehmen, hatte er im Widerspruch zu Dechans Verständnis von seinem und Jenettes Platz in den Dragoner-Kurita-Beziehungen andere benutzt. Und trotz all seiner Beteuerungen, daß Dechan und Jenette schließlich zuverlässige Ratgeber seien, hatte Theodore sie nicht zur Zusammenkunft auf Outreach mitgenommen, bei der Jaime Wolf den Kanrei und die anderen Führer der Inneren Sphäre über die Clan-Bedrohung informiert hatte. Hölle, Dechan hatte von der Zusammenkunft erst eine Woche nach Theodores Abreise erfahren. Jenette hatte dazu bemerkt, es sei alles Politik, Teil des Spiels. Er hatte erwidert, ihr Vertrauen in die Dragoner sei zu blind und Jaime Wolf müsse Theodore gebeten haben, sie zurückzulassen. Danach hatten sie eine Woche nicht das Bett miteinander geteilt.

Aber das war jetzt fast ein Jahr her, und da sie immer noch keinen Kontakt mit den Dragonern hatten, geriet selbst Jenettes eisernes Zutrauen ins Wanken.

Dem Pfad folgend, ging Dechan zwischen den weit

gespreizten Beinen des *Schütze* hindurch. Sein Blick fiel auf einige kleine Tafeln, die zu beiden Seiten der Trittsteine lagen. Auf den Tafeln stand etwas geschrieben. Als er sich bückte, um sie näher zu betrachten, sah er, daß jede Tafel einen Namen trug. Die meisten Namen kannte er nicht, manche hingegen schon. Sie waren alle Kurita-Krieger, die gegen die Dragoner gekämpft hatten. Die Anwesenheit eines Namens überraschte ihn besonders, mehr wegen seines hervorgehobenen Platzes denn wegen seiner Anwesenheit als solcher.

Minobu Tetsuhara.

Tetsuhara war der während ihres Kontrakts mit dem Draconis-Kombinat als Verbindungsoffizier zu den Dragonern abgestellte Kurita gewesen. Er hatte die Dragoner bewundert und viel von ihnen gelernt, jedenfalls genug, um fast Erfolg zu haben, als er den Befehl erhalten hatte, die Söldner mit Regimentern zu vernichten, die er nach ihrem Modell aufgestellt hatte. Wenngleich in einen Konflikt zwischen *Giri*, seiner Verpflichtung gegenüber dem Kombinat, und *Ninjo*, seinen menschlichen Gefühlen gegenüber seinen Dragonerfreunden, verstrickt, war er seinen Befehlen gefolgt wie ein guter Samurai. Und wie ein guter Samurai hatte er *Seppuku* begangen, um für sein Versagen zu büßen. Tetsuhara und Jaime Wolf waren enge Freunde gewesen. Diese Freundschaft war ebensosehr Teil der Dragoner/Kurita-Fehde wie das verräterische Verhalten von Kriegsherr Samsonov, Tetsuharas direktem Vorgesetzten. Die Jagd auf Samsonov hatte Dechan mit Michi Noketsuna, Tetsuharas Protegé, zusammengeführt, und diese Freundschaft hatte ihn in die Dienste von Haus Kurita gebracht.

Wieviel wußte Takashi?

Es wäre eine Ironie des Schicksals, wenn er und Jenette jetzt als Spione angeprangert würden. Konnte Takashi glauben, daß der Tod zweier vergessener Dragoner Jaime Wolf treffen würde? Glaubte er, sie als

Schachfiguren bei der Fortsetzung seiner Fehde benutzen zu können? Welch ein Witz! Die Dragoner brauchten Dechan und Jenette nicht. Sie hatten ihre Fehde aufgegeben, behandelten sie jetzt mit derselben Verachtung, die sie Wacos Rangers entgegenbrachten. Eine Fehde existiert nicht mehr, wenn sie nur noch eine Seite ernst nimmt. Dechan und Jenette waren aufgegeben, als unwichtig für Jaime Wolfs Pläne beiseite geworfen worden, genau wie seine Blutfehde mit Haus Kurita.

Jetzt war Dechan unterwegs zu einer privaten Zusammenkunft mit dem Koordinator des Draconis-Kombinats, dem Herrn über das Haus Kurita, und er war absichtlich an die vermeintliche Blutfehde erinnert worden.

Verlangte der Kurita-Kodex auch bei vergessenen und ohnmächtigen Spionen nach *Seppuku?*

Dechan straffte sich und brachte seine Uniform in Ordnung — seine Kurita-Uniform, die er länger getragen hatte als die Tracht der Dragoner. Wo lagen jetzt also seine Loyalitäten? Er sah den Pfad entlang und erblickte einen kleinen Teil des Einheitspalastes, des Kai serpalastes, durch die Bäume. Dort würde sich seine Zukunft entscheiden. Es hatte keinen Sinn umzukehren.

Dechan näherte sich dem Palast.

Die Wachen, die auf der Veranda knieten, trugen ihre rituelle Rüstung mit großläufigen Betäubungsgewehren in der Armbeuge. Sie starrten unbewegt geradeaus und rührten sich nicht bei seiner Annäherung. Sie hätten Statuen sein können, nur daß er sie atmen sehen konnte. Als sein Fuß die Veranda betrat, glitt hinter den Wachen eine *Shoji*-Schiebetür zur Seite. Eine wunderschöne Frau in traditionellem Kimono und vollständigem Make-up verbeugte sich vor ihm. Er erwiderte die Verbeugung, und sie führte ihn in die Halle.

Der Eingang durch den sie ihn geleitete, öffnete sich zu einem Raum, der nach Jasmin duftete. Auf der anderen Seite des Gemachs saß ein Mann in einem mit Drachen bedruckten Kimono auf einem niedrigen Stuhl. Sein weißhaariges Haupt war über ein Blatt Reispapier gebeugt, sein Gesicht nicht zu sehen. Er hielt eine Feder in der rechten Hand. Wie draußen die Wachen rührte er sich nicht, als Dechan sich ihm näherte.

In zwei Meter Entfernung blieb Dechan unsicher stehen. Er hatte Gerüchte gehört, daß Takashi mehr als einmal den Tod einer Person angeordnet hatte, die sich nicht strikt an das richtige Protokoll hielt. Was war das richtige Protokoll? Warten war meist ungefährlich.

Er wartete.

Der Mann rührte sich plötzlich, tauchte die Feder in das lackierte Tintenfaß und schrieb etwas mit starken abgehackten Strichen auf das Papier. Er nickte kurz und grunzte bestätigend. Dann legte er die Feder aus der Hand und wandte sich Dechan zu.

Takashi Kuritas Gesicht war Dechan ebenso vertraut wie jedem anderen Bürger des Kombinats. Er kannte die Narben, die feste Kinnlinie und den durchdringenden Blick der eisblauen Augen. Nicht vertraut waren ihm die Altersfalten, aber Dechan konnte die Vitalität von Takashis Verstand spüren. Der Mann war immer noch gefährlich. Der Koordinator neigte das Haupt vor seinem Besucher, und in Erwiderung verbeugte sich Dechan tief und kniete dann nieder.

»Ah, *Tai-sa* Fraser.« Das dünne Lächeln des Koordinators war schief, als verweigere eine Gesichtshälfte die Zusammenarbeit. »Sie ehren einen alten Mann mit ihrem Besuch.«

Durch Takashis bescheidene Eröffnung nervös gemacht, schluckte Dechan. »Der Drache ist immer stark«, erwiderte er.

Takashi kicherte. »Es besteht kaum eine Notwendigkeit, förmlich zu sein, Fraser-*san*. Wir sind hier nur zwei alte Krieger. Sie können von einem alten Freund zum anderen sprechen.«

Dechan war augenblicklich auf der Hut. Obwohl einer von Theodores *Shitenno,* waren die Beziehungen zum Kanrei immer förmlich gewesen. Trotz seiner vielen Jahre im Kombinat hatte er nie mit einem Mitglied des Kurita-Clans auf freundschaftlichem Fuß gestanden, am wenigsten mit dem Koordinator. Doch es wäre eine Beleidigung gewesen, Takashi zu widersprechen. »Ihr Wohlwollen ehrt mich, Takashi-*sama.*«

Der Koordinator behielt sein Lächeln bei. Dechan hatte den richtigen Kurs eingeschlagen. Sie redeten über das Wetter, und Dechan pries den Garten — traditionelles Kurita-Geplauder. Dechan hatte sich fast entspannt, als Takashi gelassen fragte: »Wie geht es Ihrem alten Freund Michi Noketsuna?«

Dechan versteifte sich in dem Wissen, daß dem Koordinator seine Reaktion nicht entgehen konnte, doch unfähig, die Regung zu bezähmen. Michi hatte geschworen, Takashi zu töten für dessen Anteil daran, daß Tetsuhara sich gezwungen gesehen hatte, *Seppuku* zu begehen. »Ich habe seit Jahren nicht mehr mit ihm gesprochen, Koordinator-*sama.*«

»Aber Sie sind befreundet. War er nicht dafür verantwortlich, daß Sie in die Dienste des Drachen getreten sind?«

»Ich habe meine eigene Entscheidung getroffen, Koordinator-*sama.*« Wagte Dechan zu glauben, daß der Koordinator nichts von Michis Schwur wußte? Takashis nächste Worte löschten diese Hoffnung aus.

»Wären Sie nicht damit einverstanden gewesen, ihm bei seiner Vendetta zu helfen, hätten Sie diese Entscheidung nicht getroffen.«

Dechan betrachtete forschend die unergründliche Miene des Koordinators. War dies der Versuch einer Anschuldigung? Sollte er lügen? Er entschied sich dagegen. Wenn der Koordinator seine Vergangenheit kannte, würde er die Lüge erkennen. »Das ist richtig.«

»Und helfen Sie ihm immer noch bei dieser Vendetta?«

»Ich diene dem Drachen.«

Takashis Augen verengten sich. Seine Stimme war schroff, als er sagte:

»Sie dienen meinem Sohn.«

»Ihr Sohn dient Ihnen und dem Kombinat, Koordinator-*sama.*«

»Was nichts über Sie aussagt«, sagte Takashi rasch. Etwas ruhiger fuhr er fort: »Sie haben unsere indirekte Kurita-Art ziemlich gut gelernt, Fraser-*san.* Versuchen Sie nicht, mich zu täuschen. Wie stehen Sie zu Noketsuna?«

»Er legt keinen Wert mehr auf meine Freundschaft.«

»Und legen Sie noch Wert auf seine?« Takashi beugte sich vor, als sei er begierig auf Dechans Antwort.

Dechan spürte, wie ihm der Schweiß die Seite herunterlief. Offenheit mußte hier der ungefährlichste Kurs sein. Doch wie konnte er dem Koordinator aufrichtige Antworten geben, wenn er überhaupt nicht sicher war, ob er überhaupt Antworten *hatte?* »Wenn Sie damit meinen, ob ich ihm dabei helfen würde, Sie zu töten, würde ich sagen, nein.«

»Sie sind nicht sicher? Wem gehört Ihre Loyalität, Fraser-*san?* Wo bleibt Ihre Ehre, wenn Sie Ihren Eid nicht erfüllen, ihm zu helfen?«

»Ich war jung, als ich geschworen habe, Michi dabei zu helfen, sein Ziel zu erreichen. Jetzt bin ich älter. Die Zeiten und die Notwendigkeiten haben sich geändert. Ein wahrer Samurai begreift, wenn er seine Ehre einer größeren Ehre unterordnen muß, und die Bedrohung durch die Clans ist wichtiger als die Wünsche einer einzelnen Person. Michi selbst war damals in den Dreißigern gewillt, seine Rache beiseite zu stellen, als Ihr Sohn Theodore ihn davon überzeugte, daß das Kombinat die Dienste aller seiner Samurai benötige. Damals bestand die Drohung lediglich aus dem Vereinigten Commonwealth, einer bloßen Ungelegenheit im Vergleich zur Gefahr, welche die Clans darstellen. Wie könnte er also jetzt daran denken, das Kombinat ins Chaos zu stürzen?«

Takashi lehnte sich zurück. »Dann hat er seine Vendetta aufgegeben?«

»Ich glaube ja. Er ist seit zwei Jahren nicht mehr im Kombinat gesehen worden. Doch, wie ich schon sagte, ich habe schon sehr viel länger nicht mehr mit ihm gesprochen.«

»Gesprochen? Sie machen einen Unterschied.« Takashi grunzte. »Wann *haben* Sie das letztemal mit ihm gesprochen?«

»Wir haben uns nach dem Ende des Krieges mit Davion nur einmal getroffen. Ich wußte, daß er nicht mehr Kriegsherr sein wollte, und fragte ihn, ob er sich den Ryuken anschließen wolle. Er sagte, er sei unwürdig, er habe als Samurai versagt und würde sich von der Welt zurückziehen.« Dechan hielt inne, als er sich daran erinnerte, wie schmerzhaft dieses Treffen gewesen war. »Er hat mir außerdem gesagt, ich solle mich aus seinem Leben heraushalten.«

»Und doch beharren Sie auf Ihrer Freundschaft. Das zeigt Loyalität, und falsch verstandene Loyalität ist gefährlich. Wo ist er jetzt?«

Mit dem Wunsch, eine andere Antwort auf diese Frage zu haben, erwiderte er:

»Ich weiß es nicht.«

»Was würden Sie tun, wenn ich Ihnen sagte, wo Sie ihn finden können?«

»Auch das weiß ich nicht.«

»Sie sind ehrlich. Nicht raffiniert genug, um ein Kurita zu sein, Fraser-*san*.« Takashi deutete auf das Tischchen. »Für Ihre Jahre im Dienst des Drachen gewähre ich Ihnen die Belohnung des Lebens.«

Dechan sah auf den Tisch und fragte sich, was auf dem Dokument geschrieben stand. Er rührte jedoch keinen Muskel, um es an sich zu nehmen. Wie die Prüfung auch ausgesehen haben mochte, Dechan hatte sie bestanden. Doch Takashis nächste Worte ließen ihn erkennen, daß eine neue Prüfung begonnen hatte.

»Bevor Sie in den Dienst des Drachen traten, waren Sie ein Mitglied von Wolfs Dragonern.«

Die Aufrichtigkeit hatte ihn schon zuvor gerettet. »Ich habe nie ein Hehl aus dieser Tatsache gemacht.«

»Ein Krieger darf seine Zugehörigkeit nicht verbergen. Niemand in der Inneren Sphäre kann bestreiten, daß die Dragoner gewaltige Krieger und als solche allen Respekts würdig sind. Sie haben in der Vergangenheit an ihrer Seite gekämpft, doch das war nicht der Fall, als die Clans nach Luthien kamen. Warum nicht?«

Dechan hatte über die Antwort auf diese Frage selbst lange nachgedacht. »Ich habe mit den Ryuken gekämpft.«

»Sie haben bewiesen, daß Sie ein Mann sind, für den Loyalität einen sehr hohen Stellenwert besitzt. Ihre Leistungen bei den Ryuken zeigen, daß Sie ein Krieger von beträchtlichen Verdiensten sind. Die Ryuken haben nur geplänkelt. Die wahre Schlacht hat auf Luthien stattgefunden.«

Dechan wurde wütend. Takashis Stichelei erinnerte ihn an die Scham, die er damals empfunden hatte. Die Dragoner waren ins Kombinat zurückgekehrt, doch ohne ihm ein Wort zu sagen. Wenn sie ihn gerufen hätten, würde er die Ryuken verlassen haben, die ihn nicht wirklich brauchten. Doch wiederum war kein Wort von den Dragonern gekommen. Er wußte, daß Takashi die unterschwellige Wut in seinen Worten hören würde, als er sagte: »Ich wurde nicht gerufen.«

»So ka.«

Takashi schien zufrieden. Dechan verfluchte ihn dafür, daß er in der Scham eines anderen Befriedigung fand.

»Und doch hegen Sie noch Loyalität für die Dragoner.«

Takashis Feststellung war eine Wahrheit, die Dechan

vermied, sich selbst einzugestehen, der Reaktor, der seinen Schmerz speiste. In Gegenwart des Koordinators Loyalität gegenüber den Dragonern zuzugeben, konnte tödlich enden. »Ich habe nichts getan, um die Stärke des Drachen auszuhöhlen«, sprach er die Lüge inmitten der Wahrheit aus.

»Das steht hier nicht zur Debatte«, sagte Takashi, die Bemerkung mit einer Handbewegung abtuend. Der Koordinator schwieg und überließ es Dechan, sich zu fragen, was denn zur Debatte stand. Takashi saß, und Dechan kniete. In dem Raum blieb es viele Minuten still. Schließlich sagte Takashi mit verträumter Stimme:

»Wie würden Sie Jaime Wolf charakterisieren, *Tai-sa* Fraser?«

»Er ist ein guter Kommandant.«

»Gut? Ist das alles, was Sie über einen Mann sagen können, der offenbar so große Loyalität in Ihnen weckt, daß Sie ihn dafür hassen?«

»Ich hasse ihn nicht.«

»Nicht? Er hat Sie und Ihre Frau im Stich gelassen. Jahrelang haben Sie als sein Agent gearbeitet und mich und die Meinen beobachtet. Ja, ich weiß. Die ISA ist gewissenhaft und nicht halb so dumm, wie manche Leute glauben. Wie oft haben Sie sich gefragt, warum Wolf nicht Sie benutzt hat, um seine subversive Einladung an meinen Sohn zu überbringen? Wie oft haben Sie über den Makel auf Ihrer Ehre gegrübelt, den Ihnen sein Mißtrauen eingebracht hat?«

Wie betäubt von der plötzlichen Enthüllung, daß der Koordinator über ihn Bescheid wußte, stammelte Dechan: »Ich habe nicht ...«

»Ihre Streitereien mit Ihrer Frau besagen etwas anderes«, schnappte Takashi. »Nennen Sie mich nicht einen Lügner!«

»Gomen kudasai, Koordinator-*sama. Shitsurei shimasu.«*

»Sie entschuldigen sich wie ein Kurita, aber Sie sind kein Kurita. Ihnen wird nur verziehen, weil Sie ein Barbar sind, und es wird erwartet, daß Sie wie ein Barbar reden. Dennoch sind Sie ein Krieger, und ein Krieger lügt nicht.«

Takashi wandte sich sinnend ab. Schließlich wich die Anspannung von seinen Schultern. »Die Ehre eines Kriegers ist sein Leben. Wenn er keine Ehre hat, gibt es für ihn keinen Grund mehr zu leben. Welchen Platz nehmen Sie in der Fehde zwischen Wolfs Dragonern und meinem Haus ein?«

»Ich nehme keinen Platz darin ein. Ich dachte, die Fehde sei beendet worden, als die Dragoner bei der Verteidigung von Luthien halfen.«

»Eine ungefährliche Antwort, doch nichtsdestoweniger unrichtig.« Takashi lachte rauh. »Wenn ich den Ryuken, die Sie so sorgsam ausgebildet haben, befehlen würde, Outreach anzugreifen, würden Sie sie anführen?«

Dechan schluckte, um den Knoten der Furcht in seinem Magen zu lösen. Daß die neu belebten Ryuken gegen die Dragoner eingesetzt werden könnten, war immer sein schlimmster Alptraum gewesen. »Ich würde Sie bitten, alles noch einmal zu überdenken.«

Takashi starrte in Dechans Augen. »Und wenn ich das nicht täte?«

Bestürzt realisierte Dechan, daß die Jahre seine Furcht, eines Tages den Befehl zu bekommen, einen Angriff gegen die Dragoner zu führen, gemildert hatten. Plötzlich war er nicht mehr sicher, woran er glaubte. »Ich weiß es nicht.«

»Offensichtlich befinden Sie sich in einem Konflikt. Ein anderer tapferer Mann, der mir einst diente, sah sich einem ähnlichen Konflikt ausgesetzt. Auch darin waren die Dragoner verwickelt. Dieser ehrenhafte Mann befolgte seine Befehle und beging dann *Seppuku*. Sind Sie so ehrenhaft wie er, Dechan Fraser?«

Bezog sich Takashi auf Minobu Tetsuhara? »Ich bin kein Samurai.«

»Ich könnte Sie zu einem machen.«

»Ich bin ... war ein Dragoner. Wir haben unseren eigenen Ehrenkodex.«

»Ist Ihnen Ihre Ehre das Leben wert?«

»Ich ... Manchmal.«

Takashi lächelte sein Halblächeln. »Glaubt Jaime Wolf das ebenfalls?«

Dechan war verwirrt. »Ich weiß nicht.«

Takashi erhob sich und holte tief Luft. »Wolf ist der Anführer der Dragoner, so unangefochten in seiner Stellung wie jeder *Daimyo,* der über seine Samurai herrscht. Er begreift die Anforderungen, die an einen Herrn gestellt werden. Das stimmt doch, *neh?*«

»Ich glaube, ja.«

Takashi nickte energisch. »Ich glaube es ebenfalls. Sie mögen die Probleme eines Herrschers nicht verstehen, doch Wolf tut es. Die Dragoner sind sein Leben, und dort ist er ein Herrscher. Ich beneide ihn nicht. Einst war ich der unumschränkte Herrscher über das Draconis-Kombinat. Staat und Armee unterstanden meinem Befehl. Jetzt hat mir mein Sohn einen Teil dieser Macht genommen. Er herrscht nicht nur über die Armee, sondern auch über keinen geringen Teil des Staates. Er ist ein Mann in der Blüte seines Lebens, während ich im hohen Alter versinke. Mit jedem Jahr, das vergeht, sehe ich mehr meiner Zeitgenossen von der Bühne des Dramas abtreten, das Innere Sphäre heißt. Sogar Hanse Davion ist jetzt nicht mehr da. Welcher andere Herrscher in der Inneren Sphäre ist nun, da der Fuchs tot ist, noch ein würdiger Gegner? Meine Zeit läuft ab.«

Takashi wirkte plötzlich älter, was Dechan irgendwie bestürzte. »Sie sind immer noch Koordinator«, sagte er.

In Takashis Augen blitzte es. »Schmeicheln Sie mir nicht! Ich bin kein Tattergreis, den man verhätscheln muß. Ich bin nicht so willensschwach, daß ich die Absicht hätte, mich hinzulegen und zu sterben. Ich bin ein Samurai!«

Dechan hielt es für ratsam, nichts zu sagen. Er verbeugte sich tief und hoffte, daß es kein Fehler war, den Koordinator aus den Augen zu lassen.

»Ein Samurai kann nicht sterben, wenn seine Ehre befleckt ist«, stellte Takashi mit einer Stimme fest, in der so etwas wie religiöse Leidenschaft lag.

»Die Ehre des Koordinators ist unbefleckt. Sie sind der Held von Luthien. Der Ausfall Ihrer Izanagi-Krieger hat dem Angriff der Clans ein Ende bereitet.«

»Tatsächlich?« schnaubte Takashi. »Welche Rolle haben dann Wolfs Dragoner und die Kell Hounds gespielt?«

»Sie gehörten lediglich zu den Truppen, die für die Rettung Luthiens gekämpft haben.«

»Sie sind Söldner. Söldnerabschaum! Daß sie an der Verteidigung der Hauptwelt des Draconis-Kombinats teilgenommen haben, schmälert die Ehre von Haus Kurita.« Takashi schritt zu einer Wand des Raumes, öffnete ein Fenster und starrte nach draußen. »Es gibt nur eines, das solch einen Makel abwaschen kann. Wissen Sie, was das ist?«

»Blut.« Die Antwort auf alles.

»Ihr Begreifen adelt Sie. Es freut mich, daß in den Dragonern zumindest ein wenig Ehre steckt.«

Die Kränkung ärgerte Dechan, noch ein Zeichen, daß seine Loyalität zu den Dragonern immer noch seine emotionalen Saiten anschlug. Trotzig sagte er: »Genug für Sie.«

Der Koordinator lächelte. »Das hatte ich gehofft.«

Zum ersten Mal schaute Dechan nach draußen. Er sah das, worauf Takashi so hingebungsvoll starrte, den blaugoldenen *Schütze*. Dechan begriff nicht, *was* der Koordinator in ihm sah, aber er wußte jetzt, daß die Gerüchte über Takashis Besessenheit mehr waren als Gerede. Nicht sicher, welche seiner Loyalitäten ihn dazu trieb, empfand Dechan das Bedürfnis, die Gedanken des Koordinators zu erfahren.

»Verzeihen Sie meine Unverschämtheit, Koordinator-*sama,* aber dürfte ich eine Frage stellen?«

Takashis Antwort bestand aus einem unmerklichen Winken.

»Warum steht dieser BattleMech in Ihrem Garten?«

Der Koordinator schwieg so lange, daß Dechan schon glaubte, er hätte das Handzeichen falsch interpretiert, und es sei keine Frageerlaubnis gewesen. Dechan erhob sich in der Annahme, er sei entlassen. Gerade, als er durch die Tür gehen wollte, hörte er Takashi sprechen, doch so leise, daß Dechan sich fragte, ob die Antwort überhaupt für ihn bestimmt war.

»Der Fuchs ist tot. Jetzt bleibt mir nur noch der Wolf.«

7

Während Subhash Indrahar der Unterhaltung zwischen dem Koordinator und dem Dragonerspion lauschte, verengten sich seine Brauen vor Sorge. Einst hatte Takashi mit seiner Besessenheit, die Dragoner zu vernichten, beinahe das Kombinat zerstört. Jetzt, nach den Übergriffen der Clan-Invasoren, konnte es sich das Kombinat nicht mehr leisten, Takashis Samurai-Ehre ihren Willen zu lassen. Einst hätte das sein alter Freund ebenso klar gesehen wie Subhash selbst, doch mit den Jahren schien Takashis Verstand schwächer zu werden, so wie Subhashs Körper schwächer wurde.

Er berührte die Kontrollen auf der Lehne seiner elektrischen Unterstützungseinheit und setzte den Rollstuhl damit in Bewegung. Die Tür glitt gerade noch so rechtzeitig beiseite, daß er hindurchfahren konnte, ohne anzuhalten. Als er in die Kommandozentrale rollte, nahmen die ISA-Agenten an der Peripherie des Raumes Haltung an, doch die Techniker und Spezialagenten an ihren Konsolen sahen kaum auf: Sie hatten Arbeit. Alles war so, wie es sein sollte.

Trotz seiner Besorgnis lächelte Subhash fast. Die Rädchen im großen Getriebe des Draconis-Kombinats drehten sich weiter. Nichts durfte dem reibungslosen Funktionieren dieser riesigen Staatsmaschinerie in die Quere kommen. Wenn jemand, auch ein Koordinator, zu Sand in diesem Getriebe wurde, mußte der Sand entfernt und das Getriebe neu geschmiert werden.

Subhash bog rasch um eine Ecke und kam an der Station eines rothaarigen Mannes zum Stehen, der die schwarze Uniform eines Einsatzagenten trug. Die Uniform des Mannes war sauber, sah jedoch so zerknittert aus, als sei er gerade erst von einem Einsatz zurückgekehrt. Der Agent sah von seiner Konsole auf, als der Stuhl mit einem leisen Zischen der Bremsen und einem Geruch nach verbranntem Gummi zum Stillstand kam.

Er straffte sich, wobei er so viel — oder wenig — Haltung annahm, wie er es immer tat.

»*Ohayo,* Subhash-*sama*«, sagte Ninyu Kerai-Indrahar.

»Begleite mich«, sagte Subhash, indem er den Rollstuhl drehte.

Sie kamen in ein Konferenzzimmer mit Transpex-Wänden. Während Subhash zur Zentralkonsole fuhr, schaltete Ninyu die Antiabhöranlagen ein. Nun, da der Raum sicher war, begann Subhash zu reden.

»Woran hast du gerade gearbeitet?«

»Am letzten Schwung Kriegsberichte aus Dieron. Gregor meldet, daß sich die Dinge dort wie von dir erwartet entwickeln.«

Befürchtet wäre ein besseres Wort gewesen. Trotz all den Rivalitäten zwischen Haus Kurita und Haus Davion waren es Haus Steiner und sein Lyranisches Commonwealth gewesen, die dem Kombinat in der letzten Generation den größten Schaden zugefügt hatten. Die Erfolge, die das Commonwealth noch vor seiner Föderation mit den Vereinigten Sonnen zum Vereinigten Commonwealth erzielt hatte, waren der Auslöser für eine neue Generation des Hasses gewesen. Diese Animositäten schwelten jetzt an der Grenze zwischen Dieron und Skye weiter.

Die Ernennung des neuen Kriegsherrn von Dieron war einer der seltenen Fälle, in denen Subhash versagt hatte. Als Takashi von den Machenschaften seines Sohnes Theodore im Militärdistrikt Dieron erfuhr, hatte er darauf bestanden, den neuen Kriegsherrn persönlich auszuwählen. Seine Wahl war bedauerlicherweise auf Isoroku gefallen. Der junge Narr hatte Kuritablut in den Adern, das stimmte — vor allem dessen schlechte Eigenschaften. Er betrachtete militärischen Ruhm als Straße zur Herrschaft über das Kombinat und träumte davon, sowohl Takashi als auch Theodore zu verdrängen.

Dennoch wäre die Situation zu meistern gewesen, hätte das Vereinigte Commonwealth nicht Richard Steiner zum Befehlshaber über den Schauplatz Ryde ernannt. Richard war der Sohn Nondi Steiners, eines der großen militärischen Helden der letzten Generation, die das Commonwealth hervorgebracht hatte. Steiner hatte kein Geheimnis aus seinem Verlangen nach Rache an Haus Kurita gemacht, zweifellos in dem Glauben, dies würde ihn bei den Massen populärer machen. Und mit allergrößter Sicherheit würde er auch einen massiven Schub Popularität brauchen, sollte er jemals versuchen, sein geheimeres Ziel zu erreichen, die Regentschaft über das Vereinigte Commonwealth der Davion-Linie zu entreißen und sie für sein eigenes Haus zu gewinnen.

Trotz der Intensität aller Rivalitäten in der Inneren Sphäre waren sie in diesen Tagen nicht die größte Bedrohung für das Draconis-Kombinat. Ungeachtet des ComStar-Vertrages von Tukkayid, der den Clans verbot, randwärts gegen Terra vorzurücken, bedrohten die Clans immer noch spinwärts und antispinwärts gelegene Kombinatssysteme. Schon eine oberflächliche Durchsicht des Vertrages enthüllte, daß seine Bedingungen den Invasoren nicht verboten, ihren Zugriff auf die Innere Sphäre auszudehnen, solange sie dabei Terra nicht näher kamen. Solch eine Lösung mochte für ComStar zufriedenstellend sein, aber dadurch waren weite Teile des Kombinats einschließlich des Hauptplaneten in Gefahr.

Das Kombinat war nicht der einzige Staat in Gefahr. Ein Großteil des ehemaligen Lyranischen Commonwealth lag jenseits der Grenze des Vertrags und war damit weit offen für Angriffe der Clans. Das Vereinigte Commonwealth konnte eine derartige Bedrohung seines jetzigen ökonomischen Kernlandes nicht ignorieren. Jeder klarsichtige Regent konnte erkennen, daß jetzt nicht die Zeit für militärische Abenteuer war. Subhash hoffte, daß der junge Victor Davion die Dummheit sah, die darin lag, die alte Davion-Kurita-Rivalität weiter zu verfolgen, während sich die beiden Häuser mit einem größeren gemeinsamen Gegner konfrontiert sahen. Tatsächlich rechnete der ISA-Direktor damit, daß Davion der zuletzt von seinem Vater eingeschlagenen Politik der Demilitarisierung der Grenze zwischen dem Kombinat und dem Vereinigten Commonwealth folgen würde. Doch der Prinz war jung und besaß noch nicht die sichere Kontrolle über seinen Staat. Es hatte bereits einige Zwischenfälle gegeben.

»Die Kombination des aggressiven Isoroku Kurita und des gleichermaßen kriegslüsternen Richard Steiner ist sehr unbeständig«, faßte Ninyu zusammen.

»Korrekt. Möglicherweise steht uns jedoch eine noch gefährlichere Entwicklung ins Haus.«

»Dann gibt es etwas Neues?«

»Nein.« Subhash trommelte mit den Fingern auf die Armlehne seines Rollstuhls. »Unglücklicherweise ist es etwas Uraltes.«

»Takashi.«

Subhash freute sich, daß sein Protegé so scharfsinnig war. Wäre doch nur der Sohn seiner jetzt verdorrten Lenden ebenso fähig gewesen. »Deine Gründe für diese Vermutung?«

»Ich sah, daß er nach dem ehemaligen Dragoner rufen ließ.« Ninyu zog seine Uhr zu Rate. »Eine Verabredung, die mittlerweile beendet sein dürfte. Jetzt rede ich mit dir, und du bist erregt.«

Subhash lächelte. Ja, viel besser als sein wichtigtuerischer Sohn. »Der Koordinator lebt in der Vergangenheit.«

Ninyu runzelte die Stirn und sagte: »Ich dachte, du hättest gesagt, ihn den *Schütze* bauen zu lassen, würde das Problem lösen.«

Subhash seufzte. »Von der Unfehlbarkeit des ISA-Direktors sind nur jene überzeugt, die nicht in der Realität leben. Diejenigen von uns, die am großen Spiel teilnehmen, wissen, daß es so etwas wie Unfehlbarkeit nicht gibt, nur Geschick und Glück.«

»Und das erste zieht das zweite oft nach sich«, setzte Ninyu für ihn fort. Er schüttelte den Kopf und verzog das Gesicht. »Wenn der Koordinator seine Aufmerksamkeit wieder auf jene verdammten Söldner konzentriert, wird es Ärger geben. Seine Besessenheit hat uns im Vierten Nachfolgekrieg fast das Kombinat gekostet. Ohne Theodores brilliante Strategien an der lyranischen Front und ohne die beschränkte Davion-Präsenz an der Vereinigten Sonnen-Front wären wir vernichtet worden. Doch der Koordinator setzte seine Prioritäten. Und wir haben zu viele Systeme verloren. Wir hätten in der Lage sein müssen, die Lyraner aufzuhalten und Davion Systeme abzunehmen.«

»Die Vergangenheit ist nur im Geiste lebendig.«

»Und im Herzen, Adoptivvater. Manchmal glaube ich, du vergißt die Emotionen.«

»Ich vergesse sie niemals, Adoptivsohn«, kicherte Subhash. »Ich kontrolliere sie bloß und führe sie einem Nutzen zu. Eine Fähigkeit, in der du dich üben mußt, wenn du mein Nachfolger als Direktor werden willst.«

»Das werde ich«, sagte Ninyu, indem er die Hand auf die Rückenlehne des Rollstuhls legte. »Ich habe die Kraft.«

Subhash runzelte die Stirn. »Der Direktor regiert mit dem Verstand, nicht mit seinen Armen oder Beinen.«

»Es tut mir leid, Adoptivvater. Ich wollte dich nicht ...«

»Schon vergessen«, sagte Subhash, den die ehrliche Verlegenheit seines Protegés amüsierte. »Es ist nicht deine Schuld, daß mein Körper so schwach ist.« Er fuhr den Stuhl unter Ninyus Hand weg. »Ich bin immer noch Direktor. Niemand wird mir das wegnehmen.«

»Nicht, solange ich lebe, Adoptivvater.«

»Ist dein Bekenntnis zum Kombinat ebenso stark, Adoptivsohn?«

»Starker.«

Subhash spürte die Aufrichtigkeit seines Erben und

war zufrieden. Es gab eine sichere Hand, die das Kombinat lenken würde, wenn er nicht mehr war. Takashi hatte den Ernennungsurkunden bereits zugestimmt. Es war nur eine Frage der Zeit, bis Theodore es ebenfalls tat. Wie konnte er sich auch weigern, seinen alten Kampfgenossen, einen seiner *Shitenno*, anzuerkennen?

Doch der Posten des Direktors der ISA bedeutete gar nichts, wenn es kein Kombinat mehr gab, das geführt und perfektioniert werden mußte. Und wenn das Kombinat fiel, würde die stärkste Kraft der Ordnung im Universum verschwinden, eine Vorstellung, die ihm total verhaßt war. Und so würde Subhash auch weiterhin tun, was getan werden mußte, wie es sein ganzes Leben lang der Fall gewesen war. Solange er atmete, würde er kämpfen, um das Kombinat gegen alle Feinde, innere wie äußere, bestehen zu sehen.

»Offensichtlich machst du dir um Takashi Sorgen«, sagte Ninyu. »Nimmt die Instabilität des Koordinators zu?«

»Das ist noch unklar. Es wird immer schwieriger, seine Fehler zu vertuschen.«

»Wir werden tun, was getan werden muß.«

»Ja, das werden wir. In dieser Zeit der Prüfung muß das Kombinat stark und einig sein.« Subhash spürte Ninyus Entschlossenheit. Das war gut. Starke und unerschütterliche Entschlossenheit war zwingend notwendig. Doch eine Reise konnte man nur Schritt für Schritt unternehmen. »Wie macht sich der neue *Kendo*-Partner des Koordinators?«

Ninyu schien nach dem Hinweis auf Subhashs versagenden Körper nur widerwillig darüber reden zu wollen. Subhash war einst Takashis *Kendo*-Partner gewesen. Ihre Sitzungen hatten dem Direktor oft Gelegenheit gegeben, den Koordinator zu beeinflussen, doch jetzt mußte Subhash andere vergleichbare Gelegenheiten entdecken, wodurch sein Einfluß auf Takashi geringer geworden war. Dennoch tat Takashi das *Kendo* gut, und Subhash legte Wert darauf, ihm nur die besten Partner zu beschaffen. Bevor sie Koordinator und Direktor wurden, waren sie Freunde gewesen. Das waren sie immer noch, wenn ihnen das Koordinator- und Direktor-Sein nicht dazwischenkam.

»Der Koordinator sagt, er genießt die Begegnungen mit Homitsu-*san*«, sagte Ninyu. »Er sagt auch, daß sich Homitsu seiner Meinung nach zurückhält, doch er ist zuversichtlich, daß Homitsu sich als echte Herausforderung erweisen wird, wenn er erst einmal begriffen hat, daß der Koordinator keine Schmeicheleien wünscht.«

»Sehr gut.« Subhash lächelte. Er hoffte wirklich, daß Takashi die Sitzungen genoß. Es lag so wenig Freude darin, ein Führer zu sein. »Das ist höchst zufriedenstellend.«

8

Jeder Turm der Anwerbehalle war zwanzig Stockwerke hoch, und der kuppelförmige Zentralbereich noch einmal zehn Stockwerke. Ihre Architektur war kühn und offen, um noch besser dem Image von Outreach als Planet zu dienen, wo jeder hingehen konnte, um Söldner anzuwerben. Die Anwerbehalle ist absichtlich das auffallendste Gebäude in Harlech, der Hauptstadt von Outreach. Bei der Entscheidung, sie höher zu bauen als Wolf Hall, den Riesenkomplex, der den Dragonern als Kommandozentrale dient, waren Public Relations-Gesichtspunkte ausschlaggebend gewesen. Wir mochten die Besten sein, aber Jaime Wolfs Programm sah vor, daß wir den anderen unsere Überlegenheit in unserem Geschäft demonstrierten anstatt uns aufzuspielen. Und diese Demonstration sparten wir uns für Gelegenheiten auf, bei denen es darauf ankam: Für das Schlachtfeld.

Ich verbrachte eine Menge Zeit in der Halle.

Im Laufe der Monate gewöhnte ich mich an meinen Platz an Wolfs Seite. Er muß sich ebenfalls mehr an mich gewöhnt haben, denn er nannte mich immer seltener William. Ich war zufrieden, hatte ich doch das Gefühl, mir langsam aber sicher meinen Platz zu erobern. Doch ich wußte, daß mir die eigentliche Prüfung noch bevorstand. Der Kampf macht nur einen geringen Teil des Soldatenlebens aus, doch erst dort würde ich meinen Wert wahrhaftig unter Beweis stellen.

Die Befehlslanze war beschäftigt, obwohl wir nicht an Gefechten teilnahmen, wodurch die erzwungene Abwesenheit vom Kampf für den Wolf nicht ganz so schlimm war, wie sie hätte sein können. Für Hans Vordel und seine Leibwachen-Lanze war es schwerer. Bei den alten Dragonern war Hans der Leibwächter des Wolfs gewesen, ein Mitglied der Befehlslanze. Wenngleich ein exzellenter Krieger, zeigte er wenig Befähigung für etwas anderes als den Kampf mit BattleMechs.

Als die Dragoner nach dem Vierten Nachfolgekrieg im Jahre 3030 nach Outreach kamen, waren wir in schlechter Verfassung. Viele befürchteten, Takashi Kurita würde unseren geschwächten Zustand ausnutzen und einen Schlag gegen uns führen, der die Dragoner vollständig vernichten würde. Bei einer Zusammenkunft hatten die Dragoner-Colonels die Bildung einer Leibwachen-Lanze von und für Jaime Wolf gefordert. Der Wolf hatte darauf beharrt, das sei unnötig, aber die Colonels hatten ihn überstimmt. Hans war angewiesen worden, sich die besten Krieger auszusuchen, und auf Ratschlag von Stanford Blake wählte er sie aus verschiedenen Altersklassen. Ich vermute, die Idee, die dahintersteckte, war die, eine Art Kontinuität der Erfahrung zu schaffen, indem die schnelleren Reflexe der jüngeren Generationen mit der Kampferfahrung der älteren gepaart wurden. Aus welchen Gründen auch immer, das Team erzielte bei allen Tests beständig überragende Resultate. Hans arbeitete hart, um diesen Vorsprung seiner Lanze zu bewahren.

Ich glaubte, daß die Kombination aus verschiedenen Altersklassen noch einen weiteren Vorteil mit sich brachte, aber ich fürchte, es war mehr ein persönlicher, denn ein professioneller. Denn das jüngste Mitglied war aus meiner Altersklasse und wie ich das Produkt einer Geschko.

Ihr Name war Maeve.

Wenn ich Ihnen von ihrer verführerischen Schönheit, ihrem mitternachtsfarbenen Haar, ihrer schlanken, katzenhaften Grazie erzähle, werden Sie mich für töricht halten, für einen Sklaven meiner Hormone. Niemand, werden Sie sagen, kann so schön sein. Vielleicht würden Sie schließlich allem mißtrauen, was ich Ihnen berichte. Also will ich statt dessen von ihrem überragenden Können als MechKriegerin reden. Das läßt sich durch die Aufzeichnungen bestätigen, wenngleich ihre Auswahl für die Leibwachen-Lanze Beweis genug für ihr Geschick sein müßte. Außerdem gibt es eine Dokumentation über ihre späteren Leistungen als Kommandeur. Zusätzlich kann ich ihr eine scharfe Zunge und einen raschen Verstand attestieren, ohne befürchten zu müssen, der Unaufrichtigkeit bezichtigt zu werden. Auch darüber existieren Aufzeichnungen. Auf jedem dieser Gebiete tat sie sich hervor, also glauben Sie mir, wenn ich sage, daß sie außergewöhnlich ist.

Sie war meine erste Liebe.

Für sie war ich jedoch einfach der Komm-Offizier, lediglich eine feste Einrichtung in ihrem militärischen Leben, der nur dann an Bedeutung gewann, wenn Botschaften abgeschickt oder empfangen wurden. Meine Zunge verriet alle meine Versuche, ein beiläufiges Gespräch zu beginnen, so daß unsere Wortwechsel strikt geschäftlicher Natur waren. Irgendwie konnte ich mit ihr reden, wenn sie nur ein anderer Dragoner war, doch darüber hinaus war ich hilflos. Bei meinen Geschwistern war ich nicht so schüchtern gewesen, und das war auch der Grund, warum ich wußte, daß ich verliebt war.

Ich erinnere mich deutlich an ihren ersten Tag im Dienst. Sie war zusammen mit Sergeant Anton Benjamin für die Spätschicht eingeteilt und hatte sich am Ende unserer üblichen Dienstrunden der Befehlslanze angeschlossen. Der Wolf beendete gerade irgendein Geschäft in der Anwerbehalle, die Unterzeichnung eines Subkontrakts für die Schwarze Brigade. Als er fertig war, trafen wir unsere neue Lanzenkameradin vor dem Konferenzraum, wo Maeve und Anton darauf warteten, Hans und Shelly Gordon abzulösen. Ich weiß, ich hörte Maeves Namen, doch danach ist kein weiteres Wort der Vorstellung in meinem Verstand haften geblieben.

Ich war zu sehr damit beschäftigt, mir eine Möglichkeit zu überlegen, wie ich mit ihr ins Gespräch kommen konnte, sobald ich dienstfrei hatte, aber mein Verstand schien nicht arbeiten zu wollen. Wir verließen das Gebäude alle gemeinsam, und Stan drängte sich zwischen sie und mich. Ich dachte daran, wie nah das Foyer der Kommandozentrale dem Büro des Wolfs war. Die Leibwachen entspannten sich oft dort, wenn Wolf anderswo beschäftigt war. Dieser langsam Gestalt annehmende Plan entglitt mir wieder, als mich ein Ruf aus meinen Gedanken riß.

»Colonel Wolf!«

Sehr zu meinem Ärger blieb der Wolf stehen und drehte sich beim Klang seines Namens um.

Der Mann, der sich uns näherte, war klein, doch nicht so klein wie der Wolf oder auch wie Maeve, was das betraf. Trotz der kühlen Temperaturen trug er nur die Kühlweste eines MechKriegers und Shorts. Vielleicht wollte er seinen muskulösen Körperbau zur Schau stellen. Ich fragte mich, was Maeve von ihm hielt. Sphäroiden ließen sich oft von derartigem Machogehabe beeindrucken, aber ich hoffte, daß ein Dragoner höhere Maßstäbe anlegen würde. Der MechKrieger streckte Jaime Wolf die Hand entgegen.

»Colonel, ich wollte mich nur bedanken. Ich habe gerade erfahren, daß Ihr gutes Wort den Ausschlag für das Zustandekommen des St. Ives-Kontrakts gegeben hat.«

»Captain Miller, nicht wahr?« sagte Wolf, während er dem Mann die Hand schüttelte.

»Stimmt genau. Nennen Sie mich Jason.«

»Freut mich, daß ich helfen konnte. Ich sehe es immer ganz gern, wenn eine verläßliche Einheit einen Kontrakt bekommt. Durch zu viele Versäumnisse geraten alle Söldner in einen schlechten Ruf.«

»Haben wir den nicht sowieso schon?« Miller grinste. »Wir müssen alle zusammenhalten, sonst verschlingen uns die Häuser mit Haut und Haaren.«

Wolf erwiderte das Grinsen. »Das nächstemal, wenn Takashi hinter mir her ist, werde ich auf Sie zählen.«

Für einen Augenblick wirkte Miller verblüfft. Dann kam er offensichtlich zu dem Schluß, daß Wolf scherzte, und lachte. »Sie haben's erfaßt! Der Zwölferpack und die Dragoner gegen die Schlangen. Gemacht!« Ein peinlicher Moment des Schweigens trat ein, in dem alle herumstanden und einander ansahen. »Nun, äh, ich wollte mich nur bedanken.«

»Das haben Sie, Captain. Ich wünsche Ihnen viel Erfolg bei Ihrem Kontrakt.«

Sie schüttelten sich wieder die Hände, und wir gingen weiter, wobei wir Miller auf den Stufen zur Anwerbehalle stehen ließen. Sobald wir Miller den Rücken zugedreht hatten, fiel die Maske des Jovialen von Wolf ab. Mir fiel auf, daß Maeve die Stirn runzelte. Als wir weit genug gegangen waren, daß Miller unsere Stimmen nicht mehr hören konnte, sagte sie: »Ich verstehe nicht, warum Sie das tun, Colonel Wolf. Ich meine, den anderen Söldnern dabei zu helfen, Kontrakte abzuschließen. Diese anderen Burschen drängen in unser Geschäft.« Sie warf den Kopf in den Nacken und ließ den Blick umherschweifen. »Sie werden niemals Dragoner sein.«

»Manche vielleicht«, lächelte Jaime Wolf nachsichtig. »Manche sind es schon. Es hat eine Zeit gegeben, als wir Krieger brauchten und Söldner der Inneren Sphäre aufnahmen. Auf jede andere Weise hätten wir nicht schnell genug Soldaten bekommen.«

»Aber wir haben nur die Besten genommen«, sagte sie abwehrend.

»Wir haben es versucht.«

Sie war eindeutig immer noch unzufrieden. »Aber diese ganzen Geschäfte mit der Anwerbehalle und all diesen anderen Söldnern. Die Dragoner haben volle Einsatzstärke.« Die Augen des Wolfs verengten sich ein wenig angesichts dieser Bemerkung, und ich wußte, daß er anderer Meinung war. Ich hatte ebenfalls gedacht, wir hätten unsere Einsatzstärke erreicht. Maeve bemerkte es nicht. »Wir brauchen niemanden, der unsere Arbeit erledigt.«

»Nicht jeder Kontrakt ist ein Dragoner-Kontrakt.«

»Zugegeben. Aber ich habe mir heute die Anschlagtafel angesehen. Mindestens drei geeignete Angebote, und wir haben für keines davon geboten.«

Der Wolf betrachtete sie einen Moment lang sehr nachdenklich, dann sagte er: »Da waren andere Einheiten, welche die Kontrakte dringender brauchten.«

»Sind wir ein Wohlfahrtsunternehmen?«

Stan antwortete für den Wolf. »Vergessen Sie nicht, daß wir einen Anteil von jedem Kontrakt bekommen, der durch die Halle zustande gekommen ist.«

»Wir sind keine Händler!« schrie Maeve mit echter Leidenschaft in der Stimme. Sie mußte aus einer der geschützteren Geschkos stammen.

Stan anzuschreien, war fast ebenso schlimm, wie den Wolf anzuschreien. Es war keine Art und Weise, einen neuen Dienst anzutreten. Ich wollte nicht ihre Versetzung erleben, wo ich sie gerade erst kennengelernt hatte, also nahm ich mit Erleichterung zur Kenntnis, daß der Wolf milde gestimmt war.

»Sind wir das nicht?« fragte er. »Wir verkaufen unsere Dienste, und Kämpfen ist nicht unsere einzige Beschäftigung. Wir nehmen unser Geld, wo wir es finden.«

Maeve verzog das Gesicht und sah weg.

»Hören Sie zu, Maeve. Sie sind zu jung, um dabeigewesen sein zu können, und die Lehrer vermitteln den Geschkos nicht immer die harten Tatsachen. Also hören Sie zu: Ich will derartige Ausbrüche nicht vor den Kunden erleben.«

Ihre Stimme war kleinlaut. »Ich verstehe, Colonel.«

»Nein, das tun Sie nicht. Aber ich will, daß Sie es tun.« Er wartete, bis sie ihn wieder ansah. »Die Dragoner haben kurz nach Ende des Vierten Nachfolgekriegs — als wir in zu schlechter Verfassung waren, selber Kontrakte anzunehmen — damit begonnen, anderen Söldnern dabei zu helfen, Kontrakte zu finden. Außerdem hatten die Dragoner schon immer hin und wieder mit Subkontrakten zu tun, wenn wir andere Söldner anwarben, weil wir keine verfügbaren Truppen mehr hatten. Ich glaube nicht, daß es irgend jemanden in der ganzen Inneren Sphäre gegeben hat, der nicht wußte, daß wir bei den Kämpfen ziemlich übel zugerichtet worden waren. Wir hatten nicht die militärischen Ressourcen, um irgend etwas zu garantieren. Wir hatten lediglich unseren Ruf, zu wissen, wer gut war. Die Dragoner mußten neu aufgebaut werden, und ein Neuaufbau kostet Geld. Wir hatten Davions Versprechen, unsere Verluste auszugleichen, solange wir bei ihm unter Vertrag standen, aber das hätte uns nicht wieder auf Einsatzstärke gebracht, selbst wenn er mit all dem Geld rübergekommen wäre, das er uns versprochen hatte.«

»Die Texte besagen, daß wir auf Misery über fünfzig Prozent Effektivität verloren haben.«

Der Wolf nickte melancholisch. »Eine kalte Schätzung, doch nichtsdestoweniger zutreffend. Mit Geld konnte man die Maschinen ersetzen, aber die Krieger waren für immer verloren.«

»Wir waren knapp bei Kasse«, fügte Stan hinzu. »Wir lebten von dem Ruf, den wir uns erworben hatten. In dem wir gute Kontrakte vermittelten, machten wir uns unter den Söldnern der Inneren Sphäre eine Menge Freunde.«

»Warum haben wir nicht einfach die besten Söldner aufgenommen, die wir finden konnten, und dann ein provisorisches Regiment zum Anwerben aufgestellt?« fragte Maeve.

»Ein zusammengeschustertes Regiment wäre nicht in der Lage gewesen, unseren Ruf zu bewahren«, sagte Wolf kopfschüttelnd. »Und wir waren nicht stark genug, ein reines Dragoner-Regiment aufzustellen. Wir waren alle zu erschöpft. Und selbst wenn wir unsere Dienste angeboten hätten, wer hätte dann Outreach und unsere Familien beschützt?«

»Aber wir hatten doch Davion, um Outreach zu schützen«, protestierte Maeve.

»Die politische Situation war immer noch in Aufruhr. Wir konnten uns nicht auf Davion verlassen, nur auf uns selbst. Sobald sich die Lage ein wenig beruhigt und wir die Möglichkeit hatten, wieder zu Atem zu kommen, ging Natascha Kerensky mit ihren Schwarzen Witwen ins Feld.«

Benjamin spie aus. »Das blutnamige Miststück!«

»Ich dulde kein derartiges Gerede, Mister«, schnauzte der Wolf. Benjamin murmelte eine Entschuldigung, die der Wolf ignorierte. »Natascha ist ihrem Gewissen gefolgt, als sie uns verließ, um zum Clan Wolf zurückzukehren. Wir hatten unseren Weg lange zuvor gewählt. Wir sind auf uns allein gestellt.«

»Stimmt es, daß sie Natascha vor Gericht gestellt und die Dragoner des Verrats an den Clans für nicht schuldig befunden haben?« fragte Maeve. »Wenn ja, könnten wir zurückkehren.«

Stan schnaubte verächtlich. »Es gibt mehr im Leben der Clans als legale Schuldsprüche. Wir haben unsere Wahl getroffen, als wir den letzten Aufruf des ilKhans ignorierten.«

Der Wolf nickte zustimmend. »Wir haben außer der Lebensweise der Clans mittlerweile andere Lebensweisen kennengelernt. Wir können nicht zurück. Es würde nicht funktionieren. Wir würden bestenfalls alle bei irgendwelchen Verhandlungen zum Tode verurteilt oder zu Banditen erklärt werden. Wir haben etwas Besseres verdient.«

Maeve wollte nicht locker lassen. »Was hält uns davon ab, als jemandes Schoßhunde zu enden wie die Eridani-Reiterei?«

»Nur wir selbst. Solange ich etwas zu sagen habe, werden die Dragoner niemals irgend jemandes gekaufte Hunde sein«, sagte der Wolf mit standhafter Überzeugung. »Wir werden *unseren* Weg hier in der inneren Sphäre gehen. Selbst wenn das bedeutet, sich Fragen von Unteroffizieren stellen zu müssen.«

Maeve besaß soviel Anstand — und Verstand —, danach den Mund zu halten. Wir gingen weiter zur Wolf Hall, und unglücklicherweise hatte der Wolf die ganze Nacht Arbeit für mich. Als ich schließlich mit blutunterlaufenen Augen aus Jaime Wolfs Büro stolperte, taten bereits wieder Hans und Shelly Dienst. Ich ging ins Bett und träumte von Maeve.

9

Nahe dem Horizont konnten wir die BattleMechs des Spinnennetz-Bataillons über die Hügelkuppen hasten sehen.

MacKenzie Wolf, Jaime Wolfs Blutsohn, führte seine Einheit gegen die Flanke der Jadefalken-Stellung. Von unserer Stellung auf den Hängen des Ziggiliesberges hatten wir einen guten Überblick, und wir hörten das leise Donnern der Explosionen und sahen das entfernte Aufflammen der Blitze.

Dies war Jaime Wolfs erster Tag nach Ablauf der einjährigen Suspendierung. Die Befehlslanze war auf Morges an der Grenze der Besatzungszone des Jadefalken-Clans gelandet und im Morgengrauen über den Kamm des Ziggiliesbergs vorgestoßen. Das Beta-Regiment und das Spinnennetz-Bataillon waren bereits auf dem Planeten, da sie vom Vereinigten Commonwealth für einen Schlag gegen die Besatzungstruppen der Jadefalken angeworben worden waren. Die Falken waren darauf bedacht, ihre Besatzungszone zu vergrößern, und die Dragoner sollten dabei helfen, sie aufzuhalten. VeCom-Einheiten kämpften ihrerseits gegen die Falken, aber die Dragoner würden für zusätzliche Schlagkraft sorgen, um zu gewährleisten, daß die Falken nach Hause geschickt wurden, und zwar mit blutigen Köpfen. Es war der heißeste Kontrakt, den die Dragoner derzeit unterhielten. Natürlich wollte der Wolf bei der Entscheidung dabeisein.

Ich hatte keinen Zweifel, daß Jaime Wolf glücklich war, hier zu sein.

»Das hat sie wachgerüttelt«, sagte er. Die Aufklärung hatte berichtet, daß die Falken das Spinnennetz mit beachtlicher Stärke angriffen. Der Kommandant der Jadefalken würde bald erkennen, daß die Einsätze erhöht worden waren. »Brian, geben Sie den Luft/Raum-Einheiten das Zeichen. Die Falken werden bald damit beginnen, Verstärkungen zu landen. Wir wollen ihnen einen heißen Empfang bereiten.«

»Luft/Raum-Einheiten unterwegs«, erwiderte ich, als ich die Bestätigung vom Kommandoschiff im Orbit erhielt. »Major Baracini verspricht ihnen einen holperigen Ritt nach unten.«

»Das ist ein Versprechen, das er halten wird.«

Maeve mischte sich ein. »Brian, sagen Sie ihnen, sie sollen ein paar durchlassen. Wir wollen doch nicht, daß diese Luft/Raum-Piloten den ganzen Spaß für sich haben.«

Sie lachte unbeschwert, freute sich ganz offensichtlich auf den bevorstehenden Kampf. Obwohl ich ebenfalls ziemlich erpicht darauf war, muß ich, um die Wahrheit zu sagen, auch ein Gefühl der Angst eingestehen. Wenn die Verstärkung der Jadefalken in größerer Zahl eintraf, würden die Kämpfe mörderisch werden. Die Dragoner konnten dann nicht ungeschoren davonkommen.

Der Wolf gab den Befehl, unsere Stellungen zu verlassen. Auf die trügerischen Hänge achtend, suchten sich die BattleMechs der Befehls- und Leibwachen-Lanze einen Weg zur Ebene. Der Vektor, dem wir folgten, würde uns zu einer neuen Position etwa vier Kilometer hinter den Linien bringen, von wo aus wir in der Lage waren, den Fortgang der Schlacht zu beobachten. Wir hatten erst die Hälfte der Distanz zurückgelegt, als Alicia Fancher, Kommandeur des Beta-Regiments, einen Dringlichkeitsruf sandte.

»Deltaruf, Colonel«, übermittelte ich. »Beta meldet einen Durchbruch der Jadefalken zwanzig Kilometer nördlich von Josselles.«

»Karteneingabe«, befahl er.

»Ist bereits erfolgt.«

Ich musterte die Karte auf meinem Monitor und versuchte die Reaktion des Wolfs zu erraten. Der Angriff der Falken hatte Betas rechten Flankenschutz durchstoßen und drohte einen Keil zwischen die Dragoner und die VeCom-Truppen zu treiben. Noch schlimmer war, daß sich die Kommandozentrale, welche die Operation koordinierte, in Josselles befand. Wenn die Falken sie erreichten, würde unser Angriff in Unordnung geraten. Und wenn unsere Koordination nicht mehr stimmte, konnten sie sich auf die VeCom-Truppen stürzen und sie aufreiben, während sie uns lediglich aufhielten. Die Karte ließ unschwer erkennen, daß Betas Mech-Truppen die Falken nicht mehr rechtzeitig abfangen konnten, um sie am Erreichen der Kommandozentrale zu hindern. Keiner hatte damit gerechnet, daß die Falken so rasch einen Gegenangriff starten würden.

»Vektor auf mich.« Der Wolf wendete seinen *Schütze* in Richtung Josselles. »Brian, funken Sie Code Weiß.«

Es kamen noch weitere Befehle, aber ich war sehr bald zu beschäftigt, um über ihre Bedeutung nachzudenken. Die Überwachung und Leitung des gesamten Komm-Verkehrs bei einer Schlacht mit mehreren Regimentern ist ein Vollzeitjob. Nehmen Sie dazu noch die Steuerung eines BattleMechs, der sich mit fünfzig Stundenkilometern durch unwegsames Gelände bewegt, und sehen Sie dann zu, wieviel Zeit *Sie* noch haben, über taktische Feinheiten nachzudenken. Ich wurde schockartig auf die unmittelbaren Vorgänge auf dem Schlachtfeld aufmerksam gemacht, als Vordels *Victor* die ersten Treffer einsteckte.

Der *Victor* erbebte unter dem Einschlag einer Salve Langstreckenraketen, blieb jedoch in Bewegung, indem er nach rechts und dann nach links auswich, um den feindlichen Schützen von seinem Ziel abzubringen. Der *Victor* hob den rechten Arm und gab mit einem Krachen, der die Luft erzittern ließ, einen Schuß aus seiner Gaußkanone ab. Dann fiel der Rest der Leibwachen-Lanze ein. Raketen heulten vorwärts, deren Kondensstreifen durch hellblaue Blitze aus Partikelprojektorkanonen erhellt wurden.

Dann sah ich Maeves *Donnerkeil* eine ganze Serie schwerer Laser-Treffer einstecken. Überall um sie herum schlugen Raketen ein, wirbelten Staub auf und verbargen die Sicht auf sie. Mir blieb das Herz stehen, als Klumpen geschmolzener Panzerung in einem Splitterregen aus der Staubwolke herausgeschleudert wurden. Noch bevor ihr *Donnerkeil* aus den wogenden und wallenden Dämpfen auftauchte, verriet mir das Pulsieren ihres im Arm angebrachten Blackwell 20 Lasers, daß sie den Angriff überstanden hatte. Die Panzerung am rechten Arm des Mechs war zerfetzt, und ich konnte das Glitzern seiner internen Struktur erkennen. Die Brust war mit Kratern von Raketentreffern übersät, aber der *Donnerkeil* bewegte sich mit unverminderter Geschwindigkeit. Ich begann wieder zu atmen.

Ein Stern aus fünf feindlichen BattleMechs, drei *Thor* und zwei *Katamarane*, tauchte an der Baumgrenze auf und hielt auf die Deckung eines geschleiften Ortes zu. Nicht Josselles. Wir befanden uns immer noch ein paar Kilometer nördlich davon. Die Mechs der Falken schossen im Laufen, zweifellos in der Hoffnung, uns dadurch aufzuhalten und in den Schutz der Trümmer und ausgebrannten Gebäude zu gelangen, um uns gleichzeitig diesen Schutz zu verwehren. Einmal hinter den Gebäuden, konnten sie auf uns schießen, während wir durchs offene Gelände marschierten, um näher an sie heranzukommen. Und wir würden näher an sie heranmüssen, da ihre Waffen im allgemeinen eine größere Reichweite hatten als unsere. Wenn wir uns auf ein Langstreckenduell einließen, würden die anderen Mechs ihrer Abteilung bereits durch die Bäume und auf Josselles zu stürmen.

Die Falken mußten sehr zuversichtlich sein, und wer konnte es ihnen verdenken? Der Nachrichtendienst hatte gemeldet, die meisten BattleMechs der Jadefalken auf Morges seien zweitklassige Modelle, Mechs ähnlich denen der Inneren Sphäre, doch ausgerüstet mit Waffen,

Elektronik und Antrieb nach Clan-Machart. Diese Maschinen waren gefährlich genug, doch dieser Stern bestand aus OmniMechs, Kampfmaschinen die den zweitklassigen Clan-Mechs ebenso überlegen waren wie letztere den meisten Mechs der Inneren Sphäre.

Omnis waren einer der großen Vorteile der Clans, und die Falken wußten, wie man sie einzusetzen hatte. Wir hatten nur drei Omnis in unseren beiden Lanzen.

Die Funkwellen knisterten von den Herausforderungen der Clan-Krieger. Sie forderten zum Einzelkampf Mech gegen Mech auf. Clan-Ehre und Selbstmord der Inneren Sphäre.

»Ignoriert die Herausforderungen«, befahl der Wolf. »Leibwachen-Lanze, auf den Führungsmech konzentrieren. Befehlslanze, alles Feuer auf den Nachzügler.«

Maeve protestierte, wollte sich mit ihrem Gegner duellieren. Die Notwendigkeit verfluchend, schaltete ich ihren Komm-Kreis ab. Der Wolf hatte seine Befehle gegeben, und sie tanzte aus der Reihe. Durch konzentrierten Beschuß konnten wir vielleicht einen oder sogar beide Ziel-Omnis außer Gefecht setzen und unsere Chancen verbessern.

Trotz ihrer Proteste befolgte sie die Befehle des Wolfs. Der Laser des *Donnerkeil* sandte schillernde Energiestrahlen in das Bein des führenden Falken-Mechs, eines *Thor.* Ihre Schüsse lagen direkt im Ziel, einem Loch, das bereits von ihren Lanzenkameraden geschlagen worden war. Der *Thor* stolperte, um sich gleich darauf wieder zu fangen, doch nur für einen Augenblick. Als das beschädigte Bein mit dem vollen Gewicht der Siebzigtonnenmaschine belastet wurde, gaben die Titanknochen nach. Der *Thor* stürzte zu Boden. Ein zweiter *Thor* sprang an ihm vorbei und setzte den Sturm der Falken auf den verwüsteten Ort fort.

Die Befehlslanze traf ihr Ziel, einen *Katamaran,* aber der Omni blieb in Bewegung. Unser Angriff hatte den Stern aufgehalten, und wir hatten keine Zeit für eine zweite Salve, bevor die führenden Falken die Deckung erreichten. Es schien offensichtlich, daß wir ihnen würden folgen müssen und dabei Schaden nehmen, möglicherweise sogar einige von unseren Mechs verlieren würden. Ich hoffte, Maeves würde nicht dazugehören.

Die Situation verschlechterte sich plötzlich, als Hans verkündete: »Stern aus vier Uhr.«

Ein neuer Stern tauchte aus den Wäldern auf und stürmte auf unsere Flanke zu. Die Falken hatten uns eine Falle gestellt, indem sie uns zunächst in ein Gefecht verwickelt hatten, um uns dann von zwei Seiten anzugreifen. Die Omnis des ersten Sterns erreichten die Stadt, und auf den offenen Frequenzen konnte ich ihre Jubelrufe hören.

Der Tonfall des Gebrülls änderte sich, als die Omni-Piloten *unsere* Falle entdeckten.

Der Jadefalken-*Thor,* der die Führung übernommen hatte, passierte den Außenbezirk der Stadt, ohne belästigt zu werden. Sein Pilot ging am Rande der Stadt in Stellung und eröffnete das Feuer auf Anton Benjamin. Die mächtige Autokanone des Omnis röhrte stakkatohaft und identifizierte sich als Ultramodell, das eine doppelt so große Feuergeschwindigkeit erreichte wie die normalen Waffen dieser Klasse. Gnadenlos hämmerte der *Thor* auf Benjamins *Schwarzfalke* ein, verwüstete dessen Panzerung und zerfetzte Myomer-Pseudomuskeln und Strukturelemente aus Titan gleichermaßen mühelos. Der *Schwarzfalke* fiel hintenüber und lag still, während Rauch aus seinem verwüsteten Rumpf aufstieg.

Das war der Augenblick, in dem wir die Falle zuschnappen ließen.

Dragoner-Elementare tauchten aus ihren Verstecken auf und schossen aus kürzester Entfernung ihre KSRs ab. Die völlig überraschten Falken erlitten schwerste Schäden. Einer, ein *Thor,* erhob sich auf einer Säule aus ultrahoch erhitzter Luft in dem Versuch, dem Strahl aus

Elementaren, der über ihn herfiel, zu entkommen. Die Elementare benutzten ihre eigenen Sprungpacks, um nach einem raschen Stellungswechsel sicher zu landen. Rasch wieder in Deckung eilend, nahmen sie die in der Stadt verbliebenen Omnis unter Beschuß.

Die Flucht des *Thor* war für den Rest des feindlichen Sterns wie ein Signal. Die überlebenden Omnis zogen sich von den mit Elementaren besetzten Gebäuden zurück. Der *Katamaran*, den die Befehlslanze unter Beschuß genommen hatte, schaffte es nicht. Die restlichen drei Feind-Mechs schlugen einen weiten Bogen und versuchten, unserem Beschuß auszuweichen. Wir deckten sie ein, und der zweite *Katamaran* ging zu Boden. Die beiden überlebenden *Thor* entkamen mit schweren Schäden.

Als die ersten Schüsse des zweiten Stern um uns herum einschlugen, beorderte uns der Wolf in die Stadt. Er wollte die Gebäude zwischen uns und den frischen Stern legen. Dasselbe galt auch für mich. Wir steckten weitere Treffer ein, bis wir die Deckung erreichten. Shellys *Ostsol* wurde ein Arm abgesprengt, als sein Rumpf aufgeschlitzt wurde. Unter Benutzung des Schleudersitzes stieg sie aus ihrer lahmgelegten Maschine aus, und wir besaßen nur noch sechs kampffähige Mechs, alle beschädigt.

Die Falken wurden vorsichtig. Vielleicht dachten sie, wir hätten viel mehr in der Stadt, als dies tatsächlich der Fall war, oder vielleicht legten sie auch nur die übliche Abneigung der Clanner gegen Nahkämpfe an den Tag. Sie würden sehr wohl wissen, was die Elementare im Nahkampf ausrichten konnten.

Um uns weiter zu reduzieren, begannen sie ein Langstreckenbombardement. Wir erwiderten das Feuer, so gut wir konnten. Der Wolf selbst erzielte mit den Salven aus den Raketenwerfern seines *Schütze* Treffer um Treffer.

Als unsere Munition zur Neige ging, wodurch unsere

Langstreckenfeuerkraft empfindlich verringert wurde, reagierten die Falken, als wüßten sie, daß wir Munitionsprobleme hatten. Sie rückten vor und umkreisten uns mehr wie Wölfe denn Falken. Sie hielten ihre mörderische Kanonade aufrecht, während sie gleichzeitig außerhalb der Reichweite der Elementare blieben. Der noch am wenigsten mitgenommene unserer Omnis, Karas *Loki,* wurde unter einem einstürzenden Gebäude begraben, als sie die Stellung wechseln wollte, um einen gegen unsere Flanke gerichteten Vorstoß zu unterbinden. Unfähig zu manövrieren, war sie wenig mehr als ein Unterstand. Die Falken schwenkten von ihr weg, so daß sie aus der Schlacht draußen war. Franchettes *Kampfschütze* wurde getroffen, als er eine unhaltbar gewordene Stellung verließ, und ging zu Boden. Maeves *Donnerkeil* überhitzte und schaltete sich ab. Wolfs Befehl ignorierend, blieb sie an Bord und versuchte, den Reaktor wieder in Gang zu setzen.

Die Falken stellten ihren Angriff ein, was mir Gelegenheit gab, die Komm-Kanäle abzuhören und mich gründlich umzusehen, um herauszufinden, warum. Der starke Funkverkehr und der Rauch, der sich aus dem Wald im Osten erhob, sprachen eine deutliche Sprache. Betas Reserven waren eingetroffen. Das Abfangen der Speerspitze der Falken hatte sie lange genug aufgehalten, daß konventionelle Truppen des VeCom eine Straßensperre hatten errichten und die Falken noch weiter hatten verlangsamen können, bis Betas Reserven eingriffen. Der Gegenangriff war gestoppt. Selbst Omnis waren nicht unüberwindlich.

Die Falken zogen sich zurück.

Wir überlebten.

Unsere Lanzen erreichten schließlich Josselles, indem wir die zwangsenteigneten Piloten auf den Notsitzen unserer noch funktionstüchtigen Mechs mitnahmen. Der Wolf verließ seinen Mech beim Kommandofahrzeug der Dragoner, wo er ihn zum Reparieren und Aufmunitionieren der Obhut der mobilen Techeinheit übergab. Ich half Shelly aus meinem *Loki* und sorgte dafür, daß sie medizinische Betreuung erhielt, bevor ich dem Wolf folgte. Ich wollte sehen, wie es Maeve ging, aber ich hatte meine Pflichten. Die Schlacht war noch nicht vorbei.

Das Kommandofahrzeug hatte nicht die Einrichtungen der *Chieftain*, Wolfs Kommando-Landungsschiff, doch es war gut ausgerüstet und genügte seinem Zweck. Colonel Fancher befand sich auf einem vorgeschobenen Posten, doch Martin Reed, ihr Stellvertreter, war da und bereits in ein Gespräch mit dem Wolf vertieft. Ich ging zum Komm-Deck und übertrug die Verbindung von meinem *Loki* auf die Zentrale. Berichte strömten herein. Die Schlacht verlagerte sich entscheidend zu unseren Gunsten, doch noch Stunden später flackerten immer wieder Kämpfe auf wie ein schwelendes Feuer.

Irgendwann im Lauf der Nacht kam Maeve vorbei und brachte mir etwas Verpflegung. Ich aß an meiner Konsole, während sie mir die Schultern massierte. Die Berührung vermittelte mir ihre Freude darüber, daß wir überlebt hatten. In diesem Augenblick reichte mir das.

Ich meine, die Rückkehr von MacKenzie Wolf und seinen Kompaniekommandeuren markierte das Ende der Schlacht. Das Spinnennetz hatte seine Ziele gesichert und sich zur Überholung zurückfallen lassen. An der gesamten Front zogen sich die Falken zurück. Fancher konnte sich mit Beta vom Feind absetzen und als Rückendeckung für VeComs und Vierte Skye Rangers auf Reservemodus umschalten. Es würde noch Kämpfe geben, doch der Feldzug war entschieden. Der Ruhm, die Truppen der Jadefalken von Morges gejagt zu haben, würde an die VC-Truppen gehen. Die Dragoner im Kommandofahrzeug waren alle erschöpft, aber es gab immer noch einiges zu tun. Die Morgenschicht kam herein, aber die jetzt dienstfreien Techs und Offiziere schienen nicht genug Energie aufbringen zu können, um ihre Quartiere aufzusuchen. Erschöpft und halb wach hockten sie sich in leere Ecken, wo sie Kaffee schlürften, an Verpflegungsriegeln knabberten und immer mit einem Auge auf den Holotank und die Schirme schielten.

Das Licht des Morgengrauens fiel in das Kommandofahrzeug, und ein Mann trat ein. Er stammte offensichtlich von der Blutlinie der Clan-Elementare ab, denn er paßte kaum durch die Tür. Er sah außerdem unbillig ausgeruht aus. Ich hielt ihn für Elson, Kommandeur des in die Falle involvierten Infanterie-Sterns, weil ich mich vage daran erinnerte, ihm den Befehl übermittelt zu haben, im Kommandofahrzeug Meldung zu erstatten.

Elson bewegte sich mit einer Gewandtheit durch die engen Reihen der Konsolen, die mich überraschte. Wie konnte sich solch eine Muskelmasse mit derartiger Selbstsicherheit und Grazie bewegen? Selbst als einer der Kommtechs plötzlich seinen Stuhl zurück und genau vor die Füße des Elementars schob, ging der große Mann um ihn herum und durch die schmale Lücke, ohne gegen den Stuhl zu stoßen oder langsamer zu werden. Er blieb gerade außerhalb des Kreises von Mitgliedern der Befehlslanze stehen, die sich um den Holotank versammelt hatten, und nahm eine entspannte, doch aufmerksame Haltung an, die er vermutlich stundenlang aufrecht erhalten konnte.

Er brauchte nicht lange zu warten. Jaime Wolf schaltete die Holoanzeige auf Standbild und drehte sich um. Lächelnd streckte er dem Infanteriemann, neben dem er wie ein Zwerg wirkte, die Hand entgegen.

»Sie haben heute gute Arbeit geleistet, Lieutenant Elson.«

Den Elementar schien das Lob des Wolfs kalt zu lassen, doch er schüttelte dessen Hand und antwortete höflich:

»Vielen Dank, Colonel.«

»Sie scheinen Grif Nikkitchs Vorschußlorbeeren gerecht zu werden. Er ist nur sehr schwer zufriedenzustellen.«

»Für einen Infanteriemann«, fügte MacKenzie Wolf hinzu.

Die meisten der um den Holotisch versammelten MechKrieger lachten über Macs Witz. Es war kein kriecherisches Gelächter. Wir waren alle MechKrieger. Wir begriffen nicht wirklich, wie jemand bereit sein konnte, ohne den Vorteil eines Mechs in die Schlacht zu gehen. Als MechPiloten hielten wir es nicht für erniedrigend, einen Witz auf Kosten eines Infanteriemannes zu machen. Es war allgemein bekannt, daß sie über uns ebenfalls wenig schmeichelhafte Bemerkungen machten. So war es eben. Elson wirkte vollkommen ungerührt.

»Der Colonel wollte mich sprechen«, sagte er ganz tonlos.

»Das will ich, Lieutenant.« Jaime Wolf verschränkte die Arme vor der Brust. »Man hat mir zu verstehen gegeben, Sie hätten Ambitionen, die über das Kommando eines Sterns hinausgehen.«

»Ich diene, wie ich kann, Colonel.«

»Nun, ich werde Ihnen eine Chance geben. Trauen Sie sich zu, die Tests für das Kommando über einen Trinärstern zu bestehen? Sind Sie dazu bereit, drei Sterne zu befehligen?«

»Ich bin ein Krieger. Ich werde mein Bestes tun.«

»Und das wird gut genug sein?«

»Ich bin gut genug.« Elson hielt inne. Mir kam es so vor, als wolle er noch etwas hinzufügen als das schlichte ›Sir‹, das er nachträglich anhängte.

»Nun gut.« Der Wolf nickte. »Aber wir befinden uns gerade nicht auf Outreach, und ich brauche *heute* einen Kommandeur für einen Trinärstern, Brevet Captain Elson. Bleiben Sie in der Nähe. In dreißig Minuten findet eine Einsatzbesprechung statt.«

»Ich diene, Colonel«, sagte Elson. Er tippte sich mit der geballten Faust an die Stirn, ließ den Arm dann auf

Hüfthöhe sinken und verbeugte sich darüber. Die Geste war ein förmliches, offizielles Akzeptieren, das in der entspannten Atmosphäre der Feldkommandozentrale fehl am Platz wirkte.

Jaime Wolf richtete seine Aufmerksamkeit wieder auf den Holotank. Er war bei der dritten Wiederholung der heutigen Kampfhandlungen, als Stanford Blake zu dem Schluß kam, es sei Zeit, sich anderen Dingen zu widmen.

»Colonel, wir haben eine Nachricht von der Anwerbehalle erhalten.«

»Dort kennt man unsere Verfügbarkeit ebensogut wie ich hier.«

»Sie dachten, und ich stimme ihnen darin zu, Sie würden diesem Angebot vielleicht einige Beachtung schenken.« Stan legte eine Datendiskette in die Konsole des Tanks ein. Kontraktspezifikationen erschienen in dem Fenster, das sich über der Miniaturanzeige des Schlachtfelds öffnete. Aus meinem Blickwinkel konnte ich die Worte nicht lesen, doch ich wußte, was sie besagten. Ich hatte den Funkspruch gelesen. Stan wartete, bis der Wolf aufsah. »Wie Sie sehen, bietet Haus Kurita einen Kontrakt für einen Einsatz zweier Regimenter gegen die Novakatzen auf Meinacos an. Ihr Honorarangebot ist in den Spezifikationen nicht aufgeführt. Ich vermute, eine Militäroperation mit einem Preis auszuzeichnen, verstößt irgendwie gegen ihre Samurai-Ehre, aber in der Halle haben sie alle Einzelheiten. Sie bieten fast das Doppelte unseres Standardtarifs und uneingeschränkte Ausschlachtungsrechte.«

Der Wolf schwieg. MacKenzie sprach für ihn.

»Sagen Sie ihnen, wir lehnen ab.«

Stan hieb sich mit der Faust auf den Oberschenkel. »Glauben Sie nicht, daß das jetzt lange genug so gegangen ist? Ich war auch dabei, aber ich bin bereit, die Sache auf sich beruhen zu lassen.«

»Wir nicht«, sagte Mac mit Entschiedenheit.

»Ich dachte, wir würden dieses Unternehmen nach wirtschaftlichen Gesichtspunkten führen«, sagte Stan zornig. »Kurita bietet das Doppelte unseres Standardtarifs. Können wir es uns überhaupt leisten, das Angebot zu ignorieren?«

Mac wollte antworten, doch der Wolf hob die Hand. Der Sohn beugte sich dem Vater. »Von Kurita ganz abgesehen, wäre es auf jeden Fall ein erbärmlicher Kontrakt. Meinacos liegt nah bei Pesht, dem Hauptplanet des Distrikts. Die Kämpfe würden ziemlich hart.«

»Die Dragoner sind noch nie einem harten Kampf aus dem Weg gegangen«, sagte Captain Winnie Harding. Sie war eine Adoptierte, eine Sphäroide, die nach Luthien für gut genug befunden worden war, sich den Dragonern anzuschließen. Ehemals Bataillonskommandeur bei Haus Steiners Skye Rangers, hatte sie diesen Posten aufgegeben, um als Kompaniekommandeur in MacKenzie Wolfs Spinnennetz-Bataillon zu dienen. Sie mußte immer noch lernen, sich bei den Dragonern zurechtzufinden. »Es geht darum, daß es die Schlangen sind, nicht wahr?«

Niemand sah einen Grund, darauf zu antworten.

Stan seufzte. »Jaime, das kann nicht so weitergehen. Für jemanden, der seinem Erbe den Rücken kehren kann, haben Sie ein absonderlich enges Verhältnis zur Vergangenheit.«

»Es ist eine praktische Entscheidung.«

»Praktisch! Ich werde Ihnen sagen, was praktisch ist! Praktisch ist, mit der Realität zu leben, daß wir mit den Ressourcen *eines* Planeten mehr Militär unterhalten müssen als beliebige *fünf* andere Planeten. Wir brauchen gut bezahlte Kontrakte. Sie haben gerade ein Jahr Kampfpause eingelegt, um den kostbaren Ruf der Dragoner und den der Kommission für Söldnerfragen für ihre Unvoreingenommenheit und Fairneß zu wahren. Sie haben einen Haufen Reden über Unvoreingenommenheit und Fairneß gehalten. Keine Günstlinge, sagten Sie. Die Dragoner können von allen angeworben werden und unterzeichnen den besten Kontrakt. Was ist jetzt mit gleichen und unvoreingenommenen Diensten für alle Häuser und alle politischen Einheiten?«

Der Wolf funkelte ihn an. Es war eine Zurschaustellung von Emotionen, die er sich nicht gestattet hätte, wenn Außenseiter zugegen gewesen wären, dieselben Umstände, die Stan seinen Vorgesetzten anschreien ließen. Obwohl wir unter Dragonern waren, sagte Jaime Wolf nichts.

Stan wandte sich an mich und fragte leise: »Brian, wer ist als Sponsor des Kontrakts aufgeführt?«

»Theodore Kurita.«

Stan richtete seine Aufmerksamkeit wieder auf den Wolf. »Sehen Sie, Jaime? Nicht Takashi, sondern Theodore. Der Kanrei, den Sie nach Outreach eingeladen haben.«

Elson trat vor, wobei er eine der Lichtleisten verdunkelte. Sein Schatten fiel auf den Holotank und zwischen Stan und den Wolf. »Lassen Sie den Wolf in Ruhe, Colonel Blake. Es handelt sich um eine Fehde.«

»Zum Teufel mit der Fehde!« Stan wandte sich an den Elementar. »Hier geht es ums Geschäft. Wir können keine Unvoreingenommenheit für uns in Anspruch nehmen, wenn wir einen Kontrakt von einem der Häuser ablehnen. Wir können es uns nicht leisten, lukrative Kontrakte auszulassen, nur weil jemand, der eine Beziehung zu dem Kunden unterhält, eine Vergangenheit bei uns hat. Einheit! Wenn wir immer so vorgehen würden, gäbe es niemanden mehr, für den wir arbeiten könnten.«

Von Stans Feuereifer unbeeindruckt, schüttelte Elson langsam den Kopf. »Es ist eine Frage der Ehre.«

»Passen Sie mal auf, Elson ...«

»Lassen Sie's gut sein, Stan.«

»Jaime ...« Stan geriet ins Stocken, als er die diamantharte Entschlossenheit in den Augen des Wolfs sah. Er schwieg einen Augenblick, dann sammelte er sich, um seinen Appell neu zu formulieren.

»Ich sagte, lassen Sie's gut sein«, sagte der Wolf leise.

Der Nachrichtendienstoffizier holte tief Luft und stieß sie langsam aus. Dann zuckte er die Achseln und ging zu seiner Konsole. Jaime Wolf machte sich wieder an das Studium der regionalen taktischen Berichte. Ich musterte Maeve, um festzustellen, wie sie den Wortwechsel aufgenommen hatte, doch sie war auf dem Weg nach draußen und verschwand gerade hinter Elsons massigem Körper. Elson selbst stand reglos und mit nachdenklicher Miene da. Alles war so, als sei nichts geschehen.

Doch ich konnte die unaufgelöste Spannung spüren.

10

Die meisten Leute glauben, ein Krieger von schmaler Statur sei in einem Handgemenge, wo gewöhnlich die Fähigkeit, harte Schläge gleichermaßen austeilen wie einstecken zu können, ausschlaggebend ist, wenig wert. Der Mangel an Reichweite und Körpergewicht bei einem Kämpfer von kleinem Wuchs ist in einem derartigen Kampf eindeutig ein Nachteil. Wenn er überleben will, muß ein solcher Kämpfer schnell und geschickt sein. Auf Maeve trifft das zu, insbesondere letzteres.

Wir waren wieder auf Outreach, und ich bog gerade um die Ecke der Herrara Street in Harlech, als ich Maeve vor mir sah, die über einen auf dem Boden liegenden Gegner, wahrscheinlich den Angreifer, gebeugt stand. Zwar mochte er für den Augenblick außer Gefecht sein, aber er hatte vier Freunde. Das trunkene Gelächter, das ich schon von weitem gehört hatte, brach abrupt ab.

»Blechgeborenes Miststück«, grollte einer von ihnen.

»Er hat es nicht anders gewollt«, hörte ich sie sagen. »Warum bringt ihr ihn nicht in sein Quartier und laßt ihn seinen Rausch ausschlafen?«

»Freigeborene nehmen von Leuten deines Schlages keine Befehle mehr an.« Die Stimme des Sprechers klang undeutlich, doch er bewegte sich noch schnell genug.

Maeve duckte den Hieb ab, doch ihr Gegenangriff war wirkungslos. Entweder war der Mann zu betrunken, um den Schmerz noch zu spüren, oder seine massige Gestalt absorbierte alle Energie, die sie für ihren Tritt aus ungünstiger Position hatte aufbringen können. Er stürzte sich auf sie, und sie mußte sich anstrengen, um seinem Griff zu entwischen. Einer der Kumpel des Schlägers schnitt Maeve bei ihrer Ausweichbewegung ins Ohr. Ich sah Blut spritzen.

Ich rannte auf sie zu.

Alle vier umkreisten Maeve, aber sie waren entweder

zu betrunken oder zu sehr auf Maeve konzentriert, um mich kommen zu hören. Doch Maeve entging es nicht. Sie erkannte meine Absicht und nutzte sie zu ihrem Vorteil, indem sie sich plötzlich auf einen der vier stürzte, und sich dabei eine Blöße in Richtung des Großen gab. Blind für seine Umgebung, versuchte der, sie zu packen.

Ich krümmte mich zu einer Kugel zusammen, als ich mich in den Rücken des Großen warf. Ich stellte mir die Überraschung auf seinem Gesicht vor, als er getroffen wurde, und wünschte, ich hätte sein Gesicht während des Zusammenstoßes sehen können. Wir gingen zu Boden, doch ich hatte genügend Schwung, und er landete nicht auf mir. Da ich ihn in seinen Bewegungen verlangsamen wollte, trat ich ihm fest gegen das Knie, während ich mich aufrappelte. Als ich wieder auf den Beinen war, sah ich, daß es nicht mehr darauf ankam: Er kotzte sich die Seele aus dem Leib. Um ihn würden wir uns eine Weile keine Gedanken machen müssen.

Maeve hatte ihr Ziel zu Boden geworfen, es jedoch nicht außer Gefecht gesetzt. Unglücklicherweise hatte der Mann sie mitgerissen, und ihre Angreifer stürmten auf sie ein, während sie sich auf Hände und Knie stützte. Die Schläger drehten mir den Rücken zu, ihr Pech. Im Vorbeigehen versetzte ich der Frau unter ihnen einen Tritt. Sie japste und schloß sich ihrem größeren Kumpan als Verzierung des Bürgersteigs an, indem sie stöhnend zusammenklappte.

»Jetzt seid ihr noch zu zweit«, sagte ich, ins Blickfeld der Freigeborenen tretend. »Die Chancen stehen also gleich. Wollt ihr immer noch spielen?«

Einer der beiden riskierte einen Schulterblick, möglicherweise um festzustellen, ob dort, von wo ich kam, noch mehr waren, oder vielleicht auch, um nach seinen Kumpanen zu sehen. Die Geräusche, die sie von sich gaben, sprachen eine deutliche Sprache, was ihren Zustand betraf. Der andere hielt die Augen auf uns gerichtet. Die Miene auf seinem blutverschmierten Gesicht verriet mir, daß Maeve ihn gelehrt hatte, den Blick nicht von ihr zu nehmen. Ich hätte seinen neugierigen Partner unverhofft angreifen können, doch ich gab ihnen die Möglichkeit meine Frage zu beantworten.

Der Neugierige schluckte und schüttelte den Kopf. Die zwei Freigeborenen wichen zurück. Sie halfen den Außendekorationen auf, und zu viert schafften sie es, ihren Anführer so weit aufzuwecken, daß sie ihn nur noch halb wegschleifen mußten.

»Gutes Timing, Freund«, sagte Maeve. Sie strich sich das Haar aus den Augen und erkannte jetzt erst, wer ihr zu Hilfe gekommen war. »Brian!«

Zufrieden nahm ich zur Kenntnis, wie die Erleichterung der Freude wich. »Es sah so aus, als könntest du Hilfe brauchen.«

»Sie hatten die erste Runde verloren und wollten den Einsatz erhöhen.« Sie zuckte die Achseln und fuhr zu sammen. »Sie waren ziemlich voll. Keine echte Bedrohung.«

»Das medizinische Zentrum ist gleich da unten, ein Stuck weit die Straße lang. Ich wollte sowieso dorthin.«

»Ich brauche keinen Arzt.« Sie rieb sich die Schläfen. Sie wirkte überrascht, als sie das Blut an ihren Fingern sah. »Ich wäre mit ihnen fertig geworden.«

»Klar.« Ich zog den Medpack aus meinem Gürtel und hielt ihn ihr hin. »Klar.«

Sie lächelte verlegen, als sie das Angebotene annahm. »Ich dachte, du hättest heute nacht Dienst.«

»Es lief alles ziemlich schleppend.« Ich mußte wegsehen, als sie ihre Schnitte und Kratzer behandelte. »Du hast gut gekämpft.«

»Gute Reflexe«, sagte sie achselzuckend. Dann lächelte sie, ein Zwinkern in den Augen, in denen sich Erinnerungen an andere Zeiten spiegelten. Ich wünschte, ich hätte ein Teil jener Zeiten sein können, an die sie sich mit solchem Vergnügen zu erinnern schien. Dann war der Augenblick vorüber, und sie kehrte in die Gegenwart zurück. »Sie hätten es besser wissen müssen, aber alle glauben, besser zu sein als ihre Vorgänger.«

Das klang nicht gut. »Du bist schon zuvor angegriffen worden? Das sollte der Wolf erfahren.«

Sie schüttelte den Kopf.

»Ist nicht seine Sache. Und nicht meine Art.« Sie lachte, konnte jedoch die Besorgnis in ihren Augen nicht ganz verbergen. »Komm schon, Brian. Du bist kein Sphäroid. Du bist wie ich bei den Dragonern aufgewachsen. Bist du je zu deinen Gesch-Eltern gerannt, wenn dich eine andere Geschko einem improvisierten Test hinter den Kasernen unterzogen hat?«

»Natürlich nicht. Das wäre unehrenhaft gewesen.«

»Und auch nicht besonders klug.« Ihre Miene verlangte nach Zustimmung, und ich entsprach ihr mit einem Nicken. Sie zuckte erneut die Achseln. »Und mehr ist hier auch nicht vorgefallen. Ein paar Freigeborene dachten, sie seien besser als ich, nur weil sie Bluteltern haben. Ich habe sie eines Besseren belehrt.«

»Sie schienen die Lektion nicht sonderlich gut zu begreifen.«

»Ich schätze, es war eine ziemlich große Klasse für nur einen Lehrer. Ich bin froh, daß du vorbeigekommen bist.«

Ihr Lächeln ließ mich dahinschmelzen. »Das bin ich auch.«

»Du sagtest, du seist gerade zum medizinischen Zentrum unterwegs gewesen? Hat der Wolf eine neue Saat angeordnet?«

»Nein. Nicht deswegen. Ich wollte ... Ich wollte nur gerade ...« Ich mußte feststellen, daß ich ihr den wahren Grund mitteilen wollte, warum ich zum medizinischen Zentrum ging, doch ihre lässig hingeworfene Bemerkung kam der Wahrheit etwas zu nah, und ich war auf der Hut. Ich wollte es ihr sagen, es mit ihr teilen, doch ich hatte Angst. Ich versuchte mir einzureden, daß es ihr Duft in meinen Nüstern und die Hitze ihrer Nähe auf meiner Haut waren, die mich so verunsicherten. Ich wollte glauben, daß sie es verstehen würde, doch ich konnte nicht sicher sein. Ich hatte nie jemanden getroffen, der es verstanden hatte, aber schließlich hatte ich nie jemandem außerhalb meiner Geschko — und nicht einmal all meinen Geschwistern — davon erzählt. James hätte nur spöttisch gelacht. Maeve mochte mich auf dieselbe Weise verhöhnen.

»Nur was?«

Ihre Augen, die wie Stahl gewesen waren, als sie auf jenen geruht hatten, die ihr Schaden zufügen wollten, waren jetzt wie sanftgraue Wolken. Sie ließen mich glauben, daß sie Anteil nahm. Im stillen die Befürchtung hegend, sie falsch einzuschätzen, raffte ich all meinen Mut zusammen.

»Ich wollte zu den Brutkästen.«

Ihre Brauen runzelten sich in einem kurzen Augenblick der Verwirrung. Ich wand mich innerlich.

»Warum?« fragte sie ruhig.

»Ich gehe immer dorthin, wenn ich nachdenken muß.«

Da. Jetzt war es heraus. Jetzt konnte sie mich verspotten. Ich hätte es besser James gesagt. Ihn hätte ich schlagen können. Während ich auf ihren Spott wartete, realisierte ich, daß meine Augen in Erwartung ihrer harschen Worte geschlossen waren. Würde ein Krieger nicht harsch auf jemanden reagieren, der immer noch dorthin zurückrannte, wo er geboren worden war, wenn er sich wegen irgend etwas Sorgen machte?

»Ich auch«, sagte sie.

Ich betrachtete sie. Ihre Miene war ausdruckslos, gelöst. Die Seen ihrer Augen waren kühle Tiefen. Ich hätte in ihnen ertrinken können. Die Hitze meiner Verlegenheit war gelöscht. Ich sagte nur allzu bereitwillig ja, als sie fragte, ob sie mitkommen könne. Ich war vorher nicht so sicher gewesen, ob ich allein sein wollte, und ich würde mir die Gelegenheit nicht entgehen lassen, ein wenig Freizeit in ihrer Gesellschaft zu verbringen.

Die Hallen mit den Brutkästen waren größtenteils dunkel. Alle Wissenschaftler waren für die Nacht in ihre Quartiere zurückgekehrt. Nur eine Rumpfmannschaft tat Dienst, und die hing vor den Monitoren, die sie nur für eine kurze Pause in der Lobby verließen. Wir gingen die Korridore entlang, ohne angerufen zu werden. Ich wußte, durch unsere enge Verbindung mit dem Wolf war unsere Anwesenheit ausreichend autorisiert, doch wenn uns jemand bemerkt hätte, wären wir gemeldet worden. Das wollte ich nicht, und ich brauchte Maeve nicht erst zu fragen, ob sie mit meiner verstohlenen Annäherung einverstanden war. Ihr schleichender Schritt hatte mir bereits verraten, daß sie die ungeschriebenen Gesetze in bezug auf nächtliche Besuche bei den Brutkästen kannte.

Wir gingen zur Besuchergallerie vor Kammer 17. Hinter dem Transpex lag mein Geburtsort. Jedenfalls hatte ich das beschlossen. Uns wurde niemals gesagt, welche Brutkammer unsere gewesen war. Wenn Maeve etwas an dieser speziellen Brutkammer lag, sagte sie es jedenfalls nicht.

Durch das Transpex konnten wir die stählernen Brutkästen in der Kammer sehen. Es war Nacht, aber wir machten kein Licht. Wir brauchten keines. Für unsere Zwecke war es in der Kammer hell genug. Der größte Teil der sanften Beleuchtung kam von Streifen auf dem Boden, welche die Gänge mit bernsteinfarbenen Punkten markierten. Die Brutkästen selbst waren Glühwürmchen-Gebilde aus Monitoren und Statuslämpchen. Nirgendwo blinkte ein rotes Licht. Alles war ruhig, still.

Eine Weile saßen wir schweigend da, glücklich, den Frieden dieses Ortes in uns aufsaugen zu können. Zögernd begannen wir uns zu unterhalten. Zuerst sprachen wir über Dinge, die sich auf unsere Arbeit bezogen, zum Beispiel die Rückkehr ins Quartier nach einem Kontrakt oder die Probleme, einem Tech zu erklären, daß sich der Mech nur nicht richtig *anfühlt*. Zurückhaltende Fachsimpeleien. Sie erzählte eine lustige Geschichte darüber, wie sich eines ihrer Geschwister ein Jahr Strafdienst eingehandelt hatte, und das brachte uns zu der Frage, wie es unseren Geschwistern ging. Von da kamen wir direkt auf das Aufwachsen in einer Geschko. Ich vermute, das war fast unvermeidlich, wenn man bedenkt, wo wir uns befanden.

Sie war die reine Freude, und ich hoffte, sie nicht zu langweilen. Ich registrierte gerade mit einigem Erschrekken, wie nah wir mittlerweile auf der Bank nebeneinander saßen, als sie mich mit einem plötzlichen Themenwechsel überraschte.

»Du sagtest, du kommst immer her, wenn du nachdenken mußt. Ich glaube nicht, daß du deine Kindheit noch einmal durchleben willst. Das geschieht am besten woanders und mit den jeweiligen Geschwistern. Weswegen bist du eigentlich hergekommen?« Sie sprach eiligst weiter, bevor ich antworten konnte. »Du kannst mir sagen, daß ich den Mund halten soll, wenn du willst. Wenn es geschäftlich war und du nicht darüber reden kannst, sehe ich das ein.«

»Nein, es ist schon in Ordnung. Es ist nichts Geschäftliches. Jedenfalls nicht richtig.« Ich wußte, mein Lächeln war schief, doch ich hoffte, daß es zumindest beruhigend war. »Ich habe heute ein altes Kommunique gesehen. Über den Gen-Pool.«

»Du kennst deine Eltern?« Sie war gespannt, angesichts dieser Möglichkeit plötzlich sehr aufgeregt. Offensichtlich hatten sich durch unser Gespräch derartige Spekulationen bei ihr in den Vordergrund des Denkens geschoben. Sie hatte mir erzählt, daß sie in einer namenlosen Geschko aufgewachsen war, und jetzt hatte es den Anschein, als hätte sie die Hoffnungen, ihre wahren Eltern kennenzulernen, auf meine Situation übertragen. In ihren Augen sah ich aufrichtige Freude über das, was sie für mein Glück hielt. Ich mußte sie enttäuschen.

»Nein, das ist es nicht.«

»Willst du es denn nicht wissen?« Ihre eigene Sehnsucht klang unverhohlen in ihrer Stimme durch.

Ich war verlegen.

»Ich kenne meine Abstammung. Ich gehörte zur William Cameron-Geschko.«

»Stimmt, ja. Das hatte ich vergessen. Du bist nicht namenlos wie ich.«

In ihrer Stimme lag Trauer. Ich griff nach ihr, um sie zu umarmen, ihr die menschliche Wärme zu geben, die ihr dabei helfen konnte, die innere Einsamkeit fortzuspülen. Sie bewegte sich nicht, bis ich sie berührte, dann schrak sie zusammen. Ich zog mich zurück, und sie drehte mir die Seite zu.

»Du wirst dir einen Ehrennamen verdienen«, sagte ich linkisch.

Ihre Stimme war kaum zu hören. »Ich will meinen eigenen.«

Das verstand ich. Verglichen mit ihr, hatte ich Glück. Ich kannte meine Eltern, wußte, daß ich von der Blutlinie eines Ehrennamens abstammte. Selbst wenn ich den Namen nicht errungen hätte, könnte ich das Wissen um meine Abstammung immer bei mir tragen. Aber ich hatte einen Namen errungen. Einheit! In ihren Ohren mußte ich herablassend geklungen haben.

Ich ließ die Arme sinken und drehte mich zum Fenster. Hinter dem Transpex setzten sich die Reihen stählerner Gebärmütter, deren innere Wärme innerhalb des kühlen Metalls verborgen war, in die Dunkelheit fort. Dort, im Kern jener Gebärmütter, die so hart und nichtmenschlich aussahen, jener Brutkästen, rührte sich neues Leben. Die Kinder, die daraus hervorgingen, würden sich mit einem von Kämpfen erfüllten Leben konfrontiert sehen. Manche würden ihre Gen-Eltern kennen, so wie ich. Manche würden keine Ahnung haben, wer Spermium und Eizelle, aus denen sie entstanden waren, gespendet hatte. Alle würden davon träumen, sich einen Namen zu verdienen. Manche, nur ganz wenige, würden es schaffen. Viele andere würden sterben.

Und warum?

Um die Reihen von Wolfs Dragonern zu füllen.

Und warum?

Um für den neuerlichen Ansturm der Clans gerüstet zu sein.

Jaime Wolf hatte festgesetzt, daß die Dragoner dasein würden, um der Rückkehr der Clans und ihrem Vorstoß nach Terra Einhalt zu gebieten. Seine offiziellen Gründe waren in den privaten Dragonerannalen verzeichnet. In den Geschkos hatte es von Gerüchten gewimmelt, die auf verborgene Gründe hindeuteten. Als ich meine Geschko erst verlassen und freien Umgang mit den Sphäroiden hatte, hörte ich noch wüstere Spekulationen. Richtig oder nicht, Spekulationen änderten nicht die Wahrheit.

Die Dragoner waren Abtrünnige der Clans, derjenigen, welche die stählernen Gebärmütter entwickelt hatten. Die meisten von den Alten —von denjenigen Dragonern, die noch unter den Clans gelebt hatten — waren freigeboren. Sie waren von einer menschlichen Mutter geboren worden, und ein paar waren sogar in echten Familien aufgewachsen. Diese Abstammung, abfällig als Freigeburt bekannt, hatte aus ihnen Bürger zweiter Klasse gemacht, auf welche die sogenannten Wahrgeborenen, die in den Brutkästen ›ausgebrütet‹ und in Geschkos aufgewachsen waren, herabsahen. Die Ironie biß mir in die Eingeweide. Hier auf Outreach waren die Dragoner zu den Brutkästen zurückgekehrt, um sich als Gruppe zu retten, was auch auf die Gefolgschaft Nicholas Kerenskys, des Begründers der Clans, zutraf. Die sogenannten Abtrünnigen beschritten den Weg jener, gegen die sie rebelliert hatten. Die Geschkos sollten die

Reihen füllen und aus den Dragonern die Elitekrieger der Inneren Sphäre machen. Wie bei den Clans würden aus den Geschwistersippen die Soldaten des Wolfs werden. Sie würden von Geburt an dazu erzogen und ausgebildet werden, die Besten zu sein. Soldaten ohne Eltern, die Elite von Wolfs Dragonern.

So wie ich. So wie Maeve.

Die Kinder, die von den eisernen Gebärmüttern zur Welt gebracht wurden, waren unsere Brüder und Schwestern, selbst jene, mit denen wir nicht dieselbe genetische Abstammung teilten. Wir waren alle eine Familie. Wenn der Plan des Wolfs funktionierte, würden wir enger verbunden und besser ausgebildet sein und mehr inneren Zusammenhalt besitzen als zu der Zeit, als die Dragoner frisch aus dem Clan-Training in die Innere Sphäre gekommen waren.

»Brian?«

Ich grunzte eine Antwort. Sehr beredt.

»Es tut mir leid«, sagte sie.

»Da ist nichts, wofür du dich entschuldigen müßtest.«

»Ich weiß, daß du mir nur helfen wolltest.«

»Ich ...«

»Können wir es nicht einfach vergessen?«

»Sicher.« Was hätte ich sonst sagen sollen?

»Du wolltest mir erzählen, warum du heute nacht hergekommen bist.«

»In der Geschko wurde uns gesagt, daß sich die Dragoner um ihre Angehörigen kümmern.«

»Einheit des Geistes, Einheit der Absicht«, zitierte sie.

»Das Kommunique, das ich gesehen habe, war an die Wissenschaftler adressiert. Es ging um eine Ergänzung der Gen-Bänke.«

»Eine neue Ehrennamen-Linie?«

»Nein. Neue Gene.«

Maeves Augen weiteten sich. »Was willst du damit sagen?«

»Erinnerst du dich noch, als die Führer der gesamten Inneren Sphäre nach Outreach gekommen sind? Der Wolf hat sie angeblich vor der Clan-Gefahr gewarnt. Er hat ihnen von unserer Clan-Abstammung und von der Verweigerung unserer Gefolgschaftspflicht erzählt. Er bot ihnen eine Anti-Clan-Ausbildung und entsprechende Informationen an. Er ließ sie sogar ihre Erben mitbringen, so daß die neue Generation bereit sein würde, die Clans zu bekämpfen. Die Führer der Häuser bekamen ihre Ausbildung und ihre Informationen, aber sie werden nie erfahren, daß sie dafür auch etwas bezahlten.«

»Du sagtest neue Gene.«

»Genau. Der Wolf befahl, von allen Erben genetische Proben zu entnehmen, während sie einer umfangreichen medizinischen Untersuchung unterzogen wurden. Bei diesen Untersuchungen schliefen die Kinder der Haus-Herren. Ich hoffe, daß sie angenehme Träume hatten, weil sie im Schlaf einen Teil von sich zurückließen. Sie sind alle in den Gen-Bänken verewigt.«

»Der Wolf hat dem Gen-Pool Gene der Sphäroiden hinzugefügt?«

Ich wußte nicht, ob sie schockiert oder nur überrascht war. Ich nickte.

»Auch Kurita-Gene?«

»Pos.«

Sie schwieg eine ganze Weile. »Aber er hielt es geheim.«

»Pos. Ein Kommandant muß ein paar Geheimnisse bewahren. Nicht nur, um sich mit einer Aura des Mystischen zu umgeben, sondern vor allem, um sich eine gewisse Unberechenbarkeit zu bewahren. Geheimhaltung ist ebensosehr ein Bestandteil des Krieges wie Partikelprojektorkanonen und Blut. Eine Menge von dem, was der Wolf tut, ist geheim. In der Öffentlichkeit zeigt er ein bestimmtes Gesicht und in der Kommandozentrale ein ganz anderes.«

»Wie jeder gute Offizier.«

Ich hoffte, das war alles. »Da steckt noch mehr dahinter. Ich wünschte, ich wüßte, was.«

»Vielleicht befürchtet er, daß seine Entscheidung für die Adoptierten ein Problem werden könnte«, sagte sie nachdenklich. »Die Geschkos gefallen ihnen nicht. Ich glaube, sie denken wirklich, wir sind keine richtigen Menschen.«

»Vielleicht haben sie recht.«

»Du weißt es besser«, sagte sie, indem sie mir die Hand auf die Wange legte.

Sie hörte sich wie Lydia an. Meine Geschschwester hatte immer ein Wort des Trostes für mich gehabt, wenn ich in einem Test nicht gut abgeschnitten hatte, doch der Trost war nur selten körperlich gewesen. Maeves Hand brannte heiß auf meiner Wange. Ich versuchte den Kontakt zu ignorieren, aber er brannte sich direkt in meinen Verstand. »Wirklich?« murmelte ich.

Sie drehte meinen Kopf und starrte mir in die Augen. Ihre andere Hand sank zwischen meine Beine.

»Du bist Mensch genug für mich«, sagte sie.

Und sie war auch ein Mensch.

11

Wenn ich nicht an die vergangene Nacht gedacht hätte, würde ich vielleicht schneller reagiert haben. Maeve schwelgte wohl ebenfalls noch in Erinnerungen, denn sie war ebenso langsam. Vielleicht war es aber auch gar nicht unser Fehler, aber ich glaube es immer noch nicht. Wir hätten aufmerksamer sein müssen. *Ich* hätte aufmerksamer sein müssen.

Da die Dragoner mehr und mehr Infanterietruppen mit Schlachtrüstungen nach Art der Elementare ausrüsteten, waren Menschen in Kampfanzügen ein zunehmend alltäglicher Anblick auf den Straßen von Outreach. Kriegsgerät ist in einem Heerlager nicht fehl am Platz, und als Hauptstadt von Outreach war Harlech gewiß eines. An diesem speziellen Tag trug jene spezielle Schlachtrüstung Dragoner-Kennzeichen, was ganz so war, wie es auch sein sollte. Die Dragonerpolitik verbot allen außer den Dragonern selbst die Anwesenheit auf der Planetenoberfläche. Schlachtrüstungen waren in der Inneren Sphäre noch nicht sonderlich weit verbreitet, so daß wir keinen Grund hatten zu argwöhnen, daß diese nicht zu uns gehörte.

Dennoch beunruhigte es mich ein wenig, den Infanteriemann in seiner Schlachtrüstung vor der Betonmauer herumlungern zu sehen, welche den Seiteneingang zur Wolf Hall abschirmte. Ich führte mein Unbehagen auf den Gedanken zurück, bei dem Soldat könne es sich um jenen großen Schläger handeln, gegen den Maeve und ich letzte Nacht gekämpft hatten. Er war groß genug gewesen, um ein Elementar zu sein. Im nachhinein ist mir jedoch klar, was ich unbewußt registrierte: Die Kennzeichen auf der Rüstung waren zwar eindeutig Dragonerinsignien und taktische Abzeichen, doch ansonsten veraltet.

Wolf Hall war die Kommandozentrale für alle Dragoneroperationen, und darin waren Büros für alle höherrangigen Offiziere untergebracht. Heute war Papierkram-Tag für den Wolf. Er würde also in seinem Büro sein, und wir waren sehr spät daran. Jaime Wolf mochte es nicht, wenn sich sein Stab verspätete.

Nach der frostigen Kühle der U-Bahn-Station schien die Sonne warm auf uns herab, als wir durch die kleine Tür an der Ostseite des Gebäudes gingen. Maeve passierte vor mir die Scanner, als ich hörte, wie sich ein Wagen näherte. Ich drehte mich um und sah den Wagen in der Nähe der U-Bahn-Treppe halten, die wir vor einer Minute heraufgekommen waren. Die Standarten auf den Kotflügeln des Wagens markierten ihn als Dienstwagen des Wolfs. Ich war erleichtert. Wir waren vor ihm eingetroffen. Dann revidierte ich meine Meinung. Die Erfahrung hatte mich gelehrt, daß der Wolf einen schlechten Tag hatte, wenn er nicht eine Stunde zu früh kam. Ein schlechter Tag für den Wolf war ein noch schlimmerer Tag für seinen Stab.

Ich hatte keine Ahnung, wie schlimm der Tag tatsächlich werden würde.

Als sich die Türen des Wagens öffneten, kam Bewegung in den Elementar an der Betonmauer. Er tauchte hinter dem Creoganbusch am Ende des Zauns auf, die Waffe im Anschlag. Die dunklen Mündungen des in den rechten Arm des Kampfanzuges eingebauten Mehrfachlauf-Maschinengewehrs waren düstere Verheißungen der Zerstörung.

Es war zu spät, um eine Warnung zu rufen. Wolf war aus dem Wagen ausgestiegen und wurde gerade auf die Gefahr aufmerksam. Ich griff nach meiner Pistole, eine sinnlose Geste, weil die Geschosse der Waffe die Schlachtrüstung nicht durchdringen konnten. Aber ich mußte irgend etwas unternehmen.

Der Elementar eröffnete das Feuer.

Seine erste Salve strich über Wolfs Wagen hinweg und riß den Beton dahinter auf, als die großkalibrigen Kugeln einschlugen. Mit der nächsten Salve korrigierte der Elementar den Anschlag und ließ die Kugeln über die Vorderfront des Wagens wandern. Die Fahrerin des Wagens, die vorne um den Wagen herumging, wurde förmlich in zwei Hälften zerteilt. Groteskerweise machten ihre Beine noch zwei Schritte, nachdem ihr Rumpf bereits auf dem Pflaster lag. Dann überschüttete der Elementar den Wagen mit einem wahren Kugelhagel, und zerfetztes Metall kreischte.

Ich sah den Wolf über das Pflaster kriechen, wobei er versuchte, den Wagen zwischen sich und dem Elementar zu halten. Ich vermutete, daß er die Treppe zur U-Bahn-Station ansteuern würde. Der Beton würde eine bessere Deckung abgeben als der Wagen. Mit Schrekken sah ich, daß er eine Blutspur auf dem Pflaster hinterließ. Er war getroffen worden; ob von einer Kugel oder von einem davonfliegenden Metallsplitter des Wagens, konnte ich nicht sagen. Er brauchte Hilfe.

Wenn ich ihm zu Hilfe eilte, würde ich getötet werden.

Ich richtete meine Pistole auf den Elementar, zog durch und jagte ohnmächtige Kugeln gegen seine gewölbte Brustplatte. Sie bedeuteten keine Gefahr für ihn, aber ich schaffte es, seine Aufmerksamkeit abzulenken. Ich wich in das Gebäude zurück, als er den Eingang bestrich. Die Wände waren dick genug, um mich zu schützen.

Ich hatte dem Wolf ein wenig Zeit verschafft.

Maeve saß mir im Nacken, während ich die Tür blokkierte.

»Was, zum Teufel, geht da vor?«

»Ein Elementar schießt auf den Wolf.« Ich schob sie zurück für den Fall, daß der Elementar die Schußrichtung änderte. Da ich nichts Besseres zu tun wußte, wechselte ich das Magazin in meiner Pistole.

Der Torposten drängte sich an uns vorbei. Er hatte Vertrauen in seine Rüstung und Waffen, doch der Elementar mähte ihn in dem Augenblick nieder, als er das Gebäude verließ.

Draußen flaute die Schießerei ab.

Sehr bald würden Soldaten eintreffen, doch würden sie rasch genug kommen, um den Wolf zu retten? War es bereits zu spät? Ich riskierte einen Blick. Der Wolf war nirgendwo zu sehen, doch seine Blutspur führte zur Treppe. Er hatte es geschafft!

Der schurkische Elementar wiegte sich in der Hüfte, als versuche er, in den brennenden Wagen hinein- oder durch ihn hindurchzusehen. Ich nahm an, er wußte nicht so recht, was er von seinem Werk halten sollte. Ich erwog, die Aufmerksamkeit des Schurken erneut auf mich zu ziehen, um dem Wolf mehr Zeit zur Flucht zu verschaffen, doch bevor ich mich rühren konnte, zeigte sich Jaime Wolf selbst. Der Elementar sah ihn ebenfalls und schickte ihm eine Salve entgegen. Der Wolf duckte sich rasch genug, so daß die Kugeln zwar Betonsplitter in alle Richtungen davonspritzen ließen, ihn jedoch verfehlten.

Der Elementar rannte jetzt mit plumpen Schritten auf die Treppe zu. Vier Meter vor dem brennenden Wagen, der ihn von seinem Opfer trennte, schaltete er die Sprungdüsen seines Anzugs ein und erhob sich in die Luft.

Und genau darauf hatte der Wolf gewartet.

Ein unter hohem Druck stehender Wasserstrahl schoß aus dem Treppenschacht hervor und traf den Elementar an der linken Seite. Die Wucht des Aufpralls warf ihn herum, und er verlor die Kontrolle über seinen Flug. Die Düsen schleuderten ihn auf das Pflaster. Mit zuckenden Bewegungen, als sei er benommen, wälzte er sich auf den Rücken.

Dann erschien Jaime Wolf am oberen Ende des Treppenschachts, einen Feuerwehrschlauch in der Hand. Er drückte den Strahl nach unten und lenkte ihn auf den Elementar, wodurch dieser auf dem Rücken liegend im Kreis herumgewirbelt wurde; so mochte ein Kind mit einer Schildkröte spielen. Der Schurke schlug mit den Armen um sich, offensichtlich nicht in der Lage, die Kontrolle über seine Rüstung zurückzugewinnen.

Ich eilte zur Wachstation und öffnete die Komm-Verbindung, um Unterstützung durch Elementare und ärztliche Hilfe anzufordern. Während ich den eintreffenden Sicherheitstrupps Anweisung gab, schlüpfte Maeve nach draußen und schnappte sich die Waffe des getöteten Torpostens. Sie ging in Stellung und gab, die Schwachpunkte in der Schlachtrüstung suchend, kurze Feuerstöße auf den rotierenden Elementar ab.

Zwei Minuten später trafen die Elementare ein, ein Fünf-Mann-Strahl plus Captain Elson. Mit brutaler Effektivität stürzte sich der Strahl auf den Schurken, der zu desorientiert zum Kämpfen war. Sie schälten ihn aus der Rüstung. Maeve mußte zumindest ein Loch in der Rüstung gefunden haben, denn sein rechter Arm blutete. Davon abgesehen, schien er unversehrt zu sein. Kurz danach traf der Rettungswagen ein und brachte einen graugesichtigen Jaime Wolf eiligst ins medizinische Zentrum. Der Möchtegern-Attentäter verschwand in einer zweiten Ambulanz, erhielt jedoch weniger fürsorgliche Pflege.

Stanford Blake reichte mir im Vorbeigehen mein Kommnetz-Kopfset, um sich sofort der Gruppe der Offiziere anzuschließen, die sich um die leere Schlachtrüstung versammelt hatte. Mehrere hochrangige Offiziere waren anwesend, darunter der Kommandeur der Heimatarmee, Jason Carmody, Hamilton Atwyl, der Kommandeur der Luft/Raum-Waffe, und Hanson Brubaker von der Kontraktabteilung. Elson, dessen Helm gerade zurückgeklappt wurde, so daß sein Kopf sichtbar war, stand bei den Offizieren. Seine noch verbliebenen Männer — zwei waren mit dem Wolf gefahren und einer mit dem Attentäter — hielten ihre Kampfanzüge noch geschlossen. Die beiden entfernten sich etwas von den anderen, um ihre eigene Konferenz abzuhalten. Ich schaltete mich für ein paar Minuten ins Komm-Netz ein, um verschiedenen Kommandeuren und Abteilungen zu versichern, daß alles unter Kontrolle war, bevor ich mich den Offizieren anschloß. Ich hielt einen Kanal für die Frequenz des medizinischen Zentrums offen.

»Das ist ein Anzug der Novakatzen«, verkündete Stan. Er sah verwirrt aus.

Ich musterte Elson. Er verzog keine Miene und schwieg eisern, aber seine Haut hatte einen leuchtend roten Farbton angenommen. Er war einst eine Novakatze gewesen und trug immer noch ihren Clannamen als Nachnamen, so wie Jaime Wolf den Namen des Wolfclans trug. Keiner von beiden gehörte noch zu seinem ursprünglichen Clan. War Elson dieser Attentatsversuch seines alten Clans peinlich, oder war es nur die Tatsache, daß er versagt hatte? Oder hatte seine offensichtliche Reaktion etwas anderes zu bedeuten?

Jason Carmody trat gegen den Arm des leeren Anzugs. Er rührte sich kaum, aber die Wucht des Tritts reichte aus, um die zwei dicken Finger und den Daumen des linken Handschuhs erzittern und sich ein wenig strecken zu lassen. Er schüttelte ganz langsam den Kopf.

»Wissen sie nicht, daß wir vom Wolfclan verstoßen worden sind?«

»Sie müssen es wissen, Jason«, sagte Stan. »Vielleicht ist es ihnen egal. Vielleicht kümmert es sie nicht, weil wir geholfen haben, sie auf Luthien zu schlagen. Wir wissen, daß sie sich auf Tukkayid übernommen haben, um zu beweisen, daß sie auf Luthien nur Pech hatten. Aber am Ende mußten sie noch eine saftige Niederlage einstecken. Ganz zu schweigen davon, daß die Niederlage in der Schlacht um Tukkayid der Grund dafür ist, daß die Clans versprechen mußten, ihre Invasionsabsichten für fünfzehn Jahre zu zügeln. Wir haben ihnen genug Grund gegeben, uns um unserer selbst willen zu hassen. Sie brauchen die alte Fehde mit den Wölfen überhaupt nicht.«

»Sie können gar keine Fehde mit uns haben. Sie haben uns keine erklärt«, stellte Brubaker fest.

Stan seufzte. »Machen Sie keine Witze, Hanson. Wir leben in keinem Ehrenlied. Die Novakatzen sind nicht die einzigen, die uns Banditen nennen. Und Banditen braucht man eine Fehde nicht zu erklären.«

»Aber der ilKhan hat uns noch nicht als Banditen gebrandmarkt«, protestierte Hanson.

»Und das wird er auch nicht tun«, sagte Carmody. »Er ist selbst ein Wolf.«

»*Vielleicht* wird er das nicht«, korrigierte Stan. »Er muß sich um eine ganze Menge mehr Gedanken machen als um das Wohlergehen einer Bande abtrünniger freigeborener Krieger.«

Nach Stans Kommentar machte Carmody einen unglücklichen Eindruck. »Vielleicht handelt es sich um einen Versuch, die Dragoner für ihren Verrat an den Clans zu bestrafen.«

Mehrere andere Offiziere vertraten ebenfalls diese Theorie.

»Wieviel haben die Novakatzen Ihrer Meinung nach wohl für dieses Privileg geboten, Elson?« fragte Atwyl.

»Ich bin kein Krieger der Novakatzen mehr.«

»Na und? Was glauben Sie?«

»Ich habe an einer derartigen Versteigerung nie teilgenommen.«

»Sie sind uns ja wirklich 'ne große Hilfe«, fauchte Atwyl. Er machte seiner Frustration Luft, indem er gegen die leere Schlachtrüstung trat. »Ich glaube, Jason hat ins Schwarze getroffen. Den Katzen würde ein Komplott wie dieses gefallen. Sie erledigen Jaime und schlagen damit zwei Fliegen mit einer Klappe. Sie nehmen für Luthien Rache an den Dragonern und beschämen gleichzeitig die Wölfe, indem sie ihre Angelegenheiten in Ordnung bringen. Sie wären bei den anderen Clans im Kurs gestiegen, und das hätten sie insbesondere nach Tukkayid bitter nötig gehabt.«

»Vielleicht können wir etwas von dem Elementar erfahren.« Carmody klang hoffnungsvoll.

Die Nachricht, die ich über mein rechtes Ohr empfing, erlegte mir die unangenehme Pflicht auf, diese Hoffnung zu zerstören.

»Das medizinische Zentrum meldet den Tod des Elementars. Er hat sich die Zunge abgebissen und ist an seinem eigenen Blut erstickt.« In das daraufhin einsetzende Stimmengewirr hinein verkündete ich die wichtigere Neuigkeit. »Der Zustand des Wolfs hat sich stabilisiert. Die Prognosen sind gut.«

»Irgendeine Nachricht von MacKenzie?« fragte Atwyl besorgt.

»Einheit, Ham! Die Nachricht ist gerade erst rausgegangen.«

»Ich weiß, Stan.« Atwyl runzelte die Stirn. »Mir ist erst wohler, wenn er hier ist, zumindest so lange, bis Jaime wieder auf den Beinen ist. Jemand muß diesen Haufen beaufsichtigen.«

Er erhielt allgemeine Zustimmung, doch ich nahm überrascht zur Kenntnis, daß einige der Offiziere nicht gerade begeistert wirkten. Ich wollte Elsons Reaktion mitbekommen, aber als ich mich nach ihm umsah, war er verschwunden. Das galt auch für seine Elementare.

12

MacKenzie Wolf traf zwei Wochen nach dem Attentat auf seinen Vater auf Outreach ein. Die Reise hätte viel länger gedauert, wenn Colonel Atwyl nicht einige Dragonersprungschiffe von ihren regulären Pflichten entbunden und sie zu dem angeordnet hätte, was die Sphäroiden eine Stafette nannten. Eine Staffel von Sprungschiffen wartete entlang seiner Route nach Outreach. Anstatt nach jedem Sprung warten zu müssen, bis sich das Sprungsegel wieder aufgeladen hatte, wechselte MacKenzie einfach mit seinem Landungsschiff von Sprungschiff zu sprungbereitem Sprungschiff. Die vielen Transfers verkürzten die Reisezeit zwar enorm, aber trotzdem war mehr als genug Zeit vergangen, so daß sich jeder eine Lieblingstheorie über die Identität des Attentäters hatte zurechtlegen können.

Manche Theorien fanden mehr Anhänger als andere. Ein Clan-Attentäter von einem beliebigen Clan. Eine Racheaktion der Sphäroiden. Die Einmischung einer reaktionären ComStar-Fraktion. Ein Erstschlag durch eine bedeutende Fraktion innerhalb ComStars. Ein einfacher Schurke. Sogar ein abtrünniger Dragoner. Letztere Theorie war insbesondere bei adoptierten Dragonern populär, die glauben wollten, daß wir von einer Clique intriganter Clan-Marionetten geführt wurden. Ich hatte mir noch keine Meinung gebildet. Ich wartete auf Beweise. Ich machte mir jedoch Sorgen darüber, wohin all diese wüsten Spekulationen noch führen würden.

Innerhalb weniger Tage schienen sich die führenden Theorien zu starren, fast politischen Positionen verfestigt zu haben. Zwischen den Vertretern verschiedener Theorien kam es zu Streitigkeiten, sogar zu ein paar Kämpfen. Man wußte, welche Theorie von einem Dragoner bevorzugt wurde, wenn man wußte, welcher der Fraktionen, die sich innerhalb der Dragoner zu bilden schienen, er den Vorzug gab.

Ich fand die Spaltung und die zunehmende Schärfe der Auseinandersetzungen beunruhigend.

In der Geschko hatte man mich zu dem Glauben erzogen, daß die Dragoner eine einzige große Familie waren. Ohne die eigene genetische Abstammung zu kennen, konnte man jeden Dragoner aus einer höheren Altersklasse Vater oder Mutter und jeden aus derselben oder einer niedrigeren Altersklasse Bruder oder Schwester nennen. Als Kind hatte ich das wirklich geglaubt, und durch diesen Glauben war das Leben in der Geschko leichter zu ertragen gewesen. Und warum auch nicht? Wenn jeder Dragoner entweder ein Elternteil oder ein Geschwister war, konnte man Anteilnahme und Mitgefühl überall in unseren Reihen finden. Ich lernte, daß das Leben bei den Dragonern, wie vermutlich das Leben überall, nicht so einfach war. Wenn wir eine Familie waren, kamen wir nicht besonders gut miteinander aus.

Ich betrachtete den Angriff auf Maeve mittlerweile als Symptom einer die ganzen Dragoner betreffenden Malaise und nicht als isolierten Zwischenfall. Einst hatte ich derartige Differenzen lediglich für das unvermeidliche Beiwerk gutmütiger Spötteleien gehalten. Jetzt sah ich eine tiefergehende Ursache, einen regelrechten Haß. Ich sah, daß es bei den Dragonern tatsächlich Familien gab, Familien innerhalb der Familie. Ein paar davon schienen am Rande einer Fehde zu stehen.

Sphäroiden mißtrauten den Alten, und die Geschkos betrachteten erstere deshalb mit Verachtung. Jene mit natürlichen Eltern sahen auf diejenigen von uns herab, die aus den Brutkästen kamen. Und Leibeigene aus den Clans ließen an niemandem ein gutes Haar. Ich will damit nicht sagen, daß jedermann mit einem bestimmten Hintergrund dasselbe empfand. Das war nämlich nicht der Fall. Doch es gab Gruppen, die andere, welche ihre Empfindungen teilten, umschmeichelten. Manche gingen offener vor als andere, doch niemand war sich zu schade, mehr vom eigenen Schlag um sich zu scharen. Jeden Tag schien es, als wachse die Zahl der in dieser oder jener Ecke zusammengesteckten Köpfe.

Ich versuchte mir einzureden, daß meine Angst vor einer Spaltung der Dragoner in zahllose Fraktionen paranoid war. Wir waren alle Dragoner und dem Wolf treu ergeben. Dieser Ausbruch gegenseitigen Grolls war lediglich eine Auswirkung der hohen Belastung, unter der wir alle standen. Die Sorge um Jaime Wolfs Gesundheit hatte alle reizbar und nervös gemacht. Wenn er wieder auf den Beinen war, würde alles wieder gut sein.

Ich hoffte, daß ich mich nicht selbst zum Narren hielt.

In den Wochen von Colonel Wolfs erzwungenem Aufenthalt im medizinischen Zentrum war ich praktisch ständig bei ihm. Das war auch der Grund, warum ich immer zugegen war, wenn seine Familie, seine Blutfamilie, zu Besuch kam.

Selbstverständlich kannte ich Marisha Dandridge. Sie koordinierte die Sozialisation der Geschkos, und ich hatte sie in meiner Kindheit sehr oft gesehen. Sie war immer sehr warmherzig gewesen, und als ich noch klein war, hatte ich geglaubt, daß sie mich besonders gut leiden konnte. Zu Beginn meiner dritten Ausbildungsklasse hatte ich davon geträumt, daß wir ein Liebespaar waren. Dann hatte ich erfahren, daß sie die Frau des Wolfs war, und fortan war ich von jenem namenlosen Entsetzen erfüllt, das nur ein Zwölfjähriger beschwören kann. Unsere Beziehung änderte sich über Nacht. Ich glaube nicht, daß sie es jemals merkte.

Marisha war Jaime Wolfs zweite Frau. Obwohl sie einer jüngeren Altersklasse entstammte, waren ihre leidenschaftlichen Gefühle für ihn offensichtlich. Manchmal sogar unbehaglich offensichtlich — das heißt, für mich. Jaime Wolf hatte gewiß nichts dagegen. Eine ganz andere Art von Gefühl spiegelte sich in den beiden Kindern, die sie ihm geboren hatte. Zwischen den Eltern und den Kindern herrschte eine unbeschwerte Vertraulichkeit, die ich außerhalb einer Geschko selten gesehen hatte. Selbst in einer Geschko hatte ich niemals eine derartige Tiefe in der gegenseitigen Anteilnahme beobachtet. Ich redete mir ein, meine nervöse Verlegenheit sei auf meine längst vergangene Schwärmerei für Marisha oder mein offensichtliches Eindringen in ihre Privatsphäre zurückzuführen, doch ich wußte es viel besser.

Sie waren eine Blutfamilie. Ich fühlte mich fehl am Platz.

Doch ich hatte die Pflicht, an Wolfs Seite zu sein, von kurzen Perioden abgesehen, wenn er oder Marisha allein sein wollten. In jenen Wochen an der Seite des Colonels sah ich, wer ihn besuchte und wer nicht. Ich sah, wer sich in seiner Gegenwart wohl fühlte und zufrieden mit seiner Genesung war — die Alten — und wer unsicher wirkte. Ich war sicher, daß er all das und noch mehr bemerkte, aber er blieb fröhlich und war freundlich zu allen, die kamen.

Die Hälfte der morgendlichen Besuchszeit war vorbei, und ich befand mich mitten im morgendlichen Rapport, als MacKenzie eintraf. Die Geschäfte waren vergessen, als der jüngere Wolf seinen Vater mit tiefer Rührung begrüßte. Ich hielt mich im Hintergrund. Der Rapport konnte warten.

MacKenzie und sein Vater standen sich sehr nah, ebenso wie der Rest der Familie. MechKrieger aus derart unterschiedlichen Altersklassen so viel Zuneigung füreinander zur Schau stellen zu sehen, kam mir damals immer noch seltsam vor. Sie hätten Geschwister sein können. Als MacKenzie sich vom zufriedenstellenden Gesundheitszustand seines Vaters überzeugt hatte, küßte und umarmte er Katherine und Shauna, seine Frau und sein jüngstes Kind, bevor er seine Stiefmutter und Stiefgeschwister begrüßte.

»Wo ist Alpin?« fragte MacKenzie.

»Er sagte, er hätte Wartungsdienst.« Katherines gewöhnlich offene Miene wirkte ein wenig gedämpft, was die Linien in ihrem hageren Gesicht deutlicher hervortreten ließ. Ich wußte, daß sie die Wahrheit argwöhnte, die ich bereits den Dienstplänen entnommen hatte: MacKenzies Sohn hatte heute morgen keinen Wartungsdienst. Alle Mechs seiner Lanze hatten bereits gestern die Bestätigung für ihre volle Einsatzbereitschaft erhalten.

MacKenzie runzelte kurz die Stirn, dann wandte er sich lächelnd an seinen Vater. »Sogar im Bett hältst du die Dragoner noch auf Trab, Dad. Was nützen einem einsatzbereite MechKrieger ohne einsatzbereite Mechs? Ich glaube, ich hätte mich gar nicht so zu beeilen brauchen. Du hast alles unter Kontrolle. Vielleicht sollten wir dafür sorgen, daß du öfter angegriffen wirst.«

»Das ist überhaupt nicht lustig, Mac«, sagte Marisha.

»Tut mir leid.«

Für einen Augenblick herrschte Schweigen. Da ich mich unbehaglich fühlte, wollte ich mich aus dem Zimmer stehlen, doch der Wolf hielt mich auf.

»Wo wollen Sie hin, Brian?«

»Ich dachte ...«

»Daß Sie dienstfrei bekommen, nur weil dieser Höllenhund nach Hause gekommen ist? Unwahrscheinlich.«

»Trotzdem, ein ganz netter Versuch«, fügte MacKenzie hinzu. »Es klang wie der Morgenrapport.«

»Wir waren gerade dabei«, bestätigte der Colonel. »Aber das ist nur Routine, und ich glaube, du hast noch etwas anderes auf dem Herzen, Mac.«

MacKenzie nickte. Er setzte sich auf die Kante von Wolfs Bett und sagte: »Ich habe die Berichte und Theorien gelesen, Dad. Ihnen allen mangelt es an etwas.«

»Weiter.«

»Nun, die Fakten ergeben kein rundes Bild.«

»Du bist sehr vage.«

Frustriert seufzend, schlug sich MacKenzie auf den

Oberschenkel. Das Geräusch war sehr laut. »Die ganze Geschichte ist sehr vage.«

»Das Leben ist nicht immer ein offenes Schlachtfeld.« Der Colonel legte seinem Sohn eine Hand auf die Schulter. »Geh der Sache auf den Grund. Fang mit dem Offensichtlichen an.«

MacKenzie neigte den Kopf. Marisha begleitete ihre Schwiegertochter und die Kinder aus dem Zimmer. Ich wollte ebenfalls gehen, aber ein leichtes Kopfschütteln des Colonels hielt mich davon ab. MacKenzie schien seinen Ansatzpunkt gefunden zu haben.

»Der Soldat in der Schlachtrüstung stammt eindeutig nicht von der genetischen Linie der Clan-Elementare ab.«

»Was eine Macht aus der Inneren Sphäre als Drahtzieher vermuten läßt«, soufflierte Jaime Wolf.

»Aber Hanson sagt, der Pilot könnte ein Freigeborener aus einer anderen Blutlinie gewesen sein.«

»Und daher eine gute Wahl für einen unehrenhaften Attentatsversuch.«

»Dad, ich war noch ein Kind, als wir die Clans verließen, also kenne ich sie nicht richtig. Aber es kommt mir ganz einfach nicht richtig vor. Die Dragoner haben sich von der Clan-Kultur gelöst. Die Clans halten uns vielleicht für Banditen, aber sie laufen nicht herum und verüben Attentate auf Banditen. Sie würden es nicht für der Mühe wert halten.«

Ich hatte noch weniger persönliche Kenntnisse über die Clans und war keiner von denen, die in die Clan-Abstammung der Dragoner vernarrt waren, aber ich stimmte ihm im stillen zu. Dennoch wußte ich, daß es andere gab, die anderer Ansicht waren. Ominöserweise gehörten die neu gewonnenen Gefolgsleute und Krieger der Dragoner zu jenen anderen. Jene ehemaligen Clanner schienen zu glauben, daß die Dragoner ihre Clan-Abstammung befleckt oder sogar verraten hatten. Sie glaubten nicht, daß sich die Dragoner vollständig von der Clan-Gesellschaft gelöst hatten. Viele von ihnen brachten Unterstützung für die Theorie zum Ausdruck, daß der Elementar von dem einen oder anderen Clan geschickt worden war.

MacKenzie schüttelte den Kopf. »Der Anzug ist eindeutig ClanTech.«

»Wie gut, daß der Attentäter nicht die geringste Ahnung hatte, wie man damit umgeht«, sagte der Wolf.

»Sehr gut.«

»Und?«

»Und darum glaube ich auch nicht, daß er ein Angehöriger der Clans war.«

»Ganz meine Meinung.«

»Dann weißt du, wer ihn geschickt hat?«

»Nein. Spielt es eine Rolle?«

»Einheit! Ja!« MacKenzie sprang auf. »Man muß ihnen eine Lektion erteilen.«

»Alles zu seiner Zeit. Wir müssen erst die Schüler kennen, bevor wir vor die Klasse treten können.« Der Wolf lächelte verschmitzt. »Ich habe keine Eile.«

»Ich will einfach nur etwas tun. Ich will nicht, daß irgend jemand glaubt, er könne ungestraft die Dragoner, insbesondere dich, angreifen.«

»Glaubst du, du könntest es besser machen?«

»O nein.« MacKenzie lachte schief. »So leicht kriegst du mich nicht. Ich bin noch nicht bereit, die Dragoner zu übernehmen.«

Vater und Sohn lachten gemeinsam, aber ich konnte mich nicht anschließen. MacKenzies letzter Satz drückte das einzige aus, worin sich die verschiedenen Fraktionen einig waren. Ich hatte schon zu viele Stimmen genau dasselbe sagen gehört. Der Sohn des Wolfs war ein guter Kommandeur im Feld. Nur ganz wenige bezweifelten seine Kompetenz. Doch wenn man ihn jetzt mit der Problematik dieses Attentatsversuchs ringen sah und wußte, daß der Anführer der Dragoner sich mit mehr als nur Schlachtfeldproblemen herumschlagen mußte, fürchtete ich, daß jene, die ihn nicht für reif hielten, recht hatten.

Glücklicherweise hatte Jaime Wolf das Attentat überlebt und würde schon bald wieder auf dem Kommandosessel sitzen.

13

»Ich habe Ihre Akten gelesen und gebe zu, daß Anton Shadd ein rühmenswerter Mann war. Seine Taten auf An Ting beweisen das, aber es hat wenig Bedeutung. Shadd ist kein Blutname.«

Elson Novakatze war größer als der Mann, den er verachtete. Das war an und für sich kein Grund für übermäßigen Stolz. Größe war schlicht und einfach ein Teil seines genetischen Erbes, der dazu beitrug, daß er sich als Elementar eignete. Dieser Shadd stammte wie Elson von einem freigeborenen Elementar ab, doch Shadds Vater hatte sein genetisches Erbe verleugnet, um in den Schleudersitz eines Mechs zu steigen. Auch wenn dieser kleinere Mann einen Ehrennamen der Dragoner errungen hatte, stammte er doch von einer Linie ab, die ihrer genetischen Berufung den Rücken gekehrt hatte.

»Shadd ist ein Ehrenname«, stellte der kleinere Mann trotzig fest, wobei seine Augen vor Wut blitzten. »Er ist besser als ein Blutname.«

»Ihre sogenannten Ehrennamen sind nur Schatten der Wahrheit. Hätte ich Ihren *Namen* für mich selbst gewollt, würde ich ihn leicht errungen haben«, sagte Elson schlicht. Der Grünschnabel mußte in die Schranken verwiesen werden. Als höchstrangiger Elementar bei den Dragonern war er einer der Schiedsrichter beim Test dieses Infanteriemannes gewesen, bei dem dieser seinen Ehrennamen errungen hatte. Er hatte die Ergebnisse gesehen und wußte, er hätte die Ergebnisse dieses neu getauften Pietr Shadd übertreffen können. Daher war Elsons Feststellung keine Überheblichkeit, doch Shadd hielt sie offenbar für Prahlerei.

»Große Worte für jemanden, der darauf besteht, sich nach einer Pussy zu nennen.«

Die anderen Offiziere im Raum verkrampften sich, da sie ohne Zweifel befürchteten, daß sich diese Konfrontation am Rande physischer Gewalt bewegte. Elson ignorierte sie. Er und Shadd waren beide größer als jeder andere Anwesende. Wenn die Auseinandersetzung auf die körperliche Ebene wechselte, würde der Schaden bereits angerichtet sein, bevor sich die versammelten MechKrieger, Luft/Raum-Piloten und Stabsoffiziere einmischen konnten. Wenn sie schnell genug reagierten, konnten sie allenfalls noch Shadds Leben retten, indem sie ihm prompte medizinische Hilfe angedeihen ließen. Doch Elson hatte nicht die Absicht, es überhaupt so weit kommen zu lassen. Eine Schlägerei irgendwo in der Wolf Hall, vom Konferenzzentrum ganz zu schweigen, würde alles zunichte machen, wofür er gearbeitet hatte. Jetzt war die Zeit für Worte, nicht für Taten.

»Ich habe mir meinen Namen durch ehrenhaften Kampf verdient«, sagte er leise.

Shadd war nicht besänftigt. Er hob die Stimme. »Irgendeinen Namen. Die Novapussys werden von den Dragonern ebenso leicht besiegt wie von den Wölfen.«

»Mein Name wurde noch auf die alte Weise gewonnen. Ich kenne *Die Erinnerung* der Novakatzen. Sie sind von ehrenhafter Abstammung und immun gegen ihre Worte. Können Sie dasselbe von sich behaupten?«

»Ich habe kein Interesse an Ruhmesliedern der Novapussys.«

Elson wurde langsam ärgerlich. Lauter als beabsichtigt, sagte er: »Ich mache mich mit Ihrer Geschichte vertraut. Das wird erwartet.«

»Ja, von Verlierern wird das tatsächlich erwartet.«

»Sie haben keinen Ehrbegriff«, bellte Elson.

»Wachen Sie auf. Sie sind nicht mehr bei den Clans. Wir brauchen ihre verdrehte Ehre hier nicht. Sie sind jetzt ein Adoptierter. Wenn Sie sich nicht anpassen, werden Sie einfach zurückgelassen.«

Elson grinste höhnisch. »So wie Sie Ihr Erbe zurückgelassen haben?«

»Ich bin kein Clanner«, sagte Shadd. Er schien stolz

auf dieses Manko zu sein. »Ich bin ein Dragoner, gezeugt und geboren.«

»Wie Sie sagen, Freigeborener. Es steht Ihnen nicht zu, die Ehre eines Wahrgeborenen anzuzweifeln.«

»Sie sind ebenfalls freigeboren.«

Durch die Zurechtweisung gereizt, spürte Elson, wie er in seiner Entschlossenheit, Gewalt zu vermeiden, schwankend wurde. Der ehrlose Grünschnabel war unverschämt, und ihm mußte die Einsicht in seine Irrtümer eingebleut werden. Shadd mußte die Veränderung, die in Elson vorgegangen war, gespürt haben, denn er wappnete sich unmerklich. Überrascht hielt Elson inne. Er hätte nicht gedacht, daß Shadd so aufmerksam sein würde. Der Augenblick des Zögerns und das Öffnen der Tür brachten die Angelegenheit zu einem jähen Ende. Aus dem Augenwinkel konnte Elson MacKenzie Wolf an der Spitze der eintretenden Offiziere ausmachen.

Elson trat einen Schritt zurück und räumte damit das Feld. Shadd lächelte, doch in seinem tiefen Luftholen steckte eine unübersehbare Erleichterung. Genieß deinen kleinen Sieg, dachte Elson. Das war nur eine Schlacht, nicht der Krieg. Es werden andere Zeiten kommen, schwor er sich.

»Was geht hier vor?« wollte MacKenzie wissen.

»Nichts, Sir«, entgegnete Shadd.

MacKenzies Miene zeigte eindeutig, daß er Shadds Worten nicht glaubte. »Ein ziemlich lautes Nichts, wenn ich es auf dem Flur hören konnte. Sie sagen, es geht nichts vor, Elson?«

»Es ist unwichtig.«

MacKenzies Augen verengten sich. Er holte tief Luft und straffte sich. »Wir sind alle Dragoner«, sagte er, indem er den Blick von Shadd zu Elson wandern ließ. »Haben Sie das verstanden? *Dragoner.*«

Elson spürte MacKenzies Blick länger auf sich ruhen als auf dem gezeugten und geborenen Dragoner. Es war eine Demonstration dessen, wer hier die Macht hatte, und ein weiterer Beweis dafür, wie weit sich die Dragoner vom wahren Weg entfernt hatten. Doch Elson verstand das Konzept der Ehre, auch wenn sie es nicht taten. Er ertrug MacKenzies Blick und hörte willfährig zu, als der Offizier fortfuhr.

»Wir sind nicht *dies* wegen unseres Geburtsortes oder *das*, weil wir irgendwo anders ausgebildet wurden. Wir sind immer und an erster Stelle Dragoner. Das ist aus Ihnen geworden, als Sie die Uniform angelegt haben. Sie sind keine Clanner mehr. Sie sind auch keine Angeworbenen mehr oder Geschverwandte. Sie sind Dragoner.« MacKenzie ging beim Reden hinter dem Holotank auf und ab. »Es ist mir egal, ob Ihre Familie schon seit undenklichen Zeiten in der Inneren Sphäre wohnt, oder ob Ihre Vorfahren die Innere Sphäre mit General Kerensky verlassen haben. Es ist mit egal, ob Sie Eltern aus Fleisch und Blut haben oder aus einer Geschko stammen. Es ist mir egal, ob Sie sich nach Misery oder nach Luthien verpflichtet haben. Jung oder alt, Neuling oder Veteran, Sie sind alle Dragoner, und ich erwarte, daß Sie sich auch so verhalten. In einer alten Redensart heißt es, die Iren auf Terra hätten sich immer untereinander bekämpft, weil sie keine anderen würdigen Gegner finden konnten. Derartige Schwachheiten können sich die Dragoner nicht leisten. Wir haben reichlich Feinde, von denen die Clans nicht die geringsten sind. Sie sitzen jetzt da draußen hinter der Tukkayid-Linie, aber dort werden sie nicht ewig bleiben. Wir müssen bereit sein. Und das werden wir auch. Die Dragoner werden ihnen blutige Nasen verpassen, weil wir gut genug sein werden. *Sie* werden gut genug sein. Wenn Sie vergessen, was Sie waren, und sind, was Sie sind. Dragoner!« Er lehnte sich gegen den Holotank. »Haben Sie das begriffen?«

Inmitten des Chors der ›Jawollsirs!‹ antwortete Elson: »Ich habe es vernommen.« Er fragte sich, ob MacKenzie den Unterschied verstehen würde.

Jaime Wolf und ich trafen rechtzeitig zum Ende von MacKenzies kleiner Ansprache ein. Es schien eine etwas peinliche Art und Weise zu sein, Wolfs ersten offiziellen Auftritt seit seiner Verwundung einzuleiten. Die angespannte Atmosphäre lockerte sich etwas, als der Colonel durch den Raum ging, die Offiziere begrüßte und ihre guten Wünsche entgegennahm. Wir ließen uns gerade zur Konferenz nieder, als sich die Seitentür öffnete, um eine Gruppe verspäteter Ankömmlinge einzulassen, darunter auch Maeve.

Ich hatte seit unserer Nacht bei den Brutkästen nicht viel von ihr zu sehen bekommen, und wenn, dann nur während der Arbeit. Sie hatte meine Anrufe nicht beantwortet. Bei ihrem Anblick wurde mir warm, dann sank mir das Herz in die Hose, als ich sah, daß die Gerüchte, die ich gehört hatte, stimmten. Anstelle der Lederkleidung einer Angehörigen der Leibwache trug sie die Uniform des Spinnennetz-Bataillons, MacKenzie Wolfs Einheit. Nach seiner Rückkehr nach Outreach hatte Mac das Kommando an John Clavell abgetreten, wodurch alle Offiziere um einen Rang aufgestiegen und ein Platz frei geworden war. Maeve mußte um ihre Versetzung gebeten, den Test bestanden und die Stelle besetzt haben. Der Versetzungsantrag war nicht durch die üblichen Kanäle gelaufen, sonst hätte ich ihn zu Gesicht bekommen, also konnte ich nur annehmen, daß sie es irgendwie arrangiert hatte, daß ich nichts davon erfuhr.

Was hatte ich falsch gemacht?

Ich hatte keine Zeit mehr, über mein Problem zu grübeln. Der Wolf rief die Versammlung zur Ordnung, und ich war bald viel zu sehr damit beschäftigt, die Einspeisungen in den Holotank auszuführen, den Informationsfluß stetig zu halten und den Anforderungen des Wolfs anzupassen.

Auf seinen Befehl öffnete ich eine geheime Datei über die OmniMech-Produktionsanlagen, die der Blackwell-Konzern auf der anderen Seite des Berges einrichtete.

Ich wußte von der Datei, hatte jedoch ihren Inhalt nie zu Gesicht bekommen. Normalerweise hätte es mich wie die anderen MechPiloten interessiert, die Fortschritte zu sehen, welche die Anlage machte, aber ich achtete überhaupt nicht darauf. Meine Gedanken waren bei Maeve, die die Anzeige mit einer Begierde beobachtete, von der ich geträumt hatte, daß sie für mich reserviert sei. Irgendwie hatte es sich ergeben, daß sie neben Jaime Wolf stand, eine letzte Möglichkeit, noch einmal sein Leibwächter zu sein, vermute ich. Stanford Blake mußte mir einen Rippenstoß verpassen, als ich Wolfs Aufforderung überhörte, die Anzeige zu wechseln.

Nachdem er mit den guten Neuigkeiten begonnen hatte, ließ er seine Pläne in bezug auf die Zukunft der Dragoner vom Stapel. Wir hatten viele Stunden mit der Vorbereitung dieses Vortrags verbracht, Stunden, die ich vielleicht mit Maeve verbracht hätte, wenn ich nicht so versessen darauf gewesen wäre, ein guter Komm-Offizier zu sein. Colonel Wolf hatte die Absicht, die im Grunde unvereinbaren Elemente der Dragoner zu einer neuen Tradition, einer *Dragoner*-Tradition, zu verschmelzen. Es war ein guter Plan, wenngleich Stan einige Bedenken über seine Durchführbarkeit im Angesicht des Feindes geäußert hatte. Ich glaube, der Wolf sprach so ausdrucksvoll wie immer. Vielleicht hat es eine Diskussion gegeben. Ich kann mich nicht mehr erinnern.

Ich schwelgte in zerschlagenen Hoffnungen und zerstörten Träumen. Ich erinnere mich vage, wie MacKenzie sich einmischte, um die Argumente seines Vaters zu stützen, und dann spürte ich, wie sich etwas im Gesprächsfluß änderte. Es bedrückte mich, aber nicht so sehr wie meine verlorene Liebe.

Die Besprechung wurde zwecks einer Pause unterbrochen, und Jaime Wolf nutzte die Gelegenheit, um Maeve zu ihrem neuen Kommando zu gratulieren. Ich beobachtete die beiden. Die frühere Leibwache hatte dieselbe Größe wie der Mann, den sie beschützt hatte, aber die

Größe eines Piloten spielte keine Rolle, wenn BattleMechs kämpften. Sie spielte jetzt überhaupt keine Rolle mehr. Sie würde sonstwohin gehen, und jemand anders würde den Wolf schützen müssen. Törichte Überlegungen. Das schien angemessen: Ich kam mir auch töricht vor. Unfähig, klar zu denken, setzte ich mich und tat gar nichts. Irgendwie sah sie nie in meine Richtung. Wenn sie es doch getan hätte, würde ich ... was getan haben? Ich weiß es nicht. Ich weiß, daß ich blicklos vor mich hin starrte, als sie den Raum mit MacKenzies Stellvertreter verließ.

Ihr Landungsschiff würde in zwei Stunden starten. Als die Diskussionen begannen, war mir klar, daß ich mich vorher nicht würde loseisen können. Jemand wollte die Zuteilung der OmniMechs geändert haben, während jemand anders die neue Organisation der Regimenter in Frage stellte. Es gab Proteste über Personalzuweisungen. Offiziere stritten sich über die Struktur der Elementar-Einheiten, aber jeder wollte seinem Kommando Elementare unterstellt sehen. Die lauteste Diskussion erhob sich über die neuen Geschkos und die geänderten Ausbildungsrichtlinien. Alles rauschte an mir vorbei. Später konnte ich mich über die Einzelheiten informieren, indem ich die Bänder abhörte, aber in jenen Stunden hörte ich nur ein trauervolles Geplapper.

Sie hatte sich nicht einmal von mir verabschiedet.

Zweiter Teil

3054
ALTE FEHDEN

14

Colonel Jaime Wolf hatte die Differenzen innerhalb der Dragoner bemerkt, hatte auch bemerkt, daß seine Reformen nicht die erhoffte Wirkung zeigten. Die Spaltung in Fraktionen nahm immer bedrohlichere Formen an, und jede Fraktion hatte ihre eigene Tagesordnung. Manchmal schien es, als seien der Wolf und die ihm am nächsten stehenden Offiziere die einzigen, welche die Dragoner noch als Einheit ansahen.

Und jetzt zeichnete sich auch drohend die Gefahr der Clans am Horizont ab.

Die ursprünglichen Dragoner waren Fremde in einem fremden Land gewesen — eine Gastarbeitersituation, die sie enger zusammengeschweißt hatte, als es ihre militärische Struktur und noch so viele gemeinsame Feldzüge allein vermocht hätten. Die Prüfungen, denen sie bei ihrer Wanderung durch die Innere Späre ausgesetzt gewesen waren, insbesondere die an Heftigkeit nicht zu überbietenden Kämpfe auf Misery, wo sie von den Kuritas beinahe vernichtet worden waren, hatte die Überlebenden noch enger zusammenwachsen lassen. Diejenigen, die das alles überlebt hatten, betrachteten sich jetzt als Alte, ob sie nun Sphäroiden oder Clangeborene waren.

Man hätte meinen sollen, daß die Clan-Gefahr zur Ursache ähnlicher Prüfungen und Gemeinsamkeitsgefühle werden würde, daß die bloße Drohung der Clan-Gefahr die Fraktionen dazu bewegen würde, ihre Differenzen beizulegen. Doch bis jetzt hatten nur die Alten und ein paar andere die Notwendigkeit für eine vollkommene Harmonie unter den Dragonern erkannt.

In dem Bemühen, gleichzeitig die Harmonie zu fördern und unsere militärische Situation zu verbessern, hatte der Wolf einen Plan entwickelt. Sorgfältig ausgewähltes Personal wurde mit einem besonderen, geheimen Auftrag betraut.

Draußen in der Peripherie liegt ein kalter Stern namens Bristol, der von öden Planeten umkreist wird. Er ist auf keiner Sternenkarte der Inneren Sphäre zu finden — er ist so weit von allen bewohnten Systemen entfernt, daß ein gebrechliches Sprungschiff der Sphäroiden verlorenginge, wenn irgendein Fehler in den Antriebssystemen auftreten würde. Doch auf den Dragonerkarten ist Bristol verzeichnet.

Vor ihrem Eintritt in die Innere Sphäre hatten sich die Dragoner im kalten Raum um Bristol versammelt. Ihr ursprünglicher Auftrag erforderte von ihnen, als Söldner der Inneren Sphäre durchzugehen, doch geheime Spähunternehmen hatten ihnen gezeigt, daß der Nachrichtendienst der Clans ein paar Fehler gemacht hatte. Ein Teil der Dragonerausrüstung war ganz einfach besser als alles, was selbst den Eliteeinheiten der Großen Häuser zur Verfügung stand. Die Benutzung derartigen Materials hätte unangenehme Fragen, wenn nicht mörderische Gier nach sich gezogen. Jaime und Joshua Wolf, die gemeinsamen Kommandanten auf dieser Mission, hatten beschlossen, einen Teil ihrer Ausrüstung in der Nähe dieses kalten Sterns zu verstecken. Hochentwickelte Sprung- und Landungsschiffe, BattleMechs, von denen nur Prototypen existiert hatten, als Kerenskys Leute die Innere Sphäre verließen, sowie Clan-Elektronik und Clan-Waffen wurden eingemottet. Ich glaube, daß die Brüder Wolf schon damals die Möglichkeit eines Bruchs mit den Clans vorausgesehen haben müssen.

Jedenfalls war die Schaffung des Nachschubdepots in jeder Beziehung sehr sinnvoll, und die Dragoner erregten auch mit dem Material, das sie nicht versteckten, genügend Aufsehen.

Jetzt brauchten die Dragoner jeden Vorteil, den sie kriegen konnten. Unsere einstmals geheimen Clan-Ursprünge waren mittlerweile allgemein bekannt. Wir brauchten nichts mehr vorzutäuschen, sondern benötigten Stärke. Das Versteck bei Bristol würde dazu beitragen.

Die Mission mußte den Führern der Inneren Sphäre jedoch verborgen bleiben. Nun, da die Clans vor ihrer Türschwelle standen, wären sie noch gieriger auf das gewesen, was wir zurückbringen würden. Doch die Schiffe und Maschinen gehörten uns. Sie sollten unser As im Ärmel sein, unsere letzte Zuflucht, sollten wir von aufgebrachten Arbeitgebern bedroht werden. Wenn wir die Clan-Gefahr überlebten.

Die Reise in die Tiefen des Raumes hatte noch einen anderen subtileren, vielleicht wichtigeren Zweck. MacKenzie Wolf wurde zum obersten der für die Mission verantwortlichen Offiziere ernannt, und sein Mitarbeiterstab wurde sehr sorgfältig aus allen Fraktionen ausgewählt. Auf der Reise nach Bristol würde MacKenzie Gelegenheit haben, eine enge Beziehung mit und unter den Männern und Frauen zu schmieden, die zum harten Kern seiner Kommandeure werden würden.

Außer den notwendigen Technikern und Wissenschaftlern, welche die Schiffe und ihre Fracht wieder in Schuß bringen würden, nahmen Abordnungen von allen Waffengattungen der Dragoner und von den meisten unterstützenden Truppengattungen an der Reise teil. Auch nicht zur kämpfenden Truppe zählendes Personal würde mitkommen, um einen Mikrokosmos der Dragoner zu schaffen. Bei der Verfolgung eines gemeinsamen Ziels würden die einzelnen Mitglieder der Gruppe einander besser kennenlernen und feststellen, daß sie ein gemeinsames Ziel besaßen und einander brauchten, um es zu erreichen.

Jaime Wolf war zu dem Schluß gekommen, daß innerhalb der Dragoner so viele Fraktionen existierten, weil die verschiedenen Gruppen einander nicht gut genug kannten. Er wußte, daß gemeinsam überstandene Prüfungen auch die verschiedensten Gruppen einten. Diese Mission war als Gelegenheit gedacht, den Vorurteilen ein Ende zu bereiten und sie durch gegenseitige Achtung zu ersetzen.

Das Landungsschiff *Orions Schwert* würde das Flaggschiff der kleinen Flotte sein. Es war ein umgebautes Schiff der *Overlord*-Klasse mit einer Masse von annähernd zehntausend Tonnen. Vollständig für einen Kampfauftrag ausgerüstet, konnte es zwei Kompanien BattleMechs, sechs Luft/Raum-Jäger und ein Bataillon Infanterie plus Hilfsfahrzeuge transportieren. Auch ohne die Feuerkraft des Schiffes selbst war das eine mehr als ausreichende Streitmacht, um einen Planeten zu überfallen. Obwohl die *Orions Schwert* keinen Invasionsauftrag hatte, war sie voll bestückt. Dasselbe galt für die anderen drei Landungsschiffe. Die Flotte der Landungsschiffe würde über eine Stafette durch verschiedene unbewohnte Sonnensystem des Vereinigten Commonwealth transportiert werden, um schließlich für das letzte Stück ihrer Reise in die Peripherie mit dem Sprungschiff *Talbot* zusammenzutreffen. Der offizielle Grund für eine derartige Konzentration militärischer Macht war Vorsicht: Niemand wußte, was aus dem Versteck geworden war, und Langzeitoperationen in den Tiefen des Raums würden bei zukünftigen Dragonerunternehmen sehr wahrscheinlich eine besondere Rolle spielen. Der Wolf war sicher, daß sein Plan nicht funktionieren würde, wenn seine wahren Gründe bekannt wurden.

Ich stand auf der Brücke der *Orions Schwert* und beriet mich mit dem Funkoffizier, als MacKenzie Wolf mit seiner Familie auf einer Art Rundgang durch das Schiff eintraf. Katherine klammerte sich an seinen Arm, als wolle sie ihn nie mehr loslassen. Shauna, ihre Tochter, wanderte neugierig umher und schnüffelte überall herum, bis die Techs sie verscheuchten. Sie würde eine von diesen MechKriegerinnen werden, die gerne an ihrer Ausrüstung herumbasteln, wenn sie sich nicht für die Tech-Klasse entschied. Alpin folgte der Gruppe in einiger Entfernung wie ein großer, finster dreinblickender Schatten. Obwohl keine Aussicht auf unmittelbare Kampfhandlungen bestand, trug er seine Kühlweste und kurze Hosen anstelle einer Dragoner-Uniform. Auf seine linke Schulter war ein grelles Wolfclan-Wappen tätowiert, wodurch er seine Sympathien mit denjenigen zum Ausdruck brachte, die für die Clan-Abstammung der Dragoner schwärmten. Seine übliche mürrische Miene hellte sich dann und wann auf, wenn sein Blick auf Beispiele für ClanTech fiel, die auf Luthien erbeutet und in die *Orions Schwert* eingebaut worden waren.

»Ein wunderbares Schiff«, sagte Katherine zu MacKenzie, als sie die Komm-Station erreichten. »Ich bin sehr stolz auf dich.«

Alpin kicherte. »Der Erbe kriegt all das gute Spielzeug.«

»Das ist ungehörig, Alpin«, sagte MacKenzie.

»Jaime hat deinen Vater nicht ausgesucht, nur weil er zur Familie gehört«, schalt Katherine.

»Ja, klar.« Er machte eine große Schau daraus, allen Anwesenden zu demonstrieren, wie gleichgültig ihm die Worte seiner Eltern waren, während er langsam weiterschlenderte, um den Kapitänssessel zu inspizieren.

Katherine schmiegte sich eng an MacKenzie. »Das hat er doch nicht, oder?«

»Nein«, sagte Mac kopfschüttelnd. »Dad würde das nicht tun. Was glaubst du, warum ich die ganze Zeit im Beta-Regiment unter anderem Namen gedient habe? Dad hat mich zum Anführer dieser Mission gemacht, weil er denkt, daß ich qualifiziert genug bin, um sie zu leiten, und unerfahren genug, um diese Art Probelauf wirklich zu brauchen.«

»Es gibt ein paar Gerüchte, daß dieses Unternehmen eine Art Test ist. Um festzustellen, ob du ein paar der Fraktionen zusammenkitten kannst.«

»Wenn es so ist, hat er mir nichts davon gesagt.«

»Sei vorsichtig.«

Mac lächelte Katherine an und tätschelte ihren Arm. »Wir ziehen nicht in die Schlacht. Wir holen nur ein wenig Ausrüstung ab.«

Sie wirkte nicht überzeugt. »Du weißt, daß ich mir Sorgen mache.«

»Ja, du machst dir zu viele Sorgen«, sagte er und küßte sie.

»Du gibst mir auch allen Grund.«

Mac lachte leise. Ich glaubte, einen traurigen Unterton herauszuhören. »Mach dir lieber um Alpin Sorgen. Er gibt dir ebensoviel Grund und mir noch mehr.«

Sie betrachteten beide ihren Sohn. Alpin hatte sich vom Kapitänssessel abgewandt und probierte gerade den Sessel des Militärkommandeurs aus. Mac seufzte. Er löste sich von seiner Frau, ging zu ihm und legte ihm eine Hand auf die Schulter.

»Ich muß mich jetzt bald ums Geschäft kümmern.« Macs liebender Blick bezog den Rest seiner Familie mit ein. »Ich will nicht, daß ihr geht, aber es wird Zeit.«

Alpin warf sich förmlich aus dem Sessel. »Du hättest mir einen Posten an Bord verschaffen können. Ich hätte eine der Lanzen befehligen können.«

»Ich hielt es nicht für angemessen. Außerdem wird dich deine Mutter brauchen.«

Alpin biß die Zähne zusammen und starrte an die Decke. Als er seinen Vater wieder ansah, stand Wut in seinen Augen. »Warum schirmst du mich von allem ab? Dein Vater ließ dich ein Krieger sein.«

»Ich schirme dich nicht ...«

»Ich bin mindestens so gut wie du.«

»Alpin ...«

»Ich brauche das alles nicht.« Er schüttelte seines Vaters Hand ab und stürmte zum Lift. Dort drückte er den Rufknopf und hieb dann mit der Faust gegen die Knopfleiste, als sich die Tür nicht sofort öffnete.

Mac starrte seinem Sohn verzweifelt hinterher. Katherine ging zu ihm. Sie hob die Hand und massierte seine Nackenmuskeln. Die Szenerie blieb fast eine Minute lang völlig unverändert, bis Shauna herangehüpft kam und darauf bestand, daß sich ihre Eltern etwas anschauten, das sie gefunden hatte. Immer noch seinen Sohn anstarrend, widersetzte sich Mac ihr für einen Augenblick, bevor er schließlich nachgab. Dann gingen Eltern und Tochter zum anderen Ende der Brücke.

Ich beobachtete den zornigen Sohn.

Die Lifttür öffnete sich, und Alpin stürmte hindurch, direkt in einen Berg von einem Elementar.

Elson.

Obwohl er selbst groß war, mußte Alpin den Kopf in den Nacken legen, um in das Gesicht des Mannes zu sehen, mit dem er zusammengestoßen war. »Gehen Sie mir aus dem Weg!«

Elson lachte. »Sie haben keine Autorisierung für diese Mission, und es sollte heißen: ›Gehen Sie mir aus dem Weg, *Sir*‹, Lieutenant.«

»Sie sind ein Schlammhüpfer.«

»Und Sie sind ein großer und mächtiger MechKrieger, der keine Rangabzeichen sieht. Ich könnte es Ihnen beibringen, aber die Lektionen würden Ihnen nicht gefallen. Ich erkenne jedoch, daß Sie heute bereits einigen Ärger hatten, und werde daher Milde walten lassen. Sie haben Glück, daß ich gute Laune habe.«

»Ihre Laune ist mir völlig egal. Sie stehen mir im Weg.«

»Wo ich auch bleiben werde, bis Sie sich entschuldigt haben. Ich dulde dieses Verhalten nicht auf meinem Schiff.«

»Es ist nicht Ihr Schiff, es ist seines«, fauchte Alpin. Er warf den Kopf zurück in Richtung seines Vaters.

Elson sah über Alpins Kopf hinweg in die angezeigte Richtung. Seine Zungenspitze erschien zwischen den Lippen und bewegte sich langsam hin und her.

»Und er ist Ihr Problem?«

»Er ist mein Vater.« Alpin murmelte sich noch etwas

in den Bart. »Ja, man könnte sagen, daß er mein Problem ist.«

Elson nickte unmerklich. »Ich verstehe.«

»Das bezweifle ich.«

Elson legte seine riesige Pranke von einer Hand um Alpins Schulter. »Ich kann Ihren Zorn verstehen. Er hat nicht viel von einem Krieger an sich.«

»Er ist ein guter Offizier«, schnappte Alpin abwehrend.

»Oh, ein sehr guter *Dragoner.*«

Elsons Hand abstreifend, höhnte Alpin: »Sie sind auch ein Dragoner.«

Elson ließ die Hand sinken und sagte schlicht: »Ich war eine Novakatze.«

Das Erkennen dämmerte auf Alpins Gesicht, während er einen Schritt rückwärts ging. Seine angespannte Haltung lockerte sich, und sein ganzes Gebahren änderte sich.

»Sie sind Elson!«

Der Elementar lächelte.

»Ich habe eine Menge über Sie gehört. Sie wurden bei den Clans geboren, nicht wahr? Ich meine, *frapos?*«

»Pos.«

Alpin sah sich rasch nach Mac um und lächelte, als er sah, daß sein Vater in ein Gespräch mit einem Schiffsoffizier vertieft war. »*Er* wird Sie eine Weile nicht brauchen. Vielleicht könnte ich Ihnen was zu trinken ausgeben, und Sie mir dabei erzählen, wie das ist. Ein Krieger der Clans zu sein, meine ich.«

»Meine Elementare sind versorgt, und ich habe etwas Zeit.« Elson legte einen mächtigen Arm um Alpin und zog ihn in den Lift. »Es gibt vieles, was ich Ihnen über den Pfad der Ehre erzählen kann, und ich sehe schon, daß Sie jemand sind, der es verstehen wird.«

Die Lifttür schloß sich, entzog sie meinem Blick und schnitt alle weiteren Worte ab, aber was ich gehört hatte, wollte mir eine ganze Weile nicht aus dem Kopf gehen.

15

MacKenzies Gruppe war seit einem Monat unterwegs, als der Botschafter des Draconis-Kombinats auf der Gobi-Station im Orbit um Outreach eintraf. Zuerst dachten wir alle, es ginge nur um ein weiteres Jobangebot von Theodore Kurita, wenn es auch von einem ausgefallenen Boten überbracht wurde. Als Botschafter Kenoichi Inochi, der Leiter der Kurita-Mission, sich weigerte, mit einem anderen als Colonel Wolf zu sprechen, weckte dies augenblicklich unser Mißtrauen. Denn mittlerweile wußten wir über die Herkunft des Elementar-Attentäters Bescheid.

Eine sorgfältige Analyse hatte ergeben, daß die Schlachtrüstung tatsächlich von den Novakatzen stammte, wenngleich der Attentäter nicht so groß wie ein typischer Clan-Elementar gewesen war. Das mochte zwar darauf hindeuten, daß der Mann kein Clanner war, doch das allein war kein Beweis. Nicht alle Elementare weisen das typische Clan-geborene Erscheinungsbild auf. Auf der anderen Seite würde jeder Clanner, der nicht dieses Erscheinungsbild aufwies und trotzdem das Recht erworben hatte, eine Schlachtrüstung zu tragen, ein absolut fähiger Soldat sein. Wolfs Möchtegern-Attentäter war kaum in der Lage gewesen, den Anzug zu kontrollieren. Den eigentlichen Beweis lieferten jedoch die Veränderungen, die vorgenommen worden waren, um dem kleineren Mann die Benutzung des Anzugs überhaupt erst zu ermöglichen: Sie stammten sämtlich aus Fertigungsanlagen der Inneren Sphäre.

Wir wußten, das Kombinat hatte eine ganze Reihe Schlachtrüstungen von den Novakatzen erbeuten können, als Hohiro Kurita sie auf Wolcott überlistet hatte, ganz zu schweigen von denen, die ihnen nach der Schlacht von Luthien zugefallen waren. Die meisten Modifikationskomponenten im Anzug des Attentäters entstammten Fertigungsanlagen des Kombinats, wodurch Haus Kuritas Machtbereich als Ausgangspunkt für die Suche zu einer offensichtlichen Wahl wurde. Durch unseren Mangel an Agenten im Kombinat machten wir nur langsam Fortschritte, doch der Attentäter konnte schließlich als Ken O'Shaunessee identifiziert werden. Gestohlene ISA-Unterlagen wiesen O'Shaunessee als Agent des Dofheicthe-Clans aus, einer alten Organisation nach dem Vorbild der Ninja auf Terra. Das Wolfsnetz hatte keine Eintragung entdecken können, daß der Mann eine Ausbildung für die Benutzung einer Schlachtrüstung erhalten hatte, doch sie konnten seine Spur nach New Samarkand verfolgen, dem Planeten, auf dem die Kuritas ihr Ausbildungslager für die neu gebildeten Elementar-Infanterieeinheiten eingerichtet hatten.

Als der Abschlußbericht des Nachrichtendienstes schließlich die Runde machte, hielten nur noch die Stursten an der Theorie einer Clan-Herkunft des Attentäters fest. Zwar konnte das Wolfsnetz nicht ermitteln, wer den Angriff letzten Endes befohlen hatte, aber höchstwahrscheinlich war Takashi Kurita zu dem Schluß gekommen, daß es für Jaime Wolf an der Zeit war zu sterben, ehrenhaft oder nicht.

Jetzt klopfte ein Kurita an unsere Tür, und der Wolf war neugierig.

Ein Empfang wurde arrangiert. Das war nicht mehr, als wir für den Abgesandten jedes der großen Häuser getan hätten, doch bei weitem mehr, als wir nach Misery für einen Kurita getan hatten. Die Halle war auf Kurita-Art dekoriert, und gewisse Töpferarbeiten wurden auffällig neben dem Sitz des Ehrengastes drappiert. Ich hielt den Wink für zu subtil: Dieser Botschafter würde die Arbeit eines derartig unbedeutenden Künstlers wie Minobu Tetsuhara einer gewesen war, sehr wahrscheinlich nicht erkennen, welchen Ruhm er sich als Kurita-Kommandant auf Misery auch erworben haben mochte.

Botschafter Inochi traf ein, gekleidet auf förmliche

Kurita-Art. Er trug eine frackähnliche Weste aus blauer Seide in einem derart dunklen Ton, daß sie über der grauen Nadelstreifenhose schwarz aussah. Ein Kummerbund aus schillernder *Daigumo*-Seide umgab seine Hüften, und Gamaschen aus demselben Material bedeckten den Schaft seiner glänzenden schwarzen Schuhe. Er war ein schlanker Mann, der hinkte — ein Gebrechen, das er sich, den Orden und Auszeichnungen an seiner Brust nach zu urteilen, im Kampf zugezogen hatte. Mehrere Auszeichnungen betrafen die Kämpfe an der Davion-Kurita-Grenze während des Vierten Nachfolgekrieges. Also war es ziemlich wahrscheinlich, daß seine Einheit auch gegen uns gekämpft hatte.

Wenn Botschafter Inochi die Töpferarbeiten erkannte, ließ er sich jedenfalls nichts anmerken.

Als er und seine Begleitung sich stundenlang dem unbedingt notwendigen belanglosen Geplauder hingaben, fragte ich mich, wie sie das aushielten, war jedoch noch überraschter, daß Jaime Wolf ihnen in diesem Spiel mehr als ebenbürtig war. Mir ist gesagt worden, er sei früher direkter gewesen. Mit dem Alter kommt die Zurückhaltung, denke ich, aber es gibt immer auch jene, die meinen, daß Höflichkeit und Weitschweifigkeit Zeichen von Schwäche sind.

Es war bereits zehn Uhr abends, als Inochi verkündete, er habe eine Botschaft von Takashi Kurita, dem Koordinator des Draconis-Kombinats, mitgebracht. Einige der Dragoner um mich verliehen ihrer Überraschung Ausdruck. Sie mußten angenommen haben, Inochi sei Theodores Mann. Der Wolf zuckte mit keiner Wimper.

»Sie scheinen nicht überrascht zu sein, Colonel Wolf«, sagte Inochi. »Vielleicht haben Sie im Laufe der vielen Wochen, die ich hierher nach Outreach unterwegs war, von meiner Mission erfahren.«

Der Wolf lächelte milde. »Vielleicht wird mich Ihre Botschaft mehr überraschen als ihr Absender.«

»Vielleicht wird sie das, Colonel-*san*.« Der Botschafter neigte den Kopf. »Der Koordinator ist ein Mann von Ehre. Er hat ein langes Gedächtnis.«

»Genau wie ich.«

»Das ist ihm bewußt.« Er streckte die Hand aus. Ein mit einem Kimono bekleideter Adjutant eilte herbei und überreichte Inochi eine Rolle Reispapier. Sie war mit einem schwarzen Band umwickelt, das mit dem Drachenkopf-Symbol vom Haus Kurita versiegelt war. »Der Koordinator weiß sehr wohl, daß Sie des Japanischen mächtig sind, doch er hat diese Botschaft in Ihrer Sprache verfaßt. Das ist als Ehre gedacht.«

Der Colonel verbeugte sich förmlich. »Ich verstehe die Geste in dem Geist, in dem sie offeriert wird.«

Der Botschafter erwiderte die Verneigung mit etwas gequält wirkender Miene. Ich vermute, daß er die Doppelsinnigkeit von Colonel Wolfs Worten wohl verstand und sie auch richtig einzuschätzen wußte.

»Die Botschaft des Koordinators beginnt mit einem Gedicht:

Prachtvolle Dämmerung;
Blüten im Herbstwind,
Eines Kriegers Leben.«

Der Wolf straffte sich und zog sich in sich zurück. Er schwieg länger als eine volle Minute. Inochi wartete geduldig, ebenfalls schweigend. Offensichtlich mußte der Rest der Botschaft auf Wolfs Antwort auf das Einleitungsgedicht warten. Die Leute wurden bereits unruhig, als der Colonel schließlich sprach.

»Abendlicht glänzt
Wie vergossenes Blut.
Neuer Tag, das Rad dreht sich.«

Der Botschafter verbeugte sich tief. »Wie ich sehe, war meine unwürdige Furcht, der Koordinator habe Sie mißverstanden, grundlos.« Als hätte er auf dieses Stichwort gewartet, holte der Adjutant ein kleines Päckchen aus seinem Kimono und gab es dem Botschafter. Inochi verbeugte sich und reichte dem Colonel das Päckchen.

»Dies hier enthält die offizielle Herausforderung und eine persönliche Botschaft des Koordinators. Ist es möglich, in Kürze die Einzelheiten auszuarbeiten?«

Colonel Wolf nahm das Päckchen, doch Stanford Blakes Ankunft unterbrach ihn bei seiner Antwort. Stan trug seine Alltagsuniform, die darüber hinaus noch ziemlich zerknittert war. Er mußte direkt vom Raumhafen gekommen sein, als er gehört hatte, daß der Wolf einen Kurita-Botschafter empfing.

»Was geht hier vor?« fragte er, während er sich einen Weg durch die Menschentraube bahnte, die ihn vom Colonel trennte. Wenn Stan den Botschafter bemerkte, ignorierte er dessen Anwesenheit mit voller Absicht.

Stans Ansturm durch das Heben einer Hand Einhalt gebietend, sagte der Wolf zum Botschafter: »Bitte entschuldigen Sie die Unhöflichkeit meines Offiziers, Inochi-*san*.«

»Zum Teufel mit der Höflichkeit«, fauchte Stan. Die unerwartete Kehrtwendung in Wolfs Politik gegenüber den Kuritas hatte Stan seine üblichen Anstandsformen anscheinend vergessen lassen. »Ich will wissen, was hier vorgeht.«

Jaime Wolf drehte sich zu ihm um und sagte gelassen: »Takashi Kurita hat mir gerade ein Duell bis zum Tod angeboten.«

»Und Colonel Wolf hat angenommen«, fügte Inochi hinzu.

Der Colonel wandte sich wieder dem Botschafter zu und sagte: »Verzeihung, Inochi-*san*, aber ich fürchte, Sie haben mich mißverstanden. Bis jetzt habe ich das Angebot Ihres Koordinators erst zur Kenntnis genommen.«

Die Miene des Botschafters verfinsterte sich. »Dann lehnen Sie ab?«

»Ich nehme es zur Kenntnis.« Der Colonel zuckte die Achseln. »Mehr zu tun, wäre in diesem Augenblick unangemessen. Ich habe Verpflichtungen und muß Pflicht und Ehre sorgfältig gegeneinander abwägen. Gewiß verstehen Sie, daß diese Angelegenheit einiges Nachdenken erfordert.«

Beschwichtigt sagte der Botschafter: »Ich verstehe.« Er verbeugte sich. »Es wird mir eine Ehre sein, Ihre Antwort weiterzuleiten, sobald Sie Ihre Entscheidung getroffen haben.«

»Es wird kein Duell geben«, verkündete Stanford.

Inochi bedachte Stan mit einem verächtlichen Blick. Der Wolf wandte sich an den Botschafter. »Das ist nicht Colonel Blakes Entscheidung.«

»Jaime!«

»Nicht jetzt, Stan.« Der Wolf wandte den Blick keine Sekunde vom Botschafter ab. »Gewiß werden Sie es verstehen, wenn ich mich jetzt zurückziehe, Inochi-*san*. Sie sind herzlich eingeladen, noch zu bleiben und die vorbereiteten Annehmlichkeiten zu genießen.«

Mit förmlicher Höflichkeit verabschiedete sich der Colonel und verließ den Raum. Der Botschafter mußte wohl damit gerechnet haben, daß er sich zu einer Art privater Meditation zurückziehen wolle, denn sein Gesicht nahm einen Ausdruck der Verwirrung an, als sich die anwesenden hochrangigen Offiziere Wolf anschlossen. Inochi erwiderte Stans funkelnden Blick mit einem Lächeln, das nicht einmal annähernd seine Augen erfaßte.

Aus den Sendungen, die beständig über das Kopfset meiner Komm-Einheit kamen, schnappte ich eine Durchsage auf dem öffentlichen Frequenzband auf. Als mir ihre Bedeutung klar wurde, eilte ich hinter den Offizieren her. Ich erreichte den Konferenzraum, bevor sie sich auf ihre üblichen Plätze gesetzt hatten, und umrundete den großen Tisch, um neben dem Wolf stehenzubleiben und meine Entdeckung herauszustammeln.

»Colonel, gerade ist eine öffentliche Durchsage herausgegangen, daß Takashi Kurita Sie zu einem Duell herausgefordert hat.«

»Er rührt die Werbetrommel.« Stan war wütend. Mir

taten seine Agenten leid. Stans polterige Ankunft ließ keinen Zweifel daran, daß er nicht vorgewarnt worden war.

»Ist doch nur dummes Zeug«, warf Carmody ein. »Die alte Schlange läßt nur Dampf ab.«

»Er ist ein Samurai.« Das kam von Neil Parella, dem Kommandeur des Gamma-Regiments. »Er kann solche Dinge nicht in aller Öffentlichkeit sagen, wenn er nicht dahintersteht.«

»Wer sagt, daß es öffentlich ist, Neil? Was ist, wenn die Meldung nur für unsere Ohren bestimmt ist?« Carmody wandte sich an mich. »Wie steht's damit, Brian? Über welchen Verteiler geht die Durchsage?«

»Über das ComStar-Netz. In der Einleitung heißt es, die Botschaft wird über die gesamte Innere Sphäre verbreitet.«

Das entlockte den meisten Offizieren ein paar saftige Flüche. Jaime Wolf saß ruhig auf seinem Stuhl und stützte sich auf einen Ellbogen. Über der Hand, die seine untere Gesichtshälfte verbarg, schauten seine Augen nachdenklich drein.

Stan sprach ihn direkt an, redete jedoch so laut, daß alle Anwesenden seine Worte hören konnten. »Lehnen Sie die Herausforderung ab, und Takashi verliert an Gesicht. Es wäre eine schwere Beleidigung. Wir würden nie wieder für das Kombinat arbeiten.«

»Ist das nicht genau das, was wir ohnehin erreichen wollten?« fragte Kelly Yukinow. Auf der Suche nach Unterstützung fixierte der Kommandeur des Alpha-Regiments die anderen Anwesenden der Reihe nach.

Carmody hieb mit der Faust auf den Tisch, als sei die Angelegenheit damit ein für allemal geregelt. »Dann hat es keinen Sinn, sich überhaupt Gedanken deswegen zu machen. Ignorieren Sie die alte Schlange einfach, Jaime.«

»Was ist mit der Dragoner-Ehre?« wandte Hanson Brubaker ein. »Ein Duell ist ein sauberer Weg, um eine

Fehde zu beenden. Kurita beschreitet den Pfad der Ehre. Wenn der Colonel die Herausforderung ignoriert, verdient er es dann noch, ehrenhaft genannt zu werden?«

Der Wolf ignorierte die implizite Beleidigung. Carmody ergriff das Wort zu seiner Verteidigung.

»Sie waren auf Misery nicht dabei. Sie verstehen das nicht.«

Brubaker runzelte die Stirn. »Ich verstehe etwas von Ehre.«

»Ehre?« Carmody lachte. »Die Kuritas behaupten auch, daß sie etwas von Ehre verstehen.« Sich an den Wolf wendend, nahm seine Stimme einen flehentlichen Unterton an. »Ich sage Ihnen, das ist nur wieder eine Falle. Jaime, ignorieren Sie die Schlange.«

»Wer kann Ehre ignorieren und noch mit sich leben?« fragte Brubaker, indem er sich erhob. Sein Gesicht war gerötet, und er hielt sich sehr steif. Er schien bereit zu sein, Carmody oder vielleicht sogar den Wolf persönlich herauszufordern.

»Setzen Sie sich, Hanson«, sagte Stan. »Wir reden hier über Kuritas, nicht über Ehre.«

Die Diskussion wurde noch über zwei Stunden fortgesetzt, ehe Colonel Wolf schließlich seine Offiziere entließ. Er gab keine Entscheidung bekannt. In den nächsten zwei Wochen kam es immer wieder zu hitzigen Streitgesprächen. Der Wolf hörte geduldig zu, wobei er nie nach einem Köder schnappte, der ihm unter die Nase gehalten wurde. Er ließ seine Ratgeber nach Lust und Laune diskutieren. Und da er ihnen freie Hand ließ, schlugen sie das Thema förmlich tot. Ihre Ansichten änderten sich nicht, sondern verhärteten sich nur. Manchmal wirkte der Wolf nur müde, als sei er der ganzen Auseinandersetzung überdrüssig. Dann wieder war er hellwach und absolut aufmerksam. In diesen Augenblicken schien er auf etwas zu warten, als wolle er, daß jemand ein ganz bestimmtes Argument vorbrachte. Und wenn dies nicht geschah, schien er enttäuscht zu sein, doch nach wie vor weigerte er sich beharrlich, die Diskussionen irgendwie zu lenken oder Einfluß auf sie zu nehmen.

Der Kurita-Botschafter wurde ungeduldig, doch jede Note, die er schickte, wurde mit der höflichen Verweigerung einer Antwort erwidert. Trotz wiederholter Anfragen wollte sich der Colonel nicht mehr mit Inochi treffen. Dann erhielten wir die Nachricht, daß MacKenzies Mission erfolgreich war — sie hatten das Versteck gefunden. Als sei die Angelegenheit dadurch erledigt, sagte der Colonel die Nachmittagsbesprechung ab. Über irgendein heimliches Vergnügen lächelnd, sagte er zu mir: »Jetzt gibt es nur noch eine unerledigte Angelegenheit.«

Er ließ nach dem Botschafter des Draconis-Kombinats schicken.

16

Auf weit gespreizten Beinen stehend, begutachtete Elson die Brücke der *Hammer.* Das Landungsschiff war nicht so groß wie die *Orions Schwert,* doch als Angriffsschiff der Infanterie war sie mehr für seine bevorzugte Art der Kriegführung geeignet. Außerdem hatte er zu seiner Zufriedenheit festgestellt, daß Captain Brandon und seine Mannschaft fähiger zu sein schienen als jene, die an Bord der *Orions Schwert* Dienst taten. Zumindest schwatzten sie weniger, während sie ihren Pflichten nachgingen. Vielleicht war seine Versetzung hierher doch gar nicht so schlecht. Jedes Kommando war besser, als im Schatten eines kaum befähigten Offiziers wie MacKenzie Wolf stehen zu müssen.

Das Zischen der Lifttüren und die Schritte hinter ihm kündeten von einem Besucher auf der Brücke. Elson erkannte den Schritt als denjenigen von Captain Edelstein.

Der Mann stammte aus einer Dragoner-Geschko, und zwar einer von denen, die besonderes Gewicht auf die Größe und körperlichen Fähigkeiten legten, die für Elementare notwendig waren. Er erinnerte Elson ein wenig an Pietr Shadd, wenngleich ihm die Grazie dieses unerträglichen Mannes fehlte. Obwohl Edelstein eine Spur der Elementar-Blutlinie in sich trug, wies ihn sein schwerfälliger Gang als jemandem von reiner Elementar-Abstammung unterlegen aus. Dennoch war er ein passabler Krieger und ein adäquater Trinärstern-Kommandeur, obschon es ihm ein wenig an persönlicher Initiative mangelte.

Edelstein blieb hinter Elson stehen, gerade außer Sicht, um dann zu warten. Elson ließ ihn fast zwei volle Minuten warten, in denen er ein gesteigertes Interesse an den Statusmonitoren des Landungsschiffes heuchelte. Erst als er das leise Scharren hörte, als Edelstein von einem Fuß auf den anderen trat — ein Zeichen, daß der

Mann die Geduld verlor —, richtete Elson schließlich das Wort an ihn.

»Sie wollen mich sprechen, Captain Edelstein?«

»Jawohl, Major Elson.«

Das unmerkliche Stocken in Edelsteins Stimme verriet Elson, daß er den Captain überrascht hatte. Zufriedenstellend. »Worum handelt es sich?«

»Ich wollte noch einmal ausdrücklich betonen, daß ich keine Ressentiments gegen Sie hege.«

»Warum sollten Sie auch?«

»Manche könnten denken, ich würde Ihnen das Kommando über die *Hammer* nicht gönnen.«

»Ich habe das militärische Kommando in meiner Eigenschaft als Anführer der Elementare und das strategische Kommando als Mitglied des Offiziersrates. Das operationale Kommando verbleibt bei Captain Brandon. Stellen Sie also die Kommandokette nicht unrichtig dar.«

»Die *Hammer* ist ein Angriffsschiff, Sir. Dadurch ist das militärische Kommando das wahre Kommando. Zumindest ist das die Doktrin der Dragoner.« Edelstein machte ein paar Schritte, so daß er Elson ins Gesicht sehen konnte. »Das war *mein* Job, bis MacKenzie Wolf Sie hierher versetzen ließ. Sie sollen wissen, daß ich es Ihnen nicht übelnehme. Tatsächlich bin ich sogar zufrieden. Ich hatte auf eine Möglichkeit gehofft, direkt unter Ihnen zu dienen. Wolf denkt vielleicht, er hat Sie abgeschoben, doch wir glauben, daß er nicht mehr alle Tassen im Schrank hat.«

»Wir?«

»Die Truppen, Sir. Wir alle halten Sie für den besten Offizier bei den konventionellen Streitkräften seit Anton Shadd.«

Der Vergleich störte Elson nicht. Er fand ihn sogar schmeichelhaft, was das Lächeln, mit dem er Edelstein bedachte, aufrichtig machte. *Anton* Shadd war ein Held, anders als diese Imitation eines Elementars, der das

Recht errungen hatte, diesen Namen zu tragen. »Vielen Dank, Captain. Ich weiß Ihr Lob zu schätzen, aber MacKenzie Wolf bewegt sich innerhalb der ihm von seinem Vater verliehenen Rechte.«

»Gerüchte besagen, daß Sie sich auch innerhalb der Rechte bewegten, als sie Klartext redeten.«

»MechPiloten stürmen vor, wo Schlammhüpfer sich vorsichtig vorantasten.«

»Verdammt richtig.« Edelstein nickte nachdrücklich. »Er mußte seinem Vater natürlich eine Botschaft schikken, sobald die Flotte von den Tiefenscannern erfaßt worden war. Winselnde Blutgeburt. Immer auf der Suche nach einem väterlichen Schulterklopfen. Was für ein Schwächling.«

»Ich gab ihm meinen Rat, aber er zog es vor, jegliche Vorsicht zu ignorieren.«

»Das war sein gutes Recht«, räumte Edelstein ein. »Aber er hätte Sie nicht bloßstellen und wegen Ihrer Besorgnis angesichts der Anzahl der Schiffe auslachen dürfen. ›Eins zu viel?‹« winselte Edelstein in einer schlechten Imitation von MacKenzies Stimme. »›Gewiß ein Fehler in den Aufzeichnungen.‹ Er hätte Ihren Rat annehmen und genaue Nachforschungen anstellen sollen, bevor er die Funkmeldung rausjagte. Der falsche Stolz eines MechKriegers, das ist es. Machtphantasien.«

»Nicht alle MechPiloten lassen sich dazu verleiten, sich nur wegen der offensichtlichen Macht ihrer Maschine für einen Gott zu halten«, brachte Elson in nachsichtigem Tonfall vor. »Vielleicht glaubt er wirklich an einen Fehler in den Aufzeichnungen.«

Elson wußte nicht, was MacKenzie wirklich glaubte, aber er hielt es für unvernünftig anzunehmen, daß eine widersprüchliche Anzahl von Schiffen bedeutungslos war. Zuviel Erfahrung mit der fehlerhaften Wissenschaft der Inneren Sphäre, vermutlich. Zwar hatten sie ihr Erbe mit Füßen getreten, doch es war unwahrscheinlich, daß Wolfs Dragoner über Kriegsmaterial unkorrekt Buch führten. Diese Art Buchführung war tief in die Gene jedes Clanners eingebrannt. Edelstein ließ sich nicht besänftigen. »Sie sollen nur wissen, daß es Leute gibt, die Wolfs Art und Weise, wie er Sie behandelt hat, für falsch halten, ob er wegen der Schiffe nun recht hat oder nicht.«

»Das ist sehr tröstlich.«

Der Komm-Offizier rief über die Brücke und beendete damit ihr Gespräch.

»Die *Orions Schwert* meldet Bereitschaft zum Abdokken.«

»Alle Stationen in Bereitschaft«, erwiderte Captain Brandon. Sie wandte sich an die Infanteristen. »Vielleicht möchten Sie Platz nehmen, Major Elson und Captain Edelstein. Die *Talbot* ist nicht mehr das jüngste Sprungschiff in unserer Flotte, und ihre Abdockmanöver verlaufen nicht immer reibungslos.«

»Nein, danke, ich komme auch so zurecht, Captain«, erwiderte Elson.

Mit einem sehnsüchtigen Blick auf eine leere Andockliege sagte Edelstein: »Das gilt auch für mich.«

Das Schiff erbebte leicht und neigte sich dann nach Backbord. Edelstein verlor das Gleichgewicht und landete auf dem Hinterteil, doch Elson blieb stehen. Es kostete ihn ziemliche Anstrengung, das Gleichgewicht zu halten, ohne seine Stellung zu verändern, und noch einmal soviel, sich die Anstrengung nicht anmerken zu lassen. Doch er wurde durch das bewundernde Flüstern in seiner Umgebung belohnt. Sollten sie denken, daß es leicht war, das gehörte zu seinem Image. Und ein Image war nur eines der Dinge, die ein erfolgreicher Kommandeur brauchte.

»Die *Orions Schwert* hat abgelegt«, meldete der Komm-Tech.

»Sehr gut, Mister Jones. Alle Stationen kehren zum normalen Dienst zurück.«

Elson reichte Edelstein die Hand. Als der verlegene

Captain wieder auf den Beinen war, ging Elson ein paar Schritte in Richtung Captain Brandons Liege.

»Captain, können wir den Flug der *Orions Schwert* verfolgen?«

Sie zuckte die Achseln. »Wie steht's damit, Mister Jones?«

Anstelle einer Antwort erhellte sich der Hauptsichtschirm. Weit entfernt in der Schwärze des Weltraums funkelten Sterne, doch der linke untere Schirm wurde von der pockennarbigen Oberfläche des Planetoiden erhellt, um den die versteckte Flotte kreiste. Über die Wölbung des Planetoiden erstreckte sich das Rückgrat der *Talbot*. Keines der Landungsschiffe an Bord des Sprungschiffs war zu sehen, weil die *Hammer* im bugnächsten Hangar untergebracht war. Am Ende des langen Rückgrats der *Talbot* befand sich die Kugel des Hauptrumpfs, eine dunkle Silhouette vor dem hellen Polygon des Segels, das Sonnenenergie sammelte, um den interstellaren Sprungantrieb des Schiffs wieder aufzuladen. Die leuchtenden unregelmäßigen Punkte in der Ferne waren die verborgenen Schiffe und Asteroidentrümmer, zwischen denen sie versteckt waren.

»Sie kommt jetzt vorbei«, meldete Jones.

Das klobige Oval der *Orions Schwert* trieb langsam von links auf den Schirm und verdeckte den Ausblick. In unregelmäßigen Abständen flammten Lichtstrahlen an ihren Flanken auf, als die Steuerdüsen sie um das Rückgrat der *Talbot* herum und weg vom Segel manövrierten. Als sie eine sichere Entfernung zwischen sich und die *Talbot* gelegt hatte, zündete die *Orions Schwert* die Schubdüsen im Heck und beschrieb einen parabelförmigen Kurs, der sie hinter das Segel führte. Sie verschwand aus dem Blickfeld, doch Elson konnte ihre Flugbahn auf dem Orbitalbahn-Monitor verfolgen. Die *Orions Schwert* hielt direkt auf die größte Konzentration der verborgenen Schiffe zu.

»Der Hund hat gut lachen.«

»Das bleibt abzuwarten, Captain Edelstein«, sagte Elson leise.

Sie warteten darauf, daß die *Orions Schwert* aus dem Schatten des Segels der *Talbot* heraustrat. »Captain«, sagte Jones mit etwas erregterer Stimme als üblich. »Die Brücke der *Talbot* meldet Bewegung unter den Sprungschiffen.«

»Weiß es die *Orion* schon?«

»Neg. Das Segel schirmt sie vor uns ab, und das betreffende Schiff befindet sich hinter der« — Jones hielt inne, um einen Hilfsschirm zu konsultieren — »*Alexander.*«

Brandon drückte die Tasten, die sie mit der Brücke der *Talbot* und dem Kopfset des Kapitäns verband. Während sie zuhörte, fuhr sie sich mit der Zunge über die Oberlippe. Elson fand die Zurschaustellung von Nervosität unprofessionell. »Haben Sie vor abzulegen, um eine unterstützende Position einzunehmen, Captain Brandon?«

»So lauten die Befehle von der *Talbot.*«

Wie er erwartet hatte. »Stellen Sie mich durch.«

»Dies ist eine Raumoperation, Major Elson.«

Auch damit hatte er gerechnet, doch Elson blieb gelassen. »Als Mitglied des Offiziersrates, der diese Expedition befehligt, habe ich einen höheren Rang als alle anderen Luft/Raum-Kommandeure mit Ausnahme von Colonel Atwyl an Bord der *Talbot*, der ebenfalls dem Rat angehört. Verweigern Sie den Befehl?«

Brandons Zunge tauchte wieder auf. Sie zuckte die Schultern. »Reden Sie, soviel Sie wollen. Stellen Sie ihn durch, Mister Jones.«

»Vielen Dank, Captain«, sagte Elson mit einem dünnen Lächeln.

Brandon murmelte etwas, doch Elson bemerkte, daß sie die Vorbereitungen für das Abdocken nicht unterbrach. Sie würde lernen.

»Colonel Atwyl, hier spricht Major Elson Novakatze an Bord der *Hammer.* Ich höre, Sie haben den Befehl gegeben, daß wir abdocken und Stellung zur Unterstützung der *Orions Schwert* beziehen sollen.«

»Ich bin beschäftigt, Elson«, erwiderte Atwyl knapp.

»Zur Kenntnis genommen. Darf ich Sie daran erinnern: Colonel MacKenzie Wolf hat ausdrücklich angeordnet, daß die *Orion* als einziges Schiff von der *Talbot* abdockt, bis der Kontakt mit den versteckten Schiffen hergestellt ist?«

»Das war, bevor wir ein Echo auf dem Schirm hatten, das sich bewegt.«

»Es war ein ausdrücklicher Befehl. In diesem Zusammenhang weise ich darauf hin, daß es keinen Hinweis auf eine unmittelbar drohende Gefahr gibt, um Ungehorsam zu rechtfertigen.«

Atwyls Seufzer kam wie statisches Summen über die Leitung. »Dieses Echo könnte ...«

»Und es könnte auch nicht«, sagte Elson scharf.

»Ich gehe nicht gern ein Risiko ein.«

»Und genau das sind Sie in bezug auf Ihre Karriere im Begriff zu tun, indem Sie einen Befehl mißachten. Selbst Colonel Jaime Wolf ordnet sich der Disziplin unter.« Elson war zufrieden, als eine Antwort von Atwyl ausblieb. Zeit für den nächsten Schritt. »Die *Orions Schwert* wird in Kürze hinter dem Segel hervorkommen, richtig?«

»In zehn Minuten.«

»Und es wird noch weitere zwanzig Minuten dauern, bis sie die Schiffe im Orbit erreicht. Das ist mehr als genug Zeit, um sich mit Colonel Wolf in Verbindung zu setzen und ihn die Entscheidung allein treffen zu lassen.«

Atwyl dachte ein paar Sekunden darüber nach, bevor er antwortete. »Nun gut.« Dann fügte er hinzu: »Captain Brandon, halten Sie die *Hammer* zum Abdocken bereit.«

»Aff«, bestätigte Brandon.

»Vernünftige Strategie, Colonel«, sagte Elson.

Elson wandte sich dem Schirm zu und betrachtete fünf Minuten lang das in dieser Zeit unveränderte Bild. Er überprüfte den Orbital-Monitor und lächelte. Obwohl er kaum ein Experte für Luft/Raum-Taktiken war, begriff er den Nutzen von Deckung und die Notwendigkeit für Listen, wenn man es mit einem überlegenen Gegner zu tun hatte. Der Feind würde dort draußen warten — wenn dort tatsächlich ein Feind war.

Die *Orions Schwert* hatte den Schatten des Sprungsegels kaum verlassen, als Energiestrahlen aus dem Trümmergürtel zuckten. Lautlose Lichtblumen zerplatzten auf dem Rumpf der *Orions Schwert.* Im Komm knisterte eine fast verstümmelte Stimme. »Nur eine Warnung, Piraten. Diese Schiffe gehören uns. Bleibt in der Nähe, und ihr kriegt Schlimmeres.«

»Hier spricht MacKenzie Wolf an Bord des Dragonerschiffes *Orions Schwert.* Sie vergreifen sich an Dragoner-Eigentum. Wenn Sie nicht augenblicklich verschwinden, werden Sie als Plünderer betrachtet.«

»Verdammt«, kam die Antwort über Komm. Das unbekannte Schiff ließ eine gehaltvollere Erwiderung folgen, indem es erneut schoß.

Kaum hatten die Energiestrahlen des Feindschiffs die *Orions Schwert* getroffen, als Elson das Wort ergriff. »Die *Orions Schwert* steht unter Beschuß, Captain Brandon. Ich befehle Ihnen, die *Hammer* augenblicklich abzudokken und sie auf einen Vektor zu bringen, auf dem wir uns dem Feindschiff so schnell wie möglich nähern können.«

Atwyls gleichlautende Befehle kamen eine halbe Minute später, aber Elson gab seinen Elementaren bereits Anweisungen, ihre Rüstungen anzulegen.

Edelstein grinste.

»Dann werden wir dem Wolfsjungen also seinen Arsch retten.«

»Wir werden unsere Pflicht tun. Unsere vordringlichste Aufgabe ist die Sicherung der Schiffe. Wenn dabei

MacKenzie Wolfs Stolz geopfert werden muß, nur zu. Er könnte eine ganze Menge mehr verlieren.«

Edelstein nickte, sein Grinsen wurde breiter. »Wär 'ne Schande, wenn ihn die Plünderer erwischten, nicht wahr?«

»Ich würde ihm keine Träne nachweinen.« Elson schüttelte alle Gedanken an den ärgerlichen MacKenzie und an die möglichen Folgen ab, die seine Einmischung nach Beendigung der Aktion zeitigen konnte. Jetzt galt es erst einmal, eine Schlacht zu schlagen. »Der Erste Stern soll sich im Shuttle-Hangar melden. Alle anderen Sterne gehen auf ihre Enterstationen. Drill Beta.«

»Aff, Major Elson.«

Als Edelstein zum Lift rannte, rief Elson ihm nach: »Das Hangar-Team verfolgt das Sprungschiff. Die Entermannschaften sollen etwaige feindliche Landungsschiffe sichern. Einteilung nach Ihrem Gutdünken. Wenn MacKenzie Wolf mit seinem Plan fortfährt, braucht er vielleicht Hilfe. Ein paar von den Plünderern sind vielleicht an Bord unserer Schiffe gegangen und haben Fallen gelegt.«

»Aff«, bestätigte Edelstein, während er den Lift betrat. »Ich werde den Ersten Stern anführen.«

Edelstein salutierte flüchtig, als sich die Lifttüren schlossen. Elson ließ seine Blicke über die Brücke schweifen. Er bewunderte die Art, wie sich jedes Mitglied der Schiffsbesatzung seiner Aufgabe widmete. Er war zufrieden, daß seine Mannschaft tüchtig war.

Fast zu tüchtig. Das Abdocken der *Hammer* traf ihn unvorbereitet. Obwohl er es schaffte, auf den Beinen zu bleiben, fehlte diesmal die Eleganz seiner vorangegangenen Vorstellung. Doch diesmal nahm es keiner zur Kenntnis, was sehr gut war. Ein wahrer Kommandeur muß seine Würde bewahren.

Gelassen ging er zum Lift und forderte die Kabine an. Ihm blieb mehr als genug Zeit, seine Schlachtrüstung anzulegen.

17

»He, Homi-*kun*. Bist du dabei oder nicht?«

Der Japaner sah von dem Buch auf, das er las. Ein Auge war von einer dunklen Klappe bedeckt, doch das andere glitzerte im fahlen Licht der Kaserne. »Nenn mich Homitsu, Mosul, oder sprich nicht mit mir.«

Mosul wich ein, zwei Schritte zurück und hob beschwichtigend die Hände. »Schon gut, schon gut. Ich wollte nur freundlich sein.«

»Die Leibwächter des Koordinators sollen Krieger sein und keine Höflinge. Für die Izanagi-Krieger wird man wegen seiner Fähigkeiten ausgewählt und nicht wegen seines freundlichen Wesens.«

»Das ist sicher richtig«, sagte Mosul. »Hör mal, willst du dich an der Wette beteiligen, wie lange es noch dauert, bis Wolf Takashis Herausforderung ablehnt? In der achten Woche ist noch einiges frei. Na, wie sieht's aus?«

»Ich wette lieber nicht.« Der Japaner schloß das Buch und stand auf, wobei er Mosul den Rücken zuwandte, um das Buch in seiner Bettkonsole zu verstauen. Dann richtete er sich auf und drehte sich wieder um. Gnädigerweise war Mosul zu seinen Kumpanen zurückgekehrt. Homitsu nahm seine Uniformjacke vom Haken neben dem Bett, warf sie sich über die Schulter und ging zur Tür. Er brauchte etwas frische Luft.

Die Auguren in den Kasernen glaubten, daß Jaime Wolf die Herausforderung des Koordinators ignorieren würde. Schließlich war er ein ehrloser Söldner. Wer konnte ernsthaft erwarten, daß Söldnerabschaum etwas von Ehre verstand?

Homitsu hatte keinerlei Interesse, auf den Zeitpunkt des Eintreffens von Wolfs Antwort zu wetten. Da er ein wenig Erfahrung mit Jaime Wolf hatte, glaubte er, daß sich die Truppe irrte. Wenn er überhaupt wetten würde, dann darauf, daß Wolf die Herausforderung annahm und nicht ablehnte. Die Buchmacher würden ihm gute

Quoten einräumen, und ein hübscher Gewinn käme ihm gerade recht, um die schwindenden Bargeldreserven zu ergänzen, die er so lange gehortet hatte. Doch auf den Wolf zu wetten, würde nur Aufmerksamkeit erregen, das letzte, was er im Augenblick wollte oder brauchen konnte. Geld würde bald ohnehin keine Rolle mehr spielen.

Sehr bald, wenn er Wolf richtig einschätzte.

Karma.

Er blieb einen Augenblick vor dem Lagerhaus stehen, um sich zu vergewissern, daß ihn niemand beobachtete. Zufrieden trat er ein. Selbst für seine an die Nacht gewöhnten Augen war es drinnen dunkel. Er fand den Weg zu seinem Versteck aus dem Gedächtnis und öffnete die Klappe. Er holte heraus, was darin war, schaltete eine winzige Lampe an und machte sich an die Arbeit. Das Licht war schwach. Es würde nicht nach draußen dringen. Die Geräusche waren leise. Sie würden bei etwaigen Passanten keine Aufmerksamkeit erregen.

Einige Zeit später wog er die Klinge in der Hand. Sie fühlte sich richtig an, gut ausbalanciert, trotz ihrer Geradheit. Dieses Schwert war kein *Katana,* kein Samuraischwert. Das würde ein wenig unpassend sein. Mit der Schneide nach oben hielt er die Klinge vor sich und hob die andere Hand darüber. Als er die freie Hand öffnete, löste sich eine Feder von der Handfläche. In der absolut unbewegten Luft der dunklen Kammer schwebte die Feder träge abwärts und zögerte kaum wahrnehmbar, als das glänzende Metall der Klinge sie sauber in zwei Teile spaltete. Einst hätte Homitsu angesichts der scharfen Schneide gelächelt, die er geschaffen hatte. Heute blieb seine Miene ernst.

Ein Schwert war ein Werkzeug.

Wie er ein Werkzeug war.

Eiskalt und stahlhart.

18

In die Kommandeursleitung an Bord des Shuttles eingestöpselt, hielt Elsons Schlachtrüstung ihn über die von der Brücke eingehenden Daten auf dem laufenden. Der Vektor der *Hammer* sorgte für Informationen, die den anderen Dragonerschiffen nicht zur Verfügung standen. Im Schatten des Planetoiden war ein Sprungschiff der Scout-Klasse versteckt, den Daten zufolge. Das Schiff mußte das Transportmittel der Plünderer sein, deren Landungsschiff auf die *Orions Schwert* geschossen hatte. Als die *Hammer* darauf zuflog, verschwand das Sprungschiff plötzlich, flog mit Überlichtgeschwindigkeit zu einem anderen Sternensystem, bevor ihm die Dragoner gefährlich werden konnten, und überließ damit das Landungsschiff der Gnade der Dragoner.

Elson war angewidert über den Mangel an Loyalität, den die Sphäroiden an den Tag legten. Doch er wußte auch, daß Flucht ihre einzige Überlebenschance war, wenn das Sprungschiff ebenso heruntergekommen war wie das Landungsschiff, das inmitten der versteckten Dragonerschiffe lauerte. Nicht ehrenhaft, doch verständlich. Applaudierten die Menschen an Bord des im Stich gelassenen Landungsschiffs der Entscheidung ihrer Kameraden?

Die *Orions Schwert* setzte ihr Katz-und-Maus-Spiel mit dem Landungsschiff der Plünderer fort, wobei der Bandit durch jede Kursänderung mehr in den Anflugvektor der *Hammer* geriet. Der Plünderer hatte keinen weiteren Treffer mehr auf der *Orions Schwert* landen können, doch auch das Dragonerschiff hatte noch nicht sauber getroffen. Bald würde es keine Rolle mehr spielen.

»In Geschützreichweite«, meldete Captain Brandon. Ihre Stimme klang geschäftsmäßig.

»Nur Sperrfeuer, Captain«, erwiderte Elson im gleichen Tonfall. »Ich will ein intaktes Schiff entern.«

»Das Wrack ist so heruntergekommen, daß ich nicht einmal bei einem knappen Fehlschuß für sein Überleben garantieren kann, geschweige denn bei einem direkten Treffer.«

»Dann treffen Sie es nicht.«

»Einheit! Ihr Shuttle könnte durch ihre Außenhülle fliegen, ohne Schaden zu nehmen. Das Schiff ist es nicht wert, die Truppen aufs Spiel zu setzen.«

»Ihre Einschätzung der Lage ist zur Kenntnis genommen.« Elson schaltete die Leitung zur Brücke des Landungsschiffs aus und beobachtete die Monitore des Shuttles. Sekunden später leuchtete die Abschußwarnung auf. »Rotlicht an.«

»Mannschaft angeschnallt«, meldete Clair, sein Stellvertreter im Strahl. Elson überprüfte seine Gurte. Alles in Ordnung. Entweder würde Brandon seinen Befehl befolgen oder nicht. Er würde bald zu beschäftigt sein, um sich darum kümmern zu können. Den Blick fest auf das unbeleuchtete ›Los‹-Licht gerichtet, murmelte er: »Bereit halten.«

Das Licht flammte auf, und das Interkom des Shuttles knisterte, als der Pilot meldete: »Wir haben grünes Licht.«

»Abschuß«, befahl Elson.

Seine schwache Verärgerung über die unnötige Durchsage des Piloten wurde von unmittelbareren Belangen verdrängt, als das Fahrzeug vorwärts sprang und er in den Gurten zurückgeworfen wurde. Nach dem sanften Zug der normalen Beschleunigung des Landungsschiffs war der Schub des Shuttles ein jäher, gnadenloser und unerbittlicher Feind, aber er kämpfte dagegen an, widersetzte sich ihm mit aller Kraft. Vergeblich, doch erheiternd. Er tröstete sich mit dem Gedanken, daß er bald echten Feinden gegenüberstehen würde.

Steuerdüsen feuerten und brachten das Fahrzeug auf einen spiralförmigen Kurs. Das Manöver trennte das

Shuttle vom Landungsschiff und machte es gleichzeitig zu einem schwerer zu erfassenden Ziel. Die jähen Richtungsänderungen und Belastungen der Beschleunigung brachten außerdem für die Passagiere Übelkeit und Schwindelgefühl mit sich. Der Status-Monitor für Soldat Vier, Harmon, blinkte rot, als ihn die Sensoren in seiner Rüstung als nicht mehr bereit auswiesen. Er hatte seinen Magen nicht mehr unter Kontrolle halten können und den Kreislauf des Lebenserhaltungssystems in seiner Schlachtrüstung verunreinigt. Der Computer hatte seine Haltegurte fest verschlossen. Soldat Harmon würde nicht zur Entermannschaft gehören.

Durch das Sperrfeuer der *Hammer* verwirrt — oder ganz einfach aus Unfähigkeit —, reagierten die Kanoniere der Plünderer zu langsam. Das Shuttle glitt an ihrem ziellosen Beschuß vorbei, ohne auch nur den geringsten Schaden zu nehmen. Der Pilot mochte geschwätzig sein, aber er verstand etwas von seinem Handwerk. Mit einer letzten heftigen Drehung ließ der Raumpilot sein Fahrzeug in den toten Winkel der Geschütze des Plündererschiffs absacken. In der sicheren, für die Waffen des Landungsschiffes unzugänglichen Zone angelangt, verbrannte der Shuttle-Pilot verschwenderisch Reaktionsmasse, um die Geschwindigkeit anzupassen, bevor der Pilot der Plünderer ihnen davonjagen konnte.

Der Abschuß der Enterhaken ließ das Shuttle erbeben. Als der Pilot den Vollzug meldete, gab Elsons Stellvertreter den Vektor zur nächsten Luftschleuse auf dem Landungsschiff bekannt. Metall ächzte, als sich die Verbindungen strafften und es sich erwies, daß das Geschick des Piloten in bezug auf die Anpassung der Geschwindigkeiten zwar nicht perfekt, doch ausreichend war: Die Verbindungen hielten. Dann öffnete sich die Luftschleuse des Shuttle; die Elementare befreiten sich aus ihren Gurten und schwebten durch die Shuttlekabine in den Weltraum.

Die Entfernung zum Landungsschiff war minimal. Über die Außenhülle kletternd, führte Elson seine Soldaten direkt zur Luke. Er drehte am Handrad der Schleuse, während er die Erschütterungen zählte, als die Mitglieder seines Strahls neben ihm landeten. Er wartete noch eine halbe Sekunde nach der dritten Erschütterung, bevor ihm wieder einfiel, daß Soldat Vier bei diesem Unternehmen aus dem Rennen war.

Die Schleuse bot nur einem Elementar in Schlachtrüstung Platz, also stieg er als erster hinein. Er hätte die Innentür sprengen können, doch das hätte im Innern des Landungsschiffes zu einem rapiden Atmosphärenverlust geführt, im Augenblick eine unnötige Taktik. Die Außentür glitt zu, und er war allein.

Die atmosphärischen Sensoren der Schlachtrüstung sandten ihm Meldung auf Meldung auf seine Anzeige, während Sauerstoff in die Enge der Luftschleuse zischte. Wenn sie schnell genug gewesen waren, würde es keine Probleme geben. Wenn nicht, würde er als erster in die Kampfhandlungen verwickelt werden.

Er rammte den rechten Arm durch den Spalt, als die Innenschleuse langsam aufglitt. Die Läufe des in den Arm eingepaßten Maschinengewehrs rotierten rasch und feuerbereit. Unnötigerweise. Es gab keine Ziele. Dieser Bereich, der zum Hauptladeraum führte, war verlassen.

Elson trat aus der Schleuse und aktivierte die Magnethalterungen an seinen Stiefeln, um sich am Boden zu verankern, bevor er die Kontrollen betätigte und den Kreislauf des Öffnens und Schließens der Luftschleuse für den nächsten Elementar in Gang setzte. Er desaktivierte die Magneten und stieß sich in Richtung zur Tür ab, die zum Hauptladeraum führte. Nachdem er gelandet war, heftete er sich wieder an den Boden.

Der Bereich hinter der Tür sah verlassen aus. Bis jetzt hatte die Besatzung noch nicht auf sein Eindringen reagiert. Die Anzeigen auf der Brücke würden die Besatzung darüber informieren, daß die Schleuse aktiviert worden war, und ihnen somit die Position ihrer ungebetenen Gäste verraten. Vorausgesetzt, sie funktionierten. Das Innere des Schiffs sah noch heruntergekommener aus als das Äußere, und sein atmosphärischer Sensor meldete hohe Konzentrationen von Gasen, die beim Zerfall von Abfallprodukten entstanden.

Das erste Besatzungsmitglied schwebte in dem Augenblick durch die Türöffnung, als Elsons Stellvertreter die Luftschleuse verließ. Elson bemühte gar nicht erst eine Waffe. Er schlug den Mann einfach nieder. Das Besatzungsmitglied wurde von der Wucht des Schlages mehrfach herumgewirbelt. Elson griff mit der Klaue am linken Arm der Rüstung zu und zerrte den Mann durch die Öffnung. Tot oder bewußtlos gab der Plünderer keinen Laut von sich, als die drei Zacken der Klaue in sein Fleisch schnitten, doch sein Körper verursachte einen dumpfen Knall als er an die gegenüberliegende Wand prallte.

Schüsse von irgendwo aus dem Lagerraum trafen Clair, als sie vorrückte, um sich ihrem Kommandeur anzuschließen. Die Kugeln zerplatzten ohnmächtig an ihrer Schlachtrüstung oder jaulten als Querschläger davon. Als sie ihrerseits eine kurze Salve abgab, stellte der Feind das Feuer ein. Nachdem sie neben Elson im Eingang zum Laderaum stand, wartete sie mit ihm, bis der dritte Elementar in der Luftschleuse stand, bevor sie vorrückte.

Der ganze Entervorgang war eine einzige Enttäuschung, die Plünderer leisteten nur minimalen Widerstand. Innerhalb von zwanzig Minuten hatte Elson das Kommando über die Brücke übernommen und benutzte das Interkom des Landungsschiffes, um die *Hammer* über seinen Erfolg in Kenntnis zu setzen.

Entspannt öffnete er die Rüstung. Die Luft war in jeder Beziehung so schlecht, wie ihm seine Sensoren gemeldet hatten, doch es war nichts, was er nicht schon zuvor gerochen hatte. Unangenehm, aber nicht gefährlich. Gegen die Kapitänsliege gelehnt, hörte er dem Geplapper der Dragonereinheiten zu. MacKenzies Schiff hatte an der *Alexander* angelegt, und er hatte eine Entermannschaft an Bord geschickt, die jetzt auf Widerstand stieß. Die *Hammer* beendete gerade die Manöver, die nötig waren, um ihre letzten Entermannschaften in den Kampf an Bord der *Alexander* zu schicken. Glücklicherweise hatten die Plünderer noch nicht die Waffen der *Alexander* aktiviert.

Da sehr bald Elementare in die Kämpfe an Bord des Dragonerschiffes verwickelt sein würden, gab es für Elson kaum etwas anderes zu tun, als zu warten. Edelsteins Truppen würden sich der ungerüsteten Plünderer nachdrücklich annehmen. Wenn sich die Plünderer noch in anderen Schiffen breitgemacht hatten, würden auch diese an die Reihe kommen. Es waren zu viele Schiffe, als daß sich die Elementare um alle gleichzeitig hätten kümmern können. Sie würden nur dann Räumungsaktionen durchführen, wenn sie auf unmittelbaren Widerstand stießen.

Clair gesellte sich zu Elson auf die Brücke, um zu melden, daß der Widerstand der Besatzung des Landungsschiffes zum Erliegen gekommen war. Eine Überprüfung des Schiffscomputers ergab, daß sie aller Besatzungsmitglieder habhaft geworden waren. Der heruntergekommene Koloß gehörte ihm. Elsons Arbeit war für den Augenblick erledigt.

Mit Hilfe seines Stellvertreters verband er die Komm-Anlage seiner Rüstung mit der des gekaperten Landungsschiffes, was ihn in die Lage versetzte, die Gespräche auf den taktischen Kanälen an Bord der *Alexander* mitzuhören. MacKenzie Wolf führte sein Team gegen die Plünderer. Es war kaum eine Überraschung, daß sie Elementare anforderten. Die MechPiloten und Techs waren für den Nahkampf weder ausgebildet noch passend ausgerüstet. Die Schwerelosigkeit würde ihre Effektivität nur weiter verringern. Sie würden Hilfe brauchen, Hilfe, die eine Null-G-Ausbildung genossen hatte. Edelstein hatte für die Enteraktion einen ganzen Stern abgestellt. Die von der *Hammer* übertragenen optischen Signale zeigten, daß alle Shuttles nach dem Absetzen ihrer Ladung zurückkehrten.

Über die Verbindung mit der *Hammer* meldete Edelstein unerwartet heftigen Widerstand der Plünderer.

19

Als Colonel Wolf seine Entscheidung bekanntgab, verstummten die Diskussionen, zumindest da, wo er sie hören konnte. Neue Streitereien brachen aus, aber nur dort, wo der Colonel nicht mithören konnte. Viele Leute schienen zu glauben, daß der Wolf die falsche Entscheidung getroffen hatte, doch ich begriff langsam, daß seine Entscheidung so oder so auf Widerstand gestoßen wäre.

Ich dachte daran, dem Colonel alles zu erzählen, was ich hörte, aber in der emsigen Geschäftigkeit des unmittelbar bevorstehenden Abfluges kamen mir die Nörgeleien relativ unwichtig vor.

Lydia kam in der Wolf Hall vorbei. Sie war im Rahmen eines Kontrakts fort gewesen, und ich hatte sie mehrere Wochen nicht gesehen. Das letztemal hatten wir die Nacht in gegenseitiger Umarmung verbracht und einander über den Verlust von Carson hinweggetröstet. Das Leben eines Söldners ist nicht ungefährlich, und so gut die Dragoner auch sind, auch wir erleiden Verluste. Carson war als erster Angehöriger unserer Geschko in der Schlacht gestorben. Jene Nacht hatte mich Lydia — die sonst immer so unnahbar wirkte — in einem ganz anderen Licht erscheinen lassen. Ich hätte froh sein sollen, sie wiederzusehen, doch ihre ersten Worte riefen ganz andere Gefühle in mir wach.

»Stimmt das mit dem Wolf?«

Ich runzelte die Stirn. Meine Geschwister hatten mir oft Informationen zu entlocken versucht oder mich als Gerüchtequelle angezapft, aber noch nie zuvor war jemand zu mir gekommen, während ich im Dienst war. Derartige Belästigungen gingen gewöhnlich von anderen aus.

»Ich bin im Dienst.«

Sie ließ nicht zu, daß ich mich auf meine Arbeit konzentrierte. Sie ergriff meinen Kopf und drehte ihn so, daß sie mir in die Augen sehen konnte. »Brian, das ist sehr wichtig.«

»Das ist meine Arbeit auch«, sagte ich, indem ich ihre Hand abschüttelte.

Sie rollte mit den Augen und seufzte. »Wenn du mir nur antworten würdest, wärst du schon längst wieder bei der Arbeit.«

Natürlich hatte sie recht. In dem Glauben, sie würde wieder gehen, sobald ich das Gerücht bestätigt hatte, sagte ich: »Es stimmt.«

Als sie meine Worte vernahm, nahm ihr Gesicht einen verträumten Ausdruck an. Sie seufzte. »Ein Ehrenduell. Ganz so wie in *Der Erinnerung.*«

Nicht ganz. Die Ehrensagen, die einen ziemlich großen Teil jener halb historischen, halb epischen Saga ausmachten, welche *Die Erinnerung* genannt wurde, waren klare und einfache Geschichten. Das wirkliche Leben war nicht so, ganz besonders nicht das Leben im Dienst der Dragoner. Andererseits konnte ich nicht erwarten, daß Lydia die Vielschichtigkeit der Situation kannte. Sie war zu einer Kampfeinheit abgestellt worden. »Keine Kümmernisse, die über die Kümmernisse eines guten Soldaten hinausgehen«, hatte sie in jener Nacht gesagt, in der wir Carson beweint hatten. Sie hatte gesagt, das würde ihr reichen.

»Natürlich wird er gewinnen«, sagte sie voller Zuversicht.

»Takashi Kurita gilt als einer der besten MechKrieger der Inneren Sphäre.«

»Er ist jetzt ein alter Mann«, sagte sie achselzuckend.

»Das ist Jaime Wolf auch.«

Sie lachte und beendete das Thema damit. »Aber er ist der Wolf. Du wirst mit ihm gehen, nicht wahr? Welch eine Ehre. Ich wünschte, ich könnte dabeisein und miterleben, wie der Wolf die alte Schlange tötet.«

Ich mußte feststellen, daß ich mir wünschte, ich hätte ihre Zuversicht teilen können. Sie lebte in der Welt eines

Kindes, umgeben von Träumen des Ruhms und der Ehre, in denen der große Held immer den Schurken erschlägt und das Gute am Ende immer triumphiert. Ich hatte dieselben Träume geträumt. So sehr ich mir auch wünschte, daß sie in Erfüllung gingen, mittlerweile zweifelte ich immer mehr daran. Diese Träume in ihren Augen zu sehen, rief in mir ein Gefühl tiefen Unbehagens wach.

»Ihr fliegt bald ab, nicht?«

Ich nickte.

»Ich habe die nächsten sechsunddreißig Stunden frei«, sagte sie mit einem Lächeln. »Vielleicht könnten wir heute nacht ...«

Sie ließ die Einladung im Raum hängen, so wenig bereit wie eh und je, sie tatsächlich auszusprechen. Ich rang mir ein bedauerndes Lächeln ab und sagte: »Ich habe eine Menge zu tun.«

Meinen Arm tätschelnd, sagte sie: »Der immer gewissenhafte Brian. Du tust wirklich deine Pflicht.« Sie wandte sich zum Gehen, drehte sich jedoch noch einmal zu mir um. »James ist auch in der Stadt«, sagte sie. »Wenn du die Zeit erübrigen kannst, besuch uns mal. Geschwister müssen immer füreinander da sein, *frapos?*«

Ich nickte zustimmend, fragte mich jedoch, ob es tatsächlich so war. Gewiß, ich vermißte meine Geschwister. Seit meiner Versetzung zum Stab des Colonels hatten wir viel zu wenig voneinander gesehen. Die Dinge hatten sich ganz einfach verändert. Bei jeder Zusammenkunft kamen mir meine ehemaligen Geschwister verändert vor, weniger — ich weiß nicht, was. Vielleicht weniger informiert. Hatte meine Stellung als Jaime Wolfs Komm-Offizier mich verändert oder mir nur die Augen geöffnet? So sehr ich meine Geschwister und andere aus meiner Altersklasse vermißte, ich wußte mittlerweile, daß ihre beschränkte, kameradschaftliche Sicht der Welt nicht die einzige war. James hätte gesagt, ich sei korrumpiert worden, und hätte den Sphäroiden die Schuld dafür gegeben.

Ich verdrängte all diese Gedanken und versuchte mich auf den Bericht zu konzentrieren, den ich gerade schrieb. Doch die Worte wollten einfach nicht kommen.

Bald würde ich Outreach wieder verlassen, doch diesmal war alles anders. Nicht nur, weil ich noch nie im Draconis-Kombinat gewesen war. Hierbei handelte es sich nicht um einen Kampfauftrag, eine Inspektionstour oder einen als Dienstreise zur Vertiefung wirtschaftlicher Beziehungen getarnten Vergnügungsausflug. Wir antworteten auf die Herausforderung eines Blutfeindes. Und wenn Colonel Carmody recht hatte, würden wir in eine Falle laufen.

Der Wolf schien jedoch nicht zu glauben, daß es sich um eine Falle handelte. Oder wenn doch, war es ihm egal. Er hatte eine größere Truppe an Bord der *Chieftain* abgelehnt. Es würde nur eine einzige Lanze BattleMechs geben: Sein *Schütze,* mein *Loki,* Hans Vordels überholter *Victor* und Franchettes neuer *Gallowglas.* Wir hatten einen kleinen Stab, in der Hauptsache Kurita-Spezialisten, worauf Stanford Blake bestanden hatte, doch wir waren nicht für eine Schlacht gerüstet. Luthien, die Hauptwelt des Draconis-Kombinats, hatte eine Garnison von mindestens fünf BattleMech-Regimentern. Wenn es zum Kampf kam, würden wir einfach erdrückt werden.

Ich konnte es nicht ändern, aber ich mußte mich einfach fragen, ob der Wolf überhaupt die Absicht hatte, nach Outreach zurückzukehren.

Zwei Tage später verstärkten sich meine Befürchtungen noch, als ich Zeuge des sehr gefühlsbetonten Abschieds zwischen Colonel Wolf und seiner Familie wurde. Sie kamen alle, um uns auf Wiedersehen zu sagen. Selbst Alpin schaute kurz vorbei, obwohl er sich abseits hielt und bei einer Gruppe von Leibeigenen stand, mit denen er in letzter Zeit häufig verkehrte. James und Lydia waren da, um sich von mir zu verabschieden, und ich entdeckte, daß ich bei weitem nicht so bereit war, mich für immer von ihnen zu trennen, wie ich gedacht hatte. So schwer das Abschiednehmen auch war, wir Geschwister machten keine öffentliche Zurschaustellung daraus. Das eigentliche Lebwohl hatten wir uns schon in der Nacht zuvor gesagt. Trotz seiner öffentlichen Schau war ich der Ansicht, daß Wolf mit Marisha Dandrige letzte Nacht dasselbe getan haben mußte.

Ich beneidete Jaime Wolfs Blutfamilie. Zwischen ihnen herrschte eine innige Nähe, die sich von derjenigen in der Familie der Geschkos unterschied. Vielleicht war sie gar nicht besser, aber ich glaubte, sie müsse es sein, und sei es nur, weil es die Art der Zuneigung und Nähe war, die der Wolf für sich gewählt hatte. Ich mußte plötzlich erkennen, daß ich die Menge nach einem Gesicht absuchte, welches unmöglich dasein konnte. Die adoptierten Clanner würden mich deswegen verspotten, aber ich suchte insbesondere nach einer Kriegerin, einer kleinen MechKriegerin mit rabenschwarzen Haaren namens Maeve.

Wie oft hatte Jaime Wolf Trennungsschmerz empfunden?

Ich sah den kleinen Mann, der die Dragoner so lange geführt hatte, seiner Frau einen letzten Kuß geben und dann die Rampe hinaufgehen. Er war ein alter Mann, vielleicht älter als jeder andere lebende Dragoner, doch obwohl seine einst kohlschwarzen Haupt- und Barthaare vom Grau erobert worden waren, hatten ihn die Jahre nicht beugen können. Er hatte alles gesehen und alles geschafft. Freigeboren, hatte er sich seinen Weg in die Kriegerkaste des Wolfclans gebahnt und ein größeres Kommando erhalten, als einem freigeborenen Krieger jemals anvertraut worden war. Jahre später hatte er seine Mission in dem Glauben aufgegeben, daß die Lebensweise der Clans nicht frei von Makel, möglicherweise sogar falsch war. Er war ein Mann mit unnachgiebigen Prinzipien. Jetzt war er unterwegs zu einem Duell mit dem Koordinator des Draconis-Kombinats. Wie es auch ausgehen mochte, es würde in einem neuen Vers der *Erinnerung* der Dragoner besungen werden, ein weiteres Kapitel der Legende über Jaime Wolf.

Die Sirene, welche alle Besatzungsmitglieder zum Einsteigen aufforderte, ertönte, und ich eilte die Rampe hinauf.

20

»Gefechtslärm zwei Ebenen unter uns. Zweiter und Fünfter Strahl durch den zentralen Liftschacht nach unten. Dritter Strahl halten und sichern. Vierter Strahl folgt mir«, befahl Edelstein. Während sich die Elementar-Strahlen verteilten, folgte Elson ihren Bewegungen, indem er ihrem taktischen Geplapper lauschte. Gelegentlich wurde die Übertragung durch Kampfgeräusche gestört, doch er war zufrieden. Seine Elementare gingen mit äußerster Präzision vor, um die *Alexander* von allen Feindelementen zu befreien. Dem Gefechtslärm, der dann und wann die Kanäle überlagerte, entnahm er, daß seine Soldaten die notwendige Zurückhaltung an den Tag legten und mit minimaler Gewalt vorgingen. Sie waren schließlich nicht gekommen, um ihr Eigentum zu zerstören.

Doch irgend etwas von dem, das er hörte, begann an ihm zu nagen, bis er schließlich realisierte, was es war: Edelstein verteilte sein Team weiter, als es notwendig und auch vernünftig war. Abgesehen von der Gruppe um MacKenzie Wolf, entfernte sich die Entermannschaft der *Orions Schwert* nach und nach immer weiter vom zentralen Räumungsteam der Elementare von der *Hammer.* Elson hatte Edelstein für einen besseren Taktiker gehalten.

Er kehrte ins Shuttle zurück und rief seinen Strahl. Soldat Hanson empfing ihn mit gereinigter Schlachtrüstung und bereit zum Dienst. Elson beorderte den Mann zurück in die Sicherheitsgurte, dann zwängte er sich ins Cockpit. Nach einem Blick auf die Datenschirme wandte er sich an den Piloten.

»Geschätzte Flugzeit zur *Alexander.* Direkter Kurs.«

»Die Berechnungen dauern eine Minute.«

»In diesem Fall starten Sie.« Elson machte sich wieder auf den Rückweg zur Passagierkabine. »Sie können die Berechnungen unterwegs anstellen.«

Er ignorierte die gemurmelte Bestätigung. Der Strahl schnallte sich gerade an, als er die Kabine betrat. Er nahm seinen Platz ein, während der Pilot die Verankerungen zum Landungsschiff der Plünderer löste und Schub auf die Steuerdüsen gab, um die Lage des Shuttles zu verändern. Die Haupttriebwerke feuerten, und das Shuttle setzte sich in Richtung *Alexander* in Bewegung.

Im letzten Teil des Anflugs kam es auf dem taktischen Kanal zwischen Edelstein und der *Hammer* zu einem dramatischen Anstieg des statischen Rauschens und des Gefechtslärms. Elson drängte den Pilot, eine schnelle Landung auszuführen. Während er die Sicherheitsgurte löste, befolgte der Pilot seinen Befehl. Durch das harte Aufsetzen wurde Elson aus seinem Sitz geworfen und knallte gegen ein Schott. Nur seine Schlachtrüstung bewahrte ihn davor, Schaden zu nehmen. Während er sich an einem Handgriff in der Nähe der Luke festhielt, orientierte er sich neu. Sobald die Andockbestätigung aufleuchtete, hämmerte er mit der Faust seiner Schlachtrüstung auf die Entriegelung für die Luftschleuse. Das Schott zischte nach oben, und er glitt hindurch, wobei er es den übrigen Mitgliedern seines Strahls überließ, ihm, so gut sie konnten, zu folgen.

Er war schon an Bord von Schiffen der *Alexander*-Klasse gewesen und hatte eine gute Vorstellung, wo Edelstein war. Er stieß sich ab und schoß über das Deck. An der gegenüberliegenden Wand fing er sich ab, um sich sofort in einen Versorgungsschacht zu den unteren Ebenen zu stürzen. Sein Strahl war mit der Anlage des Schiffes nicht vertraut und blieb hinter ihm zurück.

Elson fand den Vierten Strahl genau dort, wo er ihn auch erwartet hatte. Ein Gefecht hatte stattgefunden, und der Strahl war offensichtlich als Sieger daraus hervorgegangen. Überall in der Null-G-Umgebung trieben Leichen und Blutpfützen. Die meisten Leichen trugen Dragoneruniformen. Die Elementare zerrten die Leichen der Plünderer aus dem Schiffskorridor und befestigten sie an geeigneten Oberflächen. Edelstein war über eine andere Leiche gebeugt, und erst als sich der Elementar-Captain wieder aufrichtete, sah Elson, daß der Mann den leblosen Körper von MacKenzie Wolf begutachtet hatte.

»Was ist geschehen?«

Edelsteins Rüstung wurde starr. »Die Plünderer haben uns aufgelauert, Sir. Ich warnte Colonel Wolf noch, wir sollten an dieser Stelle nicht so schnell vorrücken, aber er bestand darauf. Ich bat mir die Führung aus, weil ich mir dachte, die Schlachtrüstung würde den Soldaten hinter mir Deckung geben. Die Plünderer müssen ebenfalls dieser Meinung gewesen sein. Sie ließen uns passieren und eröffneten dann das Feuer. Wir haben sie niedergemacht, aber es war schon zu spät. MacKenzie Wolf und seine Männer wurden in ihrem Kreuzfeuer getötet.«

Edelstein trug seine Ansprache so rasch und glatt vor, daß sie fast einstudiert wirkte. Elson hätte dem Mann gerne in die Augen gesehen, doch Edelstein steckte in seiner Schlachtrüstung, und sein Gesicht war hinter dem dunklen V-förmigen Visier verborgen. Elson sah sich im Korridor um und versuchte sich ein Bild über den Schaden zu machen. Es mochte so gewesen sein, wie Edelstein sagte. Oder auch nicht.

Novakatzen empfanden eine Abneigung gegenüber den Wölfen, egal ob wahrgeboren oder freigeboren. Er würde nicht um Wolf trauern. Trauer war für den Tod wahrer Krieger reserviert. MacKenzie war lediglich ein wahrer Dragoner, ein Verräter am Erbe der Clans. Wenn die Plünderer ihn erschossen hatten, kam es ihm wie ein Akt kosmischer Gerechtigkeit vor, daß ein Versuch, vom Erbe der Clans zu profitieren, zum Tod dieses Mannes geführt hatte.

Doch wenn MacKenzies Tod ein abgekartetes Spiel war, dann mußte mehr als ein Mann daran beteiligt sein. Elson fand diese Tatsache sehr bedeutsam. Diese Elementare mochten ihm treuer ergeben sein, als er für möglich gehalten hätte. Diese Möglichkeit war von einiger Bedeutung, weil man sich immer an die Umstände anpassen muß, die eine Schlacht mit sich bringt.

»*Hammer,* hier spricht Elson. Schickt Sanitäterteams zu mir.« Er wechselte die Frequenz. »*Talbot,* Elson für Colonel Atwyl.«

»Hier Atwyl. Was ist los, Major Elson? Wir haben eine Menge Störungen in den Übertragungen.«

»Nichts Gutes, Colonel. Ich glaube, wir müssen den Offiziersrat einberufen. Colonel Wolf ist getötet worden.«

Nach einem Moment des Schweigens sagte Atwyl: »Bestätigt«, nicht mehr.

Keine Befehle, nur eine Bestätigung. Elsons Verkrampfung löste sich. Jemand mußte die Kontrolle übernehmen. »Ich schlage vor, wir treffen uns eine Stunde nach Räumung der *Alexander* an Bord der *Talbot.* Ich schlage außerdem vor, daß wir über das Unglück zumindest bis dahin Schweigen bewahren.«

»Bestätigt.«

Elson schaltete ab. Atwyls untaugliche Antwort verdroß ihn, doch dafür war er in anderer Hinsicht zufrieden. Die Situation bot Möglichkeiten. Und vor dem Treffen auf der *Talbot* gab es einiges zu tun, wenn er diese Möglichkeiten nutzen wollte. In der Zwischenzeit waren andere Dinge sogar noch dringlicher.

»Gibt es Verwundete?«

»Nicht einen einzigen«, meldete Edelstein.

»Ihre Soldaten sind die einzigen Überlebenden des Hinterhalts?«

»Korrekt, Sir.«

Wie er vermutet hatte. »Sichern Sie das Schiff.«

»Jawohl, Sir. Wir werden hier aufräumen, bevor Sie das Kommando übernehmen, Sir.« Edelstein salutierte und führte seine Männer fort.

Elson glaubte nicht, daß es sehr lange dauern würde.

Elson machte sich an eine gründliche Untersuchung der Kammer, wobei er nach irgendeinem Hinweis dafür Ausschau hielt, daß MacKenzie Wolf und seine Männer nicht von den Plünderern getötet worden waren. Alles, was er sah, bestätigte nur Edelsteins Version der Ereignisse. Das einzig Sonderbare war die extreme Brutalität, mit der die letzten Plünderer niedergemacht worden waren, aber das konnte man der Wut der Männer zuschreiben, die kurz zuvor hatten mitansehen müssen, wie ihr kommandierender Offizier erschossen worden war.

Mit Rücksicht auf die Unterhaltung mit Edelstein vor dem Entermanöver kam Elson zu dem Schluß, daß er mit diesem Mann sehr besonnen umgehen mußte. Edelstein war äußerst tüchtig. Er würde ein nützliches, wenn auch gefährliches Werkzeug abgeben, doch mit solch hingebungsvollen Männern, wußte Elson, konnte er viel erreichen.

21

Die Sterne sahen vom nächtlichen Himmel auf Luthien herab. Sie und die Geister, die durch die Straßen schwebten, waren die einzigen, die das Vorübergehen eines dunkel gekleideten Mannes bemerkten. Er bewegte sich mit einer Behendigkeit, die jene, welche ihn als Taizo Homitsu kannten, überrascht hätte. Dieser MechKrieger rannte niemals. Er ging sogar mit einem leichten Hinken.

Homitsu betrat das Lagerhaus und kam Augenblicke später wieder daraus hervor. Der schwarze Kleidersack, den er über der Schulter trug, sah nicht voller als zuvor aus, doch die Geister wußten, daß sich sein lange verborgenes Werkzeug darin befand.

Während er die Straße entlangeilte, ärgerte sich Homitsu zum wiederholten Mal. Dies war nicht die Zeit, die er normalerweise gewählt hätte, aber er war dazu gezwungen. Jaime Wolf kam nach Luthien. Es war noch einiges zu tun, einiges vorzubereiten.

Zwei Blocks von den Kasernen entfernt blieb er stehen. Sein Atem ging unregelmäßig, was ihn störte. Jetzt war nicht die Zeit für tödliche Fehler. Er nahm Deckung in einer Seitengasse und lehnte sich gegen eine Hauswand, um wieder zu Atem zu kommen. Die innere und äußere Ruhe kam nur langsam, doch sie kam. An diesem Punkt konnte unangebrachte Hast alles verderben, und er war entschlossen, seinen Schwur zu erfüllen, koste es, was es wolle.

Als er sich erholt hatte, stieß er sich von der Wand ab und setzte seinen Weg fort. Er bewegte sich lautlos, eins mit der Nacht. Sein Vorbeigehen blieb unbemerkt. Die Sterne über ihm sahen zu, doch sie verrieten nichts. Die Geister schwiegen.

Wer konnte einen Mann aufhalten, der den Tod nicht fürchtete?

Dechan Fraser kannte sich mit Geistern aus, denn seine Träume wurden immer wieder von ihnen heimgesucht, doch ihre Besuche waren deswegen nicht weniger quälend. Die Geister von Misery waren die schlimmsten, und sie waren es, die in dieser Nacht zu ihm kamen.

Er glitt aus dem Bett, überrascht, daß Jenette von seinem Umsichschlagen nicht aufgewacht war. Oder war das auch nur ein Teil seines Traums gewesen? Das harte Holz des Schlafzimmerbodens war kalt und fest unter seinen Füßen. Er ging zum Fenster, schob die Blende hoch und sah in den Garten.

Luthiens Sterne funkelten am nächtlichen Himmel, ein letztes Aufbäumen vor dem Morgen. Viele dieser Sterne besaßen eigene Planeten. Für die Welten jener Systeme war jeder Stern eine Sonne, deren brennendes Licht für den Tag verantwortlich war, während hier jeder dieser Sterne nicht mehr als ein einzelnes Funkeln inmitten der vielen Nachtlichter war.

Einst war Dechan selbst ein aufgehender Stern am Dragonerhimmel genannt worden, doch wie viele Dragoner erinnerten sich jetzt noch an ihn — außer den Geistern, natürlich?

In der Ferne konnte er den dunklen Fleck des Kaiserlichen Palastes inmitten der Stadtbeleuchtung sehen. Takashi Kurita schlief darin, heute nacht gewiß zufrieden. Botschafter Inochi war mit der Nachricht zurückgekehrt, daß Jaime Wolf das Duell akzeptiert hatte, und die Spätnachrichten hatten die Geschichte lang und breit ausgewalzt. Doch Dechan Fraser hatte weder von Theodore noch von irgendeinem anderen Kurita, den er kannte, eine Vorwarnung erhalten. Auch nicht von den Dragoneragenten. Wieder einmal kam Jaime Wolf nach Luthien, und Dechan stand im Dunkeln. Er fragte sich, ob Michi von dem Duell wußte. Wenn ja, würde er sich freuen oder ärgern?

Dechan kannte sich selbst nicht mehr. Wie konnte er da die Reaktion eines alten Freundes erraten?

Wenn Michi tatsächlich sein Freund und nicht nur ein weiterer Puppenspieler gewesen war. Es hatte den Anschein, als würde jeder Dechan benutzen, wenn es gerade gut paßte, und ihn dann vergessen, wenn sich andere Dinge in den Vordergrund schoben. Jeder außer Jenette. Sie war ihm ebenso treu geblieben wie er ihr. Doch sie schlief weiter, von seinen Zweifeln und Ärgernissen unberührt. Das war eine Last, die er ihr nicht auferlegen wollte.

Er starrte immer noch aus dem Fenster, als sie erwachte und plötzlich hinter ihm stand, um ihn schläfrig zu umarmen.

»Du bist früh auf«, sagte sie, indem sie ihn auf den Nacken küßte.

»Ich dachte, ich könnte mir den Sonnenaufgang ansehen.«

Sie glitt neben ihn und legte sich seinen Arm um die Hüfte. »Er ist wunderschön«, sagte sie, während sie den Kopf an seine Schulter lehnte. »Du hättest mich wecken sollen.«

»Ich wollte dich nicht stören. Du sahst so zufrieden aus.« Er küßte ihr Haar. »Es wird noch andere Sonnenaufgänge geben.«

»Aber niemals ein anderes Heute.« Sie kuschelte sich näher an ihn. »Wir könnten den Tag gleich richtig beginnen.«

Ihre Hand streichelte seinen Bauch und wanderte dann nach unten. Sein Körper reagierte auf die Liebkosung eher als sein Verstand, doch als er sie küßte, ließ er sich in die Umarmung ihrer Liebe fallen. Zumindest für eine Weile wurde der Rest der Welt bedeutungslos.

22

Der Konferenzraum der *Talbot* war mit jedem dienstfreien Offizier besetzt, der sich hineinzwängen konnte. Darüber hinaus war noch eine ganze Reihe von Mannschaftsdienstgraden anwesend, die alle erpicht darauf waren, den Offiziersrat zu hören. Ihre Anwesenheit gebot Vorsicht und würde sogar bewirken, daß einige Argumente gar nicht in die Diskussion eingebracht wurden, aber nach altem Dragonerbrauch konnte dies keine geschlossene Sitzung sein. Elson bemerkte, daß die Anwesenheit dieser Beobachter einige der älteren Dragoneroffiziere ärgerte, insbesondere Colonel Atwyl. Ihre Nervosität überzeugte Elson davon, daß es eine gute Strategie gewesen war, die unteren Dienstgrade zur Teilnahme zu ermutigen.

Elson bemerkte außerdem, daß viele seiner Elementare entlang der Wände des Raumes verteilt waren. Ihre Anwesenheit war leicht auszumachen, weil sie die Menge um mehr als Kopfeslänge überragten. Er hatte ihnen nicht zu kommen befohlen, doch sie *waren* gekommen und hatten sich mit Bedacht auf den Konferenzraum verteilt. Er hielt es nicht für einen Zufall, daß mindestens ein Elementar in der Nähe jedes anderen Ratsmitglieds stand. Die Vorsichtsmaßnahme war sehr wahrscheinlich unnötig, aber er freute sich, daß seine Männer solche Initiative an den Tag legten.

Willens und bereit, sich die einleitenden Debatten anzuhören, lehnte er sich zurück. Die Luft war warm, und die schwer arbeitende Klimaanlage tuckerte leise, während sie sich bemühte, die von den Körpern erzeugte Hitze zu kompensieren. Er ließ die Hitze in sich eindringen, so daß sich seine Muskeln lockerten und der Fluß des Blutes erleichtert wurde. Er war gelassen und vollkommen damit zufrieden, Hamilton Atwyl zuzulächeln, während der Rest des Rates diskutierte.

Der erste Schritt bestand darin, ein neues siebentes

Ratsmitglied zu wählen. Die Nominierung Edelsteins durch Gilson war zeitlich gut abgestimmt. Die MechPilotin trug ihre Argumente gut vor, ganz so, wie Elson es ihr eingetrichtert hatte. Seine Unterstützung der Nominierung führte zu anhaltendem Beifall bei der Menge. Atwyl brachte noch zwei Namen auf die Liste, bevor sich Brandon aus der Menge zu Wort meldete und die Abstimmung verlangte. Aus der geheimen Wahl ging Edelstein mit einem abschließenden Ergebnis von vier zu zwei als Sieger hervor.

Wieder in voller Stärke wandte sich der Rat seiner anderen Aufgabe zu, der Wahl eines neuen Ersten unter den Offizieren. Als Elsons Name zuerst genannt wurde, schien Atwyl zum Kampf bereit zu sein. Dann, nachdem Captain Brandon Gilsons temperamentvollen Bericht der ersten Minuten ihrer Begegnung mit den Plünderern bestätigt hatte, begann jemand in der Menge, Elsons Namen zu rufen. Nach und nach griffen immer mehr Zuschauer den Ruf auf.

Inmitten des Getöses rief Atwyl zur Ordnung und bekam sie auch langsam, doch sein Kampfgeist schien in der Hitze der allgemeinen Reaktion gelitten zu haben. Er machte geltend, ihre Mission sei ein Weltraumunternehmen, und betonte, von welch großer Bedeutung es sei, einen Kommandanten zu haben, der für die Anforderungen einer derartigen Mission ausgebildet war und sie verstand. Doch sein Argument war nicht stichhaltig und außerdem leicht durchschaubar: Der erste Kommandant der Mission, MacKenzie Wolf, war ein MechKrieger gewesen, nicht einmal ein Luft/Raum-Pilot, geschweige denn ein Weltraumkommandeur. Die zunehmend unruhiger werdende Menge wurde zum Schweigen gebracht, als Jessica Sedano, Kapitän des Landungsschiffes *Havelock*, aufstand und Atwyl nominierte. Auf ein Nicken Elsons unterstützte Gilson die Nominierung und verlangte augenblicklich die Abstimmung. Nur Sedano und Shankar, der Luft/Raum-Staffelführer, standen zu Atwyl. Elson wurde zum Ersten Offizier des Rates ernannt.

Die Nachricht wurde im Sprungschiff verbreitet und zu den angeschlossenen Landungsschiffen und Krisenmannschaften an Bord der Dragonerschiffe im Orbit abgestrahlt. Bevor sich die Menge im Konferenzraum zerstreute, trat KommTech Ishora ein und bahnte sich einen Weg durch die Menge zum freien Platz um den Konferenztisch. Er zögerte einen Augenblick, dann schien er die neue Ordnung verinnerlicht zu haben. Elson ansprechend, sagte er: »Eine Nachricht vom Oberkommando der Dragoner, Major.«

»Colonel«, korrigierte Edelstein. Der Erste unter den Offizieren war immer ein Colonel, und sei es auch nur aus Höflichkeit.

»Ich bitte um Entschuldigung, Colonel Elson«, stammelte Ishora.

»Schon in Ordnung. Ich muß mich selbst noch daran gewöhnen.« Elson nahm die Folie entgegen und hielt sie vor sich. Er brauchte sie nicht mehr zu lesen. Das hatte er bereits getan, als Ishora sie ihm gestern gebracht hatte. Glücklicherweise war der KommTech einer der Anhänger Elsons. Die Nachricht hätte ein paar von den schwankenden Offizieren einen Anstoß in die falsche Richtung geben können. Doch jetzt war es an ihm, die Nachricht zu verlesen, und auch an ihm, sie wie nötig zu interpretieren.

»Das Oberkommando der Dragoner gibt bekannt, daß sich Colonel Jaime Wolf nach Luthien eingeschifft hat. Er reagiert damit auf eine Herausforderung von Takashi Kurita.« Er wartete, bis das Gemurmel verstummte, bevor er hinzufügte: »Der Koordinator hat ein Duell bis zum Tod vorgeschlagen.«

Es gab Ausrufe der Freude und des Unglaubens. Elson stand wie ein Fels in der Menge, die um ihn brandete und aufgeregt plapperte. Manche Sprecher äußerten die Meinung, daß Jaime Wolf einen Fehler gemacht hatte, doch sie waren in der Minderheit. Der größte Teil der Anwesenden schien sich über die Nachricht zu freuen, obwohl Elson klar war, daß die Gründe dafür vielschichtig waren. Die größte Gruppe, in der Hauptsache jüngere Dragoner, waren stolz darauf, daß die alte Schlange endlich ihr Fett abbekommen würde, doch manche waren auch nur erleichtert, daß ein Ende der Fehde mit Kurita in Sicht war. Die meisten der letzteren waren ältere Dragoner und ihre Blutsverwandten. Das waren diejenigen, die Elson erreichen mußte.

Er hob die Hand und wartete, bis ihn die Menge zur Kenntnis nahm. Wiederholte Aufforderungen derjenigen in seiner Nähe trugen dazu bei, den Lärmpegel zu senken, bis die Menge schließlich schwieg.

»Glauben Sie, das wird die Fehde beenden?« fragte er mit so lauter Stimme, daß ihn auch noch jene im Gang vor dem Konferenzraum verstehen konnten. Einige der Zuhörer nickten, doch die meisten sahen ihn nur neugierig an. »Ich bin vielleicht nicht in der Inneren Sphäre geboren, aber ich habe die Menschen studiert. Und diese Beobachtungen haben mich gelehrt, daß von allen Völkern der Nachfolgestaaten die Kuritas den Clans am ähnlichsten sind, insbesondere in Fragen der Ehre. Selbst wenn Colonel Wolf Takashi Kurita tötet, wird die Fehde damit nicht enden.«

»Wenn sie ehrenhaft sind, werden sie sie damit enden lassen«, sagte Atwyl.

»Sie haben nicht auf die Einzelheiten geachtet, Colonel. Die Nachricht vom Hauptquartier enthält keinen Hinweis darauf, daß dieses Duell eine Art Surrogat der Fehde sein soll. Allem Anschein nach ist es eine Angelegenheit der persönlichen Ehre, ein Mann regelt seine Differenzen mit einem anderen — ein Schlichtungstest. Daher ist der Kurita-Clan nicht an seinen Ausgang gebunden.«

»Ich bin anderer Ansicht«, stellte Atwyl fest. »Wenn Takashi tot ist, übernimmt Theodore die Herrschaft. Er begreift, wie destruktiv diese Fehde in der Vergangenheit war und auch in Zukunft noch sein kann. Er ist kein Narr.«

»Theodore Kurita gilt als hervorragender Befehlshaber«, räumte Elson ein. »Doch er ist ein Mitglied des Kurita-Clans. Besagt nicht sein Ehrenkodex, daß ein Mann nicht unter demselben Himmel leben darf wie der Mörder seines Vaters?« Atwyl warf den Kopf in den Nacken. Er schien etwas sagen zu wollen, doch Elson gab ihm keine Gelegenheit. »Sie wissen, daß es so ist. Wenn Wolf gewinnt, ist Theodore Kurita verpflichtet, ihn zu töten. Wenn Wolf stirbt, ist Takashi den Mann los, von dem er glaubt, er sei derjenige, der ihn daran gehindert hat, die Dragoner vollständig zu vernichten. Ob Sieg oder Niederlage, Wolf hat seine persönliche Ehre über die Ehre der Dragoner gestellt. Bei den Clans ist das Grund genug für eine Absetzung.«

Es gab Einwände, die Bräuche der Clans seien nicht die Bräuche der Dragoner, doch inmitten der Protestrufe wurde auch zustimmendes Gemurmel laut. Nicht genug, um einen Meinungsumschwung herbeizuführen, doch immerhin so viel, um ihn davon zu überzeugen, daß er seinen Einfluß vergrößert hatte. Für den Augenblick reichte das. Die Rückreise nach Outreach war lang.

»Wir können herumstehen und reden, oder wir können unsere Arbeit tun. Da draußen gibt es eine Menge Schiffe, die darauf warten, von den Dragonern wieder in Besitz genommen zu werden«, sagte er. »Das ist eine Aufgabe, die wir erfüllen müssen, ganz egal, was sonstwo geschieht. Mit müßigem Geschwätz verschwenden wir nur unsere Zeit.«

Er gab detaillierte Anweisungen, wobei er sorgfältig darauf achtete, nicht jene auszuschließen, die Atwyl unterstützt hatten. Elson wies seinem unterlegenen Rivalen Pflichten zu, die seiner Stellung als Sprungschiffkommandant durchaus angemessen waren, überließ ihm jedoch nichts von wirklicher Bedeutung. Das Kommando über diese Mission ging jetzt auf die *Alexander* über.

Elsons persönliche Habe war bereits an Bord gebracht worden.

23

Der Wolf beorderte mich in seinen Einsatzraum auf dem Hauptdeck der *Chieftain*. Er saß mit eingesunkenen Schultern hinter dem Schreibtisch. Ich sah, wie er sich straffte, als die Tür aufglitt, doch seine Augen waren von tiefen Schatten der Erschöpfung umgeben. Er winkte mich herein und bedeutete mir, Platz zu nehmen. Während ich das tat, nahm er ein Päckchen mit Computerdisketten und hielt es mir entgegen.

»Brian, ich möchte, daß Sie dieses Päckchen mitnehmen, wenn die *Chieftain* nach Outreach zurückkehrt.«

Ich streckte die Hand aus und nahm das Päckchen an mich. Es war versiegelt und sah bedeutend aus. Da dies keine förmliche Zusammenkunft war, machte ich von meinem Privileg als Mitglied seines Stabes Gebrauch und fragte: »Was ist das, Colonel?«

»Das sind ein paar Anweisungen für den Offiziersrat. Diese Reise hat mir Gelegenheit gegeben, ein paar Gedanken bezüglich Integration, Verwendung der Streitkräfte und Verteidigungspläne auszuarbeiten. Ich will nicht riskieren, sie über Funk zu senden, also werden Sie sie von Hand befördern müssen.«

Das Päckchen in meinen Händen wurde plötzlich sehr schwer. »Warum, Sir? Sie kommen doch auch wieder mit uns zurück.«

Er lächelte müde. »Höchstwahrscheinlich, aber ich habe gelernt, so wenig Risiken wie möglich einzugehen.«

»Nach Luthien zu kommen, war ein Risiko.«

»Ja, aber die Möglichkeit, die Angelegenheit mit Takashi ein für allemal zu regeln, ist ein Risiko wert. Es wird Zeit, die Vergangenheit zu begraben. Wenn Sie Stan das nächstemal sehen, sagen Sie ihm, daß ich doch noch auf seinen Standpunkt eingeschwenkt bin.« Er drehte seinen Stuhl, so daß ich nur noch sein Profil sehen konnte. »Ich möchte, daß Sie den Funkverkehr mit dem Einheitspalast übernehmen. Die Erlaubnis für das Shuttle der *Chieftain*, auf dem privaten Feld zu landen, ist gerade hereingekommen, aber die Flugbahnen müssen noch koordiniert werden.«

Die Müdigkeit in seiner Stimme, der Anflug von Resignation, gefiel mir nicht. So hatte ich ihn noch nie zuvor erlebt. Die in seinen Worten enthaltenen Implikationen gefielen mir noch weniger. »Das Shuttle kann Ihren *Schütze* nicht aufnehmen, Colonel«, stellte ich fest.

»Das stimmt.« Er nickte bedächtig. »Aber ich werde ihn nicht brauchen. Takashi hat einen BattleMech für mich, der kampfbereit ist und auf mich wartet.«

»Ist das nicht zu riskant, Sir? Ich meine, eine Maschine zu benutzen, welche die Kuritas zur Verfügung stellen? Daran könnte doch etwas getürkt sein.«

Er seufzte, dann schüttelte er den Kopf und schloß die Augen. »Sie würden niemals daran denken, die Qualität der Ausrüstung in Frage zu stellen, die Ihnen von den Ausbildern der Dragoner zur Verfügung gestellt wird.«

»Das sind auch Dragoner, Sir.«

»Und daher ehrenhaft.«

Ich dachte an Kantov und daran, wie der Colonel für die Unehre des Mannes bezahlt hatte. »So ehrenhaft wie möglich. Ansonsten würden Sie sie nicht bei den Dragonern dulden.«

»Diese Ansicht wird keineswegs von allen vertreten.«

»Es sind auch nicht alle so ehrenhaft wie Sie, Sir.«

Er drehte den Stuhl zurück und musterte mich mit seinen harten grauen Augen. »Wollen Sie damit andeuten, daß Takashi irgendeine unehrenhafte Absicht damit verfolgen könnte?«

»Das würde ich durchaus für möglich halten.«

»Sind Sie ihm je begegnet?«

»Sie wissen, daß das nicht der Fall ist, Sir.«

»Ich schon.« Der Colonel schwenkte eine Computerdiskette, auf der ich das Wappen von Haus Kurita erkannte. »Er hat den Attentäter nicht geschickt.«

»Wie können Sie da so sicher sein?«

»Auf dieser Diskette befindet sich eine persönliche Botschaft von ihm. Er sagt, er hat mit dieser Affäre nichts zu tun.«

»Und Sie glauben ihm?«

»Ja.«

»Er könnte lügen, Sir.«

»Würden Sie deswegen lügen, Brian?«

»Ich hätte keinen Attentäter geschickt.«

»Er auch nicht. Nicht in diesem Fall.« Er legte die Diskette zurück auf den Schreibtisch. »Takashi würde sich nicht außerhalb seines Ehrenkodexes begeben. Er will dieses Duell. Ich glaube, er hat das Gefühl, daß er es *braucht.*«

»Und Sie, Colonel?«

Er drehte den Stuhl, bis er mir den Rücken zudrehte, bevor er sagte:

»Ich bin hier, oder nicht?«

Mehr schien er nicht sagen zu wollen, aber ich war nicht bereit zu gehen. »Wann verlassen wir die *Chieftain*, Colonel?«

»*Wir* verlassen sie überhaupt nicht«, erwiderte er heftig. »*Ich* verlasse sie. Ich werde der einzige Passagier des Shuttles nach unten sein.«

Mich innerlich wappnend, sagte ich: »Nein, Sir.«

Der Stuhl wirbelte herum. »Wie war das?«

Ich wollte mich nicht einschüchtern lassen. Ich wußte, daß Gründer William Cameron an der Seite des Wolfs gestorben war, nachdem er darauf bestanden hatte, ihn in eine Gefahr zu begleiten, mit der fertig zu werden William nicht gerüstet gewesen war. Möglicherweise empfahl ich mich demselben Schicksal. Damals in der Geschko hatte ich für die Geschichten über Gründer Williams unerschütterliche Courage und Hingabe geschwärmt. Wie oft hatte ich davon geträumt, daß ich wie er werden würde, doch jetzt steckte viel mehr dahinter als ein abstraktes Ideal. Das verringerte jedoch meine Angst nicht im geringsten. Ich hatte das Gefühl, wenn ich Wolf in die Augen sah, würde er meine Furcht entdecken und ich würde verloren sein. Also starrte ich die Wand hinter seinem Kopf an. »Hans und ich werden Sie begleiten, Colonel.«

Überrascht von meinem Widerspruch, lehnte sich der Wolf zurück. Seine Augen verengten sich. Ich registrierte die Regung und wußte, ich konnte es mir nicht leisten, seinem Blick zu begegnen. »Ich kann Ihnen befehlen, an Bord der *Chieftain* zu bleiben.«

»Ich hoffe, das werden Sie nicht tun, Colonel.«

Wir saßen lange Zeit schweigend da. Es kam mir wie Stunden vor, aber ich weiß, daß es bei weitem nicht so lange dauerte. Schließlich sagte er: »Stan hat Sie dazu angestiftet, nicht wahr?«

Ich war nicht überrascht, daß er richtig geraten hatte. »Ja, Sir.«

»Ich könnte einen Befehl daraus machen.«

Ich war sicher, er wußte, in welches Dilemma er mich damit stürzen würde, aber ich sagte es ihm trotzdem. »Wenn Sie nicht zurückkommen, werde ich Colonel Blake erklären müssen, warum ich *seine* Befehle nicht befolgt habe, Sir.«

Der Wolf strich sich den Bart. »Rechnen Sie damit, daß ich diesen Kampf verliere?«

Ich öffnete den Mund, schwieg jedoch einen Augenblick. Wie konnte er glauben, daß ich an seinen Fähigkeiten im Kampf zweifelte? Takashi Kurita mochte einer der besten Krieger der Inneren Sphäre sein, aber er hatte seine Ausbildung nicht wie Jaime Wolf bei den Clans genossen. Der Wolf war über jeden Vergleich erhaben. »Ich bin absolut zuversichtlich, daß Sie Takashi Kurita im Kampf schlagen können, Colonel.«

»Sehr vorsichtig formuliert, Brian. Wir haben Sie gut ausgebildet, vielleicht zu gut.« Er schwieg einen Augenblick, dann beugte er sich ein wenig vor. »Die Dragoner brauchen Sie. Wer auch Anführer der Dragoner sein mag, er braucht Sie. Sie sind zu wertvoll, um Ihr Leben aufs Spiel zu setzen.«

»Ich war mit Ihnen in der Schlacht, und da standen mein und Ihr Leben gleichzeitig auf dem Spiel. Damals haben Sie mich auch nicht zurückgehalten.«

Sich zurücklehnend, sagte er ruhig: »Die Zeiten ändern sich.«

»Vielleicht, aber mein Leben steht schon allein dadurch auf dem Spiel, daß ich mit ins Luthien-System gekommen bin. Das gilt auch für die *Chieftain*, die für den Anführer der Dragoner noch wichtiger ist, als irgendein Komm-Offizier.«

»Im Orbit sind Sie sicher genug«, sagte er, als ich Luft holte.

»Bei allem Respekt, Sir, ich werde nicht im Orbit sein. Sie sind der Anführer der Dragoner, und wenn ich wichtig für den Anführer bin, dann bin ich wichtig für Sie. Wo Sie sich auch befinden.«

Seine Augen funkelten hart, und sein Tonfall war zornig, aber irgend etwas in seiner Miene deutete auch noch auf ein anderes Gefühl hin. »Würden Sie einen direkten Befehl verweigern?«

Ich wollte diese Frage nicht direkt beantworten. In der Hoffnung, daß ich die Kraft dafür besaß, begegnete ich seinem Blick und sagte: »Es ist nicht nur eine Frage der Pflichterfüllung, Colonel. Hier geht es auch um die Ehre.«

Jetzt war die Reihe zu schweigen am Wolf. Seine Augen bohrten sich in meine, bis vom ganzen Universum nicht mehr übrig zu sein schien als er und ich. Ich dachte, ich müßte seinem Blick ausweichen, doch ich tat es nicht. Nach einer Zeitspanne, die mir wie eine Ewigkeit vorkam, fand er das, wonach er gesucht hatte. Sich abwendend, seufzte er. Vielleicht hörte ich ihn das Wort ›Ehre‹ flüstern. Ich hörte außerdem die Worte: »Keine

Angst, mein Sohn. Ich werde Sie sicher nicht in die Verlegenheit bringen, einen direkten Befehl zu verweigern. Wenn Sie diese Geschichte überleben, wird Ihnen bei den Dragonern immer noch jede Karriere offenstehen.«

24

»Ist das klug, mein Gatte?«

Jasmines Tonfall war weder flehentlich noch anklagend, doch Takashis Antwort war barsch.

»Ich will es so.«

»Wenn du unbedingt halsstarrig sein und dich heute mit Jaime Wolf duellieren willst, mußt du ausgeruht sein. Ein sportlicher Wettkampf wird dich ermüden.«

»So alt bin ich noch nicht. *Kendo* beruhigt mich.«

»Von deinen Kämpfen mit Subhash-*kun* hast du das nie behauptet.«

»Diese Zeiten sind vorbei.«

Der Koordinator war damit beschäftigt, die Halteriemen seines *Do* zu befestigen. Schweigend ging ihm Jasmine zur Hand. Ihre Finger waren flinker als seine und nicht weniger geschickt. Als der Körperpanzer an Ort und Stelle saß, griff er nach Handschuhen und Maske.

»Ich werde dafür sorgen, daß deine Kühlweste und beste Uniform bereitgelegt werden. Möchtest du noch ein Bad nehmen?«

»Das wäre sehr gut.«

»Mein Gatte ...«

»Sag nichts, Frau.«

Tränen stiegen in ihr hoch, und ihre Augen füllten sich mit Wasser. Als ihr die ersten Tränen die Wangen herunterliefen, streckte Takashi den Arm aus, um sie mit sanfter Hand wegzuwischen. Mit einer jähen, heftigen Bewegung umklammerte sie die Hand mit ihren beiden und preßte sie gegen ihre Lippen. Schluchzend floh sie aus der Kammer, ihre Füße trommelten über die Veranda, die zum Hauptteil des Palastes führte. Takashi hatte die Hand immer noch nach ihr ausgestreckt, sagte jedoch nichts. Schließlich ließ er die Hand sinken und starrte die leere Tür an.

Innerhalb des *Dojo,* in dem Homitsu wartete, hörte dieser alles, was zwischen dem Koordinator und seiner

Frau gesprochen wurde. Wie jeder Bedienstete vom Haus Kurita ließ er sich nicht anmerken, daß er etwas gehört hatte, das ihn nichts anging. Takashi verließ die Matten am Rande des Raumes und betrat das polierte Holz. Homitsu, der nun Bestandteil der Welt des Koordinators war, begrüßte ihn mit einer tiefen Verbeugung. Der Koordinator erwiderte die Verbeugung, tiefer, als es für eine Verbeugung vor einem einfachen Bediensteten angemessen war.

»Es tut mir leid, daß ich dich habe warten lassen, Homitsu-*san*.«

»Ich stehe zu Ihrer Verfügung, Koordinator.«

Takashi kicherte über einen geheimen Witz. »Weißt du, ich habe früher mit dem Direktor der ISA trainiert. Das waren harte Kämpfe, sehr ausgeglichen. Ich habe nicht immer gewonnen.«

»Hat der Koordinator eine Beschwerde?«

»*Iie*«, sagte er abwesend, während er sich die Maske aufsetzte und die Bänder befestigte, die das *Men* an Ort und Stelle hielten. »Keine Beschwerde.«

»Wenn es dem Koordinator recht ist, würde ich für heute *Bokken* vorschlagen.«

Takashis Miene war hinter der Schutzmaske nicht zu erkennen. »*Bokken?* Ja, die Holzschwerter sind heute passender als *Shinai*. Du weißt, was heute stattfindet?«

»*Hai*, Koordinator.«

»Halte dich nicht zurück.«

Homitsu hatte sein eigenes *Men* angelegt. Er war froh, daß sein Gesicht verborgen war. »Das werde ich nicht.«

Sie zogen die Handschuhe an, und Homitsu bot Takashi zwei *Bokken* dar. Sollte sein *Karma* alles weitere bestimmen. Der Koordinator nahm das Holzschwert, das er sich ausgesucht hatte, und nickte zufrieden. Homitsu ergriff das verbliebene Schwert und spürte dessen Gewicht. Er holte tief Atem und stieß ihn langsam wieder aus. *Karma*.

Sie verbeugten sich und begannen. Der Koordinator war aggressiver als sonst und griff ungestüm an. Homitsu parierte nur und wich langsam zurück. Er geriet etwas aus dem Gleichgewicht, und sein *Bokken* verließ für einen Augenblick die beste Verteidigungslinie. Die Waffe des Koordinators drang durch und prallte mit schallendem Krachen auf Homitsus *Do.*

Takashi ging ein paar Schritte rückwärts. »Du hältst dich heute noch mehr als üblich zurück.«

»Das stimmt, Koordinator.«

»Ha! Endlich gibst du es zu.«

»*Hai,* Koordinator.«

»Warum?«

»Dies wird das letzte Mal sein, daß wir miteinander kämpfen«, sagte Homitsu ernst.

Takashi versteifte sich. »Ich wußte nicht, daß du so wenig von meinen Fähigkeiten als Krieger hältst.«

»Ich respektiere Sie als Krieger, Koordinator.« Das war keine Lüge. Takashis Fähigkeiten als Krieger hatten mit den anderen Dingen nichts zu tun.

»Und doch glaubst du, daß ich gegen Jaime Wolf verliere.«

»*Iie,* Koordinator. Sie werden nicht gegen Jaime Wolf verlieren.«

Takashi runzelte die Stirn, seine Verwirrung war größer als seine Selbstkontrolle. Dann, als habe er plötzlich die Gefahr gespürt, die Homitsu darstellte, riß Takashi sein *Bokken* hoch und hielt es zwischen sie.

Homitsu hob ebenfalls die Waffe und drang auf Takashi ein. Nun, da sie ernsthaft miteinander kämpften, mußte alles sehr schnell gehen. Niemand durfte sich einmischen.

Der Koordinator überließ ihm nicht die Initiative. Takashi schlug rasch und mit mörderischer Kraft in seinen Hieben zu. Homitsu parierte. Und parierte erneut, als ihn die Wildheit von Takashis Angriff zum Zurückweichen zwang. Takashis Schläge richteten sich jetzt nicht mehr gegen die beim *Kendo* vorgeschriebenen Trefferzonen, sondern zielten auf ungeschützte Stellen. Mit mörderischer Absicht geschwungen, konnte ein *Bokken* ebenso tödlich sein wie ein Schwert, indem es Knochen brach und Muskeln zerschmetterte, anstatt sie zu durchtrennen.

Homitsu durfte sich einfach nicht besiegen lassen. Wenn er heute versagte, war sein Leben ein Nichts, seine Ehre verloren. Das Feuer seines Verlangens brannte ihn rein, und die Flammen erfüllten seine Glieder.

Takashi fintierte gegen das *Men* und drehte das *Bokken* im letzten Augenblick, um den Hieb seitlich von unten zu führen. Homitsu nahm ihn mit der Rüstung, wobei er die Wucht des Schlages durch eine Ausweichbewegung abmilderte. Der Treffer ließ seinen Kopf klingeln, aber das *Bokken* war abgelenkt und Takashis Schlagrhythmus durchbrochen. Homitsus *Bokken* zuckte vor, stieß in das Gesicht des Koordinators. Takashi tänzelte zurück, wie Homitsu vorausgesehen hatte. Vorwärts drängend, ließ Homitsu Schlag um Schlag auf Takashi niederprasseln und zwang ihn so immer weiter rückwärts. Immer traf die flache Seite von Homitsus Waffe auf das parierende *Bokken* des Koordinators. In Takashis Abwehr taten sich Löcher auf. Sein Atem kam stoßweise, ein Zeichen nachlassender Konzentration. Homitsu schlug das *Bokken* des Koordinators zur Seite und ließ seine Waffe zu einem Hieb heruntersausen, der dem Koordinator den Schädel spalten mußte. Hilflos stand Takashi da, doch Homitsu bremste den Schlag ab, so daß die Waffe das *Men* des Koordinators nur ganz leicht berührte.

Er trat einen Schritt zurück und gestattete dem verwirrten Koordinator, das *Bokken* zu einer Abwehrstellung zu heben. Denken und Handeln waren jetzt eins bei Homitsu, und er schlug gegen Takashis *Bokken*. Diesmal traf die Schmalseite auf die Waffe des Koordinators. Holz wurde gespalten. Die innerhalb des Holzes verborgene blitzende Klinge kam zum Vorschein und schnitt direkt oberhalb des Griffs durch Takashis *Bokken.* Homitsu vervollständigte die Kreisbewegung und kam erst zum Stehen, als die Spitze der Klinge vor Takashis Kehle schwebte.

Der Koordinator ließ das nutzlose Heft seines *Bokken* zu Boden fallen. Das Geräusch war sehr laut in der plötzlichen Stille. Homitsu wartete, während Takashi seinen keuchenden Atem unter Kontrolle brachte.

»Du hättest mich töten können.«

Homitsu sagte nichts.

»Daß du es nicht getan hast, verrät mir, daß du noch mehr im Sinn hast. Willst du mich foltern?« Takashi öffnete den Knoten an den Hältebändern seines *Men* und ließ die Maske zu Boden fallen. »Ein Ruf von mir bringt die Otomo her. Jedes Leiden, daß du mir verursachen kannst, wird von unbedeutender Dauer sein, und ich versichere dir, daß dich meine Reaktion enttäuschen wird. Selbst wenn du es schaffst, mich zu töten, wirst du kurz danach sterben.«

Die Sticheleien des Koordinators waren bedeutungslos. Das Schwert ruhig in einer Hand haltend, nahm Homitsu sein eigenes *Men* ab. Der Koordinator versuchte weder zu fliehen noch die Otomo zu rufen. Homitsu waren die Gründe dafür egal. Er war dankbar, daß der Koordinator die Ruhe bewahrte. Vielleicht spürte Takashi die Bedeutung des Augenblicks.

Über das Klappern von Homitsus zu Boden fallender Maske hinweg fragte Takashi:

»Was willst du?«

»Ihren Tod.«

»Warum?« fragte Takashi ohne Zögern. »Wir haben keinen Streit.«

»Mit Fukushu Homitsu haben Sie keinen Streit, Takashi Kurita, aber ich bin nicht mehr Homitsu. Er ist eine Fiktion, ein Werkzeug.« Der Mann, der seinen Namen verleugnet hatte, griff in sein Gesicht und nahm die Augenklappe ab. Ein toter weißer Augapfel kam darunter zum Vorschein. »Ich bin Michi Noketsuna.«

Die Enthüllung verursachte keine Regung in der harten Miene des Koordinators; sein ernster Gesichtsausdruck verdüsterte sich weder noch erhellte er sich. Michi fuhr fort: »Sie sagen, wir haben keinen Streit, und in gewisser Weise haben Sie sogar recht. Ich führe den Streit eines anderen Mannes weiter, eines Unschuldigen, den Sie Ihrem persönlichen Haß geopfert haben. Minobu Tetsuhara war mein Herr und Mentor. *Sein* Streit ist es, den ich Ihnen bringe.«

»Tetsuhara«, sagte Takashi langsam. »Er hat seine Antwort gewählt und ist wie ein wahrer Samurai gestorben. Ich halte sein Andenken in hohen Ehren.«

»Sie haben ihn umgebracht. Er wollte die Wahrheit nicht sehen, so wie ich es getan habe.«

»Sie sind im Irrtum. Er war es nicht.«

»Im alten Japan wurde einst ein Samurai dazu gezwungen, *Seppuku* zu begehen, weil er sich in die Machenschaften und Intrigen eines Hofadeligen verstrickte. Sein Name war Asano, und er traf die einzige Entscheidung, die er treffen konnte. Wie seine treuen Gefolgsmänner. Und wie ich. Ich bin meinem Herrn Minobu Tetsuhara so treu geblieben wie Oishi Yoshio seinem Herrn Asano. Oishi gab sein Leben als Samurai auf und tat so, als sei ihm das Schicksal seines Herrn egal. Doch die ganze Zeit bereitete er die Rache im Namen seines Herrn vor. Also warteten er und seine Freunde jahrelang, bis sie Lord Kira gegenübertreten konnten, dem Mann, der den Tod über ihren Herrn gebracht hatte. Ich habe meine Abstammung ebenfalls verleugnet und meine Absichten verborgen. Obwohl ich nur einer bin und nicht siebenundvierzig wie die treuen Gefolgsmänner Lord Asanos, werde ich doch dafür sorgen, daß der Gerechtigkeit genüge getan wird. Sie sind jetzt in meiner Hand. Und wie die Siebenundvierzig Lord Kira den Weg der Ehre offenließen, biete ich Ihnen jetzt die Möglichkeit, *Seppuku* zu begehen. Als Buße für Ihr Versagen als Herr eines Samurais.«

Takashis Augen waren wie Gletschereis. »Und wenn ich es nicht tue?«

»Werde ich Sie töten«, sagte Michi, dessen Tonfall so kalt war, wie Takashis Augen blickten.

»Sie sagen, daß Sie Gerechtigkeit bringen, doch ich sage Ihnen, daß in dem, was Sie versuchen, keine Gerechtigkeit liegt. Es war niemals mein Wille, daß Minobu Tetsuhara starb.«

»Kriegsherr Samsonow war Ihr Mann.«

»Samsonow war ein Narr«, fauchte Takashi. »Letzten Endes war er nur sein eigener Mann, und er hat dafür bezahlt. Aber das wissen Sie, nicht wahr? Sie waren es doch, der ihn getötet hat, nicht einer von Wolfs Dragonern.«

»Ich habe ihn getötet«, bestätigte Michi. »Er war nicht Manns genug, um sein Leben ehrenhaft zu beenden. Von Takashi Kurita erwarte ich etwas Besseres.«

»In jenen Jahren war ich blind für viele Dinge«, sagte Takashi. »Ebenso, wie es viele Dinge gab, die Sie nicht sehen, und viele, die Sie sahen, aber nicht verstehen konnten. Ihre Vendetta ist unangebracht.«

Der Koordinator redete vom politischen Manövrieren, das im Umfeld von Wolfs Dragonern in der Zeit ihres Kontrakts mit dem Draconis-Kombinat stattgefunden hatte. Er sprach von Kriegsherr Samsonow und dessen Haß auf die Dragoner im allgemeinen und Jaime Wolf im besonderen. Er habe Samsonow nicht befohlen, das zu tun, was den Dragonern angetan worden war. Insbesondere habe er nicht den Angriff auf die Familien der Dragoner angeordnet.

Wenn man Takashi Glauben schenkte, war dessen Sorge um das Kombinat von Samsonow falsch interpretiert worden. Michi spürte die Saat des Zweifels in sich aufgehen. Wenn Takashi Samsonows Handlungen nicht befohlen hatte, gab es keinen Grund zur Vendetta gegen den Koordinator. Dann war es falsch, Takashis Tod zu fordern.

Takashi zählte die Gefahren auf, denen das Kombinat in jenen Tagen ausgesetzt gewesen war. Sein alles andere in den Schatten stellendes Interesse am Überleben des Reiches betonend, versicherte Takashi, daß keine Person die eigenen Belange über diejenigen des Kombinats stellen konnte. Michi mußte zustimmen. Er hatte seine eigenen Bedürfnisse mehr als einmal zugunsten des Wohlergehens des Kombinats zurückgestellt. Takashi glaubte, die überragende Bedeutung des Zwecks, das Überleben des Kombinats zu gewährleisten, heilige alle notwendigen Mittel. Er sagte, die Kriegsherren manipuliert, sie gegeneinander ausgespielt und ständig ihre Loyalität geprüft zu haben, sei ein Mittel zu diesem Zweck gewesen. Bedauerlicherweise erwiesen sich manchmal gewisse Mittel als untauglich oder würden falsch eingesetzt. Der Koordinator ließ durchblicken, daß Samsonow ihn falsch verstanden und sich Privilegien angemaßt hatte, die allein dem Koordinator vorbehalten waren

Wenngleich Takashi seinen Clan und das Kombinat gleichsetzte, besaßen die Argumente des Koordinators eine verführerische Überzeugungskraft für Michi. Doch was, wenn alle Argumente lediglich eine weitere Manipulation waren? Was, wenn sie ganz einfach Lügen waren?

Geräusche drangen an sein Ohr. Das Schlurfen beschuhter Füße auf *Tatami*-Matten. Ein leises elektrisches Summen. Das Rascheln von Kleidung auf nackter Haut. Seine Zweifel verdrängend, nahm Michi Kriegerhaltung an. Er spürte die Maserung des Hartholzes unter seinen Fingern und sah das Flackern des Lichtes, das von näher kommenden Menschen kündete.

Takashi und er waren nicht mehr allein.

25

Die Dragonerschiffe wieder in Betrieb zu nehmen und zu einem Konvoy zu organisieren, war ein Unternehmen, das ganz anders war als alle, die Elson je befehligt hatte. Er stellte überrascht fest, daß er sich für die Einzelheiten und Verwicklungen interessierte, welche die Koordination der gemeinsamen Anstrengungen mit sich brachte. Seine Gegner im Offiziersrat schienen noch überraschter zu sein, während seine eigene Fraktion seine Fähigkeiten wie selbstverständlich hinnahm.

Der Rückflug nach Outreach dauerte ebenso lange wie der Hinflug, doch anstatt Elementare zu drillen, verbrachte Elson seine Zeit damit, sich mit einer breit gefächerten Vielfalt von Dingen zu beschäftigen. Es war eine andere Art, sich auf die Zukunft vorzubereiten. Jedesmal, wenn sie nach einem Hypersprung darauf warteten, daß sich der Antrieb neu auflud, besuchte er ein paar von den anderen Landungsschiffen, um sich bei den Mannschaften bekannt zu machen. Wenngleich er die meiste Zeit mit den Kriegern verbrachte, vernachlässigte er auch die Techs und Wissenschaftler nicht. Jeder gute Krieger begriff die Bedeutung derjenigen, welche Waffen entwickelten und warteten. Indem er ihnen zeigte, daß er ihre Rolle begriff, gewann er ihre Loyalität mit überraschender Leichtigkeit.

Wenn der Konvoy die Heimatwelt der Dragoner erreichte, würde Elson einen mächtigen Kader von Leuten um sich geschart haben, die an ihn und seine Vision glaubten. Er wußte, daß er Atwyl und dessen Kumpane nie überzeugen konnte. Die Alten waren dem irrigen Pfad Jaime Wolfs am meisten verhaftet. Wolf flößte ihnen so viel Respekt ein, daß ansonsten klar denkende Krieger Jahrhunderte der Tradition ignorierten. Das war etwas, das Elson nicht aus den Augen verlieren durfte, und es bereitete ihm ständig Sorgen.

Doch er sah einen Hoffnungsschimmer. Selbst bei der

Beerdigung hatten einige über MacKenzie Wolfs Schwächen und Fehler geredet. Die Gespräche waren nicht öffentlich oder Teil der aufgezeichneten Grabreden gewesen, doch sie hatten stattgefunden. Und mit zunehmender Dauer der Reise wurden sie immer zahlreicher. Auch ein paar Alte hatten schon begonnen, von MacKenzies Korruption durch leichtlebige Sphäroiden zu reden. Jaime Wolf hatte seinen Genius nicht auf seinen Sohn vererben können, und jetzt, wo MacKenzie tot war, gab es keinen Grund mehr, so zu tun als ob.

»In den Fehlern der Nachkommen spiegeln sich die Fehler der Eltern«, besagte eine alte Redensart der Clans. Geburtsrechte gingen an jene über, die Leistung erbrachten, die sich bewiesen. Die Entehrten verloren alle Rechte und Privilegien. Das Blut verriet die Wahrheit.

Es ließ sich unschwer erkennen, daß Jaime Wolfs Blutlinie trotz seiner unbestrittenen Erfolge mit Mängeln behaftet war. Clanner wußten, daß ein mit Mängeln behafteter Kommandant einem Todesurteil gleichkam, und darauf war niemand besonders versessen. Die Clanner wußten auch, daß alte Menschen die Zeit aus den Augen verlieren, in der sie leben, und die Vergangenheit und deren Sicherheit vorziehen. Solch ein Kommandant mußte früher oder später seinen Kriegern gegenüber versagen und ihnen einen unverdienten Tod oder ein schmachvolles Versagen bescheren.

Furcht ist der ständige Begleiter eines Kriegers, aber der wahre Krieger bezwingt seine Furcht. Dadurch erobert und erfüllt er sein Schicksal. Für einen wahren Krieger ist der Tod keine Bedrohung. Er weiß, daß er ihm nicht entkommen kann. Er handelt von Berufs wegen mit ihm, also muß er seine Gewohnheiten und, was noch wichtiger ist, seinen Sinn kennen. Die wahre Furcht eines wahren Kriegers ist ein sinnloser Tod.

Doch diese Dragoner, ob Clanner oder Sphäroiden, begriffen diese Wahrheit nicht. Sie glaubten mittlerweile, daß Leben der Preis für den Sieg war, daß sie ihre Kriegernatur durch hervorragende Leistungen ablegen und etwas anderes werden konnten. Wie konnten sie das Wissen des Kriegers über die Unsicherheit des Lebens ignorieren? Sie hatten sich die Denkweise eines alten Mannes zueigen gemacht. Jaime Wolf fürchtete um seine Dragoner und sorgte sich um ihre Fähigkeit zu überleben. Seine Handlungen hatten jahrelang darauf abgezielt, diese Befürchtungen zu mindern, und diese Mission, die versteckten Schiffe zurückzuholen, war nur der jüngste Schritt in Wolfs Plan.

Doch Wolfs Sicht war getrübt, von der Ablehnung seiner Abstammung getrübt. Er hatte vergessen, daß Tod das Schicksal eines Kriegers ist, und davon geträumt, daß diese Schiffe und ihre Technologie die Dragoner retten konnten. Ein närrischer Traum. Waffen sind wertlos ohne Krieger, die sie benutzen, und Krieger können ihrem Geschäft nicht nachgehen, ohne zu sterben.

Wolf konnte die Wahrheit nicht sehen, die um ihn Gestalt annahm, doch Elson konnte. Er hörte den Männern und Frauen in den Dragoneruniformen zu. Gelegentlich hörte er, wie Sphäroiden Argumente der Clanner benutzten, wenn sie von ihren Ängsten sprachen. Indem er Zeit mit ihnen verbrachte, erfuhr er, daß sie Krieger sein und den Pfad der Ehre beschreiten wollten. Wolf war ein Narr, den Dragonern das zu verwehren.

Jaime Wolfs altväterliche Art würde sowohl ihn als auch die Dragoner teuer zu stehen kommen, wenn nichts geschah.

Als die Clans zur Inneren Sphäre zurückgekehrt waren, hatte sich das Leben für immer verändert. Eine neue Ordnung stand kurz bevor. Elson war ein Teil dieses neuen Zeitalters, und die Menschen in seiner Umgebung sahen das. Bald würden es alle Dragoner wissen.

26

Durch das Paneel einer Geheimtür rollte Subhash Indrahars Rollstuhl in die Kammer, wobei die *Tatami*-Matten unter dem Druck der Reifen knisterten. Der verhaßte Ninyu war bei ihm und hielt sich hinter seinem Adoptivvater.

Ninyu gab dem Zug schwarz gekleideter ISA-Soldaten, der ihm folgte, Anweisungen, um dessen Aufstellung mit einem zweiten Zug zu koordinieren, der durch den Garteneingang hereinkam. Jeder Soldat war mit einer Shimatsu 42 bewaffnet, einer kurzläufigen Maschinenpistole, deren Läufe durch einen Schalldämpfer verlängert wurden.

Während Michi die Neuankömmlinge begutachtete, trat der Koordinator einen Schritt zurück, um sich aus der unmittelbaren Gefahr zu lösen, die Michis Schwert für ihn darstellte.

»Du kommst gerade rechtzeitig, alter Freund«, sagte er zu Subhash.

»So scheint es«, erwiderte Subhash, sein berühmtberüchtigtes Lächeln auf den Lippen.

Michi spürte eine gewisse Verwirrung im Koordinator, die sich sogleich auf ihn übertrug. Michi war bewaffnet und der Koordinator nicht, doch Indrahar konzentrierte sich ganz auf Takashi.

In einer Geste der Hilflosigkeit breitete der ISA-Direktor die Arme aus. »Wir befinden uns in einer höchst bedauernswerten Situation, Takashi-*sama*. Dadurch, daß ich Sie vor diesem Mann rette, wird sich Ihr Schicksal nur eine kleine Weile verzögern. Jaime Wolf ist bereits auf dem Weg hierher und bereit, Ihnen im Duell gegenüberzutreten.«

»Wie es meine Absicht war«, sagte Takashi in bedächtigem Tonfall.

Das Lächeln verschwand von Subhashs Lippen. »Ich habe Sie gewarnt, daß dieser Kurs nichts Gutes für das

Kombinat bedeutet. Sie zogen es vor, meine Warnungen zu mißachten.«

»So sehr ich deinen Rat schätze, alter Freund, die Ehre läßt mir keine andere Wahl.«

Indrahars Gesicht verzog sich kurz zu einem finsteren Stirnrunzeln. »Das Überleben des Kombinats ist Ihre Ehre, so wie meine. Das Duell mit Wolf läuft diesem Überleben zuwider. Es darf nicht stattfinden.«

»Mein Leben hat wenig Bedeutung für das Überleben des Kombinats. Wenn ich falle, wird nach mir Theodore kommen. Er wird gut regieren.«

»Gut genug, wenn seine Zeit gekommen ist«, stimmte Indrahar mit einem erneuten Lächeln zu. »Ich hatte gehofft, es würde noch einige Zeit dauern, aber selbst Theodore kann einem Kombinat nicht mehr helfen, das rettungslos verloren ist.« Das Lächeln verschwand, als er hinzufügte: »Sie mußten die Dinge nicht bis zu diesem Punkt forcieren.«

»Ich bin dem Diktat meiner Ehre und meines Gewissens gefolgt.«

»Als Samurai?«

»Ganz einfach, ja.«

»Sie sind Koordinator und kein einfacher Samurai. Sie haben an andere Dinge zu denken als an unwichtige Ehrenduelle. Das ist keine so einfache Angelegenheit.«

»Nein. Das ist sie auch nicht.«

Ein wachsamer Ausdruck trat in Indrahars Augen. Er faltete die Hände im Schoß und sagte: »Bedauerlicherweise ist die Situation durch Ihre Entscheidung verschärft worden.«

»Ich werde mir deine Argumente anhören«, sagte Takashi.

»Ich bin nicht hier, um Argumente vorzutragen«, konterte Indrahar. »Die Zeiten sind vorbei. *Jeder* Ausgang dieses Duells ist gefährlich. Wenn Wolf gewinnt, nimmt das Prestige des Kombinats irreparablen Schaden. Man wird Theodore sehr wahrscheinlich raten, Rache zu nehmen, und es besteht die Möglichkeit, daß er sich tatsächlich für diesen fruchtlosen und kostspieligen Kurs entscheidet. Verzeihen Sie meine Offenheit, Takashi-*sama,* aber wenn Sie gewinnen, wird niemand, insbesondere die Dragoner nicht, daran glauben, daß der Kampf fair war. Die Anzahl der Clan-Sympathisanten in ihren Reihen wächst. Jeder Grund zur Verstimmung, den ihnen die Innere Sphäre liefert, könnte jener Fraktion in die Hände arbeiten und einen Wandel der Loyalitäten erzwingen, welcher der Inneren Sphäre die Unterstützung der Dragoner kosten könnte. Und das würde wahrscheinlich zum Fall der Inneren Sphäre und damit auch zum Fall des Kombinats führen. Selbst wenn Wolfs Fraktion die Oberhand behalten sollte, kann man von den Dragonern nicht erwarten, mit dem Haus, das für den Tod ihres Anführers verantwortlich ist, freundschaftlich umzugehen. Sie weigern sich zwar, uns ihre Dienste zur Verfügung zu stellen, aber bis jetzt haben sie weder unsere militärischen Führer von den gegen die Clans gerichteten Strategiesitzungen noch unsere Wissenschaftler von den Technologiekonferenzen ausgeschlossen. Das würde sich ändern, wenn Sie Wolf schlagen sollten. Und ohne diese Vorteile kann das Kombinat sich nicht gegen die Clans behaupten. Und wenn Sie verlören? Würde Ihr Volk der Regierung gestatten, sich mit den Dragonern einzulassen? Ihre früheren Erklärungen hat die allgemeine Haltung nur zu nachhaltig beeinflußt. Ich bezweifle, daß man einem siegreichen Wolf gestatten würde, Luthien lebendig zu verlassen. Ob Sie gewinnen oder nicht, am Ende kommt es auf dasselbe heraus: Das Kombinat verliert.«

»Deine Einschätzung der Situation ist übermäßig pessimistisch. Das Kombinat ist stark. Theodore ist stark. Wir haben die Clans schon einmal von Luthien vertrieben.«

»Nur mit Hilfe von Wolfs Dragonern und anderen

Söldnern«, stellte Indrahar fest. »Haben Sie nicht einmal den Tod aller Söldner angeordnet?«

Der Koordinator funkelte ihn an.

»Ihr Weitblick hat Sie damals ebenso im Stich gelassen wie heute, Takashi-*sama.* Das Kombinat kann sich einen derart fehlbaren Führer nicht mehr leisten.«

Takashis Haltung versteifte sich zur Unnachgiebigkeit. »Deine Empfehlungen sind mir egal.«

»Mir ebenfalls. Ihre Besessenheit hat uns in diese Sackgasse geführt. So bedauerlich es auch sein mag, ich kann nur eine Lösung erkennen. Wenn das Kombinat leben soll, muß der Koordinator sterben.«

Takashi spannte sich, sagte jedoch nichts. Seine Augen überflogen den Raum und die grimmigen Gesichter der ISA-Agenten. Sie waren Indrahar offensichtlich alle mit Herz und Seele treu ergeben. Indrahar fuhr fort.

»Ich hatte gehofft, Sie könnten zur ehrenhaften Lösung überredet werden, doch Sie haben Noketsunas Argumenten widerstanden. Tatsächlich scheinen Sie sogar seine Entschlossenheit ins Wanken gebracht zu haben. Ich bitte Sie, sich noch einmal zu überlegen, ob Sie nicht doch den Pfad der Ehre beschreiten wollen.«

»Ich bin der Koordinator. *Mein* Wille ist der Wille des Kombinats. Es gibt nichts, wofür ich büßen müßte.«

Subhash schüttelte traurig den Kopf. »Ich hatte gehofft, Sie würden erkennen, daß das Kombinat wichtiger ist als jeder einzelne Mensch. Ihre Dynastie herrscht. Das wird so bleiben, auch wenn die Herrschaft für Sie persönlich endet.«

Der Stuhl vollführte eine Vierteldrehung. Ohne ihn anzusehen, befahl Subhash Michi: »Vollenden Sie Ihre Vendetta, Noketsuna. Wir werden nicht eingreifen.«

Michi starrte den ISA-Direktor an. Dies war nicht so, wie es sein sollte. Die Rache, der Tod des Takashi Kurita, sollte keine irgendwie geartete politische Lösung sein. Sie war Sache der Ehre, eine Sache von Samurai zu Samurai. Was Michi im Lauf der Jahre seiner Vendetta auch geworden sein mochte, er war jedenfalls niemandes politischer Henkersknecht. Während der langen Vorbereitung auf diesen Tag hatte er sich immer als Werkzeug betrachtet, als Werkzeug der Ehre. Er wollte nicht das Werkzeug eines ehrlosen Untergebenen, kein Bauer in irgend jemandes Schachspiel der Macht sein. Minobu Tetsuhara war als Bauer eines machthungrigen Mannes in den Tod getrieben worden.

Doch es waren zu viele Männer, zu viele Maschinenpistolen, als daß ein Mann mit ihnen fertig werden konnte. Wenn er tat, was Indrahar von ihm verlangte, mochte dieser ihm das Leben schenken. Doch er bezweifelte es. Wenn er sich weigerte, würden ihn die ISA-Männer einfach niederschießen. Was er auch tat, er würde diesen *Dojo* nicht lebend verlassen.

Er wandte sich an den Koordinator.

»Recht oder Unrecht meiner Vendetta scheint nicht mehr zur Debatte zu stehen, Koordinator. Ich spreche zu Ihnen als ein Samurai zum anderen. Meine Worte werden nicht lange leben, denn niemand außer Ihnen und diesen ehrlosen Kötern wird sie je hören.«

»Machen Sie schon, Noketsuna«, sagte Ninyu gereizt.

Michi ignorierte ihn. Er sah Takashi tief in die Augen, suchte nach Begreifen. Er fand den Drachen.

»Auf dem Pfad der Ehre bin ich an einer Gabelung angelangt. Welchen Weg ich auch nehme, ich muß einen Teil meiner Ehre aufgeben, um ihrem Wesen treu zu bleiben. Dies ist das Los eines Samurai. Mein Herr Minobu hat das begriffen. Ich erkenne es jetzt so, wie er es erkannt hat.« Michi hob das Schwert zur *Jodan-no-kamae*-Haltung. »Ich bin ein Samurai und dem Drachen treu ergeben. Ich diene ebenfalls dem Kombinat.«

Der Koordinator starrte ihm unverwandt in die Augen. Michi straffte sich, tastete nach dem Zentrum seines *Hara* und zog Kraft daraus. Innerlich gelassen, war er auf seinen Tod vorbereitet, der heute unvermeidlich schien.

Er wirbelte herum und stürmte auf Subhash Indrahar los.

Diese Wendung der Dinge schien jedermann zu überraschen. Die ISA-Agenten reagierten nicht. Michi hatte die halbe Distanz überwunden, bevor Ninyu seine Pistole zog, und ein weiteres Viertel, bevor er schoß. Die großkalibrige Kugel wirbelte Michi herum, doch er schaffte noch einen weiteren Schritt auf den Rollstuhl zu. Sein rechter Arm hing schlaff herab, Blut quoll aus seiner Schulter und rann den Ärmel herunter. Die Welt war von wirbelndem Feuerwerk eingerahmt, doch er hielt das Schwert immer noch in der linken Hand. Er machte einen weiteren Schritt vorwärts.

Ninyu schoß noch einmal.

Diesmal flammte der Schmerz in seinen Eingeweiden auf, störte sein *Hara* und fegte seine Entschlossenheit hinweg. Er war weiter gekommen, als er erwartet hatte. Nicht länger in der Lage, das Schwert in seiner Hand zu spüren, fragte er sich, ob es noch immer da war. Er taumelte rückwärts und schlug mit dem Kopf auf das harte Holz des Bodens. Alle Kraft hatte seinen Körper verlassen, und er spürte, wie das Leben aus ihm wich. Seine Sicht trübte sich.

Einer der ISA-Agenten trat vor. Er schulterte seine Shimatsu und hob Michis Schwert vom Boden auf, griff jedoch nicht an. In der entstehenden Pause kniete Takashi neben dem gefallenen Michi nieder und berührte die Stirn des Kriegers. »Er war ein wahrer Samurai und hat die Bedeutung des *Giri* verstanden. Seine Treue zum Kombinat ist größer als deine, Subhash.«

»Er war loyal, und Loyalität ist eine große Stärke, aber sein Verständnis des *Giri* war kurzsichtig, wie du ihm selbst klar gemacht hast, alter Freund. Man konnte von ihm auch nicht erwarten, den Weitblick zu entwikkeln, den zu erreichen ich mich bemühe. Was dich betrittt, hegte ich größere Hoffnungen.«

Takashi richtete sich auf. Seine Miene drückte Härte

aus. »Es tut mir aufrichtig leid, daß ich dich enttäuscht habe.«

»Mir tut es auch leid.«

»Wirst du es so darstellen, daß er mich tötete?«

»Das wäre sehr bequem, doch dem Kombinat nicht besonders dienlich. Publik zu machen, daß der Koordinator den Tod aus den Händen eines Bürgers des Kombinats gefunden hat, würde das Kombinat nur schwächen. Theodore wird diese Geschichte jedoch glauben, und er wird der Darstellung beipflichten, daß du im Schlaf gestorben bist. Du hattest ein langes und erfülltes Leben, Takashi-*sama*. Ich wünsche dir alles Gute für dein nächstes.«

Der Stuhl vollführte eine weitere Vierteldrehung und rollte in Richtung der Geheimkammer, aus der er gekommen war.

»Agent Wilson«, wandte sich Ninyu an den ISA-Agenten mit dem Schwert. »Führen Sie den Schlag sauber aus. Noketsuna war schließlich ein Meister der Schwertkunst.«

Wilson verbeugte sich, drehte sich zu Takashi um und hob das Schwert.

27

Takashi wartete nicht, bis der Mann zuschlug. Er landete einen niedrig angesetzten Sprungtritt, mit dem er dem anderen Mann die Kniescheibe zerschmetterte, aber die Anstrengung kam ihn teuer zu stehen. Der Schmerz in seinem verkrüppelten Knie ließ ihn unfreiwillig aufstöhnen. Da er ein Samurai war, verdrängte er das Brennen in seinem Bein und entriß dem zusammenbrechenden Wilson das Schwert. Die scharfe Klinge trennte dem ISA-Agenten den Kopf von den Schultern.

»Nicht schießen!« rief Ninyu. »Er muß durch Stahl sterben. Erster Zug.«

Die Agenten, die mit Ninyu gekommen waren, hängten sich ihre automatischen Waffen um und zogen die Schwerter aus den auf den Rücken geschnallten Scheiden. Stahl rieb sich an lackiertem Holz, das einzige Geräusch im Raum. Der Koordinator hob das Schwert hoch über den Kopf und senkte es langsam zur *Chudan-no-kamae*-Haltung.

»Eine Klinge ist zu gut für solche Hunde wie euch, aber die Köter sind zahlreich, und ich bin ganz allein. Kommt und sterbt.«

Ein stämmiger Agent, der für seine Körperfülle überraschend schnell war, tänzelte auf den Koordinator zu. Ihre Klingen kreuzten sich in klingenden Stößen und Gegenstößen, bis Takashi die Deckung des Agenten durchdrang und dem Mann mit einer raschen Drehung der Klinge beim Zurückziehen den Hals durchschnitt. Der Tote fiel zu Boden, wobei sich seiner durchtrennten Luftröhre ein stöhnendes Seufzen entrang.

Dieses erste Aufeinandertreffen ließ Takashis Schwachstelle offen zu Tage treten: Sein verkrüppeltes Knie behinderte ihn in seiner Bewegungsfreiheit. Ein zweiter Agent trat gegen ihn an, bemühte sich jedoch, beim Fechten Distanz zu halten, um ihn, falls er einen Ausfall machte, auszumanövrieren. Takashi ließ sich jedoch nicht aus der Reserve locken. Statt dessen tappte der ISA-Mann in eine Falle Takashis. Er ließ das Schwert des Agenten durch seine Deckung dringen und nahm einen Hieb auf sein *Do,* da er erkannt hatte, daß dem als Finte gedachten Hieb offensichtlich die Durchschlagskraft fehlte. Durch den unerwarteten Erfolg des nicht parierten Schlages war die Deckung des Agenten weit geöffnet. Takashis Hieb schlitzte ihm den Bauch auf. Ein zweiter Schlag traf ihn quer über den Oberkörper und schleuderte ihn zurück zu seinen Gefährten.

Die anderen wurden vorsichtiger und umkreisten Takashi. Er blieb, wo er war, wobei er dem gefallenen Michi den Rücken zudrehte. Von hinten konnten ihn die Agenten also nicht angreifen, ohne über Michi zu stolpern.

Zwei griffen gemeinsam an, der eine tief, der andere hoch. Takashi drehte sich auf seinem schwachen Bein und duckte sich gleichzeitig. Das Schwert des ersten Agenten traf auf seinen Stahl, das des zweiten pfiff über seinen Kopf hinweg. Klinge an Klinge, warf sich Takashi nach vorne und drängte seinen Kontrahenten durch schiere Kraft zurück. Das Schwert des anderen schnitt durch seinen Kimono und verwundete ihn am rechten Arm. Takashis einhändige Erwiderung traf den Agent ebenfalls am Arm, schnitt jedoch tiefer. Das Schwert des Agenten fiel klappernd zu Boden, und er taumelte zurück, während das Blut aus der Wunde sprudelte.

Der erste griff wieder an, und Takashi bekam das Schwert gerade noch zu einer Parade hoch. Sie wechselten eine rasche Serie von Schlägen. Um die Initiative zu behalten, war Takashi zum Angreifen gezwungen. Mit einem jähen scharfen Klirren zerbrach das Schwert des Agenten. Takashi erledigte ihn mit einem raschen Stoß. Er riß das Schwert aus der Leiche des Mannes und zog sich auf seine ursprüngliche Position zurück.

»Zweiter Zug«, orderte Ninyu.

Fünf weitere Schwerter wurden gezogen, und die

Agenten setzten sich in Bewegung, um den einzigen Überlebenden des ersten Zuges zu verstärken. Ninyu stand abseits und sah zu. Takashi wurde langsam müde, seine Fechtkunst verließ ihn. Auch wenn der zweite Zug nicht so gut wie der erste war, würden die Männer den Koordinator sehr wahrscheinlich töten.

Aus dem Garten drangen Schreie in die Kammer.

Ninyu fluchte, und Takashi lächelte. Die Agenten brachen ihren Vormarsch ab. Diejenigen, die Takashi am nächsten waren, wichen einen Schritt zurück, um sicheren Abstand zwischen sich und den Koordinator zu legen, während sie ihren Anführer fragend ansahen.

»Ich werde dich verfolgen lassen«, sagte Takashi.

Ninyu zuckte mit übertriebener Lässigkeit die Achseln. »Sie haben keinen Beweis, Koordinator. Dies war zweifellos ein Attentatsversuch einer unzufriedenen Gruppe Abtrünniger. Vielleicht war es das Werk von Davion-Infiltranten. Dafür werden sich sogar Beweise finden.« Seine Augen zuckten immer wieder zum Garteneingang. »Lassen Sie die Angelegenheit auf sich beruhen. Selbst Sie müßten wissen, daß das Kombinat keine Überlebenschance hat, wenn Sie die ISA an diesem Punkt der Geschichte entmachten.«

Takashis Tonfall war kalt und unversöhnlich. »Wir haben auch früher schon Verräter überlebt.«

»Die ISA dient dem Kombinat, nicht den Kuritas. Wer sind wohl die wirklichen Verräter, Sie ruhmsüchtiger Samurai?«

Takashi trat einen Schritt vor, und seine Stimme zitterte vor Zorn. »Ich werde dich eigenhändig umbringen.«

Ninyu lachte ihn aus. »Wenn ich glaubte, daß Sie diesen Tag überlebten, würde ich mir vielleicht Sorgen machen, Koordinator. Aber Sie werden ernten, was Sie gesät haben, denn Sie werden durch Jaime Wolfs Hand sterben. Den Tod eines Narren.«

Schwere Schritte hallten auf der Veranda. In Sekunden würden die Otomo eintreffen.

»Ich muß gehen. Genießen Sie Ihr Duell, Koordinator«, sagte Ninyu.

Die ISA-Agenten glitten durch die Öffnung, durch die sie gekommen waren. Ninyu schloß das Paneel, anscheinend überzeugt, daß er und seine Agenten lange verschwunden sein würden, bevor die Otomo durch die Wand brechen konnten.

Überall in der Kammer lagen schwarz gekleidete Tote verstreut. Einer, der nur verwundet war, zog ein Messer aus dem Gürtel und schloß sich seinen Gefährten an. Takashi war der einzige noch lebende, umgeben von einem Ring aus Leichen.

Eine Handvoll Männer stürmte in das *Dojo,* ein Dutzend Otomo und noch ein halbes Dutzend Izanagi-Krieger. Manche trugen die zeremonielle Rüstung der Palastwache, andere Dienstuniformen oder Freizeitkleidung, ein paar waren nur halb angezogen. Alle waren bewaffnet. Sie kamen noch in der Tür zum Stehen, wie betäubt über das Gemetzel, das den Koordinator umgab.

Theodore drängte sich an ihnen vorbei. Er überflog rasch den Raum, bevor er seine Pistole halfterte.

»Vater?«

»Ich bin kaum verletzt.«

»Was kein Verdienst deiner Leibwache ist.« Sein Tonfall verhieß eine Bestrafung für die Schwachstelle in den Sicherheitsvorkehrungen. »Wo ist Shin Yodama?« Von den versammelten Wachen kam keine Antwort. Niemand wagte eine Vermutung anzustellen, wo sich der Befehlshaber der Wache befinden mochte. »Er war im Dienst. Findet ihn.«

Eine Frau in der Uniform von Yodamas Izanagi-Kriegern eilte davon. Immer noch unsicher, blieben die anderen Wachen in der Nähe der Tür stehen. Takashi kniete nieder und legte das blutverschmierte Schwert auf den Boden. Er sah erschöpft aus.

»Das wird zu nichts führen.«

»Hast du sie alle getötet?«

Takashi zuckte die Achseln. »Es können auch noch mehr gewesen sein. Vielleicht ist es eine gute Idee, den Garten absuchen zu lassen.«

Theodore warf einen Blick zu den Wachen und nickte einmal. Alle bis auf zwei eilten davon. Die beiden verbleibenden Wachen bezogen Stellung an der Tür. Theodore kniete sich neben seinen Vater.

»Du brauchst einen Arzt.«

»Zuerst mußt du hören, was hier geschehen ist.«

Ein Ausdruck der Verwirrung huschte über Theodores Gesicht. Er rückte näher, um Takashis geflüsterte Schilderung der Konfrontation mit Indrahar zu verstehen. Takashi schloß seinen Bericht mit den Worten: »Trotzdem ich keinen Wert darauf lege, daß mir die Entscheidung abgenommen wird, hat Indrahars Einschätzung der Situation eine Menge für sich. Ich war zu sehr von meinen eigenen Belangen verblendet, um zu erkennen, worin ein Duell mit Wolf resultieren würde.«

»Vielleicht könnte eine Aussöhnung mit Wolf ...«

»*Iie.* Der Koordinator hat sich nicht falsch verhalten. Wolfs öffentliche Beleidigung kann nicht ignoriert werden.« Takashi schloß die Augen. »Doch ich sehe jetzt, was Michi Noketsuna sah, bevor er sein Leben für das Kombinat opferte.«

»Gewiß können wir einen anderen Weg finden.«

»Du hast dich mit dem Kodex nie recht wohl gefühlt.« Takashi lächelte fast. »Ich bin ein Samurai und glaube an die alten Sitten. Das ist vielleicht nicht das, was notwendig ist, um unser Reich durch dieses neue Zeitalter zu führen. Auf jeden Fall hast du mir gezeigt, daß neue Wege beschritten werden müssen, um mit neuen Problemen fertig zu werden. Vielleicht kann ich dir bei dieser Gelegenheit zeigen, daß auch die alten Wege nicht zu verachten sind. Unter gewissen Umständen ist *Bushido* die Antwort auf Probleme, die keine noch so große Flexibilität überwinden kann.«

»Vater, dies ist nicht die Antwort.«

»Dies ist die Antwort eines alten und müden Samurai.« Takashi deutete mit dem Kopf auf Michi. »Welch seltsames *Karma.* Er hat seine persönliche Ehre zum Wohl des Reiches beiseite gestellt und mein Leben gegen jene verteidigt, die es unrechtmäßig nehmen wollten. Er hat von mir verlangt, daß ich noch heute *Seppuku* begehe, und noch heute werde ich seinem Ansinnen folgen. Aber ich — *wir* — dürfen nicht zulassen, daß die Wahrheit bekannt wird. Mein ehrenhaftes Dahinscheiden muß mit einer unehrenhaften Lüge verkleidet werden. Zum Wohle des Reiches. Indrahar wollte die Menschen glauben machen, ich sei im Schlaf gestorben. Soll seine Lüge uns ebenso dienen wie ihm. Du darfst niemandem die Wahrheit erzählen, nicht einmal Jasmine.«

»Damit bin ich nicht einverstanden«, sagte Theodore fest.

»Ich bin der Koordinator. In dieser Angelegenheit brauche ich dein Einverständnis nicht.«

»Ich mag deine Sicht des Kodex nicht teilen, aber vergiß nicht, daß du mich in den Fragen des *Bushido* gründlich hast schulen lassen. Du kannst im Angesicht deiner Feinde nicht klein beigeben. Tetsuhara-*Sensei* wäre nicht damit einverstanden.«

»Vielleicht hast du recht, aber der alte Mann ist ein noch strengerer Verfechter des Kodex als ich. So wie ich strenger bin als du. Ich glaube, er würde dir sagen, daß die Ehre eines Menschen in seinem Herzen wohnt, nicht in den Augen anderer Leute. Er hat den Tod seines Sohnes Minobu verstanden. Vielleicht kennzeichnet mich der von mir gewählte Kurs als schwach, vielleicht als stark. Das mußt du für dich selbst entscheiden. Ich habe die Entscheidung getroffen, die Verantwortung an meinen Erben weiterzugeben. Um des Kombinats willen, werde ich die Fehde mit den Dragonern mit ins Grab nehmen. Das bedeutet zwar, daß ich mit befleckter Ehre sterbe, doch dieser geringe Makel an meiner Ehre dient einer bedeutenderen. Das Reich muß überleben. Als Angehörige des Kurita-Clans ist es unsere heilige Pflicht, für sein Überleben zu sorgen.«

Theodore versuchte zu argumentieren, doch sein Vater befahl ihm zu schweigen. Resigniert verließ Theodore das *Dojo,* um seines Vaters Wunsch nach Schreibutensilien nachzukommen. Während seiner Abwesenheit traf ein Arzt ein. Takashi lehnte jegliche Behandlung ab und richtete die Aufmerksamkeit des Arztes statt dessen auf Michi. »Sorgen Sie dafür, daß seine sterblichen Überreste mit Ehre behandelt werden, denn er war ein ehrenhafter Samurai.«

Theodore kehrte zurück, jetzt mit Kimono und *Hakama* bekleidet. Außerdem trug er seine beiden Samuraischwerter. Sein Vater kniete noch dort, wo er ihn verlassen hatte. Der Kanrei stellte das Tablett, welches er trug, neben seinem Vater ab. Als er den Stapel weißer Tücher abnahm, mit dem es bedeckt war, wurde ein lakkiertes schwarzes Kästchen mit einem exquisiten Muster aus goldenen Kirschblüten enthüllt.

»Eine gute Wahl«, sagte Takashi.

»Traditionell«, sagte Theodore.

»Du ehrst einen alten Mann.«

»Ich ehre meinen Vater.«

Takashi nahm den Deckel von dem lackierten Kästchen und legte ihn daneben. Dann stellte er das Tablett mit den Schreibutensilien beiseite, nahm ein einzelnes Blatt Reispapier und legte es vor sich. Nachdem er die Tinte zubereitet hatte, wählte er eine Feder aus. Mehrere Minuten lang verharrte er in dieser Stellung, die Feder in der Hand. Dann tauchte er die Feder in die Tinte und wartete noch einen Augenblick, bevor er kühn geschwungene Zeichen auf das altertümliche Papier warf.

Er sprach während des Schreibens:

»Abends, Drache weint;
Nacht bis Tag, Winter bis Frühling;
Morgens, Drache brüllt.«

Takashi legte die Feder nieder. Sie rollte von dem lakkierten Tablett auf den Boden und verspritzte winzige Tintentröpfchen auf das Reispapier.

»Ein unsauberes Ende«, sagte er leise, indem er sich erhob.

Er nahm das Kurzschwert, welches Theodore ihm anbot, und zog sich in den Garten zurück.

Theodore folgte ihm schweigend.

28

Hans und ich waren zwei Stunden vor seinem geplanten Ablegen im Shuttle, also war ich zur Stelle, als der Wolf eine Stunde später an Bord kam. Er lächelte traurig, als er uns sah.

»Guten Morgen, meine Herren. Sie sind früh auf den Beinen.«

»Wir kennen unsere Pflicht, Colonel«, sagte ich.

»Hmm. Da wären noch ein paar Dinge zu erledigen. Hans ...«

»Ich rufe einen Steward, Colonel.«

»Ich verstehe. Schon gut. Ist die Besatzung bereit?«

»Jawohl, Colonel.«

»Dann wollen wir uns auf den Weg machen.«

Der Flug nach unten verlief ereignislos. Wir gingen auf dem Gelände des Einheitspalasts nieder, ein gutes Stück vom Hauptgebäude entfernt. Ich war sofort in Sorge, als ich mehrere BattleMechs am Rande des Landefelds sah. Die Kuritas, die uns begrüßten, versicherten uns, daß die Mechs zu den üblichen Sicherheitsvorkehrungen gehörten, doch Stans Einsatzanweisungen besagten etwas anderes.

Die Höflichkeit, mit der man uns begegnete, hielt sich strikt im Rahmen des Förmlichen. In Kurita-Begriffen bedeutete dies eine Menge blumiger Ablenkung und kultivierter Verzögerung. Colonel Wolf wurde langsam ärgerlich, obwohl er es gut verbarg. Die Stunden krochen dahin, aber schließlich näherte sich der für das Treffen mit Takashi angesetzte Zeitpunkt. Unsere Eskorte schien sich des Verstreichens der Zeit nicht bewußt zu sein.

Schließlich war die Geduld des Colonels erschöpft. Er wandte sich an den alten General, der die Delegation anführte, und fragte: »Wann werden wir zum Treffen mit Takashi-*sama* aufbrechen?«

Der General versteifte sich und verbeugte sich dann.

»Ich bitte vielmals um Entschuldigung, Colonel Wolf. Ich bin äußerst pflichtvergessen. Der Zeitplan hat eine kleine Änderung erfahren. Aufgrund dringender Geschäfte ist der Koordinator nicht in der Lage, sich mit Ihnen zur vereinbarten Zeit zu treffen. Man würde Ihr Verständnis in dieser Angelegenheit sehr zu schätzen wissen.«

»Ich dachte, Takashi wollte die Geschichte so schnell wie möglich beenden.«

Der General sah aus, als fühlte er sich äußerst unbehaglich. »Ich gehorche nur den Befehlen des Koordinators, Colonel Wolf. Ich bin lediglich befugt zu sagen, daß Sie heute abend mit dem Koordinator zusammentreffen werden.«

»Was ist mit dem Duell?«

»Das müssen Sie allein mit dem Koordinator besprechen.«

Der Wolf verschränkte die Arme über der Brust. »Mir wurde gesagt, daß ein BattleMech für mich bereit steht. Könnte ich wenigstens den zu sehen bekommen?«

»Einen Augenblick, bitte, Colonel.« Der General führte eine eilige Unterhaltung mit einem Adjutanten in der schwarzen Uniform der Internen Sicherheitsagentur. Als ihr Flüstern endete, verbeugte er sich vor dem Wolf und sagte lächelnd: »Wenn Sie es wünschen. Wenn nicht, können auch andere Zerstreuungen für Sie und Ihre Männer arrangiert werden.«

»Ich werde mir den Mech ansehen«, sagte der Colonel frei heraus.

»Wir stehen zu Ihren Diensten, Colonel Wolf«, sagte der General mit einer weiteren Verbeugung.

Ich persönlich bezweifelte das, aber sie führten uns tatsächlich zu einem blaugoldenen *Schütze*, bei dem Farbe und Zeichnung von Jaime Wolfs Maschine täuschend ähnlich nachgeahmt waren. Wir verbrachten den Nachmittag damit, ihn zu überprüfen, und stellten fest, daß er praktisch in allerbester Verfassung war, obwohl seine

Munitionskammern leer waren. Der Colonel schien mit dem Mech zufrieden zu sein, aber ich machte mir nach wie vor Sorgen darüber, was die Kuritas wohl vorhatten.

Die Gobi-Raumstation kreist in einer geosynchronen Umlaufbahn um Outreach, die sie stationär über einer kleinen Insel 160 Kilometer östlich des kleineren Kontinents schweben läßt. Aus den Gesetzmäßigkeiten dieser Umlaufbahn resultierte eine kurze Flugzeit von Harlech zur Station und eine längere Reisedauer von der Station herunter. Nützlich aus politischen Gründen, nützlich jetzt für Elsons Zwecke. Er sorgte dafür, daß er im Hangar war, als Alpin Wolfs Shuttle eintraf.

»Ich habe Ihre Botschaft erhalten«, sagte Alpin, als er zu Elson ging.

Direkt. »Ich bin froh, daß Sie kommen konnten. Ich hielt es für das Beste, Ihnen die Nachricht als erstem mitzuteilen.«

»Nachricht? Der ganze Planet kennt Ihre Nachricht. Ihr seid — entschuldigen Sie, *Sie sind* mit den versteckten Schiffen zurückgekommen.«

»Diese Nachricht meine ich nicht.« Elson drehte sich ein wenig, so daß Licht auf das Rangabzeichen an seinem Kragen, den Stern eines Colonels, fiel. Das helle Glänzen der längsten Spitze kennzeichnete den Stern als Rangabzeichen des Ersten unter den Offizieren. Elson würde es nicht viel länger tragen, doch jetzt würde es ihm noch gute Dienste erweisen.

Alpins Augen wurden von dem Glanz angezogen. Was er auch hatte sagen wollen, blieb ihm im Halse stecken, als er den offensichtlichen Schluß zog. Sein Mund stand sperrangelweit offen wie das Maul eines nach Luft schnappenden Fisches. Schließlich stammelte er: »Mein Vater ist tot?«

»Ich spreche Ihnen mein Mitgefühl für Ihren Verlust aus«, sagte Elson feierlich. »Er starb bei einem Überfall.

An Bord einiger Schiffe hielten sich Plünderer auf. Wir hatten noch mehr Verluste zu beklagen.«

Alpin schüttelte langsam und mit gerunzelter Stirn den Kopf. Mehrmals setzte er zum Sprechen an, hielt dann jedoch inne, bevor er ein Wort herausbrachte. Elson wartete.

»Waren Sie dabei?« fragte Alpin zögernd.

»Ich führte das Entermanöver gegen das Landungsschiff der Plünderer. Als ich erfuhr, daß sich Plünderer auf dem Schiff befanden, das er betreten hatte, sind wir so schnell wie möglich zur *Alexander* gewechselt, doch wir kamen zu spät. Sein Dahinscheiden hinterließ eine Lücke.«

Mit bitterer Stimme, der jedoch jegliche Schärfe fehlte, sagte Alpin: »Und da sind Sie eingesprungen.«

Elson neigte den Kopf. »Die Offiziere hielten es für richtig, mich zum Ersten unter den Offizieren zu ernennen. Ich konnte ihn auf der Mission ersetzen, doch nicht hier. Sie sind noch am Leben, und die Dragonerbräuche scheinen vorzuschreiben, daß Sie jetzt Jaime Wolfs Erbe sind, da sein einziger noch lebender Sohn viel zu jung ist, das Kommando zu übernehmen.«

»Aber das ist nicht ...«

»Sollte MacKenzie nicht bei Jaimes Rücktritt dessen Stellung übernehmen? Seit dem Tag, an dem ich Leibeigener der Dragoner wurde, habe ich nichts anderes gehört. Es ist nur logisch, daß Sie jetzt Jaimes Nachfolger als Anführer der Dragoner werden.«

»Aber ich ...«

»Ich weiß, mein Freund. Ich verstehe.« Elson legte Alpin eine Hand auf die Schulter. Der Junge zitterte. »Natürlich sind Sie auf eine derartige Verantwortung nicht vorbereitet, da Sie so lange im Schatten Ihres Vaters gestanden haben. Doch Sie werden sich bewähren. Ich habe Vertrauen in Sie. Sie werden sich gute Männer auswählen, Männer, die verstehen, wie Sie unter den Händen eines eifersüchtigen Vaters gelitten haben. Welcher aufrechte Mann würde Ihren Anspruch nicht unterstützen?«

Die Schlaffheit von Alpins verblüffter Miene straffte sich zu einer Grimasse der Berechnung.

»Sie werden mir helfen?«

»Ich sehe keinen anderen Weg.« Elson verstärkte seinen Griff um Alpins Schulter. »Hatten Sie nicht immer das Gefühl, daß es Ihre Bestimmung ist, die Dragoner zu befehligen?«

»Ja«, sagte Alpin leise. »Dieses Gefühl hatte ich tatsächlich immer.«

Er schien eine Sekunde in sich hinein zu horchen. »Sie wußten es auch. Mein Vater und mein Großvater, meine ich. Das wird mir jetzt klar. Sie haben meine Tests immer etwas schwerer gemacht, so daß ich keine guten Ergebnisse erzielen konnte. Das müssen sie getan haben, um bei den anderen keine Eifersucht aufkommen zu lassen. Ja, das ist genau das, was der alte Wolf getan hätte. Er hat sie alle getäuscht, damit sie mich nicht haßten.«

»Niemand haßt Sie, Alpin.« *Du bist viel zu schwach, um Haß auf dich zu ziehen.*

»Aber sie mögen mich nicht.«

»Es ist das Los eines Kommandanten, nicht gemocht zu werden. Ein Großteil dieser Gefühle beruht auf Eifersucht.«

»Ja, Sie haben recht. Sie sind eifersüchtig.«

»Sie werden noch eifersüchtiger sein, wenn Sie Jaimes Platz einnehmen.«

Alpin sah mit besorgter Miene zu ihm auf. »Sie werden doch nicht eifersüchtig auf mich sein, Elson, oder?«

»Ich habe keinen Grund dazu, mein Freund«, sagte Elson mit aufrichtigem Lächeln.

»Dann werden Sie mir helfen, *frapos?* Sie werden mir den Rücken frei halten, wenn ich das Kommando habe. Ich werde loyale Männer brauchen, Männer wie Sie, die wissen, was richtig ist.«

»Sie können sich auf meine Hilfe verlassen, aber Sie brauchen mehr Männer.«

»Sie das nur sagen zu hören, macht mich zugleich aufgeregt und besorgt. Ich bin froh, daß ich auf Sie zählen kann, aber Sie haben recht. Ich werde mehr Hilfe brauchen. Es gibt zu viele Dragoner, die den Ergebnissen dieser manipulierten Tests glauben. Und somit geht der Schuß des alten Wolfs nach hinten los. Seine alten Männer glauben, ich sei nicht zum Kommandanten geeignet.«

»Sie werden nicht immer da sein. Bei den Clans hätten sich derart alte Männer schon vor langer Zeit zurückgezogen, damit die nächste Generation das Blut der Führungskräfte frisch und nach vorn orientiert erhalten kann. Das ist der Lauf der Dinge, eine Generation gibt sich der nächsten, der besseren, geschlagen. Ihr eigener Großvater ermuntert die Alten in ihrem selbstsüchtigen Denken, indem er sich an sein eigenes Kommando klammert.«

Alpin nickte heftig. »Er *ist* ein schlechtes Beispiel.«

»Es ist, wie Sie sagen.«

»Doch was kann ich dagegen unternehmen?«

Elson legte den Arm um Alpins schlanke Schultern. »Kommen Sie mit«, sagte er. »Ich habe ein paar Ideen.«

29

Michi Noketsuna hatte nicht damit gerechnet, am Leben zu bleiben. Er hatte gedacht, seine Entscheidung, dem Koordinator gegenüberzutreten, würde auf jeden Fall mit seinem Tod enden, ob er seine Vendetta erfüllte oder nicht. Dann waren Indrahar und die ISA eingeschritten, und mit der Wahl, den ISA-Direktor anzugreifen, glaubte er den Pfad des sicheren Todes beschritten zu haben. Jetzt in der Obhut eines Arztes der Bruderschaft des Drachen zu erwachen, war eine bizarre Wendung des Schicksals, eine eigentümliche Belohnung für seinen eingeschlagenen Kurs.

Sein *Karma* war wahrhaftig seltsam.

Die Tatsache seines Überlebens war ein Rätsel, über das er nachgrübelte, während er zwischen Wachen und Schlafen hin und her trieb. Einmal glaubte er, einen Arzt flüstern zu hören, daß Takashi tot sei und Michi ihn vor einem Attentäter gerettet habe. Wie konnte beides stimmen? Seine eigenen Erinnerungen waren wirr, und seine ständige Schläfrigkeit verdunkelte die Dinge nur noch mehr. Mit der Zeit würde sich vielleicht der Nebel um seinen Verstand lichten.

Er schlief.

Als er wieder wach war, dachte er noch einmal darüber nach, was er die Ärzte sagen gehört hatte. Wenn Takashi tot war, welchen Grund gab es dann für Michi noch weiterzuleben? Die Vendetta, die ihn getrieben hatte, war erfüllt. Takashi war tot. Das, dachte er mit plötzlicher Gewißheit, stimmte tatsächlich.

Doch der Koordinator war nicht durch Michis Hand oder als Buße für das Minobu-*Sensei* angetane Unrecht gestorben, was bedeutete, daß Michi seinen Zweck verfehlt hatte. Die Leitungen und Maschinen, welche die Bruderschaft benutzte, um sein Leben zu verlängern, machten ihn zum Gespött. Sein Leben war vorüber. Warum einen Körper am Leben erhalten, wenn kein

Grund zum Leben mehr vorhanden ist? Ihm schwanden die Sinne, doch er blieb ein Gefangener seines Körpers.

Es gab keine Erlösung für ihn.

Karma.

Er erwachte wieder.

Der Raum war voller Licht, viel heller, als dies eine künstliche Beleuchtung hätte bewirken können. Es war Tag. Jemand hatte die Vorhänge zurückgezogen, um die Sonne einzulassen. Noch jemand war im Zimmer und stand neben seinem Bett.

Diese Person trug nicht das helle Gelb eines Arztes der Bruderschaft. Wenngleich Michi sicher war, daß er den Mann kannte, weigerte sich das Gesicht des hochgewachsenen Besuchers beharrlich, erkennbare Züge anzunehmen. Erst als der Besucher sprach, erkannte Michi, daß es Theodore Kurita war, der Mann, der Michi mit den Ketten der Pflicht gefesselt und zu Recht verlangt hatte, daß Michi den Dienst am Kombinat vor alle persönlichen Wünsche stellte.

Theodore nickte ernst, als er sah, daß Michis Augen ihn fixierten, und sagte: »Mein Vater hat mir von deiner Entscheidung im *Dojo* berichtet.«

Michi wollte Theodore sagen, daß er fortgehen und ihn bei seiner Suche nach der Hölle allein lassen solle, doch seine Stimme verweigerte den Dienst. Theodore ignorierte die schwachen Laute.

»Er hat mich gebeten, dir als Belohnung für deine Treue zum Kombinat wieder ein Kommando zu geben. Das Wohlergehen des Reiches lag ihm sehr am Herzen. Er sagte, du würdest einen guten Kriegsherrn abgeben. Überall, nur nicht in Dieron, sagte er.«

Ein Versuch, den Kopf zu schütteln, wurde von seinen rebellierenden Muskeln vereitelt. Michis Kopf fiel lediglich auf die Seite.

»Ich persönlich glaube, Dieron wäre genau richtig«, sagte Theodore.

»Nein«, krächzte Michi, der schließlich seine Stimme

fand. »Nicht Dieron. Nirgendwo. Ich war nie ein Politiker, nur ein Soldat. Jetzt bin ich nicht einmal mehr das. In deiner Armee ist kein Platz für mich.«

»Du bist müde und verwundet. Triff keine überhastete Entscheidung. Ich weiß, was du getan hast, und ich weiß, wie wir uns trafen. Du sagtest mir damals, die Pflicht sei der wichtigste Teil im Leben eines Samurai, und die Pflicht dem Kombinat gegenüber die schwerste Last, die ein Mann tragen könne. Diese Pflicht endet nie, Michi-*kun*. Das Kombinat braucht dich immer noch, jetzt mehr denn je. Wenn du wieder gesund bist, wartet ein Platz bei den Ryuken auf dich. Das Kommando über Ryuken-*ni*, wenn du es willst.«

»Fraser hat das Kommando.«

»Also erinnerst du dich noch an ihn? Er wäre froh, das zu hören. Ja, er hat das Kommando, aber ich brauche ihn anderswo dringender. Die Ryuken brauchen einen Kommandanten, und ich glaube, du bist der beste Mann für diesen Job.«

»Die Ryuken gehören der Vergangenheit an. Und die ist tot, so wie ich eigentlich tot sein sollte.«

»Du irrst dich.« Theodore ging zum Fenster. Die spätnachmittägliche Sonne warf Schatten auf das Bett, die seine Augen vor der Helligkeit schützten. Aus dem Fenster blickend, sagte Theodore: »Du hast das Leben meines Vaters gerettet, indem du jene anderen aufgehalten hast. Das gab ihm ... eine neue Perspektive. Er glaubte die Möglichkeit eines ehrenvollen Todes gefunden zu haben.«

Michi runzelte die Stirn. »Ich glaube den Arzt sagen gehört zu haben, daß er im Schlaf gestorben ist. An Herzversagen.«

Theodores Stimme war fast unhörbar. »Die Ärzte sagen, was sie sagen müssen.«

»Den Tod eines Kriegers? Ich erinnere mich an einen Kampf.«

»Nein. Er hat jene anderen überlebt. Er hat dein

Schwert benutzt, um sie so lange aufzuhalten, bis die Otomo eintrafen. Danach erzählte er mir, was du über die Wahlmöglichkeiten eines Samurai gesagt hast. Ich glaube, dein Beispiel hat seine Meinung geändert. Am Ende wählte er freiwillig, was andere ihm aufzwingen wollten. Er hielt es für weise.«

Die verdrehte Ironie der Situation weckte in Michi das Bedürfnis zu lachen, doch die Schmerzen in seiner Brust verwandelten seine Belustigung in Qualen. Als der Krampf nachließ, sagte er: »Er verweigerte diesen Tod, als ich ihn ihm anbot.«

»Er war nie besonders empfänglich für die jüngere Generation«, sagte Theodore wehmütig. Er kehrte zu Michis Bett zurück. »Ich will dich belohnen.«

Ein vorübergehender Anfall von Kraft gestattete Michi, den Kopf zu schütteln. »Das wäre unangemessen.«

»Weil du die Hand gegen Haus Kurita erhoben hast?«

»*Hai.*«

»Und wenn ich als Haupt dieses Hauses sage, daß du immer loyal warst, wie es ein Samurai sein sollte?«

Michi begegnete Theodores Blick. Er spürte die Kraft des Kanrei, die Kraft zu herrschen. Doch Michi hatte ebenfalls seine Kraft. »Es würde nichts an der Wahrheit ändern. Ich habe meine letzte Lüge gelebt.«

Theodore seufzte. Den Kopf neigend, fragte er: »Willst du Mönch werden?«

»Irgendwann vielleicht.«

Sie schwiegen eine Weile. Michi dachte, er müsse eingeschlafen sein, doch als er wieder bei sich war, stand Theodore unverändert vor ihm. Michi sagte: »Wenn du mir die Wahrheit gesagt hast, gibt es für mich noch eine letzte Pflicht zu erfüllen.«

»Auf Awano?«

Michi schüttelte den Kopf. Awano, die angestammte Heimat seines Mentors Minobu, war ihm ebenso verschlossen wie Luthien und die inneren Kreise der Kurita-Politik. Tetsuhara-*Sensei* hatte ihn mit Flüchen vom

Familienanwesen vertrieben, als Michi ihm den Kopf von Minobus Hauptpeiniger Samsonow gebracht hatte. Der alte Mann hatte die Stichhaltigkeit von Michis Vendetta zur Herstellung der Ehre seines ältesten Sohnes Minobu angezweifelt. Der alte *Sensei* hatte ihn verflucht, doch am Raumhafen hatte Michi ein Paket erwartet. Eine lange, schmale Schachtel. Diese Schachtel lag jetzt in einem Bankschließfach in den Außenbezirken von Kaiserstadt. Die Anweisungen, wie mit der Schachtel zu verfahren sei, waren jetzt überholt.

Theodore unterbrach seinen Gedankengang. »Was willst du also jetzt tun?«

»Meine letzte Pflicht erfüllen«, sagte er, doch er wollte trotz mehrmaligem Nachfragen des Kanrei nicht näher darauf eingehen. Diese Angelegenheit hatte nichts mit Theodore, dafür aber mehr als genug damit zu tun, wer Michi war und was aus ihm geworden war. Bis diese Pflicht erfüllt war, würde er nicht frei sein. »Wann werden mich die Ärzte entlassen?«

»Wenn du reisefähig bist. Ein Schiff wird auf dich warten.«

»Das ist unnötig.«

»Für dich vielleicht, aber nicht für mich. Du wirst zumindest dieses Schiff annehmen.«

Theodores Tonfall war fest, voller Überzeugung. Michi nickte. Zu guter Letzt verstanden sie einander.

30

Der Wolf blieb abrupt stehen, als er den Mann sah, der mit dem Rücken zur Tür am Fenster stand. Selbst mir war klar, daß der hochgewachsene Mann nicht der untersetzte Takashi Kurita war, mit dem wir uns treffen sollten. Als wir den Raum betraten, drehte sich der Mann zur Begrüßung um, und ich erkannte Theodore Kurita, Gunji-no-Kanrei des Kombinats. Er sah müde aus.

»Colonel Wolf, freut mich, Sie zu sehen.«

»Guten Abend, Kanrei«, erwiderte der Colonel wachsam.

Theodore schnitt ein finsteres Gesicht, eine auf uncharakteristische Weise verräterische Miene für jemand, der in den Eigenarten der Kurita-Politik geschult war. Irgend etwas regte ihn offensichtlich auf. Ich fragte mich, ob er Jaime Wolfs Duell mit seinem Vater guthieß.

»Bitte nehmen Sie Platz«, sagte er, indem er auf eine Gruppe kunstvoll geschnitzter Stühle in der Mitte des Raumes wies. Wir setzten uns, doch er blieb stehen. »Zu meinem Bedauern muß ich Sie darüber informieren, daß die Anrede überholt ist. Mein Vater ist heute morgen verschieden. Ich bin nicht mehr Kanrei, sondern Koordinator.«

Colonel Wolf versteifte sich, doch seine Stimme war fest und ruhig. »Ich wußte nicht, daß er krank war.«

»Es kam ganz plötzlich. Die Ärzte diagnostizierten Herzversagen.«

»Ihre vorsichtige Art der Formulierung legt nahe, daß Sie etwas anderes vermuten.«

»Sie sind so scharfsichtig wie eh und je, Colonel Wolf. Ich bin nicht sicher, ob Sie die Information begrüßen oder nicht, aber ich kann Ihnen versichern, daß mein Vater nicht durch Verrat ums Leben gekommen ist.«

»Ich habe ihm nie einen unehrenhaften Tod gewünscht.«

»Aber Sie haben zumindest seinen Tod gewünscht. Warum sonst hätten Sie seine Herausforderung angenommen?«

»Ich bin gekommen, um die Fehde zu beenden.«

»Ach ja, die Fehde.« Theodore schüttelte traurig den Kopf. »Wird der Tod meines Vaters die Feindseligkeiten zwischen Haus Kurita und den Dragonern beenden?«

»Ich bin wegen des Duells gekommen. Das wäre ein Abschluß gewesen.«

»Es gibt viele Möglichkeiten, zu einem Ende zu gelangen, Colonel. Wozu ist eine Vendetta gut, wenn Unschuldige verfolgt werden?«

Der Wolf lächelte grimmig. »Ich könnte Sie dasselbe fragen.«

»Ihre Worte sind für meinen Vater bestimmt, nicht für mich. Wir leben in dieser Welt, Colonel Wolf. Das Universum ist, heute als auch morgen, das, was wir daraus machen.« Theodore setzte sich jetzt ebenfalls. Er beugte sich vor, in seiner Miene spiegelte sich ernsthafte Aufrichtigkeit. »Wollen Sie die Vergangenheit nicht ruhen lassen?«

Ausdruckslos erwiderte der Colonel: »Zu viele Dragoner sind durch Kurita-Hände gestorben.«

»Mehr Tote bringen sie auch nicht zurück. Viele Kuritas sind durch die Hände der Dragoner gestorben, und ich will Sie dafür nicht zur Rechenschaft ziehen. Ich dachte, Sie hätten bereits eine Versöhnung angeboten, als Sie mich nach Outreach einluden.«

»Ich rief Sie, nicht Ihren Vater. Die Clans mußten aufgehalten werden.«

»Und dann sind Sie gekommen und haben für Luthien gekämpft. Sie hätten auch fernbleiben und die Clans Ihre alten Schulden regeln lassen können.«

»Hanse Davion berief sich auf unseren Kontrakt mit dem Vereinigten Commonwealth und zwang uns, nach Luthien zu kommen, aber ich versichere Ihnen, das ist gegen meinen Willen geschehen.«

»Sie hielten es nicht für klug, Luthien gegen die Invasoren zu verteidigen?«

»Sie hätten ihnen im Raum begegnen und sich mit Ihren Bodentruppen zurückfallen lassen sollen. Benjamin hätte man halten können.« Der Wolf brach ab und tat die strategischen Überlegungen mit einem Winken der Hand ab. »Jetzt, wo Hanse tot ist, werde ich nicht noch einmal gezwungen sein, Kurita zu helfen. Meine Position bleibt unverändert.«

»Sie werden uns nicht gegen die Clans helfen?«

»Ich werde nicht Ihre Schlachten schlagen und auch nicht zulassen, daß Dragoner ihr Leben für Kuritas opfern. Aber wenn Sie mir keinen Grund für Feindseligkeiten geben, werde ich auch keine beginnen. Wir haben keinen Bedarf an einer Auseinandersetzung auf dem Schlachtfeld.«

»Wenn es zu einer Auseinandersetzung käme, hätten Sie nicht denselben Erfolg wie gegen meinen Vater. Meine Armee ist nicht so leichtsinnig wie seine.«

»Beginnen Sie die Kämpfe, und Sie haben mehr Tote zu beklagen, als Sie zählen können.«

Theodore lehnte sich zurück, und eine sonderbare Gelassenheit schien über ihn zu kommen. »Sie sprechen sehr viel vom Tod, Colonel. Ist es das, was Sie suchen? Den Tod? Es gibt viele, die glücklich wären, Ihnen bei der Suche zu helfen.«

»Drohungen sind nicht Ihr Stil, Theodore-*san.*«

»Und sind sie Ihrer?«

»Ich habe diese Fehde nicht begonnen«, erwiderte der Wolf hitzig.

Mit Eiseskälte sagte Theodore: »Aber Sie sind gewillt, sie zu beenden, so oder so.«

Der Wolf nickte.

»Ich werde nicht für einen Schattenkrieg eintreten.« Theodore beugte sich wieder vor, sein Gesicht hatte einen ernsten Ausdruck angenommen. »Wenn Sie mich angreifen, werden Sie den Sturmwind ernten. Es wird keine halbherzigen Angriffe geben, keine Überfälle, keine unorganisierten Attacken, die Sie nach Belieben zurückschlagen können. Ihre Dragoner haben jetzt eine ständige Heimat. Sie sind verwundbarer denn je. Nun, da Sie in Davions Schatten leben, müssen Sie sich doch der Reputation der Kuritas für Greueltaten bewußter denn je sein. Outreach ist nicht so weit von Kentares entfernt«, sagte er ominös.

Die Drohung war kaum verhüllt, denn der Name Kentares war berüchtigt. Auf dieser Welt hatte einer von Theodores Vorfahren ein Massaker begangen, das auf einen planetaren Völkermord hinauslief.

Die Miene des Wolfs verhärtete sich. »Wir Dragoner haben schon öfter auf Drohungen gegen unsere Familien reagiert, und zwar immer sehr hart.« Er musterte Theodore einen langen Augenblick. »Außerdem glaube ich nicht, daß Sie einen Krieg beginnen, wo Sie die Clans im Rücken und das Vereinigte Commonwealth an ihren Flanken haben.«

»Sie gehören nicht zu Davions Volk, auch wenn Sie sich in seinem Schatten verstecken. Wer würde schon um Söldner weinen, wenn sich mit dem Einsammeln ihrer Knochen so viel gewinnen ließe?«

Theodores Worte waren zwar subtil, aber ihre Bedeutung war kristallklar. Ich hatte die Berichte über die Spione gelesen, die immer wieder versuchten, unsere Geheimnisse zu stehlen. Ich hatte die Ergebnisse des Überfalls der Capellaner gesehen. Seit ihrem Auftauchen in der Inneren Sphäre hatten die Dragoner abwechselnd für jedes der Großen Häuser und dabei auch gegen jedes gekämpft. Und indem wir unsere Clan-Abstammung verheimlichten, hatten wir die Anführer der Inneren Sphäre jahrzehntelang belogen. Sie konnten uns jetzt nicht mehr trauen, wie offen wir uns auch geben mochten. Die Geschichte hat gezeigt, daß ein Nachfolgeherrscher jeden, dem er nicht traut, als Feind betrachtet. Outreach war ein verführerisches Ziel — so klein im Vergleich mit der Macht der Anführer der Inneren Sphäre und so voll von technologischer Beute. Wir wußten, daß sie uns um unsere Ressourcen beneideten. Die Geschichte hatte außerdem eine bestürzende Tendenz der Herren der Inneren Sphäre gezeigt, sich zu nehmen, was sie wollten, wenn sie glaubten, damit durchzukommen. Wie Theodore durchblicken ließ, mochten die anderen Herrscher der Großen Häuser durchaus abwarten und zusehen, wie er uns vernichtete, aber es war eher damit zu rechnen, daß sie untereinander um die Reste kämpfen würden. Aber das würde uns nichts nützen. Wenn die Kämpfe erst einmal begonnen hatten, würde niemand wollen, daß wir noch für einen anderen arbeiteten. Jeder von den Führern der Inneren Sphäre mochte beschließen, uns zuerst zu vernichten, zweifellos in der Hoffnung, die Beute, die unsere Technologie darstellte, für seinen Staat zu gewinnen.

Wolfs Miene verdüsterte sich. »Luthien ist ebenfalls verwundbar.«

»Sie sind nicht so stark, um sich gegen die Regimenter behaupten zu können, die ich hier zusammenziehen kann«, sagte Theodore zuversichtlich.

»Das brauchte ich auch gar nicht zu sein.« Der Wolf beugte sich vor und bleckte die Zähne. »Wissen Sie, was ein Kriegsschiff, ein *richtiges* Kriegsschiff, aus dem Orbit anrichten kann? Wenn nicht, sehen Sie sich die Aufzeichnungen des Clan-Angriffs auf Edo an. Wir sind mit Schiffen zur Inneren Sphäre gekommen, die denen der Clans gleichen, aber wir haben sie in der Peripherie versteckt. Wir wollten niemanden wissen lassen, wer wir sind und woher wir kamen, und die Schiffe hätten uns mit Sicherheit verraten. Nun, da jeder weiß, daß wir Wölfe sind, brauchen wir uns nicht mehr in Schafspelze zu kleiden. Wir könnten diese Schiffe ins Spiel bringen, denn wir brauchen sie nicht mehr zu verstecken. Die Dragoner haben die Macht, Ihre Hauptwelt auszulöschen. Was nützen Ihnen all Ihre BattleMechs gegen diese Art der Bedrohung?«

Theodore stand auf und entfernte sich von den Stühlen. Er baute sich am Fenster auf und drehte sich dann langsam wieder zu uns um. Sein Körper war eine düstere Gestalt vor dem Licht der untergehenden Sonne.

»Der Drache würde vielleicht verwundet, aber der Wolf müßte sterben. Ihre Macht kann nicht so groß sein, daß Sie gegen ein ganzes Sternenreich bestehen können.«

»Vielleicht nicht. Aber wir werden jedem die Hölle heiß machen, der es versucht.«

»Sie würden die Ares-Konventionen verletzen und Ihre Kriegsschiffe gegen einen Planeten einsetzen?«

Wolfs Miene blieb ausdruckslos. »Ich werde mein Volk mit allen mir zu Gebote stehenden Mitteln verteidigen.«

»Wenn Sie solche Schiffe zum Einsatz brächten, würden Sie geächtet.«

»Ein geringer Preis, noch dazu einer, den ich schon einmal bezahlt habe.« Der Colonel ließ sich wieder in seinen Stuhl zurücksinken. »Würden Sie mich zwingen, Farbe zu bekennen?«

»Ja.«

Theodores Antwort brachte Schweigen über den Raum. Die Überzeugung in seinem Tonfall war unüberhörbar. Die beiden Männer musterten einander schweigend, und ich spürte, wie mir der kalte Schweiß den Rücken herunterlief. Wenn der Wolf dazu getrieben wurde, seine Drohung wahr zu machen, bezweifelte ich, daß wir den Palast lebendig verlassen würden. Theodore hatte dann nichts mehr zu verlieren.

Schließlich fragte der Colonel: »Warum?«

Theodore verschränkte die Arme vor der Brust. »Ich werde dafür sorgen, daß dieser Wahnsinn endet. Mein Reich hat schon zu lange an zu vielen Fronten gekämpft. Wir haben jetzt einen gewichtigen Feind, der uns alles abverlangt. Dieser Feind ist auch Ihr Feind, wenn Ihr Gerede auf Outreach mehr als nur heiße Luft war.« Ich glaube, er lächelte ein wenig, aber ich bin nicht sicher. »Hätte sich Minobu Tetsuhara den Zugang zur Hälfte der Truppen seines Gegners verwehrt, nur um seinen Kummer zu mildern?«

»Das ging unter die Gürtellinie.«

»Wenn es so war, entschuldige ich mich, Colonel Wolf.« Theodore verbeugte sich. »Ihre Drohung gegen Luthien war für einen Krieger ebenfalls unziemlich.«

Langsam erhob sich der Colonel. Er deutete eine leichte Verbeugung an.

»Wir sind praktische Männer, Colonel Wolf. Wir wissen beide, der andere würde alles tun, um sein Volk zu schützen. Ich habe ein Fünftel meines Reiches aufgegeben, um den Rest zu retten. Damals hielt ich es für notwendig, aber das Rad dreht sich weiter, wie es das immer tut. Jetzt sind die Clans gekommen, und ich erkenne, daß das Opfer des Kombinats vielleicht vergebens war. Die Eindringlinge drohen, mir auch noch den Rest des Kombinats zu nehmen. Wenn das Kombinat fällt, was dann? Wird das Vereinigte Commonwealth in der Lage sein, die Eindringlinge aufzuhalten? Oder Mariks Liga Freier Welten? Oder Sie? Ist der müde Reiz der Rache das Risiko wert?«

Jaime Wolf schwieg lange Zeit. »Ich werde über das nachdenken, was Sie gesagt haben, Theodore-*san.*«

31

Dechan Fraser blieb wie vom Blitz getroffen auf der Straße kurz vor dem Anwesen stehen, das er von Theodore Kurita als Belohnung für treue Dienste erhalten hatte. Zuerst glaubte er, seine müden Augen würden ihm im Zwielicht des Abends einen Streich spielen. Er erkannte die graue Mähne und den ebenso grauen Bart, die kleine kompakte Silhouette. Obwohl er seit Jahren keine mehr getragen hatte, erkannte er auch die Dragoneruniform. Er konnte sich nicht irren. Dieser unerwartete Gast, der da vor dem Tor zu seinem Anwesen wartete, war Colonel Jaime Wolf.

Er hatte ein Gerücht gehört, das Duell sei verschoben worden, aber er hätte nie gedacht, daß Wolf einen Besuch bei Dechan Fraser auf seinen Stundenplan setzen würde. Neugierig, verwirrt und kein bißchen wütend ging Dechan zu seinem ehemaligen Kommandant. »Suchen Sie jemanden?«

Wolf drehte sich um und betrachtete ihn von oben bis unten. »Dechan, Sie sehen gut aus.«

Die ausgestreckte Hand ignorierend, sagte Dechan: »Es gehört sich nicht, Gäste auf der Straße zu empfangen. Bitte kommen Sie herein.«

Dechan öffnete das Tor und bedeutete Wolf voranzugehen. Der Colonel trat ein und gab seinen Mantel einem Bediensteten, der lautlos aufgetaucht war und dann ebenso lautlos wieder verschwand. Dechan führte ihn ins Wohnzimmer, wo die Bediensteten bereits Tee und ein Tablett mit kleinen Keksen vorbereitet hatten. Neben seiner und Jenettes Tasse stand eine dritte. Die Bediensteten hatten gewußt, daß ein Gast wartete.

»Ich hoffe, ich mache Ihnen keine Umstände«, sagte Wolf in schwacher Imitation der Kurita-Höflichkeit. Er sah sich nach einer Sitzgelegenheit um. Als er keine fand, kniete er sich nach Art der Kuritas ein wenig unbeholfen hin.

»Do itashimashite«, sagte Dechan, indem er sich ebenfalls hinkniete. Dabei fiel ihm auf, wie leicht er in die offizielle Rolle des Gastgebers geschlüpft war und begonnen hatte, Japanisch zu sprechen. Die Lebensweise der Kuritas war zu einem Teil seines Selbst geworden: Höflichkeit, hinter der man persönliche Gefühle verbarg, um alles zu glätten und das Gesicht zu wahren.

Wolf faßte Dechans Antwort als Hinweis auf und erging sich in oberflächlichem Geplauder. Sein Japanisch war ziemlich flüssig, und seine Standardbemerkungen klangen ziemlich aufrichtig. Dechan goß seinem Gast und sich selbst Tee ein. Sie redeten über das Wetter und Wolfs Reise, aber die förmliche Unterhaltung war von einer gewissen Unruhe unterlegt. Schließlich beendete Wolf den Austausch von Höflichkeiten und sagte: »Wird Jenette auch noch kommen?«

»*Hai.* Mittlerweile müßte sie eigentlich schon da sein.«

»Gut. Ich wollte mit Ihnen beiden reden.«

Anscheinend zufrieden, hüllte Wolf sich in Schweigen. Dechan saß in der unbehaglichen Stille da, während alte Qualen an seiner Maske der Höflichkeit nagten. Er griff nach dem Wasserkessel, um sich Tee nachzuschenken, und griff fehl. Als seine Haut mit dem heißen Metall in Berührung kam, zog er rasch die Hand zurück. Er wollte die Hand zum Mund führen, um die Verbrennung zu kühlen, weigerte sich jedoch, vor diesem Mann Schwäche zu zeigen. Nicht jetzt. Nicht nach so langer Zeit. Die angestaute Frustration machte sich in seinen Worten Luft.

»Warum gerade jetzt? Ich hatte erwartet, etwas von Ihnen zu hören, als Sie zuletzt auf Luthien waren.«

Wenn Wolf durch den Ausbruch überrascht wurde, ließ er sich jedenfalls nichts anmerken. Er stellte seine Tasse sorgfältig auf das Tablett und sagte: »Wir waren nicht gekommen, um die Fehde zu beenden.«

»Aber Sie haben für Kurita gekämpft.«

»Wir standen bei Davion unter Vertrag.«

Dechan schüttelte ungläubig den Kopf. »Also war ein Kontrakt wichtiger als eine Blutfehde.«

»Ein Kontrakt ist eine beschworene Verpflichtung.«

»Die wichtiger ist als Ihr beschworener Eid?«

»Damals ja«, sagte Wolf gelassen.

Dechan grinste höhnisch. »Wie praktisch.«

Wolf nahm einen Schluck Tee und stellte die Tasse wieder auf das Tablett. Durch diese Handlung machte Wolf eine gewisse Distanz zu Dechans Worten deutlich. »Sie reden doch jetzt nicht über unsere Kämpfe für Kurita, oder etwa doch?«

»Ja, genau, das tue ich. Aber Sie haben recht — dahinter steckt tatsächlich noch etwas mehr.«

Wolf wartete.

Wenn Wolf gewillt war einzustecken, dann war Dechan bereit auszuteilen. »Wie eine ganze Menge Dragoner habe ich Sie abgöttisch verehrt. Ich dachte, Sie wüßten alles, was es über das Söldnergeschäft zu wissen gibt. Jedermann glaubte, Sie seien ein Mann von Ehre. Ich hätte mein Leben für Sie geopfert. Zum Teufel, ich habe es sogar getan. Ich opferte mein Leben Kurita, um ein guter kleiner Spion für Sie zu sein. Und wofür, Jaime Wolf? Sind Sie ein Mann, für den eine Handvoll C-Noten einen ehrenhaften Schwur aufwiegt?«

»Niemand hat Sie gezwungen.«

»Ich war auf Misery, erinnern Sie sich noch? Ich sah die toten Dragoner. Der Anblick hat durch meine Seele geschnitten, wie es der kalte Wind dieses Höllenlochs niemals vermocht hätte. Ich erinnere mich ganz genau. Ich habe die Stimmen der Toten jeden Tag gehört, wenn ich vor den Rekruten der Ryuken stand, jedesmal, wenn ich eine Kurita-Einheit in die Schlacht führte. Auf Misery ist ein Haufen Leute gestorben — und nicht nur Dragoner. Erinnern Sie sich noch an den Eisernen?«

»Ja.«

»Nun, ich kann ihn nicht vergessen. Als wir mit den Ryuken zusammenarbeiteten, habe ich ihn bewundert.

Niemand konnte es mit seiner Hingabe, mit seinem Mut und mit seinen Fähigkeiten aufnehmen. Niemand außer Ihnen, jedenfalls habe ich das geglaubt. Auf Misery haben die Dragoner gegen die Ryuken gekämpft und beinahe verloren. Am Ende habe ich gegen ihn gekämpft und mußte mitansehen, wie er meine Lanzenkameraden tötete. Ich dachte, es sei der stolzeste Tag meines Lebens, als ich seinen *Dracon* zur Strecke brachte. Ich war noch ein Kind. Ich begriff nicht wirklich die Ehre, die damit verbunden war, seiner *Seppuku*-Zeremonie beiwohnen zu dürfen, aber die Jahre hier in der Welt der Kuritas haben es mich gelehrt. Hat das Geld Ihre Erinnerungen auch von Tetsuhara reingewaschen?«

Wolf betrachtete lediglich seine Teetasse.

»Nun?«

Wolf schwieg auch weiterhin.

»Ich habe Sie für einen ehrenhaften Mann gehalten.«

Feuer blitzte in Wolfs Augen auf, und seine Miene verhärtete sich. »Ich habe so gehandelt, wie ich es für richtig hielt. Ich war Kommandant.«

»Ist das Ihre Entschuldigung?«

»Es ist die Begründung, und mehr ist dazu nicht zu sagen. Ich dachte, wir würden jemand in Kuritas Nähe brauchen, der uns warnen konnte.«

»Doch dann haben Sie alles niedergemacht, was Ihnen Takashi auf den Hals gehetzt hat, und noch eine Welt von Davion ganz für sich allein bekommen. Alles ganz sicher und ungefährlich. Sie brauchten sich keine Gedanken mehr um alte Vorsichtsmaßnahmen zu machen. Sie hatten es nicht mehr nötig. Sie konnten sie ganz einfach vergessen.«

»Sie sind nicht vergessen worden. Es war zu gefährlich, mit Ihnen in Verbindung zu bleiben.«

»Gefährlich?« Dechan lachte voller Bitterkeit. »Wir haben die Wolfnetz-Codes benutzt, aber dann erhielten wir plötzlich keine Antwort mehr. Wir sind im Stich gelassen worden.«

»Das ist nicht wahr.«

»Nicht wahr!« Dechan fuhr auf. Als er sich erhob, stieß er gegen das Tablett, und die Teetasse kippte über den Rand, um auf dem Hartholzboden zu zerschellen. »Warum haben Sie dann Lang zu Theodore geschickt? Jenette und ich gehörten doch angeblich zu seinem inneren Kreis. Warum haben Sie uns nicht einfach gesagt, wir sollen ihn nach Outreach bringen?«

»Es gab noch andere Erwägungen. Ich hielt es nicht für einen besonders guten Zeitpunkt, Sie zu exponieren. Wenn die Anführer der Inneren Sphäre nicht mit einer allgemeinen Zusammenarbeit einverstanden gewesen wären, hätten wir Sie vielleicht noch weiterhin als Agenten gebraucht. Wenn Kurita sich zu kooperieren geweigert hätte, wären Sie möglicherweise großen Gefahren ausgesetzt worden.«

»Hätte, wenn, vielleicht. Sie hätten uns sagen können, was Sie vorhatten, anstatt uns im Ungewissen herumirren und niemals etwas von den Dragonern hören zu lassen.«

»Das hätte Sie zu sehr gefährdet«, sagte Wolf. Er begann damit, die Scherben der zerschellten Teetasse aufzusammeln.

»Und für Ihren gegenwärtigen Besuch bei mir gilt das nicht?«

»Nicht mehr.« Wolf legte die Scherben auf das Tablett. »Es ist noch nicht allgemein bekannt, aber es gibt da etwas, das sie wissen sollten. Takashi Kurita ist tot.«

Dechan dachte an das großartig angekündigte Duell. »Sie haben ihn getötet?«

Kopfschüttelnd sagte Wolf: »Das Duell hat nicht stattgefunden.«

Takashi tot, aber nicht aufgrund des Duells mit Wolf. Das war ein Ausgang, den Dechan nie in Erwägung gezogen hatte. »Dann ist Theodore jetzt Koordinator?«

Wolf nickte. »Es besteht kein Grund mehr für Sie hierzubleiben.«

»Kein Grund? Ich habe Theodore und den Ryuken länger gedient als den Dragonern. Kein Grund für die Dragoner, meinen Sie wohl.«

Wolf seufzte und erhob sich langsam. »Ich verstehe.«

»Tatsächlich?«

»Lassen Sie mich sagen, daß ich stolz auf Ihre Dienste bei den Dragonern war. Und ich war noch stolzer, als Sie damit einverstanden waren, uns bei Kurita als Agent zu dienen. Ich weiß, was Sie damit aufgaben.«

Dechan glaubte es nicht. »Wie sollten Sie?«

»Ich habe meine Heimat einst ebenfalls verlassen, um eine Lüge zu leben. Ich habe Sie länger gelebt als Sie ihre.«

»Verzeihung. Ich hätte wissen müssen, daß der große Jaime Wolf alles besser macht, als ich es je könnte.«

Wolf wirkte betroffen. »Es tut mir leid. So habe ich es nicht gemeint.«

Dechan wurde durch das Knallen der Haustür von einer Erwiderung abgehalten. Jenette trat ein und knöpfte im Gehen ihre Uniformjacke auf.

»Dechan, hast du es schon gehört? Takashi ist tot!«

Sie zögerte, als sie den Besucher bemerkte. Die Jacke fiel zu Boden, und sie verbeugte sich rasch. »Verzeihung. Ich wußte nicht — Colonel Wolf!«

Sie nahm Haltung an und salutierte.

»Das hier ist inoffiziell, Jenette«, sagte er.

Ihre Augen weiteten sich vor Überraschung, und sie fragte: »Warum sind Sie hier?«

Wolf warf einen raschen Seitenblick auf Dechan und lächelte sie daraufhin an. »Ich bin hier, um Sie beide zu bitten, nach Hause zu kommen.«

»Nach Hause?« Ihre Miene drückte Verwirrung aus.

»Ja. Nach Outreach. Auf Sie beide wartet ein Platz bei den Dragonern.«

»Bei der Belagerung von Luthien gab es keinen Platz für uns«, sagte Dechan, immer noch verbittert.

»Die Zeiten haben sich geändert, und meine Sichtweise gewisser Dinge hat sich seit damals verschoben.«

»Ach? Ein neuer Kontrakt?«

»Dechan?« Jenette, die von der vorangegangenen Unterhaltung nichts wußte, war von der Härte in Dechans Tonfall offensichtlich verwirrt.

»Schon in Ordnung, Jenette«, sagte Wolf.

»Nein, das ist es nicht«, sagte sie. »Er ist unverschämt.«

»Ehrlich, nach seinem Dafürhalten.«

»Zu gütig«, höhnte Dechan.

»Dechan!«

»Schon gut, Jenette. Dechan und ich stimmen nicht überein«, sagte Wolf, indem er die Meinungsverschiedenheit mit Höflichkeit kaschierte. »Ich habe mein Angebot gemacht, und ich bin sicher, für Sie beide gibt es eine Menge zu besprechen. Dabei wäre ich nur im Weg. Wenn Sie nach Hause kommen wollen, können Sie das gern tun. Sie sind herzlich willkommen. Wenn nicht, würde ich das auch verstehen. Mir wäre jedoch eine Antwort lieb, wie sie auch ausfallen sollte. Die *Chieftain* steht auf dem Palast-Raumhafen, und ich bin an Bord. Wir starten in einer Woche, nach der Beisetzung.«

»Wir ...«

»Wir werden darüber nachdenken«, sagte Dechan, indem er Jenette am Arm festhielt. »Meshitsukai! Begleite Colonel Wolf nach draußen.«

Der Bedienstete näherte sich mit einer ganzen Reihe höflicher Verbeugungen. Wolf folgte ihm nach draußen. Jenette wartete, bis sie hörte, wie die Haustür geschlossen wurde, bevor sie sich zu ihrem Mann umdrehte. Ihr Gesicht war vor Zorn gerötet.

»Was war hier eigentlich los?«

»Ich kann es nicht leiden, wenn ich in den tiefgründigen Plänen anderer die Rolle eines unzuverlässigen Köters einnehme. Wolf sagte, er hätte uns nicht anvertrauen können, was auf Outreach vor sich ging.«

»Das kann nicht sein«, sagte sie ungläubig.

»Es ist aber so. Wir haben ihm unser Leben geopfert, und es war alles umsonst. Er ruft uns nur zurück, um sein Gewissen zu beschwichtigen.«

Stirnrunzelnd sagte sie: »Ich bin sicher, der Colonel hat das getan, was er für notwendig hielt. Es waren nicht wir, denen er nicht getraut hat. Die ISA hat uns immer überwachen lassen. Eine Botschaft, oder auch ein Bote, hätte abgefangen werden können. Eine Kontaktaufnahme wäre zu gefährlich gewesen.«

»Es gibt immer Mittel und Wege. Er hat auch vorher welche gefunden, wenn er es für wichtig hielt.«

Sie wandte sich von ihm ab und starrte gegen die Wand. »Du übertreibst.«

»Und du verteidigst ihn«, sagte er ebenso scharf. Ihr Rücken war starr, voller Ablehnung. Er holte tief Luft. Seit Jahren waren sie füreinander der einzige wahre Freund gewesen, doch jetzt sah er, wie sie ihm den Rükken zukehrte. Er erinnerte sich nur allzugut, daß sie einer der ursprünglichen Dragoner war, eine Frau, die als Kind mit ihnen von den Clans gekommen war. Mit der Befürchtung, daß ihre Herkunft stärker als ihre gemeinsame Liebe war, wandte er sich von ihr ab. Mit hängendem Kopf ging er zu der Tür, die ins eigentliche Innere des Anwesens führte, mußte dann jedoch feststellen, daß er den Raum nicht so einfach verlassen konnte und wollte. In der Tür blieb er stehen. Seine Wut und das Gefühl, verraten worden zu sein, drängten ihn weiterzugehen, doch seine Liebe ließ es nicht zu. Der innere Zwiespalt lähmte ihn.

Er spürte ihre Hand tastend auf seinem Rücken. Als er sie nicht abschüttelte, schlang sie die Arme um ihn und zog ihn an sich. Sie war warm und zitterte leicht. Er spürte einen Tropfen Feuchtigkeit auf seinem Nakken.

»Dechan, ich will nach Hause.«

Er drehte sich zu ihr um und legte den rechten Arm

um sie. Mit der linken Hand hob er ihr Kinn an, bis sich ihre Blicke trafen.

»Und wenn ich nicht mitkommen will?«

»Verlange nicht von mir, diese Wahl zu treffen.«

»Du verlangst von mir, dieselbe Wahl zu treffen.«

Sie vergrub den Kopf an seiner Schulter und drückte ihn fest an sich. Er wußte, wie seine Entscheidung ausfallen würde. Sie war ihm wichtiger als alles, was ihm Wolf oder Theodore je bieten konnten. Sie würden gehen.

Aber *er* brauchte kein Dragoner zu sein.

Dritter Teil

FEUERPROBE

32

»Michi-*sama!*«

Der Rückweg vom Rande des Abgrunds war lang.

»Michi-*sama!*«

Beharrlich und fordernd drängten sich die vertrauten Stimmen in Michi Noketsunas Bewußtsein. Es gab keinen physischen Kontakt. Es würde auch keinen geben. Trotz all seiner Ungehörigkeit wußte es der Rufer besser.

»Michi-*sama!*«

Sich aus der kalten Umarmung der Dunkelheit lösend, öffnete Michi die Augen. Da er den Kopf geneigt hatte, fiel sein Blick naturgemäß auf das Ehrenschwert auf dem Boden vor ihm. Der Glanz der halb aus der Scheide gezogenen Klinge versprach Erlösung von der Stimme, von der Bürde der Welt, doch aus unerfindlichen Gründen war er einen Schritt vom Rand des Abgrunds zurückgetreten.

Er hob den Kopf und sammelte sich, bevor er sich vor der Gedenktafel entschuldigend verbeugte. Er glaubte das andere Schwert des Paars im festen Griff eines großen dunkelhäutigen Mannes zu sehen, doch das *Katana* lag dort, wo er es hingelegt hatte, wobei sich die sanfte Krümmung seiner abgenutzten schwarzen Scheide überdeutlich vom Sand darunter abhob. Doch es war kein Samurai da, nur der kahle weiße Fels. Absurderweise war Michi sowohl überrascht als auch erleichtert.

*Es ist dein Sohn, der mich ruft, Minobu-*Sensei, *aber ist es nicht deine Stimme, die ich höre?*

»Michi-*sama?*«

»*Hai,* Kiyomasa-*san.* Ich höre dich.«

»Ich befürchtete schon, es sei zu spät.« Kiyomasa Tetsuhara trat näher. Der junge Mann trug die dunkelgraue Uniform eines Kurita-MechKriegers. Das schwere Material, das ihn vor der Kühle der Höhle schützte, ließ ihn stämmig und plump aussehen. Trotz der Kälte standen

Schweißperlen auf seiner glänzenden schwarzen Haut. »Ich dachte mir, daß Sie diesen Weg beschreiten würden, und ich wollte ihn Ihnen ausreden.«

»Hast du wirklich erwartet, mehr Glück bei mir zu haben, als ich bei deinem Vater hatte?«

»Ich hatte es gehofft.«

Ein Lächeln huschte über Kiyomasas Gesicht. Mit seinem unbeschwerten Versprechen der Ungezwungenheit, das dieses Lächeln ausdrückte, hatte sich der junge Mann zweifellos viele Freunde gemacht. Michi sah durch diese Miene hindurch bis zu dem Kind, das er gekannt hatte, und weiter zu dem lange toten Vater des Kindes. Minobu hatte selten gelächelt. Michi schüttelte die Erinnerungen ab.

»Hast du geglaubt, sie könnten deinen Argumenten Gewicht verleihen?«

Kiyomasas erschrockene Augen zuckten über Michis Schulter zu jenen, die ihn begleitet hatten. Sie hatten keine verbale Ermutigung für ihn, doch Michi spürte ihre Aufregung.

Nervös befeuchtete Kiyomasa seine Lippen und sagte: »Ich konnte sie davon überzeugen, daß es Alternativen gibt. Das wenigste, was Sie also für uns tun können, ist, uns eine Chance zu geben. Reden Sie mit uns. Wenn wir Ihnen nicht zeigen können, daß dies nicht der richtige Weg für Sie ist, werden wir uns nicht weiter einmischen. Für jeden von uns wäre es eine Ehre, Ihr *Kaishaku-nin* zu sein.«

»Also gut.«

Michi sammelte sich und konzentrierte sich auf sein *Ki*, um sich für diese letzte Prüfung zu wappnen. Er stand auf und drehte sich zu den anderen um, deren Atem in der kalten Luft gefror. Er verbeugte sich vor ihnen.

»Konichiwa.«

Die Erwiderung der Begrüßung fiel ein wenig ungehobelt aus. Die meisten der Versammelten trugen Kurita-Militäruniformen, doch es gab eine breite Vielfalt verschiedener Einheitsabzeichen. Ein paar hatten Söldneruniformen an, einer die weiße Uniform eines ComStar-Gardisten. Der Rest trug militärische Kleidung, die sich nicht eindeutig einordnen ließ.

Sie gehörten allen Altersklassen an. Manche waren jung, zu jung, um an den alten Schlachten teilgenommen haben zu können. Sie mußten Angehörige der jüngsten Generation von Kriegern sein. Andere kannte er noch von seiner Zeit in Dieron. Und wieder andere noch von den alten Ryuken. Er verbeugte sich vor einem von ihnen.

»Kumban-*san*.«

»Michi-*sama*.« Der Mann trat einen Schritt vor und erwiderte die Verbeugung. »Ich sah den Stein für den alten Mann. Ihr Werk?«

»Hai.«

»Er kann Ihnen nicht danken, also werde ich es tun.«

»Das ist unnötig. Es war mir eine Ehre.«

Kumban verbeugte sich noch einmal und wich wieder einen Schritt zurück.

»Sie sind derjenige, den wir ehren, Michi-*sama*«, sagte Kiyomasa. »Wir wissen von Ihrer Vendetta und davon, was Sie getan haben, um die Ehre meines Vaters hochzuhalten. Unser Herr, Takashi, ist tot, so daß wir von unserem Treueid entbunden sind. Bevor wir einem anderen Kurita verpflichtet werden konnten, haben wir beschlossen, zu Ihnen zu kommen. Wenn Sie gestatten, werden wir uns Ihnen anschließen. Sie sind ein Mann von großer Ehre. Wir wollen, daß Sie uns zeigen, was es heißt, ein ehrenhafter Krieger zu sein.«

Michi musterte die versammelten Kuritas. Er sah Hoffnung und Furcht und die Gier nach Ruhm in ihren Augen. Seine geschärften Sinne ließen ihn die Färbung ihres *Ki* fühlen. Sie waren Krieger, sie alle, und hatten einen kühnen und verwegenen Kurs eingeschlagen. Sie hatten sich gegen den Spott ihrer Kameraden gewappnet und waren davongelaufen, um sich einem halbverrückten Vagabunden anzuschließen, den sie ohne Zweifel für eine Art Kriegerheiligen hielten. Und doch waren sie unruhig, nervös.

Die große Höhle mit ihren unheimlichen Echos war ein beunruhigender Ort, aber einem wahren Krieger würde das Herz deswegen nicht in die Hose rutschen. Er erwog die Möglichkeit, daß er der Grund für ihre Nervosität war.

Ihm wurde klar, daß er einen Anblick bieten mußte, der im Einklang mit derartigen Fantasien stand. Wie ein Asket, der den Elementen trotzt, trug er nur einen leichten Kimono gegen die Kälte, und er war weiß, die Farbe des Todes. Das Gewand hing locker an ihm herunter, und seine offene Vorderseite und die kurzen Ärmel ließen die Narben eines Lebens erkennen. Sein blickloses, weißes linkes Auge machte es vielen jüngeren Menschen unmöglich, seinem Blick länger als einen Augenblick zu begegnen. Sogar ein paar von denen, die ihn schon länger kannten, zuckten zusammen, als er den Blick auf sie richtete.

Es gab keinen Zweifel, daß sie von seiner körperlichen Erscheinung beeindruckt waren, doch der Grad ihrer Aufregung konnte nicht allein daher rühren, daß sie ihren Träumen nun in Fleisch und Blut begegneten. Da war noch etwas anderes, das sie beunruhigte. Michi ließ seine Sinne auf der Suche nach der Ursache ihrer Unruhe weiter ausgreifen und fand, daß unter den Anwesenden noch andere Krieger waren, die einen weiteren Faktor in den Zukunftsplänen der Kuritas darstellten. Die Anwesenheit dieser anderen war seinem *Ki* durch die Aufregung der Kuritas verborgen geblieben, wie deren Körper ihm die Sicht auf sie versperrt hatten. Jetzt, wo er auf sie aufmerksam geworden war, konnte sich Michi nur noch fragen, wie sie ihm anfangs entgangen sein konnten. Sie waren keine Kuritas, aber sie waren stark. Er erkannte das Muster wieder.

Michi nickte und sagte: »Sie dürfen ruhig vortreten, Colonel Wolf.«

Die Kuritas teilten sich, um die drei Dragoner durchzulassen. Zur Rechten wurde Jaime Wolf von Hans Vordel flankiert. Das Alter hatte tiefere Linien in sein Galgenvogelgesicht gegraben und ein paar Haare weiß werden lassen, seinem Kriegerschritt jedoch nichts anhaben können. Der Dragoner zur Linken sah aus wie eine Momentaufnahme aus der Vergangenheit. Er hätte William Cameron, Wolfs Kommunikationsspezialist sein können, aber er war es nicht. Cameron war auf Crossing gestorben. Dies mußte ein Sohn von ihm sein.

Wolf lächelte, als amüsiere er sich über einen Witz. »Wer hat Ihnen verraten, daß ich hier bin?«

»Ihr *Ki* ist sehr stark.«

Wolfs Lächeln verschwand, und sein Blick wanderte zur Gedenktafel. »Er hat bei unserer ersten Begegnung fast dasselbe gesagt. Wenn das so weitergeht, machen Sie mich am Ende noch zu einem Anhänger der Kurita-Mystizismen.«

»Sie glauben, was Sie glauben wollen, gleichgültig, was ich tue oder sage.«

»Mag sein.«

Michi hob den Arm und winkte, um die Reihen der Gedenktafeln einzuschließen. Jede war ein einfacher weißer Stein, in den mit konventionellen Buchstaben Name und Rang eines Kriegers eingraviert waren. »Harumito Shumagawa ist dafür verantwortlich. Er war der kommandierende Offizier der Truppen, die hier blieben, als Kriegsherr Samsonow befahl, die Toten der Dragoner wieder auszugraben. Samsonow wollte die Leichen den Auswirkungen des Wetters überlassen, um jede Spur ihrer Anwesenheit auszulöschen. Samsonow sagte, die Ryuken hätten versagt und ihre Toten dürften nicht geehrt werden. Hätte er mehr Zutrauen in seine Macht gehabt, hätte er für ihre Leichen wahrscheinlich dasselbe angeordnet wie für die Dragoner, doch er befahl nur, daß ihre Gräber unmarkiert bleiben sollten. Jene Befehle gehörten mit zu den letzten, die er vor seiner Flucht noch gab. Shumagawa hatte die Schlacht hier überlebt und nur ein Bein verloren. Er wußte was geschehen war.

Minobu-*Sensei* lehrte uns, daß ein Krieger geehrt werden muß. Geschlecht, Hautfarbe und Uniform spielten keine Rolle. Shumagawa fühlte sich durch den Befehl des Kriegsherrn entehrt, doch als Samurai war er verpflichtet zu gehorchen. Oder zumindest so zu tun. Er befahl einer ausgewählten Gruppe seiner Männer, die Überreste der Toten, Ryuken und Dragoner, in diese Höhle zu schaffen, und dann ließ er sie Verschwiegenheit schwören. Sie waren alle Ryuken-Veteranen und verstanden. Er konnte nicht zulassen, daß Tapferkeit und Heldenmut einfach vergessen wurden. Nachdem er dem Kriegsherrn die Erfüllung seiner Aufgabe gemeldet hatte, nahm er seinen Abschied. Seine Veteranen verteilten sich auf die Vereinigten Soldaten des Draconis-Kombinats, während er sich in diese Höhle zurückzog, um die Gedenktafeln zu erstellen. Er brauchte zwanzig Jahre dafür. Er starb hier von eigener Hand als Buße dafür, daß er den Kriegsherrn belogen hatte. Sein Geist wird zufrieden sein, daß Sie diesen Ort gesehen haben.«

Wolf betrachtete die unzähligen Reihen der Gedenktafeln. »Es gibt viele, die das nicht verstehen würden.«

»Verstehen Sie es, Colonel?«

»Ich denke schon.« Wolf richtete seinen Blick auf Michi. »Und Sie?«

Die Frage überraschte Michi. Um das Schwanken in seinem *Wa* zu überspielen, sagte er: »Warum sind Sie hierhergekommen?«

»Ich wurde von einigen Leuten gebeten, die glauben, ich könnte mich nützlich machen, vielleicht sogar noch einen unnötigen Verlust in einer tragischen Geschichte verhindern.«

»Kiyomasa.«

Wolf lächelte. »Er ist ein junger Mann von einiger Überzeugungskraft.«

»Sie hören eine andere Stimme in seinem Ruf. Machen Sie sich nichts vor, indem Sie der Vergangenheit lauschen.«

In Wolfs Augen trat eine plötzliche Wachsamkeit. »Brüche mit der Tradition gehören zu der Art von Dingen, die ich mir zur Gewohnheit gemacht habe. Ich weiß, daß es Ihresgleichen schwerfällt, es zu glauben, aber Ihr Lehrer war nicht ausschließlich ein Verfechter der Tradition.«

»Er wußte, wann Tradition wichtig ist.«

»Meistens. Aber er war auch nur ein Mensch. Ich glaube, er hat einen Fehler gemacht, als es hier auf Misery zu Ende ging. Sie haben es auch geglaubt, sonst hätten Sie keine Vendetta geschworen. Und die hat sich nicht so entwickelt, wie Sie sich das vorgestellt haben. Denken Sie darüber nach.«

»Das habe ich schon.«

Wolf bückte sich und hob das Ehrenschwert auf. Er stieß die Klinge in die Scheide. »Vielleicht nicht gründlich genug. Die Toten haben den Lebenden eine Menge zu sagen, aber man kann nicht nur zuhören. Irgendwann muß man das, was sie einem sagen, auch in die Tat umsetzen.« Wolf trat zu Minobus Gedenktafel und hob das *Katana* auf. Er reichte Kiyomasa das Schwerterpaar. »Das waren seine Schwerter. Wie sagt Ihr Kuritas noch immer? Daß es keine Vergangenheit und keine Zukunft gibt. Daß nur die Gegenwart real ist und viel geschehen kann, wodurch sich unangenehme Aussichten ändern.«

Kiyomasa sah verwirrt aus, und Michi spürte gleichermaßen Verwirrung bei den Kuritas und Wolfs Begleitern. Aber Wolfs Worte waren nicht für sie bestimmt. Sie betrafen ausschließlich Wolf und ihn.

Wolf musterte Michi. »Und was sind Sie jetzt in diesem Augenblick, Michi Noketsuna? Tod oder lebendig?«

»Lebendig.«

»Denken Sie auch darüber nach. Ich habe Ihnen einmal angeboten, einen Posten bei den Dragonern zu übernehmen, und Sie sagten, Sie hätten anderes zu tun. Ich habe das verstanden als: ›Reden wir später noch mal darüber.‹ Und für mich sieht es ganz so aus, als seien alle alten Rechnungen bezahlt. Wenn Sie sich wirklich am Ende töten wollten, hätten Sie es schon getan. Was suchen Sie also, Noketsuna? Jedenfalls nicht den Tod.«

Nein, realisierte Michi, nicht den Tod, aber was er tatsächlich suchte, wußte er auch nicht.

»Tja, ich habe noch viel zu tun«, sagte Wolf mit einem plötzlichen Anflug von Ungeduld. »Ich kann nicht in der Vergangenheit leben.«

Wolf drehte sich um und ging davon. Seine Dragoner verbeugten sich vor Michi, dann folgten sie ihrem Kommandanten.

Die Kuritas sahen ihnen nach, dann richteten sie ihre Aufmerksamkeit in Erwartung einer Antwort ganz auf Michi.

»Michi-*sama?*« fragte Kiyomasa für sie alle.

33

Es war sonderbar, Kuritas an Bord der *Chieftain* zu haben. Während der Ausbildung hatte ich ihre Kultur vielleicht ein klein wenig eingehender studiert als die der anderen Nachfolgerstaaten, weil sie als wahrscheinliche Gegner dargestellt wurden. Doch die Realität unterschied sich von den Erwartungen, wie es wohl immer der Fall ist. Wir hielten uns zwar auf einem Kriegsschiff auf, befanden uns jedoch nicht in einer militärischen Operation. Vielleicht war das mit ein Grund dafür, warum sie sich nicht so verhielten, wie ich es erwartet hatte.

Ihre Cliquenwirtschaft war jedoch nicht weiter verwunderlich. Sie waren unter Fremden, von denen manche einmal ihre Feinde gewesen waren. Sphäroiden gliedern die Verlierer eines Unternehmens nicht in die Reihen der Gewinner ein, wie das die Clans tun. Nun, das gehörte auch nicht zur üblichen Vorgehensweise der Dragoner. Doch wir hatten Clanner aufgenommen, und in vielerlei Hinsicht waren sie noch sonderbarer als diese expatriierten Samurai und ihre Familien.

Ich machte mir Gedanken über diese Familien. Nicht alle Kuritas hatten die ihre mitgebracht. Bedeutete das, jene, die keine Familie mitbrachten, hatten auch keine? Waren sie Waisen, Ausgestoßene oder gar Abtrünnige? Ich hatte keine Gelegenheit, die Antwort herauszufinden, weil die Familien auf den Schiffen untergebracht waren, welche die Kuritas mitgebracht hatten. Da die Schiffe noch Eigentum einzelner Kuritas waren, bis die entsprechenden Überschreibungen auf Outreach vorgenommen werden konnten, besuchten wir Dragoner sie während der Rückreise kaum.

Wie viele von diesen Frauen und Kindern hatten ihre Krieger freiwillig begleitet? Wie viele waren zu dieser Reise gezwungen worden? Wie wurden sie damit fertig, sich unter Fremde zu begeben, um ein neues Leben anzufangen? Ich hätte es verstanden, wenn sie alle in

Geschkos aufgewachsen wären. Das Unbekannte zu erleben, gemeinsam neue Abenteuer zu suchen — diese Art Kameradschaft war natürlich. Wie gingen Familien damit um? Ich fragte mich auch, wieviel Ähnlichkeit dieser winzige Exodus mit dem Auszug der Alten aus dem Clan Wolf hatte.

Ich brachte niemals den Mut auf, einen der Offiziere zu fragen, die regelmäßige Besprechungen mit Colonel Wolf hatten. Ich sah sie nur kommen und gehen. Manchmal hörte ich sie untereinander über ihre Familien reden, aber ich war nie sicher, ob sie von jemandem auf ihren Schiffen sprachen oder von jemandem, den sie zurückgelassen hatten. Vielleicht gehörte das alles zu dieser Leben-in-der-Gegenwart-Geschichte, über die der Colonel mit Michi Noketsuna gesprochen hatte. Ich wußte es nicht.

Ich verbrachte eine Menge Zeit auf der Brücke der *Chieftain,* wo ich meine Komm-Station eingerichtet hatte, um die Dragonersendungen und ComStar-Kanäle abzuhören. Die Funkfrequenzen im Weltraum sind ein merkwürdiges Durcheinander: Man muß immer die Vergangenheit von der Gegenwart trennen, obwohl in Wirklichkeit alles Vergangenheit ist. Da nichts unverzüglich eintrifft, muß man alles, was man empfängt, in die richtige Perspektive rücken. Das kann sehr schwierig sein. Manchmal sind die Nachrichten von letzter Woche aus einem entfernten System wichtiger als die Nachrichten von heute aus dem System, in dem man gerade mit seinem Sprungschiff darauf wartet, daß sich das Sprungsegel auflädt.

Dann und wann, wenn ich von meiner Arbeit aufsah, stellte ich fest, daß Michi mich beobachtete. Er sagte jedoch nie etwas. Er verbeugte sich immer nur höflich, wenn mein Blick auf ihn fiel, um dann weiterzuschlendern und seinen Geschäften nachzugehen. Ich verstand nicht wirklich, warum er mit den anderen Kuritas an Bord gekommen war. Er schien ganz anders als sie zu sein. Das lag nicht nur daran, daß er so distanziert und reserviert war — das war typisch für einen Kurita. Es lag eher daran, daß er den Eindruck erweckte, als sei er gar nicht richtig anwesend. Er redete nur selten und dann auch nur, wenn er direkt angesprochen wurde. Er hatte irgend etwas Absonderliches an sich, etwas entfernt Gefährliches. Manchmal kam er mir vor wie eine Mine. Ein Experte konnte gefahrlos mit ihr umgehen, aber ein unerfahrener Soldat würde das Falsche tun, und das würde das Ende des Soldaten sein. Wenn ich mir in seiner Nähe einer Sache sicher war, dann der, daß ich definitiv noch ein Grünschnabel war. Also fragte ich ihn trotz meiner Neugier nie, warum er mir zusah.

Das war wahrscheinlich auch ganz gut so.

Dechan Fraser blieb an Bord der *Chieftain*, als Wolf, Vordel und Cameron die Kuritas auf den Planeten begleiteten. Er hatte das kalte blaue Antlitz des Planeten, den sie umkreisten, in dem Augenblick wiedererkannt, als er es auf den Brückenmonitoren gesehen hatte. Er hatte keinerlei Bedürfnis, jemals wieder einen Fuß darauf zu setzen.

Den Gesprächsfetzen, die er bei den Unterhaltungen der Kuritas aufgeschnappt hatte, glaubte er entnehmen zu können, warum sie hierhergekommen waren, und das gab ihm nur noch mehr Grund, an Bord zu bleiben. Seine Vermutungen erwiesen sich als korrekt, als das Shuttle mit Michi Noketsuna zurückkehrte. Michi begrüßte Dechan und Jenette mit einer steifen, förmlichen Verbeugung, doch er richtete kein einziges Wort an sie. Wenngleich sie in jenem Augenblick geschwiegen hatte, beklagte sich Jenette später bitter darüber. Dechan wußte nicht recht, ob ihm Michis unterkühltes Verhalten etwas ausmachte oder nicht. Viele Jahre waren vergangen, ohne daß ein Wort gewechselt worden war, was machten dann ein paar Minuten in einem Shuttle-Hangar aus?

Nach dieser ersten Begegnung bekamen sie Michi kaum zu Gesicht. Immer, wenn sie einen Raum betraten, schien er ihn gerade zu verlassen, und umgekehrt. Mit den anderen Kuritas kamen sie leichter ins Gespräch. Nach den langen Jahren im Kombinat waren sie für Dechan vertrautere Kameraden als die Dragoner.

Dennoch kam es ihm sonderbar vor, Dragoner- und Kuritauniformen wieder am gleichen Konferenztisch sitzen zu sehen. Die Zusammenkünfte verliefen zunächst ein wenig schleppend, doch die Ryuken-Veteranen hatten sich schnell daran gewöhnt, und die anderen Kuritas folgten ihrem Beispiel. Dechan wurde an die Zeit erinnert, als der Eiserne — Tetsuhara — Wolf gegenübergesessen hatte. Aber Tetsuhara war tot, und sein Sohn — nun, sein Sohn war nicht der Eiserne. Michi Noketsuna hatte damals auch am Tisch gesessen. Er war nicht tot, aber er saß auch nicht mit am Tisch.

Schließlich kam Dechan zu dem Schluß, daß dies alles nicht weiter überraschend war. Die Dinge hatten sich verändert. Sogar die Dragoner waren jetzt anders. Das wurde ihm jedesmal deutlich vor Augen geführt, wenn er Pilotin Grane sah. Ihr übergroßer Kopf und schmächtiger Wuchs wiesen sie augenblicklich als clangeborene Luft/Raum-Pilotin aus. Keiner der extremen Phänotypen der Clans war Bestandteil der Dragoner gewesen, als er noch ihre Uniform getragen hatte. Zum Teufel, er hatte nicht einmal gewußt, daß die Dragoner von den Clans abstammten. Als Rekrut der Inneren Sphäre war ihm dieses Wissen nicht anvertraut worden.

Doch Jenette hatte es gewußt. Sie war eine von ihnen.

Aber irgendwie brachte er es nicht über sich, sie deswegen zu hassen. Sie hatte ihn niemals wirklich belogen, sie hatte ihm einfach nur nicht die ganze Geschichte erzählt. Aber er kannte sie. Und liebte sie. Vielleicht war das der Unterschied.

Jaime Wolf war dagegen ein Rätsel. Er war ein Mann, der sein eigenes Spiel spielte und jeden zum Teufel schickte, der ihm in die Quere kam. Darin war er Dechans ehemaligem Freund Michi sehr ähnlich.

Dechan war es leid, eine Schachfigur zu sein. Jetzt wollte er sich nur noch aus allem heraushalten und Jenette in Sicherheit wissen. Es war sowieso nicht gut möglich, irgend etwas wirklich Konstruktives zu unternehmen, bis die Reise vorbei war. Danach würde er sehen, was sich machen ließ, um sich ein neues Leben aufzubauen.

34

Die Ehrenwache stand zackig Spalier an der Rampe der *Chieftain.* Sie waren alle Elementare, und obwohl nicht alle Teil des Leibeigenentransfers auf Luthien gewesen waren, trugen alle Abzeichen der Novakatzen, und zwar an ebenso ins Auge springender Stelle wie die Einheits- und Rangabzeichen der Dragoner. Elson fragte sich, was Wolf davon halten würde.

Wolfs Frau und Kinder warteten am Fuß der Rampe zusammen mit MacKenzies Witwe und Tochter. Marisha Dandridge hatte sich mit der Bitte um Erlaubnis an den Offiziersrat gewandt, diejenige sein zu dürfen, welche Wolf die Nachricht vom Tode seines Sohnes überbrachte. Elson hatte keinen Grund gesehen, dieses Ersuchen abzulehnen, wenngleich es gegen die übliche Befehlshierarchie verstieß. Ein weiteres Zeichen für die dekadente Schwäche aller Blutfamilien. Die öffentliche Zurschaustellung des Kummers würde Wolfs Ansehen bei den Clannern innerhalb der Dragoner nur noch weiter verringern.

Die Personenschleuse des Landungsschiffs öffnete sich zischend, um den Blick auf einen Haufen schwarz uniformierter Soldaten freizugeben. Elson erkannte die Uniformen. Das mußten die Kuritas sein, die Wolf mit nach Hause brachte. Sie gingen langsam und mit steif durchgedrücktem Rücken die Rampe hinunter. Am Fuß angelangt, verbeugten sie sich einer nach dem anderen vor Wolfs Familie, bevor sie beiseite traten. Sie blieben beieinander und zogen sich in den Schatten des Landungsschiffes zurück, offenbar nicht gewillt, sich der Gruppe der Dragoneroffiziere anzuschließen, bei der Elson stand.

Als nächste verließen Wolf und sein Leibwächter das Schiff. Cameron, der Komm-Offizier folgte ihnen auf dem Fuß. Wolfs Wiedersehen mit seiner Familie war äußerst emotionsgeladen. Elson sah sich nach Alpin um.

Der Junge trat zwar von einem Fuß auf den anderen, blieb jedoch, wo er war.

Die Reaktion der Ehrenwache-Elementare fiel genauso aus, wie Elson erwartet hatte. Sie hielten die Augen stur geradeaus gerichtet, die Miene wie versteinert. Die Kuritas hielten es ebenfalls für angebracht, die Szene, die sich vor ihren Augen abspielte, zu ignorieren. Ihre Kultur ehrte zwar Emotionen, sah jedoch auf die öffentliche Zurschaustellung von Gefühlen herab, so daß ihre Abneigung lediglich der Unangemessenheit des Ausdrucks galt. Einige der Offiziere um Elson machten Bemerkungen, die darauf hinausliefen, daß Wolfs Benehmen eines Militärs unwürdig war. Elson war zufrieden. Wegen seiner Erziehung drängte alles in ihm danach, sich wie die anderen über die schamlose Zurschaustellung und den schreienden Mangel an Beherrschung lustig zu machen, doch es war wichtig, daß er heute den Eindruck erweckte, nicht gegen Wolf voreingenommen zu sein. Seine Selbstbeherrschung war für diese Aufgabe mehr als ausreichend.

Cameron schlüpfte an der Familie vorbei und tippte Vordel auf die Schulter. Er beugte sich herunter, um dem untersetzten Leibwächter etwas ins Ohr zu flüstern, dann verließen die beiden die Rampe und kamen auf Elsons Gruppe zu. Das Flüstern unter den Offizieren verstummte, als sie sich näherten.

»Warum bist du nicht bei deiner Familie?« fragte Vordel Alpin.

»Ich bin Offizier«, schnauzte Alpin. »Mein Platz ist hier.«

Vordel beäugte ihn mißtrauisch. »Was geht denn hier vor?«

»Das werden Sie noch früh genug herausfinden, alter Mann«, sagte Alpin. »Sie werden es ihm jeden Augenblick sagen.«

»Wem sagen? Was?«

Cameron sah noch besorgter aus, als Vordel klang. Er

sah sich rasch nach Wolf um. Ein Zittern überlief seinen Körper, als denke er daran, zu seinem Herrn und Meister zurückzurennen. Die Reaktion verriet Elson, daß die Nachrichtensperre ein Erfolg gewesen war.

»Ich brauche Ihre Fragen nicht zu beantworten«, stieß Alpin höhnisch hervor.

Hans' Gesicht verhärtete sich. Elson sah das Gefahrenzeichen, das Alpin entging. Cameron bemerkte es ebenfalls und kam Vordels Erwiderung zuvor, indem er ihm eine Hand auf den Arm legte. Vordel entspannte sich, wenn auch nur ein wenig. Seine Stimme war hart, als er sprach, und Elson war zufrieden, daß der Leibwächter seine Frage an Alicia Fancher, eine der sichereren Offiziere, richtete. Colonel Fancher hatte nicht vergessen, daß Wolf sie vor Jahren einmal ihres Kommandos enthoben hatte. Es hatte Elson wenig Mühe gekostet, das Feuer ihrer Ressentiments zu schüren. Sie würde den Plan nicht verraten.

»Was soll das, Alicia? Was geht hier vor? Irgendwas stimmt hier nicht, sonst wären Sie nicht hier.«

Es war keine Überraschung, daß der Leibwächter Fancher kannte. Als Mitglied von Wolfs Befehlslanze mußte Vordel einen guten Überblick über die gegenwärtigen Aufgaben aller Gefechtseinheiten haben. Fanchers Beta-Regiment war angeblich in Kämpfe auf Vertabren verwickelt. Da er nichts von Umgruppierungen gehört hatte, mußte Vordel annehmen, daß etwas Wichtiges im Gange war, wenn ein Regimentskommandeur von seinen Truppen im Feld abgezogen wurde. Colonel Fancher blieb gelassen.

»Wie Alpin Wolf schon sagte, Sie werden es noch früh genug herausfinden.«

Sie neigte den Kopf, um auf die Annäherung von Jaime Wolf hinzuweisen. Während Vordels Fragerei hatte Wolf vom Tode seines Sohnes erfahren. Die Wangen des Colonels glänzten dort, wo die Tränen feuchte Spuren hinterlassen hatten.

Cameron sah schockiert aus und Vordel tief beunruhigt. Wolf warf einen kurzen Blick auf Alpin, als er an ihm vorbeiging. Die versammelten Dragoner teilten sich vor dem Colonel, als sei er ein mächtiger bedrohlicher Krieger und kein schmächtiger Mann, der eine Handspanne kleiner war als der kleinste unter ihnen und gut zwanzig Jahre älter. Wolf blieb knapp vor Elson stehen.

»Marisha sagte, Sie hätten eine Nachrichtensperre verhängt.«

»Das stimmt.«

»Warum?«

»Ich hielt es für angebracht, die Nachricht nicht vor Ihrer Rückkehr in der Inneren Sphäre zu verbreiten. Die Dragoner haben Feinde, die vielleicht ihren Nutzen daraus hätten ziehen können.«

»Das war unnötig.«

Ein Achselzucken wäre zu keck gewesen. Elson stand stramm. »In der Tiefe des Raumes war nicht so klar, ob die Maßnahme nötig ist oder nicht. Ein Kurier kam aufgrund unserer Missionsrichtlinien nicht in Frage. Eine offene Funkmeldung hätte abgehört werden können. Ein ComStar-Kommunique hätte einer fragwürdigen Organisation heikle Informationen in die Hände gespielt. Vertreten die Dragoner nicht die Politik, es möglichst zu vermeiden, ComStar wichtige Informationen anzuvertrauen?«

Wolf seufzte. »Vielleicht haben Sie recht. Aber ich hätte es gern früher erfahren.«

»Es hätte nichts geändert, *frapos?*«

Leise erwiderte der Colonel:

»Ich glaube nicht.«

»Er ist im Kampf gestorben. Welcher Krieger könnte mehr verlangen?«

»Er war mein Sohn.«

Elson nickte. »Wir haben die Erinnerung bis nach Ihrer Rückkehr verschoben.«

»Wir wußten, du würdest dabeisein wollen, Großvater«, sagte Alpin.

Wolf betrachtete ihn einen Moment lang mit leerem Blick, dann fragte er: »Wann?«

»Heute abend, wenn Sie es wünschen«, erwiderte Elson.

»Heute abend?« Wolf strich sich den Bart. »Nein. Das ist ... Ich brauche noch etwas Zeit, um es zu begreifen, um mich vorzubereiten.«

»Es gibt da ein paar Einzelheiten«, soufflierte Elson.

»Ich übernehme das«, sagte Cameron mit schwankender Stimme. »Sie brauchen sich keine Sorgen zu machen, Colonel. Ich werde mich um die Formalitäten kümmern.«

Er fuhr zusammen, als Marisha ihn am Arm berührte. Offensichtlich hatte er sie nicht kommen hören.

»Vielen Dank, Brian. Jaime und ich wissen das zu schätzen. Wir alle wissen das zu schätzen.«

Sie nahm den Arm ihres Mannes. Er nickte ihr abwesend zu und sah sich dann um. Als er Katherine den freien Arm um die Schulter legte, rang er sich ein Lächeln ab. Sie weinte ganz offen und schluchzte an seiner Schulter.

»Das wird schon wieder, Katherine. Wir werden darüber hinwegkommen.«

»Komm«, sagte Marisha. »Es wird Zeit, nach Hause zu gehen.«

Hand in Hand gingen sie davon. Rachel, Joshua und Shauna folgten ihnen, Vordel, der ergebene und pflichtbewußte Leibwächter, ebenfalls. Cameron blieb, wo er war, und fixierte Alpin.

Elson trat zwischen die beiden, um Alpin vor den Blicken des Komm-Offiziers abzuschirmen. Für heute morgen war das genug der Demonstration. Jetzt war nicht der richtige Zeitpunkt, an dieser Front irgend etwas ausbrechen zu lassen.

»Der Wolf ist heimgekehrt«, sagte er, wobei er die

Stimme hob, um die versammelten Dragoner mit einzubeziehen. »Wir haben alle viel zu tun, *frapos?*«

»Pos«, lautete die Antwort.

Elson lächelte im stillen. Die Stimmen hätten auch Clannern gehören können.

35

Dechan holte die konventionelle Jacke aus dem Schrank und runzelte die Stirn. In dem Geschäft hatte sie nicht so schlicht ausgesehen, als er sie gestern gekauft hatte. Er zog sie an, richtete die Polster in den Schultern und betrachtete sich im Spiegel. Sie sah gerade schmucklos genug aus und hatte doch den richtigen Anflug soldatischen Schnittes. Die Jacke würde gehen.

Als er zum erstenmal von dieser Sache gehört hatte, welche die Dragoner Erinnerung nannten, hatte er nicht hingehen wollen. Sie hatten sich nicht damit aufgehalten, ihn in diese Dinge einzuweihen, als er noch ihre Uniform getragen hatte, warum sollte es ihm jetzt noch etwas bedeuten? Aber Jenette hatte ihn schließlich umgestimmt.

Dechan hatte MacKenzie Wolf in den Jahren, die dieser damit verbracht hatte, sein Geschäft zu lernen, als Darnell Winningham gekannt. Als MacKenzies Identität offengelegt worden war, hatte es offiziell geheißen, die falsche Identität habe den Zweck gehabt zu verhindern, daß MacKenzie eine bevorzugte Behandlung erfuhr. Nach allem, was Dechan in letzter Zeit über die Dragoner erfahren hatte, kam es ihm wahrscheinlicher vor, daß es irgendeine Clan-Geschichte war, daß MacKenzie sich seinen Namen erst verdienen mußte oder so. Oder es konnte auch einfach nur ein weiteres Beispiel für Wolfs Hang zu Geheimhaltung und Doppelzüngigkeit gewesen sein.

Wie auch immer, MacKenzie war jetzt tot, und die Erinnerung wurde ihm zu Ehren abgehalten. Jenette hatte recht, wenn sie darauf verwies, daß es dabei um MacKenzie ging und nicht darum, wie die Dragoner Dechan behandelt hatten. Dechan hatte Darnell als guten Kompaniekommandeur kennengelernt. Und Darnell war einer der ganz wenigen gewesen, die nicht in dem Zeitraum gestorben waren, den Dechan in der Peripherie und im Kombinat verbracht hatte. Eine Gedenkfeier war vielleicht genau das richtige, ein Weg, die tote Vergangenheit zu begraben.

Jenette kam aus dem Badezimmer, während sie sich die letzten Wassertropfen aus den kurz geschnittenen Haaren frottierte. »Du siehst nett aus, aber ich wünschte, du würdest deine Uniform tragen.«

»Das haben wir doch alles schon durchgekaut.«

Sie runzelte die Stirn, dann zuckte sie die Achseln. Sie zog ihre enge Uniformhose an und schlüpfte mit ihren üblichen behenden und rationellen Bewegungen in Hemd und Jacke. Das Gürtelhalfter blieb leer. Selbst Zierwaffen waren bei einer Erinnerung fehl am Platz. Er war ihr dabei behilflich, den Galaumhang gerade auszurichten, und schloß die Wolfskopf-Schnalle. Sie bürstete sich rasch das Haar, bevor sie ihr Barett in keckem Winkel aufsetzte. Jenette sah in ihrer Uniform schneidig aus, aber schließlich wollten die Schöpfer dieser Uniform auch eben diese Wirkung erreichen.

Auf der Fahrt zum Stadtzentrum war sie ungewöhnlich still, und Dechan verspürte keinerlei Neigung, ein Gespräch anzufangen. Was gab es schon zu sagen? Sie verließen die U-Bahn in der Nähe der Wolf Hall. Die Erinnerung sollte im großen Versammlungsraum des Hauptquartiers stattfinden. Dragoner mit bauschigen Galaumhängen waren unterwegs zum gleichen Bestimmungsort und begleiteten sie zur Halle. Andere näherten sich einzeln oder in kleinen Gruppen aus allen Richtungen.

Die Menge, die langsam zusammenströmte, war ungewöhnlich ruhig, der entfernte Verkehrslärm bildete die einzige Geräuschkulisse.

Die große Halle erinnerte an einen Hörsaal. Normalerweise befanden sich Sitzreihen auf den Stufen, aber sie waren entfernt worden. Heute abend würden die Besucher stehen. Als Verbeugung vor dem geehrten Toten, hatte Jenette gesagt. Er folgte ihr zu einer Reihe, die etwa auf Höhe eines Drittels des Weges nach unten lag, und sie führte ihn zu einem Platz in der Mitte. Er sah zur Bühne hinunter. Abgesehen von einem schlichten, in schwarzes Plastik gehüllten Podium war sie leer. Auf seiner Stirnseite war ein schwarzer Wolfskopf auf rotem Grund angebracht. Das Podium war mit Mikrofonen versehen, so daß die Stimme eines Sprechers auch noch in den oberen Rängen gehört werden konnte. Dechan konnte die Mikrofone selbst nicht sehen, doch in dem vergrößerten Schattenbild, das auf die Wand hinter der Bühne geworfen wurde, waren sie deutlich zu erkennen. Der Schirm war wie die Stirnseite der Bühne und die Wände der Halle mit schwarzem Flaggentuch drapiert.

Die Halle füllte sich rasch und beinahe mit militärischer Präzision. Einmal in der Halle, schien der feierliche Ernst ein klein wenig von den Dragonern abzufallen. Das leise Gemurmel hunderter Gespräche erfüllte die Halle. Die Brocken, die er auffing, schienen sich um Menschen und Ereignisse zu drehen, zu denen er keinen Bezug hatte. Er hörte nicht weiter zu und starrte bedrückt auf die Bühne.

Zwei Gestalten traten von den Seiten auf die Bühne. Eine war Jaime Wolf, der seinen grauhaarigen Kopf aufrecht hielt. Anstelle des normalen Umhangs trug er ein ärmelloses rotes Gewand über seiner Galauniform. Die breiten Aufschläge des Kleidungsstücks waren mit Abzeichen und Bändern besetzt. Die andere Person war von Kopf bis Fuß in locker sitzende schwarze Roben gehüllt, die ihr Geschlecht ebenso mühelos verbargen wie die Kapuze ihr Gesicht. Diese Person trug ebenfalls ein Gewand mit breiten Aufschlägen, und die Verzierungen entsprachen denjenigen Wolfs.

Wolf schritt zum Podium und wartete, während es in der Halle allmählich still wurde.

»Ich bin der Eidmeister.« Er überflog die Halle, als wolle er die Anwesenden zählen. »Ihr seid auf meinen

Ruf gekommen. Lauscht, wie es die Ehre gebietet. Sprecht, wie es die Ehre verlangt.«

Er vollführte eine zackige Kehrtwendung und zog sich in den hinteren Teil der Bühne zurück, wo er stehenblieb und Haltung annahm. Die schwarz berobte Person nahm seinen Platz auf dem Podium ein. Die Stimme war tief und männlich.

»Ich bin der Lehrmeister, Hüter der *Erinnerung*.«

Er mußte einen Schalter am Podium betätigt haben, denn aus den Lautsprechern kam das Geräusch einer Totenglocke. Als das Geräusch verstummt war, sprach der Schwarzberobte weiter.

»Der Tod ist das Los des Kriegers, und wir sind alle Krieger. Auf der Suche nach dem Licht, welches die Dunkelheit des Vergessens aufhält, beschreiten wir den Pfad der Ehre, und in der Ehre finden wir das Licht, welches wir suchen. Ehre ist das Licht in unseren Herzen.

Der Krieger, der meint, heller als andere leuchten zu müssen, flammt auf und endet als Schlacke. Der Krieger, welcher das Wohl der Wortgeschwister über sein eigenes stellt, leuchtet mit ewiger Flamme. Man soll in den Ruhmeshallen seiner gedenken.«

Die Glocke läutete.

Vom hinteren Hallenende setzte sich eine Prozession in Bewegung und schritt den Mittelgang hinunter. An ihrer Spitze ging Alpin Wolf. Hinter ihm waren seine Mutter Katherine und Marisha Dandridge. Als nächstes kam MacKenzies Tochter Shauna, Rachel und Joshua Wolf folgten ihr. Alle außer Alpin trugen brennende Kerzen. Alpin hielt eine zusammengefaltene Uniform. Sie blieben vor der Bühne stehen, und Alpin legte die Uniform nieder.

»Wer ist gefallen?« fragte der Lehrmeister.

»MacKenzie Wolf«, antwortete Alpin.

»Mit welchem Recht wendet ihr euch an diese Versammlung?«

»Er war mein Blutvater«, sagten Alpin und Shauna gemeinsam. Shauna blies ihre Kerze aus.

»Er war mein Stiefsohn«, sagte Marisha und löschte ihre Kerze ebenfalls.

»Er war mein Stiefbruder«, sagten Rachel und Joshua im Chor. Rachel mußte Joshua dabei helfen, dessen Kerze auszupusten.

Alle sagten unisono: »Wir bitten darum, daß man seiner gedenkt.«

Der Lehrmeister nickte feierlich. »Ihr seid die Familie von MacKenzie Wolf. Ihr habt das Recht.«

Das Schweigen in der Halle wurde von vereinzeltem Gemurmel durchbrochen. Dechan bemerkte, daß es dort am lautesten war, wo die Clan-Adoptierten standen. »Was haben sie?« flüsterte er Jenette zu. »Gehirnwäsche nach Clan-Art«, flüsterte sie zurück.

»Wer will etwas über diesen Krieger sagen? Wer hat sein Ende miterlebt?«

Die erhobene Stimme des Lehrmeisters brachte neuerliche Stille. Einen Augenblick lang geschah nichts, dann trat ein großer Mann, der Uniform nach ein Elementar, in den Mittelgang. »Ich bin Edelstein, Captain. Ich war zugegen, als MacKenzie Wolf starb. Er starb so, wie ein Krieger sterben sollte, den Blick fest auf jene gerichtet, die seinen Tod wollten. Das ist würdig.«

Als Edelstein auf seinen Platz zurückkehrte, intonierte die Menge die rituelle Antwort:

»Seyla!«

Dechan erinnerte sich, wann er das Wort zum erstenmal gehört hatte. Es war der Anfang vom Ende für die Dragoner im Draconis-Kombinat gewesen. Mit diesem Wort hatten die versammelten Dragoner ihrer Zustimmung zum Fluchtplan aus dem Kombinat Ausdruck verliehen. Hier bedeutete es ebenfalls Zustimmung. Aber obwohl die Umstände weniger unheilvoll waren, lief ihm ein Schauer den Rücken herunter.

»Ein würdiger Tod allein ist nicht genug«, sagte der

Lehrmeister. »Wer will über MacKenzie Wolfs Leben sprechen?«

Ein Dragoner aus der vordersten Reihe trat hinaus in den Mittelgang und ging zu den Stufen, die zur Bühne führten. Am Ende der Treppe erwartete ihn eine Frau mit einer weißen Robe auf dem Arm. Der Dragoner löste seinen Umhang und legte die Robe an. Der Lehrmeister überließ ihm das Podium. Der weißberobte Dragoner stand einen Augenblick lang schweigend vor den Mikrophonen.

»Hört die Worte, die wir in uns tragen. Dies ist *Die Erinnerung,* unsere Vergangenheit und unsere Ehre. Hört die Rolle, die MacKenzie Wolf in unserem Clan gespielt hat.«

Der Mann begann einen Singsang. Die Wendungen waren Archaisch, der Rhythmus komplex. Dechan war versucht, sich umzudrehen und nachzusehen, ob es einen Souffleur gab. Als er bemerkte, daß die Augen des Dragoners geschlossen waren, erlosch die Versuchung. Das von den Versen gesponnene Garn schien von den Ursprüngen und der Geschichte von Wolfs Dragonern zu erzählen. Die Höhepunkte waren da, aber sie waren zusammenhanglos, als würde der Sprecher Dinge auslassen. Dechan vermutete, daß die hier vorgetragene Saga eine gekürzte Version von etwas Längerem war. Wenn jedes Detail mit der weitschweifigen Komplexität einiger der Verse erzählt wurde, hätten sie hier noch ein paar Tage sitzen können.

Die Erzählung des Sprechers enthielt mehr und mehr detaillierte Verse, als sie sich bedeutenden Ereignissen aus Leben und Dienst von MacKenzie Wolf zuwandte. Die Tendenz der benutzen Wendungen und die Wortwahl ließen alles sehr heroisch klingen. Dechan hatte fast abgeschaltet, als der Sprecher zur Schlacht auf Misery kam. Schlagartig erwachte seine Aufmerksamkeit, doch schon bald bereute er es. Dechans Beitrag blieb unerwähnt. Statt dessen wurde sein alter Freund Thom

Dominguez als derjenige gepriesen, welcher den Eisernen zur Strecke gebracht hatte.

»Sie mußten es geheimhalten, weißt du noch?« flüsterte ihm Jenette ins Ohr. Sie hatte seinen Arm gepackt, und er bemerkte, daß sie zitterte.

»Ich dachte, das Lügen sei vorbei.«

Der Sprecher fuhr fort, erzählte von MacKenzies Heldentaten und dem Ringen, die Dragoner neu aufzubauen. Es gab Verse über seinen Dienst beim Bataillon der Schwarzen Witwe und seine Übernahme der Einheit. Schließlich endete die Erzählung. Der Sprecher trat zurück und verbeugte sich vor dem Lehrmeister. Die Gestalt in Schwarz kehrte zum Podium zurück.

»MacKenzie Wolf ist gefallen. Soll seines Namens in den Ruhmeshallen gedacht werden?«

Schweigen legte sich über die Halle.

Hamilton Atwyl trat in den Mittelgang und rief: »Pos! Möge sein Name ...«

Zwischenrufe — ›Neg! Neg!‹ — schnitten ihm das Wort ab.

Äußerungen des Widerspruchs wurden laut, und die feierliche Würde des Verfahrens verlor sich in Tumulten. Dechan beobachtete Jaime Wolf und war angesichts der Steifheit des Colonels überrascht. Sogar, als sich der Lehrmeister an ihn wandte und etwas sagte, das die Mikrofone nicht übertrugen, blieb Wolf reglos stehen und sagte nichts. Der Lehrmeister läutete die Glocke und läutete so lange, bis sich der Tumult legte und wieder Stille einkehrte.

»Die Regel ist klar. Er ist als Krieger gestorben, also soll seiner als Krieger gedacht werden, als einer unter vielen. Dies ist der Schwur des Lehrmeisters.«

Eine Pause trat ein, dann erhob sich ein Murmeln, und ein paar Rufe der Zufriedenheit wurden laut. Doch es gab keine Einwände.

»Seyla«, intonierte der Lehrmeister.

»Seyla«, echote der Chor der Versammelten.

Die Zerstreuung der Menge ging viel geräuschvoller vor sich als ihre Zusammenkunft. Dragoner stieß Dragoner, und Dechan wurde durch einen vierschrötigen Mann, der nicht besonders in Eile zu sein schien, aufgehalten und von Jenette abgeschnitten. Jenette schien es nicht zu bemerken und strebte weiterhin zielstrebig dem Ausgang entgegen. Er war sicher, daß sie draußen auf ihn warten würde, also fand er sich mit dem langsameren Vorwärtskommen ab. Er würde schnell genug aus der Halle kommen, und dann konnten sie anderswohin gehen.

Vor der Halle schien es zu einer Schlägerei zu kommen, wodurch die Menge aufgehalten wurde. Amüsiert und verärgert zugleich lehnte er sich gegen den Türrahmen. Eine Demonstration der Einheit unter den Dragonern. Auf Dragoner zu warten, schien seine Lebensaufgabe zu sein.

»Man scheint Sie vergessen zu haben, Dechan Fraser.«

Dechan drehte sich zu dem Sprecher um, einem Giganten von einem Mann mit sandfarbenen Haaren. Weder das Gesicht noch die tiefe Stimme waren ihm vertraut, doch an der Galauniform war ein Namensschild befestigt, das ihm zumindest den Namen des Giganten verriet.

»Was könnten Sie darüber schon wissen, Major Elson?«

»Ich war auch ein Adoptierter.«

»Aber jetzt sind Sie nur noch ein Mitglied der großen glücklichen Familie.«

»Ich rede mit vielen von den anderen, die nicht zum Kreis der Alten und Schmeichler gehören, der Wolf umgibt. Einige von ihnen haben mir erzählt, Sie seien einst ein aufgehender Stern bei den Dragonern gewesen. Manche sagten sogar, Sie hätten das Zeug zum Colonel gehabt und eines Tages die Dragoner kommandieren können. Aber das war, bevor Wolf Sie fortgeschickt hat.

Viele Leute sagen, er würde einem Außenseiter nicht die angemessene Belohnung zukommen lassen.«

»Ja, nun, welche Aussichten ich auch gehabt haben mag, jetzt sind sie jedenfalls dahin.«

»Sehen Sie sich um, Fraser. Nicht alle mögen die Art, mit der manche Offiziere ihren Rang okkupieren und ihn zu einem Privileg machen. Die Dragoner sind im Wandel begriffen.«

Das war offensichtlich, aber Dechan verstand nicht, worauf dieser Mann hinauswollte. Vielleicht war er zu lange fort gewesen, um die Strömungen innerhalb der Dragoner noch zu kennen, aber er hatte lange genug bei den Kuritas gelebt, um sich nicht vor einem Fremden festzulegen. »Was wollen Sie damit andeuten?«

»Ich will gar nichts andeuten. Ich stelle nur das Offensichtliche fest.«

»Offensichtlich für Sie, vielleicht.«

»Mir wurde gesagt, Sie seien ein scharfsichtiger Mann. Sie wissen, was die alten Dragoner Ihrem Leben angetan haben. Sehen Sie sich um, erkennen Sie, wie die Dinge stehen, und dann denken Sie daran, was Sie heute abend gehört haben.«

»Und was hat das zu bedeuten?«

Wenn der Mann durch Dechans Sich-dumm-Stellen verärgert war, ließ er es sich jedenfalls nicht anmerken. Sein Tonfall blieb gelassen, und er sprach auch weiterhin so leise, daß nur Dechan ihn verstehen konnte. Er lächelte freundlich, fast verschwörerisch. »Wahre Dragoner heißen wahre Krieger willkommen und erweisen ihnen Ehre.«

»Hören Sie, Major, für Platitüden bin ich nicht in Stimmung.«

»Dann verzeihen Sie, daß ich Sie belästigt habe«, sagte Elson mit einer unmerklichen Neigung des Kopfes. »Ich werde mich um meine eigenen Angelegenheiten kümmern und mich Ihnen nicht weiter aufdrängen. Ich wünsche Ihnen alles Gute, Dechan Fraser.«

Der große Mann verschwand überraschend schnell in der Menge, die sich langsam auflöste. Jenette rief Dechan, und er hielt auf sie zu. Sie mußte den Mann gesehen haben.

»Wer war das?«

Dechan stellte fest, daß er überraschend wenig Lust verspürte, sich darüber zu unterhalten, was der große Mann gesagt hatte. »Jemand, der mich zu kennen glaubte.«

»Ich wußte nicht, daß du Elementare kennst.«

»Das tue ich auch nicht, aber vielleicht ändert sich das eines Tages.«

Angesichts seiner Einsilbigkeit runzelte Jenette die Stirn. Dann lachte sie in dem Versuch, ihn aufzuheitern. »Aber wir brauchen heute abend nicht mehr Soldat zu spielen. Diese Pflicht haben wir hinter uns. Ich habe versprochen, wir würden den Abend nach der Erinnerung ganz für uns allein haben, also kannst du uber mich verfügen. Was sollen wir noch unternehmen?«

»Ich glaube, ich will einfach nur nach Hause.«

36

Stanford Blake platzte wie ein Wirbelwind in Colonel Wolfs Büro. Ich war froh, ihn zu sehen, und hoffte, er würde den Colonel aus seiner sonderbaren Lethargie reißen, in die er verfallen war, seit er vom Tode seines Sohnes erfahren hatte. Blake trug immer noch seine Felduniform, die von den Trainingsmanövern, welche er bei meiner Kontaktaufnahme abgehalten hatte, zerknittert und fleckig war. Ich hatte befürchtet, er würde mich herunterputzen, weil ich nicht den Dienstweg eingehalten hatte, aber als er hörte, was ich zu sagen hatte, versprach er, sofort zu kommen. Er hatte Wort gehalten.

Der Colonel machte einen überraschten Eindruck, den Chef seines Nachrichtendienstes hereinplatzen zu sehen. Vielleicht nahm er es deshalb so gelassen hin, weil wir uns mitten in einer nachrichtendienstlichen Besprechung befanden, doch ich hatte meine Zweifel. Jaime Wolf hatte in den letzten Tagen alles mit lakonischer Gleichgültigkeit aufgenommen.

»Sie kommen ein wenig früh, Stan, meinen Sie nicht?«

Blake wollte etwas sagen, unterließ es jedoch, als er realisierte, daß der Colonel nicht allein war. Sein Blick richtete sich auf Captain Svados, seine Stellvertreterin, und sagte: »Janey, Sie gehen sich besser die Hände waschen.«

Sie nickte kurz. Er stand da und schlug sich mit der Uniformmütze gegen den Oberschenkel, bis sie den Raum verlassen hatte. Ich wollte ihr folgen, doch Stan hielt mich zurück. »Schließen Sie die Tür, Brian, und dann machen Sie einen Wanzentest.«

»Aber das ist ...«

»Tun Sie es einfach!«

Ich tat es. Stan setzte sich auf einen Stuhl und wartete schweigend, bis ich fertig war. Der Colonel ließ ihm seinen Willen und wartete ebenfalls. Die Scanner meldeten keine aktiven Vorrichtungen, und das sagte ich ihm auch. Seine Antwort lautete: »Jetzt führen Sie einen umfassenden Test durch und vergleichen ihn mit der letzten Einstellung in Ihrem persönlichen Kommset.«

Colonel Wolf verlor das Interesse, während ich Stans Befehle ausführte. Er rief die morgendlichen Situationsberichte auf und betrachtete sie mit mehr Interesse, als er bei unserer gemeinsamen Durchsicht zuvor an den Tag gelegt hatte. Dennoch fragte ich mich, ob er dieses Interesse nur vortäuschte. Als ich gerade mit den drittrangigen Tests begann, ergriff er das Wort.

»Stan?«

»Noch einen Augenblick, Jaime.«

Wieder trat Schweigen ein, während ich die Überprüfung beendete. Als ich berichtete, daß alles normal war, sagte der Colonel: »In Ordnung Stan. Vielleicht sagst du mir jetzt, was das alles soll.«

»Vielleicht sagst *du* es mir«, schoß Stan zuruck.

Der Colonel runzelte die Stirn. »So läuft das nicht, Stan. Das fängt damit an, daß du Captain Svados aus dem Zimmer jagst. Wenn es um etwas Geschäftliches geht, muß es dein Stellvertreter doch auch wissen. Seit wann hast du Geheimnisse vor ihr?«

»Seit sie Geheimnisse vor mir hat«, erwiderte Stan, der meine Befürchtungen damit bestätigte.

Colonel Wolfs Stirnrunzeln vertiefte sich. »Wovon redest du?«

»Davon, was ich Ihnen schon die ganze Zeit zu erzählen versuche, Colonel«, platzte es aus mir heraus. Mein Mut verließ mich fast, als er den Blick auf mich richtete. »Jemand hat Kommuniques gefälscht.«

»Das ist eine gefährliche Anschuldigung, Brian.«

»Ich weiß, Colonel. Deshalb habe ich auch versucht, die Dinge unter Verschluß zu halten, aber es ist mir nicht gelungen. Ich sehe Eintragungen, die besagen, daß Botschaften und Befehle übermittelt wurden, und andere, die sie als empfangen melden, aber mir liegen ständig Leute damit in den Ohren, daß sie nie etwas erhalten haben, oder ich höre sie darüber streiten, was die Botschaften denn nun eigentlich besagten. Darum habe ich mich an Colonel Blake gewandt. Ich dachte, er hätte vielleicht eine Erklärung.«

Stan griff das Argument auf. »Jaime, ich wußte nicht einmal, daß du wieder auf Outreach bist, bis Brian einen Funkspruch über das Notfallnetz durchbrachte. Und komm jetzt nicht auf die Idee, ihn wegen Mißbrauch des Netzes zur Verantwortung zu ziehen. Ich glaube, er hatte guten Grund. Wenn er es nicht getan hätte, stünden die Dinge jetzt vielleicht noch schlimmer. Svados meldete dich immer noch als im Weltraum befindlich und unerreichbar.«

»Unerreichbar?« wiederholte der Colonel in verwirrtem Tonfall.

»Deinen eigenen Befehlen zufolge«, fügte Stan hinzu.

Jaime Wolf stützte das Kinn auf die linke Hand. »Ich habe niemals einen derartigen Befehl erteilt.«

»Verdammt noch mal!« Stan knallte seine Mütze auf den Boden. »Es *ist* schlimmer, als wir dachten. Jaime, du hättest dich niemals aufmachen dürfen, diese Fehde weiter zu verfolgen.«

Stans Ausbruch wurde von einem Klopfen an der Tür unterbrochen. Ich weiß nicht, wen ich zu sehen erwartete, als Stan und ich uns umdrehten und sich die Tür öffnete, aber es war jedenfalls Colonel Carmody. Stans Anwesenheit schien den weißhaarigen alten Mann ein wenig zu überraschen, doch er enthielt sich einer Bemerkung. Er sagte einfach nur, was zu sagen er gekommen war.

»Es wird Zeit, Colonel.«

»Ich komme in einer Minute, Jason.«

Carmody nickte und schloß die Tür.

»Worum geht es, Jaime?« sagte Stan, der damit meine eigene Frage in Worte kleidete.

»Um eine Ratssitzung«, sagte der Colonel ruhig.

Das war mir neu, und angeblich sollte ich den Aufenthaltsort des Colonels zu jedem beliebigen Zeitpunkt kennen. »Sie steht nicht auf Ihrem Terminkalender«, sagte ich.

»Warum bin ich nicht darüber informiert?« fragte Stan gleichzeitig.

Der Colonel sah uns abwechselnd an. »Ich dachte, das wärst du, Stan. Es tut mir leid, Brian, ich habe vergessen, es Ihnen mitzuteilen.«

»Du hast es *vergessen?*«

»Laß es gut sein, Stan. Ich bin müde und kann keinen zusätzlichen Ärger gebrauchen. Du wirst mir einfach verzeihen müssen, daß ich auch nur ein Mensch bin.«

Stan gab sich damit nicht zufrieden. »Einheit, Jaime! Was, in Kerenskys Namen, glaubst du hier zu tun? Warum verschrottest du nicht einfach alle Mechs und musterst alle Krieger aus?«

»Ich versuche die Dragoner zusammenzuhalten.«

»Bei dieser Sitzung geht es doch darum, einen Stellvertreter für dich zu benennen«, sagte Stan. In seiner Stimme lag Argwohn, und ich sah langsam, was vorging.

»Das stimmt«, sagte der Colonel. »Ich habe vor, Kelly Yukinow zu ernennen. Er hat beim Alpha-Regiment gute Arbeit geleistet.«

»Gerüchte besagen, daß Alpin erwartet, zu Ihrem Stellvertreter ernannt zu werden«, sagte ich.

Der Colonel schüttelte den Kopf. Seine Stimme war mit etwas belastet, das ich für Bedauern hielt. »Nein. Er ist noch nicht reif … wenn er es überhaupt je sein wird.«

Stan seufzte, befeuchtete sich dann die Lippen. Er war nervös, und ich konnte es ihm nicht verdenken. »Jaime, Alpin hat sich auf die Seite der Clanner-Fraktion geschlagen. Sie preisen ihn als deinen Nachfolger an.«

»Alpin? Er ist kein Menschenführer.«

»Du bist nicht mehr auf dem laufenden. Menschen ändern sich. Er scheint eine Koalition zusammengebracht zu haben.«

»Du blähst die Dinge zu sehr auf, Stan. Den Clannern gefällt die Idee einer Familiennachfolge nicht besonders. Alpin könnte sie nicht vom Gegenteil überzeugen.«

»Dann solltest du ihn vielleicht einsetzen. Die Clanner müßten zwangsläufig verstummen. Und wenn er es verpfuscht, hast du einen guten Grund, ihn durch einen anderen zu ersetzen. In der Zwischenzeit bliebe Zeit genug, daß zumindest ein paar von den Integrationsprogrammen ihre Wirkung tun können. Wir können uns solche Fehlschläge wie bei der Schiffsmission nicht leisten.«

Stan bemerkte seinen Ausrutscher, als sich der Colonel versteifte.

»Es tut mir leid, Jaime. Ich habe das nicht so gemeint, wie es klang. Es ist nur so, daß sich die Dinge nicht so entwickelt haben, wie wir hofften. Es gibt immer noch zu viele Spannungen innerhalb der Dragoner.«

Jaime Wolfs Gefühlsaufwallung ließ ebenso rasch nach, wie sie gekommen war. Die Energie hatte ihn verlassen, und er sprach wie ein müder alter Mann. »Das ist schon in Ordnung, Stan. Es wird sich schon alles regeln. Yukinow ist ein guter Kommandeur, und er hat seine Sache bei Alpha wirklich gut gemacht. Warten wir mal ein Jahr oder so ab und dann — tja, wer weiß?« Der Colonel stand auf. »Der Rat wartet.«

Wir gingen zum Versammlungsraum. Der Rat setzte sich aus den Kommandeuren der aktiven Dragonerregimenter und den Häuptern der verschiedenen Kommandos und operationalen Abteilungen zusammen. Er bestand aus dreizehn Mitgliedern, vierzehn, wenn man den Colonel als Vorsitzenden des Rats mitrechnete. Die meisten waren anwesend, und, von Stan und dem Colonel abgesehen, hatten alle ihre zwei Adjutanten mitgebracht. Traditionsgemäß durfte ein Adjutant bei seinem

Ratsmitglied am Tisch sitzen, während sich der andere irgendwo im Außenbereich des Raumes aufhielt. Ich nahm neben dem Colonel Platz. Stan setzte sich allein neben mich. Seine Mundwinkel zuckten vor Verärgerung, und als ich daraufhin über den Tisch sah, fiel mein Blick auf Alpin Wolf, der neben Neil Parella vom Gamma-Regiment saß.

Von den anderen Feldkommandeuren war nur Alicia Fancher vom Beta-Regiment anwesend. Hanson Brubaker von der Kontraktabteilung war in ein Gespräch mit Gerald Kearne, dem Abgesandten des Blackwell-Konzerns, vertieft. Kearne war ein nicht stimmberechtigtes Mitglied des Rats. Jason Carmody saß kerzengerade auf seinem Stuhl. Der Kommandant von Outreach sah aus, als wäre er am liebsten woanders. Er hatte mein Mitgefühl, aber zumindest hatte er gewußt, was auf ihn zukam. Neben ihm saßen Chan, Nikkitch und Grazier: die Häupter der BattleMech-, Infanterie- und Panzer Operationskommandos. Das letzte anwesende Ratsmitglied war Hamilton Atwyl, der Befehlshaber des Luft/Raum-Kommandos.

Stan flüsterte mir zu: »Vielleicht ist es nicht so schlimm, wie ich dachte. Epsilon ist hier, und Nichole steht auf unserer Seite. Wenn sie hier ist, sind wir in der Mehrheit.«

Ich wünschte, er hätte mich bezüglich seiner Mutmaßungen ins Vertrauen gezogen. Ich wußte, wo Alpin stand. Parella war ein Clan-Verehrer, Carmody und Atwyl waren standhafte Anhänger des Colonels, aber ich kannte den Standpunkt der anderen nicht. Wie konnte ich helfen, wenn ich nicht wußte, wer auf unserer Seite war?

Die Tür öffnete sich, und Major Elson betrat den Raum in Begleitung eines Quartetts jüngerer Offiziere, hauptsächlich Infanteristen.

»Was machen Sie hier, Elson?« wollte Stan wissen.

»Ich vertrete Epsilon«, sagte Elson, indem er Haltung

annahm. »Colonel Nichole und die meisten Mitglieder ihres Kommandostabs sind an einer Darminfektion erkrankt. Irgend etwas scheint mit dem Essen in der Offiziersmesse nicht in Ordnung gewesen zu sein. Da ich der rangälteste nicht betroffene Offizier bin, schreiben die Dragonersitten vor, daß ich den kommandierenden Offizier vertrete, um all seinen Pflichten und Verpflichtungen nachzukommen.«

Stan runzelte die Stirn und warf dem Colonel einen scharfen Blick zu, als dieser Elson aufforderte, am Tisch Platz zu nehmen. Elson winkte einen seiner Adjutanten zum Tisch, doch er selbst setzte sich nicht. Statt dessen ging er um den Tisch herum und reichte dem Colonel eine Folie.

»Colonel Wolf, mir ist auf dem Weg hierher diese Mitteilung für Sie mitgegeben worden.«

Der Wolf las die Folie und gab sie dann an mich weiter. Ich verkündete ihren Inhalt. »Auf Colonel Yukinows Landungsschiff ist es zu einer Antriebsfehlfunktion gekommen. Er befindet sich immer noch im Orbit.«

»Wir werden ohne ihn beginnen müssen«, sagte Fancher.

»Jetzt sind wir in Schwierigkeiten«, flüsterte mir Stan zu.

Elson bezog seinen Platz, und der Colonel rief die Versammlung zur Ordnung.

»Es hat eine Menge Druck aus bestimmten Ecken gegeben«, begann er. »Ich verstehe Ihre Besorgnis, und ich teile sie. Wir müssen alle enger zusammenrücken, und ich hoffe, Sie alle werden hinter meiner Wahl eines Stellvertreters für mich stehen.«

»Kommen Sie, Jaime. Sehen wir zu, daß wir damit fertig werden. Ich muß noch heute abend starten, um einen Kontrakt zu erfüllen«, sagte Parella. »Benennen Sie Ihre Wahl, damit wir darüber diskutieren können.«

Andere Stimmen am Tisch unterstützten diese Ansicht. Es war ein Zeichen der Konfusion, welche von den Dragonern Besitz ergriffen hatte, daß einige der Stimmen Adjutanten gehörten und nicht etwa Ratsmitgliedern.

Der Colonel hob die Hand, um Schweigen zu gebieten. Als es wieder ruhig war, sagte er: »Ich benenne Kelly Yukinow als meinen Stellvertreter. Unter Berücksichtigung der gegenwärtigen Situation gehe ich davon aus, daß er das Kommando über Alpha seinem Stellvertreter übergeben und eine Stellung in meinem unmittelbaren Kommandostab bekleiden wird.«

Nach der vorangegangenen Reaktion hatte ich mit einem Ausbruch gerechnet. Doch ein paar Augenblicke lang sagte keiner etwas, dann erhob sich Fancher.

»Sie lehnen Alpin ab?«

Der Colonel senkte den Kopf. »Ich muß.«

Elson ergriff das Wort. »Sie brechen Ihre eigenen Regeln, so wie Sie die Regeln des Clans gebrochen haben.«

Atwyls Kopf fuhr herum, und sein Gesicht verzerrte sich. »Sie halten das Maul!«

»Das kann ich nicht. Ich bin zu besorgt. Ich bin zwar kein MedTech, aber ich habe Augen im Kopf. Und was ich sehe, überzeugt mich davon, daß ich sprechen muß, wenngleich andere sich fürchten, das auszusprechen, was sie in ihrem Herzen längst wissen müssen. Jaime Wolf spielt die Rolle eines Senilen. Er zieht sich von seinen Verpflichtungen zurück und läßt andere seine Lasten für sich tragen. Er will nicht auf die Kontrolle über die Dragoner verzichten und die jüngere Generation nicht zu ihrem Recht kommen lassen. Er ist eine Gefahr für uns alle.«

Ich war schockiert, daß der Colonel nichts zu seiner Verteidigung sagte.

»Er ist Ihr Kommandant, Elson«, stellte Nikkitch fest.

Elson ignorierte ihn. »Der Rat ist handlungsfähig. Die Absetzung wäre eine Möglichkeit.«

»Das wird nie geschehen, Clanner«, sagte Atwyl. »Sie können Jaime nicht einfach abwählen.«

»Vielleicht nicht«, sagte Elson. Die Zuversicht, die er ausstrahlte, deutete darauf hin, daß er möglicherweise anderer Ansicht war.

»Aber wir können ihn herausfordern«, sagte Alpin, indem er Elson ansah, wie ein dressierter Hund sein Herrchen ansehen würde, um sich davon zu überzeugen, ob er sein Kunststückchen auch korrekt ausgeführt hat.

»Du würdest verlieren, Alpin«, sagte Carmody warnend.

»Aber *ich* nicht.« Elson stand auf und fixierte den Colonel. »Jaime Wolf, Colonel und viel zu lange schon Anführer der Dragoner, ich bezeichne Sie als unfähig. Sie sind alt und haben Ihr Amt weit über Ihre Zeit hinaus ausgeübt. Bekennen Sie sich zu ihren nachlassenden Fähigkeiten. Akzeptieren Sie die Wahrheit und treten Sie zurück.«

Immer noch starrte Jaime Wolf schweigend vor sich auf den Tisch.

»Jaime wird nicht zurücktreten«, antwortete Stan für den Colonel.

»Dann fordere ich Jaime Wolf vor diesem Rat zu einem Positionstest heraus.« Elson funkelte den Colonel an. »Ich werde Sie besiegen.«

»Das ist überhaupt nicht gestattet«, schrie Atwyl.

»Doch, das ist es«, schrie Parella zurück. »Der Rat kann jede Herausforderung billigen.«

»Nur, wenn die Mehrheit zustimmt«, schoß Atwyl zurück.

Fancher hieb mit der Faust auf den Tisch. »Ich fordere eine Abstimmung.«

»Der Vorsitzende muß jedes Ratsmitglied einzeln zur Stimmabgabe auffordern«, widersprach Carmody. Dem Klang seiner Stimme haftete etwas Hoffnungsloses an, als rechnete er damit, daß sein Einwand abgeschmettert würde. Fancher erfüllte diese Erwartung.

»Seine persönliche Befangenheit disqualifiziert den

Ratsvorsitzenden.« Fancher lächelte Carmody kalt an. »Als Kommandant von Outreach müssen Sie auf Antrag eines beliebigen Ratsmitglieds zur Abstimmung rufen. Und ich stelle diesen Antrag.«

Carmody warf einen flehentlichen Blick auf den Colonel, doch von ihm kam keine Unterstützung. Der Wolf schien ganz nach innen gekehrt zu sein, teilnahmslos. Widerstrebend fragte Carmody der Reihe nach alle Ratsmitglieder, ob sie die Herausforderung guthießen. Wenngleich sowohl Wolf als auch Elson von der Abstimmung ausgeschlossen waren, bedeutete ihre Anwesenheit, daß genug Ratsmitglieder anwesend waren, um der Abstimmung Beschlußkraft zu verleihen. Eine Herausforderung war fester Bestandteil des Clan-Lebens, und ich nahm an, daß mehrere Ratsmitglieder einfach das Gefühl hatten, sie gutheißen zu müssen, obwohl sie vielleicht eine weniger martialische Lösung vorgezogen hätten. Zu viele Stimmen bejahten die Herausforderung.

Als alle ihre Stimme abgegeben hatten, sagte Carmody ruhig:

»Meine Stimme hat keinen Einfluß mehr auf den Ausgang, aber für das Protokoll möchte ich dennoch festhalten, daß ich die Herausforderung unangemessen finde. Der Rat billigt die Herausforderung mit einem Abstimmungsergebnis von sechs zu vier.«

»Dann ist es entschieden«, sagte Elson. »Wir werden kämpfen, Jaime Wolf.«

Endlich sah der Colonel auf. »Das scheint in der Tat der Lauf der Dinge zu sein.«

Elson grinste. »Er muß es sein. Wenn Sie den Test verweigern, haben Sie verloren und Ihre Position verwirkt.«

»Die habe ich bereits verloren«, sagte Jaime Wolf mit kaum hörbarer Stimme.

»Aber selbst wenn Sie den Kampf gewinnen, Elson, können Sie die Dragoner nicht übernehmen«, sagte

Stan. »Sie hätten sich gründlicher informieren sollen. Wenn Sie gewinnen, kann der Rat Sie nicht als Anführer der Dragoner anerkennen. Sie tragen die Uniform der Dragoner noch nicht lange genug.«

»Dessen bin ich mir bewußt, Colonel Blake. Aber keine Sorge, ich *habe* mich gründlich informiert. Der Herausforderer braucht die Position dessen, den er herausfordert, nicht zu übernehmen, wenn er einen Schirmherrn hat, für den er kämpft. Das ist meiner Ansicht nach eine der Verbesserungen, die Ihr freigeborener Rat an der Verfahrensweise der Clans vorgenommen hat.« Elsons Blick wanderte über den Tisch. »Ich stelle diese Herausforderung im Namen von Alpin Wolf. Er entstammt der Blutlinie des Anführers und ist daher nach Ihren eigenen Gesetzen qualifiziert, ihn abzulösen. Alpin soll die Dragoner führen, wenn ich gewinne.«

»Sie sind ein Narr«, sagte Colonel Wolf ruhig.

Sein Enkel Alpin belohnte diesen Kommentar mit einem Funkeln, aus dem nackter Haß sprach. Elson quittierte die Bemerkung mit einem Achselzucken.

»Ich bin ein Überlebenstyp, Jaime Wolf. Sehr bald werden Ihre Ansichten keine Rolle mehr spielen. Sie haben eine Entscheidung zu treffen, an der Sie nicht vorbeikommen: Wie der Test ausgefochten werden soll. Natürlich werden Sie es vorziehen, mit Hilfe zu kämpfen.«

»Nein, ich glaube nicht.«

»Jaime!« Jene, die hinter dem Colonel gestanden hatten, waren fassungslos und schockiert. Elson ohne die Hilfe eines BattleMechs zu bekämpfen, war Selbstmord. Plötzlich hatte ich die Befürchtung, daß der Tod genau das war, was der Colonel suchte. Seit er von MacKenzies Tod wußte, hatte ihn das innere Feuer verlassen. Bei den Clans akzeptierten alte Krieger mit Freuden jede Möglichkeit, im Kampf zu sterben. Betrachtete Wolf diese Herausforderung als seine Gelegenheit?

Der Colonel schob langsam seinen Stuhl zurück und

erhob sich dann. »Aber ich behalte mir das Recht auf einen Stellvertreter vor.«

Elson lächelte zuversichtlich. »Dann benennen Sie ihn, denn ich habe das Recht, Zeit und Ort für den Test zu wählen. Die Zeit ist jetzt, und der Ort ist dieser Raum. Zieht den Kreis der Ebenbürtigen.«

37

»Ich werde Wolfs Stellvertreter sein!«

Elson wandte den Kopf, um den Herausforderer zu begutachten. Es war Pietr Shadd. Voll grimmiger Entschlossenheit stieß sich der junge Bengel von der Wand ab und stellte sich neben Wolf. Über Wolfs Kopf hinweg funkelte er Elson an. »Wenn er mich nimmt.«

Wolf wandte den Kopf und musterte Shadd. »Das hier ist kein Geschko-Test, Pietr.«

Blake mischte sich ein. »Da du akzeptiert hast, läßt du den Jungen besser für dich kämpfen, Jaime. Er hat jedenfalls eine bessere Chance, dieses Monster zu schlagen, als du.«

»Es wird besser sein, wenn ich es selbst tue.«

»Einheit! Vielleicht wirst du wirklich langsam senil. Elson ist ein ausgebildeter Elementar. Clan-Ausbildung. Er wird dich in Stücke reißen!«

»Lassen Sie Shadd kämpfen«, riet Cameron. Andere Alte schlossen sich ihm mit dem Argument an, daß Wolf Elson nicht schlagen könne. Carmody schlug vor, den Test zu verschieben, so daß Wolf noch einen besseren Stellvertreter finden könne, doch Fancher schmetterte den Vorschlag ab, indem sie darauf hinwies, daß eine Verschiebung mit einem bedeutenden Ehrverlust einhergehen würde. Worauf Shadd sagte: »Sie müssen mich für Sie kämpfen lassen, Colonel. Ich habe die beste Chance, ihn zu besiegen.«

»So wollte ich es nicht haben«, widersprach Wolf.

»Er ist deine beste Chance, Jaime«, beharrte Carmody.

Wolf verschränkte die Arme und ließ den Kopf sinken, um seine Möglichkeiten zu überdenken. Schließlich wandte er sich an Shadd. »Ich bin sicher, daß Sie gut kämpfen, Pietr, aber ich will nicht, daß Sie sterben.«

»Das werde ich auch nicht, Sir. Ich werde für Sie gewinnen.«

»Jetzt hör mir mal zu, mein Junge. Das hier ist es nicht wert, daß du dein Leben dafür opferst.«

»Ich werde ihn schlagen.«

Wolf bedachte Shadd mit einem Lächeln, aber es war traurig und kraftlos.

»Sie haben bereits verloren«, versprach ihm Elson.

Elsons Männer traten vor, um die Mitte des Raumes von Tischen und Stühlen zu befreien. Er legte Waffengurt und Uniformjacke ab. Shadd tat dasselbe, während Carmody dem Bengel etwas ins Ohr flüsterte. Elson hätte fast laut aufgelacht. Wenn der alte Mann ein paar Tricks zu kennen glaubte, die Shadd helfen würden, befand er sich im Irrtum. Dies war nicht die Zeit, um zu lernen. Der Kreis war der Ort, an dem man unter Beweis stellte, was man bereits wußte. Für alles andere war keine Zeit.

Die Dragoner bildeten einen Kreis um die freie Fläche. Elson betrat ihn, blieb jedoch in der Nähe des Rands. Shadd trat auf der gegenüberliegenden Seite in den Ring. Für Ansagen oder ein Widerkäuen der Regeln bestand keine Notwendigkeit.

Sie begannen.

Fast eine Minute lang gab es keinen Kampf. Die beiden Männer umkreisten einander, jeder wartete darauf, daß sich der andere eine Blöße gab. Schließlich verlor Shadd die Geduld und griff an. Er und der Elementar tauschten Schläge aus und testeten die Deckung des anderen. Beide trugen ein paar Schrammen und Kratzer davon, doch das erste Aufeinanderprallen hatte für keinen der beiden einschneidende Folgen. Auch nicht das nächste.

Elson trug seinen nächsten Angriff nach einem Standardschema vor, das den Zweck hatte, den Gegner zu veranlassen, seine Deckung hochzunehmen, um so einen nach unten zielenden Schlag vorzubereiten. Shadd ging mit der Angriffswucht und pendelte sie aus. Er war gut trainiert, und seine Reaktion auf die Schemaänderung war schnell und fließend. Aber sie war auch Lehrbuch-Standard.

Elson ließ den nächsten Angriff folgen und wechselte wiederum probehalber das Schema. Shadd reagierte wie zuvor. Elson ging auf Nahdistanz, um seine Kraft mit der des Bengels zu messen. Er löste sich wieder von ihm, als er erfahren hatte, was er wissen mußte. Shadd war ein wenig schneller als Elson, jedoch nicht in der Lage, sein Körpergewicht mit maximaler Wirkung einzusetzen. Der Junge war gut und ließ das Potential erkennen, sich mit der Zeit zu einem wahrhaft formidablen Zweikämpfer zu entwickeln.

Er würde diese Zeit nicht bekommen.

Elson verkürzte die Distanz zwischen ihnen und setzte zu einer hohen Beinsichel an. Shadd brachte den rechten Arm hoch, um Elsons Knöchel zu packen, und ließ dann die linke zu einer Aktion folgen, bei der Elsons Bein brechen würde, wenn er Widerstand leistete, oder ihn aushebeln würde, wenn er es nicht tat. Elson leistete keinen Widerstand. Statt dessen fuhr er fort, sein gesamtes Gewicht in den Tritt zu werfen und seinem Angriffsschwung auszunutzen. Seine Hand schoß vor und griff nach Shadds Knöchel. Die Aktion überraschte Shadd und brachte ihn aus dem Gleichgewicht. Elson, der darauf vorbereitet war, schnellte noch näher an seinen Gegner heran und riß ihn zu Boden. Der Junge konnte Elson nicht festhalten, und der Elementar nutzte das aus, indem er sich von Shadd wegrollte und aufsprang. Er wirbelte herum und stürmte auf Shadd los.

Elson stoppte seinen Sturmangriff jäh und hob den Fuß zu einem Tritt nach unten. Shadd warf sich zur Seite, brachte seinen Kopf in Sicherheit. Elson ließ seinen Fuß auf das erwählte Ziel niedersausen. Drei von Shadds Finger brachen, als Elsons verstärkter Absatz auf die Hand des Jungen traf, der vor Schmerz aufschrie.

Da wußte Elson, daß es nur noch eine Frage der Zeit war. Er ließ Shadd auf die Beine kommen, bevor er erneut angriff. Elson startete Kombination um Kombination, und jede zwang Shadd dazu, mit seiner verletzten Hand zu parieren oder einen noch schlimmeren Treffer einzustecken. Bei jeder Parade verzog sich Shadds Gesicht vor Schmerz. Bei der fünften Kombination war Shadd zu langsam. Elsons Schlag durchschlug die Dekkung des Jungen und brach ihm ein paar Rippen. Danach war Shadd noch langsamer.

Elson ging näher heran und nahm sich die geschwächte Seite des Jungen noch härter vor. Er landete einen Treffer gegen Shadds Hüfte, dann einen weiteren in die Rippen. Die Deckung des Jungen brach zusammen. Elson setzte ihm die Faust in den Solar Plexus, und der Junge krümmte sich. Ein harter Ellbogenstoß ins Genick fällte ihn. Shadds Kinn knallte auf den Boden, und Blut spritzte auf Elsons Stiefel.

Als er sah, daß Shadd besiegt war, gönnte sich Elson eine kleine Pause, um wieder zu Atem zu kommen. Der Junge hatte keine Kraft mehr, und doch kämpfte er verzweifelt darum, wieder auf die Beine zu kommen, mutig, wie es sich für einen wahren Krieger ziemte. Um diese Tapferkeit zu belohnen, setzte Elson zu einem Tritt an, der Shadds Genick brechen sollte. Der Junge würde sterben, wie es für einen Krieger angemessen war: im Kampf.

Doch Shadd hatte weit weniger Kraft übrig, als beide Kämpfer gedacht hatten, wodurch Elsons Absicht und Shadds Vorhaben durchkreuzt wurden. Der Junge rutschte weg, und Elsons Fuß traf ihn an der Schulter und hob ihn etwas an, bevor er ihn nach rückwärts schleuderte. Aus dem Tritt wurde nur ein weiterer schwerer Treffer. Shadd landete stöhnend auf dem Boden.

Elson knirschte mit den Zähnen. Die Harmonie des Kreises war gestört, die Reinheit des Kampfes getrübt.

Er näherte sich Shadd, entschlossen, ihn mit einem raschen Handkantenschlag gegen die Kehle zu erledigen.

»Aufhören!«

Elson hörte nicht zu. Buhrufe, Pfiffe, sogar Befehle von außerhalb des Kreises bedeuteten nichts. Es war verboten, den Kreis zu verletzen. Folglich war er überrascht, als ihm der hagere Cameron den Weg versperrte.

»Der Kampf ist vorbei«, sagte der Komm-Offizier. Seine Stimme schwankte am Rande der Panik, aber er hatte seinen ganzen Mut zusammengenommen, um Elson in den Weg zu treten. Fast war es schade, daß Cameron auf der Seite der Alten stand. Er zeigte gute Ansätze. Aber unvollendete Ansätze waren nichts, und bei Cameron würden die Ansätze nicht mehr vollendet werden, wenn er ihm nicht aus dem Weg ging.

»Nicht bevor einer tot ist«, stöhnte Shadd hinter seinem wertlosen Beschützer, und Elson wollte das Duell beenden, bevor es noch mehr zur Farce wurde. Cameron zu töten, würde die Angelegenheit nur noch komplizierter machen. »Ich werde über die Verletzung der Ehre hinwegsehen, wenn Sie mir sofort aus dem Weg gehen.«

»Nein. Sehen Sie ihn an.« Cameron trat einen halben Schritt zurück und zeigte auf Shadd.

Elson sah hin. Shadds zerquetschte Hand streckte sich über die Außenlinie des Kreises. Eine Fingerspitze berührte den Boden. Er hatte den Kreis durchbrochen und war damit dem Tod auf Kosten seiner Ehre entkommen.

»Seyla«, sagte Elson, indem er sich von seinem Gegner abwandte.

Wolf würde leben, aber das spielte keine Rolle. Wolfs Stellvertreter war besiegt, und der Test war gewonnen. Vielleicht war es sogar passender so, überlegte Elson. Die Abwendung vom Pfad der Ehre hatte ihren Höhepunkt in der völligen Aufgabe der Ehre erreicht. Die Absetzung Wolfs war nicht so sauber verlaufen, wie er es sich gewünscht hatte, aber dadurch würden sich die nächsten Schritte wahrscheinlich leichter durchführen lassen, denn wer würde sich schon an einen entehrten Exkommandant klammern?

Um ihn herum wurden Jubelrufe seiner Parteigänger laut.

38

Die erfolgreiche Herausforderung von Jaime Wolfs Oberhoheit war Stadtgespräch in Harlech. Die Dragoner wußten es alle, und die Söldnergruppen und Abgesandten der Nachfolgerstaaten bekamen langsam Wind davon. Und mit der Neuigkeit breitete sich auch die Kontroverse aus. Nicht alle waren der Ansicht, daß Elsons Herausforderung und die anschließende Ernennung von Alpin Wolf zum Anführer von Wolfs Dragonern legal gewesen waren. Doch Jaime Wolf gab keine öffentliche Stellungnahme ab, noch trat er in der Öffentlichkeit auf. Er hatte sich in sein Haus im Westen der Stadt zurückgezogen. Vielleicht hielt er sich versteckt. Oder war in Trauer. Oder vielleicht schämte er sich auch nur zu sehr, um sich öffentlich zu zeigen. Welchen Grund es für seine Zurückgezogenheit auch gab, sein Schweigen hieß das Geschehene nachträglich gut.

Dechan war verwirrt, und die ständigen Belästigungen durch die verschiedenen Söldnereinheiten, die ihn anwerben wollten, machten alles nur noch schlimmer. Die Nachricht von Wolfs Absetzung hätte eigentlich willkommen sein müssen, doch statt dessen fühlte er sich bestürzt und verunsichert. Ruhelos und nachts nicht in der Lage, Schlaf zu finden, hatte er damit begonnen, in den Straßen umherzuwandern.

Die Nächte in Harlech waren alles andere als ruhig. Die Einheimischen sagten, es sei nicht immer so gewesen, außer natürlich in den Vergnügungsvierteln, wo es immer hoch herging. Nächtliche Feiern oder Kämpfe oder beides hielten die Städter bis spät in die Nacht wach. Dechan gefiel nicht, was er sah. Vielleicht hatte Elson recht. Vielleicht waren die Dragoner tatsächlich im Wandel begriffen.

Doch was Dechan sah, war nicht die Gesamtheit der Dragoner. Mehrere Einheiten standen unter Vertrag und waren nicht da, aber nicht Beta, das Regiment, in dem er gedient hatte. Es fiel ihm schwer, sich vorzustellen, daß das Regiment unter einem Emporkömmling dienen würde, aber die Leute folgten dem Beispiel ihres neuen Kommandeurs, Colonel Fancher. Dechan hatte gehört, sie sei vor Jahren ihres Kommandos enthoben worden, aber irgendwann mußte Wolf sie zurückgeholt haben. Sein Fehler. Dechan hatte sie gestern abend in den Nachrichten gehört, wo sie erklärt hatte, daß sie fest hinter Alpin stehe.

Heute nacht führten Dechans Wanderungen ihn zum Park direkt vor dem Hauptquartier. Wolf Hall nannten sie es. Würde es bald Alpin Hall heißen, oder reichte die Selbstgefälligkeit des jungen Emporkömmlings nicht so weit? Zwischen den rasch über den Himmel jagenden Wolken warf der Mond ein passendes Licht. Schatten tanzten über die flachen Nebengebäude und an den Seiten der schlanken Türme hoch, von wo sie dann ins dunkle Nichts sprangen wie die mythischen Lemminge.

Welche Intrigen in der Kommandostruktur der Dragoner auch gesponnen wurden, die Geschäfte der Dragoner wurden jedenfalls weitergeführt. In mehreren Büros brannten Lichter. Auch jetzt, wo Jaime Wolf nicht mehr an der Spitze stand, waren irgendwo Wolfs Dragoner im Dienst, und sie brauchten Stabsunterstützung. Das bedeutete, daß hier jemand zuhörte. Vielleicht war alles doch gar nicht so schlecht. Vielleicht war der Wandel in Ordnung.

»Das *Karma* führt uns wieder zusammen.«

Dechan wirbelte herum, warf sich in den Schatten der Wand und zog seine Waffe. Zuerst konnte er den Sprecher nicht sehen, doch er hörte ihn japsen, als sei er gerannt. Die dunkle Uniform des Mannes verschmolz mit den Schatten, wodurch er kaum auszumachen war, obwohl Dechan wußte, daß er da war. Nach kurzer Zeit schälte sich der helle Fleck seines Gesichts aus der Dunkelheit. Zwei kleinere Flecke, Hände, die mit den leeren Handflächen nach oben ausgestreckt wurden, waren ebenso zu erkennen. Es schien keine Gefahr zu bestehen, und Dechan richtete sich aus seiner Hocke auf, wobei er die Waffe wieder ins Halfter steckte.

»Michi?«

»Ich würde dir gerne einen guten Abend wünschen, aber ich bezweifle, daß es einer wird, Dechan-*san*.«

»Wir haben jahrelang nicht miteinander geredet, und jetzt beginnst du mit einem Rätsel.«

»Es tut mir leid, Dechan-*san*. Ich hätte mich nicht in dein Leben gedrängt, wenn es nicht wichtig wäre. Die Pläne stehen. Sie werden ihn bald töten.«

»Wovon redest du?«

»Jaime Wolf wird den morgigen Sonnenaufgang nicht mehr erleben.«

Dechan war merkwürdig berührt, als ihm klar wurde, daß er Michis Feststellung bedenkenlos glaubte. Jaimes Tod würde gewiß jede Hoffnung begraben, ihn je wieder in Amt und Würden zu sehen. Dechan wußte nicht, wessen Plan dies sein mochte, und es war ihm auch egal. Außerdem sah er nicht, was er damit zu tun hatte. »Warum sagst du es ihm nicht selbst?«

»Ich kann nicht.« Auf der anderen Seite des Gebäudes erhob sich jetzt Geschrei. Michi sah einen Augenblick lauschend in diese Richtung. »Es bleibt keine Zeit für Diskussionen. Da sind noch andere, die ich warnen muß. Da du ein Dragoner bist, fällt dir die Aufgabe zu, Wolf zu warnen.«

»Ich bin kein Dragoner mehr.«

Die Schreie kamen näher.

»Du hast einmal gesagt, ein Dragoner zu sein, sei genauso, wie ein Samurai zu sein«, sagte Michi im Flüsterton. »Ein Samurai dient bis zum Tod. Du hast die Gelegenheit, deinen Herrn vor einem unehrenhaften Tod zu bewahren.«

»Er hat mich im Stich gelassen.«

Michi trat einen Schritt in den Schatten zurück. Selbst für Dechans an die Dunkelheit gewöhnten Augen war von Michi lediglich noch das Gesicht zu sehen. »Wenn du das glaubst, kannst du dich jetzt rächen. Wenn du nichts unternimmst, werden Wolf und seine Familie sterben.«

Dann war das Gesicht verschwunden.

Dechan war wieder allein, doch nicht lange. Drei Soldaten der Heimatarmee rannten die Allee entlang. Einer sah Dechan und legte ein Gewehr auf ihn an, während er ihm zurief stehenzubleiben. Dechan rührte sich nicht.

»Das ist er nicht«, sagte ein Mann mit den Streifen eines Sergeants auf den Ärmeln, während er den Lauf des Gewehrs nach oben schlug. »Unser Mann trägt Schwarz.«

»Er könnte die Kleidung gewechselt haben«, winselte der Soldat.

»Nicht genug Zeit.« Der Sergeant wandte sich an Dechan und beäugte ihn. »Sagen Sie, Bürger, hab ich Sie nicht schon mal irgendwo gesehen?«

»Ich heiße Dechan Fraser.«

»Ist mir nicht bekannt. Sie haben nicht vielleicht jemand hier herumschleichen sehen?«

»Unten am See habe ich einen dunkel gekleideten Jogger gesehen. Ich dachte, es sei ziemlich früh für Lauftraining, aber Sie wissen ja, wie fanatisch manche Leute sind.«

»Das muß er gewesen sein«, rief der erste Soldat und rannte sofort los. Die anderen beiden Gardisten folgten. Als er zwischen den Bäumen verschwand, rief der Sergeant Dechan noch zu: »Seien Sie ein guter Bürger und melden Sie sich bei der Wachstation in der Halle. Erzählen Sie dort, was Sie gesehen haben.«

Dechan erwog kurz, den Befehl des Sergeanten zu ignorieren, doch dann fiel ihm wieder ein, daß er dem Sergeant seinen Namen genannt hatte. Wenn er es nachprüfte und sich Dechan nicht gemeldet hatte, würde das nur den Verdacht wecken, daß er dem Schwarzgekleideten bei seiner Flucht geholfen hatte. Widerwillig ging Dechan zur Wachstation. Der Captain der Wache trug den stilisierten Wolfskopf, der von den Anhängern der neuen Ordnung bevorzugt wurde. Obwohl er mit Dechans Zeugenaussage anscheinend nicht viel anfangen konnte, brauchte er eine ganze Weile, sie aufzunehmen. Während dieser Zeit mußte Dechan immer wieder an das denken, was Michi gesagt hatte. Jedesmal, wenn er sich die Geschichte wieder durch den Kopf gehen ließ, gefiel sie ihm weniger. Er wollte aus Wolf Hall verschwinden, doch wegzurennen, bevor ihn der Captain entließ, würde niemandem helfen.

Während Dechan auf seine Entlassung wartete, stieg Hamilton Atwyl aus dem Fahrstuhl. Auf seinem Weg durch die Lobby fiel sein Blick zufällig auf die Wachstation. Als er Dechan sah, erhellte sich sein Gesicht zu einem Lächeln.

»Dechan? Was machst du denn hier?«

»Dasselbe könnte ich dich fragen, Ham.«

Dechan machte die Bemerkung in scherzhaftem Tonfall, dennoch trat plötzlich ein wachsamer Ausdruck in Atwyls Augen. »Du stehst doch nicht unter Arrest, oder?«

Kopfschüttelnd sagte Dechan: »Ich melde nur einen Herumtreiber.«

»Einen Herumtreiber?« Atwyl runzelte die Stirn und setzte eine nachdenkliche Miene auf. Als er weiterredete, war seine Stimme so laut, daß ihn jeder, der sich zufällig in der Nähe befand, mühelos verstehen konnte. »Ist lange her, daß wir zwei uns unterhalten haben. Wenn du 'n bißchen Zeit hast, geb ich einen aus.«

Offensichtlich handelte es sich um eine Einladung, noch dazu eine, die den Eindruck erwecken sollte, unpolitisch zu sein. Unter den gegebenen Umständen hatte Dechan den Verdacht, daß sie alles andere als das war. Immer noch unentschlossen, wie er mit der Bürde umgehen sollte, die Michi ihm auferlegt hatte, wurde ihm klar, daß er zu wenig von dem wußte, was vorging.

Ham war ein alter Freund und stand in der Kommandostruktur der Dragoner mittlerweile sehr weit oben. Zumindest mochte Dechan ein besseres Gefühl für die Machtverhältnisse bekommen. »Aber nur einen. Wenn ich im Morgengrauen nicht zu Hause bin, wird sich Jenette fragen, ob mir etwas passiert ist.«

»Ich würde euch beiden doch nie Ärger machen. Ihr habt 'ne ganze Menge zusammen durchgemacht.«

Atwyl legte den Arm um Dechans Schultern und führte ihn in die Halle. Als der Captain Einspruch erhob, sagte Atwyl: »Das geht schon in Ordnung, Captain. Mr. Fraser ist ein Veteran. Ich bürge für ihn.«

»Sie unterschreiben seinen Passierschein?«

»Ja, ich unterschreibe seinen Passierschein.« Atwyl kritzelte seinen Namen auf das Blatt, das ihm der Offizier entgegenschob, und wartete dann mit offensichtlicher Ungeduld, während der Captain einen Besucherausweis fur Dechan erstellte. Als er die Plastikkarte an seiner Jacke befestigt hatte, gestattete Dechan Atwyl, ihn in die Cafeteria zu führen. Sie war fast leer, und als sie ihr Bier hatten, wählte Atwyl einen Tisch, der ein gutes Stück von den anderen späten Gästen entfernt war.

Sobald sie Platz genommen hatten, fiel jegliche Jovialität von Atwyl ab. »Wo stehst du in der Nachfolgefrage?«

»Ich bin nicht mehr bei den Dragonern, Ham. Schon vergessen?«

»Einmal Dragoner, immer Dragoner.«

»Das habe ich heute nacht schon einmal gehört?«

»Von einem Herumtreiber, vielleicht?«

»Du weißt davon?«

»Ich weiß gar nichts, aber ich hatte gehofft, du könntest mir etwas darüber erzählen.«

»Es gibt einen Plan, Wolf zu töten.«

Atwyl lehnte sich zurück, wobei sich die Bierflasche in seiner Hand gefährlich neigte und kurz davor war, ihren Inhalt über seine Hose zu ergießen. »Bist du dir dessen sicher?«

»Der Bursche, der davon sprach, schien davon überzeugt zu sein.«

»Hast du irgend was damit zu tun?«

»Würde ich dann mit dir darüber reden, wenn es so wäre?«

Atwyl lachte leise, bitter. »Ich weiß es nicht mehr. Es gibt zu viele Menschen mit zwei Gesichtern für mich altes Streitroß.« Er nahm einen Schluck aus seiner Flasche. »Wann?«

»Noch heute nacht.«

»Dann bleibt uns nicht mehr viel Zeit. Kommst du mit mir zu Carmody und erzählst ihm, was du weißt?«

»Ich weiß nicht viel.«

»Wir werden alles brauchen, was wir kriegen können. Wirst du uns helfen? Um der alten Zeiten willen?«

Dechans Gesicht brannte. »Ich rede mit Carmody.«

»Ich hätte nicht gedacht, daß sie so weit gehen würden«, sagte Carmody, als sie es ihm erzählt hatten. Bezeichnenderweise glaubte er Dechans unbestätigter Aussage. »Aber es paßt alles zusammen. Darum haben sie die Heimatarmee zu Manövern weggeschickt und von mir auch noch verlangt, ich solle das Manöver leiten.«

»Abgesehen von den regulären Sicherheitskräften befindet sich immer noch ein Zug in der Kaserne, oder nicht?«

Carmody nickte. »Aber Elson hat einen Strahl Elementare, der Wolfs Haus unter Überwachung hält. Angeblich sollen sie ihn vor Krawallen schützen, aber in Wirklichkeit überwachen sie ihn. Sie werden uns nicht zu ihm lassen.«

»Sind sie in voller Schlachtrüstung?«

»Nein. Das wäre selbst ihm im Augenblick zu aufsehenerregend.«

»Dann brauchen wir sie nicht zu fragen«, sagte Atwyl. »Fünf Elementare können keinem ganzen Zug standhalten.«

»Und dann, Ham? Was machen wir, wenn wir im Haus sind?«

»Wir schaffen Wolf raus.«

»Das klingt so einfach, aber das ist es nicht. Wo soll er hin?«

Dechan sah auf die Uhr. »Wenn ihr noch irgend was unternehmen wollt, dann solltet ihr euch besser beeilen.«

»Du hast recht. Was später geschehen soll, müssen wir entscheiden, wenn wir wissen, daß es ein Später gibt. Vielleicht hat Jaime ein paar Ideen.«

Die Nacht wurde vom Zwielicht des Morgengrauens verdrängt, als der große Lastenschweber die Straße hinunter auf Wolfs Familiensitz zusurrte. Er hätte ein einfacher Transporter sein können, der Nahrungsmittel aus dem umliegenden Land in die Stadt brachte, um die Vorräte der Lebensmittelhallen aufzufüllen, aber er war keiner. Besseres Licht hätte enthüllt, daß die Konzerninsignien hastig aufgemalt waren, und das militärische Design offensichtlich werden lassen.

Dechan saß in der Fahrerkabine des Lastenschwebers neben einem pickelgesichtigen jungen Burschen, der angeblich der beste Schweberjockey in der ganzen Heimatarmee war. Atwyl war sonstwo und beschäftigte sich mit Dingen, die absolut nötig waren, wenn dieser Plan Erfolg haben sollte. Trotz der geräuschdämpfenden Wirkung seines Kopfsets konnte Dechan das Brummen des Mannschaftstransporters hören, in dem Colonel Carmody fuhr. Der Zug motorisierter Infanterie näherte sich Wolfs Familienwohnsitz. Dechan lüftete das Kopfset für einen Moment, um es sich wieder aufzusetzen, nachdem er sich noch einmal vergewissert hatte, daß es tatsächlich die brüllenden Motoren des Transporters waren, die er durch die frühmorgendlichen Straßen dröhnen hörte.

Carmody war bei seinem Zug der Heimatarmee. Das mußte er auch: Niemand sonst hätte sie aus ihrer Kaserne herausbekommen und überreden können, den Elementaren gegenüberzutreten, die das Wolfsche Haus bewachten. Wie es aussah, konnte Dechan der Predigt des Colonel entnehmen, daß sich die Leute nicht gerade um ihren Job rissen. Der Colonel verstummte für kurze Zeit, als ihnen der Anführer der Elementare entgegentrat.

Dechan schaltete das Videodeck des Schwebers an und fummelte so lange an den Kontrollen herum, bis er es auf den Kanal von Carmodys Transporter eingestellt hatte. Sie hatten vereinbart, daß die Videokamera auf den Torbereich gerichtet sein würde, so daß Dechan nicht nur hören, sondern auch sehen konnte, was vorging. Carmody argumentierte gerade mit dem Elementar-Anführer. Plötzlich hielt der Colonel inne und legte den Kopf auf die Seite. Dann warf er einen Blick über die Schulter in Richtung Stadtmitte.

Mit schmerzhafter Klarheit erkannte Dechan, was geschah. Das Kopfset des Colonels rasselte einen Bericht von einem der Späher herunter, die sie an allen wahrscheinlichen Ausfahrtstraßen zu den Vororten postiert hatten. Die Attentäter waren unterwegs.

Die Reaktion mußte auch dem Anführer der Elementare genug verraten haben. Er rief seinem Strahl Befehle zu.

»Da läuft etwas schief«, sagte Dechan dem Fahrer. »Bringen Sie den Schweber rein.«

»Ich habe keinen Befehl«, wandte der Bursche ein. »Wir sollen hier auf Colonel Carmodys Signal warten.«

Dechan schlug ihm auf die Schulter. »Bringen Sie den Schweber rein!«

Das Bild wackelte, als die Maschine des Schwebers Dampf machte. Der Transporter schoß aus der Gasse, in der sie sich versteckt gehalten hatten, und auf Wolfs Anwesen zu.

Carmody sah ihn kommen und schrie: »Werfer auf das Tor richten!«

Als das Raketenwerfer-Team aus dem führenden Transporter sprang, reagierte der Anführer des Strahls. Er landete einen Schlag gegen Carmodys Hals, um gleich darauf zu einer Deckung zu rennen, doch er war nicht schnell genug. Die Rakete donnerte an ihm vorbei und traf die beiden Eisentore nicht ganz in der Mitte. Feuer flammte auf, und der Elementar wurde wie eine Strohpuppe davongewirbelt.

Eine Torhälfte war zur Gänze weggesprengt, und die andere hing schief in den Angeln, als der Schweber darauf zuhielt. Die Elementare hatten das Feuer auf die Männer der Heimatarmee eröffnet, die es ziellos erwiderten. Dechan erhaschte einen flüchtigen Blick auf den verkrümmt am Boden liegenden Carmody, als der Lastenschweber über die Trümmer holperte und gegen den übriggebliebenen Torflügel knallte. Eisen klirrte, und der Kotflügel des Schwebers verbog sich, doch als der Schweber herumzuschleudern drohte, lenkte der Fahrer geschickt gegen und hielt ihn auf Kurs durch das Tor.

Der Schweber dröhnte den Zufahrtsweg entlang, die Schießerei rasch hinter sich zurücklassend. Da das Haus ein ganzes Stück von der Straße entfernt war, würden Soldaten zu Fuß eine ganze Weile brauchen, um es zu erreichen. Der Transporter raste in Sekunden durch das parkähnliche Gelände. Er wurde langsamer, als er den kleinen Hügel erklomm, und der Fahrer drosselte das Tempo noch weiter, als sie die letzte Kurve nahmen. Das geschah in voller Absicht: Einem schnell fahrenden Fahrzeug würden sehr wahrscheinlich feindselige Absichten unterstellt werden. Als das Fahrzeug den Rasen vor dem Haus ansteuerte, war aus dem Dröhnen des Motors ein bloßes Schnurren geworden.

Wolf wartete auf der Veranda. Hinter ihm stand Joshua in der Tür. Er hatte eine Laserpistole, die er mit beiden Händen umklammerte. Der Junge war höchstwahrscheinlich mehr eine Gefahr für sich selbst als für einen Eindringling. Seine Mutter war offensichtlich derselben Auffassung. Sie erschien in der Türöffnung und brachte die Waffe an sich. Als der Schweber zum Stehen kam, gesellte sie sich zu Wolf.

Dechan registrierte fast mit Belustigung, daß Wolf überrascht schien, ihn aus dem Schweber steigen zu sehen.

»Ist das ein Rettungsversuch oder ein Überfall, Dechan?« fragte er.

»Beides«, antwortete Dechan verdrehterweise. »Aber ich gehöre zu den Jungs, die für den ersten Teil zuständig sind.«

»Und wer ist die andere Seite?«

»Ich glaube, das wissen Sie besser als ich.«

Zufrieden, daß keine unmittelbare Gefahr bestand, strömte der Rest der Familie ebenfalls auf die Veranda und umgab die kleine Gruppe. Dechan ignorierte ihre Fragen und wandte sich direkt an Wolf.

»Auf Ihr Leben ist ein Anschlag geplant, der noch in dieser Nacht stattfinden soll.«

Wolf sah in den heller werdenden Himmel. »Es ist nicht mehr viel von der Nacht übrig.«

»Stimmt genau.«

»Es besteht kein Grund, daß wir uns gegenseitig umbringen«, sagte Katherine. »Haben wir nicht schon genug Tote zu beklagen? Wir könnten einfach von hier weggehen.«

»Wir schon«, sagte Marisha. »Aber Jaime nicht.«

»Warum nicht?«

»Weil er ein viel zu guter Kristallisationspunkt für seine Gegner ist, ob er will oder nicht.« Marishas Miene war grimmig. »Niemand wird sich um einen Toten scharen.«

Katherine sah entsetzt aus. »Du redest von Mord!«

Dechan schnaubte. »Ich glaube nicht, daß die anderen das genauso sehen. Wahrscheinlich handelt es sich nur um eine notwendige Vorsichtsmaßnahme im Kampf um die Vorherrschaft über die Dragoner. Ist es Mord, wenn Sie einen Ihrer Tests abhalten? Wie steht es damit, Wolf? Wenn Sie bei dieser Herausforderung selbst gekämpft hätten, wären Sie damals schon von Elson getötet worden. Jetzt, damals — wo liegt der Unterschied?«

»Der Unterschied liegt darin, daß er sich jetzt Probleme damit einhandelt«, sagte Wolf.

»Nur, wenn er nicht derjenige ist, der die Geschichte erzählt«, sagte Marisha.

»Das ist wahr«, pflichtete ihr Wolf seufzend bei. »Vielleicht ist es noch nicht zu spät für einen Versuch, die Dinge wieder in Ordnung zu bringen.«

Aus Richtung Tor erscholl eine rasche Serie von Explosionen, gefolgt von verstärktem Gewehrfeuer. »Wenn Sie noch länger hier bleiben, werden Sie dazu keine Gelegenheit mehr erhalten.«

Wolf nickte. »Schaffen Sie alle in den Schweber. Wir nehmen den rückwärtigen Weg. Der Riverview Parkway bringt uns direkt auf die Schnellstraße zum Raumhafen.«

Es wurde nicht viel gesprochen, als die Familie in den Lastenschweber kletterte. Eine laute Explosion ließ Katherine zusammenfahren, und sie wäre fast von der Ladefläche gefallen, doch Rachel packte ihren Arm und hielt sie fest. Dechan schloß die Türen und ging zur Vorderseite. Er war kaum eingestiegen, als der Fahrer die Turbinen auf Touren brachte. Aufheulend entfernte sich der Schweber vom Haus, während Wolf von der Ladefläche aus Fahranweisungen gab.

Die Fahrt zum Raumhafen war nervenaufreibend, aber sie stießen weder auf Straßensperren, noch gerieten sie in einen Hinterhalt. Männer in den Uniformen der Bürgerwehr hatten die Schlagbäume zum Raumhafen bemannt. Sie winkten den Schweber durch. Hamilton Atwyl und Brian Cameron standen am Fuß der Passagierrampe, als sie davor zum Stehen kamen.

»Freut mich, Sie zu sehen, Colonel«, sagte Atwyl, als Wolf aus dem Laderaum des Schwebers sprang. »Wir haben uns schon die größten Sorgen gemacht, als wir hörten, daß es Colonel Carmody erwischt hat.«

Wolfs Augen blitzten. »Noch eine Rechnung zu begleichen.«

Cameron half den Frauen beim Aussteigen, während Wolf mit Atwyl sprach. Es gab kein Gepäck, das die wartenden Besatzungsmitglieder hätten tragen können. Sie rannten vor der Familie her die Rampe hinauf. Cameron wechselte noch ein paar Worte mit Atwyl, bevor dieser mit seinem Hoverjeep über das Landefeld davonbrauste. In dem großen Landungsschiff begann es zu zischen und zu klirren, als die Mannschaft die Startvorbereitungen traf. Ein ziemlich nervöses Besatzungsmitglied wartete am Ende der Rampe darauf, daß Wolf an Bord kam.

Der Colonel streckte Dechan die Hand entgegen. »Vielen Dank.«

Die dargebotene Hand ignorierend, sagte Dechan: »Ich will Ihren Dank nicht.«

»Tja, er gehört Ihnen trotzdem. Ich weiß durchaus zu schätzen, was Sie getan haben.«

Dechan war entschieden unbehaglich zumute. Er konnte Wolf nicht ins Gesicht sehen. Den Blick starr auf das Landefeld gerichtet, fragte er ihn: »Wohin werden Sie gehen?«

»Auf die andere Seite des Berges.«

»Warum verschwinden Sie nicht einfach von hier? Warum gehen Sie nicht zum Beispiel zu Davion?«

»Weglaufen ist keine Lösung.«

Nein, das war es nicht. »Er wird Sie jagen.«

»Er soll es ruhig versuchen.« Wolf lächelte so, wie Dechan es vor vielen Jahren von ihm gewohnt gewesen war. Das weckte in ihm sofort ein Gefühl des Bedauerns für alle, die Wolf in die Quere kamen. »Kommen Sie mit uns. Wir werden gute MechKrieger brauchen.«

»Ich lasse Jenette nicht allein.«

Vom oberen Ende der Rampe rief Cameron: »Colonel, die Wachen am Tor melden Schüsse.«

Wolf runzelte die Stirn. »Es bleibt keine Zeit mehr, sie zu holen, Dechan. Wir können ihr eine Nachricht schikken, daß sie sich uns anschließen soll.«

»Und wenn die Nachricht abgefangen wird? Nein, danke, Colonel. Ich werde mich selbst um sie kümmern.«

»Ich würde Marisha auch nicht allein lassen. Viel Glück, Dechan.«

Dechan kehrte dem Colonel den Rücken, stieg in den Schweber und befahl dem ängstlichen Fahrer, Gas zu geben. Staub wurde aufgewirbelt, als die Turbinen Geschwindigkeit aufnahmen, und hüllte Wolf ein, der die Rampe hinaufrannte. Dechan sah sich nicht um. Der Fahrer steuerte den Schweber um die Masse des Landungsschiffes herum und weg von dem Feuergefecht am Haupttor. Sie hielten auf eine Lagerhalle zu, in der Tech-Uniformen und Pässe auf sie warteten. Während sie sich umzogen, hob die *Chieftain* ab.

39

Als Colonel Atwyl mich weckte und mich ohne Erklärung zum Raumhafen beorderte, war ich mehr verärgert denn beunruhigt. Plötzliche Bereitschaftsbefehle waren — außer in der Ausbildung — in der ruhigen Zeit zwischen den Kontrakten unüblich. Ich hatte von meiner Geschko geträumt und glaubte vermutlich immer noch halb und halb, in der Ausbildung zu stecken. Erst als ich den Raumhafen erreichte und die hektische Aktivität sah, wurde mir klar, daß etwas Ernsthaftes vorging. Colonel Atwyls Instruktionen verrieten mir dann, wie ernst die Lage tatsächlich war.

Bis kurz nach dem Start war ich viel zu beschäftigt, um mir wirklich Sorgen zu machen. Dann, als ich die meiste Zeit untätig herumhing, weil wir Funkstille hielten, fand ich die Zeit. Ich war zwar froh, daß sich der Wolf endlich zur Gegenwehr entschlossen hatte, doch ich hielt die Lage für ziemlich hoffnungslos. Als ich mir die Nachrichten anhörte, begegneten mir die ersten Lügen. Offenbar war in der Nähe des Wolfschen Anwesens eine Gasleitung explodiert. Das Unglück hatte einige Opfer unter den Sicherheitskräften gefordert. Man versicherte der Öffentlichkeit, daß keine Zivilisten — und das schloß gegenwärtig auch Jaime Wolf ein — verletzt worden waren. Von Gewehren, Raketen und Flucht war keine Rede. Ich war sicher, daß die echten Nachrichten per Richtstrahl oder verschlüsselt unterwegs waren, aber ich hatte derzeit keine Möglichkeit, derartige Sendungen abzuhören.

Die *Chieftain* floh vor der aufgehenden Sonne und entfernte sich in einer niedrigen Umlaufbahn von dem Morgen, der in Harlech graute. Ich war guten Mutes, daß wir auf unserem Flug nicht angegriffen würden. Weder Luft/Raum-Jäger noch andere Landungsschiffe starteten vom Raumhafen oder schossen aus einer höher liegenden Umlaufbahn auf uns herab. Die *Chieftain* war schwer bewaffnet, doch ein Schwarm Jäger oder ein Verband von Landungsschiffen konnte ihr durchaus den Garaus machen. Wir waren ein viel zu leichtes Ziel, wie wir dort oben mit nur zwei Begleitjägern am Himmel hingen.

Ich sehnte mich danach, wieder am Boden zu sein, wo man Deckung vor Feinden finden konnte. Ein Mech ist weitaus schwächer gepanzert und bewaffnet als ein Landungsschiff, aber man hat sein Schicksal zumindest selbst in der Hand. An Bord eines Schiffes hängt das eigene Schicksal von den Fähigkeiten und vom Glück eines anderen ab.

Gegenwärtig wußte ich nicht viel über Colonel Wolfs Pläne. Man hatte mir unseren Bestimmungsort verraten, das Ausbildungszentrum auf der anderen Seite des Berges. Wenn alles in Ordnung war, würden wir sehr bald von den dort stationierten Truppen der Heimatarmee Landeerlaubnis erhalten. Wir waren ziemlich zuversichtlich, daß man uns einen einigermaßen freundlichen Empfang bereiten würde. Schließlich hatten die Usurpatoren die Streitkräfte der Heimatarmee zur anderen Seite des Berges geschickt, um sie aus dem Weg zu haben. Wir würden auch dann landen, wenn wir nicht mit offenen Armen empfangen wurden. Ein Teil der Heimatarmee mußte einfach loyal sein. Wenn notwendig, würden wir uns eben zu ihnen durchkämpfen.

Unter und hinter uns ging unzweifelhaft etwas vor — aber was? Wenn wir erst einmal eine Basis in Hinterland errichtet hatten, würde sich für uns die Möglichkeit ergeben, es herauszufinden.

Der Morgen brachte der Kommandozentrale in Wolf Hall unwillkommene Neuigkeiten, doch Elson nahm sie gelassen. Bis jetzt war bei diesem Unternehmen alles überraschend glatt gegangen. Früher oder später hatte es einfach einen kleinen Rückschlag geben müssen.

Doch er wünschte, der Rückschlag hätte mit einem weniger wichtigen Aspekt in Verbindung gestanden.

Das Siebte Kommando war angeblich die Elite-Infanterie von Wolfs Dragonern. Die Mitglieder dieser Einheit waren tatsächlich sehr gut, zumindest für Schlammhüpfer. Doch selbst die besten Kämpfer sind im Nachteil, wenn sie direkt in ein Feuergefecht laufen, wo eine lautlose Annäherung geplant ist.

Irgendwie war etwas durchgesickert, und Wolfs Loyalisten hatten Wind davon bekommen. Sie hatten schneller reagiert, als Elson dies für möglich gehalten hatte, wenn man Wolfs Lethargie berücksichtigte. Der Wolf war der Falle entkommen.

Das Leck würde gefunden und gestopft werden müssen, aber es gab keinen Grund, die Kommandos zu bestrafen, keinen Grund für harte Worte oder Disziplinierungsmaßnahmen. So sehr Elson über ihr Versagen auch enttäuscht war, sie traf keine Schuld. Zumindest hatten sie einen von Wolfs Loyalisten eliminiert. Carmodys Tod würde es einfacher machen, die in Harlech verbliebenen Truppen der Heimatarmee zu isolieren. Später würde man die aufgeschlossenen Elemente herausfinden und wieder in Kampfeinheiten der Dragoner integrieren können. Doch zunächst gab es Wichtigeres zu tun.

Er gab Befehl, gegen die Kaserne der Heimatarmee vorzurücken. Fanchers handverlesenes Team mußte mit Leichtigkeit damit fertig werden. Die überwältigende Kampfkraft der BattleMechs würde die führungslosen Rentner und Grünschnäbel einschüchtern, ohne daß ein Kampf erforderlich war.

»Unautorisierte Bewegung im Champagner-Quadranten«, meldete der KommTech.

Elson nickte, um anzudeuten, daß er verstanden hatte. Trotz der Nachrichtensperre verbreitete sich die Nachricht von Wolfs Flucht sehr rasch. Der Kampf, von dem Elson gedacht hatte, er würde bei Tagesanbruch beendet sein, hatte wahrscheinlich gerade erst richtig begonnen.

In der Stadt war immer noch alles relativ ruhig.

Der Raumhafen war zu weit weg. Dechan konnte nicht sehen, ob die Kämpfe dort immer noch im Gang waren. In den Morgennachrichten war nichts darüber erwähnt worden.

Mittlerweile würden die ersten Pendler aus den umliegenden Vororten in die Stadt fahren. Einige würden an den gesprengten Toren des Wolfschen Anwesens vorbeikommen. Was würden sie denken? Würden sie argwöhnen, was im Morgengrauen geschehen war?

Unter ihm ausgestreckt, schien die Stadt immer noch zu schlafen, sich an ihren Traum vom Frieden zu klammern. Es war eine Illusion, das wußte er, aber er hielt dennoch an ihr fest. Er fragte sich, wieviel Blut an diesem Tag vergossen würde.

Im Norden des Wohnturms, aus dem er zusah, erregten vertraute, schwerfällige Bewegungen Dechans Aufmerksamkeit.

BattleMechs.

Eine Viererlanze stampfte über die Verban Avenue in Richtung Stadtmitte: Zwei schwere und zwei mittelschwere Mechs mit mittlerer Geschwindigkeit. Als sie den Park erreichten, schwärmten sie zu einer Linie aus. Es war kein Angriff, sonst wären sie direkt durch die kleinen Bäume und Freizeiteinrichtungen gestürmt, anstatt ihnen sorgsam auszuweichen. In gleichmäßigem Abstand voneinander verließen sie den Park in der Nähe der Wolf Hall und blieben mit Blick auf den Gebäudekomplex stehen. Er war zu weit entfernt, um sehen zu können, ob sich ihnen Soldaten entgegenstellten. Wenn die Piloten auf Elsons Seite gestanden hätten, würden sie die Mechs gewendet haben, um die Halle zu schützen.

Dechan beobachtete die reglosen Mechs ein paar Minuten lang. Er erwog, Jenette zu wecken, wollte ihr aber nichts von den Geschehnissen der vergangenen Nacht erzählen. Sie würde Wolf helfen wollen, und er würde versuchen müssen, ihr das auszureden. Er wollte diese Szene so lange wie möglich hinausschieben.

Die Frontseite der Wolf Hall wurde von einer Serie von Blitzen erhellt. Die Blitze sahen wie Mündungsfeuer aus, doch die Mechs reagierten nicht. Weitere Blitze. Diesmal war Dechan ganz sicher, daß es sich um Gewehrschüsse handelte. Die Reglosigkeit der BattleMechs konnte nur bedeuten, daß ihre Piloten ausgestiegen waren. Er hatte den Verdacht, daß keiner von ihnen je wieder einen Mech steuern würde.

Er wandte sich vom Fenster ab und ging zum Bett, um Jenette zu wecken.

Die Komm-Leitung summte, um seine Aufmerksamkeit zu wecken. Michi drückte auf einen Knopf. Das Gerät zeigte die Rufnummer des Anrufers an und bestätigte, daß dies die Einberufung war, mit der er gerechnet hatte.

Es hatte begonnen.

»Wollen Sie nicht antworten?« Kiyomasa sah älter aus, als er war; die dunklen Ringe unter den Augen und seine gebeugte Haltung beraubten ihn seines jugendlichen Aussehens. Und doch hatte der jungen MechKrieger weit mehr Schlaf bekommen als Michi.

»*Iie*«, erwiderte Michi. »Die Worte, die ich zu hören bekäme, sind unwichtig. Ich kenne den Inhalt der Botschaft bereits. Ich muß jetzt gehen.«

»Dann sind Sie fest entschlossen?«

Michi ließ seine Handlungen für sich sprechen. Er stand auf, nahm den Sack von der Stuhllehne und warf ihn sich über die Schulter. Kiyomasa erhob sich ebenfalls und stellte sich ihm in den Weg.

»Sie müssen es sich noch einmal überlegen, Michi-*sama*.«

»Ich schulde meine Loyalität einem neuen Herrn. Soll ich etwa mein Versprechen brechen?«

Kiyomasa runzelte die Stirn. Das Dilemma nahm ihn sichtlich mit. »Wolf ist der wahre Herr. Er wird Krieger brauchen.«

Michi war auf dieses Argument vorbereitet. »Wenn er eine Armee aufstellt, verstößt er damit gegen die Gesetze der Dragoner.«

»Er ist der rechtmäßige Herr«, protestierte Kiyomasa.

»Er hat den Test verloren.«

»Er ist überlistet worden. Der Test ist bedeutungslos.«

»Sind unsere Bräuche bedeutungslos?«

»Natürlich nicht.«

»Warum hältst du dann so wenig von ihnen?«

Kiyomasas Miene verfinsterte sich. Schließlich sagte er: »Sie müssen mit uns kommen. Sie sind der Grund, warum wir hergekommen sind.«

»Wenn ich der einzige Grund war, seid ihr alle Narren und noch dümmer als Narren.« Er ging um den Sohn seines ehemaligen *Sensei* herum und fügte hinzu: »Ihr müßt dasselbe tun wie ich. Folgt den Erfordernissen eurer Ehre.«

Er ließ Kiyomasa stehen, der betreten auf seine Fußspitzen starrte.

40

Wir kamen die Rampe herunter, heiß und kampfbereit, und erreichten festen Boden, während der bei der Landung der *Chieftain* aufgewirbelte Staub immer noch in der Luft schwebte. Wir waren nur zu viert — es war keine Zeit mehr geblieben, das Landungsschiff vollständig zu bestücken, ohne einen Alarm auszulösen, so daß wir nur die Mechs hatten, die noch von der Reise ins Draconis-Kombinat an Bord waren. Ich saß in der Führungsmaschine, und Grant Linkowski steuerte den *Schütze* des Colonels. Hans Vordels *Victor* und Franchettes *Gallowglas* waren nur Sekunden hinter uns. Nur wir vier gegen ein ganzes Regiment Panzer und Infanterie der Heimatarmee.

Als wir nicht sofort unter Beschuß gerieten, gestattete ich mir ein wenig Hoffnung, daß unsere Landeerlaubnis keine Hinterlist gewesen war, kein Plan, Wolf in eine Falle zu locken. In der Ferne konnte ich die Reihen der Panzer durch die sich langsam senkenden Staubwolken erkennen. Ich erhöhte den Vergrößerungsfaktor meiner Optik um ein paar Grade und stieß einen Seufzer der Erleichterung aus. Lieutenant Colonel Joe Garcia, Carmodys Stellvertreter, stand draußen auf dem Deck seines Rommel-Panzers. Colonel Edna Grazier, oberste Befehlshaberin des Panzer-Operationskommandos, stand neben ihm. Wäre es eine Falle gewesen, hätten sie in ihren Panzern gesessen.

Erst als ich meinen *Loki* abbremste, bemerkte ich, mit welcher Leistung meine Kühlweste arbeitete, und mir wurde schlagartig klar, wieviel Angst ich gehabt hatte.

Ich nahm Verbindung mit ihnen auf und traf alle Vorbereitungen für die Einrichtung von Wolfs Hauptquartier. In weniger als einer Stunde hatte sich der Kommandostab in Garcias mobilem Kommandofahrzeug versammelt und lauschte Wolfs Erklärung. Da Garcia sehr eng mit seinem unmittelbaren Vorgesetzten zusammenarbeitete, hatte er schon vermutet, daß es Ärger gegeben haben könnte. Als die Verbindung mit Carmody abgebrochen war, hatte er seine Truppen sofort in Alarmbereitschaft versetzt. Er hatte nicht gewußt, was auf ihn zukam, und unsere Ankunft war eine Überraschung gewesen. Er hatte beschlossen, kein Risiko einzugehen, daher auch die Truppenansammlung. Als er die Schilderung von unserer Flucht und Carmodys Tod gehört hatte, wußte er, wo er stand.

»Colonel Wolf, wir sind vielleicht ein Haufen von Pensionären und Grünschnäbeln, aber wir stehen voll und ganz hinter Ihnen. In Mord liegt keine Ehre. Ich muß zugeben, daß ich die Sache mit dem Test nicht verstanden habe, als ich davon hörte, aber ich dachte mir schon, daß Sie damit eine ganz bestimmte Absicht verfolgten. Sieht ganz so aus, als hätte ich recht behalten. Sie haben das nur getan, um die Ratten aus ihrem Bau zu locken, so daß sie jeder sehen konnte, stimmt's?«

»Sie überschätzen meine Fähigkeiten, Joe.«

»Wenn ja, dann bin ich der erste, Colonel.«

»Ich werde tun, was ich kann, um Ihr Vertrauen zu rechtfertigen.«

»Darüber mache ich mir keine Sorgen, Colonel.«

»Das sollten Sie aber, Joe. Gott weiß, daß es eine ganze Menge Dinge gibt, um die wir uns Sorgen machen müssen.«

»Ich habe größtes Vertrauen in Sie, Colonel.«

»Vielen Dank, Joe. Ich weiß das zu schätzen. In letzter Zeit habe ich nicht besonders viel getan, um dieses Vertrauen zu verdienen.« Für einen Augenblick senkte sich unbehagliches Schweigen über das Kommandofahrzeug, dann sagte der Colonel: »Aber die Vergangenheit ist tot, und wir werden bald genauso tot sein, wenn wir nicht schnell in die Gänge kommen. Wenn wir ins Operationszentrum übersiedeln, können wir ernsthaft daran gehen, den Emporkömmlingen zu zeigen, wem die Dragoner wirklich gehören.«

Der Colonel und die Offiziere der Heimatarmee nahmen den Zug vom Raumhafen zum Ausbildungszentrum. Wir steuerten die Mechs querfeldein, was schneller ging, als Bahnlinie oder Straße zu folgen, die beide um die nördlichen Berge herumführten. Wir hätten ohnehin nicht mit dem Zug mithalten können. Unterwegs gelang es mir, über meinen *Loki* eine Verbindung mit dem Operationszentrum herzustellen und mit der Stabsarbeit zu beginnen. Ich konnte die Karte auf den neusten Stand bringen und in den Computer einspeisen, so daß sie dem Wolf bereits zur Verfügung stehen würde, wenn er eintraf.

Die Kommandozentrale im Tetsuhara-Ausbildungszentrum hatte nicht alle Raffinessen der Zentrale in der Wolf Hall, doch sie war den Einrichtungen in der *Chieftain* überlegen. Das Mehr an Platz, ohne einen Gedanken an Massebeschränkung verschwenden zu müssen, gestattete mehr Unterstützung für meinen *Loki* und stellte mehr als ausreichende Möglichkeiten zur Verfügung, die vorhandenen Truppen zu führen. Das Aufgebot bodengestützter Sensoren war relativ lückenlos, jedoch als Teil eines planetenumspannenden Systems konzipiert. Da die Verbindungen gekappt worden waren, arbeitete das System nicht mit voller Effektivität, so daß Löcher entstanden, die mich doch störten. Und da wir auch von den Satelliten abgeschnitten waren, gab es eine Grenze für die Entfernung, über die wir Truppen kontrollieren konnten. Wenn wir uns einigermaßen ins Zeug legten, konnten wir Relaisstationen errichten, welche die Anzahl der toten Kommunikationszonen verringern würden. Relaisstationen hatten einige Vorteile: Die Komm-Laser und Glasfaserkabelsysteme konnten wesentlich schlechter abgehört werden. Als ich meinen Rundgang durch das Kommandozentrum beendete, beschäftigte sich Grazier gerade mit der neuen Karte.

»Das ist alles?« Sie machte ein entsetztes Gesicht. »Was ist mit Yukinow?«

»Wahrscheinlich mit dem Rest des Alpha-Regiments immer noch auf Ingersoll«, sagte der Wolf.

Wir hatten erfahren, daß Kelly Yukinow in Wahrheit niemals unterwegs nach Outreach gewesen war, obwohl wir die Meldung erhalten hatten, daß er der verhängnisvollen Ratsversammlung beiwohnen würde, die zu dem Positionstest geführt hatte. Es gab keinen Zweifel, daß Yukinow Colonel Wolf gegenüber loyal war, und der Bericht von seiner unmittelbar bevorstehenden Ankunft hatte gewiß den Zweck gehabt, den Colonel glauben zu machen, daß seine Anhänger bei der Ratsversammlung in der Mehrheit sein würden. Jene Berichte waren von Captain Svados zur Unterstützung von Elsons und Alpins Coup gefälscht worden. Ich wußte immer noch nicht, ob der Wolf auf die List hereingefallen war oder andere Gründe gehabt hatte, die Versammlung stattfinden zu lassen. Konnte Garcia recht haben, wenn er andeutete, der Wolf habe alles so geplant? Jaime Wolf hatte diese Möglichkeit nicht rundheraus bestritten, aber er hatte sie auch nicht bestätigt. Wie Colonel Wolfs Pläne auch ausgesehen haben mochten, die Versammlung hatte stattgefunden, er war abgesetzt worden, und jetzt waren wir deswegen hier in Hinterland.

»Alpha steht vielleicht hinter uns«, sagte der Wolf. »Aber das Regiment ist nicht hier. Da uns der Zugang zu den Hyperpulsgeneratoren verwehrt ist, können wir keinen Kontakt mit ihm aufnehmen. Und selbst wenn wir es könnten, macht es die Situation auf Crimond unwahrscheinlich, daß es rasch genug abziehen könnte, um noch in das Geschehen hier einzugreifen.«

»Könnten die Lageberichte von Crimond ebenfalls gefälscht worden sein?« fragte Garcia.

»Ja«, mischte ich mich ein. »Aber es ist unwahrscheinlich. Die Nachrichtenmedien des VeCom melden Clan-Anwesenheit, und das bedeutet Kampf.«

»Also können wir nicht auf Alpha zählen«, sagte Grazier bedrückt.

»Aber es kann auch nicht gegen uns aufgeboten werden. *Alle* Dragonertruppen, die sich derzeit nicht auf Outreach befinden, sind in Kämpfe verwickelt. In unmittelbarer Zukunft werden sie keinen Einfluß auf die Vorgänge hier nehmen können. Wir können nur auf das zählen, was wir hier in Hinterland haben, um uns mit Alpins Truppen auf Outreach auseinanderzusetzen.«

»Und denen, die er im Orbit hat«, brummte Garcia.

»Das scheint nicht mehr zur Debatte zu stehen«, sagte der Colonel.

»Wie bitte?«

»Während wir hierher unterwegs waren, haben sich Ham Atwyl und sein Flügelmann in den Orbit begeben, um mit der gerade geborgenen Flotte Verbindung aufzunehmen. Ham hatte vor, die Situation zu erklären. Er schien zu glauben, er könne die Flotte auf unsere Seite bringen oder sie zumindest dazu bewegen, sich aus dem Kampf herauszuhalten, und offensichtlich hat er zumindest einen Teilerfolg erzielt. Vor einer halben Stunde kam eine Sendung von Flottenkapitän Chandra herein. Sie hat die Flotte in jedem Konflikt für neutral erklärt. Die Gobi-Station und alle in diesem System befindlichen Einrichtungen sind in diese Neutralität mit einbezogen.«

»Einschließlich der Satelliten?« fragte Grazier.

»Ja. Alle Abtastungen aus dem Orbit werden eingestellt. Chandra hat gesagt, daß sie alle Satelliten, welche nichtgenehmigte Sendungen abstrahlen, zerstören oder unbrauchbar machen wird. Chandras Formulierung zufolge sind alle gegenwärtig auf Outreach stationierten Luft/Raum-Einheiten von dieser Regelung ausgenommen. Sie drängt jedoch die Disputanten, so ihre Formulierung, den Schaden an den Luft/Raum-Einheiten der Dragoner zu minimieren, indem ihr Einsatz minimiert wird.«

»Was macht Ham jetzt?« fragte Cythene Martel. Als Kapitän der *Chieftain* unterstand sie Atwyls Kommando.

»Nichts. Sie haben ihn für parteiisch erklärt und für

die Dauer der Auseinandersetzung interniert. Bis dahin hat Chandra selbst den Oberbefehl über das Luft/Raum-Kommando übernommen.« Der Wolf zuckte die Achseln. »Sieht so aus, als arbeite der Flottenkapitän auf eine höhere Position für das Luft/Raum-Kommando innerhalb der Dragoner-Hierarchie hin, egal welche Seite letztendlich die Oberhand erringt.«

»Sie versucht also, eine strikt planetar gehaltene Auseinandersetzung zu erzwingen«, sagte Garcia.

»Sie haben nicht zugehört«, sagte Martel. »Von dem, was bereits am Boden ist oder was noch herunterkommen könnte, war nicht die Rede. Insbesondere wurden Aktionen in der Atmosphäre ausgespart, habe ich recht, Colonel Wolf?«

»Das haben Sie. Wir müssen immer noch mit Landungsschiffen und Luft/Raum-Jägern rechnen, die auf transorbitalen Flugbahnen operieren.«

»Aber nicht mit einer Bombardierung durch die Kriegsschiffe?« fragte Garcia.

»Wenn der Flottenkapitän den Eindruck gewinnt, daß sich die Waagschalen eindeutig zugunsten einer Seite neigen, ist es durchaus möglich, daß sie ihre Neutralität ablegt, um am Ende auf der Seite des Siegers zu stehen«, sagte Wolf. »Aber das ist ein Problem für die Zukunft. Im Augenblick gibt es dringendere. Wir haben den Großteil von drei Regimentern hier auf Outreach. Alle Einheiten von Beta und Gamma sind anwesend, und nach dem Verhalten ihrer Kommandeure können wir mit Sicherheit davon ausgehen, daß sie geschlossen hinter Alpin stehen.«

»Was ist mit Epsilon?« fragte Grazier. Ihre jämmerliche Miene deutete darauf hin, daß sie mit einer unerfreulichen Antwort rechnete.

»Ist nur etwa zur Hälfte auf Outreach«, erwiderte ich, »aber Colonel Nicholes Abwesenheit bei der Ratsversammlung läßt darauf schließen, daß sie und ihr Stab Wolf zugeneigt sind.«

»Das mag für die Offiziere gelten, Cameron«, sagte Grazier. »Was ist mit den Mannschaften?«

»Die Dragoner werden in Gruppen ausgebildet und nach ihrer Vereinbarkeit in Brigaden eingeteilt. Das verleiht den Regimentern ihren Charakter. Anführer, die aus den Reihen des Regiments befördert wurden, spiegeln auf natürliche Weise die Persönlichkeit der Gruppe wider. Ein Offizier, der von einem Regiment zu einem anderen versetzt wird, wird alles tun, um dem Charakter des neuen Regiments gerecht zu werden, das heißt, wenn er sich die Loyalität und den Respekt seiner Truppen erhalten will. Infolgedessen neigen die Mannschaften im allgemeinen dazu, den Ansichten ihrer Anführer — und auch ihren Befehlen — zu folgen.« Ich klang vermutlich wie ein Akademiedozent, und Graziers mürrischer Blick bestätigte mich in meiner Meinung.

»Ich glaube, wir wissen, wo Epsilons Infanterie steht. Das sind schließlich Elsons Leute. Glauben Sie, die übrigen werden für Sie kämpfen, Colonel?« fragte sie.

»Wenn sie können.« Niemand hielt es für notwendig, darauf hinzuweisen, daß sich Epsilon, wie Beta und Gamma, immer noch auf Welt befand. Es würde sehr schwierig für das eine loyale Regiment werden, es mit zwei anderen aufzunehmen.

»Wenn Elson Nichole nicht auf dieselbe Weise eliminiert, wie er es bei Ihnen versucht hat, Colonel«, sagte Garcia.

»Ich halte das nicht für besonders wahrscheinlich«, erwiderte der Wolf. »Attentate sind ein Werkzeug der Dunkelheit, und diese Geschichte spielt sich mittlerweile im hellen Licht ab. Es würde ihm schwerfallen, die Tat abzuleugnen, und diese Entehrung kann er sich nicht erlauben.«

»Dann müssen wir Kontakt zu Nichole herstellen«, sagte Grazier.

»Sobald wir können«, gab ihr der Wolf recht. »Andere BattleMech-Einheiten sind nicht auf Outreach, wenn man von ein paar Trainingseinheiten der Heimatarmee absieht. Wie Brian schon sagte, die Kampfeinheiten verhalten sich ziemlich homogen, aber die Heimatarmee ist mehr eine Mixtur. Joe, wie schätzen Sie die Neigung der Heimatarmee ein?«

Garcia sah ein wenig unbehaglich drein, als sich die Aufmerksamkeit auf ihn konzentrierte. Er fuhr sich mit der Hand durchs Haar und massierte sich dann den Nacken. »Mixtur ist ein gutes Wort, um sie zu beschreiben. Ich würde sagen, die Heimatarmee ist gespalten. Wir erhalten nicht viele Informationen aus Welt, aber es sieht so aus, als würden die meisten Einheiten, die nicht hierhergeschickt wurden, zu Alpin als dem rechtmäßigen Anführer der Dragoner halten. Wenn Alpin und seine Spießgesellen den Rest der Heimatarmee hierher verlegt haben, um Ihre Anhänger aus dem Weg zu räumen, dann haben sie sich als fehlbar erwiesen. Wir hatten eine ganze Reihe Desertionen, als ich Ihre Ankunft verkündete. Die Zehnte und Zwölfte Brigade, die Viking-Kompanie und drei oder vier Geschkos haben ihr Biwak beendet und sind unterwegs zum Festungskomplex. Sie melden sich nicht über Funk, aber wir können annehmen, daß sie es mit der anderen Seite halten. Das heißt, ein Viertel der BattleMechs zieht da draußen ab.«

»Der Festungskomplex«, sagte ich in fragendem Tonfall. Ich hatte den Ort auf der Karte gesehen, doch ich war noch nie dort gewesen.

»Ein Manövergebiet«, sagte Grazier. »In der Hauptsache für Angriffsszenarios. Wenn sie sich dort verkriechen, wird es uns einiges kosten, sie auszuräuchern.«

»Haben wir noch Zugang zur Festung, Brian?« fragte der Wolf.

Ich überprüfte es. »Der Computer akzeptiert unsere Paßwörter noch.«

»Gut. Ordnen Sie die Sperre des Computers an, Priorität alpha-omega-omega-drei. Dadurch haben sie keinen Zugang zum Arsenal, und die simulierten Verteidigungsanlagen werden ebenfalls abgeschaltet. Wenn sie den Komplex halten wollen, müssen sie sich schon selbst ins Zeug legen.«

»Trotzdem noch eine harte Nuß«, stellte Grazier fest.

»Mit etwas Glück bleiben sie in ihren Löchern und rühren sich nicht. Wenn Elson ihnen nicht so weit vertraut hat, sie in Harlech zu behalten, vertraut er ihnen vielleicht auch nicht so weit, für ihn zu kämpfen.«

»Möglicherweise braucht er sie auch gar nicht«, sagte Garcia. »Colonel, werden wir irgendwelche Hilfe von außen bekommen?«

Auf ein Nicken des Wolfs antwortete ich: »Den letzten Berichten zu Folge sind das Delta-Regiment und das Zeta-Bataillon in schwere Kämpfe verwickelt. Sie würden abziehen und damit ihren Kontrakt brechen müssen, um nach Outreach zu gelangen. Colonel Paxon war immer ein starker Befürworter des Colonels, ebenso Jamison. Doch Paxons Akte läßt darauf schließen, daß er nicht freiwillig seinen Kontrakt brechen wird, so daß wir Delta vergessen können. Wie Jamison reagieren wird, weiß niemand. Er würde zweifellos der Tradition Zetas folgen, wenn er nach Hause käme.«

»Das wäre ein Segen. Wir könnten Zetas Feuerkraft gut gebrauchen. Ein Bataillon Überschwerer Mechs könnte von der anderen Seite nicht einfach ignoriert werden. Und wenn Zeta den Vertrag bräche, hätte Paxon zu wenig Truppen, um seine Mission noch erfüllen zu können. Dann würde er vielleicht ebenfalls aussteigen«, sagte Grazier. »Andererseits läßt sie der VeCom vielleicht freiwillig ziehen, wenn Sie darum bitten, Jaime. Wir wären Davion einiges schuldig, aber mit Delta und Zeta wären wir stark genug, um die Rebellen in die Knie zu zwingen.«

Der Wolf schüttelte den Kopf. »Wir können es uns zum gegenwärtigen Zeitpunkt nicht leisten, dem Vereinigten Commonwealth etwas schuldig zu sein. Die Davies gehen ohnehin bereits davon aus, daß wir in ihrer

Schuld stehen. Wenn wir Hilfe von ihnen akzeptierten, könnten wir so enden, wie die Reiterei.«

Die Erwähnung der leichten Eridani-Reiterei bewegte alle anwesenden Alten. Die Reiter waren gute Soldaten, die an die alten Sternenbund-Tugenden glaubten. Sie waren langsam aber sicher von Haus Davions Militär absorbiert worden. Offiziell waren sie immer noch Söldner, doch ihr Kontrakt war derartig langfristig, daß ihnen wenig Spielraum zum Manövrieren und zur Annahme anderer Kontrakte blieb. Colonel Wolf hatte hart gerungen, um den Dragonern ihre Unabhängigkeit und sie vor dieser Art Fremdherrschaft zu bewahren. Anscheinend nahm er lieber eine Auflösung in Kauf, als die Dragoner zu einer fremdkontrollierten Söldnereinheit wie die leichte Eridani-Reiterei herunterkommen zu lassen.

»Also schön«, sagte Grazier. »Wir können nicht auf sie zählen. Was ist mit dem Spinnennetz-Bataillon? Das waren Macs Leute. Werden sie nicht auf unserer Seite stehen?«

»Seit Tagen hat es keinen verläßlichen Kontakt mehr mit ihnen gegeben«, sagte ich. »In der letzten Woche oder sogar noch länger ist jeder Bericht über Captain Svados gelaufen. MacKenzies Stellvertreter war John Clavell. Er ist ein überzeugter AntiClanner, aber letzten Monat wurde er verwundet. Der nächste in der Reihe war Gremmer. Er ist ein Adoptierter von den Novakatzen. Loyalität und Zusammenhalt des Bataillons sind unklar. Bedenken Sie, Alpin ist Macs Sohn. Die Loyalität zur Familie könnte so oder so ausschlagen. Mit Gewißheit wissen wir lediglich, daß wir nicht wissen, wo sich das Bataillon zur Zeit aufhält.«

»Vielleicht hat Elson es ausgeschaltet«, mutmaßte Grazier.

»Stanford Blake würde es wissen«, sagte Martel.

Ich warf ihr einen mißbilligenden Blick zu. Ich wußte, ich war nicht Stan, aber ich war auch kein Geheimdienstoffizier. »Bevor wir Harlech verließen, hat Stan uns alles gesagt, was er weiß. Svados hat ihm monatelang nach besten Kräften Steine in den Weg gelegt. Wenn er hier wäre, würde er Ihnen dasselbe sagen.«

»Und wo ist er?«

»Ich wünschte, wir wüßten es«, sagte der Colonel. »Er bestand darauf, in der Hauptstadt zu bleiben. Er sagte, dort könnte er wertvoller für uns sein.«

»Ein Spion im feindlichen Lager? Nicht wenn er so bekannt ist, wie Ihr Mann, Jaime. Er wird nichts anderes erreichen, als erschossen zu werden.« Grazier seufzte. »Schade. Ich habe ihn gemocht.«

Der Wolf funkelte Grazier an, die seinen Blick scheinbar nicht zur Kenntnis nahm. Garcia entging die plötzliche Spannung jedoch nicht, und er versuchte etwas zur Stimmungsverbesserung beizutragen.

»Was ist mit den Kuritas, Colonel? Sie haben sich doch ausdrücklich Ihnen persönlich angeschlossen, oder nicht?«

»Ein paar von ihnen. Doch als kämpfende Truppe sind sie eine unbekannte Größe. Da sie uns bis jetzt nicht offiziell angegliedert worden sind, werden sie die Geschichte wahrscheinlich aussitzen. Das wäre jedenfalls das Klügste für sie.«

Ein Dringlichkeitsruf unterbrach den Nachrichtenfluß auf dem Kommnetz. Ich leitete ihn sofort weiter.

»Colonel, die Kommandozentrale meldet ein Landungsschiff im Flug über Sektor Orange.«

Die Hand des Wolfs fuhr nach unten zur Kartentischkonsole, und das Bild löste sich auf, um durch eine Befehlssektordarstellung des Kontinents ersetzt zu werden. Sektor Orange, einer der vier farbig codierten Abschnitte Hinterlands, war ein breiter Keil, der sich vom Tetsuhara-Manövergelände nach Osten erstreckte. Das Gelände war zerklüftet, hauptsächlich Ödland. Weiter entfernt ging das Ödland in eine felsige Wüste über, die zum Meer hin abfiel und dort in ein regelrechtes Gebirge überging, dessen Zusammentreffen mit dem Meer ein verrücktes Labyrinth kleinerer Inseln geschaffen hatte. Sektor Orange war ein unwahrscheinliches Aufmarschgebiet für die Truppen des Usurpators: Die Nachschublinien nach Welt waren komplizierter als jene, die durch die anderen drei Sektoren verliefen.

»Vektor?« wollte der Colonel wissen.

»Ist von Norden hereingekommen und dann nach Westen abgebogen«, sagte ich, während ich gleichzeitig die Daten in den Kartentisch einspeiste. »Fliegt über die Berge und ist jetzt außer Reichweite.«

Martel äußerte eine Vermutung. »Aufklärungsflug?«

»Negativ«, sagte ich mit der Autorität der soeben hereingekommenen Meldung. »Zahlreiche Kontakte mit abwärts gerichteten Vektoren. Sie haben Eier gelegt. Wir bekommen BattleMechs herein, schätzungsweise zwei bis drei Kompanien.«

»In die Mechs«, befahl der Wolf. »Sie bilden mit der Hälfte der Panzer eine zweite Linie, Joe. Der Rest und die Infanterie bleiben in Position. Wenn wir können, müssen wir ihnen entgegentreten, bevor sie sich organisieren können.«

41

Elson betrachtete den Holotank, in dem die grüne Kugel von Outreach rotierte. Der größere Kontinent Hinterland entzog sich langsam seiner Sicht, während das ausgedehnte Argyosische Meer den größten Teil der sichtbaren Oberfläche ausfüllte. Dann kam Stück für Stück der kleinere Kontinent in Sicht. Elson rief die Truppenanzeige auf. Blinkende blaue Punkte erschienen auf der Planetenoberfläche. Sie markierten die Standorte der Truppen, die Alpin gegenüber loyal waren. Andere Punkte blinkten ebenfalls, rot für die Truppen, die Wolf ergeben waren, und gelb für jene, die anscheinend noch schwankten, welche Seite sie in dem Ringen um die Kontrolle über die Dragoner unterstützen sollten.

Die erste Phase dieses Kampfes, rief er sich noch einmal ins Gedächtnis. Sobald Jaime Wolf ausgeschaltet war, konnten die nächsten Phasen anlaufen. Alpin würde die Dragoner nicht lange führen.

Törichter Wichtigtuer.

Alpin bezeichnete sich als Khan von Wolfs Dragoner. Vernarrt in alles, was mit den Clans zu tun hatte, dachte der Junge, die Benutzung von Clan-Bezeichnungen würde ihn bei den Clannern in seiner Fraktion beliebter machen. Wenn das stimmte, ignorierte er die Gesinnung jener, die aus anderen Gründen auf seiner Seite standen und die Clans nicht besonders mochten. Tatsächlich fühlten sich viele von den letzteren bereits beleidigt, und das in einer Situation, in der Alpin jede Unterstützung brauchte, die er bekommen konnte.

Elson war unabsichtlich ins Scheinwerferlicht gerückt, als Alpin unerwartet erklärt hatte, das Amt des saKhan würde wieder eingerichtet, und Elson solle es bekleiden. Die Absicht — eine Rückkehr zur Regierungsform der Clans — war durchaus lobenswert. Der letzte saKhan der Dragoner war Joshua Wolf gewesen, einer der ursprünglichen Dragoner. Als Joshua getötet worden war, hatte Jaime Wolf dessen Amt in sein eigenes inkorporiert, der erste offene Schritt, mit dem sich die Dragoner von ihrer Abstammung entfernt hatten.

Die Wahl des Zeitpunkts für diesen Wandel war nicht Alpins erster Schnitzer. Nein, keineswegs. Dieser unglückliche Zug war gleich im Anschluß an das fehlgeschlagene Attentat erfolgt. Der in Panik geratene Alpin hatte den Sicherheitsposten befohlen, auf Patrick Chan und seine Lanze zu schießen, nachdem sie aus ihren Mechs ausgestiegen waren. Keine besonders gelungene Aktion. Der knorrige alte MechJockey war der Chef des BattleMech-Operationskommandos und wegen seines öffentlichen Bekenntnisses zum Pfad der Ehre ein potentieller Verbündeter. Chan hätte sich wahrscheinlich davon überzeugen lassen, daß die Zukunft der Dragoner in einer revitalisierten Clan-Organisationsstruktur lag. Immerhin war es Elson noch gelungen, die Wahrheit mit einer Geschichte zu verschleiern, nach der Chan und seine MechKrieger Alpin angegriffen hatten. Nicht alle glaubten sie, aber zumindest stellte niemand die Erklärung öffentlich in Frage.

In unbewußter Verhöhnung der Pläne Elsons war kurz darauf Alpins ungeschickt und nervös vorgebrachte Ankündigung gekommen, die Khan-Ämter wieder einzuführen. Eine Weigerung Elsons, diesen Schritt zu billigen und zu unterstützen, hätte Alpin in eine peinliche Situation gebracht und seine ohnehin unsichere Stellung als Kommandant der Dragoner weiter geschwächt. Und das konnte Elson nicht zulassen, da er noch nicht bereit war, sich als die eigentlich für den Wandel verantwortliche Macht zu erkennen zu geben. Gewiß, die Rückkehr zur Befehlsstruktur der Clans war wünschenswert, doch der Schritt war sie teuer zu stehen gekommen und hatte einige Dragoner verschreckt, deren Ergebenheit für die neue Führung geschwankt hatte. Elson gab den Code für das Epsilon-Regiment ein und mußte mitansehen, wie die neusten Daten ihren

Niederschlag fanden, indem einige der Lichtpunkte von blau zu gelb wechselten. Ein paar BattleMech-Kompanien und die Mehrheit der Unterstützungselemente blinkten sogar rot.

Elson brütete über die Entwicklung, während sich die holografische Darstellung des Planeten weiterdrehte und Hinterland wieder in Sicht kam. Während der kleinere, dicht besiedelte Kontinent vornehmlich blau und gelb blinkte, war Hinterland größtenteils gelb mit roten Einsprengseln und ganz wenigen blauen Punkten. Zugegebenermaßen gehörten die meisten durch gelbe Punkte dargestellten Einheiten der Heimatarmee an, die nicht so kampfkräftig wie die Frontregimenter waren, aber nur ein Narr würde sie außer acht lassen. Wenn sie sich auf Wolfs Seite stellten, würde es ernsthafte Kämpfe geben. Die verwünschte neutrale Haltung von Flottenkapitän Chandra hinderte ihn daran, sich der Loyalität vieler Heimatarmee-Einheiten zu versichern. Je früher er handelte, desto glatter würde alles gehen.

Die Tür zu seinem Büro öffnete sich und ließ den geschäftigen Lärm aus der Kommandozentrale ein. Verärgert über die Störung schnauzte er: »Was gibt es?«

»Ein Delta-Ruf, Sir. Die Kuritas verlassen ihr Lager im Provence-Sektor. Ihre BattleMechs werden von einem Konvoy begleitet.«

Obwohl das keine willkommenen Neuigkeiten waren, hatte er mit diesem Schritt durchaus gerechnet. »Haben sie das Feuer eröffnet?«

»Neg. Die Sechshundertdreiundvierzigste Infanterie der Heimatarmee hielt Wache. Sie hat sich zum Rückzug entschlossen.«

»Legen Sie alles auf den großen Tank. Ich komme in einer Minute.«

Er rechnete jetzt schon seit geraumer Zeit damit, daß die Kuritas auf die eine oder andere Weise aktiv würden. Aber der Konvoi war interessant: Das konnten nur die Familien der MechKrieger sein. Offensichtlich waren die Kuritas mit der Gastfreundschaft der Dragoner fertig. Doch wohin wollten sie? Nach Hause oder zu Wolf?

Die Möglichkeit, daß sie sich Wolf anschlossen, konnte nicht ausgeschlossen worden. Jaime Wolf hatte die Kuritas zum Teil mit Dragoner-Maschinen ausgerüstet und damit wahrscheinlich eine Art Ehrenschuld hervorgerufen. Doch die Maschinen waren Eigentum der Dragoner, nicht Wolfs. Die Kuritas durften nicht gehen, ohne die Ausrüstung wieder abzugeben.

Elson marschierte in die Kommandozentrale. Der Holotank war, wie befohlen, eingeschaltet. Ein Blick verriet ihm die Anzahl der BattleMechs in der Karawane, und diese Zahl enthüllte, daß die Kuritas die Dragonerausrüstung mitnahmen. Er ging um den Tank herum an Fancher und Parella vorbei zu dem kleinen Kurita, der dort stand und in den Holotank starrte. Wie gewöhnlich gab der kleine Mann durch nichts zu erkennen, daß ihn Elsons Körpergroße oder Gehabe einschüchterte. Ein bewundernswerter, wenn auch irritierender Wesenszug.

»Nun, Noketsuna, es ist Ihr Clan. Was werden Sie tun?«

»Verschwinden«, war alles, was Noketsuna dazu zu sagen hatte.

Elson fand diese Antwort unbefriedigend. »Um auf Wolfs Seite zu kämpfen?«

Noketsunas Miene war gleichmütig, als er sich Elson zuwandte und sagte: »Nach Ihren Gesetzen ist Wolf ein Rebell. Kuritas verachten Rebellen. Jene, die sich gegen das Band der Gefolgschaft vergehen, sind Ausgestoßene.«

»Sie sind bereits Ausgestoßene, *frapos?*«

»Manche würden sie so bezeichnen«, sagte der Kurita kühl.

»Heißt das, Sie glauben, daß sie sich Wolf zuwenden?«

»Ich bin kein Gedankenleser.«

Fancher kam um den Tank herum und gesellte sich zu

ihnen. »Wenn wir ihre Landungsschiffe festhalten, gehen die Schlangen nirgendwohin.«

»Davon kann ich nur abraten«, sagte Noketsuna. »Die Schiffe sind ihr Eigentum. Unter Berücksichtigung dessen, was vorgeht, glaube ich, daß sie bereit sind, sich im Falle eines Angriffs zu verteidigen. Wenn Sie einen Kampf um die Schiffe anzetteln, zwingen Sie sie, gegen Sie zu kämpfen.«

Fancher verzog das Gesicht zu einer Grimasse des Ärgers und sagte: »Die Landungsschiffe sind zu wichtig, um sie einfach aufzugeben, Elson. Wenn wir sie einnehmen können, verstärken wir damit unsere Transportkapazität. Wir könnten fast ein ganzes zusätzliches Bataillon mit der ersten Welle zur anderen Seite schikken. Setzen Sie die Kommandos ein, um die Schiffe zu sichern. Die Schlangen werden nicht kämpfen, wenn sie sehen, daß sie gestrandet sind.«

»Davon kann ich nur abraten«, wiederholte Noketsuna.

Elson sah sich in der Zentrale um, bis er Major Sean Eric Kevin vom Siebten Kommando entdeckte. Er rief ihn zu sich und erläuterte dem Kommandooffizier die Situation. Nach Abwägen aller Optionen sagte Kevin: »Es ist möglich, aber wir brauchen die Zugangscodes, um die Waffen zu sperren und die Kontrolle über die Computer zu übernehmen.«

Elson wandte sich an den Kurita. »Sie hatten Zugang, Noketsuna, *frapos?*«

»Ja.«

»Sie haben diese Codes, *frapos?*«

»Ja.«

»Dann geben Sie sie uns.«

»Wie Sie befehlen.«

Noketsunas Worte klangen unterwürfig, doch sein Gebaren war herausfordernd. Es spielte keine Rolle. Der Kurita würde es nicht wagen, falsche Codes in den Computer einzugeben.

»Kevin, schaffen Sie Ihre Kommandos zum Raumhafen und halten Sie sie in Bereitschaft. Ich lasse zwei Elementarsterne zu Ihrer Unterstützung ausrücken.« Elson gab noch ein paar Befehle und sagte dann: »Noketsuna, Sie kommen mit mir. Ich will mit Ihren Kurita-Freunden reden.«

Der Blitz aus der Partikelprojektorkanone strich knisternd am Hoverjeep vorbei und schlug in das Gebäude hinter ihnen ein. Trümmerstücke lösten sich aus der Mauer und überschütteten den Jeep mit Steinbrocken und Splittern. Ein Splitter traf Elson an der Wange. Er gab Gas, so daß der Jeep aus dem Schußfeld des Mechs schleuderte.

»Was geht hier vor? Was hat dieser Bursche gesagt, bevor es ihn erwischt hat?«

»Er sagte, die Landungsschiffe würden angegriffen.«

Elson fluchte. Jemand hatte zum falschen Zeitpunkt die Initiative ergriffen, und er konnte sich ziemlich gut vorstellen, wer es gewesen war. Fancher war viel zu ungeduldig.

»Ich habe Sie gewarnt«, sagte Noketsuna.

»Und Sie hatten recht. Ich werde es nicht vergessen.«

Elson steuerte den Jeep mit hoher Geschwindigkeit die Straße entlang. Der Kurita-Mech würde nicht lange brauchen, um die Straßenecke hinter ihm zu erreichen. Glücklicherweise war die Straße für zwei der gigantischen Maschinen nicht breit genug, so daß sie nur dem Beschuß von einer ausweichen mußten. In seinem Rückspiegel tauchte ein Mech auf, der *Kriegshammer,* der auch zuvor geschossen hatte. Also ein Partikelstrahl. Es hätte schlimmer kommen können: Einer Raketensalve auszuweichen, wäre schwieriger gewesen. Sobald er das schwache Glimmen der Ladeelemente in der Schwärze der Mündung sah, riß Elson das Steuer herum. Er verringerte die Leistung der Steuerbordgebläse und ließ den Jeep Luft nach Backbord ausstoßen. Der rechte Fahrzeugrand grub sich funkensprühend in den Straßenbelag, und die scharfe Wendung schleuderte die Passagiere fast aus dem Jeep.

Ein blauer Blitz knisterte über sie hinweg und verfehlte sie nur ganz knapp. Elson schaltete die Gebläse wieder ein und gab Vollgas. Kugeln folgten dem Jeep, der jaulend auf die Sicherheit einer Seitenstraße zuhielt. Große Asphaltbrocken wurden aus der Straße gerissen, als die großkalibrigen Kugeln dem Jeep immer näher kamen. Elson trat das Gaspedal jetzt bis zum Boden durch, da ihm nur noch die Möglichkeit blieb, schneller zu fahren, als ihm der Zielmechanismus des Mechs folgen konnte. Metall kreischte, als die ersten Kugeln in den hinteren Teil des Jeeps einschlugen, dann waren sie um die Kurve und in sicherer Deckung eines Gebäudes.

In einer Stadt mit hoher Geschwindigkeit dicht über den Boden zu jagen, war gefährlich, aber Elson hatte kaum eine andere Wahl. Er brauchte das hohe Tempo, um Entfernung zwischen sich und die Kurita-Mechs zu legen. Der leichte Hoverjeep war nicht bewaffnet, und wenn er es gewesen wäre, hätte er gegen die Mechs trotzdem nichts ausrichten können. Noketsuna meldete, daß die Schüsse des *Kriegshammer* das Funkgerät unbrauchbar gemacht hatten.

Elson beschloß, in Richtung Raumhafen zu fahren. Er konnte leicht vor den schweren Mechs wie dem *Kriegshammer,* der sie zu töten versucht hatte, dorthin gelangen. Selbst die leichteren Einheiten würden langsamer als der Hoverjeep sein, falls sich der Kurita-Kommandant entschließen sollte, sie einzusetzen. Doch jeder Vorsprung, den er sich verschaffen konnte, würde gering sein, und er brauchte jede Sekunde, um die Situation unter Kontrolle zu bringen.

Bevor sie die Zugangsstraße verließen, hörte er schon Energiewaffen. Die Tore waren verlassen, offen für jeden, der sie benutzen wollte. In seiner Hast hätte Elson den Jeep fast zu Schrott gefahren, nachdem er einen

Torpfosten streifte. Als die Spitzen der Kurita-Landungsschiffe hinter einer Reihe von Hangars und Wartungshallen in Sicht kamen, wurde er langsamer und hielt nach einer halbwegs sicheren Zone Ausschau, wo er den Jeep abstellen konnte. Er fuhr ihn in einen offenen Hangar und hielt kurz vor dem gegenüberliegenden Ausgang an. Noketsuna war ihm direkt auf den Fersen, als er heraussprang und zu einem Fenster rannte.

Es war in jeder Hinsicht so schlimm, wie er befürchtet hatte. Die Elementare wurden von den Landungsschiffen unter Beschuß genommen und dadurch in ihren Stellungen festgenagelt, und auf dem Landefeld lagen tote Kommandos. Ein Strahl aus fünf Elementaren kletterte an der Seite eines Landungsschiffs der *Union*-Klasse empor. Ihre Stellung direkt auf der Außenhülle schützte sie vor den Schiffsgeschützen, während sie das Schiff selbst vor den Kanonen seiner drei Schwesterschiffe abschirmte. Die Elementare rückten vor, anscheinend fest entschlossen, zumindest eines der Schiffe zu kapern.

Es war hoffnungslos. Mit der Ankunft der Kurita-BattleMechs waren die Elementare so gut wie tot.

Elson entdeckte einen der anderen Strahlen im Schutz der Überreste einer zertrümmerten Mauer und spurtete über das Landefeld zu ihm. Er ging neben einem Soldaten in Deckung und befahl ihm, seinen Anzug zu öffnen. Das Funkgerät des Anzugs verband ihn mit der Kommandozentrale. Er fluchte, als er erfuhr, daß Fancher das Beta-Regiment in Marsch gesetzt hatte. Zwei Bataillone strebten dem Raumhafen entgegen, während das dritte den Hauptkonvoi der Kuritas abfangen sollte. Elson widerrief den Befehl augenblicklich. Sekunden später war Fancher in der Leitung und schrie ihn an.

»Was bilden Sie sich ein, was Sie da tun, Elson?«

»Ich schütze unsere Maschinen, Colonel Fancher. Wir

können es uns nicht leisten, in fruchtlosen Kämpfen BattleMechs zu verlieren, und wir brauchen die Anlagen des Raumhafens mehr als die Kurita-Schiffe. Eine offene Feldschlacht hier auf dem Raumhafen würde alle unsere Pläne zunichte machen.«

»Also wollen Sie sie einfach laufen lassen?«

»Pos.«

»Und wenn sie nichts Besseres zu tun haben, als sofort zu Wolf zu laufen?«

»Dann laufen sie geradewegs in den Tod.«

42

In einem BattleMech wird man immer von der Angst begleitet. Man denkt nicht immer daran, aber manchmal kann man auch an nichts anderes denken. Ob man daran denkt oder nicht, die Angst ist immer da, tief unten in den Eingeweiden.

Ein BattleMech ist vielleicht die gewaltigste je vom Menschen entwickelte Kampfmaschine, aber er ist nicht unverwundbar, insbesondere dann nicht, wenn er einem anderen Mech gegenübertritt. Als MechKrieger wird man an Simulatoren und in der harten Schule des Schlachtfelds ausgebildet, bis man sehr gut ist, aber der Gegner kann noch besser sein. Gutes Material, Geschick und Mut können die eigenen Chancen verbessern, aber sie können einen nicht immer retten. Manchmal ist es nur eine Frage des Glücks, und ganz egal, wie gut man ist, das Glück kann einen auch verlassen.

Ich konnte nicht anders, als mich ständig zu fragen, ob das Glück wohl mit mir war, als die Mechs unserer ad hoc entstandenen Kampfgruppe aus dem Hangar vor der Kommandozentrale stampften. Ich hatte einen OmniMech, Franchette eine unserer neuen Maschinen, und Hans und Grant saßen in verbesserten klassischen Konstruktionen, doch war die Technik in den übrigen Mechs nicht so gut. Wir wußten nicht, mit wem wir es zu tun bekamen, aber ihre Technik war höchstwahrscheinlich besser. Und sie waren auf jeden Fall in der Überzahl. Wir waren nicht ganz vier Lanzen, eine verstärkte Kompanie, die gegen die doppelte Zahl antrat.

Aufgrund meiner Ausbildung und meiner Erfahrung war ich über dieses Verhältnis nicht allzu glücklich. Ein paar der anderen Jockeys hatten schon Kampferfahrung, doch für die meisten MechKrieger in dieser Kampfgruppe war es die erste Schlacht. Diejenigen, gegen die wir antreten würden, waren mit Sicherheit Veteranen: Grünschnäbel nehmen an Kampflandungen aus der Luft normalerweise nicht teil. Was Material und Geschick anging, waren wir ebenfalls unterlegen, aber am Mut unserer alten Krieger und Grünschnäbel gab es nichts auszusetzen. Sie wußten, was sie erwartete, doch sie zögerten keinen Augenblick.

Hans und Franchette übernahmen das Kommando über je eine Lanze und setzten sich nach links ab. Grant und ich standen in vorderster Reihe der übrigen Mechs. Zwei unserer Maschinen wurden von Veteranen gesteuert, doch sie saßen in *Chamäleon*s. Der *Chamäleon* ist ein TrainingsMech, der eine Vielfalt von Gegnern simulieren soll und deshalb auch mit einer Vielfalt verschiedener Waffensysteme bestückt ist. Ein *Chamäleon* ist ein mittelschwerer Mech, aber er sieht nicht immer aus wie einer. Er kann mit zusätzlichen Panzerplatten ausgerüstet werden, um sein Aussehen zu verändern, und führt besondere Elektronik mit sich, um seine Kennung zu fälschen. Diese besonderen Fähigkeiten lassen ihn in jeder Beziehung anders aussehen als das, was er eigentlich ist, daher auch sein Name. Unsere beiden waren so zurechtgemacht, daß sie wie schwere Mechs aussahen. Wir wollten so bedrohlich wie möglich wirken. Ich hoffte nur, daß es die Maschinen bis ins Kampfgebiet schaffen würden: *Chamäleon*s sind nicht für lange Märsche ausgelegt.

Da ich ranghöher als Grant war, befehligte ich unser Kontingent. Als die Verbindung zur Zentrale plötzlich schlechter wurde, packte mich mein unsichtbarer Begleiter an den Eiern. Es ist schlimm genug, wenn man sich nur um sich selbst Gedanken machen muß.

Unsere Mechs fraßen die Kilometer. Wegen der überragenden Geländegängigkeit der BattleMechs blieben die Panzer der Heimatarmee rasch hinter uns zurück. Das bereitete mir wenig Kopfzerbrechen. Wir rechneten damit, daß die Opposition ziemlich weit auseinandergezogen sein würde, so daß wir ihr nicht sofort als Ganzes gegenübertreten mußten. Der Gegner würde unter demselben Informationsmangel leiden wie wir und Spähtrupps losschicken müssen, wodurch seine Truppen weiter zersplittert wurden. Wenn wir in Schwierigkeiten gerieten, würde uns Hans von der Flanke her zu Hilfe kommen. Wenn die Schwierigkeiten zu groß wurden, konnte sich die ganze Truppe bis zu den Panzern zurückfallen lassen.

Wir hatten keine Funksprüche von den gelandeten Mechs aufgefangen. Ich hoffte, das bedeutete, daß sie eine Erkundungstruppe waren und zum größten Teil aus leichten Mechs bestanden. Wenn die Tonnage der beiden Armeen gleich war, würde sich die größere Anzahl weit weniger nachteilig auswirken. Das Ausbleiben jeglicher Funksprüche ließ außerdem etwas anderes vermuten: Daß uns die Mechs dort draußen feindlich gesinnt waren. Verbündete hätten sich bereits gemeldet.

Wir befanden uns seit einer Viertelstunde im Hannoverschen Hochland, als Jeremy im *Greif* einen Kontakt meldete.

»Ein Echo, Boß. Ein Klick weiter zur linken Flanke. Verhält sich ruhig. Es konnten ein paar mehr sein, aber ich bin nicht sicher. Zuviel Eisen in den Bergen.«

»Bestätigungen?« Es kamen keine positiven Antworten. »Irgendeine Bewegung bei diesem Echo festzustellen, Jeremy?«

»Neg.«

»Dann geht es weiter.«

Hier im Hochland gab es eine ganze Menge Metall. Ich glaubte nicht, daß Jeremy eine Feindeinheit geortet hatte. Wir waren immer noch ein gutes Stück von ihrer Landezone entfernt. Außerdem hätte ein Feind auf unsere Anwesenheit reagiert. Ich hoffte, daß ich recht hatte und Jeremy nur übernervös war.

Zwanzig Minuten später meldete Jeremy ein weiteres Echo, doch diesmal erhielt er reichlich Bestätigung. Fünf BattleMechs auf direktem Konfrontationskurs mit uns.

Als sie hinter einer Klippe zum Vorschein kamen, erhöhte ich den Vergrößerungsfaktor, um eine optische Identifikation zu bekommen, und spürte, wie sich mein Magen zusammenkrampfte.

Die herannahenden Mechs waren alle schwarz mit roten Zierstreifen, und jeder war mit dem Emblem einer Schwarzen Witwe auf weißem Netz bemalt. Das Spinnennetz-Bataillon. Und es hatte seine Ankunft nicht gemeldet.

Mir war nicht nur deswegen unwohl, weil uns diese Einheit — die MacKenzie Wolfs gewesen war — offensichtlich feindlich gesinnt war, auch nicht, weil zwei der Maschinen OmniMechs waren, wenngleich jede einzelne mehr als ausreichte, meinen Begleiter in Aufruhr zu versetzen. Meine Sorge war mehr persönlicher Natur: Maeve hatte zu diesem Bataillon gehört. Ich fragte mich, ob sie noch dabei war, vielleicht sogar ein Mitglied der Lanze war, die sich uns jetzt näherte.

Ich gab sie in meinen Gefechtscomputer ein und versah jeden Mech mit einem Zielcode. Mein *Loki* reagierte mit einem Summton, als der erste die Reichweite meiner Langstreckenraketen unterschritt. Auf unserer Seite waren nur Grants *Schütze* und Jeremys *Greif* mit LSRs bestückt, und ich war sicher, daß uns die Omnis auf der anderen Seite hinsichtlich der Langstreckenbewaffnung gewachsen waren. Ich rechnete damit, daß sie das Feuer eröffnen würden, doch das taten sie nicht. Statt dessen blieben sie stehen.

»Formation auseinanderziehen«, befahl ich, während ich gleichzeitig langsamer wurde. Sobald ich hinter unsere Marschlinie zurückgefallen war, befahl ich meiner Lanze, ebenfalls die Geschwindigkeit zu senken. Grant war meinem Beispiel gefolgt und hatte sich bereits zurückfallen lassen, bevor ich den Befehl dazu gegeben hatte. Dadurch waren zwei unserer mit LSRs bestückten Mechs in Stellung, um Artillerieunterstützung zu geben. Ob die Krieger des Spinnennetzes von unserer Reaktion beeindruckt waren, oder ob ihnen das Kräfteverhältnis nicht schmeckte, wußte ich nicht. Jedenfalls setzten sie sich wieder in Bewegung, zogen sich zurück.

Wußten sie von Hans und dem Rest der Kompanie, der außer Sicht an unserer Flanke marschierte?

»Wir folgen ihnen«, befahl ich. Ein Rückzug ohne auch nur den Versuch eines Gefechts war sonderbar — zu sonderbar, um nicht weiter nachzuforschen.

Wir folgten ihnen tiefer in die Cañons, und ihre Marschrichtung führte uns immer näher an Hans und seine beiden Lanzen heran. Meine Befürchtungen bezüglich einer Falle ließen ein wenig nach, verschwanden jedoch nicht. Wie konnten sie auch? Die hohen Mesas und engen Täler zwischen den erodierten Bergen boten zu viele Verstecke, zu viele Sackgassen, die zur Falle für uns werden konnten. Ich hielt die Karten im Auge und überwachte das Fortkommen des Rests der Kompanie. Bald würde Hans in Position sein, um den zurückweichenden schwarzen Mechs den Weg abzuschneiden. Sobald wir sie eingekesselt hatten, würden wir einige Antworten aus diesen Kriegern herausholen.

So war die Situation, als sie den Spieß umdrehten.

Ein Grollen wie von entferntem Donner hallte durch das Hochland. Wie auf ein Stichwort gaben die schwarzen Mechs, die wir verfolgten, ihre auseinandergezogene Formation auf und sammelten sich im Schatten eines hohen Überhangs, wo sie kehrt machten und sich uns stellten. Aus Cañons zu beiden Seiten unserer Position tauchten weitere schwarze Mechs auf. Ich befahl den Rückzug, und Jeremy schrie auf demselben Kanal, er habe Echos in unserem Rücken. Wir waren von mindestens zwanzig Mechs umgeben. Es mochten durchaus alle gelandeten Mechs sein, doch ich war nicht sicher. Die schwarzen Mechs schossen nicht, obwohl eine einzige Salve ausgereicht hätte, um unsere Reihen zu verheeren. Eine Stimme meldete sich auf unserer Frequenz.

»Willkommen im Netz, Jockeys. Hans wird uns eine Weile nicht stören. Der Cañon, in den er einmarschiert ist, hatte mal einen Ausgang in unserem Rücken, aber jetzt nicht mehr. Wir sind also unter uns, und es ist Zeit für ein kleines Schwätzchen. Wenn uns nicht gefällt, was wir hören, seht ihr eure Freunde bestimmt nie wieder.«

Ich erkannte die Stimme sofort, obwohl ich sie seit Monaten nicht gehört hatte — zumindest nicht außerhalb meiner Träume.

»Maeve.«

»Hallo, Brian.« Sie klang weder überrascht noch besonders erfreut. »Wo ist der Wolf?«

Ich war nicht sicher, ob *ich* mich freute. »Das ist sein *Schütze* neben mir.«

»Das sehe ich, aber er ist nicht darin.«

»Wie kommst du darauf?«

Eine Pause trat ein, als überlege sie, was sie sagen sollte. Vielleicht war sie auch nur wütend. Ich wartete fast darauf, daß sich die Schutzklappen vor den Waffenmündungen ihres Mechs öffneten. Als sie schließlich antwortete, klang ihre Stimme kühl, fast versöhnlich. »Die Maschine bewegt sich nicht wie die des Wolfs. Wo ist er also?«

Ich wollte es ihr sagen. Ich wollte, daß sie auf unserer Seite war, aber auf mir ruhte die Verantwortung, Colonel Wolf durch meine persönlichen Gefühle nicht in Gefahr zu bringen. Bis ich wußte, wo sie und ihre Kameraden standen, konnte ich ihr den Aufenthaltsort des Colonels nicht anvertrauen. Unsere Lage war zu prekär. Meine Kehle war wie ausgedörrt, als ich sagte: »Woanders.«

Sie lachte. »Sehr vorsichtig, Brian. Wärst du genauso vorsichtig, wenn ich sagte, wir sind hier, um für ihn zu kämpfen?«

»Und seid ihr das?«

»Eine Frage mit einer Gegenfrage beantworten. Du

warst zu lange mit Stan Blake zusammen. Ach, übrigens, ist er beim Wolf?«

»Colonel Blake ist auf Welt geblieben.«

»Spionagekram?«

Ihr Tonfall war beiläufig, und die Zurückhaltung, die sich die Krieger in den schwarzen Mechs auferlegten, war in sich eine Aussage. Ich beschloß, etwas zu riskieren. »Wir wissen nicht, was mit ihm ist.«

»Das klingt, als stünden die Dinge ziemlich übel.«

Das brauchte man mir nicht erst zu sagen. »Seid ihr gekommen, um für den Colonel zu kämpfen?«

»Könnte sein.«

»Jetzt bist *du* vorsichtig.«

»Aus gutem Grund. Wir erhielten die Nachricht von Macs Tod über das Netz, aber von Wolf kam gar nichts. Das ist nicht seine Art. Dann erfuhren wir, daß Alpin der neue Boß der Dragoner sei und sich als Khan bezeichnete. Das machte ein paar Leute mißtrauisch, aber wir bekamen einfach keine befriedigenden Antworten auf unsere Anfragen, viel leeres Gerede, und das verriet uns, daß es wohl ein Problem gab. Als wir hörten, daß Elson und Fancher einen Großteil der Fäden zogen und Kelly Yukinow nicht einmal auf Outreach war, wurden ein paar Leute ziemlich nervös. Wir hatten einen ... einen Fehlstart, aber wir konnten das bereinigen und machten uns sofort auf den Weg. Wir waren kaum dreißig Sekunden im System, als wir auch schon Flottenkapitän Chandra in der Leitung hatten, die meinte, es sei wohl besser, wenn wir uns von Outreach fernhielten. Sie versuchte uns dazu zu überreden, ihren Schiffen im Orbit Gesellschaft zu leisten und zu warten, bis die Dinge geregelt seien, aber das ist nicht die Art, wie unser Bataillon eine Sache anpackt. Wir sind hier draußen abgesprungen, weil ich wußte, daß sich der Wolf hierher zurückziehen würde, wenn er aus Harlech entkam.«

»Aber ihr seid abgesprungen, als wärt ihr zum Kampf gekommen. Ihr hättet uns über eure Absichten aufklären können. Oder zumindest Fragen stellen können. Wir hätten euch sagen können, was vorgeht, und euch bei der Kommandozentrale landen lassen können.«

»Klar hätten wir das gekonnt«, sagte sie sarkastisch. »Falls du es noch nicht bemerkt haben solltest: Nicht alle, die in diese Geschichte verwickelt sind, haben bisher die Wahrheit gesagt. Wenn wir gleich über Funk ausposaunt hätten, auf wessen Seite wir stehen, und es der Wolf nicht hierher geschafft hätte, würden wir uns bei den Leuten, die im Augenblick das Sagen haben, echt beliebt gemacht haben. Aber so, wie wir gelandet sind, konnten wir immer behaupten, einfach nur vorsichtig gewesen zu sein, ohne eine Vorliebe für eine Seite erkennen zu lassen.«

Ich wollte sie es aussprechen hören. »Dann *seid* ihr hier, um fur ıhn zu kämpfen.«

»Ihr kämpft für ihn, nicht wahr?«

Ich konnte mir das Lächeln vorstellen, das diese Frage begleitete. Ich grinste selbst, als ich antwortete: »Das tun wir.«

»Ha! Ich wußte, er würde den Test nicht widerspruchslos hinnehmen.« In ihrer Stimme lag Frohlokken. Schwach hörte ich andere Stimmen, Stimmen aus den Kanälen zu den anderen schwarzen Mechs, die von ihrem Mikrofon übertragen wurden. »Ich schätze, wir auch nicht.«

Ich kann Ihnen nicht sagen, wie erleichtert ich war. Es gibt keine Worte, um diese Erleichterung zu beschreiben. Doch sie galt einzig und allein dem Colonel. Das Spinnennetz-Bataillon stellte eine beachtliche Verstärkung unserer Kampfkraft dar. Persönlich war ich ein wenig verwirrt. Maeve war wieder in mein Leben getreten, und ich war nicht ganz sicher, was ich dabei empfand.

»Solltest du nicht besser Hans benachrichtigen, bevor er mit flammenden Geschützen den Cañon stürmt?« schlug sie vor.

Das tat ich. Innerhalb der nächsten Stunde vereinigten wir unsere Streitkräfte und marschierten zurück zum Kommandozentrum. Sobald wir in Reichweite einer unserer Relaisstationen waren, funkte ich ihnen die guten Nachrichten herüber.

43

Elson war bereits wütend, als er in die Kommandozentrale stapfte. Der gebieterische Tonfall, mit dem ihn Alpin herzitiert hatte, ließ ihn dabei völlig kalt. Noch kälter ließ ihn die Tatsache, daß der Junge zu glauben schien, er habe tatsächlich das Kommando.

Der gesamte der Dragonerorganisation treu ergebene Teil des Kommandostabs hatte sich versammelt. Neil Parella und Alicia Fancher saßen sich am Tisch gegenüber und beäugten einander mit kaum verhohlener Feindseligkeit. Ihre Rivalität machte es leicht, sie gegeneinander auszuspielen. Elizabeth Nichole, der dritte Kommandeur eines Kampfregiments, arbeitete an einer Konsole neben der Tür zu einem der Büros, von denen die Kommandozentrale umgeben war. Trotz Elsons anfänglichen Befürchtungen, was ihre Loyalität betraf, hatte sich Nichole als Befürworterin des neuen Regimes erwiesen. Sean Kevin vom Siebten Kommando saß in einer Ecke. Er war ein ruhiger, tüchtiger Offizier, der kein Interesse an der strategischen Positionierung der Dragoner hatte. Er wollte nur jemanden, der ihm einen Anstoß in die richtige Richtung gab, so daß er seine Fähigkeiten einsetzen konnte. Elson betrachtete ihn als äußerst wertvoll. Rebecca Ardevauer von der Artillerieunterstützung war weniger gefügig, doch ebenso wertvoll. Sie war ziemlich beliebt und äußerte sich lautstark über die Notwendigkeit, einen Konflikt zu vermeiden und das Ergebnis des Positionstests anzuerkennen. Douglas Piper vom Unterstützungsbataillon war eher ein Rätsel. Er sagte kaum etwas, und wenn, dann nur bei der Stimmabgabe, und die fiel immer so aus, wie Elson es sich wünschte.

Obwohl er nicht dem Kommandostab angehörte, war Noketsuna ebenfalls da. Er unterhielt sich leise mit Svados. Durch Ausnutzung seiner irgendwie dubiosen Recherchierfähigkeiten traf er zuverlässige Voraussagen in bezug auf die Reaktion der örtlichen Bevölkerung, wodurch er sich ebenfalls als sehr wertvoll erwiesen hatte. Er arbeitete sehr gut mit Svados zusammen, die in Abwesenheit Stanford Blakes kürzlich zum Chef des Wolfsnetzes befördert worden war.

Natürlich war Alpin Wolf auch anwesend. Er hatte sich gegen den Haupttisch gelehnt und betrachtete aufmerksam die Bilder, welche durch den Holotank flackerten. Seine MechKriegerjacke mit ihrer bunten Sammlung von Einheitsabzeichen war über einen Stuhl geworfen.

Elson ignorierte ihn und ging zu Nichole. »Alles ruhig bei Epsilon, Nichole?«

Alpin sah auf, als er Elsons Stimme hörte. Seine Miene war verkniffen, und sein Stirnrunzeln vertiefte sich noch, als er sah, wen Elson ansprach. Er schlug mit der Hand auf den Tisch.

»Mein Großvater sammelt Truppen in Hinterland. Ich bin überzeugt, er hat vor, einen Schlag gegen die Hauptstadt zu führen. Er wird annehmen, daß er mich absetzen und wieder das Kommando übernehmen kann.«

Parella schnaubte. »Er kann keine drei Kampfregimenter mit vollen Unterstützungstruppen schlagen, wenn er lediglich einen Haufen alter Männer und Kinder aufzubieten hat.«

»Es gibt keinen Beweis, daß er überhaupt irgend etwas tut«, stellte Nichole fest.

Alpin wies mit dem Finger auf den Holotank. »Dann erklären Sie mir den Absprung des Spinnennetz-Bataillons. Nach dessen Landung haben keine Kämpfe stattgefunden.«

»So lautet der Bericht, aber wir haben keine positive Bestätigung«, sagte Svados.

»Die brauchen wir auch nicht«, schnauzte Alpin. »Bevor das Spinnennetz Wing verließ, hat es sich aller MechKrieger entledigt, welche die legitime Nachfolge unterstützten. Natürlich ist es gekommen, um die Rebellion meines Großvaters zu unterstützen.«

»Chandra sagt, Captain Maeve kommandiert jetzt das Bataillon«, sagte Svados.

»Maeve? Sie ist ein guter Jockey, aber ansonsten noch ein Kind.« Fancher kicherte. »Sie ist noch nicht soweit, daß sie ein Kommando übernehmen könnte. Wenn Wolf nicht mehr aufbieten kann, brauchen wir uns keine Sorgen zu machen.«

»Sie ist in meiner Altersklasse«, sagte Alpin. Er versuchte seiner Stimme einen warnenden Unterton zu geben, aber es klang mehr wie ein Quengeln.

Fancher zeigte sich angewidert und machte Anstalten, etwas zu sagen, also mischte sich Elson ein. »Bei den Clans gibt es viele Bataillonskommandeure in ihrem Alter. Unter den gegenwärtigen Umständen steht nicht ihr Alter zur Debatte, sondern ihre Politik. Das Ausbleiben jeglicher Kämpfe zwischen Wolfs Anhängern und dem Bataillon spricht eindeutig dafür, daß sich das Spinnennetz auf Wolfs Seite gestellt hat.«

»Wenn es so eine Seite überhaupt gibt«, sagte Nichole. Sie mochte Alpin als Anführer der Dragoner akzeptiert haben, aber sie hatte immer noch Schwierigkeiten bei der Vorstellung, Truppen gegen Jaime Wolf ins Feld schicken zu müssen.

Parella schüttelte den Kopf. »Liz, wenn Wolf einfach aufgeben wollte, hätte er das System verlassen.«

Elizabeth Nichole verschränkte die Arme vor der Brust und kaute auf ihrer Unterlippe. »Vielleicht. Vielleicht auch nicht.«

»Jaime Wolf hat seine Rebellion bereits dadurch demonstriert, daß er geflohen ist«, sagte Alpin laut. »Ich bin für einen Präventivschlag, bevor wir noch mehr Sympathisanten an ihn verlieren.«

Überrascht drehte sich Elson zu ihm um. »Was soll das heißen, *noch mehr* Sympathisanten?«

Alpin lächelte, offensichtlich erfreut, daß er Elson

einmal etwas voraus hatte. »Letzte Nacht hat sich Graham mit der Sonderaufklärungsgruppe aus dem Staub gemacht. Sie verließen Camp Dorrety kurz nach Mitternacht.«

Elson wandte sich an Svados. »Ist das wahr?«

Sie nickte, und Noketsuna berichtete. »Wir haben jeglichen Kontakt zu ihnen verloren. Einige Fahrzeuge wurden auf dem Weg zur Straße von Jormenai gesichtet, was darauf schließen läßt, daß sie zur anderen Seite des Berges wollen. Doch das könnte auch eine Finte sein. Ein Teil oder sogar die ganze Gruppe könnte auf diesem Kontinent bleiben, um eine Art Störtrupp zu bilden. Auf jeden Fall ist es meiner Ansicht nach offensichtlich, daß ihre Sympathien bei Jaime Wolf liegen.«

»Wie bei ihren verdammten Kurita-Freunden«, schnappte Alpin.

»Dann sind sie auch übergelaufen?« Nichole machte einen unglücklichen Eindruck.

Fancher schob ihren Stuhl zurück, so daß er ein quietschendes Geräusch verursachte, und stand auf. »Nachdem Elson den Angriff abgeblasen hatte, luden sie ihre Leute an Bord der Landungsschiffe und hoben ab. Sie haben noch nicht einmal versucht, einen anderen Bestimmungsort vorzutäuschen. Sie hoben ab und flogen direkt nach Hinterland. Sie blieben gerade lange genug am Boden, um ihre Mechs auszuladen, dann hoben ihre Landungsschiffe wieder ab und gingen in einen geosynchronen Orbit über Sektor Grün. Damit haben sie die Luftüberwachung für das gesamte Ausbildungszentrum übernommen.«

Elson ignorierte Fanchers giftigen Blick. »Das ist eine vernachlässigbare Änderung des Kräfteverhältnisses.«

»Und wir können sie völlig kompensieren«, sagte Alpin, indem er ein paar Tasten auf dem Kontrollbord des Holotanks drückte. Der Planet wurde kleiner, und ringsum tauchten neonfarbene Umlaufbahnen auf. Über Hinterland blinkte eine Formation von vier Landungsschiffen. Von verschiedenen Punkten im Orbit gingen Pfeile aus, die zeigten, wie man sich dieser Position nähern konnte. »Nur die Mechs wurden ausgeladen. Das bedeutet, die Familien der MechKrieger sind an Bord der Landungsschiffe geblieben. Im Orbit gibt es keine Raumhafenanlagen, über die man sich Gedanken machen muß. Wenn wir die Schiffe vom Himmel holen, werden wir den Schlangen damit eine Lektion erteilen, die sie verdient haben. Wir können die Familien für die Dummheit der MechKrieger büßen lassen.«

Elson machte zwei drei rasche Schritte um den Tisch und versetzte Alpin wortlos eine Ohrfeige. Der Junge wurde durch den Raum geschleudert, um schließlich auf einem Schreibtisch zu landen. Alpin funkelte Elson mit schierem Haß an. Elson empfand nichts, abgesehen von seiner Verachtung.

»Ich habe Ihnen Ihre Stellung gegeben, ich kann sie Ihnen auch wieder nehmen!« fauchte Alpin.

Mit eisiger Ruhe erwiderte Elson: »Nicht nach den Gesetzen, die für den Khan gelten.«

»Ich kann den Rat dazu veranlassen!«

»Nur zu.«

Alpin stand auf und verschmierte das Blut von seiner gespaltenen Lippe über das ganze Gesicht, als er sich die ohnehin gerötete Wange rieb. Elson musterte die versammelte Gruppe. Die einzige unleserliche Miene war die von Noketsuna. Die Dragoner blickten ernst, mitleidlos. Genau das hatte Elson auch erwartet. Die Familien, ob Bluts- oder Geschverwandte, waren heilig. Sie waren keine Objekte des Krieges. Nur die verderbten Krieger der Inneren Sphäre führten Krieg gegen Zivilisten.

Alpin brüllte: »Sie sind alle entlassen!«

Als sich niemand rührte, starrte er sie noch einen Augenblick an, um dann in sein Büro zu stürmen und die Tür hinter sich zuzuknallen.

Elson kehrte zur Konsole des Holotanks zurück und

rief die Darstellung Hinterlands wieder auf. »Haben wir Informationen darüber, wo die Kuritas postiert werden?«

»Keine, Sir«, sagte Svados.

»Sie sind keine kohärente Einheit«, sagte Noketsuna. »Sie haben weder besondere Merkmale noch eine Organisation.«

»Wollen Sie damit sagen, daß sie nicht gut kämpfen werden?«

»Sie werden kämpfen. Sie haben sich Wolf verschrieben und werden für ihn sterben. Sie dürfen sie nicht unberücksichtigt lassen, aber rechnen Sie auch nicht damit zu erraten, wie sie eingesetzt werden.«

»Das klingt, als seien sie ungefähr so beständig wie Little Al«, warf Parella ein.

»Ja«, stimmte Fancher zu. »Wann werden Sie diese Ansammlung schlechter Gene endlich fallenlassen?«

Elson sah durch den Holotank und begegnete ihrem Blick. »Wenn die Zeit reif ist.«

»Wir brauchen einen echten Kommandanten, wenn wir uns Wolf vornehmen.«

»Jaime Wolf ist genau das Problem, Colonel Fancher.« Elson ging um den Tank herum zu Fancher. »Was glauben Sie wohl, wie stark Ihr Anspruch auf eine legitime Führerschaft ist, solange er noch lebt?«

»Stärker als der ihre«, erwiderte sie. »Ich könnte Little Al zu einem Positionstest herausfordern.«

»Die Dragoner können im Augenblick keinen weiteren Test verkraften«, sagte Nichole.

»Sie hat recht, Fancher. Es geht schon das Gerücht, Jaime Wolf würde das Ergebnis des Tests anfechten.«

Fancher schnaubte. »Dabei wird er ebenso den kürzeren ziehen wie beim Test. Wir sind besser ausgerüstet und noch dazu in der Überzahl. Auch das Spinnennetz und die Kuritas ändern daran nichts. Es wird nur mehr Blut fließen. Im Endeffekt wird es keine Rolle spielen.«

Elson wußte, daß Fancher die Weitsicht für die Stellung des Kommandanten fehlte, und jetzt schaufelte sie sich mit ihren Worten das eigene Grab. »Wenn Sie glauben, die Menge des vergossenen Dragonerbluts würde im Endeffekt keine Rolle spielen, würde ich keinen Wert darauf legen, unter Ihnen als Khan zu dienen.«

Mit Befriedigung nahm er zur Kenntnis, daß Piper, Ardevauer und Nichole in offener Zustimmung nickten. Er war nicht überrascht, als Parella sagte: »Ich auch nicht.« Elson hatte Fancher gegenüber durchblicken lassen, daß sie seiner Ansicht nach am besten geeignet war, Alpin abzulösen, sobald sich die Dinge beruhigt hatten. Dasselbe hatte er bei Parella getan. Sie konnten nicht beide an der Spitze stehen. Gewisse Anzeichen deuteten darauf hin, daß Parella vermutete, Elson habe Fancher dieselbe Mohrrübe vor die Nase gehalten. Parella bemühte sich, die Stellung des rivalisierenden Colonels zu unterminieren, bevor Fancher zu einer echten Gefahr für ihn werden konnte. Der Mann ging ganz eindeutig raffinierter zu Werke als Fancher, und Elson würde ihn im Auge behalten müssen. Elson hatte nicht die Absicht, einen von beiden zu unterstützen. Jaime Wolf hatte bewiesen, daß eine seiner Innovationen Vorzüge hatte: Ein Khan allein war ein mächtiger Khan. Elson beabsichtigte, ein mächtiger Khan zu sein.

»Im Augenblick ist Alpin für die Eliminierung Jaime Wolfs unentbehrlich«, sagte er. »Ein Problem, dem wir uns nun zu widmen haben, Krieger.«

44

Zuerst hatte Dechan gedacht, das Ringen um die Kontrolle über die Dragoner würde sofort zu einem offenen Krieg führen, doch die Tage vergingen, und es kam nicht zu größeren Auseinandersetzungen. Beta, Gamma und Epsilon blieben in ihren Unterkünften auf dem öffentlichen Kontinent. Wenn dem der Plan zugrunde lag, die Öffentlichkeit davon zu überzeugen, daß nichts geschah, war ihm nur zum Teil Erfolg beschieden. Die Nachricht von Wolfs Flucht und die Gerüchte von einem unmittelbar bevorstehenden Konflikt kursierten überall in Harlech.

Dechan wurde von jedem Interviewer, mit dem er sich unterhielt, über den Ärger befragt, der sich zusammenbraute. Es war nicht weiter schwer, allen dasselbe — nämlich nichts — zu erzählen: Er wußte kaum mehr. Als Jenette ihre Sachen gepackt und sich in der Nacht nach Camp Dorrety aufgemacht hatte, in der die Sonderaufklärungsgruppe ausgerückt war, ging sein Draht zu den Interna der Dragoner mit ihr. Die Informationen vermißte er nicht, aber er vermißte sie. Seine Weigerung, mit ihr zu kommen, und ihre Weigerung zu bleiben, konnte durchaus ihre letzte Meinungsverschiedenheit gewesen sein. Ein Konflikt schien unvermeidlich, und es war sehr gut möglich, daß sie ihn nicht überlebte.

Dechan wußte, daß die Ruhe vorbei war, als Elson immer häufiger in der Anwerbehalle auftauchte. Alpin hatte einen Ruf an alle Dragoner-Hilfstruppen ergehen lassen, in dem er versprach, daß gute Leistungen mit einem dauerhaften Platz bei den Dragonern belohnt würden. Eine Menge Söldner waren der Ansicht, hier würde ihnen ein Spaziergang auf einem goldenen Tablett serviert.

Dechan überflog die Anschlagtafeln in der Halle und registrierte die Namen jener, die sich bereits verpflichtet hatten. Von einigen hatte er noch nie etwas gehört, andere kannte er dem Namen nach. Das war nicht die Art Truppen, welche die alten Dragoner angeworben hätten. Die großen Namen glänzten durch Abwesenheit, und dasselbe galt für weniger bekannte, doch tüchtige Einheiten wie die Schwarze Brigade. Gerüchte besagten, es liege am Preis, doch Dechan vermutete andere, wichtigere Gründe.

Dechan ging die Stufen zur Halle hinauf, als Elson mit einem Schwarm Söldner durch die Tür kam. Der große Elementar bemerkte ihn praktisch sofort und sagte ein paar Worte zu seinen Begleitern. Von vielfachem Kopfnicken und jovialen Bemerkungen begleitet, verließ Elson die Söldner und kam direkt auf Dechan zu.

»Guten Tag, Dechan Fraser.«

Das Lächeln auf dem Gesicht des Mannes sah aufrichtig aus, aber irgend etwas an Elsons Gehabe wirkte gezwungen, so daß sich Dechan sofort unwohl fühlte. Widerwillig sagte er: »Hallo.«

»Ich habe gehört, daß Ihnen das Vereinigte Commonwealth ein beachtliches Angebot für Ihre Dienste unterbreitet hat.«

»Ich habe abgelehnt. Sie wollen nur Informationen über das Kurita-Militär aus mir herausholen. Bei den alten Dragonern haben wir einen früheren Arbeitgeber nicht an einen neuen verraten.«

Elson reagierte überhaupt nicht auf die Anspielung, die Dragoner seien nicht mehr das, was sie einmal gewesen waren. Weiterhin lächelnd, sagte er: »Dann suchen Sie immer noch Arbeit.«

»Ich bin keiner von denen«, sagte Dechan, indem er den Kopf in Richtung der Söldner neigte, die noch in der Nähe standen.

»Das weiß ich. Darum habe ich sie auch stehenlassen, um mich mit Ihnen zu unterhalten.«

»Kommt mir so vor, als hätten Sie heute mehr als genug Söldner abgeschleppt.«

»Seit wann kümmert es einen Söldner, wie viele andere da sind, solange der Zahlmeister genügend C-Noten hat?«

»Seitdem er clever genug ist, sich zu fragen, worauf er sich einläßt«, erwiderte Dechan.

»Sie sind ein sehr scharfsinniger Mann, Dechan Fraser. Ich glaube, Sie wissen, was vorgeht. Je mehr Truppen auf unserer Seite stehen, desto geringer ist die Chance einer bewaffneten Auseinandersetzung mit den Anhängern Wolfs. Sie kennen Jaime Wolf als einen pragmatisch denkenden Mann. Glauben Sie nicht, er erkennt, daß er keine Siegchance hat?«

Dechan zuckte die Achseln. Der Jaime Wolf, der ihn vergessen hatte, war nicht der Mann, bei dem er angeworben hatte. Oder vielleicht war er derselbe, und ein rotznäsiger Junge hatte es nur nicht erkannt. Wer wußte schon, wie solch ein Mann seine Chancen beurteilte? »Und wenn er trotzdem kämpft?«

»Er wird verlieren, und die Verluste der Sieger werden geringer sein, als dies der Fall sein würde, wenn das Verhältnis ausgeglichener wäre.«

»Verluste, die hauptsächlich von den Söldnern getragen werden.« *Und vielleicht von Jenette.*

»Wie ich schon sagte, Sie sind sehr scharfsinnig, Dechan Fraser. Ich rechne tatsächlich damit, daß Wolf kämpft, weil er zuallererst ein Krieger ist, und kein wahrer Krieger ergibt sich kampflos.«

»So, wie er es beim Test getan hat?«

»Sein Stellvertreter kämpfte für ihn.« Ein Schatten glitt über Elsons Gesicht. »Vielleicht wollte Wolf den Test verlieren. Vielleicht sah er seinerzeit einen strategischen Vorteil darin, scheinbar zu verlieren, um durch die Verschiebung der Machtverhältnisse einen versteckten Vorteil zu erringen. Doch seine nächste Niederlage wird sehr real sein, wie seine abwegigen Pläne auch aussehen mögen. Wenn das vorbei ist, wird es bei den Dragonern Stellen zu besetzen geben und mehr als nur ein paar. Männer, die sich bewiesen haben, könnten in hohe Positionen gelangen.«

Das war offensichtlich ein Köder, aber Dechan fand das Angebot dennoch verlockend. Er hatte die Ryuken ausgebildet und geführt, aber sie waren nicht *seine* Einheit gewesen. Die Logik brachte das eigentliche Problem zur Sprache. »Dragoner würden mir nicht folgen.«

»Zunächst einmal müßten Ihre Truppen auch keine Dragoner sein. Bauen Sie Ihre eigene Einheit auf. Sie sind ein urteilskräftiger Mann, wählen Sie gute Leute aus. Ich bin sicher, daß jeder, den Sie auswählen, würdig ist, zu den neuen Dragonern zu gehören.«

Unter Berücksichtigung seiner Kombinatserfahrungen mit den Ryuken sprach einiges dafür, daß Elson recht hatte. Er war zuversichtlich, daß er eine gute Einheit aufbauen konnte und sich die MechKrieger, die er auswählte, der Dragoner als würdig erweisen würden. Oder wenigstens der Dragoner, wie Dechan sie in Erinnerung hatte. Aber es gab ein entscheidendes Problem, das es ihm leichtmachte, Elsons Angebot abzulehnen. »Ich habe nicht die finanziellen Mittel, um eine Einheit aufzubauen.«

Elson tat das Argument mit einer Handbewegung ab. »Das Geld steht zur Verfügung.«

Immer noch auf der Hut, versuchte Dechan ihn zu provozieren. »Geld, welches Sie nicht zu bezahlen brauchten, wenn diese würdigen Männer ihren Wert dadurch bewiesen, daß sie für Sie stürben.«

Elsons Lächeln verschwand. »Ich verschwende keine wertvollen Kräfte. Das ist nicht die Art der Clans.«

Die Vehemenz dieser letzten Bemerkung beeindruckte Dechan außerordentlich positiv. Vielleicht vergeudete er wirklich keine guten Leute. Traf das auch für die andere Seite zu? Würde Elson Dragoner verschonen, die für Wolf kämpften, zum Beispiel Jenette? Hatte sie Schonung verdient? Schließlich hatte sie ihn verlassen. Durch seine Gefühle verwirrt und wegen der Richtung seiner Gedanken beunruhigt, nickte Dechan Elson zu und murmelte: »Das hatte ich auch nicht angenommen. Werden Sie mir Bedenkzeit geben?«

»Nur eine Weile, was Sie gewiß verstehen werden.« Das Lächeln kehrte zurück. »Hinterlassen Sie eine Nachricht in Wolf Hall. Bis dahin, Dechan Fraser.«

»Ja.« Dechan sah dem Elementar nach, als dieser sich von ihm entfernte. Die Söldner formierten sich wieder um ihn, und die Gruppe überquerte den Vorplatz und strebte dem Vergnügungsviertel entgegen, zweifellos auf dem Weg, den Kontrakt auf traditionelle Weise abzuschließen. Während er sinnend auf den Stufen stand, näherte sich ihm ein hochgewachsener Mann mit einem melierten Bart. Dechan erkannte das Gesicht und die Uniform, als er sich dem Mann zuwandte, mußte aber einen Blick auf das Namensschild werfen, um ihm einen Namen zuordnen zu können: Major Norm Carter von Carters Kavalieren.

»Hat Elson Sie zu rekrutieren versucht?« fragte Carter frei heraus.

»Ja.«

Er machte einen enttäuschten Eindruck. »Ich schatze, mit ihm werde ich nicht mithalten können. Jetzt, wo Wolf aus dem Spiel ist, gehe ich davon aus, daß Sie die Uniform wieder anziehen.«

»Würden Sie das tun?«

»Ich war nie ein Dragoner, also trifft die Frage auf mich nicht ganz zu. Aber meine Leute nehmen schon seit Jahrzehnten Subkontrakte der Dragoner an, seit sich mein Vater mit Wolf kurzgeschlossen hat. Es war immer ein anständiger Deal. Nicht immer leicht, aber fair.« Er runzelte die Stirn und versank einen Augenblick in Nachdenken. »Ja, vielleicht würde ich es tun, wenn es mir angeboten würde. Aber ich würde mich zuerst zu vergewissern haben, ob meine Leute gut versorgt wären.«

»Die Clan-Front bietet Gelegenheiten im Überfluß.«

»Bis gestern hätte ich Ihnen zugestimmt, aber der Markt hat sich abgekühlt. Diese neue Dragonerführung hat die Vorzugsliste mit den empfohlenen Söldnern — auf der, wie ich hinzufügen möchte, die Kavaliere einen guten Platz einnahmen — zurückgezogen, und die Anwerber der Häuser legen jetzt viel mehr Gewicht auf individuelle Kontrakte. Dann ist da noch das offene Anwerben der Dragoner, als stünden sie in direktem Wettbewerb mit den Häusern. Dadurch verändert sich die Art und Weise, wie der Markt funktioniert, und ich habe mir noch kein Urteil gebildet, ob das gut oder schlecht ist. Ich schätze, es hängt davon ab, wie dieser Schlamassel ausgeht.«

»Welcher Schlamassel?«

Carter musterte ihn mit gespielter Verärgerung. »Seien Sie doch nicht so schüchtern, Dechan. Jeder weiß, daß sich Wolf auf der anderen Seite behauptet.« Er schüttelte traurig den Kopf. »Ich hätte nie gedacht, jemals einen Bürgerkrieg der Dragoner zu erleben. Ihr Burschen wart ja immer so eng miteinander verbunden.«

Dechan hatte auch nie gedacht, jemals einen Bürgerkrieg zu erleben, aber seine Beurteilung der Dragoner und einiger ihrer Mitglieder durchlief gerade ein paar Korrekturen. »Die Dinge ändern sich.«

»Das tun sie immer.«

»Wolf wird keinen Krieg anfangen.«

»Das braucht er auch nicht. Wie lange wird es wohl ihrer Meinung nach noch dauern, bis Alpin und Elson ihre gekauften Jungens nach drüben zum Spielen schikken? Die Zeit ist vielleicht nicht Wolfs Verbündeter, aber sie ist auch kein Verbündeter des neuen Regimes. Wenn es nicht beweist, daß es die vollständige Kontrolle hat, wird es bald überhaupt keine mehr haben.«

Dechan musterte ihn nachdenklich. »Würden Sie etwas tun, um den Ausgang zu Ihren Gunsten zu beeinflussen, wenn Sie könnten?«

»Mag sein.«

»Dann müssen wir uns mal ernsthaft unterhalten.«

»Wir müssen uns mal ernsthaft unterhalten.«

Ich mußte allen Mut zusammennehmen, um das zu Maeve zu sagen, als ich ihr vor der Kaserne auflauerte. Sie sah mich wachsam an. Ich glaubte einen Schatten in ihren normalerweise klaren grauen Augen zu sehen.

»Worüber?«

»Worüber? Über uns!«

Auf meine überlaute Antwort drehten sich die Köpfe der Vorübergehenden in unsere Richtung. Maeve sah sich unbehaglich um, griff nach meinem Arm und zog mich um die Ecke des Gebäudes. Sie schob mich gegen die Wand, und ich war viel zu verwirrt, um zu widersprechen.

»Hör mal, wir haben einander ziemlich gut kennengelernt, aber es ist sehr schnell gegangen. Es war intensiv, es war ...« Ihr atemlos vorgetragener Wortschwall brach ab, und sie wandte sich ab. Sie warf den Kopf in den Nacken und schüttelte ihn, um ihr Haar in Ordnung zu bringen. Sie seufzte, und angesichts des Kummers, den ich aus dem Laut heraushörte, krampfte sich in mir alles zusammen. »Paß auf, ich werde das nie im Beisein irgendwelcher Leute sagen und jeden, der mich darauf anspricht, einen Lügner nennen, aber ... aber der Grund, warum ich hier bin, bist du.«

Meine Hoffnungen schnellten in ungeahnte Höhen. Ich hatte nicht zu glauben gewagt, daß sie sich immer noch etwas aus mir machte, aber jetzt stand sie hier vor mir und war gerade dabei, genau das zu sagen. Hätte ich nicht die harte Betonmauer im Rücken gespürt, wäre ich überzeugt gewesen, daß ich träumte.

Ich wußte, es war schwierig für sie. Es war schwierig für mich. Liebe, echte Liebe, ist keines der Gefühle, die im allgemeinen von jemandem erfahren werden, der in einer Geschko aufgewachsen ist. Zumindest keine Liebe für Menschen außerhalb der Geschko. Wir bewegten uns beide auf fremdem Gelände. Sie holte tief Luft und schien noch einmal über das nachzudenken, was sie hatte sagen wollen. Ihre Augen flatterten zu mir, dann wieder weg. Sie schauderte, von der Intensität ihrer Gefühle hin- und hergerissen. Sie straffte sich, als sie die Kontrolle über sich wiedererlangte, bevor sie weitersprach.

»Du bist loyal, Brian, aber du weißt, was die Dragoner bedeuten, was die Formen bedeuten. Ich wußte, wenn du noch beim Wolf warst, konnte Alpins Anspruch auf die Nachfolge nicht berechtigt sein. Deine Anwesenheit hier draußen hat mir sofort verraten, daß der Wolf entweder ausgetrickst worden oder diese ganze Geschichte ein Trick von ihm ist. So oder so wußte ich sofort, auf wessen Seite ich zu stehen hatte.«

Ich erkannte augenblicklich, was für ein Idiot ich war. Sie hatte ihre Bemerkungen gar nicht persönlich gemeint. Sie hatte mich verlassen, oder nicht? Ohne ein Wort. Ich war ein Dummkopf gewesen zu glauben, ich hätte mich vielleicht ebenso in ihren Gedanken festgesetzt wie sie sich in meinen. Sie hatte nichts von sich hören lassen — aber andererseits hatte ich das auch nicht. Sie hatte uns immer nur als zwei Krieger betrachtet, die teilten, was Krieger eben teilten. Ich sammelte die Scherben meines Egos ein und versuchte, gute Miene zum bösen Spiel zu machen. Mit viel zuviel Bitterkeit in der Stimme sagte ich: »Also bist du wegen des Wolfs zurückgekommen.«

»Natürlich. Glaubst du, ich hätte etwas anderes tun sollen?«

In ihrer Stimme war ein seltsamer Unterton. Sie schien eine Bestätigung zu brauchen, daß sie die richtige Entscheidung getroffen hatte. Was wußte ich schon? Sie war eine Kriegerin und ich ein Junge mit Liebeskummer, den seine Hormone zu sehr verwirrt hatten, um eine bequeme Affäre von etwas anderem unterscheiden zu können. Die Clanner haben recht, entschied ich mit plötzlicher Gewißheit. Für Gefühle ist kein Platz in einem Krieger. Als ich keine Antwort gab, sagte sie: »Jetzt bin ich wieder da.«

»Aber du bist gegangen.«

Ihre Augen umwölkten sich, und sie schluckte schwer. »Ich mußte.«

Was war das jetzt für eine Antwort? Natürlich mußte sie, Befehl war Befehl. »Ich dachte, ich hätte ...«

Sie brachte mich zum Schweigen, indem sie mir einen Finger auf die Lippen legte.

»Du hattest gar nichts damit zu tun, Brian, es war ganz allein mein Problem.« Ihre Worte ergaben keinen Sinn für mich, und ich muß so dämlich ausgesehen haben, wie ich mich fühlte. Sie lachte nervös und sagte dann: »Ich hatte Angst, Brian.«

Ich konnte mir nicht vorstellen, daß sie vor irgend etwas Angst hatte. »Wovor?«

»Ich hielt dich für sympathisch, wie ein Geschwister. Aber du warst nicht wie meine Geschwister, und ich begriff nicht, was das bedeutete. Wenn ich bei dir war, fühlte ich mich anders. Komisch. Das machte mir Angst, und ich wußte nicht, was ich tun sollte. Zuerst dachte ich, es rühre daher, daß du der erste außerhalb meiner Geschko warst und mich die Außenwelt verwirrte. Ich dachte, sobald ich mehr gesehen und getan hätte, würde ich fähig sein, damit umzugehen. Aber ich weiß nicht, Brian.« Sie starrte in den Himmel. »Dir draußen im Feld zu begegnen, hat mir eins verraten: Wenn wir nur Dragoneroffiziere sind, komme ich damit klar. Ich kann mich in die Uniform zurückziehen. Aber hier, von Angesicht zu Angesicht, ist es anders.«

Ich ließ den Kopf hängen. Ich würde mich nicht noch einmal von meinen Phantasien irreführen lassen. »Ich verstehe.«

»Nein, du verstehst nicht.« Ihre starken Finger berührten mich unter dem Kinn. Ihrem Druck nachgebend, hob ich den Kopf, bis sich unsere Blicke begegneten. »Brian, ich habe immer noch Angst.«

Ich wußte nicht, was ich sagen sollte, und ich wußte, daß ich wie ein Idiot aussah.

»Was sollen wir jetzt tun?«

Wir? Meine Vorsätze lösten sich in Luft auf, und mein Verstand war ein Wirbelsturm. Glücklicherweise wußte mein Körper die Antwort. Ich umarmte sie. Sie war weich und warm und schmiegte sich an mich.

»Tut mir leid, wenn ich dich zu sehr gedrängt habe«, plapperte ich.

Sie lachte. Der Laut war angespannt, erstickt und gedämpft an meiner Brust, doch in meinen Ohren klang er entzückend. »Weißt du, für einen hellen Burschen bist du ziemlich schwer von Begriff.«

»Kriege ich noch eine Chance?«

»Wie viele willst du?«

»Ich glaube kaum, daß ich mehr als eine brauche.«

»Es gehört alles dir, wenn du es willst.«

»Ich will.«

Sie löste sich ein wenig von mir. »Vielleicht ist es noch ein wenig zu früh, so weit zu gehen.«

Ich errötete, als mir klar wurde, was sie meinte. Ich hatte nicht an die Schwüre gedacht, die mit dieser Floskel besiegelt wurden, und ich war erschreckt und entzückt zugleich, als ich realisierte, daß sie daran gedacht hatte. »Ich würde sagen, wir sollten mindestens fünf Minuten darüber reden«, neckte ich sie.

»Mindestens.« Sie lachte. Dann wurde ihre Miene plötzlich ernst. »Das ist vielleicht nicht der geeignetste Augenblick, um über diese Dinge zu reden. Bald werden die Kämpfe beginnen.«

Es mußte nicht so kommen. Trotz der Anspannung, die das Ausbleiben jeglicher Kämpfe mit sich brachte, fand ich den Zustand des Friedens ermutigend. Vielleicht bedeutete es, daß wir nicht gegen unsere früheren Freunde würden kämpfen müssen. Ich wußte, daß der

Colonel ähnliche Hoffnungen hegte, weil wir Evakuierungspläne und Notpläne für den Kriegsfall ausgearbeitet hatten. »Der Colonel wird keinen Kampf anfangen.«

»Das hat er bereits, als er sich nicht den Attentätern ergeben und zum Sterben hingelegt hat. Sie können ihn nicht am Leben lassen.«

Ich wußte, daß sie recht hatte, und drückte sie fester an mich. Zum erstenmal in meinem Leben war ich nicht mehr so sicher, ob ich ein Krieger sein wollte.

45

Als Dechan Fraser auf der anderen Seite des Berges ankam, war die Umgebung der Landezone von Fanchers Beta-Regiment bereits gesichert worden. Beta war auf keinerlei Widerstand gestoßen, doch das entsprach den Erwartungen. Jaime Wolfs Streitkräfte waren zu klein, um mehr als einen Bruchteil des Kontinents zu decken.

Die ersten Truppen Wolfs trafen ein, als Dechan das Ausladen der Ausrüstung seiner neuen Einheit überwachte. Norm Carter hatte die Routine im Griff, so daß Dechan eigentlich nur darauf zu achten brauchte, daß alles seinen Gang nahm. Dennoch war schon fast alles vorbei, als er schließlich am Kommandofahrzeug ankam.

Eine Lanze leichter Schwebepanzer war in das Tal gekommen, ganz offensichtlich ohne zu wissen, was sie dort erwartete. Da sie sich mit Reisegeschwindigkeit bewegten, waren sie leichte Beute für die Mechs von Betas Zweitem Bataillon, das in diesem Sektor patrouillierte. Die Hälfte der Schwebepanzer ging bei der ersten Salve hoch. Die anderen beiden reagierten schnell: Sie wendeten und beschleunigten auf Höchstgeschwindigkeit. Ein dritter Panzer war ein Wrack, bevor er hundert Meter weit gekommen war. Zehn Sekunden später meldete der Lanzenkommandeur den Abschuß des letzten Panzers. Die Abtrünnigen waren nicht dazu gekommen, auch nur einen Schuß abzugeben.

Dem Wrack des dritten Spähpanzers gelang es jedoch, einen kurzen Funkspruch abzusetzen.

»Bringt ihn zum Schweigen!« Alpins Gesicht war gerötet. »Sie wissen sonst, wo wir sind!«

Fancher gab Befehl, dem Wrack den Gnadenstoß zu versetzen. Alpin stierte mit brennenden Augen auf die Holotank-Anzeige, bis das blinkende Licht, welches den Panzer repräsentierte, erlosch.

»Wir müssen unsere Vorbereitungen beschleunigen«,

sagte er. »Fancher, schicken Sie Ihre Scouts los. Lees Jota-Bataillon nimmt den Platz hinter dem Aufklärungsschirm ein, und Frasers Kappa-Bataillon geht dahinter in Stellung. Eine Kompanie aus jedem Bataillon bleibt zum Schutz der Basis hier, der Rest hält sich als Reserve für den Vorstoß bereit. Wir rücken aus, sobald die Karten in die Mechs eingespeist sind.«

Dechan hielt dieses Vorgehen für übereilt, aber er war gescheit genug, nichts zu sagen. Corley Lee, Kommandeur von Jota, grinste ihn an und sagte: »Jetzt geht's auf die Jagd.« Er pfiff vor sich hin, als er das Fahrzeug verließ.

Dechan ging zu Fancher und fragte: »Gibt es Schätzungen über die Stärke der lokalen Streitkräfte?«

»Nicht wirklich.« Sie zuckte die Achseln. »Eigentlich kann es sich nur um Einheiten der Heimatarmee handeln. Panzer und Infanterie. Er wird die guten Einheiten zurückhalten, bis er weiß, woher wir kommen.«

»Sind die anderen Regimenter schon gelandet?«

Sie beäugte ihn mißtrauisch. »Das brauchen Sie nicht zu wissen.«

»Mein Arsch steht hier auch auf dem Spiel«, sagte er ruhig. »Ich will nicht in die Verlegenheit kommen, irgendwann festzustellen, daß er ganz allein aus dem Fenster hängt.«

»Na schön. Sie sind gelandet, aber rechnen Sie nicht damit, viel davon zu sehen. Wir haben Sektor Grün ganz für uns allein, Befehl des Khans.«

»In Ordnung.«

»In Ordnung«, pflichtete sie ihm sarkastisch bei.

Dechan salutierte und verließ das Fahrzeug. Er fand Carter, wo er ihn verlassen hatte, und erzählte ihm die Neuigkeiten. Sie hielten eine Stabskonferenz ab, gaben ihre Bereitschaft ans Hauptquartier weiter und bestiegen ihre Mechs. Sie mußten noch eine Stunde warten, bis Lee und die weniger professionellen Angeworbenen des Jota-Bataillons so weit waren.

Als sie unterwegs waren, ließ sich Dechan von seinem Komm-Offizier ständig die neusten Scoutberichte geben. Ihm fiel auf, daß eine Lanze die 1500-Meldung verpaßte, doch vom Oberkommando kam keinerlei Hinweis, daß man dort mit Ärger rechnete. Das Hannoversche Hochland war dafür berüchtigt, unvorhersehbare Funkstörungen zu verursachen. Dechan erinnerte sich, daß sich die fragliche Lanze an ihrer rechten Flanke befand oder befunden hatte, und kam zu dem Schluß, daß eine Funkstörung eine allzu bequeme Erklärung für ihr Schweigen war. Er rief eine Karte auf seinem Gefechtscomputer auf. Er wußte, daß das Dragoner-Oberkommando die taktische Anzeige zurechtgestutzt hatte, und hoffte, daß sie nichts Wichtiges ausließ. Was er sah, war beunruhigend genug. Die vermißte Lanze konnte durchaus längst tot und vergessen sein. Ihr Vorstoß hatte sie durch Gelände geführt, das sich erstklassig für einen Hinterhalt eignete.

Als Wolfs Panzer rechts von Jotas Vormarschlinie gemeldet wurden, befahl Alpin den Rückzug der Spähtruppen auf die Linie der Hauptkolonne. Die Karte bereits vor sich, fand Dechan einen Weg zu einer Stellung, die sich sehr gut zur Feuerunterstützung eignete, und gab seinem Kommando die notwendigen Befehle. Er bekam kaum richtig mit, daß Alpin Schlachtformation für Jota anordnete.

Dechan brachte seine Mechs in eine Position, von der aus er beobachten konnte, wie die Söldner von Jota in Stellung gingen. Ihre Formation war mangelhaft und schlampig. Wäre er in nachsichtiger Stimmung gewesen, hätte er ihre Schlampigkeit auf mangelnde Übung zurückgeführt.

Das Bataillon war erst kürzlich aus einer Anzahl kleinerer, vormals unabhängiger Einheiten und einzelnen Söldnern zusammengestellt worden. Viele der Piloten verstanden nichts von Taktik, wenn sie über das für eine Lanze erforderliche Maß hinausging. Viele andere hatten noch nie an einer Schlacht mit mehr als ein oder zwei Kompanien teilgenommen.

Eine Lanze schoß plötzlich vor, und Dechan mußte einen höheren Vergrößerungsfaktor wählen, bevor er das Ziel erkannte, auf welches sie zurasten: Wolfs Panzer. Die Söldner eröffneten das Feuer schon auf größere Entfernung, ihre Raketen gingen zwischen den Panzern nieder und wirbelten Staubwolken und einmal auch eine Wolke öligen Qualms auf. Da ihnen offensichtlich die Langstreckenbewaffnung fehlte, um den Beschuß zu erwidern, gruben sich die Panzer ein und warteten einfach ab. Als die Mechs näher kamen, wurden die Panzer auch von PPKs und Lasern unter Beschuß genommen. Als die Panzer das Feuer schließlich erwiderten, war es wenig effektiv. Ihre Waffen nagten an den Mechs, doch die schnelleren und auch wendigeren Kampfmaschinen waren schwierige Ziele. Als Jota auf breiter Linie vorzurücken begann, waren die Panzer nach schweren Verlusten zum Rückzug gezwungen.

Dechan führte sein Bataillon vorwärts zu einer anderen Stellung mit gutem Überblick. Jota kämpfte jetzt auf breiter Front gegen Wolfs Panzer. Im Nahkampf, wo die schwereren Panzer den Mechs etwas anhaben konnten, schlugen sich die Panzerbesatzungen besser. Dechan sah zu, wie ein *Vernichter*-Panzer aus einem Versteck rollte, um einem Söldner-*Kriegshammer* in die Seite zu schießen. Die Salven aus der großkalibrigen Zwillingsautokanone brachten den Siebzigtonnen-Mech ins Wanken. Aus den klaffenden Löchern in seinem Rumpf quollen Rauch und Flammen, und der Mech krachte zu Boden, Jotas erster Verlust. Die Besatzung des *Vernichter* bezahlte ihren Sieg mit dem Leben, als die Lanzenkameraden des *Kriegshammer* ihr Feuer auf den Panzer konzentrierten.

Als die schwarzen Mechs an der rechten Flanke auftauchten, wußte Dechan, daß sich die Scoutlanze nicht mehr melden würde: Sie war ins Netz gegangen, und die Spinnen hatten sie mit Haut und Haaren verschlungen. Die schwarzen Mechs bewegten sich mit hoher Geschwindigkeit, als sie das Feuer auf das Jota-Bataillon eröffneten.

»Verdammt!« rief jemand über Kappas Kommandofrequenz. »Sie haben ClanTech.«

Dechan sah augenblicklich, daß es stimmte. Die Spinnen blieben am äußersten Rand der effektiven Reichweite von Jotas Mechs. Während Jotas Feuer zu kurz lag oder mit zu wenig Energie traf, um die Panzerung eines BattleMechs zu durchdringen, erzielten die schwarzen Mechs Treffer auf Treffer. Kurz darauf brach Jotas rechte Flanke unter dem Angriff zusammen.

Dechan musterte das Gelände zwischen seinem Bataillon und den schwarzen Angreifern. Es war zerklüftet, zum Teil sogar als unpassierbar klassifiziert. Sein Bataillon würde Zeit brauchen, um in eine wirkungsvolle Angriffsposition zu gelangen. Und wenn das endlich der Fall war, würde das Spinnennetz Jota höchstwahrscheinlich schon zurückgeworfen oder gar aufgerieben haben. Noch weniger behagte ihm die Tatsache, daß die schwarzen Mechs, die er sehen konnte, kaum mehr als ein halbes Bataillon ergaben. Er war sicher, daß irgendwo noch mehr Mechs im Hinterhalt lagen.

Alpin war auf der Kommandofrequenz und schrie nach Informationen. Jotas Kommandeure schienen zu sehr mit ihrer Schlacht beschäftigt zu sein, also schilderte Dechan die Situation. Er beschrieb den Weg, den das Kappa-Bataillon zu beschreiten hatte, und ließ keinen Zweifel daran, daß es keine Erfolgsgarantie gab, wenn Kappa in die Schlacht geworfen wurde, sondern die Einheit nur gefährdet würde. Er war überrascht, als Alpin dem zustimmte.

»Betas Zweites Bataillon rückt bereits an«, sagte der Khan. »Sie werden die Stellung halten, während das Dritte Bataillon an Ihnen vorbeimarschiert, um ihre Flanke anzugreifen.«

»Positiv«, erwiderte Dechan. Er hatte nicht den Wunsch, sein Bataillon zwischen die Zähne einer Clan-Tech-Falle zu führen.

Mit mehr Zeit hätte Alpins Strategie vielleicht funktioniert, aber Jota war die falsche Einheit, um Zeit zu gewinnen. Dechan mußte mit ansehen, wie sich das Bataillon in seine Bestandteile auflöste und das Schlachtfeld schließlich in wilder Flucht verließ. Die Truppen der Abtrünnigen verfolgten die Reste des Bataillons nicht. Statt dessen flitzten schnelle Schweber durch das Gelände, offensichtlich auf der Suche nach überlebenden Besatzungsmitgliedern der Panzer. Mehrere schwarze Mechs inspizierten die abgeschossenen SöldnerMechs. Sie wählten drei der am wenigsten beschädigten aus und schleiften sie weg, einschließlich einer Maschine, bei der offenbar der Reaktor aufgrund eines Hitzestaus stillgelegt worden war. Der Pilot löste den Schleudersitz aus, als ein *Grashüpfer* des Spinnennetzes seine Maschine packte, aber als er an seinem Fallschirm zur Erde segelte, wartete bereits ein Schweber auf ihn, der ihn in Empfang nahm. Für heute hatte das Spinnennetz die Nase voll vom Kampf, und das war Dechan mehr als recht.

Ich wollte nicht dort sein, wo ich war. Außerhalb meines *Loki* fühlte ich mich von der Welt abgeschnitten. Ich wußte, daß Alpins Truppen in Hinterland gelandet waren und erste Vorstöße unternahmen. Maeves Bataillon war in Marsch gesetzt worden, um die Einheiten der Heimatarmee im Sektor Grün zu verstärken.

Ich machte mir Sorgen. Sektor Grün würde für Alpins Streitkräfte ein vorrangiges Ziel sein. Die Kämpfe würden ziemlich heiß werden. Und genau dort hätte ich sein sollen, aber wie immer hatte der Wolf andere Pläne. Ich betete, daß es mit Maeve nicht vorbei war, bevor es überhaupt richtig angefangen hatte.

Ich machte mir so viele Sorgen, daß ich vergaß, wo ich mich befand.

Für einen Krieger eine Todsünde.

Ich wäre beinahe in den Posten gelaufen, der am Rande der Blackwell-Anlage seine Runden drehte. Der Blackwell-Konzern hatte trotz seiner langen Verbindung mit Jaime Wolf und all den Erfolgen, die er ihm verdankte, Chandras Weg eingeschlagen. Offiziell war der Konzern bei diesem Konflikt neutral und verwehrte beiden Seiten Nachschub und neue Ausrüstung, bis die Angelegenheit geregelt war. Der Wolf war nicht glücklich über diese Haltung, doch Blackwells Präsident war fuchsteufelswild. Gerald Kearne war ein leidenschaftlicher Anhänger Elsons, der Blackwells Aufsichtsrat zur vollen Unterstützung Alpins hatte bewegen wollen, es jedoch nicht geschafft hatte.

Der Posten reagierte rein mechanisch, als er mich sah. Er forderte mich auf stehenzubleiben und hob das Gewehr. Ich gehorchte, doch ich war nicht sicher, ob er tatsächlich nicht schießen würde. Er sah sehr nervös aus, und ich sah wie ein schwarz gekleideter Saboteur mit einer Bombe im Gepäck aus.

Er schoß nicht.

Sein Fehler. Ein massiger schwarzer Schatten donnerte plötzlich aus dem Abwasserkanal zwanzig Meter hinter mir. Er schlug gegen den Posten und schleuderte ihn gegen den elektrischen Zaun. Der Körper des Mannes verkrampfte sich, sobald er auf den Zaun traf. Seine Muskeln zuckten konvulsivisch, als die Spannung durch seinen Körper jagte. Leuchtend rotes Laserfeuer zuckte aus dem Abwasserkanal und durchschnitt einen der Zaunpfähle. Der Posten sackte zusammen, und Drähte rissen. Als die Energie erlosch, glitt der Posten langsam zu Boden.

Die dunkle Gestalt war Pietr Shadd in seiner Schlachtrüstung. Ich stellte mir sein mißfälliges Gesicht hinter dem Visier des Rüstungshelms vor, aber er sagte nichts. Erneut betätigte er seine Sprungdüsen und war verschwunden.

Ich ließ den schwarzen Kasten fallen, den ich am Zaun hatte anbringen sollen. Er war jetzt nutzlos. Wir hatten das Überraschungsmoment verloren, als der Strom im Zaun erloschen war. Da sie sich jetzt nicht mehr vorsehen mußten, einen Alarm auszulösen, sprangen die Mitglieder von Shadds Stern einfach über den Zaun und eilten auf die Montagehallen 4 und 5 zu. Jede Schlachtrüstung war speziell für diesen Überfall mit besonders großer Sorgfalt neu bemalt worden. Die Anlage wurde offenbar von fauchenden Novakatzen überfallen.

In der Ferne konnte ich Uniformierte des Blackwell-Konzerns aus ihren Kasernen strömen sehen, während die Alarmsirenen jaulten. Die diensthabenden Wachen hatten Westen angelegt, doch die Hälfte der unerwartet aktivierten Reserve trug lediglich ihre Uniform. Alle waren mit leichten Gewehren bewaffnet, nichts, was die Schlachtrüstung eines Elementars ernsthaft gefährden konnte. Hätten die Wachen gewußt, daß sie es mit Elementaren zu tun bekamen, hätten sie höchstwahrscheinlich zuerst ein wenig Zeit in der Waffenkammer verbracht. .

Da mein elektronisches Fachwissen nicht mehr benötigt wurde, überließ ich die Infanterie ihrer Schlacht und eilte zu meinem *Loki* zurück. In vollem Lauf brauchte ich zehn Minuten. Ich keuchte, als ich die Leiter ins Cockpit heraufkletterte, und war noch mehr außer Atem, als ich schließlich den Knopf drückte, der die Leiter einzog, während ich meine Kühlweste überstreifte. Doch ich fühlte mich wesentlich wohler. So gefährlich ein Kampf für einen Menschen in einem Mech auch ist, jede andere Konfrontation ist noch schlimmer.

Auf meinem Komm-Bord blinkten zahlreiche Lichter, die eingehende Funksprüche anzeigten, und auf dem offenen Kanal zu meiner Lanze war Grants Stimme zu hören.

»Was ist passiert?«

»Ich bin eingeschlafen. Jetzt halt den Rand und laß mich erst mal herausfinden, wie schlimm es ist.«

Erstaunlicherweise war es gar nicht so schlimm.

Die Blackwell-Bosse reagierten eben erst auf den Einbruch. Ich startete Programm Zwei, indem ich wahllos Variationen eingab, um die Kanäle zu blockieren. Shadd meldete das Erreichen der Montagehallen, und ich gab Grant die Erlaubnis, LSR-Salven gegen Ziele abzuschießen, welche die Elementare benannten. Als das erste zischende Donnern vom stechenden Geruch des Raketentreibstoffs begleitet wurde, fiel mir wieder ein, daß ich den *Loki* noch gar nicht verschlossen hatte. Es gab so viel anderes zu tun, daß ich von einem regelrechten Hustenanfall heimgesucht wurde, als ich endlich die Zeit erübrigen konnte, das Luk zu schließen.

Ich fragte mich, ob wir die Mechs ins Spiel bringen mußten. Der Wolf hatte das nicht gewollt. Er wollte einen raschen sauberen Überfall mit minimalem Schaden und allen Anzeichen eines reinen Elementar-Angriffs. Sobald BattleMechs in die Sache verwickelt wurden, würde unsere Tarnung hochgehen — und eine Menge Blackwell-Eigentum noch dazu.

Auf Shadds Frequenz kam jetzt der Klar-Code. Sein Team hatte das Ziel erreicht und gesichert. Bald würden sie sich wieder zu uns gesellen, und wir würden uns aus dem Staub machen.

Andere Frequenzen übermittelten noch bessere Nachrichten. Maeve war dem Feind entgegengetreten, und dessen Truppen waren auf der Flucht.

46

Nach unserer Verlegung in den Sektor Grün bekamen wir eine Atempause, die wir auch dringend benötigten. Unsere Kampfgruppe G — nein, nach der Verlegung waren wir D; die ständige Änderung der Bezeichnungen mochte helfen, unsere wahren Kräfte vor der Opposition zu verbergen, aber diese Praxis bereitete uns ebenfalls Probleme — hatte eine Reihe von Begegnungen mit den Spitzen des Gamma-Regiments hinter sich und brauchte Wartung, Nachschub und Erholung. Obwohl wir es niemals offen vor ihnen zugegeben hätten, waren wir doch froh, daß die konventionellen Truppen für eine Weile einsprangen, um die Front zu halten. Ich hoffte, daß sie sich so gut schlagen würden, wie diejenigen, welche im Sektor Blau gegen das Epsilon-Regiment aufgeboten wurden.

Drüben in Blau hatten die Truppen der Heimatarmee ein relativ angenehmes Leben. Keine Seite war sonderlich aggressiv. Kampfgruppe H begegnete allen Versuchen, die Stellungen der Heimatarmee zu durchstoßen oder zu umgehen, und Nicholes MechKrieger zogen sich normalerweise sofort zurück, sobald die Kuritas in Erscheinung traten. Dieses Vorgehensmuster hatte den Colonel einigermaßen davon überzeugt, daß Nichole nicht mit vollem Herzen hinter dem Angriff stand. Er spielte ihr insofern in die Hände, daß er bereit war, die Dinge in diesem Schwebezustand zu belassen, solange sie dies akzeptierte. Natürlich baten die Kuritas ständig um Erlaubnis, gegen solch einen offensichtlich willensschwachen Gegner zum Angriff überzugehen. Glücklicherweise gehorchten sie dem Colonel. Er war nicht gewillt, sie einen zahlenmäßig derart überlegenen Gegner angreifen zu lassen, wie willensschwach dieser auch sein mochte.

Als Teil der Politik des Colonels, seine Verbände ständig zu verlegen, um Alpins Truppen im Ungewissen darüber zu lassen, wem sie gegenübertraten, hatten wir Maeves Kampfgruppe A aus Sektor Grün abgezogen. Bei dieser Gelegenheit war aus uns Kampfgruppe D geworden, und Maeves Angriffstruppe war von A in N umbenannt worden.

Der Zeitpunkt für den Wechsel war glücklich gewählt, denn praktisch sofort nach Beendigung der Verlegung hatte Parellas Gamma-Regiment einen ernsthaften Vorstoß im Sektor Rot initiiert. Seine Anfangserfolge brachten ihm das zweifelhafte Vergnügen, Alpin ständig auf dem Hals zu haben. Der selbsternannte Khan drängte Parella zweifellos, den Vorstoß noch zu beschleunigen. Sie stießen auf Kampfgruppe N, Maeves verstärktes Spinnennetz-Bataillon, sowie ein paar Panzerbataillone, aber Maeve brachte Gamma ebenso zum Stehen wie Beta. Der Vorstoß war gestoppt worden und hatte sich in eine Aneinanderreihung einzelner Überfälle aufgelöst, mit denen wir jetzt seit fast einer Woche lebten.

Dragoner im Feld waren an volle Unterstützung gewöhnt. Unsere eher willkürlichen Nachschubregelungen bei dieser Aktion bedeuteten, daß wir ohne eine Menge von Dingen zurechtkommen mußten, an die wir uns alle gewöhnt hatten. Die Entbehrungen machten das Leben im rauhen Hinterland noch härter. Dadurch, daß wir uns darüber beklagten, wurde es auch nicht besser, aber wir alle beklagten uns trotzdem. Dadurch *fühlten* wir uns zumindest besser.

Im Sektor der Kampfgruppe D war es seit einigen Tagen ruhig, und wir hatten jetzt fast eine Woche lang von diesem Basislager aus operieren können. Es gab hier inzwischen ein paar Annehmlichkeiten.

Einer unserer Vorteile war MeisterTech Bynfield. Sie war ein knorriger alter Haudegen, aber sie kannte Kampfmaschinen, auch die Omnis, als sei sie eine von ihnen. Ich hatte gehört, sie hätte sich auch wissenschaftlich ausbilden lassen, um mehr über Mensch-Maschine-Interfaces zu erfahren. Mit Hilfe unseres obersten MedTechs, Gaf Schlomo, hatte sie dafür gesorgt, daß alle unsere Maschinen phantastisch reagierten. Die beiden waren ein unschlagbares Team, selbst wenn sie nicht zusammenarbeiteten, um die Feinabstimmung an unseren Neurohelmen vorzunehmen. Wäre sie nicht gewesen, wären wir knapp an kampftauglichen Mechs gewesen, und wäre er nicht gewesen, wären wir noch knapper an kampftauglichen Soldaten gewesen.

Techs verbringen ihre Freizeit normalerweise nicht mit MechKriegern, aber Bynfield und Schlomo waren so sehr Teil unserer Gruppe, daß keiner der Krieger, selbst die älteren nicht, Einwände erhob, als sie sich uns nach dem Abendessen an den Lagerfeuern anschlossen. Nur der Mangel an Luftüberwachung ermöglichte uns den Luxus dieser Feuer. Wir verfluchten diesen Mangel, wenn wir wissen mußten, wo der Feind war, aber an solch kalten Abenden beschwerte sich niemand darüber. Natürlich redeten wir über das, was um uns vorging. Und selbstverständlich wollte niemand andeuten, daß wir diesen Krieg, in dem wir darum kämpften, dem Colonel wieder zu seiner rechtmäßigen Stellung zu verhelfen, auch verlieren konnten. Also redeten wir auch darüber, was wir nach dem Ende des Krieges tun würden, auch wenn wir genau wußten, daß es für manche von uns kein Danach geben würde. Wie gewöhnlich war Grant der Gesprächigste.

»Wenn wir nach Welt zurückkehren, lasse ich erst mal die Natur zu ihrem Recht kommen. Das ist mal sicher. Ich nehme mein Recht als Dragoner wahr und sorge für einen Nachkommen. Genau das tue ich.« Er grinste über das ganze Gesicht. »Was ist mit dir, Brian? Diese Maeve, in die du so verknallt bist, hat genau die richtige Anatomie. Wollt ihr ein paar kleine Dragoner machen und die Reihen auffüllen?«

Ich wurde vom Feuer gerettet, das jedes Gesicht rot aussehen ließ, aber ich traute meiner Stimme nicht. Meine Antwort bestand lediglich aus einem Achselzucken, zu dem ich mir noch ein schiefes Grinsen abrang.

»Du mußt ihre Blutlinie überprüfen«, sagte Circoni.

»Hey, Alter, wir sind kein Clan mehr. Bei den Dragonern ist es in Ordnung, wenn man freigeboren ist.«

Circoni lachte. »Und außerdem noch 'ne verdammt gute Sache. Nein, ich meine, du mußt die Stammbücher überprüfen und dich vergewissern, daß keine Inzucht im Spiel ist. Ich glaube, sie kommt aus einer Geschko, und ich weiß, das gilt auch für unseren furchtlosen Anführer Brian, auch wenn er den Namen seiner Blutlinie errungen hat.«

»Ich bin kein Wissenschaftler, aber ich seh das Problem nicht«, sagte Captain Slezak, mein Stellvertreter in der Kampfgruppe. Er war eines jener Kinder gewesen, welche die Clans mit den Dragonern verlassen hatte. »Ihr braucht doch nur die Augen aufzumachen. Dieser lange Schlacks Brian kann nicht viele Gene mit der wohlgerundeten kleinen Wölfin gemeinsam haben.«

»Was du siehst, kriegst du auch«, fügte Grant hinzu.

Schlomo ließ seine Tasse fallen. Der alte Mann und Slezak wurden mit heißer Flüssigkeit bespritzt. Beide sprangen auf.

»'n bißchen zittrig, Schlomo?« Grant grinste. »Ich dachte, ihr Wissenschaftler hättet den Gen-Pool auf Vordermann gebracht.«

»Viele Genotypen haben ganz ähnliche phänotypische Äußerungsweisen«, sagte Schlomo steif. Er mochte jetzt ein MedTech sein, aber er redete immer noch wie ein Wissenschaftler.

Schlomos Antwort schien Grant einen Moment zu verwirren, doch dann schüttelte er den Kopf. »Ich weiß nicht, warum wir dich überhaupt hier bei uns sitzen lassen. Ihr Wissenschaftler wollt entweder nur Vorträge halten oder in euren Labors herumfuhrwerken. Und da wir hier kein Labor haben, hältst du Vorträge. Ich dachte, ich hätte diese Art totes Gewicht zurückgelassen, als ich mich als MechKrieger qualifiziert habe. Wenn ich gewußt hätte, daß ich mich in meiner Freizeit wieder damit herumschlagen muß, hätte ich mich freiwillig für die Schlammhüpfer gemeldet. Niemand hält sie für wichtig genug, um sich die Mühe zu machen, ihnen Vorträge zu halten.«

Darüber lachten fast alle, und die Spannung löste sich. Nun, da er wieder im Scheinwerferlicht stand, gab Grant eine Anekdote über eine Auseinandersetzung zwischen einem Zug Infanterie und einem einbeinigen Mech zum besten. Ich kannte sie schon, aber die Erzählung gab mir Gelegenheit, ein wenig abzuschalten und darüber nachzudenken, was Grant über Kinder gesagt hatte. Bis er sie erwähnte, hatte ich keinen Gedanken daran verschwendet.

Bevor Grant seinen Witz zu Ende erzählt hatte, erreichte uns die Meldung eines Postens, daß eine Staubratte hereinkam, wodurch ich aus meinen Grübeleien gerissen wurde. Ich erhob mich und schlenderte vom Feuer weg, wobei ich nach dem sechsrädrigen Spähfahrzeug Ausschau hielt. Ich vermutete, daß es Greevys Ratte war. Er war unsere Verbindung zur Gruppe Sonderaufklärung, Bestandteil der Abteilung, die nach Hinterland gekommen war, während die Mehrheit der Einheit in Welt blieb, um das Leben für die Anhänger Alpins ein wenig interessanter zu gestalten. Greevy war schon früher am Abend vorbeigekommen und hatte uns mit den letzten Nachrichten aus anderen Quellen versorgt. Wenn diese Ratte seine war, hatte er in Rekordzeit eine Stelle gefunden, von der er seine Informationen weiter zum Colonel funken konnte.

Die Staubratte kam zwanzig Meter vor unserem Lagerfeuer zum Stehen. Noch bevor der verdreckte Scout seine schlaksige Gestalt aus der Fahrerkabine gewunden hatte, wußte ich bereits anhand des Tarnmusters seiner Ratte, daß es Greevy war.

»Hallo, Greevy. Was gibt's Neues?«

»Zuerst Kaffee.«

Als er an mir vorbeiging, konnte ich seinen Gestank riechen, der daher rührte, daß er zu lange in seinem Fahrzeug eingepfercht gewesen war.

»Die Neuigkeiten«, sagte ich, während ich mich seinem Schritt anpaßte.

Er blieb stehen und wandte langsam den Kopf, bis er mich anstarrte. Sein längliches Gesicht war zu einer finsteren Grimasse verzerrt. »Ich bin auch schon mal ohne Kaffee wieder losgerollt.«

Ich glaubte nicht wirklich, daß er einfach wieder gehen würde, aber die Mitglieder der Sonderaufklärung waren alle ein wenig merkwürdig. Ich hielt es für das Beste, ihm seinen Willen zu lassen. Die Leute kriegten manchmal einen Knacks, wenn sie zu lange ganz alleine durchs Gelände rumpelten. Sie neigten dazu, Dinge, zum Beispiel Dienstgrade, zu vergessen. Ich holte ihm eine Tasse und ging dann zum Feuer zurück.

Als er die Hälfte des Kaffees intus hatte, machte er es sich neben dem Feuer gemütlich. Seine Lässigkeit stand im krassen Gegensatz zur Bedeutung seiner Worte.

»Drüben auf Welt haben sie Chandras Funksprüche abgehört. Vor zwei Tagen ist ein Konvoi Sprungschiffe im System aufgetaucht. Es sind Landungsschiffe unterwegs. Das Zeta-Bataillon.«

»Zeta!«

»Einheit! Das sind gute Nachrichten«, sagte Circoni. »Wir könnten Jamisons überschwere Mechs gut gebrauchen.«

»Fanchers Spinner sollten jetzt gut auf ihre Ärsche achtgeben«, sagte Grant, als plötzlich die Lagersirenen zu heulen begannen.

»Bandit!« erschollen die warnenden Rufe, doch die Warnung kam zu spät. Der *Stingray* tauchte bereits auf das Lager herab.

Der Luft/Raum-Jockey hinter dem Steuerknüppel war wohl nicht sicher gewesen, wer wir waren. Er schoß erst, als er bereits zur Hälfte über das Lager hinweg war. Als er sich schließlich zum Feuern entschloß, gruben seine Laser Furchen in den Boden und in alles andere, das ihren Weg kreuzte. Die durch den Überflug des *Stingray* entfesselten Luftmassen peitschten durch das Lager, und der Überschallknall holte mehrere Leute von den Beinen, mich selbst eingeschlossen. Doch ich raffte mich schnell wieder auf und rannte los, während der *Stingray* wieder an Höhe für einen weiteren Überflug gewann.

Um zu meinem Mech zu gelangen, mußte ich zwischen den Landepolstern für die STOL-Jäger herlaufen. Die Jäger waren nur atmosphärentaugliche *Beschützer*, aber ich wußte, der Luft/Raum-Jockey würde sie als Primärziele betrachten, weil sie noch am ehesten in der Lage waren, ihm mit seinen eigenen Mitteln zu begegnen.

Das Pech verfluchend, daß die Landepolster zwischen mich und meinen Mech gelegt hatte, rannte ich weiter, so schnell ich konnte.

Unter einem der *Beschützer*-Jäger wallte Staub auf. Der Pilot mußte im Begriff gewesen sein, zu einer Nachtpatrouille zu starten, wenn er so kurz nach dem Angriff abheben konnte. Heiße Luftmassen und tosender Lärm beutelten mich, als der Jäger startete. Er hatte keine besonders große Chance gegen den *Stingray*, aber am Boden hatte er überhaupt keine.

Aufgrund des Brüllens seiner Triebwerke konnte ich nichts hören, aber das wilde Winken der Leute vor mir war Warnung genug. Ich fraß Dreck. Ein knisternder Partikelstrahl wühlte sich ein paar Schritte vor mir in den Boden.

Laserfinger krallten sich in die Jäger, die noch auf ihren Polstern standen. Ein rubinroter Strahl fuhr in einen Treibstofftank und entzündete die Flüssigkeit. Das Flugzeug verschwand in einer dreifachen Explosion und einem Feuerball. Sekunden später war die Nacht ein

Spiegelbild der Hölle, als die Flammen den aufsteigenden Qualm erhellten.

Der *Beschützer* fing den *Stingray* beim dritten Überflug ab, aber die Kanone unseres Jägers war auf mitleiderregende Weise unfähig, dem schnell fliegenden Luft/Raum-Jäger zu folgen. PPK und Laser des *Stingray* flakkerten kurz, und der *Beschützer* löste sich in seine Bestandteile auf.

Aber sein Pilot hatte uns etwas Zeit verschafft.

Ich kletterte die Leiter ins Cockpit meines Mechs empor. Der Fusionsreaktor des *Loki* arbeitete im Leerlauf. Das Risiko, geortet zu werden, war hoch, aber die Gefahr, mit kaltem Reaktor erwischt zu werden, war schlimmer. Ich war froh, daß ich beschlossen hatte, das Risiko einzugehen. Ich fuhr den Reaktor hoch und betete, als die Maschine zum Leben erwachte.

Mein Computer erfaßte den *Stingray,* als er zu seinem nächsten Überflug hereinkam. Mit flackernden Tragflächenlasern und blitzender PPK donnerte der Luft/Raum-Jäger über das Lager, wobei er ein Chaos aus Explosionen hinter sich ließ. Er wurde kurz von einer schwarzen Wolke verdeckt, die von einem ausgelöschten Munitionsdepot aufstieg, aber dann hatte ich ihn im Visier. Die Sieben-Zentimeter-Blackwell-Laser glühten auf und ließen ihre scharlachrote Energie vor der vorderen Backbordtragfläche in der Luft tanzen. Ich dachte, mein Schuß habe den Jäger verfehlt, doch die Geschwindigkeit des Jägers war so groß, daß er direkt durch den Laserstrahl hindurchflog. Splitter regneten auf das Lager herab, als sich die Panzerung von der Tragfläche des Jägers schälte.

Der *Stingray* schüttelte sich, während er in die Dunkelheit davonröhrte.

Ich hoffte, ihn zum letztenmal gesehen zu haben, doch mein Radarschirm zeigte, daß er eine Kurve beschrieb, um zu einem weiteren Überflug anzusetzen. Mein Cockpit hallte vom Lärm des aufgescheuchten Lagers wider. Krieger starteten ihre Mechs. Bodentruppen schrien nach Anflugvektoren, um ihre Luftabwehrgeschütze auszurichten. Rufe nach Sanitätern und Feuerlöschern. Ich beobachtete die Manöver des Luft/Raum-Jockeys auf meinem Schirm.

Ich dachte, er würde um die dicke Qualmwolke von dem Munitionsdepot herumfliegen, doch statt dessen flog er mitten hindurch. Meine Laser beharkten leeren Himmel. Er war ein besserer Schütze und bearbeitete meinen *Loki,* der ins Taumeln geriet, als kohärentes Licht seine gepanzerte Hülle verwüstete.

Andere Mechs und ein paar von den Luftabwehrgeschützen nahmen den *Stingray* unter Beschuß. Ein paar trafen, aber die Panzerung des Jägers hielt. Als er schließlich in den südlichen Nachthimmel donnerte, verriet mir mein Radar, daß er nicht mehr zurückkommen würde. Ich gab die Nachricht gerade über die Frequenz unserer Kampfgruppe weiter, als zwei von unseren Jägern das Lager passierten.

»Die gehören zu uns, Leute. Der Vogel wird sich sputen müssen, wenn er es noch nach Hause schaffen will.« Ich wußte nicht, ob ihn unsere Luft/Raum-Jockeys noch erwischen würden, aber ich hoffte es. Der *Stingray*-Pilot hatte mehr als genug Schaden angerichtet. »Also, alles aufsitzen. Wir werden es bald mit Bodentruppen zu tun bekommen. Der große böse Vogel hat gepetzt.«

47

In der Woche, nachdem uns der *Stingray* überrascht hatte, kam es zu einer Vielzahl von Geplänkeln zwischen uns und dem Gamma-Regiment. Colonel Wolfs Plan entsprechend gaben wir Raum für Zeit, wobei wir versuchten, Alpins Truppen so viel Schaden wie nur möglich zuzufügen und gleichzeitig unsere eigenen Verluste minimal zu halten. Wir hatten eine Menge Hinterhalte vorbereitet und wurden immer besser darin.

Jetzt hatten wir in und um den Silonesee Stellung bezogen. Unter Wasser verborgen, wartete und beobachtete ich.

Mein *Loki* war nicht besonders heißgelaufen, aber die anderen Mechs der Abteilung waren es mit Sicherheit. Ihre Technik war überholt, und sie waren in der Schlacht gewesen, während ich im See wartete. Sie würden keine große Hilfe sein, wenn sie nicht zuvor eine Möglichkeit bekamen, ihre Wärmetauscher eine Weile auskühlen zu lassen.

Das Videosignal von der über mir schwebenden Kamera kam über das Glasfaserkabel. Die Bildqualität war nicht besonders, aber sie reichte, um mir zu zeigen, daß sich die Mechs dem See näherten. Die meisten bogen nach links ab und rannten am Ufer entlang. Ein *Verteidiger* und zwei *Wespen* feuerten ihre Sprungdüsen ab und segelten über das Wasser. Die Mechs waren ziemlich übel zugerichtet.

Ein *Fenris,* der erste ihrer Verfolger, kam über die Erhebung. Der OmniMech rückte geradewegs vor und verkürzte rasch die Entfernung, die ihn von seiner Beute trennte. Ich ließ ihn ziehen. Es würden noch mehr kommen.

Zwei *Schwarzfalke*n kamen als nächstes, und ich hätte sie mir vorgenommen, wenn sie nicht ihre Sprungdüsen abgefeuert hätten und hoch über den See hinweggesegelt wären. Die Abteilung würde so gut mit ihnen fertig werden müssen, wie sie eben konnte. Obwohl ich nicht besonders glücklich war, daß alle drei Omnis, die wir bei Ansells Kompanie ausgemacht hatten, noch kampftauglich waren, nahm ich doch mit Befriedigung zur Kenntnis, daß sie auch einiges hatten einstecken müssen.

Ein weiteres halbes Dutzend Mechs kam in Sicht, der Rest von Ansells Kompanie. Erleichtert registrierte ich, daß es sich bei ihnen um ältere Konstruktionen handelte. Unser großen Einschränkungen unterworfener Nachrichtendienst hatte uns nicht verraten können, womit die Ausfälle im Gamma-Regiment aufgefüllt wurden. Die heranstürmenden Mechs hatten die enge Formation eingenommen, die wir von den Kriegern des Gamma-Regiments und insbesondere von denen unter Major Ansell kannten. Die Aufrechterhaltung ihrer Formation machte es für ein paar der Mechs unumgänglich, durch den See zu waten. Am Ufer war nicht genug Platz für sie.

Es war an der Zeit, die Sprungdüsen des *Loki* zu betätigen, die mich und meinen Mech in einer Dampfwolke aus dem Wasser katapultierten. Das Überwachungskabel riß, aber jetzt brauchte ich es ohnehin nicht mehr. Sobald die Arme des *Loki* aus dem Wasser waren, schoß ich mit beiden schweren Lasern auf den schwersten der gegnerischen Mechs. Es war ein kniffliger Schuß, doch mein Zielcomputer wurde seiner Aufgabe problemlos gerecht. Zwei scharlachrote Strahlbahnen fuhren in die Seite eines *Marodeur* und durchschlugen die Panzerung direkt unter dem Backbord-Wärmetauscher. Der Rükkenpanzer des *Marodeur* erbebte unter einer Kette von Explosionen, die den linken Arm in hohem Bogen vom Rumpf sprengten. Noch bevor der Fünfundsiebzig-Tonnen-Mech auf dem Boden aufschlug, wechselte ich zu einem anderen Ziel.

Grants *Schütze* erhob sich aus seiner Hocke in den Tiefen des Sees wie ein Leviathan auf Beutesuche. Die gepanzerten Abdeckungen seiner zwanzig Raketenwerfer öffneten sich wie ein gieriger Rachen, als der *Schütze* eine Doppelsalve Langstreckenraketen losschickte. Grant hielt die große Maschine trotz der Vibrationen des Abschusses sehr ruhig, was seine Trefferchancen erhöhte. Vierzig Raketen jaulten einem fünfundsechzig Tonnen schweren *Schlachtbeil* entgegen, welcher der tödlichste Nahkämpfer der feindlichen Kompanie war. Der Mech erbebte unter dem Einschlag und kippte mit rudernden Armen wie in Zeitlupe hintenüber, während der Pilot um die Kontrolle der Maschine rang. Die fehlgegangenen Raketen beschrieben eine unglaublich enge Kurve, da sie nach einem alternativen Ziel suchten. Explosionsblitze an den beiden dem gefallenen *Schlachtbeil* am nächsten stehenden Mechs verrieten mir, daß die Schwärmer eine gute Sprengkopfwahl für diesen Hinterhalt gewesen waren.

Ich landete ein Stück weit vom Ufer weg an der Baumlinie, wo der dichte Wald meine Silhouette unkenntlich machte. Während ich zwischen den kleineren Bäumen am Waldrand verschwand, drehte ich den Rumpf des *Loki* rückwärts, um mit den Waffen meiner beiden Arme im Ziel zu bleiben. Wann immer ich konnte, jagte ich einen Schuß in das *Schlachtbeil*, das im Uferschlamm des Sees lag und sich abmühte, wieder auf die Beine zu kommen.

Unser *Verteidiger* und die *Wespen* kamen plangemäß zurück, und ihre Ankunft sorgte für Verwirrung unter Ansells Mechs. Ihre Formation brach auseinander, aber sie flohen nicht.

Das laute *Ping* des Raketenabwehrsystems des *Loki* warnte mich vor heranfliegenden Raketen. Ein Blick auf den Schirm für die Gefahrenzuordnung verriet mir, daß ein *Wächter* als Abschußplattform fungierte. Ein normaler *Wächter* ist lediglich mit Kurzstreckenraketen ausgerüstet. Ich modifizierte mein Schußschema, um die Hitze zu kompensieren, die das Raketenabwehrsystem erzeugte, und betete, daß es alle Raketen erwischen würde. Der Bestandspegel für die Raketenabwehrmunition schrumpfte, und ich spürte keinen einzigen der für den Einschlag von KSRs charakteristischen Stöße. Das Raketenabwehrsystem funktionierte jedoch nicht gegen die Autokanone des *Wächter.* Granaten überzogen die Frontpanzerung des *Loki* mit Kratern, in dem vergeblichen Versuch, die interne Struktur meines Mechs zu erreichen.

Widerwillig brach ich den Angriff auf das *Schlachtbeil* ab, um mich der unmittelbareren Bedrohung des *Wächter* zu widmen. Ich schoß mit dem Laser im linken Arm und sah, wie der Strahl die letzte verbliebene Panzerung auf dem rechten Oberschenkel des *Wächter* wegschmolz. Funken sprühten aus der Wunde, und der Pilot des *Wächter* drehte seine Maschine nach rechts, um den entblößten Bereich zu schützen. Eine Rauchwolke hinter sich her ziehend, rannte er das Ufer entlang und an mir vorbei. Ich versuchte einen weiteren Schuß in der Hoffnung, ihn damit zu erledigen, aber die Hitze in meinem *Loki* war mittlerweile so weit angestiegen, daß sie die Zielsysteme beeinträchtigte. Der Schuß ging fehl.

Grant kümmerte sich um das *Schlachtbeil.* Ans Ufer watend, gab der *Schütze* eine weitere Doppelsalve auf ihn ab. Explosionen hüllten Brust und rechten Arm des *Schlachtbeil* ein, zerfetzten Panzerung und schlugen Breschen zum verletzlichen Innenleben. Die Raketen, die ihr Ziel verfehlt hatten, heulten auf ihrer vergeblichen Suche nach einem alternativen Ziel sinnlos durch die Luft.

»Ken hat's erwischt! Jemand muß ihm helfen!«

Der Ruf kam über die Kommandofrequenz. Ken Shiamatsu steuerte einen *Derwisch,* die schwerste Maschine in den Reihen unserer Köder-Staffel. Wenn er außer Gefecht war, steckten sie in Schwierigkeiten.

Ein Laserstrahl schlug in das rechte Bein meines *Loki,* während ich die Situation einzuschätzen versuchte. Ich verlor Panzerung, aber ich erhielt keine Durchbruchswarnung. Ich antwortete meinerseits mit einem Schuß, aber in all dem Qualm und Rauch wußte ich nicht, worauf ich überhaupt schoß, geschweige denn, ob ich getroffen hatte.

Wus *Verteidiger* landete nach einem Sprung rechts von mir, doch er kam unglücklich auf, und sein rechtes Bein knickte unter ihm ein. Ein feindlicher *Jenner* kam durch eine hundert Meter entfernte Wolkenbank und beharkte den gestürzten *Verteidiger* mit einem Laser-Quartett. Die Strahlen schmolzen Panzerung und schlugen zu den Myomer-Pseudomuskeln durch, welche die Titanknochen der Maschine bewegten. Der *Verteidiger* war erledigt.

Wir hatten einigen Schaden angerichtet. Der *Marodeur* war mit Sicherheit ein Abschuß und das *Schlachtbeil* höchstwahrscheinlich, aber wir hatten zu viele Verluste.

»Abbrechen! Abbrechen!«

Der Gegner setzte seinen Beschuß fort, während wir uns zurückzogen, aber er setzte nur Energiewaffen ein. Diese Waffen hatten unerschöpfliche Munitionsvorräte, da sie ihre Energie aus dem Fusionsreaktor bezogen, der einen BattleMech antrieb. Ansells Jockeys ließen ihre anderen Waffen außen vor, und das beunruhigte mich. Typisch für sie wäre gewesen, wenn sie mit allem auf uns geschossen hätten, was sie aufbieten konnten, um vielleicht noch ein paar von uns auszuschalten, aber sie sparten sich ihre Munition für irgend etwas auf.

Wenigstens folgten sie uns nicht. Vielleicht befürchteten sie noch eine Falle. Oder vielleicht lernten sie langsam Respekt.

Die Verluste des Jota-Bataillons wurden durch weitere heruntergekommene Söldner wettgemacht, die nach einer Chance gierten, sich einen Platz bei den berühmten Dragonern zu sichern. Dechan bezweifelte, daß sie wußten, was mit ihren Vorgängern geschehen war. Elson übte ein strenges Regiment über die Nachrichten aus, die nach Welt gelangten. Jotas Jockeys fanden bald heraus, warum es offene Stellen gegeben hatte.

Das Spinnennetz-Bataillon war von Fanchers Stoßrichtung durch Sektor Grün abgezogen und durch eine andere BattleMech-Streitmacht ersetzt worden, von der es in einigen Meldungen hieß, sie würde von Jaime Wolf persönlich angeführt. Diese Wendung ließ Alpin und Elson ihre Pläne noch einmal überdenken. Svados' Geheimdienstleute waren zwar der Ansicht, daß sich Jaime Wolf irgendwo im Sektor Rot verkrochen hatte, aber der berühmte blaugoldene *Schütze* war unter den Feind-Mechs im Sektor Grün ausgemacht worden.

Wer Wolfs Truppen auch führte, sie waren tüchtig. Ihre Fallen und Tricks forderten einigen Tribut, und das nicht nur von den Fronteinheiten des Jota-Bataillons und des Beta-Regiments. Die Moral der übrigen Truppen wurde ebenfalls schwer getroffen. Was eigentlich ein Blitzkrieg hatte werden sollen, schleppte sich jetzt schon viel zu lange und mit viel zu geringem Erfolg dahin. Obwohl Wolf in der Defensive war, hatte er die Initiative an sich gerissen. Die sogenannten Jäger tanzten nach seiner Pfeife.

Jäger.

Der Spitzname war aufgekommen, als sie erfahren hatten, daß die Rebellen dazu übergegangen waren, sich das Wolfsrudel zu nennen. Dechan vermutete, daß sie diesen Namen als äußeres Zeichen ihrer Loyalität Jaime Wolf gegenüber angenommen hatten. Dechan hielt es nicht für Zufall, daß dieser Name gleichzeitig ihre Ablehnung Alpins zum Ausdruck brachte. Die Truppen unter Alpins Kommando als Jäger zu bezeichnen, hatte ihren Ursprung im Beta-Regiment. Der Khan legitimierte den Namen, als er ein Kopfgeld auf seinen Großvater aussetzte.

Dieses Kopfgeld stachelte viele Söldner an. Sie redeten von nichts anderem mehr, als Wolf persönlich zu jagen, aber ihr Gerede war ebenso zusammenhanglos wie ihre Taktik. Sie konnten sich auf nichts einigen, und jeder versuchte nur, den anderen auszustechen. Elson hatte wirklich den Bodensatz angeworben.

Dechan war ähnliches Gerede bei seinem eigenen Kappa-Bataillon zu Ohren gekommen. Er unterband es, wo und wann immer es begann, und ging sogar so weit, das Thema aus allen Stabskonferenzen zu verbannen. Aber er wußte, daß er nicht ewig den Deckel daraufhalten konnte. Jetzt, wo es heraus war, daß Wolf die gegnerischen Streitkräfte persönlich anführte, spürten selbst relativ disziplinierte Söldner wie die Kavaliere den Lockruf eines lukrativen Kopfgelds.

Dechan bezweifelte, daß Wolf im Sektor Grün war. Nicht, daß seine Truppen nicht gut geführt wurden. Das wurden sie durchaus. Er war lediglich sicher, daß Alpin niemals zu Parellas Streitkräften im Sektor Rot gewechselt wäre, wenn er geglaubt hätte, daß Jaime Wolf hier in Grün war. Andererseits war Elson auch dann noch geblieben, als das Gamma-Regiment zu Betas Entsatz gekommen war und über jenes Gebiet hinaus vorzustoßen begann, das Beta gewonnen hatte. Wenn es darauf ankam, wußte man erst dann, wer in einem BattleMech saß, wenn man im Cockpit nachsah.

Carter schlug die Zeltbahn vor dem Eingang von Dechans Zelt beiseite.

»Wir haben neue Befehle.«

»Von Elson oder Alpin?«

»Von Elson.«

»Einsatzbesprechung in zehn Minuten.«

Carter nickte. Er griff nach oben und ließ die Zeltbahn herunterfallen. Dechan hörte seine Schritte über den Kies knirschen, während er an den anderen Zelten vorbeiging und dabei die Offiziere weckte.

Bis jetzt war das Kappa-Bataillon aus allen Kämpfen herausgehalten worden. Dechan hatte das als Zeichen aufgefaßt, daß Elson etwas Besonderes mit ihnen vorhatte. Wenn Elson nicht mehr vorgab, für Alpin zu arbeiten, stand die Entscheidung kurz bevor.

Michi wußte, daß er verfolgt wurde, aber er hatte keine Zeit, deswegen etwas zu unternehmen. Inmitten der mittäglichen Fußgängermengen ging er die Lafayette Avenue entlang. Hier gab es zu viele Augen, als daß seine Verfolger eine Gefahr für ihn bedeuteten, aber das war nur ein vorübergehender Zustand. Bald würde er die Avenue verlassen müssen. Wenn sie Bescheid wußten, war das wahrscheinlich der Moment, in dem sie versuchen würden, ihn auszuschalten. Wenn sie dagegen nur einen Verdacht hatten, würden sie vielleicht auch noch warten. Er kannte ihre Zahl nicht. Wenn es zu viele waren und sie Bescheid wußten, bestand tatsächlich die Möglichkeit, daß sie ihn überwältigten.

Er bog von der Avenue ab.

Er war kaum um die Ecke, als er zu rennen begann.

Als er die Flüche hörte, die ihm verrieten, daß seine Verfolger jetzt ebenfalls um die Ecke gebogen waren, hatte er zwei Blocks zurückgelegt. Die anderen würden jetzt ebenfalls rennen.

Er hatte Glück, daß er es nicht weit hatte. Die anderen waren jünger und konnten schneller laufen als er. Er hörte, daß ihre Schritte sich bereits näherten.

Der ComStar-Akoluth erschrak, als Michi hereinplatzte — erschrak zu sehr, um ihn aufzuhalten, was gut war. Er hörte die Frau nach den Wachen rufen, während er durch den Gang zum Innenhof rannte. Die Wachen trafen rechtzeitig ein, um Michis Verfolger aufzuhalten. Er hörte gerade noch, wie das Handgemenge begann, bevor sich die Tür hinter ihm schloß.

Er war die einzige Störung des Friedens im Garten, als er ihn durchquerte. Doch nur für einen Augenblick. Rufe durchschnitten die friedvolle Stille. Die ComStar-Wachen hatten seine Verfolger nur kurz aufhalten können. Das war nicht anders zu erwarten gewesen: Die

Wachen waren völlig unvorbereitet und die Verfolger Profis.

Michi rannte an einer Reihe kleiner Hütten vorbei. Er erreichte diejenige, die er suchte, und verlängerte seinen letzten Schritt, ohne anzuhalten, zu einem Tritt. Die Tür flog auf, prallte von der Wand ab und kam ihm wieder entgegen, als er durch die Öffnung trat.

In der Hütte war es wärmer als im Garten. Das durch die Türöffnung fallende Tageslicht war die einzige Lichtquelle. Das Mobiliar bestand aus einem Stuhl, einem Bett, und einem Nachtschränkchen, auf dem ein Computerterminal stand. Das Bett war belegt.

Der Mann griff nach einer Pistole hinter dem Computermonitor, rollte sich vom Bett und legte die Waffe auf Michi an. Als das Erkennen in den Augen des Mannes aufblitzte, warf Michi ihm den silbernen Zylinder zu.

»LOS!« befahl er.

Stanford Blake fing den Zylinder mit der freien Hand und rief dann: »Paß auf!«

In einer einzigen fließende Bewegung wirbelte Michi herum, zog sein Schwert und schlug zu. Die scharfe Klinge teilte den Verfolger an der Hüfte in zwei Hälften. Major Sean Eric Kevin sah noch im Tode überrascht aus.

Blake schoß durch die Blutfontäne, die aus der Schnittstelle in Kevins Körper sprudelte, und fällte den zweiten Mann.

Weitere Verfolger kamen durch den Garten gerannt.

»Los«, sagte Michi wieder, indem er die Tür schloß. »Sofort!«

Blake nickte kurz. Er verstaute den Zylinder in seinem Gürtel und riß die Hintertür auf. »Danke«, rief er noch, während er hindurchrannte. Michi sah ihm nach, während er durch den Garten rannte. Das Haus würde ihn vor den Blicken seiner Verfolger schützen. Michi bückte sich und nahm die Pistole aus Kevins Halfter. Er zog sich zur Wand neben der Tür zurück, ein gutes Stück vom Türrahmen entfernt.

Er wartete.

Sie waren vorsichtig, vielleicht weil sie ihn in der Falle wähnten. Er hoffte, daß sie vorsichtig blieben. Jede Sekunde, die sie vergeudeten, war wertvoll. Er wußte jedoch, daß sie nicht lange warten würden. Wenn sie ihn zuvor nur verdächtigt hatten, waren ihre Befürchtungen jetzt bestätigt worden.

Mehrere Schüsse schlugen Löcher in die Tür und in die Wände zu beiden Seiten. Michi trat vor, als die Tür nach innen schlug und diesmal aus ihren verbogenen Angeln gerissen wurde. Er hieb nach dem ersten Verfolger, als der Mann hereinstürmte, und das Schwert schnitt tief in seinen Arm. Schreiend fuhr der Mann herum, wobei er Michi das Schwert aus der Hand riß. Zwei Schüsse fällten den zweiten, doch eine Frau sprang durch das Vorderfenster, während ihr Kollege starb. Die Schüsse der beiden Männer, die noch draußen waren, drängten ihn zurück, so daß er nicht in der Lage war, die Frau aufzuhalten, die sich abrollte und durch die offene Hintertür verschwand.

Er konnte nicht wissen, ob er sie lange genug aufgehalten hatte. Er rannte hinter der Frau her, aber dieser Schritt war nicht überraschend genug. Ihre Kollegen schossen auf ihn, als er gerade um die Hausecke bog. Er spürte einen Schlag gegen den Arm, wurde von der Wucht des Aufpralls herumgewirbelt und stürzte dann zu Boden. Er rollte zur Seite und schoß, als einer der Verfolger hinter ihm um die Hausecke bog. Der Mann wurde von der ersten und noch zwei weiteren Kugeln getroffen, bevor er zusammenbrach.

Michi wußte, daß er seine Mission erfolgreich beendet hatte, als er den mächtigen Hyperpulsgenerator unter dem Geräusch eines herausgehenden Funkimpulses aufdröhnen hörte.

Seine Erleichterung hätte ihn fast das Leben gekostet. Der letzte Mann des Kommandos hatte das Haus auf der anderen Seite umrundet, und nur das Knirschen von Kies verriet seine Anwesenheit. Michi rollte sich zur Seite, bevor der Mann abdrückte, und die Kugel fuhr in den Boden anstatt in Michis Brust. Seine Erwiderung ging daneben, doch der Mann wich zurück. Unglücklicherweise für ihn lief er direkt in Michis letzten, ungezielten Schuß.

Karma.

Aus der Richtung des Generatorgebäudes hörte er den Knall eines Schusses. Michi zwang sich zum Aufstehen. Die Pistole in seiner Hand war leer. Er ließ sie fallen und bückte sich, um eine andere von einem der gefallenen Männer an sich zu nehmen. Als er sich aufrichtete, hätte er fast das Bewußtsein verloren. Er verlor zuviel Blut und damit seine Konzentrationsfähigkeit. Er kämpfte den Schmerz nieder, zwang ihn in den Hintergrund seines Bewußtseins.

Er rannte auf das Geräusch des Schußwechsels zu.

Die Tür zum Kontrollraum für den Generator stand offen. Er tauchte in der Absicht hindurch, sich abzurollen und sofort in Schußposition zu gehen. Er erstarrte.

Es war zu spät.

ComStar-Wachen hatten ihre Waffen auf ihn gerichtet. Sie waren äußerst nervös. Eine verband gerade einen Akoluthen, dem ins Bein geschossen worden war. Die Frau und Stanford Blake lagen jeder in einer Blutlache am Boden, die sich langsam ausbreiteten und dabei aufeinander zuliefen.

»Laß die Waffe fallen«, befahl eine Wache.

Michi gehorchte.

Stanford Blake hatte es geschafft, die Pläne für Elsons abschließenden Angriff abzuschicken. Jaime Wolf würde alle Informationen besitzen, die er brauchte, um diese Pläne zunichte zu machen. Michis Rolle in diesem Spiel war beendet.

Er verlor das Bewußtsein.

48

Wie ich befürchtet hatte, sparten sich Ansells Männer ihre Munition aus einem bestimmten Grund auf. Zwei Tage später, als unsere letzten Einheiten ein Nachtlager aufschlagen wollten, setzte das Bombardement ein. Radar und Telemetrie verrieten uns, daß Arrow-Raketensysteme zur Unterstützung der normalen Artillerie eingesetzt wurden, was bedeutete, daß sie das Feuerunterstützungsbataillon in Stellung gebracht hatten. Damals war es noch die einzige Dragonereinheit mit dieser Art Feuerkraft. Elson machte Ernst.

Von den Heimatarmee-Einheiten an der Front kamen die ersten Meldungen herein. An der Schnittstelle zwischen der Zwölften und Vierzehnten Panzereinheit war ein größerer Angriff unterwegs. Elsons BattleMechs stießen durch die Lücke vor, um die Tatsache auszunutzen, daß sich hier zwei Kommandozonen überschnitten.

»Einheit! Hoffentlich ist Zeta bald hier«, sagte Grant.

Ich machte mir nicht die Mühe, ihm zu antworten. Ob Zeta kam oder nicht, wir hatten eine Menge zu tun. Ich war sicher, daß überall an der Front gekämpft wurde, obwohl ich von den anderen Kampfgruppen noch nichts gehört hatte.

Unser erster Kontakt mit dem Feind kam kurz nach Mitternacht außerhalb des kleinen Dorfes Potterdam zustande. Eine Lanze von drei Mechs folgte dem ausgetrockneten Flußbett. Sie waren den laut Meldungen am weitesten vorgedrungenen Einheiten erheblich voraus, und das war nicht gut. Da sie nur zu dritt waren, setzten wir ihnen hart zu. Ich wollte sie aus dem Weg haben, falls noch mehr Feinde unterwegs waren, und dank unserer zahlenmäßigen Überlegenheit fiel es uns nicht schwer, sie auszuschalten. Einer wurde durch eine Munitionsexplosion in Stücke gerissen, als er von mehreren Raketensalven getroffen wurde. Der zweite wurde schwer beschädigt, und der dritte funkte uns seine Kapitulation herüber und öffnete seine Luke, nachdem er zunächst in Deckung gegangen war. Sie bezeichneten sich als Mitglieder des Jota-Bataillons, aber sie waren bloß angeworbene Söldner. Ich rief die Basis und befahl, einen schnellen Schweber mit einem unserer Jockeys ohne Mech zu schicken. Wir konnten den Mech des Söldners gut gebrauchen.

Der Söldner war gesprächig. Er bestätigte, daß Elson und Fancher in diesem Frontabschnitt die Kommandeure waren. Er verriet uns außerdem, daß eine weitere Mech-Einheit, das Kappa-Bataillon, in den Sektor Orange verlegt worden war. Das mußte jene Einheit sein, welche die Scouts im frühen Stadium der Kämpfe als Reserve identifiziert hatten. Fancher gehörte nicht zu der Sorte, die ihre Einheiten kurz vor einer bedeutenden Offensive schwächt. Wenn sie sich jetzt von einer Einheit getrennt hatte, konnte das nur bedeuten, daß der Hauptstoß woanders stattfinden würde. Daß sie Alpins Truppen im Sektor Orange, wo Maeve verteidigte, Verstärkung schickte, deutete darauf hin, daß Alpin den eigentlichen Angriff führen würde.

Wir eilten weiter.

Der Führungsstab der Vierzehnten Panzer war in hellem Aufruhr. Die meisten seiner Panzer waren nicht mehr kampftauglich, aber man hatte es geschafft, die Lücke zur Zwölften Panzereinheit wieder zu schließen. Die Zwölfte war in etwas besserer Verfassung, aber die Unterschiede waren gering. Das Beta-Regiment rückte vor und stürzte sich auf die Panzer. Unsere Strategie der Isolation und der Fallen mußte gegen eine Strategie des Sturmangriffs scheitern. Es würde nicht mehr lange dauern, bis die feindlichen Mechs unsere schwache Verteidigung zerschmetterten.

Ich setzte meine Kampfgruppe ein, um einen Vorstoß zu bremsen, der gegen die rechte Flanke der Vierzehnten Panzer gerichtet war. Wenn diese Flanke auseinanderbrach, würden Alpins Leute freie Bahn haben und durch unsere vereinzelten Infanteriestellungen brechen können, um hinter Maeves Linien in den Sektor Orange einzudringen. Die Kampfgruppe wehrte die feindlichen Mechs ab, mußte sich jedoch zurückziehen, als Elementar-Sterne gesichtet wurden, wie sie Angriffspositionen entlang einer Kammlinie bezogen.

Ich gab meiner Kampfgruppe Befehl, sich zurückfallen zu lassen.

Auf dem Weg zu unserer Auffanglinie kam ich zum Colonel durch. Er versicherte mir, daß Maeve über unsere neue Position im Bilde war. Parellas Gamma-Regiment setzte sie stark unter Druck, doch bis jetzt hatte sie alle Vorstöße abgewehrt, indem sie ihre Kampfgruppe immer dort einsetzte, wo die Kämpfe am härtesten waren. Ich wußte, welchen Belastungen das Spinnennetz dadurch ausgesetzt war. Es würde dieses Tempo nicht ewig aufrechterhalten können.

Das Kappa-Bataillon war in dem Sektor noch nicht gesichtet worden.

Im Blauen Sektor, gab es immer noch keine größeren Kampfhandlungen, aber das würde sich wahrscheinlich bald ändern. Die Kuritas bereiteten sich darauf vor, einem Vorstoß des Epsilon-Regiments mit zwei Bataillonen zu begegnen.

»Wir halten uns ausgezeichnet«, versicherte mir der Colonel.

Ich wollte ihm glauben.

BattleMech-Gefechte waren nicht mit den Erschöpfungsschlachten zu vergleichen, die über eine ausgedehnte Periode der Geschichte das Los eines Soldaten waren. BattleMech-Gefechte konnten einfach über keinen längeren Zeitraum durchgehalten werden. Bei zu vielen Maschinen war der Munitionsvorrat beschränkt, und wenn der einmal erschöpft war, verlor ein Mech erheblich an Effektivität. Selbst Mechs, die ausschließlich mit Energiewaffen bestückt waren, hatten nur eine begrenzte Lebensdauer. Die Kämpfe waren zu brutal, und selbst die Panzerung eines BattleMechs kann nur eine begrenzte Trefferanzahl verkraften. Und die Maschinen waren zu teuer, zu schwer zu ersetzen. Wenn die Maschine eines Kriegers Schäden erlitt, die ein gewisses Maß überschritten, trat er den Rückzug an, wenn er schlau war. Ausgeruht und neu aufmunitioniert, wurde er wieder zu einer ernsthaften Bedrohung. Das Gefecht ohne Pause fortzusetzen, hieß, den Tod herauszufordern.

Also wogten die Schlachten hin und her und sahen selten die Teilnahme aller Streitkräfte einer Einheit. Jedes Gefecht forderte seinen Tribut, so daß die Streitkräfte immer weniger wurden. Wir mußten unsere Krieger und Mechs öfter einsetzen, und das bereitete mir Kopfzerbrechen. Auch Menschen nutzen sich ab. Müde Menschen machen Fehler, und ein Fehler auf dem Schlachtfeld wird oft mit dem Leben bezahlt.

Und so ging es weiter. Meine Kampfgruppe eilte wie Maeves hin und her, stopfte Löcher in der Front und drängte diejenigen Einheiten ab, denen es gelang, durch unsere Stellungen zu stoßen. Die Panzerbesatzungen hatten es am schwersten. Weniger mobil als die Mechs, mußten sie Infanterieaufgaben übernehmen und Gelände halten. Es gab Zeiten, in denen ich wünschte, wir hätten Infanterie, so daß ich die Panzer zurücknehmen und für einen Gegenangriff in Stellung hätte bringen können, aber das Ödland im Sektor Grün war kein Gelände für Infanterie. Vielleicht für Elementare in ihren Schlachtrüstungen, aber mir unterstanden keine.

Ich konnte mich nicht über die Truppen unter meinem Befehl beklagen. Sie waren großartig. Was als ungeordneter Haufen alter Krieger und halber Kinder begonnen hatte, war jetzt eine zähe, harte Kampfmaschine. Das ließ mich erahnen, aus welchem Holz die alten Dragoner geschnitzt gewesen sein mußten und was der Colonel von den neuen gewollt hatte. Ich war verdammt stolz dazuzugehören.

So hart die Kämpfe auch waren, ich glaubte langsam, der Colonel hatte recht damit, daß wir uns ausgezeichnet hielten. Dann meldeten unsere Scouts Landungsschiffe, die an unserer linken Flanke niedergingen: Drei der *Leopard*- und zwei der *Union*-Klasse. Mech-Transporter. Ich befürchtete, daß der gefangengenommene Söldner gelogen und wir soeben das fehlende Kappa-Bataillon gefunden hatten.

Ich gab der Kampfgruppe Befehl, sich zurückzuhalten, und nahm Grant mit mir. Unsere aus zwei Mechs bestehende Befehlslanze würde im Feld nützlicher sein als im Stabslager. Wir brauchten viel zuviel Zeit, um die Zwölfte Panzereinheit zu umgehen. Die neu eingetroffenen Mechs würden bereits ausgeladen und in Marsch sein, bevor wie sie erreichen konnten.

Als das entfernte Lumagebirge in Sicht kam, das den Horizont auf der anderen Seite des Gremmer-Cañons beherrschte, erhielten wir die letzten Scoutberichte. Die neuen Einheiten waren ausgeladen und marschierten uns entgegen. Sie waren an mindestens zwei Bunkerkomplexen vorbeigekommen, ohne das Feuer zu eröffnen. Ich wußte, warum die Männer in den Bunkern nicht geschossen hatten: Sie waren ganz einfach zu wenige und nur als vorgeschobene Beobachtungsstationen gedacht gewesen, die feindliche Truppenbewegungen melden konnten. Aber die Mechs? Das verwirrte mich.

Staubwolken kündeten von ihrem Näherkommen, lange bevor wir sie selbst bei äußerster Vergrößerung tatsächlich erkennen konnten. Die Größe der Wolke ließ auf mindestens zwei Kompanien, wahrscheinlich sogar mehr, schließen.

Captain Jenette Rand, die etwa einen Klick vor uns Beobachtungsposition bezogen hatte, meldete zwei *Pirscher*, eine *Königskrabbe* und einen *Kampftitan* in der ersten Lanze, die sie erkennen konnte. Allesamt überschwere Mechs. Sie beobachtete viele verschiedene Farbkennzeichnungen, aber keine Einheitenmarkierungen. Ich rief sie schnell zurück. Ihr *Mungo* würde sich keine Minute gegen soviel Feuerkraft behaupten können.

Die rasch näherkommenden Mechs hatten eine enge Formation eingenommen. Sie waren immer noch einige Minuten von uns entfernt, also gab ich Befehl, für einen Hinterhalt in Stellung zu gehen. Wir mochten in der Unterzahl sein, aber wenn wir ein paar Treffer landeten, bevor wir uns zurückziehen mußten, konnten wir uns vielleicht einen Vorteil verschaffen.

Rands *Mungo* verließ das ausgetrocknete Flußbett, das ihr Deckung vor den herannahenden Mechs gegeben hatte. »Es kommen noch mehr«, funkte sie. »Mechs im Südosten.«

Ich steuerte meinen *Loki* zu einer Stelle, von wo aus ich in die angegebene Richtung blicken konnte. Sie hatte recht. Ein halbes Dutzend leichte Mechs, sowohl Omnis als auch ältere Modelle, näherten sich uns. Es konnte keinen Zweifel geben, zu wem sie gehörten: Auf ihren sandfarbenen Tarnmustern prangten dicke schwarze Betas. Mehrere Mechs schossen Langstreckenraketen auf Rands Mech ab und hämmerten mit ihren leichten Autokanonen los.

Ich funkte Corwyns Lanze an und erteilte ihm Kampferlaubnis. Die Lanze war in Marschrichtung der Beta-Mechs postiert, aber das unübersichtliche Gelände zwischen ihr und den herannahenden Überschweren würde sie größtenteils abschirmen. Ich schoß mit meinem Sieben-Zentimeter-Laser auf den FührungsMech, einen *Puma*. Der Strahl huschte über die dicke Panzerkruste, die den kantigen, geduckten Rumpf schützte. Nun, da ich die Aufmerksamkeit des *Puma*-Jockeys auf mich gezogen hatte, mußte ich einen Treffer aus einer PPK einstecken, der Panzerung von der rechten Flanke meines *Loki* sprengte. Der zweite Schuß des *Puma* ging fehl.

Dann eröffnete Corwyns Lanze das Feuer, und der

Puma-Jockey hatte einiges zum Nachdenken. Er hatte gezeigt, daß er gefährlich war, und Corwyns Leute deckten ihn mit allem ein, was sie hatten. Unter dem konzentrierten Beschuß löste sich die Panzerung in Nichts auf. Der *Puma* taumelte und wankte dann unter der Gewalt der Einschläge ein paar Schritte zur Seite.

Durch einen Riß in der Panzerung seines rechten Arms entwich ein Dampfstrahl. Das Schultergelenk barst, und der zum Schuß erhobene Arm fiel herab. Rands *Mungo* machte kehrt und jagte drei Laserstrahlen in den bereits schwerbeschädigten Omni. Das Cockpit des *Puma* sprang auf, als der Pilot den Schleudersitz betätigte, während sein Mech zusammenbrach.

Der zweite Omni, ein weiterer *Puma*, doch mit einer anderen Waffenkonfiguration, erwischte Rands *Mungo* mit einem Schuß aus seinem schweren Laser, und der Strahl aus kohärentem Licht durchschlug die Panzerung ihrer linken Rumpfhälfte. Der Pilot ließ eine Salve aus seiner Autokanone folgen, die den *Mungo* herumwirbelte. Die Arme von Rands Mech schlugen hilflos um sich, als der *Mungo* nach hinten kippte. Ich sah sie nicht aussteigen.

Grant brachte seinen *Schütze* neben mich und eröffnete ebenfalls das Feuer auf die Beta-Mechs. Die vereinigte Feuerkraft von Corwyns Lanze und unseren beiden schweren Mechs aus einer höher gelegenen Stellung ließ die Beta-Krieger ihre Lage überdenken. In Sekunden hatte sich die Verfolgung eines einzelnen Scouts in ein Feuergefecht gegen einen überlegenen Gegner verwandelt.

Sie hatten gerade mit dem Rückzug begonnen, als Langstreckenraketen auf der Felswand über Grant und mir explodierten. Eine zweite Salve flog über die Beta-Mechs hinweg, um hinter ihnen einzuschlagen.

Die überschweren Mechs waren in Reichweite, und wir hatten uns exponiert. Ich war stehengeblieben, und

Staub senkte sich langsam auf die reglosen Mechs. Eine weitere Lanze, zwei *Daishi* und zwei *Katamarane*, gingen links von der ersten Lanze in Stellung, während sich eine dritte Lanze aus schweren und überschweren Mechs rechts davon postierte.

Die Qualität der Mechs verriet mir, daß dies nicht das verschwundene Söldnerbataillon sein konnte. Ich brauchte nicht erst den Funkspruch des Kommandeurs zu hören, um zu wissen, daß das Zeta-Bataillon endlich eingetroffen war.

»Hier spricht J. Elliot Jamison vom Zeta-Bataillon. Das hat jetzt lange genug gedauert.«

»Genau«, krähte Grant auf unserer Lanzenfrequenz. »Jetzt treten wir ein paar Leuten erst mal kräftig in den Arsch!«

»Schluß jetzt, Wolf.«

»Was? Ich denke, die sind auf unserer Seite!« Grants Tonfall war eher beleidigt, denn verwirrt.

»Warum?« fragte ich auf einer offenen Frequenz.

»Ich bin nicht gekommen, um mit Ihnen zu reden, Cameron. Ich weiß nicht, warum du es überhaupt zum Positionstest hast kommen lassen, Jaime, aber jetzt muß das Ergebnis auch respektiert werden. Wie soll es also weitergehen, Jaime Wolf?«

Mir wurde klar, daß Jamison glaubte, er hätte Verbindung zum Colonel. Im alten *Schütze* des Colonels schwieg Grant.

»Wenn du es so haben willst.« Eine kurze Pause trat ein. »Es tut mir aufrichtig leid. Zeta, es ist Zeit zum Angriff.«

Die Zeta-Mechs verschwanden in Wolken aus Raketenabgasen. Blaue Blitze aus Partikelprojektorkanonen und rubinrote Laserstrahlen flammten durch den Rauch und hagelten auf uns nieder.

Der Beschuß zerlegte Grants *Schütze,* das Hauptziel des Angriffs, in seine Bestandteile, doch mein *Loki* mußte viele Schüsse einstecken, die Grant verfehlten. Der

Alarm ausgefallener Systeme schrillte durch den *Loki*, der ins Taumeln geriet. Die Druckwelle der Munitionsexplosion, welche den *Schütze* endgültig auslöschte, erfaßte meine Maschine und schleuderte sie weg. An den Aufprall kann ich mich nicht mehr erinnern.

49

Der Nachtmarsch war lang gewesen, doch mit überraschender Leichtigkeit geschafft worden. Allerdings konnte Dechan Fraser danach immer noch nicht schlafen. Er war müde und brauchte Ruhe, aber die Luft in seinem Zelt war so stickig und drückend, daß er aufstand, um inmitten der schlafenden BattleMechs umherzuwandern. Im grauen Zwielicht des Morgengrauens hätte es auf der Ebene ruhig sein müssen. Statt dessen brummten, klickten, klapperten, kratzten, summten und zischten die leisen Geräusche eines MechKrieger-Lagers überall um ihn. Es war beinahe so, als würden sich die Mechs unruhig im Schlaf bewegen, aber es waren nur die Techs, die sich nach dem langen Marsch um die Maschinen kümmerten.

Dechan starrte in den Himmel und überdachte den kommenden Tag, als ein heller Blitz — wie von einer Sternschnuppe, aber stationär — seine Aufmerksamkeit erregte. Es war kein natürliches Phänomen; er hatte genug gesehen, um das zu erkennen. Er schlug die Richtung zur Kommandozentrale ein, widerstand jedoch dem Drang zu laufen, als würde diesem Vorfall, der durchaus ein Vorzeichen sein mochte, durch übermäßige Eile zuviel Gewicht beigemessen.

Dechan ließ sich vom diensthabenden Tech zum Hauptquartier des Gamma-Regiments durchstellen. Als er Parella schließlich in der Leitung hatte, hielt er sich nicht mit Höflichkeiten auf.

»Was ist passiert?«

»Chandra hat einen Satelliten abgeschossen«, teilte ihm Parella mit kratziger Stimme mit.

»Einen von uns oder einen von ihnen?«

»Dämliche Frage. Da Khan Alpin von uns verlangt, daß wir mitspielen und nett zu Chandra sind, war es ganz bestimmt keiner von uns. Die Nachricht war auf irgendeinen Punkt im Sektor Orange gerichtet.«

Von irgendwo hinter ihren Linien wahrscheinlich direkt zu Wolf. Dechan drehte sich der Magen um. »Irgendeine Vorstellung, worum es dabei ging?«

»Wir sind ziemlich neugierig heute. Was ist los? Können Sie die morgendliche Einsatzbesprechung nicht abwarten?«

»Es wäre ganz nett, eine Warnung zu bekommen, bevor wir wieder in eine von Wolfs Fallen laufen.«

»Und es wäre auch ganz nett, wenn Wolf sich hinlegen und sterben würde, aber das wird er nicht tun, wenn wir ihm nicht dabei helfen. Deswegen haben wir Sie eingekauft, Söldner. Und jetzt sehen Sie zu, daß sich Ihre Leute bereit machen.«

»Lassen Sie mich mit Alpin reden.«

»Für Sie immer noch *Khan* Alpin, und er ist beschäftigt«, fauchte Parella. »Tun Sie einfach Ihren Job.«

Die Leitung war tot. Der KommTech tat sein Bestes, doch die Frau konnte die Verbindung nicht wiederherstellen, obwohl sie Dechan versicherte, daß die Leitung nicht gestört war. Dechan hatte ein unangenehmes Gefühl in der Magengegend. Es war nie gut, wenn das Hauptquartier nicht mit einem reden wollte. Während er zum Messezelt ging, fragte er sich, ob Elson das Kappa-Bataillon zurückgehalten hatte, um es beim großen Finale besser verheizen zu können. Er versuchte zwei Stunden seinen Magen davon zu überzeugen, etwas Hafergrütze bei sich zu behalten, so daß die Magensäure etwas zu tun hatte, doch damit hatte er nicht mehr Erfolg als der KommTech mit seinen Versuchen, Parella noch einmal zu erreichen.

Das Messezelt war zur Hälfte mit anderen, erfolgreicheren Frühstücksgästen gefüllt, als Alpin eine allgemeine Durchsage machte.

»Dies ist der Morgen, an dem all das endlich stattfinden wird, wofür wir gearbeitet haben«, begann Khan Alpin. »Wolfs Truppen sind schwer angeschlagen. Heute morgen ist das Zeta-Bataillon zur Unterstützung des rechtmäßigen Anführers der Dragoner gelandet. Das Schicksal von Jaime Wolf und seinen Anhängern ist besiegelt. Die Truppen, die unseren Vormarsch im Sektor Grün aufgehalten haben, befinden sich bereits auf dem Rückzug, und die Führungselemente des Gamma-Regiments beziehen Stellung für den abschließenden Angriff. Ihr werdet schon bald ausrücken.« Seufzer und Beschwerden erhoben sich im Zelt. Kappa war ein Ruhetag versprochen worden. »Ich weiß, es ist viel verlangt, aber ich weiß auch, daß ihr Krieger seid und es verstehen werdet. Wir müssen uns zu dieser Anstrengung aufraffen und jetzt zuschlagen. Und wir müssen schnell und hart zuschlagen. Von den Kriegern des Kappa-Bataillons erwarte ich einfach nichts Geringeres. Wir treffen uns auf der anderen Seite, und dann beschreiten wir gemeinsam den Pfad der Ehre. Seyla!«

Als die Sendung endete, wartete bereits ein Kurier mit einem versiegelten Umschlag auf Dechan, welcher die Befehle enthielt. Der letzte Löffel Hafergrütze lag ihm wie ein Klumpen Blei im Magen, als er die Befehle las.

Dechan sah augenblicklich, wofür seine Einheit geschont worden war. Das Gamma-Regiment sollte eine Bresche in Wolfs Linien schlagen und sich dann nach rechts wenden. Während des Vormarsches würde sich zwischen Gammas linker und Epsilons rechter Flanke eine Lücke öffnen. Durch diese Lücke sollte Kappa stoßen und die gegnerische Kampfgruppe M umgehen. Wenn sie das unmittelbare Kampfgebiet hinter sich gelassen hatten, sollten sie so schnell wie möglich zum Tetsuhara-Manövergelände eilen und dessen Kommandozentrale besetzen, bevor sich Wolfs Truppen dorthin zurückziehen konnten.

Tetsuhara-Manövergelände. *Tetsuhara.* Da war der Name wieder, um ihn zu verfolgen. Outreach war nicht so kalt wie Misery, aber ihr Auftrag würde genug Elend mit sich bringen. Das Versuchsgelände war mit automatischen Verteidigungsanlagen vollgestopft, und Dechan war sicher, daß Wolf sie in Betrieb genommen hatte. Das Versuchsgelände würde ein Labyrinth des Todes sein. Die Abwehranlagen mochten zu dem Zweck installiert worden sein, Krieger zu testen, aber er war sicher, daß sie auch tödliche Wirkung verbreiten konnten. Selbst die versprochene Artillerieunterstützung des Feuerunterstützungsbataillons würde ihnen die Aufgabe nicht erleichtern, falls sie die Unterstützung überhaupt jemals erhielten. Das Kappa-Bataillon war mit einer Mission betraut worden, die ungewöhnlich viele Opfer fordern würde.

Soviel zu Elsons Versprechen eines Platzes bei den Dragonern. Vielleicht auf dem Dragonerfriedhof.

Andererseits war dies vielleicht die Methode des Elementars, Dechan und seine Krieger beweisen zu lassen, daß sie wahrhaftig aus Dragonerholz geschnitzt und stark genug für das waren, was Elson im Sinn hatte. Die Einnahme des Versuchsgeländes würde nicht leicht sein, aber es war ein Schlag, dem entscheidende Bedeutung zukam. Wenn sie das Kommandozentrum nehmen konnten, bevor Wolfs Truppen dort eintrafen, würde der Feldzug rasch vorbei sein. Der Kommandokomplex des Manövergeländes war die letzte Bastion für eine organisierte Truppe. Ohne diese Bastion würde Wolf kapitulieren oder zum Guerillakrieg übergehen müssen. Wenn er letzteres wählte, war sein Versuch, die Kontrolle über die Dragoner zurückzugewinnen, beendet. Die Dragonerregeln schrieben vor, daß Anfechtungstests in Form von offenen und ehrlichen Auseinandersetzungen ausgetragen werden mußten.

Im Zuge der Arbeit, das Bataillon marschbereit zu machen, schob Dechan seine Bedenken beiseite.

Trotz seiner Befürchtungen stieß der Vorstoß anfangs auf wenig Widerstand, weil Wolfs Truppen anderswo viel zu beschäftigt waren. Das Eintreffen des Zeta-Bataillons und seine Parteinahme für Alpin hatten das

Gleichgewicht endgültig zugunsten Alpins verschoben. Jamison behauptete sogar, sein Bataillon habe Jaime Wolf getötet, aber der Zusammenhalt der feindlichen Truppen strafte ihn Lügen. Wenngleich sie unter den Hammerschlägen der Angriffe des Beta- und Gamma-Regiments wankten, ging der Rückzug von Wolfs Truppen geordnet vonstatten. Nur im Sektor Blau, wo immer noch das Epsilon-Regiment stationiert war, rückten Alpins Truppen nicht vor. Die Kuritas hatten Epsilons Angriff unter minimalen Verlusten zurückgeworfen.

Nichole nahm Epsilon auf dessen Ausgangsstellung zurück, stellte sämtliche offensiven Operationen ein und informierte die Kommandeure der angreifenden Truppen, daß Wolf der Schlachtplan per Funk übermittelt worden sei. Dechan kam nicht zu Alpin oder Elson durch, um von ihnen eine Stellungnahme einzuholen, doch Alpin reagierte auf Nicholes Behauptung mit einem Rundruf auf der Kommandeursfrequenz, in dem er zugab, daß mit der Zerstörung des Satelliten am frühen Morgen Flottenkapitän Chandra ihr Versprechen eingelöst hatte, jeden Satelliten zu zerstören, der von den Kämpfenden benutzt wurde. Er wies auf Betas und Gammas Erfolge hin, widersprach jedoch der eigentlichen Behauptung Nicholes, der Schlachtplan sei verraten worden, mit keinem Wort. Dechan wertete diese Unterlassung als Eingeständnis der Tatsache, daß Nichole zumindest teilweise recht hatte.

Doch ungeachtet des geheimdienstlichen Coups, den Wolfs Partisanen gelandet hatten, machte Alpins Angriff gute Fortschritte. Der Feind ließ sich an zwei Fronten zurückfallen und wurde immer weiter in Richtung des Tetsuhara-Manövergeländes gedrängt. Auf diesem Versuchsgelände hatte Wolf den Herrschern der Großen Häuser der Inneren Sphäre neues Rückgrat vermittelt. Dort hatte er ihnen und ihren leichtgläubigen Kindern mit abgestuften Tests und Wettkämpfen gezeigt, wie sie sich gegen die wilden Krieger der marodierenden Clans zur Wehr setzen konnten. Für Wolf war das Manövergelände der Ort gewesen, wo die Antwort der Inneren Sphäre auf die Clan-Invasion ihren Anfang genommen hatte. Wenn Wolf nicht noch ein paar Überraschungen auf Lager hatte, würde es auch der Ort werden, wo Wolfs Antwort auf Alpin und Elson endete.

Das Kappa-Bataillon erreichte die Grenze zum Manövergelände praktisch auf die Sekunde nach Zeitplan. Das Bataillon war der zurückweichenden Kampfgruppe M immer noch voraus. Doch weniger als hundert Meter jenseits der Grenzmarkierung verlangsamte sich Kappas Vormarsch, als ein *Verteidiger* eine Mine oder Granate zur Explosion brachte. Kappa rückte weiter vor und überließ es dem Piloten des *Verteidiger,* über seinen jetzt beinlosen Mech zu meditieren. Aber sie wurden etwas langsamer.

Das Manövergelände war ein riesiges Arreal mit vielfältigem Gelände und simulierten Gebäuden und Gebäudekomplexen. Dechan ließ das Bataillon jetzt sehr vorsichtig vorrücken, da er nicht noch mehr Mechs aufgrund unnötiger Schäden verlieren wollte. Das Blitzen und Donnern der Schlacht im Nordosten verlagerte sich langsam in ihre Richtung, während sie das Hauptquartier zu finden versuchten, dessen Standort sonderbarerweise auf den ihnen zur Verfügung stehenden Karten nicht eingezeichnet war.

Die Lanze, welche auf ihrer rechten Flanke sondierte, meldete, daß sich ihnen Mechs und Panzer näherten. Er ordnete einen Halt an und schlug mit seiner Lanze die angegebene Richtung ein, um sich das Ganze aus der Nähe anzusehen. Die Scouts hatten recht: Die ersten Einheiten von Wolfs Truppen kamen. Dechan wies sein Bataillon an, entlang ihrer Rückzugslinie in Stellung zu gehen.

Dann warteten sie einfach ab.

Der führende Schwebepanzer mußte eine Sondierung durchgeführt haben. Knapp außerhalb der Reichweite ihrer Raketen wendete er und kehrte zu seinen Kameraden zurück. Der Rest änderte den Kurs und verkroch sich in einem simulierten Ort. Dechan hielt seine Einheit zurück und lehnte das Ansinnen ab, die Panzer durch einen Sondierungsvorstoß einer leichten Lanze aufzuscheuchen.

Kampfgruppe M kam mit zumindest einem Bataillon des Gamma-Regiments auf den Fersen. Die gegnerischen Streitkräfte bedienten sich der klassischen Bocksprung-Taktik, bei der sich Feuer und Rückzug abwechselten, mit äußerster Präzision und bewundernswertem Elan. Fasziniert verfolgte Dechan, wie sein Komm-Offizier versuchte, den Anführer der Kampfgruppe anhand der Funkaktivitäten zu identifizieren. Dieser Kommandeur steuerte einen *Donnerkeil* und kämpfte mit erstaunlicher Effektivität, während er gleichzeitig den Rückzug seiner Truppen kontrollierte. Es war eine bravouröse Leistung.

Der Großteil der Opposition hatte den Ort fast erreicht, als eine neue Einheit aus Gammas Linien zu einem Sturmangriff ansetzte. Schwere Mechs ebneten den Weg, indem sie das Feuer auf sich zogen, das Wolfs Leute austeilten, und mit gleicher Münze zurückzahlten. In der vordersten Front der Angreifer machte Dechan einen Stern OmniMechs aus. Dechan kannte nur eine Einheit in Alpins Streitkräften, die auf diese Weise organisiert war: Alpins eigene Befehlslanze. Der Khan war erschienen, um die Dinge persönlich in die Hand zu nehmen.

Am Ortsrand entwickelte sich ein auf kurze Distanz geführtes Gefecht. Wolfs Truppen kämpften verzweifelt, aber sie waren in der Unterzahl, und der Ausgang des Kampfes schien unvermeidlich. In einer jener Flauten, zu denen es unerklärlicherweise auch bei der härtesten Auseinandersetzung immer wieder kommt, trat ein Mech ins Freie. Der ziemlich demolierte *Donnerkeil* hob die Arme und breitete sie aus.

»Ich, Maeve aus dem Wolfsrudel, stelle meine Herausforderung!« Die Stimme der Pilotin dröhnte aus den Außenlautsprechern und war gleichzeitig auf einer ganzen Reihe offener Frequenzen zu vernehmen. »Ich fordere den Anführer der unrechtmäßigen Machthaber zum Zweikampf heraus. Alpin Wolf, bist du ein Feigling, daß du dich mir nicht stellen willst, die ich dich einen Monat lang in Schach gehalten habe? Hast du Angst vor einer Kriegerin ohne Nachnamen?«

Dechans Blick flog zu der Stelle, an der er die Befehlslanze zuletzt gesehen hatte. Alpin hatte sich im dicksten Getümmel eines Gefechts befunden, das ihn zwei Mechs seiner Lanze gekostet hatte. Sein *Thor* ging einen Schritt auf den *Donnerkeil* zu.

»Was tust du Narr da?« rief Parella auf der Befehlsfrequenz.

»Ich werde gegen sie kämpfen. Ihr Tod wird diese Schlacht früher beenden«, erwiderte Alpin. Er hörte sich an, als sei er erpicht auf den Kampf. »Sie *ist* diejenige, die uns so viel Schwierigkeiten bereitet hat.«

»Dann geh aus der Schußlinie, und wir schicken sie zum Teufel.«

»Neg! Ich verbiete es! Das ist nicht die Art der Clans. Was würden Elson und die Clanner davon halten?«

»Elson würde dir raten, sie aus dem Weg zu räumen. Es gibt noch mehr Schlachten zu schlagen. Da ist immer noch Wolf.«

Der *Thor* hielt in seinem stetigen Vormarsch inne. Dechan kam es so vor, als hätte Parella eine Saite in Alpin zum Klingen gebracht. Plötzlich kam ein herzhaftes Lachen über den Kanal. Irgendwie hatte Maeve Gammas Befehlsfrequenz gefunden. Vielleicht war sie mit den Schlachtplänen übermittelt worden. Das Wie spielte keine Rolle. Was sie sagte, dagegen schon.

»Armer kleiner Alpin, vielleicht solltest du auf den zähen alten Parella hören. Aber ich kann dir sagen, was Elson davon halten würde. Er ist ein Clanner. Er würde dir sagen, daß du nicht Manns genug für den Job bist.«

»Miststück!« heulte Parella, als Alpins *Thor* vorwärts schoß.

»Du gehörst mir!« schrie Alpin, während er seinen *Thor* auf einer Säule ultrahoch erhitzter Luft in die Höhe schnellen ließ.

Der Werfer des *Donnerkeil* drehte sich, während er den landenden Omni verfolgte. Eine Raketensalve jagte ihm entgegen, die jedoch von keinem Laserstrahl begleitet wurde. Das entsprach nicht der üblichen Taktik eines *Donnerkeil*. Dechan ging davon aus, daß die Rebellenkriegerin alle Langstreckenwaffen gegen den *Thor* einsetzen würde, die sie hatte, aber ihre wirkungsvollste Waffe war der schwere Laser des *Donnerkeil*. Wenn sie den nicht einsetzte, mußte er beschädigt sein.

Er bewunderte ihren Mut. Gegen einen Omni zu kämpfen, war selbst in einem vollkommen funktionstüchtigen Mech schwer genug. Sie mußte in der Herausforderung die einzige Chance gesehen haben, den Feind seines Führers zu berauben.

Alpins eigener Werfer gab eine Raketensalve ab, als der *Thor* die Landung abfederte. Ein Partikelstrahl jagte dem *Donnerkeil* entgegen und sprengte Gestein aus einem Bunker, verfehlte jedoch den ausweichenden RebellenMech. Raketen explodierten in der Umgebung seiner Beine, von denen ein gutes halbes Dutzend die Beinpanzerung verwüstete.

Der *Thor* rannte hinter dem *Donnerkeil* her. Sie waren jetzt viel näher beieinander, weniger als hundert Meter lagen zwischen ihnen. Der *Donnerkeil* hielt diese Entfernung, indem er zwischen den Bunkern und Häusern hin und her sprang. Gelegentlich zeigte er sich, und dann blitzten seine drei mittelschweren Laser auf und trafen den *Thor*. Die Laserstrahlen drangen nicht durch, schmolzen aber hin und wieder ein Stückchen von der Rumpfpanzerung des *Thor* weg. Dieser ließ es Raketen regnen, die jedoch der Landschaft weit mehr Schaden zufügten, als dem *Donnerkeil.* Alpin schoß auch mit seiner PPK, doch auch damit verwüstete er mehr die Gebäude als Maeves Mech. Dennoch traf er hin und wieder, und jeder Treffer kostete den *Donnerkeil* große Brokken Panzerung.

Langsam arbeitete sich der *Thor* näher an den *Donnerkeil* heran. Immer noch auf die Schlagkraft ihrer Raketen vertrauend, feuerte Maeve ihren Werfer wieder und wieder ab. Die Streuung der Raketen war äußerst gering, was den Schluß nahelegte, daß der *Donnerkeil* mit einem ClanTech-Werfer bewaffnet war. Dechan fiel plötzlich auf, daß Maeves *Donnerkeil* kein Modell der Inneren Sphäre war, und fragte sich, ob Alpin die Unterschiede bemerkt hatte. Vielleicht war sie gar nicht so verzweifelt, wie er zunächst gedacht hatte.

Alpins PPK erwischte den *Donnerkeil* am linken Bein. Die geschwächte Panzerung gab nach und gab den Blick auf zerfetzte Myomermuskeln frei. Die Funken elektrischer Entladungen krochen an den entblößten Teilen der Inneren Struktur hoch. Die Autokanone des *Thor* schoß, ihre Mehrfachsalven schlugen tiefe Krater in den Rumpf des *Donnerkeil.* Raketen heulten heran und trafen seine linke Seite. Der klobige Mech taumelte zur Seite und brachte ein Ziegelgebäude zwischen sich und den rasch näherkommenden Omni, bevor er zu Boden krachte.

Alpin eilte heran, um den Kampf zu beenden.

Als er um die Ecke bog, hatte sich der *Donnerkeil* in die Hocke aufgerichtet. Der Mech war sichtlich übel zugerichtet; sein rechter Arm streckte sich dem heranstürmenden *Thor* entgegen, als flehe er um Gnade. Alpin hob ebenfalls den rechten Arm seines Mechs; in der PPK knisterten die Funken, die man manchmal sieht, bevor sich der Kondensator entlädt.

Der schwere Laser des *Donnerkeil* gab einen blendenden Feuerstoß ab, und der Strahl schlug direkt unterhalb des Raketenmagazins des *Thor* ein. Panzerung brodelte und zerfloß und öffnete die internen Strukturen dem verzehrenden Hunger des Lasers. Der *Thor* krümmte sich in der Hüfte wie ein Mensch, der einen Tritt in den Bauch erhalten hat, als die Werfermunition explodierte. Qualm und Flammen schossen aus dem Rücken des Mechs, als das CASE-Sicherheitssystem den größten Teil der verheerenden Kräfte ableitete. Aber es war zu spät für den *Thor*.

Die Explosion hatte den größten Teil seines Innenlebens verwüstet. Sein linker Arm wurde zur Seite geschleudert, und die Autokanone gab ein, zwei ungezielte Schüsse ab, bevor ihre Munition ebenfalls hochging. Durch den aufwallenden Qualm erhob sich der siegreiche *Donnerkeil* auf eigenen Sprungdüsen.

Mit erhobenem linken Arm landete er hinter dem schwer angeschlagenen Omni. Maeve ließ den Arm heruntersausen und zwang Alpins *Thor* damit in die Knie. Der Omni landete schwer und schwankte hin und her. Der rechte Arm des *Donnerkeil* holte seitlich aus, schlug dann zu, um die Panzerung am Schultergelenk des *Thor* einzubeulen, rutschte dann ab und knallte gegen das Cockpit. Der Omni kippte nach links und fiel zu Boden.

Der *Donnerkeil* griff nach unten und grub seine mechanischen Finger in die Panzerung unter dem Cockpit des *Thor*. Rauch quoll aus der Öffnung, als die Panzerung abgeschält wurde. Maeve warf das Cockpitdach weg, griff in einer verblüffenden Demonstration von BattleMech-Beherrschung in das offene Cockpit und zog ihren besiegten Gegner mit äußerster Behutsamkeit heraus.

Dann hob sie den Arm des *Donnerkeil* hoch über den Kopf und zeigte aller Welt die schlaffe und blutende Gestalt Alpin Wolfs.

50

Wenngleich Jamison sich zurückhielt, war Elson der Ansicht, daß der Angriff gute Fortschritte machte. Im Moment reichte schon die Drohung, die Zetas überschwere Mechs darstellten. Nichole war offenbar nicht bereit, alle ihre Truppen einzusetzen, aber das war auch kein ernsthaftes Problem: Wolfs Hauptstreitmacht kämpfte nördlich von ihr. Epsilon blieb eine Gefahr für die Rebellen, wodurch dringend benötigte Truppen gebunden wurden. Manchmal waren Drohungen ebensogut wie die Anwesenheit von Fronteinheiten. Auf jeden Fall zwangen sie einen unter Nachschubmangel leidenden Kommandeur, seine Truppen auseinanderzuziehen. Solch ein Kommandeur konnte einfach nicht wissen, aus welcher Richtung der Feind letzten Endes kommen würde.

Elson wünschte, er hätte sicher sein können, daß Wolf in eben jener Haut des verwirrten Kommandeurs steckte. Der Diebstahl des Schlachtplans aus dem Haupttaktikcomputer in Wolf Hall und seine anschließende Funkübermittlung war beunruhigend, aber es deutete nichts darauf hin, daß Wolf den Funkspruch empfangen hatte. Jedenfalls hatte es keine drastischen Änderungen in den Schlachtfeldaktivitäten seiner Truppen gegeben, keine plötzlichen Verlegungen, um gegen wunde Punkte in der Aufstellung der Angreifer vorzugehen, wie man es hätte erwarten können, wenn Wolf Zugang zu ihren Plänen gehabt hätte. Trotz Nicholes Widerstreben nahm die Schlacht den von Elson vorhergesehenen Verlauf. Er hatte sowieso nicht viel vom Epsilon-Regiment erwartet.

Unter dem Druck der Beta- und Gamma-Regimenter brachen Wolfs Truppen zusammen. Und trotz Alpins Einmischung waren Parellas Fortschritte gegen das Spinnennetz-Bataillon und die Heimatarmee-Einheiten, die es unterstützten, unübersehbar. Fanchers MechKrieger hatten die Heimatarmee im Sektor Grün in die Flucht geschlagen und verfolgten jetzt die kläglichen Überreste der Kampfgruppe B. Von den Rebellentruppen waren lediglich Wolfs Elementar-Einheiten noch ungebunden. Früher im Verlauf des Konflikts hatten sie sich als wirkungsvoller erwiesen, als Elson erwartet hatte, und überall an der Front Blitzangriffe unternommen, aber heute waren sie noch nirgendwo gesichtet worden. Wolfs Möglichkeiten gingen rasch zur Neige.

Es wurde Zeit, den entscheidenden Schlag zu landen.

Elson griff nach oben und schloß das Visier seiner Schlachtrüstung. Das leise Zischen des Versiegelungsvorgangs war beruhigend. Als seine Anzeigen aktiv wurden, erwachten vielfarbige Lichter in der Dunkelheit des Helms zum Leben. Der Systemcheck war positiv. Er marschierte los, und die anderen vier Mitglieder seines Strahls reihten sich hinter ihm ein.

Fanchers Befehlslanze wartete vor dem Befehlsbunker. Drei andere Elementarstrahlen kletterten bereits an den OmniMechs empor zu den Tragepositionen am Rumpf der Mechs. Sie würden in die Schlacht reiten, indem sie sich an den gepanzerten Maschinen festklammerten. So wurde bei den Clans verfahren, wenn ein schneller Angriff erforderlich war oder große Entfernungen zurückgelegt werden mußten.

Unglücklicherweise gab es nicht genug OmniMechs, um alle Elementare aufsitzen zu lassen. Elson hatte den Techs befohlen, an die Standard-BattleMechs provisorische Haltegriffe anzuschweißen, aber damit konnte ein Mech höchstens zwei oder drei Infanteriemänner tragen. Dennoch waren auf diese Weise genug provisorische Tragepositionen geschaffen worden, um die Elementare zu motorisieren. Elsons Truppen würden in die Schlacht eingreifen. Entscheidend, davon war er überzeugt.

Sein Strahl bestieg Fanchers persönlichen Mech: Ein *Gladiator* und damit das bevorzugte Modell für gemischte Operationen. Die normalen Clan-Taktiken für eine koordinierte Kampfführung würden in der heutigen Schlacht nicht angewandt werden. Den MechJokkeys fehlte die entsprechende Ausbildung.

Das würde sich ändern.

Überhaupt würde sich heute eine Menge ändern.

Elson war voller Zuversicht, als sich der *Gladiator* in Bewegung setzte und sich die anderen Omnis um ihn formierten. Sie beschleunigten rasch und strebten mit über sechzig Stundenkilometern der Schlacht entgegen. Unterwegs passierten sie ausgebrannte Panzer und hin und wieder auch das Wrack eines BattleMechs. Fast alle waren Maschinen der Rebellen.

Elsons Truppen bestanden ausschließlich aus BattleMechs und Elementar-Infanterie. Gewiß, ein Teil der Heimatarmee hatte sich öffentlich für Alpin erklärt, aber Elson hatte sie nicht für vertrauenswürdig genug gehalten, um sie in Hinterland zu stationieren. Aus demselben Grund hatte er die Einheiten, welche den Festungskomplex hielten, nicht in seine Schlachtpläne einbezogen. Die Mechs und seine Elementare mit ihrem Kontingent entbehrlicher Söldner würden für die Aufgabe völlig genügen.

Sie passierten ein Gebiet mit einer hohen Konzentration kampfunfähiger Mechs — den Schauplatz der Schlacht des heutigen Morgens. Elson war ein wenig beunruhigt, mehr Maschinen des Beta-Regiments als Rebellen-Mechs zu zählen. Er öffnete den Kanal zu Fancher.

»Es sind mehr BattleMechs außer Gefecht, als Sie gemeldet haben.«

»Regen Sie sich nicht künstlich auf, Elson. Die meisten sind nur beschädigt und können leicht repariert werden, wenn die Kämpfe vorbei sind. Die Krieger haben es in der Mehrzahl überlebt.«

»Meine Pläne beruhen auf der Erwartung einer größeren Anzahl kampffähiger BattleMechs.«

»Das gilt auch für Wolfs Pläne.« Sie lachte. »Wir sind immer noch in der Überzahl.«

Eine Begegnung mit Rebellentruppen beendete das Gespräch. Das Scharmützel fand mit einer gemischten Einheit statt: Mechs, ein paar Panzer und Panzerfahrzeuge. Der Kampf war kurz und schnell beendet, als sich die Elementare der konventionellen Streitkräfte annahmen. Panzer waren geübten Elementaren einfach nicht gewachsen.

Wie erwartet, zogen sich die BattleMechs zurück, als sich die Waagschale zu ihren Ungunsten neigte. Notgedrungen ließen sie die Panzer im Stich. Es war die strategisch richtige Lösung. Elson gab Anweisung, die beschädigten Panzer zu ignorieren. Sie endgültig zu erledigen, würde Zeit kosten, und er wollte die Mechs verfolgen. Sie waren sein Primärziel. Wenn Wolfs Mechs vernichtet waren, würde dessen Herausforderung das Herz fehlen.

Die Elementare bestiegen wieder ihre BattleMechs und machten sich an die Verfolgung.

Über Mittag bestanden die Kämpfe lediglich im Austausch von Langstreckenraketen, aber Elson war zufrieden. Die Rebellen zogen sich auf das Tetsuhara-Manövergelände zurück, wie sein Plan es vorsah.

Um 1310 überschritten Fanchers Einheiten die äußere Grenze. Die Rebellen waren wenig mehr als ein paar Klicks voraus, das freie Feld bot einen guten Blick auf ihre fliehenden Mechs. In der Ferne tauchte der schmutzige Fleck eines Gebäudes am Horizont auf. Elson befragte Fanchers Computer und entdeckte, daß es ein Übungszentrum war, das einen Fabrikkomplex mit einem Ring von Verteidigungsbunkern simulieren sollte. Die Bunker würden mit Waffen bestückt sein, die Wolfs Leuten halfen.

Fanchers Mechs beschleunigten, als die Rebellen-Mechs auf die Anlage zuhielten. Sie sahen kleine dunkle Punkte zwischen den Gebäuden herumspringen. Elementare. Es schien kaum ein Zweifel zu bestehen, daß sich Wolfs Truppen inmitten der Gebäude verschanzen und zur Wehr setzen würden.

Die angreifenden Mechs überschritten die imaginäre Linie, die Elsons Meinung zufolge die äußerste Reichweite der Verteidigungswaffen kennzeichnete. Keine Schüsse wurden abgegeben. Das Ausbleiben des Abwehrfeuers konnte nur bedeuten, daß Wolf die Möglichkeit versagt geblieben war, die Simulatoren in echte Waffen zu verwandeln. Die Rebellen störten jetzt den Funkverkehr, und auf den Frequenzen war nur noch statisches Knistern zu hören. Der Kurzstreckenfunk blieb unbeeinträchtigt, aber Elson verlor den Kontakt zum Rest seiner Truppen. Das machte kaum etwas aus. Er und Fancher hatten die nördlichen Einheiten hier in die Enge getrieben, und Gamma kümmerte sich um die übrigen Feindeinheiten, die in einer ähnlichen Anlage gestellt worden waren.

Elson war zufrieden. Hier würden sie kämpfen. BattleMechs und Elementare, eine Schlacht im großen Stil. Dafür wurde ein Krieger ausgebildet, dafür lebte er, und dafür starb er.

Während Fanchers Mechs mit Ausweichmanövern begannen, kamen sie in Reichweite der Rebellenwaffen. Die Angreifer mußten dem Abwehrfeuer Tribut zollen. Nur ein Mech wurde ganz außer Gefecht gesetzt, aber viele erlitten Beschädigungen. Einige Strahlen meldeten Verluste.

Elson erteilte den Elementaren Befehl, bei der ersten Bunkerlinie abzusteigen. Sie waren jetzt so nahe, daß sich die Elementare mit ihren Sprungdüsen zur Anlage befördern konnten. Weiter auf den Mechs zu reiten, machte sie nur zu Zielen, und kein Elementar, der einigermaßen bei Verstand war, würde sich als Panzerung für irgendeinen unfähigen MechJockey mißbrauchen lassen.

Fancher gab einer Einheit den Befehl, die Anlage zu

umgehen, um dem Gegner den Rückzug abzuschneiden, doch der feindliche Kommandeur hatte damit gerechnet und entsprechende Vorkehrungen getroffen. Die Lanze geriet in einen Hinterhalt und trat schließlich so schwer beschädigt den Rückzug an, daß Fancher die Überlebenden ganz aus der Schlacht nahm.

Die Kämpfe inmitten der Gebäude wurden sowohl von den Mechs als auch der Infanterie mit äußerster Verbissenheit geführt und kamen beide Seiten teuer zu stehen. Elsons Strahl hatte sich gerade aus dem Kampfgebiet zurückgezogen, um sich neue Munition für die Raketenwerfer zu holen, als ihm plötzlich auffiel, daß alle noch im Kampf befindlichen Strahlen dasselbe meldeten: Sie verloren den Kontakt mit den Elementaren der Rebellen. Elson versuchte Fancher zu erreichen, aber inmitten der Gebäude waren die Funkstörungen zu stark. Er entdeckte einen Turm und rannte dorthin. Wenn ihm die große Höhe keine Funkverbindung ermöglichte, würde er zumindest übersehen können, was vorging.

Er war halb oben, als er sah, daß sich Wolfs Mechs am anderen Ende des Komplexes neu gruppierten. Anstatt sich wieder in den Kampf zu stürzen, verließen sie die Anlage und rannten in südlicher Richtung davon. Inmitten der jetzt unregelmäßiger auftretenden Funkstörungen drangen Fanchers Befehle bruchstückhaft zu ihm durch. Immerhin hörte Elson genug, um zu wissen, daß sie über die feindlichen Mechs im Bilde war und bereits Gegenmaßnahmen getroffen hatte.

Elson sah keine Elementare an den schnell kleiner werdenden Rebellen-Mechs kleben. Sie hatten ihre gerüstete Infanterie zurückgelassen, wahrscheinlich um Betas Mechs aufzuhalten und ihnen dadurch zu ermöglichen, noch einmal zu entkommen. Doch Fanchers schnelle Reaktion vereitelte diese Absicht. Elson wies sie an, ihre Mechs auf dem Weg aus der Anlage zu führen, auf dem sie gekommen waren. Er wollte nicht, daß sie in einen Hinterhalt der Elementare geriet. Die zurückgelassenen Elementare gehörten ihm. Er wies seine Leute an, in die Anlage einzudringen.

Fanchers Mechs würden sich um die Rebellen-Mechs kümmern, während sich seine Soldaten ihrer Elementare annahmen. Daß es dadurch zu zwei getrennten Schlachten kam, würde am Ende keine Rolle spielen.

Die ersten Strahlen, die auf wahrscheinliche gegnerische Verstecke trafen, meldeten keine Feinde, nicht einmal Störfeuer. Elson befahl seinen Räumkommandos, das Tempo zu beschleunigen.

Die beiden Mech-Truppen verschwanden in der Ferne.

Die Funkstörungen hörten vollkommen auf.

Grants Strahl war der erste, der über die plötzlich freien Kanäle Meldung erstattete.

»Wir hören Maschinen, Sir. Fusionsreaktoren.«

Panzer würden auf dem bebauten Areal, der Domäne des Infanteristen, kein Problem darstellen. Ein Ruf auf der Befehlsfrequenz lenkte seine Aufmerksamkeit von seiner unmittelbaren Umgebung ab.

»Elson! Elson! Verdammt noch mal! Wo, zum Teufel, stecken Sie?«

»Beruhigen Sie sich, Parella. Ich bin hier. Berichten Sie!«

»Es geht alles zum Teufel.«

»Was soll das heißen?«

»Alpin ist tot. Der Schwachkopf hat sich mit dem Kommandeur der Rebellen duelliert und sich abschlachten lassen. Die Hälfte meiner Truppen zieht sich ...«

Parellas Stimme verlor sich im erneut zunehmenden statischen Rauschen.

Die Geräusche von Raketenwerfern drangen vom Rand der Anlage zu ihm herüber und kündeten Elsons Ansicht nach von der Wiederaufnahme der Schlacht. Er irrte sich.

Kleine Schweber schossen hinter dem schützenden Schirm einer Gebäudereihe hervor und jagten ins Freie.

Raketen aus den Werfern von Elsons Elementaren verfolgten sie, trafen die rasch beschleunigenden Fahrzeuge jedoch nicht. Elson erhöhte seine Sichtvergrößerung und starrte den Dingern fassungslos hinterher. Jedes Fahrzeug — wenn derartig rudimentäre Gebilde überhaupt Fahrzeuge genannt werden konnten — war wenig mehr als ein Fusionsreaktor mit einem offenen Geflecht darum herum. Jedes beförderte einen Strahl Elementare. Er erinnerte sich daran, Pläne für diese Dinger gesehen zu haben, aber er hatte nicht gewußt, daß tatsächlich welche gebaut worden waren. Bei Blackwell war man noch nicht über das Prototypen-Stadium hinausgekommen. Dann wurde ihm klar, daß dies die Prototypen sein mußten und was Wolf getan hatte.

Wolf hatte die Blackwell-Anlage überfallen, die Prototypen entwendet und eine schnelle Eingreiftruppe geschaffen. Sie hatten nicht mehr als sechs Sterne, eine viel kleinere Truppe, als Elson geschätzt hatte. Die schnellen Schweber erklärten, wie es möglich war, daß so wenige Elementare den Eindruck einer wesentlich größeren Zahl erwecken konnten. Mit diesen Fahrzeugen hatten die Elementare einen weit über das normale Maß hinausgehenden Grad an Mobilität, der es ermöglichte, daß sie mit Leichtigkeit von einem Frontabschnitt zum anderen verlegt werden konnten.

Elson wünschte, er hätte daran gedacht, die Blackwell-Anlage zu überfallen. Aber Wünsche gewinnen keine Schlachten. Obwohl es keine Möglichkeit gab, daß seine Elementare noch eine wirksame Verfolgung aufnehmen konnten, gab er den Befehl dazu, als er den Turm herunterkletterte, um sich seinem Strahl anzuschließen. Er führte seine Leute über das Ödland, um nur mit Hilfe der Sprungdüsen die motorisierte Rebelleninfanterie zu verfolgen, die ihrerseits rasch zu Fanchers Truppen aufschloß.

Er würde sich nicht von dieser Schlacht ausschließen lassen.

Von statischem Rauschen verstümmelte Funksprüche verrieten ihm, wann die Schweber die Beta-Mechs erreichten und ihre Passagiere auf sie losließen. Die fliehenden Mechs hatten kehrtgemacht, um ebenfalls zu kämpfen. Wolf hatte es tatsächlich geschafft, Beta-Mechs ihrer Elementar-Unterstützung zu berauben. Die möglicherweise letzte Schlacht des ganzen Feldzugs stand bevor, und Elson war zu weit weg, um eingreifen zu können.

Er fluchte und tobte. Aber dadurch fühlte er sich auch nicht besser.

»Weitere Mechs kommen herein«, meldete Fancher. Ihre Stimme war leise, inmitten der Funkstörungen kaum zu verstehen, aber Elson erbebte dennoch, als er ihre nächsten Worte hörte: »Verdammt! Es ist Wolf!«

Der Wolf war aus seinem Bau gekrochen und warf seine letzten Reserven in die Schlacht.

Elson gab maximalen Schub auf seine Sprungdüsen.

Die Entscheidung stand bevor.

51

Dechan beobachtete, wie Maeve ihren Sieg demonstrierte. Ihre Truppen jubelten auf den offenen Frequenzen. Auf Gammas Kanälen waren nur Ausbrüche der Wut, der Frustration und der Verwirrung zu hören. Ein Offizier forderte seine Einheit beharrlich auf, sich zurückzuziehen, da die Schlacht seiner Ansicht nach vorbei war.

Carters *Caesar* trat neben Dechans *Schwarzen Ritter.*

»Na, ist das endgültig genug für Sie?«

»Noch nicht.«

Jenseits des *Donnerkeil* sah Dechan Bewegung in den Rest von Alpins Befehlsstern kommen. Parellas *Katamaran* trabte auf den Schauplatz des Duells zu. In wenigen Minuten würde der *Donnerkeil* in Reichweite seiner Langstreckenraketen sein. Funken tanzten um die Mündungen der voll aufgeladenen PPKs in den klobigen Unterarmen des *Katamaran.*

Im Laufe des Duells hatte sich Maeve so weit von ihren Truppen entfernt, daß sie ihr für einen Zeitraum von mindestens zehn Minuten nicht gegen die heranstürmenden Omnis helfen konnten. Das Kappa-Bataillon war näher und konnte ungefähr genauso schnell bei ihr sein wie die Omnis. Wenn sie fiel, würde der Widerstand der Rebellen zusammenbrechen.

Dechan setzte seinen *Schwarzen Ritter* in Marsch und steuerte ihn den Hang hinab in Richtung des *Donnerkeil.*

»Sie haben den Befehl, Major Carter«, sagte er ins Mikrofon. Mit einer Hand gab er letzte Korrekturen in seinen Gefechtscomputer ein, während er mit der anderen Funkfrequenzen einstellte. Durch den holprigen Trab des *Schwarzen Ritter* verfehlte er einige Einstellungen beim ersten Versuch, doch er probierte es weiter, bis er es geschafft hatte.

Hinter ihm setzten sich die Mechs des Kappa-Bataillons in Bewegung.

Der Rumpf des *Donnerkeil* drehte sich, bis er Kappa im Visier hatte, um dann einen Augenblick reglos innezuhalten. Wäre der Mech ein Mensch gewesen, hätte Dechan angenommen, er sei angesichts dieser neuen Bedrohung vor Schreck zur Salzsäule erstarrt. Doch seine Pilotin war kein Neuling. Wahrscheinlich war sie damit beschäftigt, die Situation abzuschätzen und festzustellen, wie weit sie von den anderen Mechs ihrer Kampfgruppe entfernt war. Der Oberkörper des *Donnerkeil* neigte sich nach unten, während sie den Arm, der Alpins Leiche hielt, herabsinken ließ. Die schlaffe Gestalt rollte aus der geöffneten Hand und auf den Boden neben das Wrack des *Thor.* Dann duckte sich der *Donnerkeil.*

Dechan verlor Gammas Befehlslanze aus den Augen, als er die unteren Ausläufer des Hanges erreichte, da er nicht mehr über die Gebäude hinwegsehen konnte. Seiner Schätzung nach konnte es kaum mehr als eine Minute dauern, bis die Omnis so tief in den Gebäudekomplex eingedrungen waren, daß sie freies Schußfeld auf den *Donnerkeil* hatten. Parella würde keine Herausforderungen annehmen, sondern Maeve mit der geballten Feuerkraft seiner Lanze erledigen.

Doch Dechan würde vor ihm dort sein.

Das Jaulen des Frequenzsuchers beruhigte sich zu einem einzelnen reinen Ton.

»Kompanie im Anmarsch«, funkte er. »Fliehen Sie, wenn Sie können.«

Der *Donnerkeil* drehte sich nach links und bewegte sich kaum merklich hinter dem zu Boden gegangenen *Thor.* Eine mehr als bescheidene Deckung. Dechan schüttelte den Kopf oder hätte es getan, wenn unter seinem Neurohelm Platz dafür gewesen wäre.

Parellas *Katamaran* erschien mit einem *Thor* im Schlepptau.

Dechan eröffnete das Feuer. Die beiden McCorkel-Laser im Rumpf des *Ritter* schickten ihre Strahlen in tödlicher Koordination mit dem Blitz aus der Magna Hell-Star-PPK im rechten Arm des Mechs ins Ziel. Hitze durchflutete das Cockpit, und der Schweiß auf Dechans entblößten Armen und Beinen verdunstete augenblicklich. Die Pumpen, welche die Kühlflüssigkeit durch seine Weste kreisen ließen, heulten protestierend, als sie in einen höheren Gang schalteten. Es war gefährlich, mit allen schweren Waffen des *Ritter* gleichzeitig zu schießen, aber dies war nicht der passende Moment für Raffinessen.

Alle drei Schüsse trafen den *Katamaran*.

Der Schuß aus der Gaußkanone von Carters *Caesar* donnerte am *Katamaran* vorbei und traf den rechten Arm des *Thor*. Panzerung brach, und der Arm fiel nutzlos nach unten. Der Schuß aus Carters PPK knisterte harmlos vorbei.

Dechan bog scharf nach rechts ab, weg vom *Donnerkeil*, um der Antwort des *Katamaran* auszuweichen. Größtenteils war sein Manöver von Erfolg gekrönt, doch zwei Partikelstrahlen trafen ihn und sprengten Panzerung von der linken Flanke des *Ritter*. Sie drangen nicht durch, aber Dechan konnte es sich nicht leisten, noch einmal an dieser Stelle getroffen zu werden.

Die ersten Mechs des Kappa-Bataillons eröffneten das Feuer auf den Rest des Befehlssterns, als dessen Mechs in Sicht kamen. Der bereits angeschlagene *Thor*, der am längsten im Freien stand, wurde schwer beschädigt. Der *Katamaran* mußte ebenfalls einige Treffer einstecken, aber Parella war ein ausgezeichneter Pilot. Trotz des mörderischen Beschusses, dem sein Mech ausgesetzt war, blieb er auf den Beinen. Parella war kein Narr; er wußte, wann ein Kampf aussichtslos war, wenn er selbst daran beteiligt war. Der *Katamaran* ging in Dekkung, während er seinem Stern den Rückzug befahl.

»Dranbleiben«, trieb Carter sein Bataillon vorwärts.

Dechan gab noch ein paar Schüsse auf die zurückweichenden Beta-Mechs ab, schloß sich der Verfolgung jedoch nicht an. Kappa hatte mehr als genug Mechs, um mit Parella und jeder improvisierten Verteidigung fertig zu werden. Die Beta-Frequenzen waren ein einziges Chaos. Eine ganze Weile würde jegliche Organisation unmöglich sein. Kappas Seitenwechsel war tödlich für den Schlachtplan. Dechan richtete seine Aufmerksamkeit auf den *Donnerkeil*. Er stand aufrecht und hatte sich ihm zugewandt.

»Alles in Ordnung?« fragte er über den taktischen Kanal der Kampfgruppe.

»Es reicht«, erwiderte sie. »Du weißt jedenfalls, wie man sich einen knalligen Auftritt verschafft, Fremder.«

»Dechan Fraser.«

»Fraser?«

»Genau.« Dechan wußte nicht, ob er angesichts der völligen Verblüffung in ihrer Stimme lachen oder weinen sollte. »Haben Sie nicht eine Kampfgruppe zu befehligen oder so?«

»Ich dachte, Sie wollten sich raushalten.«

»Das wollte ich auch.«

»Warum dann jetzt diese Aktion?«

Das hatte er sich schon selbst gefragt. »Wenn ich es rausbekomme, lasse ich es Sie vielleicht wissen.«

Der Kampflärm wurde leiser, als sich die Kombattanten weiter von ihnen entfernten.

»Sie haben mir das Leben gerettet.«

»Im Kombinat wäre ich dadurch jetzt für Sie verantwortlich.«

»Davon verstehe ich nichts, aber Sie sind gerade für eine ganze Menge verantwortlich geworden. Ich hoffe, Sie erhalten eine angemessene Belohnung.«

Was damit auch gemeint war, das einzige, von dem Dechan mit Sicherheit wußte, daß er es wollte, war, Jenette wiederzusehen. Doch das würde erst möglich sein, wenn die Schlacht vorbei war. Er riß sich zusammen und sagte: »Sie sollten Ihre Leute zusammenholen. Wir haben noch viel zu tun.«

»Abtrünnige sind keine besonders vertrauenswürdigen Verbündeten.«

»Spione auch nicht. Manchmal muß man eben nehmen, was man kriegen kann, wenn man gewinnen will. Wollen Sie meine Hilfe oder nicht?«

»Wie Sie schon sagten, manchmal nimmt man einfach, was man kriegen kann.«

52

Selbst als Manöver in Friedenszeiten wäre der Rückzug aus der Fabrikattrappe ein kniffliges Stück Koordinationsarbeit gewesen. Nun, da wir unter dem Druck der Mechs, des Beta-Regiments und Elsons Elementare standen, hatte ich nicht damit gerechnet, daß es klappen würde. Aber der Wolf kannte unsere Fähigkeiten besser als wir. Beide Phasen waren gutgegangen.

Unsere Mechs verließen in scheinbar heilloser Flucht das bebaute Areal. Die BattleMechs des Beta-Regiments schluckten den Köder und verfolgten uns. Als wir inmitten der Schluchten und niedrigen Erhebungen südlich des Komplexes langsamer wurden, holten sie uns ein. Es handelte sich um Nahkampfgelände, und gegen die frischeren Maschinen und erfahreneren Piloten des Beta-Regiments konnten wir uns gerade den Nahkampf nicht lange erlauben. Sie wußten es ebenfalls und stürmten auf uns los. In den ersten zehn Minuten des Gefechts verloren wir drei Mechs.

Ich glaube, das einzige, was uns davor bewahrte, von ihnen aufgerieben zu werden, war das Wissen, daß dieses Kräfteverhältnis nicht lange Bestand haben würde. Auf den taktischen Frequenzen erscholl lauter Jubel, als Rand die ersten Schweber mit Elementaren im Rücken der Beta-Mechs meldete.

Der Wolf hatte diesen Teil der Schlacht ›Phase Zwei‹ genannt, ein prosaischer Name für das Fauchen von Laserstrahlen und Raketen, welches den Angriff unserer Elementare auf die Beta-Mechs begleitete. Shadds Elementare stürzten sich von hinten auf die völlig überraschten MechPiloten.

In der Enge der Schluchten war es den Mechs kaum möglich, sich von den Elementaren zu lösen, die zu zweit oder dritt insbesondere über die leichten Mechs herfielen, sich an sie klammerten und die Panzerung abrissen. Eine *Hummel* hob sich auf Säulen ultrahoch erhitzter Luft in dem verzweifelten Versuch, ihre Peiniger abzuschütteln, doch vergeblich. Sie wurde in der Luft regelrecht in Stücke gerissen, und nach einem Augenblick veränderte sich ihre Flugbahn. Dunkler Qualm mischte sich in den Ausstoß der Sprungdüsen, dann blitzte es auf, und die *Hummel* geriet ins Schwanken. Sie neigte sich erdwärts, und zwanzig Meter über dem Boden sprangen die drei Elementare schließlich freiwillig ab. Die Soldaten federten ihre Landung mit den eigenen Sprungpacks ab. Für die *Hummel* blieb nur eine Feuerbestattung.

Die *Hummel* war nur ein Zwanzig-Tonnen-Mech, der leichteste unserer Gegner. Gegen die größeren Maschinen, deren Panzerung ihren Angriffen lange genug widerstand, daß sich ein belagerter Mech selbst befreien konnte oder ihm ein Kamerad zu Hilfe kam, hatten die Elementare einen schwereren Stand.

Der überraschende Angriff der Elementare gab meiner Kampfgruppe die Möglichkeit, sich zu fassen. Als wir sahen, welche Verwirrung die Elementare in Betas Reihen hervorriefen, schöpften wir wieder Hoffnung und sammelten uns. Nachdem die Raketen der Infanterie verbraucht waren, griffen wir an. Wir setzten ihnen schwer zu, aber es reichte nicht, um Beta auszuschalten.

Hans Vordels *Victor* wurde von einem Raketenhagel überschüttet und mußte zusätzlich einen Treffer von einer 200-Millimeter-Autokanone einstecken. Der Achtzig-Tonnen-Mech erbebte unter dem Anprall und erstarrte dann. Ich dachte, das alte Biest habe sich nur aufgrund von Überhitzungsproblemen abgeschaltet, und lenkte meinen *Loki* in seine Richtung. Ich wollte ihm Deckung geben, so daß der Feind ihn nicht zusammenschießen konnte, bevor Hans den Fusionsreaktor wieder in Gang bekam. Ich hatte kaum fünfzig Meter zurückgelegt, als der *Victor* erneut erbebte. Die Schwingungen nahmen mit beängstigendem Tempo zu, dann löste sich der rechte Arm des Mechs in einem Splitterhagel auf. Die Maschine stolperte rückwärts und drehte sich ein wenig, so daß sie auf die linke Seite fiel. Das donnernde Krachen des Sturzes war selbst über den Kampflärm hinweg deutlich zu hören. Laserstrahlen tasteten nach dem gefallenen Mech, verwüsteten seinen Rumpf und bohrten sich in die Löcher in seiner Panzerung. Er flog auseinander, als einer der Strahlen die Munitionskammer fand und die noch verbliebenen Raketen in einem Feuersturm explodierten. Ich drehte ab. Es gab nichts, was ich für den gefallenen Krieger tun konnte. Ich schickte einem seiner Mörder einen Strahl aus dem Sieben-Zentimeter-Laser im rechten Arm des *Loki* hinterher und zog mich zurück. Andere Krieger in meiner Kampfgruppe kämpften noch, und die brauchten mich dringender als ein Toter.

Auf dem Rückzug vor Vordels Schlächtern erlitt ich keine allzu großen Schäden. Sie stellten die Verfolgung ein, als ich eine Stellung erreichte, die von unseren Elementaren gehalten wurde, wodurch ich mich wieder einer meiner Lanzen anschließen konnte.

Ich führte die Überreste der Kampfgruppe in ein Gebiet mit niedrigen Kieshügeln, eine Stellung, von der aus wir die Straße überblicken konnten, die nach Süden ins Herz des Tetsuhara-Manövergeländes führte. Irgendwo weiter die Straße entlang befanden sich der Kommandostand des Colonels und unsere letzten Reserven. Weiter im Osten organisierte Maeve den Widerstand gegen Gammas Vormarsch. Die Störungen, mit denen wir den gegnerischen Funkverkehr lahmlegten, hinderten unsere Kampfgruppen daran, miteinander Verbindung aufzunehmen. Ich betete, daß Maeve sich besser schlug, als ich es tat.

In den Schluchten gewann Beta jetzt langsam die Oberhand. Ich mußte mitansehen, wie sich zwei Schwere Mechs gegen einen *Wolfshund* verbündeten. Der Pilot in dem leichten Mech kämpfte zwei Minuten lang mit äußerster Tapferkeit. Länger brauchten seine Gegner nicht, um die Panzerung des *Wolfshund* so sehr zu verwüsten, daß dessen interne Struktur entblößt wurde. Der Pilot betätigte den Schleudersitz, kurz bevor der kleinere der beiden seinen Mech umrannte.

Ich fing einen Funkspruch zwischen zwei Einheiten des Beta-Regiments auf, die unsere Stellung umgehen wollten. Der Absender berichtete, was ich bereits wußte: Aus dem Herzen des Tetsuhara-Manövergeländes näherten sich BattleMechs. Wolfsrudel-Mechs.

Der Wolf kam höchstpersönlich.

Wenn Wolf aus seinem Versteck kam, stand die entscheidende Schlacht bevor. Elson wünschte sich nur, daß sie sich nach seinen Vorstellungen entwickelte und nicht nach Wolfs. Aber es war sinnlos, sich zu beklagen oder zu fluchen. Die Funkstörung machte es unmöglich, die angreifenden Truppen zu koordinieren. Nur durch direkte Aktion konnte er die Initiative zurückgewinnen.

Die Schlacht zwischen den Mechs tobte mehrere Kilometer weit entfernt, aber ihm blieb keine andere Wahl, als weiter darauf zuzuhalten. Er drängte seine Soldaten zu größerem Tempo. Elementare erhoben sich auf Säulen ultrahoch erhitzter Luft, um auf diese Weise über die Ebene zu springen und den Spuren der Beta-Mechs zu folgen.

Elson hoffte, sie würden das Schlachtfeld rechtzeitig erreichen, um noch etwas ausrichten zu können.

Die Arme von Alicia Fanchers *Gladiator* bewegten sich in unbeholfener Parodie eines Verkehrspolizisten. Ohne verläßliche Funkverbindungen versuchte sie ihre Einheiten mit Hilfe von Handzeichen zu dirigieren. Die Methode funktionierte einigermaßen, solange ihre MechKrieger daran dachten, hin und wieder einen Blick auf ihren Kommandeur zu werfen. Zumindest eine Kompanie reagierte auf ihre Versuche: Die Mechs machten sich auf, Colonel Wolfs Vorstoß zu stoppen.

Doch bei diesem Kommandomechanismus mußte sie natürlich nach allen Seiten sichtbar sein, wodurch sie auch uns ihre Stellung verriet. Da der größte Teil unserer Kampfgruppe außer Reichweite war, konnte sie sich in relativer Sicherheit wähnen, bis zumindest ein paar von unseren Mechs näher an sie herankommen konnten.

Rands *Mungo* stürmte an der Spitze der noch kampftüchtigen Mechs ihrer Kompanie aus einer der Schluchten. Sie waren nur noch zu sechst, alles leichte und mittelschwere Mechs und alle beschädigt, aber sie rannten todesmutig auf Fanchers Hundert-Tonnen-Monster zu. Da sie im Laufen feuerten, erzielten sie nicht so viele Treffer, aber sie lenkten Fancher zumindest ab, die sich von ihrem Hügel zurückzog. Rands Einheit schwärmte aus, um den *Gladiator* zu umzingeln. Es war ein unbesonnenes Manöver: Wenn Fancher Unterstützung bekam, würde Rand nur beweisen, daß sich leichte BattleMechs nicht gegen schwere und überschwere Mechs behaupten konnten. Doch Rand hatte von Anfang an so gekämpft, als müsse sie irgend etwas beweisen.

Ich hatte keine Zeit, mir um sie Sorgen zu machen. Die Truppe des Colonels stieß auf die Kompanie, die Fancher ihm entgegengeschickt hatte, und er brauchte Hilfe. Ich ließ meinen *Loki* ein paar Meter rückwärts gehen, bis ich einen Punkt erreichte, an dem ich ihn wenden konnte. Die anderen Krieger folgten mir den Hügel hinab.

Wir erreichten rechtzeitig ebene Erde, um Betas Kompanie vor den Mechs des Colonels zurückweichen zu sehen. Die Beta-Maschinen waren schwer beschädigt, und ihre rasch näher kommenden Gegner hatten kaum ein paar Kratzer abbekommen. Ich sah mehr Wolfsrudel-Mechs, als ich erwartet hatte, und es dauerte einen Augenblick, bis ich realisierte, daß die Kuritas den Colonel begleiteten. Kein Wunder, daß der Beta-Kompanie so übel mitgespielt worden war.

Dieses erste Geplänkel, bei dem alle unsere Reserven zum Einsatz kamen, war nicht die ganze Schlacht. Colonel Wolf hatte offensichtlich alles auf einen Sieg hier an der nördlichen Flanke gesetzt. Die Kuritas an diese Front zu verlegen, gefährdete die gesamte Verteidigung, denn dadurch wurde die Südflanke ihrer mobilen Einheiten beraubt. Wenn sich Nicholes Epsilon-Regiment nicht vom Fleck rührte, mochte alles gutgehen. Wenn doch, waren wir verloren.

So oder so, jetzt gab es kein Zurück mehr.

Ein Elementar verglühte in der Hölle eines PPK-Strahls.

Elson schoß seine letzten beiden KSRs auf den Mörder-*Clint* ab. Eine traf dessen linke Schulter, und die andere schlug eine metallisch glänzende Narbe auf der rechten Brusthälfte des *Clint*. Eine zu große Streuung, aber wenigstens hatten beide Raketen getroffen.

Im offenen Gelände waren Elementare nur selten MechKriegern gewachsen, die wußten, was sie taten. Diese Rebellen waren keine Dummköpfe. Sie hielten Distanz und zwangen die Elementare damit, in Bewegung zu bleiben oder zu sterben. Was für eine Wahl! Selbst in Bewegung fielen genug Elementare, niedergemetzelt von Waffen mit größerer Reichweite.

Das Ende der Funkstörung vereinfachte die Koordination seiner Sterne. Es vereinfachte auch das Mitanhören ihrer Todesschreie.

Ein Laser brachte den Boden zu seinen Füßen zum Kochen. Elson fuhr zur Seite, bereit, seine Sprungdüsen abzufeuern, aber ein weiterer Strahl traf ihn direkt unterhalb des Knies. Schmerzen tobten durch sein Bein, doch die Rüstung pumpte bereits Heilgel in den betroffenen Bereich, wodurch die Schmerzen augenblicklich gelindert wurden. Hitze durchflutete ihn, und er fluchte. Die automatische Schadenskontrolle des Anzugs übernahm jetzt, und der Autoinjektor hatte ihm gerade die Mischung aus Schmerzstillern und synthetischem

Adrenalin in die Adern gejagt, welche die Elementare Heldensaft nannten.

Er wollte klar denken können.

Er mußte.

Der *Heuschreck*, der ihn verwundet hatte, schoß erneut, doch diesmal war er schneller, aufgepeppt. Er wandte sich zur Seite, so daß der Strahl vorbeizischte und lediglich den Boden aufwühlte. Haken schlagend, näherte sich Elson dem leichten Mech.

Er mußte ihn erledigen, bevor ihn der Mech erwischte.

Dann, dann würde er Zeit zum Nachdenken haben. Zeit zum Planen, um einen Ausweg aus dieser Katastrophe zu finden.

Der *Heuschreck* feuerte erneut.

Schmerzen schnitten durch seine Brust, breiteten sich schneller als das Gel aus.

Er versuchte in Bewegung zu bleiben, versuchte den Laser der Rüstung zu heben, um dem Jockey zu zeigen, was ein Elementar einem Mech antun konnte.

Die Rüstung reagierte nicht. Funken sprühten vor seinen Augen, als die Überkopfanzeige erlosch. Die Systemlampchen wurden dunkel, und Schwärze füllte seinen Helm.

Der Wolf war langsam, aber elegant. Er war alt und besaß nicht mehr jene blitzschnellen Reflexe trotz allem, was manche Leute einem über Clan-geborene Vitalität erzählen würden. Doch Geschick und Erfahrung machten einiges wett. Er handhabte seinen Mech, als sei er ein Teil von ihm, beinahe so wie die fabelhafte Verschmelzung von Mensch und Maschine, die sich in den Holovideos so großer Beliebtheit erfreut.

Raketen lösten sich aus den klobigen Schultern des *Schütze* und zogen rauchige Kondensstreifen hinter sich her, während sie sich auf ihre Ziele stürzten. Jede Salve traf mit einer Genauigkeit, die weit über bloßes computerunterstütztes Zielen hinausging. Der Wolf lenkte seine Munition mit einem Instinkt, der nicht quantifizierbar war.

Meine abgerissene Lanze schloß sich den Reihen des Colonels rechtzeitig an, um einen neuerlichen Ansturm Betas zu erleben. Die Kuritas reagierten schneller als wir. Dann mußten wir erfahren, daß auch der Gegner zu Überraschungen fähig war.

Eine Kompanie mittelschwerer Mechs schwärmte aus einem ausgetrockneten Flußbett, das durch eine eisenhaltige Mesa vor unseren Scannern abgeschirmt wurde. Noch eine Lanze schoß über die Klippe. Sekunden später fielen sie über uns her.

Eine *Wespe* wurde von einer Salve des Colonels erwischt, bevor sie landen konnte. Die *Wespe* war der einzige Angreifer, der zum Schweigen gebracht werden konnte, bevor sie das Feuer eröffneten. Der *Schütze* des Colonels wurde durch zwei von unseren Reserve-Mechs vor den Angreifern abgeschirmt. Diese beiden steckten eine Menge Treffer ein, die für ihn bestimmt waren. Die Lanze, die über die Klippe gekommen war, hatte freies Schußfeld, und das nutzte sie aus. Die Mechs ließen Raketen auf uns herabregnen und beschossen uns mit Energiestrahlen.

Mein *Loki* wurde mehrfach getroffen und schüttelte sich wie eine Puppe in den Händen eines wütenden Kindes. Statuslämpchen wechselten schneller von Grün auf Gelb und von Gelb auf Rot, als ich hinschauen konnte. Rauch füllte mein Cockpit mit einem beißenden Geruch, und ich wußte, daß ich irgendwo elektrische Leitungen verlor.

Durch die Panzerung meines Cockpits hörte ich das brüllende Donnern einer weiteren Raketensalve aus dem *Schütze.* Die Flugkörper rissen Löcher in Rumpf und Gliedmaßen einer *Speerschleuder,* die gerade ihre eigenen Werfer für eine weitere Salve nachlud. Die *Speerschleuder* kippte hintenüber, als ihr ein Bein abgerissen wurde.

Die feindliche Lanze zog sich zurück, erhob sich auf ihren Sprungdüsen und verschwand so schnell, wie sie gekommen war. Als seien sie eine Signalrakete, rückte daraufhin eine Kurita-Lanze an. Die Beta-Mechs sahen sich plötzlich in der Unterzahl und lösten sich von uns.

Ein weiteres Gefecht, das zu unseren Gunsten entschieden worden war, aber die Schlacht war noch nicht vorbei.

Stunden vergingen. Die Kämpfe waren hart, aber die Kuritas machten viel aus, entscheidend viel. Wo wir sonst nur einen Mech gehabt hätten, standen jetzt manchmal zwei von uns. Über kleinere Gefechte, die eine Mech-Schlacht letztlich ausmachen, gewannen wir langsam die Oberhand. Salve für Salve, Angriff für Angriff änderte sich das Kräfteverhältnis. Die Waagschale neigte sich zu unseren Gunsten.

In das Katz-und-Maus-Spiel zwischen Rands Kompanie und Fanchers Befehlslanze kam plötzlich Bewegung, als ein Kurita-*Panther* auf einem Kamm auftauchte und einen blauen Partikelstrahl in die Schulter von Fanchers *Gladiator* jagte. Fancher wendete den Mech, um sich der neuen Bedrohung zu stellen, und Rand und ihre Kompanie nutzen die Chance und stürzten sich auf sie. Kurzstreckenraketen schossen auf rußgeschwärzten Flammenschweifen heran. Strahlenwaffen erleuchteten das dunstige Schlachtfeld und verwandelten es in eine höllische Szenerie, durch die BattleMechs stampften und kämpften wie mythische Dämonen. Fanchers *Gladiator* fiel, ein Löwe, der von Wölfen zur Strecke gebracht worden war.

Der Verlust des Kommandeurs von Beta hätte vielleicht ausgereicht, die Schlacht zu entscheiden, aber praktisch im gleichen Augenblick verschwand das statische Rauschen, das die Funkfrequenzen erfüllt hatte. Unser Störnetz war irgendwo unterbrochen worden und damit nutzlos. Ich brauchte nicht erst die plötzliche Aktivität auf Betas Frequenzen zu hören, um zu wissen, daß wir in Schwierigkeiten steckten. Beta reorganisierte sich sehr schnell, was von Soldaten, die den Wolfskopf der Dragoner trugen, auch nicht anders zu erwarten gewesen war.

Unsere Scouts nutzten den Ausfall des Störnetzes, um uns weitere schlechte Nachrichten zu übermitteln: Das Zeta-Bataillon war unterwegs hierher.

Die Nachricht erreichte auch Beta. Reed, der das Kommando übernommen hatte, befahl seinen im Durchschnitt stark beschädigten Mechs, sich zurückfallen zu lassen. Nach der Tracht Prügel, die Beta uns verpaßt hatte, war ihm klar, daß es uns schwerfallen würde, mit Zeta fertig zu werden. Und ein neuerlicher Angriff von Reeds Mechs zu einem taktisch günstigen Zeitpunkt mochte ausreichen, um uns den entscheidenden Schlag zu versetzen.

Der Colonel war in der Leitung, sobald die Scouts ihre Meldung gemacht hatten. Er sagte ihnen, sie sollten alle weiteren Meldungen über mich laufen lassen, dann wandte er sich an unsere überlebenden Einheiten. Es gab nicht mehr viele, und alle operierten unterhalb ihrer Sollstärke. Als ich die Statusdaten überflog, fragte ich mich, wie lange wir noch durchhalten konnten.

Der Wolf erteilte Befehle, um das Optimum aus unseren dezimierten Kräften zu machen. Er schickte die Schweber der Elementare aufs Schlachtfeld zurück, um die gepanzerte Infanterie zu effektiven Strahlen und Sternen zusammenzufassen. Mit einem unheimlichen Auge für die Stärken und Schwächen von Stellungen positionierte er BattleMechs entlang Zetas wahrscheinlichem Anmarschweg.

Dann warteten wir.

Wie immer auf einem offenen Schlachtfeld sahen wir den Staub, bevor wir die Mechs erkannten. Zeta rückte in breiter Formation an. Abgesehen davon, daß diese Formation den Vorteil eines ausgedehnten Sensorfeldes bot, konnte sich die Hauptstreitmacht auch noch hinter einer Staubwolke verbergen. Wenn Luftaufklärung oder Satellitentelemetrie möglich gewesen wäre, hätten wir ihre Aufstellung ebenso gekannt wie sie unsere.

Zetas Jamison und der Colonel waren alte Freunde, die Stil und Eigenarten des anderen gut kannten. Ich zweifelte nicht daran, daß jeder die Dispositionen des anderen zu erraten versuchte, um so die Stärken seiner Streitmacht gegen die Schwächen der anderen einsetzen zu können. Ich war ziemlich zuversichtlich, daß der Wolf aus einem derartigen Wettstreit als Sieger hervorgehen würde, doch selbst dann war der Ausgang der Schlacht höchst ungewiß. Wir waren erschöpft, unsere Maschinen hatten schwere Schäden erlitten und kaum noch Munition.

Erinnern Sie sich noch, was ich über die Angst gesagt habe? An diesem Spätsommernachmittag war mein Cockpit ziemlich überfüllt davon.

Die Umrisse der führenden Mechs des Zeta-Bataillons schälten sich aus den Staubwolken. Die Maschinen rückten stetigen Schrittes vor, doch bei weitem nicht mit Höchstgeschwindigkeit. Ich sah keinen einzigen Mech unter siebzig Tonnen. Ihr langsamer Vormarsch erweckte den Eindruck, als sträubten sie sich, die Schlacht zu beginnen. Vielleicht hatten sie vom Zusammenbruch des Gamma-Regiments gehört. Vielleicht hatten sie Bedenken.

Ich hoffte es jedenfalls.

Zu unseren Gunsten sprach lediglich, daß Zeta ebenso unter Sollstärke operierte wie wir. Doch im Vergleich Mech gegen Mech waren sie uns sowohl an Masse als auch an Bewaffnung überlegen. Maeves Erfolg gegen das Gamma-Regiment würde umsonst errungen worden sein, wenn wir hier besiegt wurden und Jaime Wolf den Tod fand. Dann war die ganze Sache verloren.

»Positionen halten«, ordnete der Wolf an, während er seinen *Schütze* in Bewegung setzte.

Ich widersprach ebenso wie andere Dragoneroffiziere,

doch Jaime Wolf befahl uns zu schweigen. Wir beobachteten, wie sein BattleMech unsere vorgeschobenen Stellungen passierte und das freie Feld zwischen uns und dem Zeta-Bataillon betrat.

Ich kannte die Redensart, daß ein Wolf jeden Kampf gewinnt außer einem, und in diesem Kampf stirbt er. Ich fragte mich plötzlich, ob es das war, was der Wolf im Sinn hatte. Wollte er alles auf einen Zweikampf setzen, auf ein Duell im Stil der Clans? Würde dies der letzte Kampf des Wolfs werden? Ich hoffte, ich betete, daß es nicht so war.

Auf der anderen Seite des freien Feldes setzte sich ein einzelner BattleMech des Zeta-Bataillons in Bewegung. Ein *Pirscher.* Die Maschine sah zwar mitgenommener aus als der Mech des Colonels, wog aber fünfzehn Tonnen mehr, ein ernstzunehmender Gegner. Ein Funkspruch des vorrückenden *Pirscher* über den offenen Kanal verriet mir, wer der Pilot war: J. Elliot Jamison, Kommandeur des Zeta-Bataillons.

»Bist du es diesmal wirklich, Jaime?« fragte er.

»Ich bin es«, erwiderte der Wolf.

»Die Sache läßt sich nicht durch einen Zweikampf bereinigen, Jaime. Dies ist ein Anfechtungstest.«

Die Tatsache, daß Jamison den Konflikt als Anfechtungstest bezeichnete, verriet uns, wo er stand. Wie der Wolf seit Bekanntwerden von Zetas Parteinahme für Alpin prophezeit hatte, betrachtete Jamison dies als eine Schlacht der Ehre.

»Wenn du nicht glaubst, daß wir die Sache bereinigen können, warum bist du dann allein gekommen, J. Elliot? Hast du gedacht, ich würde mich ergeben?«

»Ich hatte die Möglichkeit erwogen.« Jamison schwieg einen Moment, dann sagte er: »Aber ich hielt es für unwahrscheinlich. Du gibst niemals wirklich auf, Jaime.«

»Warum sollte ich jetzt noch aufgeben? Alpin ist tot. Elson und Fancher sind außer Gefecht. Parella wird vermißt. Die Truppen sind führerlos. Du bist jetzt ihr rangältester Kommandeur, J. Elliot. Die Schlacht muß nicht weitergehen.«

»Die Truppen bleiben auf dem Feld«, erwiderte Jamison unverzüglich. »Der Anfechtungstest ist noch nicht beendet.«

»Wir haben uns durchgesetzt. Durch weiteres Blutvergießen wird nichts bewiesen.«

»Der Test muß beendet werden«, wiederholte Jamison stur.

»Verdammt noch mal, J. Elliot! Das ist kein Ausrottungskrieg. Es sind bereits genug Menschen gestorben.«

»Das steht hier nicht zur Debatte.« Jamisons Tonfall war kalt. »Zeta ist nach Outreach gekommen, um für die Aufrechterhaltung unserer Gesetze und Traditionen zu kämpfen. Und wir werden weiterkämpfen, bis keine Hoffnung mehr besteht.«

»Du warst schon immer zu selbstsicher, J. Elliot.« Jaime Wolfs Worte klangen fast bedauernd. »Ich würde die Qualität Zetas niemals in Frage stellen, aber du bist nicht frisch, und deine Truppen sind es auch nicht. Deine Mechs mögen schwerer sein, aber dafür sind wir in der Überzahl.«

»So schlecht stehen die Chancen gar nicht«, erwiderte Jamison gelassen. »Beta ist immer noch in der Nähe.«

»Aber dort hat Reed jetzt das Kommando. Seine Elementare sind versprengt, und seine BattleMechs haben eine ziemliche Abfuhr erhalten. Er hat Angst. Die Hälfte von Zeta wird zerstört sein, bis er sich zum Angriff entschließt. Vereint könnt ihr meine Truppen vielleicht vernichten, aber du weißt, daß ihr einen hohen Preis dafür bezahlen werdet. Und was wäre dann noch übrig? Wenn wir heute kämpfen, werden wir erreichen, was kein Feind, nicht einmal Kurita, bisher geschafft hat. Wir werden die Dragoner rettungslos zerstören.«

Jamisons Tonfall war von tödlicher Ruhe erfüllt, als er antwortete: »Wir haben uns von schlimmeren Verheerungen erholt. Ein wahrer Krieger hat in einer ehrenhaften Schlacht keine Furcht vor dem Tod.«

»Ein guter Kommandeur sorgt sich um seine Truppen, J. Elliot, nicht nur um die Ehre.«

»Die Zeit, sich Sorgen zu machen, ist nach der Schlacht.«

»Aber wer wird die Führung übernehmen, J. Elliot? Du nicht.«

»Drohungen sind unangebracht, Jaime.«

»Ich drohe dir nicht, J. Elliot. Ich sage dir lediglich, was ich von dir weiß. Du würdest den Job hassen. Er ist mit der Führung eines Bataillons, selbst eines Regiments, nicht zu vergleichen. Erinnerst du dich noch daran, als du Alpha übernommen hast? Das war ein Spaziergang im Vergleich dazu, was auf dich zukommen würde.«

»Ich tue das nicht für mich.«

»Ich weiß, J. Elliot, und ich verstehe auch, warum du dich auf Alpins Seite gestellt hast. Darum bin ich auch hierhergekommen, um mit dir zu reden. Der Ehre kann auch ohne Schlacht genüge getan werden. Der Streitpunkt kann durch Übereinkunft entschieden werden. Auch wenn die Schlacht noch nicht verloren ist, die Sache ist es. Gib auf, J. Elliot. Wir brauchen nicht zu kämpfen.«

»Der Test ist noch nicht zu Ende.«

Der *Pirscher* zog sich von dem *Schütze* zurück.

»Wird mein Tod dein Ehrgefühl zufriedenstellen, J. Elliot?«

Jamison gab keine Antwort. Sein *Pirscher* drehte sich um und marschierte zu seiner Einheit zurück.

»Es hat schon zu viele Tote gegeben«, rief ihm der Wolf hinterher.

Der *Schütze* blieb regungslos stehen. Wenn sich der Wolf nicht bald auf den Rückweg machte, würde sein

Mech im Freien und ohne jede Unterstützung erwischt werden. Zetas Angriff würde ihn vernichten.

Ich setzte meinen *Loki* in Bewegung. »Colonel Wolf!«

»Bleiben Sie in Stellung, Brian. Niemand rührt sich.«

Ich gehorchte, wobei ich mich fragte, ob sich der Colonel opfern wollte, um die Schlacht zu beenden. Wenn ich Jamisons sklavische Bindung an die Tradition richtig verstanden hatte, konnte der Wolf mit seinem Tod wahrscheinlich tatsächlich das Leben derjenigen Truppen erkaufen, die bis jetzt überlebt hatten. Als Hauptperson bei dieser Herausforderung war Jaime Wolf für deren Fortgang unerläßlich. Er konnte sie augenblicklich beenden, indem er seine Niederlage eingestand. Doch genau das würde er niemals tun. Er war ein Dragoner und würde so lange kämpfen, wie noch Hoffnung bestand.

Der *Pirscher* schritt durch die Führungsreihen des Zeta-Bataillons und bestieg die kleine Erhebung, von der aus er zuvor das mutmaßliche Schlachtfeld übersehen hatte. Die führenden Einheiten des Zeta-Bataillons setzten sich wieder in Bewegung.

Ich betrachtete den *Schütze,* der einsam und verloren im Feld stand. Jaime Wolfs Tod würde einen Anfechtungstest in seinem Namen automatisch negieren. Selbst wenn wir weiterkämpften, würde das Ende dasselbe sein. Jaime Wolf würde die Dragoner nicht länger anführen. Unser Sieg, sollten wir ihn denn erringen, würde sinnlos sein.

Die Luft um uns war plötzlich von Donner erfüllt, und der Lärm wusch in Wellen über uns hinweg, während draußen im Ödland Säulen aus Rauch und Feuer explodierten. Die Erde bebte unter den Füßen unserer Mechs. Zuerst dachte ich, die Feuerunterstützungseinheit decke Zetas Vormarsch mit einem wahrhaft ehrfurchtgebietenden Artillerietrommelfeuer, aber dann sah ich, daß Zetas überschwere Mechs mindestens ebensosehr in Unordnung waren wie wir. Mehr noch, mehrere Mechs in der vordersten Reihe lagen rauchend am Boden.

Der Donner rollte wieder über uns hinweg, und der Mond fiel vom Himmel. Aber es war kein Mond, es war ein gigantisches Landungsschiff. Es schwebte auf Flammensäulen, während Luft/Raum-Jäger darum herumschwirrten, wie zornige kleine Schutzengel. Mehr Jäger überflogen das freie Feld zwischen Zeta und uns und zerfurchten den Boden mit ihren Energiewaffen. Alle Funkfrequenzen hallten von derselben Botschaft Flottenkapitän Chandras wider.

»Es hat genug Tote gegeben. Ich selbst übernehme die Rolle des Lehrmeisters und Schiedsrichters. Der Test ist vorbei, das Urteil gefällt.« Sie hielt inne. Ich glaube, niemand auf dem Schlachtfeld atmete, während wir auf ihre nächsten Worte warteten.

»Willkommen daheim, Colonel Wolf.«

53

Colonel Wolf verbrachte die Nacht und den nächsten Tag nach der Schlacht damit, dafür zu sorgen, daß alle Kämpfe eingestellt und alle Toten geborgen wurden. Er bekam in dieser Nacht keinen Schlaf. Ich ebenfalls nicht, aber ich konnte meine Aufgaben leichteren Herzens angehen, als Maeve mit den Überresten ihrer Befehlslanze eintraf. Als wir die Bestätigung erhielten, daß Hyperpulsnachrichten zu Alpha und Delta herausgegangen waren, in denen sie davon unterrichtet wurden, daß alles geregelt war, befahl mir der Colonel, mich schlafen zu legen. Natürlich befolgte ich den Befehl nicht. Das Wiedersehen mit Maeve erfrischte mich mehr, als es bloßer Schlaf je vermocht hätte.

Als die Schicht wechselte, kam Schlomo ins Kommandozentrum. Obwohl in erster Linie ein Spezialist für Forschung, hatte er seine medizinischen Kenntnisse in den Dienst der überarbeiteten Regimentschirurgen gestellt. Wie wir anderen auch, war er über den Punkt äußerster Erschöpfung hinaus.

»Colonel Wolf?«

»Ja, Schlomo?«

»Er ist wach.«

»Sein Zustand?«

»Schlecht, aber stabil. Die Sorte ist zäh. Er könnte es schaffen.«

Schlomo bezog sich auf Elson. Der Elementar war in funktionsuntüchtiger Rüstung und halb tot gefunden und hergebracht worden. Der Colonel hatte Befehl erteilt, ihn sofort zu verständigen, wenn und falls Elson das Bewußtsein wiedererlangte. Die Tatsache, daß Elson überhaupt noch lebte, ließ darauf schließen, daß er gegen den Tod noch härter gekämpft haben mußte als gegen den Wolf.

Der Colonel nickte seinem Stab zu. Es bedurfte keiner Worte. Bei der hitzigen Konferenz, mit der wir den Sonnenaufgang begrüßt hatten, war bereits alles gesagt worden. Kommandeure beider Seiten waren anwesend. Der Anfechtungstest war vorbei, das Ergebnis des Positionstests ins Gegenteil verkehrt. Jetzt war die Zeit, die Wunden zu heilen. Chandra, Jamison, Nichole, Atwyl, Grazier, Maeve, der junge Tetsuhara und Graham von der Sonderaufklärungsgruppe folgten uns, als wir uns auf den Weg ins Krankenrevier machten.

Die Offiziere in unserem Schlepptau dienten den Dragonern als provisorischer Rat, als verlängerte Arme des Wolfs bei der strapaziösen Tätigkeit, die Scherben aufzusammeln. Es war eine ungewöhnliche Prozedur und nur zum Teil als Dragonerbrauch zu rechtfertigen. Als Kommandant konnte der Colonel zwar Dekrete erlassen und auch erwarten, daß sie befolgt wurden, aber die Befehlskette war straffer gespannt, wenn ein Offiziersrat hinter ihm stand, insbesondere dann, wenn dazu auch Personen gehörten, die noch vor kurzem gegen ihn gekämpft hatten. Der provisorische Rat war ein improvisiertes Arrangement, aber eine Menge von dem, was die Dragoner in der nächsten Zeit taten, würde improvisiert sein.

Der eigentliche Dragonerrat war natürlich ein Scherbenhaufen. Mehrere Mitglieder waren gestorben, und der Colonel hatte noch keine Nachfolger ernannt. Fancher zählte ebenfalls zu den Toten, wodurch das Beta-Regiment ohne Repräsentant war. Das Gamma-Regiment befand sich in einer ähnlichen Situation, obwohl Parella nur als vermißt galt. Die Ratsmitglieder, die derzeit nicht auf Outreach waren, würden kommen, sobald es ihnen ihre Kontrakte erlaubten. Bis dahin und bis zur Neubildung des offiziellen Rats würde der Colonel mit Zustimmung und Unterstützung des provisorischen Rats agieren.

Der Hauptkomplex des Tetsuhara-Manövergeländes wimmelte vor Betriebsamkeit. Ich hatte das Treiben schon vor der Schlacht für geschäftig gehalten, aber da hatte vergleichsweise ruhige Beschaulichkeit geherrscht. Mit Kratern übersäte, demolierte BattleMechs und Panzer waren aufs Geratewohl überall geparkt, während Techs hin und her huschten und ihre Reparaturgerätschaften von einem Vehikel zum anderen transportierten. Beschädigte Schlachtrüstungen lagen auf Wartungsgestellen und wurden von den Waffenmeistern mit neuer Panzerung versehen.

Doch Maschinen waren nicht die einzigen Opfer der Kämpfe, und sie waren ganz gewiß nicht die wichtigsten. Das gigantische Landungsschiff der *Festungs*klasse, welches die Kämpfe beendet hatte, leitete jetzt Strom in die Krankenstationen und Operationssäle, um die auf den Anlagen des Manöverkomplexes liegende Belastung zu verringern. Der Schatten des Kriegsschiffs fiel auf die Operationskammern, in denen die Ärzte darum kämpften, das Leben der Verwundeten zu retten. Um den Zustrom an Verwundeten bewaltigen zu können, war die Größe unseres Feldlazaretts vervierfacht worden. Gebäude, die normalerweise als Kasernen benutzt wurden, waren in Krankenstationen verwandelt worden. Schlomo führte uns zu einer davon, zu derjenigen, auf der Elson lag.

Unterwegs sah ich mich ein wenig um. Die Farbe Blau war überall vorherrschend. Niemand hatte den Befehl dazu gegeben, doch jedermann schien einen blauen Dragoner-Overall zu tragen, sogar die Zivilisten. Viele der Kuritas trugen ihn ebenfalls. Dem wollte ich nicht widersprechen, denn sie hatten ihren Wert unter Beweis gestellt.

Für einige war es, wie ich wußte, eine körperliche Erleichterung, die normale Alltagsuniform der Dragoner zu tragen. Ich war jedenfalls außerordentlich froh, die Kühlweste und die klebrigen Biosensoren des Feedback-Systems los zu sein. Andere trugen den Overall wohl als äußeres Zeichen der Solidarität, als eine Art Erklärung, daß wir alle wieder Dragoner waren und nicht

Loyalisten oder Rebellen oder welche griffigen Namen eine Fraktion für die andere sonst noch geprägt hatte. Manche, insbesondere jene, die für Elson und Alpin gekämpft hatten, waren wahrscheinlich dankbar für die Anonymität, welche der allgegenwärtige blaue Drillich gewährte.

Als unsere kleine Kavalkade den Eingang zu den ehemaligen Kasernen erreichte, trat Maeve vor, um die Tür zu öffnen. Die Klinke wurde ihr aus der Hand gerissen, als ihr drinnen jemand zuvorkam. Dechan Fraser rannte sie fast um, als er in offensichtlicher Eile nach draußen trat. Während er sie am Arm festhielt, um sie vor einem Sturz zu bewahren, entschuldigte er sich auf Japanisch. Zumindest nehme ich an, daß es eine Entschuldigung war. Jedenfalls klang es wie eine.

Colonel Wolf ging auf Fraser zu und sagte: »Ich hatte gehofft, Sie bald zu sehen, Dechan. Wir müssen uns über einiges unterhalten.«

»Deswegen bin ich nicht hier. Man sagte mir, ich würde Jenette hier finden.«

»Station Drei«, sagte Schlomo. »Das hier ist Station Zwei.«

»Wir können uns später unterhalten«, sagte der Colonel.

»Ja, klar.« Während Fraser seine Blicke über die Personen in unserer Gruppe schweifen ließ, rang er sich ein Lächeln ab, bei dem er sich aber offensichtlich ein wenig unbehaglich fühlte. »Sieht aus, als hätte sich eine ganze Menge verändert, Colonel. Wo ich schon mal hier bin, könnten wir uns zumindest miteinander bekannt machen. Ich war lange weg, und wenn ich bleibe, muß ich diese Leute kennen. Vielleicht könnten Sie mich sogar Ihrer Tochter vorstellen.«

Rachel war nicht bei uns, und vorübergehend war ich verwirrt. Als ich bemerkte, daß Frasers Blicke auf Maeve ruhten, sah ich plötzlich, was er ebenfalls zu sehen schien.

Der Colonel und Maeve waren ungefähr gleich groß und gedrungen. Er war in den Schultern breiter, aber nicht viel. Sie hatten dieselben grauen Augen, denselben dunklen Teint, und ihr Haar war so rabenschwarz, wie seines einst gewesen war. Ich erinnerte mich, daß Maeve aus einer Misch-Geschko stammte und ihre Eltern nicht kannte. Doch jedermann wußte, daß sich der Wolf immer mit dem Argument geweigert hatte, einen Beitrag zu den Samenbänken zu leisten, seine Blutfamilie sei alles, was er brauche. Ich hatte das Gefühl, als habe man mir mit einer PPK ins Hirn geschossen.

Während ich noch wie betäubt dastand, stellte sich Maeve selbst vor. »Colonel Wolfs Tochter arbeitet mit ihrer Mutter im Lazarett. Mein Name ist Maeve. Ich bin amtierender Kommandeur des Spinnennetzes«, sagte sie.

Fraser machte einen verwirrten Eindruck. »Der *Donnerkeil?*«

»Gehört mir.«

Schlomo mischte sich ein. »Captain Rand liegt auf Station Drei. Ich kann Sie hinbringen, wenn Sie wollen.« Fraser schüttelte den Kopf wie ein Mann, der aus ungewollt tiefem Schlaf erwacht. »Hier entlang«, sagte Schlomo, indem er an Frasers Arm zog.

Während unsere Kolonne die Krankenstation betrat, beobachtete ich, wie Schlomo Fraser förmlich von uns wegschleifte. Ich hatte den alten Mann noch nie so aufdringlich erlebt und fragte mich, ob er etwas wußte, das er für sich behielt.

Ich kam als letzter bei Elsons Bett an, und sein Aussehen erschreckte mich. Der Elementar sah eingefallen aus. Sein Scharmützel mit dem Tod hatte seinen Körper erschöpft. Er lag schlaff in seinen Bandagen und Brandverbänden. Der größte Teil der sichtbaren Haut war mit Quetschungen und Schnittwunden übersät, und eines seiner Augen war zugeschwollen. Trotz der körperlichen Leiden, die er hatte erdulden müssen, war sein Geist ungebrochen — wie ich erfuhr, als er den Colonel ansprach.

»Ich dachte mir schon, daß ich von Ihnen hören würde, Wolf. Ist das Ihr Exekutionskommando?«

»Kaum«, sagte Jaime Wolf.

Elson brachte ein ersticktes Kichern zuwege. »Ist die Prognose so schlecht?«

Den Kopf schüttelnd, erwiderte der Colonel: »Die Ärzte sagen, Sie sind ein Kämpfer, und sie geben Ihnen eine faire Chance. Ich will dasselbe tun.«

Elson murmelte etwas, aber ich bekam die Worte nicht mit. Ich bezweifle, daß ihn überhaupt jemand verstand. Der Colonel musterte ihn einen Augenblick lang schweigend und räusperte sich dann.

»Wir haben um die Dragoner gekämpft, weil sie für keinen von uns beiden das waren, was sie hätten sein sollen. Ich habe eine Zeitlang resigniert, weil ich müde war. Eine Zeitlang ließ ich zu, daß meine Urteilskraft und mein Pflichtbewußtsein von persönlichen Gefühlen getrübt wurden.«

»Ich bin nicht Ihr Ratgeber, Wolf.«

»Sie irren sich, Elson.« Der Colonel wanderte vom Fuß- zum Kopfende des Bettes und setzte sich auf einen Stuhl, den Atwyl ihm reichte. »Die Dragoner werden sich jetzt verändern. Und daran haben wir beide unseren Anteil. Ich war einmal der Ansicht, ich würde die Dragoner am Leben erhalten, indem ich sie veränderte, wie sie eben verändert werden mußten, aber ich habe es nicht richtig hinbekommen. Ich bin ein Stratege, kein Soziologe. Ich habe mich auf einen Boden begeben, den ich nicht kannte, und ich habe es verpfuscht. Einiges von dem, was mit uns geschehen ist, einige der Veränderungen, die wir bereits durchgemacht hatten, habe ich nie wirklich begriffen. Wir haben uns ein ganzes Stück von unserem Clan-Erbe entfernt, aber ich vergaß, daß manche von uns nicht dieselbe Vergangenheit hatten und vielleicht nicht einmal daran teilhaben wollten. Sie haben mir die Augen geöffnet.«

»Ich hätte Ihnen die Kehle geöffnet«, sagte Elson mit schwacher Stimme.

»Und das war lediglich, was sie für richtig hielten. Ich weiß, daß ich in Ihren Augen als Anführer versagt habe. In mancherlei Hinsicht hatten Sie recht. Einige meiner Verfahrensweisen waren falsch, das erkenne ich jetzt. Ich habe nicht genügend berücksichtigt, auf welche Weise wir uns geändert haben und wie wenig wir dafür taten, daß sich Neuankömmlinge bei uns zu Hause fühlten. Die Freigeborenen in den Clans beklagen sich ständig über die schlechte Behandlung jener, die nicht durch ihre Geburt der Elite angehören, aber wir haben dieselben Fehler gemacht. Niemand will als Bürger zweiter Klasse leben. Doch ich glaubte, das läge hinter uns. Ich dachte, mit genügend Zeit würden sich die Wogen glatten, aber es war nicht genug Zeit. Es ist nie genug Zeit.«

»Ich werde Ihnen nicht die Absolution erteilen.«

»Das verlange ich auch nicht von Ihnen. Die Dinge können nicht so bleiben, wie sie waren, aber schließlich bleibt nichts ewig gleich. Leben bedeutet Veränderung, und wenn man sich nicht verändert, lebt man nicht, *frapos?* Ich glaube, Sie verstehen, was es heißt, wenn man versucht, etwas richtig zu machen, und versagt.«

Elson drehte den Kopf, so daß er sein Gesicht vom Colonel abwandte. »Ich bin bereit, die Strafe zu akzeptieren, die Versager erwartet«, sagte er leise.

»Sind Sie auch noch bereit zu kämpfen? Ich will verändern, was falsch gelaufen ist, ich will, daß jeder, der das Dragonerabzeichen trägt, auch wirklich zu den Dragonern gehört. Ich will dafür sorgen, daß sich jeder seinen Platz verdienen muß und niemand einen Platz erhält, den er nicht verdient hat. Ist das nicht eine Menge von dem, wofür Sie gekämpft haben? Haben Sie noch die Kraft, dafür zu kämpfen?«

Elson wandte dem Colonel wieder das Gesicht zu und fragte: »Was soll das alles?«

»Es waren nur Mißverständnisse und allgemeines Mißtrauen, die uns an diesen Punkt gebracht haben.«

»Und kein bißchen Ehrgeiz«, warf Atwyl ein.

»Niemand bestreitet das, Ham«, sagte der Colonel, ohne ihn anzusehen. »Ehrgeiz ist nicht notwendigerweise schlecht. Manchmal ist er genau das, was not tut. Ich bin auch ehrgeizig. In meinen Augen war das, was wir durchgemacht haben, eine Feuerprobe, aus der eine bessere Organisation hervorgehen wird. Es läßt sich jetzt nicht mehr übersehen, daß wir nicht mehr sein können, was wir einmal waren. Wir gehören weder zu den Clans noch zur Inneren Sphäre. Wir sind eine Mischung aus beidem. Mehr noch, wir sind, was unser Leben und unsere Schlachten aus uns gemacht haben. Wir werden unsere Zukunft nicht finden, wenn wir uns an die Vergangenheit klammern. Wir müssen neue Wege beschreiten.«

Elson fixierte Wolf mit seinem gesunden Auge. »Sie wollen damit doch wohl nicht andeuten, daß wir den Pfad der Ehre verlassen sollen.«

»Der Pfad der Ehre ist ein Konzept, das viel älter ist als die Vorstellungen, welche die Clans damit verbinden. Im Laufe der Zeit hat er viele Bedeutungen für die Menschen gehabt, aber ich glaube, es gibt gewisse grundsätzliche Übereinstimmungen. Ich würde nie von Ihnen oder irgend jemandem verlangen, diese Grundsätze aufzugeben. Wenn Sie einen Pfad der Ehre brauchen, werden wir einen finden müssen, der dann auch der Dragonerpfad der Ehre sein wird. Wir sind kein Clan, und wir sind auch nicht die auferstandene Sternenbundarmee. Wir lassen unsere Krieger anwerben, aber wir sind nicht *nur* eine Söldnereinheit. Wir sind etwas anderes, etwas neues. Wollen Sie mir dabei helfen, einen neuen Weg zu finden, Elson?«

»Das kann ich nicht.«

»Warum nicht? Angst?« spöttelte Maeve.

»Ich bin bei den Clans geboren«, sagte Elson, der in verletztem Stolz die Stirn runzelte. »Ihr Erbe ist in meinem Blut. Obwohl ich freigeboren bin, wußte ich doch, daß ich dazugehörte, als ich bei den Novakatzen war. Ich muß einfach irgendwo dazugehören. Ich kann kein Söldner sein.«

»Sie gehören dazu«, beharrte der Colonel. »Zu uns.«

»Zum Wolfsrudel«, sagte Maeve mit einem Grinsen.

»Diesen Namen kann ich nicht gutheißen«, sagte Jaime Wolf.

»Zu spät.« Ihr Grinsen wurde breiter. »Er wird haften bleiben.«

»Wir sind die Dragoner«, widersprach er.

»Ja, *Wolfs* Dragoner. Und damit sind wir auch das Rudel des Wolfs.«

»Ich bin weder das eine noch das andere«, sagte Elson.

»Sie waren aufsässig, aber Sie sind ein Krieger«, sagte der Colonel. »Clan-Krieger verlieren manchmal bei einer Herausforderung. Aber das macht sie nicht zu Gesetzlosen. Der Test, dem Sie uns unterzogen haben, hat die Dragoner gestärkt. Wenn der Test auch härter war, als mir lieb sein konnte, so glaube ich doch, daß er zu unserem Besten war. Besonders, wenn Sie einsehen, daß wir es gemeinsam zum Besten wenden können.«

»Ich verstehe Sie nicht mehr.«

»Der Colonel bietet Ihnen die Wiedereinsetzung in Ihren alten Rang an«, sagte Nichole.

»Ihnen wird gerade eine große Ehre zuteil, Sie Flegel«, sagte Atwyl.

Elsons gesundes Auge funkelte Atwyl zornig an, aber es war nur ein Aufflackern. Er sah den Colonel gelassen an. »Ich habe in Ihnen meinen Meister gefunden, Jaime Wolf. Ich kann Sie als meinen Khan akzeptieren.«

Kopfschüttelnd sagte der Colonel: »Keine Khans. Das ist die Art der Clans. Aber ich glaube, ich werde einen anderen Rang als Colonel benötigen. Das Konzept ›Erster unter Gleichen‹ wird dem Gewicht planetarer Verwaltung nicht mehr gerecht. Ich werde den Rang eines Commanders annehmen.«

»Es ist mir egal, wie Sie sich nennen. Die Abmachung bleibt dieselbe.«

»Dann nehmen Sie an?« fragte Nichole eifrig.

Wiederum sagte Elson: »Ich werde dem Mann treu dienen, in dem ich meinen Meister gefunden habe.«

EPILOG

Mit Geheimnissen ist es so eine Sache. Man weiß nie, ob eine Sache wirklich ein Geheimnis ist, obwohl man gewöhnlich weiß, wenn das nicht der Fall ist. Woher soll man wissen, ob der beste Freund das Geheimnis nicht auch kennt und es einem nur nicht erzählt, weil er einer anderen Person versprochen hat, den Mund zu halten? Es heißt außerdem, daß drei Leute ein Geheimnis bewahren können, wenn zwei davon tot sind, aber diese alte Redensart berücksichtigt nicht den Wert des Geheimnisses für jene, die es für sich behalten. Wenn man davon profitiert, daß etwas geheim bleibt, oder wenn es nachteilig für einen ist, wenn es bekannt wird, erhöht sich die Wahrscheinlichkeit, daß man Stillschweigen bewahrt.

Als Mitglied von Commander Wolfs Stab ist man in viele Geheimnisse eingeweiht. Bei den meisten handelt es sich um militärische Geheimnisse, gewöhnlich rasch wieder überholte Informationen über Aufstellungen und verfügbare Truppen. Doch manche beziehen sich auf andere, persönlichere Fragen. Viele dieser Geheimnisse werden auf einer ›Bescheid-wissen-müssen‹-Basis gehandhabt: Man wird nur eingeweiht, wenn man ›Bescheid wissen muß‹. Doch wenn man dem Stab des Commanders angehört, bedeutet das manchmal, daß man mehr herausfinden kann als das, worüber man ›Bescheid wissen muß‹.

Schlomos Verhalten vor der Krankenstation hatte mir zu denken gegeben, und ich hatte mir vorgenommen, ihn aufzusuchen, sobald sich die Lage im Hauptquartier ein wenig beruhigt haben würde. Der Umzug in die Wolf Hall war chaotisch und das Unternehmen, die Dragoner wieder zu vereinigen, sehr zeitraubend. Neue Offiziere mußten ernannt, alte auf ihre Loyalität überprüft werden. Überraschenderweise war Elson eine große

Hilfe dabei, jene aus seiner früheren Fraktion herauszupicken, die unfähig waren, die Veränderungen und die neue Ordnung zu akzeptieren. Die Dragoner verloren eine Menge Personal, auch noch, nachdem die Kämpfe vorbei waren. Als ich schließlich etwas Zeit für mich selbst hatte, konnte ich Schlomo nicht finden, also beschloß ich, meinen Rang auszunutzen, um selbst ein wenig Wühlarbeit zu betreiben. Er fand mich über den Computer des Medizinischen Zentrums gebeugt.

»Darin wirst du nichts über sie finden.«

Erschreckt ob seiner lautlosen Annäherung, sah ich auf. Der alte Mann war verhärmt, in seinem Gesicht stand die tiefe Müdigkeit einer lange getragenen Bürde.

Ich hatte eine brilliante Antwort parat: »Wovon redest du?«

Er setzte sich neben mich und bedachte mich mit einem matten Lächeln. »Den anderen ist nichts aufgefallen. Sie sahen nur, was sie sehen wollten. Aber ich habe deinen Gesichtsausdruck bemerkt, als Fraser Maeve für Jaime Wolfs Tochter hielt, und ich wußte, früher oder später würdest du nachsehen kommen. Bedeutet sie dir etwas?«

»Sie bedeutet mir alles«, sagte ich. »Das müßtest du eigentlich verstehen. Du gehörst zwar zu den Alten, aber du weißt, was Liebe ist.«

»Ja. Ich gehöre zu den Alten, aber ich war nie ein Krieger. Die anderen Kasten haben die Liebe niemals zugunsten der Ehre aufgegeben. So dumm waren wir nicht.« Er seufzte. »Zumindest nicht, was das betrifft. Sie bedeutet dir alles, sagst du. Ist das der Grund, warum du ihr Leben ruinieren und die Dragoner zugrunde richten willst?«

»Wie kann das Wissen, wer Maeves Eltern sind, die Dragoner zugrunde richten?«

»Stell dich nicht dümmer, als du bist, Brian. Du weißt, was geschehen würde, wenn sie tatsächlich die Eltern hätte, die du bei ihr vermutest.«

Das tat ich, und der Gedanke ließ mich schaudern. Um gewisse Fraktionen zu beschwichtigen, hatte Wolf geschworen, daß alle Dragoneroffiziere getestet und ihren Positionen entsprechend beurteilt würden. Er hatte versprochen, daß es keine Günstlingswirtschaft geben würde. Als Geste des guten Willens hatte er verfügt, daß keines seiner Kinder und Enkelkinder ein bedeutendes Kommando bei den Dragonern erhalten dürfe. Maeve hatte sich nicht für das Kommando des Bataillons beworben, in dem sie Dienst tat. Jetzt, wo sich Gentleman Johnny Clavell wieder erholt hatte, wollte sie ihm dieses Kommando nicht abnehmen. Statt dessen war sie in den Wettstreit um den neuen Dragonerrang des Generals eingetreten. Manche sagten, sie sei zu jung, aber ein Großteil der Alten wies darauf hin, daß sie im gleichen Alter war wie Jaime und Joshua Wolf, als diese die Dragoner in die Innere Sphäre geführt hatten. Commander Wolf hatte sie unterstützt und gesagt, ein junger Anführer sei genau das, was die kämpfende Truppe brauche. Die Clanner erhoben keine Einwände, denn sie waren an junge Kommandeure gewöhnt, solange sie bei den Tests gut genug abschnitten. Und das hatte sie. Nach der alters- und erfahrungsbedingten Korrektur der Testergebnisse würde ihr Ergebnis das beste und sie damit der erste General in den Reihen der Dragoner sein.

Doch wer würde General Maeve unterstützen, wenn bekannt wurde, daß sie Jaime Wolfs Geschko-Tochter war? Wer würde glauben, daß Wolf nicht gelogen hatte und die Testergebnisse nicht gefälscht worden waren? Der Fraktionalismus, der jetzt eingeschlafen war, würde wieder aufflackern und möglicherweise in einen neuen Bürgerkrieg führen. Die Dragoner würden keine weitere Auseinandersetzung dieser Art überleben.

»Dann ist sie also tatsächlich Jaime Wolfs Geschko-Tochter«, sagte ich mit trockener Kehle.

»Nein.«

»Wie bitte?«

»Aber die Gefahr, vor der du dich fürchtest, besteht trotz alledem. Die Krieger würden die Wahrheit noch viel weniger bekömmlich und glaubhaft finden als die Annahme, sie sei Wolfs wahrgeborenes Kind.«

Obwohl ich mich vor der Antwort fürchtete, fragte ich: »Und was ist die Wahrheit?«

»Befürchtest du nicht, daß die Wahrheit deine Gefühle für sie ändern könnte?«

»Nein.«

»Das solltest du aber.«

Seine Gelassenheit entfachte die Sorge, die zu finden er erwartet hatte. »Erzähl mir alles. Das willst du doch ganz offensichtlich.«

»Ich *will* es?« Er kicherte in sich hinein. »Ja, vielleicht ist es tatsächlich eine Frage des Wollens. Wahrscheinlich glaubst du ohnehin bereits, daß ich nur tue, was ich tun will, aber die Dinge liegen ein wenig anders. Ich rede mit dir, weil ich es für notwendig und richtig halte. Ich glaube, du solltest die Wahrheit kennen, aber nicht um meinetwillen. Um deinetwillen. Und ihretwillen.«

»Dann erzähl endlich.«

»Also gut. Du weißt von den genetischen Proben, die den Erben der Führer der Großen Häuser der Inneren Sphäre entnommen wurden. Das war keineswegs Jaime Wolfs erster Versuch, unserem Gen-Pool Gene der Inneren Sphäre hinzuzufügen. Jahrelang mußten wir gefangenen Soldaten, Zivilisten, die in unseren medizinischen Einheiten behandelt wurden, und jedem einzelnen Adeligen oder Politiker, der uns wegen unserer sogenannten fortgeschrittenen medizinischen Kenntnisse aufsuchte, Proben entnehmen. Er befahl die Einrichtung einer Geschko, bei der die besten Muster der Inneren Sphäre mit den besten Dragonermustern vermischt werden sollten. Er war der Überzeugung, solch eine Geschko würde vielfach talentierte Kinder hervorbringen, eine neue Generation, die sich der Gefahr einer

Clan-Invasion würde erwehren können. Die Wissenschaftler hielten dieses Vorgehen für unethisch und Wolf für schlecht beraten, die meisten jedenfalls. Offiziell wurde der Plan zu den Akten gelegt, aber ein paar von uns sahen darin eine Chance, das zu tun, was *wir* für erforderlich hielten, um dasselbe Ziel zu erreichen. Wir gingen zu Wolf und boten ihm an, die Genmuster für eine bereits geplante Geschko durch diejenigen zu ersetzen, die er eingebracht sehen wollte. Die Weigerung des Wissenschaftsrats hatte ihn schwer enttäuscht, und so nahm er unser Angebot an und half uns sogar dabei, alle Unterlagen darüber zu vernichten. Die Geheimhaltung, bei deren Schaffung er uns unterstützte, ermöglichte es uns, das Experiment durchzuführen, das wir für notwendig erachteten. Aber Jaime Wolf hat mehr zum Entstehen von Maeves Geschko beigetragen, als ihm bewußt ist.«

Für einen Augenblick war ich sprachlos. »Ihr habt also seine Gene ohne sein Wissen benutzt. Ich dachte, du hättest gesagt, sie sei nicht seine Geschko-Tochter.«

»Im strengen Sinn ist sie das auch nicht. Aber im weitesten Sinn könnte man sie als solche betrachten.«

»Du verwirrst mich, Schlomo.«

»Tut mir leid. Das wollte ich nicht. Weißt du, Jaime hätte nie etwas zum Gen-Pool der Dragoner beigetragen. Er war freigeboren und hielt die alten Methoden in dieser Hinsicht für die besten. Jedenfalls was ihn persönlich betraf. Es fiel ihm schwer genug, überhaupt den Befehl zu geben, Geschkos einzurichten, aber er mußte sich der Notwendigkeit beugen, die Reihen der Dragoner mit qualitativ hochstehendem genetischem Erbgut zu füllen. Er wußte, daß die Clans kommen würden. Alle Kinder aus Wolfs erster Ehe mit Ausnahme von MacKenzie waren umgekommen, und MacKenzie hatte noch keine Kinder — oder mußte erst noch beweisen, daß seine genetischen Anlagen gut genug waren, um in das Geschko-Programm einzugehen. Unsere Wissenschaftlergruppe glaubte, daß die Dragoner Jaime Wolfs Erbgut zum Überleben brauchten, und MacKenzie war ein zu dünner Faden. Würdest du nicht auch sagen, daß die anschließenden Ereignisse uns in diesem Punkt bestätigt haben?«

Ich wollte nicht einmal den Versuch unternehmen, auf diese letzte Frage zu antworten. Vielleicht erwartete Schlomo auch gar keine Antwort. Als ich die Achseln zuckte, fuhr er fort, als habe es keine Unterbrechung gegeben.

»Wir glaubten, daß die Dragoner mehr als nur sein Erbgut brauchten. Wir brauchten Jaime Wolf persönlich, aber wie wir alle wurde er jedes Jahr älter. Als sein Blutabkömmling nicht die rechte Befähigung erkennen ließ, entwickelten wir einen Plan. Eine direkte Nachbildung wäre zu auffällig gewesen, selbst für die Uneingeweihten. Obwohl es unsere Fähigkeiten fast überstieg, gelang es uns, einige seiner Zellen zu verändern und die Geschlechtsdeterminante aus dem Y-Chromosom zu löschen. Die entstandene genetische Blaupause wurde in ein Ei verpflanzt, aus dem der Zellkern entfernt worden war, und auch die Mitochondrien des Spenders gingen in das Ei mit ein. Die meisten der so gewonnen Verbindungen konnten sich nicht reproduzieren. Nur eine einzige ist gediehen.«

»Maeve.«

Er nickte zögernd. »In praktischer Hinsicht ist sie ein weiblicher Jaime Wolf. Natürlich nur genetisch gesprochen. Sie ist völlig anders aufgewachsen und erzogen worden.«

»Warum?«

»Weil das Rohmaterial vorhanden war. Die Dragoner brauchten noch einen Jaime, der sie durch die Zeit des Wandels führte.«

»Also habt ihr sie *gemacht.*« Praktisch war sie das, was sie in den Geschkos einen Runderneuerten nannten, was der Laie als Klon bezeichnen würde. Ich war entsetzt. Man hatte uns alle gelehrt, daß die Wiederverwendung einer genetischen Blaupause unmoralisch war. Doch genau das war geschehen.

»Sie ist nicht weniger menschlich als jedes andere im Brutkasten geborene Wesen.«

Er hatte recht. Sie war ein Mensch. Mein Entsetzen schwand, als ich daran dachte, *wie* menschlich sie war, und plötzlich kam mir seine Enthüllung bedeutungslos vor. Sie war Maeve. Meine Maeve. »Oh, ich weiß, wie menschlich sie ist.«

Schlomo lächelte nachsichtig. »Ich weiß, daß du es weißt. Ich habe euch beide zusammen gesehen. Darum vertraue ich dir auch. Ich glaube, du hast die Kraft, das Wissen in dir zu tragen und es für dich zu behalten. Die anderen Wissenschaftler aus meiner Gruppe sind tot, und ich lebe nicht ewig.«

»Dann weiß es der Wolf also wirklich nicht? Er hat den Test also nicht angeordnet, um sie zu fördern?«

»Das glaube ich nicht. Er kannte die Vorergebnisse, und er hat sie in der Schlacht gesehen. Er muß gewußt haben, daß sie eine der ersten Kandidatinnen für den Generalsrang ist. Aber ich glaube, er hätte sie gar nicht teilnehmen lassen, wenn er von ihrer Abstammung gewußt hätte.«

»Soll ich es ihr sagen?«

»Diese Entscheidung überlasse ich dir.«

»Schlomo, das kannst du mir nicht antun.«

Aber das tat er.

In vielerlei Hinsicht war ich dankbar, daß die nächsten Wochen sowohl für Maeve als auch für mich sehr arbeitsreich waren. Ich mußte mit einer enormen Zunahme des Funkverkehrs zurechtkommen, und schließlich hatte ich das Gefühl, den ComStar-Präzentor besser zu kennen als Maeve. Sie überwachte die Neustrukturierung der Kampfeinheiten, damit die Großen Häuser möglichst schnell wieder mehr Dragoner anwerben konnten als nur Alpha und Delta, die die Kämpfe auf Outreach nicht miterlebt hatten. Die Dragoner brauchten das Geld.

Jaime Wolf sah ich sehr oft, aber ich wagte es nicht, das Thema Maeve zur Sprache zu bringen.

Ende September rang der Rat dem Commander eine Resolution ab. Trotz seiner Einwände wurde der Name Wolf in die Reihe der Ehrennamen der Dragoner aufgenommen. Er und sein überlebendes Kind würden den Namen natürlich auch weiterhin tragen, aber der Rat wollte jetzt in MacKenzies, Alpins und allen zukünftigen Altersklassen Wettbewerbe um den Namen stattfinden lassen. Der Rat glaubte, die Institutionalisierung des Namens Wolf würde bei der Heilung der Wunden helfen. Jaime protestierte, doch ohne Erfolg. Der Wettbewerb wurde offiziell angekündigt.

Am Tag des Wettkampfs stand ich vor Wolf Hall und beobachtete, wie die Menschen zur endgültigen Benennung der Bewerber zusammenströmten. Ich stand da, wo mein Platz war, nämlich neben Commander Wolf. Der Rest seines Stabes war ebenfalls bei uns. Mehrere Stufen vor uns standen die Bewerber um den Ehrennamen. Der Lehrmeister hatte das Podium betreten und verlas die Proklamation, mit welcher der neue Ehrenname etabliert wurde.

Als er fertig war, trat Maeve aus der ersten Reihe der Menge und rief:

»Ich fordere alle Mitbewerber heraus! Der Name Wolf soll mir gehören!«

In die Menge kam Bewegung, als sich Elson vorwärts drängte. Er lag am oberen Rand dieser Altersklasse. Was er sagte, überraschte mich. Selbst Jaime Wolf runzelte die Stirn.

»Ich unterstütze Maeves Anspruch. Ich ziehe meinen Anspruch zurück.«

Stimmen erhoben sich, die lauthals Zustimmung bekundeten.

Der Lehrmeister läutete die Glocke, um wieder Ruhe einkehren zu lassen, und rief dann nach anderen Bewerbern. MechKrieger Jovell trat vor und rief: »Ich ziehe meine Herausforderung zurück.« Lydia kam nach vorn und sagte dasselbe, danach trat auch Harold, der Elementar mit den breiten kantigen Schultern, zurück. Einer nach dem anderen verkündeten die Bewerber ihren Rücktritt und nahmen danach wieder ihren Platz in der Menge ein.

Der Lehrmeister wartete eine lange Minute. Dann machte das Undenkbare die Runde durch die verblüffte Menge. Noch nie war ein Ehrenname unangefochten vergeben worden.

»Du mußt das Ritual beenden«, sagte der Lehrmeister zu Maeve.

»Ich fordere alle Mitbewerber heraus!« rief sie erneut. Der innerliche Aufruhr, in dem sie sich befand, spiegelte sich auf ihrer Miene. Ich wußte, wie sehr sie den Namen wollte, und ich wußte, daß sie darauf vorbereitet war, darum zu kämpfen. Sie *wollte* darum kämpfen.

Doch keine Stimme erhob sich, um die Herausforderung anzunehmen.

Maeve rief ein drittes Mal: »Ich fordere alle Mitbewerber heraus!«

Und wiederum antwortete niemand.

»Dann soll überall verkündet werden, daß sich niemand erhebt, um Maeves Herausforderung anzunehmen«, sagte der Lehrmeister. Er rief sie zu sich auf das Podium. Als sie neben ihm stand, richtete er das Wort an sie: »Maeve, du bist der einzige Bewerber in der Altersklasse Alpin Wolfs. Niemand ist gewillt, dir den Namen streitig zu machen. Du bist Wolf.«

Die Menge nahm das Stichwort auf und wiederholte das letzte Wort im Chor, leise zunächst, dann immer lauter werdend, bis es durch die Straßen von Harlech schallte: »Wolf! Wolf! Wolf!« Maeve stand wie betäubt von dem donnernden Beifall da. Ich schwieg ebenfalls.

Nur ich und noch ein anderer wußten, wie zutreffend der Name war, den sie soeben errungen hatte.

Unter Commander Jaime Wolf und General Maeve Wolf haben die Dragoner eine Reorganisation sowohl hinsichtlich ihrer Lebensart als auch ihrer militärischen Struktur vorgenommen und sich dabei die aus dem Bruderkampf gewonnenen Erkenntnisse zunutze gemacht. Unsere Einheiten liegen weit unterhalb ihrer Sollstärke, weil wir viele verloren haben, die die neue Ordnung nicht akzeptieren konnten oder wollten. Ihr Ausscheiden hat uns geschwächt, aber diese Schwächung ist nur vorübergehender Natur. Wir haben neue Rekruten in der Ausbildung und neue Geschkos in der Entstehung. Allen wird mit äußerster Sorgfalt begreiflich gemacht werden, daß wir etwas Neues sind. Die Dragoner sind nicht bloß Söldner, sie sind eine Familie. Der Spitzname vom Wolfsrudel hat sich mit erstaunlicher Geschwindigkeit verbreitet und ist haften geblieben, wie Maeve es prophezeit hat.

Bis wir wieder unsere volle Stärke erreicht haben, werden wir improvisieren müssen. Und warum auch nicht? Wir alle sind jetzt Veteranen. Die Dragoner sind zäher und stärker denn je. Als wir anfingen, waren wir das Beste, was die Innere Sphäre je gesehen hatte, und seitdem sind wir nur noch besser geworden. Meiner Ansicht nach sind wir zäher und tapferer als jeder Clan. Was bleibt uns jetzt noch zu tun, als uns immer weiter zu verbessern?

Die Anwerbehalle hat wieder geöffnet, Freunde.

Das Wolfsrudel streift umher.

ANHANG

Glossar

Karte der Inneren Sphäre

Karte der Inneren Sphäre
Kernwärtiger Sektor

Schiffs- und BattleMech-Typen

GLOSSAR

Kulturelle/politische Ausdrücke

Nach dem Fall des Sternenbunds führte General Aleksandr Kerensky, der Kommandant der Regulären Sternenbundarmee, seine Truppen in dem als Ersten Exodus bekannten Unternehmen aus der Inneren Sphäre. Nachdem sie sich über 1300 Lichtjahre weit von Terra in Richtung Peripherie entfernt hatten, besiedelten Kerensky und seine Leute eine Gruppe bewohnbarer Sternensysteme in der Nähe eines großen kugelförmigen Sternhaufens, der sie vor der Inneren Sphäre verbarg. Es dauerte kaum fünfzehn Jahre, bis unter den Exilanten ein Bürgerkrieg ausbrach, der alles zu vernichten drohte, was sie sich unter großen Mühen aufgebaut hatten. In einem zweiten Exodus führte Nicholas, der Sohn Aleksandr Kerenskys, seine Anhänger zu einer der Welten jenes Kugelsternhaufens, um dem neuen Krieg zu entfliehen. Dort auf Strana Mechty ersann und organisierte Kerensky zuerst jenes System, das eines Tages als die Clans bekannt werden sollte.

Wolfs Dragoner sind zwar aus den Clans hervorgegangen, doch mittlerweile haben sie ihre Gefolgschaft zum Wolfsclan aufgekündigt. Dennoch haben sich noch viele Traditionen, Vorstellungen und Bräuche der Clans bei den Dragonern erhalten.

Anfechtungstest: Die Clan-Räte und der Große Rat stimmen über Gesetze und Fragen ab, welche die Allgemeinheit betreffen. Anders als bei der Gesetzgebung der Inneren Sphäre kann jede Entscheidung angefochten und durch einen Anfechtungstest in ihr Gegenteil verkehrt werden. Dieser Test ermöglicht es der unterlegenen Seite, die Angelegenheit durch Kampf zu regeln.

Das Verhältnis der Streitkräfte, die bei einem Anfechtungstest zum Einsatz kommen, wird durch das Abstimmungsergebnis festgelegt. Die Seite, welche die Entscheidung ablehnt, erklärt, welche Streitkräfte sie einsetzt. Die andere Seite (der Angreifer) kann dann eine Streitmacht aufstellen, so daß das Verhältnis der beiden Seiten dem Abstimmungsverhältnis entspricht. Wenn eine Abstimmung also zum Beispiel drei zu eins endet, kann der Angreifer das Dreifache der Streitkräfte aufstellen, welche die andere Seite ins Feld führt. Der Prozeß des Bietens führt jedoch in der Regel zu einer kleineren Angriffsstreitmacht.

Blutname: Bei den Clans gibt es etwa 760 Blutnamen. Dies sind die Nachnamen jener 800 Krieger, die Nicholas Kerensky während des Bürgerkriegs die Treue hielten. Diese Krieger waren die ersten Mitwirkenden am umfangreichen eugenischen Programm, mit dem die Clans sich in jeder Generation ihre Kaste der Elitekrieger schaffen. Ein Krieger verdient sich nur dann das Recht, einen dieser Nachnamen zu tragen, wenn er eine ganze Reihe mörderischer, als Blutrechtstest bekannte Wettbewerbe gewinnt. Es darf immer nur maximal fünfundzwanzig Träger eines Blutnamens geben.

Wenn einer dieser fünfundzwanzig Krieger stirbt, wird ein Test veranstaltet, von dessen Ausgang abhängt, wer den freigewordenen Blutnamen tragen darf. Jeder Bewerber mußt zunächst seine Abstammung von diesem Blutnamen nachweisen und dann den Blutrechtstest gegen die anderen Bewerber gewinnen. Nur Krieger mit Blutnamen dürfen in den Clansräten sitzen und Khan oder ilKhan werden. Ein Blutname leitet sich von der mütterlichen Abstammung ab, zumindest nach der Gründergeneration. Da bei einem Krieger nur die mütterliche Linie verfolgt werden kann, hat dieser nur Anspruch auf einen Blutnamen. Vierzig der ursprünglichen 800 Blutnamen wurden ausgelöscht, nachdem einer der Clans ein schweres Verbrechen gegen die Clans als Ganzes begangen hatte und dafür vollkommen ausgerottet wurde.

Blutrechtstest: Eine Reihe von Zweikämpfen bestimmt, wer das Recht erringt, einen Blutnamen zu benutzen. Jeder Krieger im Haus dieses Blutnamens, der selbst einen Blutnamen trägt, nominiert einen Kandidaten. Das Haupt dieses Hauses nominiert zusätzliche Kandidaten, bis einunddreißig Personen beisammen sind. Um den zweiunddreißigsten Platz kämpfen jene, die zwar für den Blutnamen qualifiziert sind, jedoch nicht nominiert wurden.

Die Art und Weise der Austragung solch eines Zweikampfs wird durch das ›Münzwerfen‹ entschieden. Dic beiden Teilnehmer übergeben ihre persönlichen Medaillons dem ›Brunnen der Entscheidung‹. Ein Eidmeister oder Lehrmeister läßt die Münzen gleichzeitig los, so daß nur der Zufall entscheidet, welche Münze zuerst auf dem Boden des Brunnens landet. Der Krieger, dessen Münze obenauf landet, entscheidet die Kampfart (Mech gegen Mech, waffenloser Zweikampf, Mech gegen Elementar und so weiter). Der andere Krieger wählt den Austragungsort. Obwohl diese Duelle nicht notwendigerweise bis zum Tod geführt werden müssen, bleibt wegen der Härte des Kampfes und der Verbissenheit der Kämpfer der Unterlegene sehr häufig auf der Strecke.

ComStar: Das interstellare Kommunikationsnetz ComStar wurde von Jerome Blakes entwickelt, der in den letzten Jahren des Sternenbunds das Amt des Kommunikationsministers innehatte. Nach dem Zusammenbruch des Bundes eroberte Blake Terra und organisierte die Überreste des Sternenbund-Kommunikationsnetzes in eine Privatorganisation um, die ihre

Dienste mit Profit an die fünf Häuser weiterverkaufte. Seitdem hat sich ComStar zu einem mächtigen Geheimbund entwickelt, der sich in Mystizismus und Rituale hüllt. Initiaten des ComStar-Ordens müssen sich zu lebenslangem Dienst verpflichten.

Ehrenname: Bei Wolfs Dragonern ist der Ehrenname eine Entsprechung zum Blutnamen der Clans. Die Nachnamen gehen auf jene Krieger zurück, die ursprünglich mit Jaime und Joshua Wolf in der Inneren Sphäre eintrafen, um dort einen ausgedehnten Spionageauftrag für den Wolfclan auszuführen. Um an einem Wettkampf zur Erringung eines Ehrennamens teilnehmen zu dürfen, muß ein Dragoner der richtigen Altersklasse angehören und darf weder unter einem disziplinarischen Bann stehen noch einen anderen Ehrennamen tragen. Im Gegensatz zu den Clans hat nur ein Individuum in jeder Altersklasse oder Generation das Recht, einen bestimmten Ehrennamen zu tragen. Alle in Frage kommenden Dragoner mit nachweislicher genetischer Bindung zur Blutlinie eines Ehrennamens sind bei ihrer Ehre verpflichtet, am Ehrennamentest teilzunehmen. In der Praxis kommt es zwar kaum vor, daß ein Dragoner das Recht verliert, einen einmal errungenen Ehrennamen zu tragen, aber es ist möglich, wenn der betreffende ein besonders abscheuliches Verbrechen oder einen Verstoß gegen den Pfad der Ehre begeht.

Eidmeister: Der Eidmeister ist eine Art Ehrenwache bei allen offiziellen Clan-Zeremonien. Der Eidmeister nimmt alle Eide ab, und der Lehrmeister zeichnet sie auf. Die Stellung des Eidmeisters wird gewöhnlich vom ältesten Blutnamensträger in einem Clan bekleidet (wenn es den Betreffenden nach dieser Ehre verlangt) und ist eine der ganz wenigen, deren Besetzung nicht durch Kampf entschieden wird.

Elementare: Elementare sind die Elite-Infanterie der Clans. Diese Männer und Frauen sind Giganten, speziell dafür gezüchtet, die von den Clans entwickelten Schlachtrüstungen tragen und bedienen zu können. Das Militär der Inneren Sphäre hat kürzlich einige Exemplare dieser Schlachtrüstungen erbeuten können und seine eigenen Versionen entwickelt, aber sie züchten keine zweieinhalb Meter großen Elementare, welche diese Kampfanzüge tragen und darin kämpfen.

Die Erinnerung: *Die Erinnerung* ist eine fortlaufende heroische Saga, in der die Clansgeschichte vom Zeitpunkt ihres Exodus bis zum gegenwärtigen Tag genauestens festgehalten ist. *Die Erinnerung* wird kontinuierlich um die zeitgenössischen Ereignisse erweitert. Die Versionen der einzelnen Clans differieren mehr oder weniger, da jede Version die eigenen Auffassungen und Erfahrungen reflektiert. Alle Clan-Krieger können ganze Verse aus diesem gewaltigen Epos aus dem Gedächtnis zitieren, und es kommt nicht selten vor, daß Passagen des Buches liebevoll auf OmniMechs, Jäger und selbst Schlachtrüstungen gemalt werden.

franeg/frapos: Diese Clanausdrücke stehen am Ende rhetorischer Fragen. Wenn eine zustimmende Antwort erwartet wird, benutzt man *frapos.* Wird eine ablehnende Antwort erwartet, ist *franeg* das richtige Satzende.

Freigeboren/Freigeburt: Ein Wesen, das auf natürliche Weise empfangen und geboren wurde, ist freigeboren. Da die Clans ihr Eugenikprogramm extrem hoch einschätzen, geht man bei einem Freigeborenen automatisch von einem geringen Potential aus.

Freigeburt ist ein Attribut, daß von wahrgeborenen Mitgliedern der Kriegerkaste benutzt wird und im allgemeinen Abscheu oder Enttäuschung zum Ausdruck bringt. Wenn ein wahrgeborener Krieger einen anderen Wahrgeborenen als Freigeburt bezeichnet, ist das eine tödliche Beleidigung.

Geschko: Eine Geschko besteht aus einer Gruppe von Kindern, die im Rahmen des Eugenikprogramms der Clans zur Aufrechterhaltung der Kriegerkaste von denselben genetischen Eltern gezeugt wurden. Die Mitglieder der Geschko wachsen zusammen auf und werden dabei beständig Tests unterzogen. Jene, die bei den Tests versagen, werden an eine tieferstehende Kaste überwiesen. Eine Geschko hat maximal zwanzig Mitglieder, doch in der Regel bleiben am Ende nur vier oder fünf übrig, die sich dem Abschlußtest zur endgültigen Aufnahme in die Kriegerkaste, dem Positionstest, unterziehen. Diese Tests und andere gemeinsame Erlebnisse lassen zwischen den überlebenden Geschko-Geschwistern in der Regel ein Band der Zusammengehörigkeit entstehen.

Innere Sphäre: Die Innere Sphäre bezeichnet ursprünglich jene Vereinigung von Sternenreichen, die sich in der Mitte des 26. Jahrhunderts zum Sternenbund zusammenschlossen. Die Staaten, Königreiche und Piratendomänen jenseits der Inneren Sphäre sind als die Peripherie bekannt. Als Aleksandr Kerensky seine Anhänger aus der Inneren Sphäre führte, flogen sie auf der Suche nach einem Leben, das sie unwiderruflich von den zerstörerischen Kriegen der Inneren Sphäre abkoppeln würde, noch über die Peripherie hinaus.

Kaste: Die Clangesellschaft teilt sich strikt in fünf Kasten: Krieger, Wissenschaftler, Händler, Techniker und Arbeiter. Jede Kaste besitzt zahlreiche Unterkasten, die auf den Spezialgebieten innerhalb einer übergeordneten Kaste basieren. Der Kriegerkaste liegt ein systematisches Eugenikprogramm zugrunde, welches die Gene renommierter Krieger der Vergangenheit und Gegenwart benutzt, um neue Mitglieder dieser Kaste zu produzieren (siehe: GESCHKO). Diese Produkte der Gentechnik heißen Wahrgeborene. Andere Kasten bewahren sich durch strategische

Ehen in jeder Kaste einen qualitativ hochstehenden Gen-Pool.

Khan: Jeder Clan wählt zwei Führer oder Khans. Einer ist der rangälteste militärische Kommandeur und bürokratische Verwaltungschef innerhalb des Clans. Die Stellung des zweiten Khans ist weniger genau definiert. Er ist der militärische Stellvertreter des ersten Khans und erledigt Aufgaben, die ihm vom ersten Khan übertragen werden. In Zeiten großer äußerer oder innerer Bedrohung, oder wenn eine gemeinsame Kraftanstrengung aller Clans erforderlich ist, wird ein ilKhan gewählt, der dann oberster Anführer aller Clans ist.

Kodax: Der Kodax ist die Personalakte jedes Clan-Kriegers. Er enthält die Namen der ursprünglichen Blutnamensträger, von denen der Krieger abstammt. Außerdem sind auf ihm Hintergrundinformationen wie Zeugungsnummer, Bluthaus und Kodax-Kennziffer verzeichnet. Die Kodax-Kennziffer ist ein alphanumerischer Code, der die charakteristischen Merkmale der DNA des Kriegers festhält, also eine Art genetischer Fingerabdruck. Darüber hinaus ist auch die militärische Karriere eines Kriegers im Kodax enthalten. Viele Clan-Krieger tragen ihren Kodax als eine Art Armband. Wolfs Dragoner tragen ihren Kodax als Kennmarken um den Hals.

Lehrmeister: Der Lehrmeister ist der Bewahrer von Gesetzen und Geschichte der Clans. Die Stellung ist ehrenvoll und mit erheblicher politischer Macht verbunden. Der Lehrmeister spielt eine Schlüsselrolle bei Befragungen und Verhandlungen, wo ihm oft die Rolle des Befragers oder Inquisitors zukommt.

Leibeigener: Clans nehmen im Kampf Gefangene. Sie werden Leibeigene genannt und gelten als der Arbeiterkaste zugehörig, bis sie der Clan, dessen Leibeigene sie sind, freiläßt oder wieder zum Krieger befördert. Ein Leibeigener ist durch seine Ehre gefesselt, nicht durch Ketten. Der Brauch schreibt vor, daß auch im Kampf gefangene Krieger, die einen Blutnamen tragen, eine Zeitlang als Leibeigene gehalten werden. Alle Leibeigenen tragen ein geflochtenes Armband, die sogenannte Leibeigenenkordel. Die Grundfarbe dieser Kordel zeigt an, welchem Clan der Krieger jetzt verbunden ist, und die Streifen stehen für die Einheit, welche ihn gefangengenommen hat.

Peripherie: Jenseits der Grenzen der Inneren Sphäre liegt die Peripherie, der Rand der ausgedehnten Domäne bekannter und unbekannter Welten, der sich endlos in die interstellare Nacht erstreckt. Einst von terranischen Kolonisten besiedelt, wurden die Welten der Peripherie durch den Fall des Sternenbunds technologisch, politisch und wirtschaftlich verheert. Gegenwärtig ist die Peripherie ein Zufluchtsort für Piraten und Ausgestoßene aus der Inneren Sphäre.

Pfad der Ehre: Die Clangesellschaft ist eine Kriegergesellschaft, in der Ehre ein Schlüsselkonzept ist, das Verhalten und Verpflichtungen definiert. Der Pfad der Ehre ist ein Verhaltenskodex der Clans analog dem japanischen *Bushido,* dem Weg des Kriegers.

Positionstest: Der Positionstest bestimmt, ob ein Kandidat die Qualifikation für einen Clan-Krieger aufweist. Um diese Qualifikation zu erbringen, muß der Kandidat mindestens einen von drei Gegnern besiegen. Wenn er zwei oder gar alle drei besiegt, erhält er sofort einen Offiziersrang. Wenn er keinen seiner Gegner besiegt, wird er an eine niedrigere Kaste überwiesen.

Schlichtungstest: Wenn zwei Krieger unfähig sind, einen Disput untereinander oder mit der Hilfe eines Vorgesetzten zu schlichten, können beide Seiten einen Schlichtungstest verlangen. Ein Kreis der Ebenbürtigen wird definiert, und niemand außer den beiden Gegnern darf den Kreis betreten, es sei denn, er wird dazu aufgefordert. Das Verlassen des Kreises vor dem offiziellen Ende des Kampfes ist eine schmachvolle Niederlage. Alle derartigen Tests können bis zum Tod eines der beiden Kämpfer gehen, aber in der Regel enden sie vorher.

Seyla: Dieses Wort ist die rituelle, im Chor geäußerte Antwort all jener, die feierlichen Zeremonien, Ritualen und anderen wichtigen Feierlichkeiten der Clans beiwohnen. Niemand kennt den Ursprung oder die genaue Bedeutung des Wortes, aber es wird nur mit größter Ehrfurcht und Scheu ausgesprochen.

Sternenbund: Im Jahre 2571 wurde der Sternenbund gegründet, um die wichtigsten, nach dem Aufbruch ins All besiedelten Systeme zu vereinen. Der Sternenbund existierte annähernd 200 Jahre lang, bis 2751 ein Bürgerkrieg ausbrach. Als das Regierungsgremium des Sternenbunds, der Hohe Rat, sich in einem Machtkampf auflöste, bedeutete dies das Ende des Bundes. Jeder der Hausfürsten rief sich zum neuen Ersten Lord des Sternenbunds aus, und innerhalb weniger Monate befand sich die gesamte Innere Sphäre im Kriegszustand. Dieser Konflikt hält bis zum heutigen Tage, also seit knapp drei Jahrhunderten, mit wechselnder Heftigkeit an. Die Jahrhunderte ineinander übergehender Kriege werden insgesamt als die ›Nachfolgekriege‹ bezeichnet. Als Resultat dieser Auseinandersetzungen ist ein Großteil der Technologie, die der Menschheit ihre bisher höchste Entwicklungsstufe ermöglicht hat, zerstört, verloren oder vergessen.

Wahrgeboren/Wahrgeburt: Ein Wahrgeborener ist das Produkt des Eugenikprogramms der Kriegerkaste.

Militärische/politische Ausdrücke

Autokanone: Eine automatische Schnellfeuerkanone. Leichte Fahrzeugkanonen haben Kaliber zwischen 30 und 90 mm während eine schwere Mechautokanone ein Kaliber von 80 bis 120 mm oder mehr besitzen kann. Die Waffe feuert in rascher Folge panzerbrechende Hochexplosivgranaten ab. Durch die Beschränkungen in der Zielerfassungstechnik der BattleMechs sind Autokanonen in ihrer effektiven Reichweite auf 600 Meter begrenzt.

Bataillon: Ein Bataillon ist eine taktische Militäreinheit, die normalerweise aus drei Kompanien besteht.

BattleMech: BattleMechs sind die gewaltigsten Kriegsmaschinen, die je von Menschen erbaut wurden. Diese riesigen humanoiden Panzerfahrzeuge wurden ursprünglich vor über 500 Jahren von terranischen Wissenschaftlern und Technikern entwickelt. Sie sind in jedem Gelände schneller und manövrierfähiger und dazu noch besser gepanzert und schwerer bewaffnet als jeder Panzer des 20. Jahrhunderts. Sie ragen zehn bis zwölf Meter hoch auf und sind mit Partikelprojektorkanonen, Lasergeschützen, Schnellfeuer-Autokanonen und Raketenlafetten bestückt. Ihre Feuerkraft reicht aus, jeden Gegner mit Ausnahme eines anderen BattleMechs niederzumachen. Ein kleiner Fusionsreaktor liefert ihnen nahezu unbegrenzt Energie. BattleMechs können auf Umweltbedingungen so verschieden wie glühende Wüstenei und arktische Eiswüsten eingestellt werden.

Binärstern: Ein Binärstern besteht aus zwei Sternen und entspricht in etwa einer Kompanie der Inneren Sphäre.

Galaxis: Eine Galaxis ist eine Militäreinheit der Clans, die sich aus drei bis fünf Sternhaufen zusammensetzt. Sie ist das Äquivalent eines Regiments der Inneren Sphäre.

Kompanie: Eine taktische Militäreinheit, bestehend aus drei BattleMech-Lanzen oder bei Infanterie aus drei Zügen mit einer Gesamtstärke von 60 bis 100 Mann. Kompanien werden in der Regel von einem Hauptmann oder Captain befehligt.

KSR: Abkürzung für ›Kurzstreckenrakete‹. Es handelt sich um ungelenkte Raketen mit hochexplosiven oder panzerbrechenden Explosivsprengköpfen. Ihre Maximalreichweite liegt unter einem Kilometer, und eine annehmbare Treffsicherheit ist nur bis zu dreihundert Metern gegeben. Die Sprengwirkung dieser Raketen liegt jedoch über der von LSRs.

Lanze: Eine taktische BattleMech-Gefechtsgruppe, die normalerweise aus vier Mechs besteht.

Laser: Ein Akronym für ›Light Amplification through Stimulated Emission of Radiation‹ oder Lichtverstärker durch stimulierte Strahlungsemission. Als Waffe fungiert ein Laser, indem er extreme Hitze auf einen minimalen Bereich konzentriert. BattleMech-Laser gibt es in drei Größenklassen: leicht, mittelschwer und schwer. Laser sind auch als tragbare Infanteriewaffen verfügbar, die mit einem als Tornister getragenen Energiespeicher betrieben werden. Manche Entfernungsmeßgeräte und Zielerfassungssensoren bedienen sich ebenfalls schwacher Laserstrahlen.

LSR: Abkürzung für ›Langstreckenrakete‹, zum indirekten Beschuß entwickelte Raketen mit hochexplosiven Gefechtsköpfen. Sie haben eine Maximalreichweite von mehreren Kilometern, die Treffsicherheit ist aber nur auf Entfernungen zwischen 150 und 700 Metern annehmbar.

PPK: Kurz für ›Partikelprojektorkanone‹, einem magnetischen Teilchenbeschleuniger in Waffenform, der hochenergetische Protonen- oder Ionenblitze verschießt, die durch Aufschlagskraft und Temperatur Schaden anrichten. PPKs gehören zu den effektivsten Waffen eines BattleMechs. Ihre theoretische Reichweite wird nur durch die Sichtweite beschränkt, ihre effektive Reichweite wird jedoch durch die zur Bündelung und Ausrichtung des Blitzstrahls erforderliche Technologie auf unter 600 Meter begrenzt.

Regiment: Eine Militäreinheit, bestehend aus zwei bis vier Bataillonen zu jeweils drei oder vier Kompanien. Ein Regiment steht unter dem Befehl eines Oberst oder Colonels.

Karten der Inneren Sphäre

Eleusische Felder
Oberon-Konföderation
Oberon VI
Ellissa
Santander V
Größeres Walküriat
Götterdämmerung
Star's End
Rasalhaag
Freie Republik Rasalhaag
Wotan
Hot Springs
Blackjack
Twycross
Chahar
Neerabup
Adelaide
Tamar
Radstadt
Tsarahavana
Laurent
Qanatir
Koniz
Abbadiyah
Santana
Benfled
Skandia
Alshain
Xin Jang
Rubigen
Coventry
Kelenfold
Summit
Alekseyevka
Vorzel
Cameron
Pherkad
Baldur
Noisiel
Thafkad
Donegal
Buckinster
Alarion
Accrington
Porrima
Alexandria
Benjamin
Vereinigtes Commonwealth
Chukchi III
Wega
Algedi
Venaria
Carlisle
Neckar
Ryde
Kessel
Florida
Ashio
Soilihull
Trent
Skye
Al Na'ir
Herzberg
Lyons
Dieron
Bolan
Dar-es-Salaam
Gacrux
Addicks
Teyvareb
Denebola
Terra
Epsilon Eridani
Penobscot
Dixie
Terra Firma
Achernar
Tikonov
Stewart
Nanking
Liao
Marik
Tamarind
Valexa
Maxwell
Wei
Palos
Hammer
Corey
Sarna
Kaifeng
Atreus
Regulus
Capella
Oriente
St. Ives
Gibson
Sian
St. Ives-Pakt
Liga Freier Welten
Mosiro
Beteigeuze
Sirdar
Andurien
Bellatrix
Konföderatio
Capella
Canopus IV
Magistrat Canopus
Hardcore
Addasar

KARTE DER INNEREN SPHÄRE

UND WICHTIGER PERIPHERIESTAATEN

MILITÄRISCH/POLITISCHE UNTERTEILUNGEN

DES JAHRES 3050

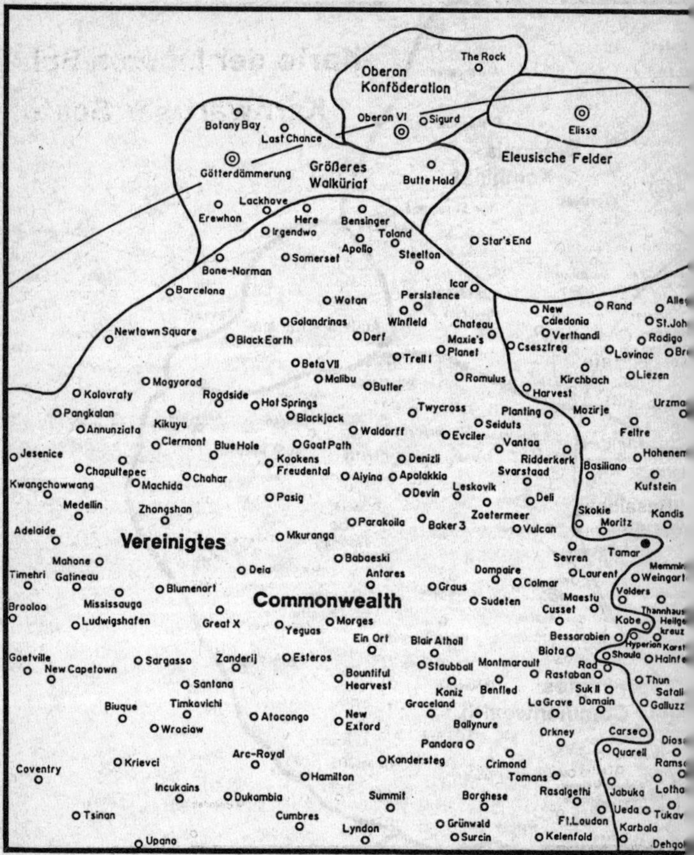
Oberon Konföderation
The Rock
Oberon VI
Sigurd
Elissa
Eleusische Felder
Botany Bay
Last Chance
Götterdämmerung
Größeres Walküriat
Butte Hold
Lackhove
Erewhon
Here
Bensinger
Irgendwo
Toland
Apollo
Steelton
Star's End
Somerset
Bone-Norman
Barcelona
Icar
Persistence
Wotan
Winfield
Chateau
Golandrinas
Newtown Square
Black Earth
Derf
Maxie's Planet
Csesztreg
New Caledonia
Rand
Verthandi
Rodigo
Lavinac
Beta VII
Trell I
Malibu
Butler
Romulus
Kirchbach
Liezen
Mogyorod
Kolovraty
Roadside
Hot Springs
Harvest
Pangkalan
Kikuyu
Blackjack
Twycross
Planting
Mozirje
Annunziata
Seiduts
Feltre
Waldorff
Evciler
Clermont
Blue Hole
Goat Path
Vantaa
Jesenice
Kookens Freudental
Denizli
Ridderkerk
Chapultepec
Chahar
Svarstaad
Basiliano
Kwangchowwang
Machida
Aiyina
Apolakkia
Kufstein
Leskovik
Devin
Deli
Pasig
Medellin
Zhongshan
Zoetermeer
Skokie
Kandis
Parakoila
Baker 3
Vulcan
Moritz
Adelaide
Mkuranga
Vereinigtes
Commonwealth
Tamar
Sevren
Mahone
Babaeski
Timehri
Gatineau
Deia
Antares
Dompaire
Laurent
Colmar
Graus
Blumenort
Volders
Brooloo
Mississauga
Sudeten
Maestu
Cusset
Ludwigshafen
Great X
Morges
Yeguas
Kobe
Ein Ort
Blair Atholl
Bessarabien
Hyperion
Goetville
Sargasso
Zanderij
Esteros
Biota
Shaula
New Capetown
Staubball
Montmarault
Rad
Bountiful Hearvest
Rastaban
Thun
Santana
Koniz
Benfled
Suk II
Graceland
LaGrave
Domain
Biuque
Timkovichi
Atocongo
New Exford
Wroclaw
Ballynure
Orkney
Carse
Pandora
Quareil
Arc-Royal
Krievci
Kandersteg
Crimond
Coventry
Tomans
Hamilton
Incukains
Dukambia
Summit
Borghese
Rasalgethi
Jabuka
Ueda
Tsinan
Cumbres
Grünwald
Ft.Loudon
Karbala
Lyndon
Surcin
Kelenfold
Upano

Karte der Inneren Sphäre
Kernwärtiger Sektor
Satander V
Porthos
Damian
Thule
Richmond
Holmsbu
Skallevoll
Outpost
Pinnacle
Constance
Idlewind
Schwartz
Tarnby
s'Gravenhage
Altona
Susquehanna
Jarett
Rockland
Balsta
Leoben
Trondheim
Turtle Bay
Bjarred
Nybergen
Almunge
Virenlofta
Leyland
Hermagor
Rasalhaag
Last Frontier
Nykvarn
40
Brocchis Haufen
Stapelfeld
Sawyer
Chapineria
Oslo
Freie
Garstedt
Coudoux
Dawn
Radje
Polcenigo
Chupadero
Lonaconing
Vipaava
Jezersko
Kabah
Republik
Pomme De Terre
Schuyler
Hannover
Jeanette
Echo
Savinsville
Draconis-Kombinat
Preditz
Luzern
Albiero
Bangor
Matamoras
Spittal
Casere
Courchevel
Espakeh
Engadin
Jeronimo
McAlister
Byesville
Wolcott
Macksburg
Gaito
Hemdon
Rasalhaag
Marshdale
Hyner
Cheriton
Clearfield
Labrea
Maldonado
Stanzach
Radstadt
Soverzene
Outre Voita
Teniente
Loysville
Kempten
Itabaiana
Peshi
Tuscarawas
Vorarlberg
Thessalonika
Juazeiro
Ebensburg
Kaesong
Irece
Meinacos
Günzburg
Sheliak
Caripare
Unity
Cyrenaica
Hassi R'mel
Alshain
Tinaca
Yamarovka
Marawi
Mualang
Asgard
Kilmarnock
Port Arthur
Skandia
Halesowen
Stermwerde
Kagoshima
Avon
Ardoz
Tarazed
Luthien
Chatham
Shimonoseki
Maule
Setubal
Kanowit
Baruun Urt
Myada
Kiamba
Braunton
Leiston
Sighisoara
Eguilles
Krenice
Tanh Linh
Bicester
Mannedorf
Dumaring
Babuyan
Xin Jang
Corsica Nueva
Worrell
Toffen
Meilen
Yumesta
Rubigen
Kiesen
Odabasi
Paracale
Dyfed
Umagh
Chandler
Ogano
Yardley
Philadelphia
Midway
Keihoku
Najha
Pilkhua
Darius
Sakai
Numki
Arkab
Dover
Iijima
Isesaki
Coldrea

Schiffs- und BattleMech-Typen

Sprungschiffe: Interstellare Reisen erfolgen mittels sogenannter Sprungschiffe, deren Antrieb im 22. Jahrhundert entwickelt wurde. Der Name dieser Schiffe rührt von der Fähigkeit her, ohne Zeitverlust in ein weit entferntes Sonnensystem zu ›springen‹. Es handelt sich um ziemlich unbewegliche Raumfahrzeuge aus einer langen, schlanken Antriebsspindel und einem enormen Solarsegel, das an einen gigantischen Sonnenschirm erinnert. Das gewaltige Segel besteht aus einem Spezialmaterial, das riesige Mengen elektromagnetischer Energie aus dem Sonnenwind des jeweiligen Zentralgestirns zieht und an den Antriebskern abgibt, der daraus ein Kraftfeld aufbaut, durch das ein Riß im Raum-Zeit-Gefüge entsteht. Nach einem Sprung kann das Schiff erst weiterreisen, wenn es durch Aufnahme von Sonnenenergie seinen Antrieb wieder aufgeladen hat.

Sprungschiffe reisen mit Hilfe ihres Kearny-Fuchida-Antriebs in Nullzeit über große interstellare Entfernungen. Das K-F-Triebwerk baut ein Raum-Zeit-Feld um das Sprungschiff auf und öffnet einen Tunnel durch den Hyperraum. Einen Sekundenbruchteil später materialisiert das Schiff am Zielsprungpunkt, der bis zu 30 Lichtjahre weit entfernt sein kann.

Sprungpunkte sind die Positionen innerhalb eines Sonnensystems, an denen so gut wie keine Gravitation herrscht, eine der Grundvoraussetzungen für das Funktionieren des K-F-Antriebs. Die Entfernung vom Zentralgestirn eines Systems ist abhängig von dessen Masse und beträgt im Regelfall zehn Millionen Kilometer. Jeder Stern besitzt zwei Hauptsprungpunkte. Diese befinden sich im Zenit des Systems, über dem Nordpol der Sonne, und am Nadir, also über dem Südpol. Es existiert eine unbegrenzte Zahl weiterer

Sprungpunkte, die aber nur selten benutzt werden, weil ihre Benutzung durch die wechselnde Konstellation von Planeten und deren Schwerefeldern gefährlich ist.

Sprungschiffe landen niemals auf einem Planeten und reisen nur sehr selten in die inneren Bereiche eines Systems. Interplanetare Flüge werden von Landungsschiffen ausgeführt, Raumschiffen, die bis zum Erreichen des Zielpunktes an das Sprungschiff gekoppelt bleiben. Die meisten zur Zeit im Dienst befindlichen Sprungschiffe sind bereits Jahrhunderte alt, da die Nachfolgefürsten nur sehr wenige neue Schiffe bauen können. Aus diesem Grunde gibt es eine unausgesprochene Übereinkunft selbst zwischen den erbittertsten Gegnern: Sprungschiffe dürfen nicht zerstört werden.

Landungsschiffe: Da Sprungschiffe die inneren Bereiche eines Sonnensystems generell meiden müssen und sich dadurch in erheblicher Entfernung von den bewohnten Planeten einer Sonne aufhalten, werden für interplanetare Flüge Landungsschiffe eingesetzt. Diese werden während des Sprungs an die Antriebsspindel des Sprungschiffs angekoppelt. Landungsschiffe besitzen selbst keinen Überlichtantrieb, sind jedoch sehr beweglich, gut bewaffnet und aerodynamisch konstruiert, um auf Planeten mit einer Atmosphäre starten und landen zu können.

Stern: Ein Stern ist eine militärische Einheit der Clans, die sich aus fünf Strahlen zusammensetzt. Dem Stern entspricht in der Inneren Sphäre eine Lanze.

Sternhaufen: Ein Sternhaufen ist eine Militäreinheit der Clans, die aus drei bis fünf Trinärsternen besteht und in etwa einem Bataillon der Inneren Sphäre entspricht.

Strahl: Ein Strahl ist eine militärische Einheit der Clans, die aus einem BattleMech oder fünf Elementaren besteht.

Zug: Ein Zug ist eine taktische Militäreinheit, die typischerweise aus etwa achtundzwanzig Mann besteht und von einem Leutnant oder Feldwebel befehligt wird. Ein Zug kann in zwei Abteilungen aufgeteilt sein.

SCHIFFS- UND BATTLEMECH-TYPEN

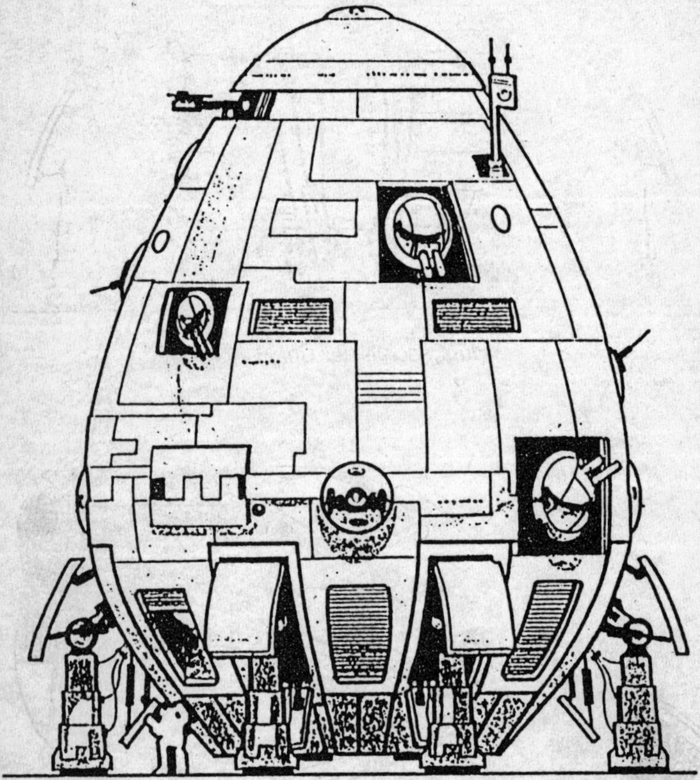

Landungsschiff der Overlord-Klasse

Landungsschiff der Union-Klasse

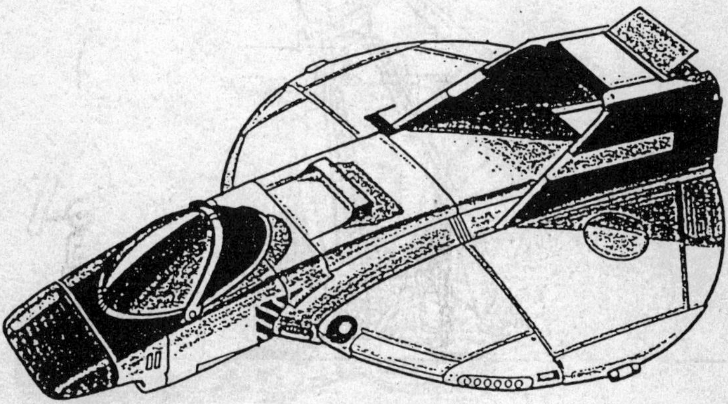

Drossel

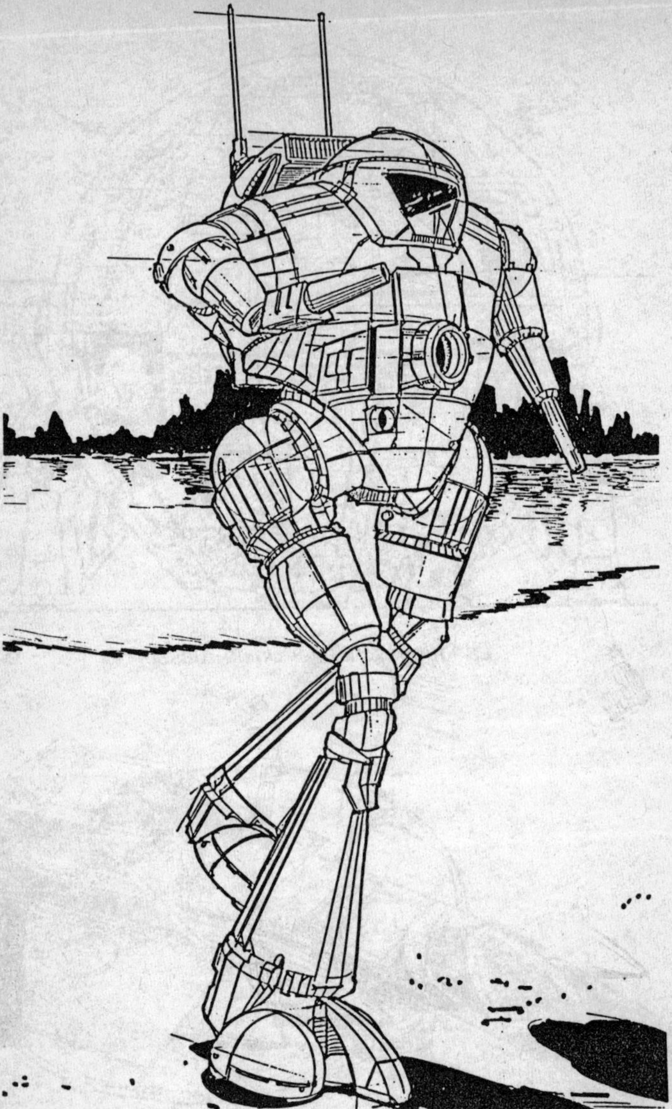

Ostsol

Kriegshammer

Donnerkeil

Kampftitan